孤独の発明

または言語の政治学

The Invention of Solitude,
or Politics of Language

三浦雅士
Miuira Masashi

はしがき——孤独について

1

孤独はありふれた語だが、見かけほど単純ではない。

孤独という語が流行する時代背景などを問題にしているのではない。時代背景を問題にした瞬間、孤独の問題は消える。時代背景の函数になってしまうからである。

たとえば青春という語は、世界的な現象として、ひとつの時代背景とともに登場し、ひとつの時代背景とともに退場していった。青春について考えることは近代について考えることなのだ。

孤独はそうではない。孤独は青春の系ではない。青春はしばしば孤独をともなうが、孤独は青春の属性ではあっても、青春は孤独の属性ではない。人は時代を超えて孤独とともにあり、年齢を超えて孤独とともにある。

孤独は言語とともに古い。

それには理由がある。孤独とは自分で自分に話しかけることだからである。そして、言語こそ、自分で自分に話しかけることをもたらしたものなのだ。すなわち、人は言語によって孤独になり、孤独になることによって言語を得たのである。

孤独は言語の別名であるとさえいっていい。私という現象もまた自分で自分に話しかけることである。人は、自分で自分に話しかけることによって私になったのである。私という現象は私が孤独であることに気づくことにほかならない。孤独は私という現象とともにすでに始まっているのである。

2

孤独は始めから方法的懐疑を内包している。

人は誰でも、思春期の始めに少なくとも一度は、外界のすべては夢ではないかと疑い、私もまた夢ではないかと疑う。そして、自分で自分に話しかけているというそのこと、すなわち自分を疑っているというそのことによって自分の実在を確認する。いわば、孤独によって自己を確認するのだ。むろん、確認しない人間もいる。自分を忘れることなど簡単だからである。自分を何ものかであると思い込むのと同じほどに簡単だ。にもかかわらず、孤独は不意を衝いて人を襲う。人は自問自答から逃れられない。おまえのことは誰も分かってくれない。おまえは彼らにとって必要ではない。いや、そもそもおまえはこの世に存在してさえいない、おまえはまったく無意味なのだ、と。

孤独とは方法的懐疑のことなのだが、それにとどまらない。

方法的懐疑はたとえば、おまえのことは誰も分かってくれないという寂しさの感情を含まない。優しさに包まれたいという感情も含まない。迷子になったと気づいた瞬間の、あの青々とした不安、暗闇のような恐怖とは無縁なのだ。

方法的懐疑がもたらすのは、孤独が自己を俯瞰する眼と等価であってそうでなければ問うことそのものが成立しないという確信であり、その俯瞰する眼が遠近法を引き寄せ、遠近法が地図を、地図が座標幾何学すなわち構造としての世界、計算可能な世界を必然的に引き寄せずにおかないという確信であり、したがって俯瞰する眼こそ知の普遍的性格、知の拡張的性格の基点であるとする確信だが、その確信が、寂しさと優しさの漂いのなかから生まれたという事実への配慮は、含まないのである。

デカルトはパスカルを含まないといってもいい。

俯瞰する眼は視覚を持つ動物すべてが持つ。眼を持つ動物はすべて、獲物の外見に欺かれまいとすれば、回り込んで背後を見なければならない。そして、背後に回り込むためには俯瞰する眼を持たなければならないからだ。だが、おそらくただ人間だけが、それを言語によって対象化したのだ。鳥も獣も、追い追われるときに、そしてそれに備えるときに俯瞰するが、人間だけは、ただ俯瞰するためだけに俯瞰する。つまり俯瞰を自覚する。

俯瞰の自覚と支配の欲望はほとんど表裏である。言語の政治学がすでに始まっているのだ。言語現象は、基本的に政治現象である。むろん、逆もいえる。政治現象は、基本的に言語現象なのだ。

3

寂しさと優しさの感情が重要なのは、なぜか。

孤独に含まれる寂しさと優しさの感情は、養い育てられるという体験からしか生まれないからである。寂しさは失うことであり、優しさは満たされることだが、ともに養い親との関係からしか生まれない。おそらく鳥類と哺乳類の生存様式——親が子を育てるという様式——からしか生まれない。

言語もまた親が子を育てるという関係から生まれたことは、それが先天的能力であるか後天的能力であるかにかかわらず、疑いえない。なぜなら、自分で自分に話すということがすでに他者を、他者としての自分を前提にしているからである。

私とは繰り込まれた他者のことであり、その場合の他者とは、何よりもまずもっとも身近な他者、養い親とりわけ母にほかならない。

母がまず子の身になって、子の身になったその母の身になった子が、私という現象なのだ。言語はこの原初的な入れ子構造——他者の成立基盤——から始まったのであり、そうである以上、入れ子構造いわゆるリカーションをその性質の第一とするのは当然のことなのだ。

したがって、相手の身になることができるようになった瞬間、人はこの入れ子構造が無限に続きうるということ——母、その母、その母の母、つまり自己の背後には無数の死者がいるということ——をも会得してしまっているはずなのだ。現実にはしかし、この会得は、ただ、私という現象が、私から離れた視点、第三の視点なしには成立しえないという事態に代替されてしまっている。

孤独が寂しさをともない優しさを求めるところに、その隠された出自が暗示されているといっていい。

孤独は母の懐から生まれたのである。

4

言語は相手の身になる能力、相手と入れ替わる能力を前提とする。人称を持たない言語はありえないとはそういうことだ。たとえば日本語において、しばしば一人称が二人称に転じるのもその事実を示す。相手の身になる能力は捕食するものと捕食されるもの、追うものと追われるもののすべてが身につけなければならない能力だが——追うものは追われるものの身になることができなければ追えない、追われるものも追うものの身になることができなければ逃げ切れない——、その能力は、この二つの視点を入れ替え可能とする蝶番のような視点、すなわち、さらに上から俯瞰する第三の視点を想定しなければ成立しえない。

この第三の視点が私という現象の実質——人間的意識の実質——なのだ。空中に浮遊する第三の視点は身体を含まない。だからこそ、私には私の死が理解できないのである。死が不条理に思われる理由だ。

この第三の視点と、ここにあるこの身体との関係が、いわゆる私であるといっていい。第三の視点と、現に行動している行為主体との関係が、内的対話、内面にほかならない。行為主体は現場に属し、俯瞰する眼は永遠に属す。すなわち身体と精神である。

身体と精神の関係、肉と魂の関係は、言語とともに古い。この関係なしに、入れ替え可能性を基盤とする言語は、成立しえないからだ。

言語は孤独と同時に彼岸をもたらしたのである。俯瞰すなわち浮遊する第三の視点としての私は死なないし、死にえないのだから、死後にも持続すると考えるのが自然なのだ。死後の世界がきわめて自然に——いわば合理的に——想定されることになる。

人称の問題が、すでに十二分にこの事態の機微を語っている。多くの論文においてなぜ我々という一人称複数が多用されるのか考えてみればいい。論文が私という語を好まず我々という語を好むのは、それが第三の視点としての私以外のものではないからである。私から私の個別性を拭い去ったいわば抽象的な第三の視点が我々なのだ。それは私の死後の世界をも包含している、永遠の思考空間に属しているという意味で、私ではなく我々でなければならないと考えられているのである。

我々という語の重々しさは、我がたくさんいるという数の多寡の重々しさではない。むしろ、死後の世界、この世の生々しさを超越した思考空間の重々しさなのだ。

魂という語ほど、人間のこの仕組をよく説明する語はない。この仕組の実在性と魂という語の実在性は、完全に重なりあっている。

現世が魂の空間であるとすれば、この世こそがあの世なのだ。

魂がしばしば鳥の比喩をともなうのは、浮遊して上空から眺めるという位相空間のありようが鳥の存在様式に見事に対応するからである。逆にいえば、鳥は意味もなく飛んだのではない。浮遊して上空から眺めるために飛んだのである。生命行為である視覚の、その必然を体現して飛んだのだ。

俯瞰する眼、第三の視点が二人称に馴染まないのは、そこに自己の、すなわち私という現象の、出自が隠されているからである。

一人称、三人称と違って、二人称は抽象を嫌う。二人称は向き合っている具体的な現場にしか属さないからだ。向き合うときのその向きとは、左右をもつということであり、左右をもつとは現場にあるということ、いまここにこのようにしてあるということ、個別性としてあるということにほかならないからだ。

私という現象はいまやきわめて抽象的な現象――地を這いながらも空を飛ぶ――になったわけだが、しかしもとはまさに具体的な現象としてあったというそのことを、二人称は思い出させるのである。

5

捕食する動物はすべて第三の視点を持つが、なぜ人間だけがそれを言語にまで転化しえたのか。捕食行為にじかに結びつくことなく、第三の視点が独自に機能し始めたからだとしか考えられない。

この問題と対面授乳、対面性交の問題はおそらく密接に関連している。相手の身になることは、その両極に、愛すなわち授乳と、死すなわち性交を持つわけだが、愛と死というその両極が綯《な》い交《ま》ぜになって、相手の身になることである第三の視点が、いわば自立してしまったのだ。この自立の対象化、すなわち自覚が、儀式であり舞踊であり音楽であり詩であり演劇であると、私には思われる。

第三の視点の自立と、私という現象の登場は、まったく同じ事態を意味するが、この事態は、私という現象が繰り込まれた母すなわち他者にほかならないことを忘れること、によってしか成立しえない。

私は私になってしまった瞬間に、私の出自——すなわち私がもともと私の母であったこと——を忘れているのだ。

私がすでに媒介されたものであること、そういう意味では決して純粋ではなく、決定的に汚染されていること、すなわち白紙の出発点などではありえないことを忘れている。

私の起源は、いわばこの忘却にあるのだ。

孤独もまた、鏡の錫箔のように、この忘却によって裏打ちされている。孤独が発明されたというのはそういうことである。方法的懐疑の発明もまた忘却に裏打ちされている。方法的懐疑は、起源の孤独の反復にすぎない。

その後は、したがって、私が世界の起点になる。その世界はこの世界を含み、それを超えている。なぜなら、蝶番といっていい第三の視点は、あの世に属すからである。いわばあの世が、私という矛盾の、その矛盾が凝縮した場になるのだ。それが歴史の場であり、文学の場、芸術の場、すなわち永遠である。

人間の発明した永遠とは死の別名である。

詩人も芸術家も、生きながら死の世界に属しているわけだが、事実は、人はみな詩人であり芸術家なのだ。この世はそのほとんどがあの世で、すなわち実在する死者たちで、できているというべきなのだ。

6

孤独は繰り込まれた他者を前提とする。ということは、孤独のなかにすでに他者との関係、すなわち社会が含まれているということである。孤独のなかに社会が潜むということだ。

孤独すなわち私という現象が社会的現象であるというのは、私が社会の一員であるというようなことではない。私という現象そのものが、初めからひとつの社会として成立しているということだ。私が政治的現象であるということにしても同じ。私の成り立ちそのものがひとつの政治としてあるということである。私とは、第三の視点としてある私が、身体としてある私を、徹底的に支配するということだからである。

私とは、私が私を支配するということである。

心身の関係、すなわち精神が身体を支配するという関係そのものが、まさに社会なのだ。頭《かしら》と手下《てした》の関係である。これは封建的とか前近代的とかいうような話ではない。どのような社会においても——とりわけ現代に近くなればなるほど——自分の身体を完璧に支配しうることが、その社会の成員になる資格であり条件なのだ。

身体の支配そのものに、社会関係が凝縮されている。

頭と手足はしばしば支配の比喩とされるが、したがって、ほんとうは逆なのだ。頭と手足の関係から支配が生まれたのである。頭と手足の関係こそが社会の起源なのだ。

支配者の孤独というが、これも逆だ。孤独者が支配するのである。

完璧な孤独者とは、完璧に手と足を、口と腹を、排便と性を支配できるもののことをいうのだ。これもまた他者を含むのは、この身体の支配の仕方を教えるのが母であり養育者であって、それら他者の視線、他者の言語——禁止の命令——のすべてを繰り込んだものを私というからである。


支配者としての私はしばしば侍従を伴うが、それはたんに私による私の支配を可視化したにすぎない。侍従が秘書になろうが腹心になろうが同じことだ。すべて身体の延長上にある。

役者やダンサー、スポーツマンの身体芸が賛美されるのは、そこに完璧な支配の見本があるからである。身体の探究が重視されるべきなのは、むしろこの一点においてであると思われる。そこに支配の秘密、社会の秘密、政治の秘密が凝縮されているのである。

むろん身体はしばしば精神を裏切る。

官僚制とテロリズムは心身問題の両端に位置している。前者は身体化した精神であり、後者は精神化した身体である。社会は虚構だが、精神と身体によって演じられる虚構なのだ。王も大統領も書記長も、社会的役割すなわち観念にすぎない。観念にもかかわらず身体を持つからこそ、暗殺されうるのである。

王や大統領や書記長は精神の次元に移行した身体であり、暗殺者は身体の次元に移行した精神である。これは、俯瞰する第三の視点、永遠に属するはずの第三の視点が、私の身体とともに消滅するのと同じほどに、不条理なことであるといっていい。

原理的には、誰もが王であり暗殺者なのだ。

7

人は孤独によって結合する。

孤独は人間の特性である。誰もが孤独だ。それは誰もが私であるのと同じだ。だが人は、誰もが孤独であるというそのことにおいて結び合う。いわば、人と人は分かりあえないということだけは分かりあえるというかたちで、分かりあう。孤独な読書において、人は、数万、数十万、数百万の孤独な魂と結びあうことができる、時代を超えて。

だが、孤独な読書はありえても孤独な観劇はありえない。役者もダンサーも、観客を見返すことができる、観客に微笑みかけることさえできる。観客も舞台に駆け上がることができる。

映画は違う。俳優は微笑しても、観客に微笑みかけているわけではない。映画は、孤独な読書の延長上にある。人類は、この段階においても、孤独のための真新しい衣裳を発明したのだ。

とはいえ、近代が特異なわけではない。たとえば、書物なしに孤独な読書ができないわけではない。俯瞰する眼は自然を表意文字に変えるからである。尖鋭な意識はいつでもどこにでもある。古代、中世、近代などという時代区分は恣意的なものにすぎない。

孤独な読書は孤独な恋愛をともなう。

孤独な恋愛といえば逆説的に思えるがそうではない。孤独の新しい形式においては、片思いこそ恋愛の極致だからである。俯瞰する眼、第三の視点が、恋愛の領域をも制覇するのだ。真実の恋愛とは二つの片思いのことであり、合体すれば、恋愛が消えて、ただ生活が始まるだけだ。

8

孤独の新しい形式において際立つのはしかし、恋愛ではない。軍隊である。孤独によって結束するということでは、恋人たちと兵士たちはまったく同一である。人は、孤独すなわち私という自問自答を、恋人あるいは指導者に預けるのである。

孤独を媒介として一個の生き物のような集団が形成される。集団は指導者の信念と感情を共有する。つまり指導者の孤独を共有する。それが軍隊だ。

軍隊はすべて宗教集団にほかならない。そうでなければ意味がない。現代においても同じである。兵士はすべて、神なり民主主義なり共産主義なりといった信念を、共有する。集団に宗教的結束をもたらすものを優れた指導者というのである。国家だろうが、企業だろうが、同じことだ。

いかなる組織も、宗教集団を摸倣する。

むろん、人は長いあいだ、氏族なり部族なりの宗教のなかに生まれてきたのであって、それ以外に生まれようがなかった。したがって、その構成員である戦士たちが信者であることは自明のことだった。

自明でなくなったのは、都市国家が形成され、市場が、貨幣が、そして表音文字——表意文字ははるかにさかのぼって言語の起源に属する——がもたらされて以降のことである。表音文字が孤独に新しい形式をもたらしたのだ。

兵士が孤独を媒介として有機的な集団すなわち職業的な傭兵軍団を形成するようになるのはその段階、つまり、市場の宗教ともいうべき世界宗教が成立した段階である。

人々の孤独に踏み込んで集団を束ねようとする指導者が登場するのもこの段階だが、その統率は宗教者のそれと違ったものではない。

たとえば中国史において、帝国が滅びる際に登場する反乱軍がほとんどすべて宗教集団であったのは必然である。兵士たちはみな孤独だったのである。飢えたものたちに孤独も憂愁もありはしないなどといってはならない。宗教集団のかたちを取らざるをえなかったところに、彼らの真実が語られている。

歴史に残る指導者の演説はすべて孤独の深みに達している。私は何ものかという問いを発する次元にまで錘鉛を下すような演説でなければ、人を動かしはしない。

孤独を媒介にして有機的集団を形成できるのは、人間が言語現象だからである。

9

人は孤独によって人と結合するだけではない。

森羅万象とも結合する。

宗教的感動のほとんどが、森羅万象すなわち宇宙との彼我一体感に収斂する。神との結合といってもいい。悟りといってもいい。だが、神との結合は分かちあえても、悟りを分かちあうことはできない。

宗教的感動と芸術的感動とは別なものではない。言語を発生させた俯瞰する眼、第三の視点の振る舞いであることに変わりはないからである。精神が肉体を脱ぎ捨てるのだ。この感動が、私という現象の謎、国家という現象の謎に直通することは疑いない。文学的感動の仕組は、宗教、政治、経済、社会の仕組に直通している。

だが、感動は分かちあえたとしても、悟りは分かちあうことができない。

なぜか。

私は、「孤独の発明　または言語の政治学」という表題のもとで考えてゆこうと思った。

孤独の発明　または言語の政治学　目次

初出「群像」２０１６年7～9月号、11月～２０１７年8月号掲載（「言語の政治学」を改題）
「第十三章　感動の構造」は全面書き直し、「はしがき」「第十四章　視覚革命と言語革命」「第十五章　飛翔する言葉——社交する人間の「うたげ」」「あとがき」は書き下ろし

孤独の発明

または言語の政治学

装丁　近藤一弥

第一章　現地語・国語・普遍語

1

　水村美苗の『日本語が亡びるとき――英語の世紀の中で』の英訳（『英語時代の言語の衰亡』）が昨年刊行されたのを機に再読し、あらためて名著の感を深くした。

　刊行直後に物議をかもし、逆に読者を拡げることになった最終章は、英語圏の読者――それこそ普遍語の読者――のために少しく手を入れられている。日本の現在の国語教育に異議を申し立てた章である。また、第一章の末尾そのほか、日本の読者でなければ分かりにくいだろう個所にも手が加えられている。その経緯を語った「英語版のための前書き」および、訳者の吉原真理とジュリエット・ウィンターズ・カーペンターによる「序文」が付されていて、とりわけ後者が、原著が日本でベストセラーになり、刊行直後にマスコミやインターネットなどで毀誉褒貶すさまじかった様子を伝えていてじつに興味深かった。

　だが、名著の感を深くしたのは、物議をかもした水村の国語教育論においてではない。二十一世紀において世界文学とその歴史がどのように語られなければならないか、その方法論と方向性を明晰に示していることにおいてである。水村は、現地語、国語、普遍語、という三つの概念を提示することによって、今後あるべき文芸批評と文芸史の姿を——ということは結果的に文芸作品の姿をも——明らかにしている。これが『日本語が亡びるとき』が名著であることの最大の理由である。

水村はベネディクト・アンダーソンの『想像の共同体』を取り上げ、各国のいわゆる国語なるものが、いくつかの歴史的条件——すなわちたとえばグーテンベルク印刷機の発明とヨーロッパにおける資本主義の発達などの諸条件——が重なって生まれたものでしかないこと、「それでいて、いったん〈国語〉が生まれると、その歴史的な成立過程は忘れ去られ、忘れられるうちに、人々にとって、あたかもそれがもっとも深い自分たちの国民性＝民族性の表れだと信じこまれるようになる」こと、国語が国民文学を創り、国民文学が国民国家を創り、「物理的に存在するわけでもないのに、人がそのためになら命を投げ打っていいとまで思う」「想像の共同体」を創ってゆくのだというその所説を紹介し、それが刊行後四半世紀を経た時点においてもなお必読に値する本であることを十分に認めたうえで、次のように述べている。

それでいて不思議なことがある。ここまで影響力をもった本、しかも〈国語〉にかんして広く深く述べている本に、もはや、〈国語〉という概念では片づけられなくなった英語、それゆえに、すべての〈国語〉に何らかの形で影響を与えずにはいられなくなった英語、すなわち、すべての〈国語〉を越える〈普遍語〉としての英語——その英語にかんする考察が、まったく欠落しているという点である。

これはきわめて鋭い指摘に思われる。アンダーソンの盲点を衝いているからではない。その盲点が不可避的であったことが見える視点を示唆しているからである。

アンダーソンは、国家は自然なものではなく、国語も自然なものではない、にもかかわらず自然以上に自然であるかのように振る舞っていることの異常を指摘しているわけだが、その異常が目に見えるようになったのは、ヨーロッパ諸国語のなかで英語がほとんど一人勝ちし、普遍語の位置を占めるにいたったからである。だが、その位置に立ったものには、異常な事態の仔細はよく見えても、自分の立っている位置そのものは見えない。あるいは、きわめて見えにくい。この事実を水村は、アンダーソンが普遍語を「聖なる言語」として語ることによって結果的に考察の対象から外していること、「書き言葉」と「話し言葉」に関する十分な考察が不在であり、必然的に「翻訳」に関する考察も不十分であることを示唆することによって、さらにくっきりと浮き彫りにしている。

水村は、日本語という、自身に与えられた立場を過不足なく生かしていると言うべきかもしれない。現地語、国語、普遍語の、ほとんど複雑怪奇と言っていい力学を、日本語の歴史を通して説得力ある筆致で具体的に語っているからである。すなわち、漢字との格闘のうえに形成された日本語というひとつの事件、漢字仮名交じり文の成立という出来事を、現地語、国語、普遍語という概念、さらに「話し言葉」「書き言葉」「翻訳」という概念を用いて、ほとんど図式的なまでに明晰に語っているのである。

ここでは、紀貫之、福沢諭吉など、中国文明との遭遇、西洋文明との遭遇のそのつど、身をもって現地語、国語、普遍語の葛藤に対応しなければならなかった人物たちについてのじつに適切な叙述を引く余裕はないが、具体例を抽象的な言説に掬い上げてゆくその手際の鮮やかさの例は挙げておきたい。

「ふたたび、〈国語〉とはいったい何か?」

「〈国語〉とは、もとは〈現地語〉でしかなかった言葉が、翻訳という行為を通じ、〈普遍語〉と同じレベルで機能するようになったものである。」

「より詳しくいえば、もとは〈現地語〉でしかなかったある一つの言葉が、翻訳という行為を通じ、〈普遍語〉と同じように、美的にだけでなく、知的にも、倫理的にも、最高のものを目指す重荷を負わされるようになる。その言葉が、〈国民国家〉の誕生という歴史と絡み合い、〈国民国家〉の国民の言葉となる。それが〈国語〉なのである。」

この抽象的な言説がきわめて具体的な事実の累積から抽き出されていることは指摘するまでもない。なかでも、十八世紀から十九世紀、そして二十世紀前半までを覆った小説の時代は、西洋における国民国家の形成、国語の形成の時期と軌を一にしている、日本および日本語もまたその例外ではないという事実は、おそらくもっとも重要である。

水村はこの小説の時代を一度限りの、ほとんど奇跡的な事件であるかのように語っているが、当然というほかないが、それは、

〝小説の時代がいまや完璧に終わった〟

という認識を示している。少なくとも、国民国家のための国語を形成するにあたってきわめて重要な役割を果たしたのは小説にほかならなかったが、いまや小説は、幸か不幸か、その重要な

役割から解き放たれてしまったという認識である。それが、あえて言えば、英語が普遍語になったということの帰結なのだ。バルザック、トルストイからヘミングウェイ、サルトルにいたる、まさに形容矛盾と言うほかないが、世界的国民作家の時代は終わったのである。そしておそらく、世界的世界作家の時代などありえないのだ。

『続 明暗』から『私小説』、『本格小説』、そして『母の遺産――新聞小説』にいたるまで、水村美苗の小説にはあたかも小説という形式への殉教者とでもいうべき雰囲気が密やかに漂っているが、この認識はその印象と矛盾しない。むしろ、小説についての小説でありながら、思弁のための思弁はいっさい感じさせず、逆に、形式のみならず文体そのものが何かしら郷愁、いや哀愁めいたものを感じさせてしまうという特徴と見事に対応しているというべきだろう。

だが、現地語、国語、普遍語という概念を提示して説き進む抽象の水準は、小説という一ジャンルの運命を語るところで論を終わらせはしないのである。当然のことながらそれは、文学、さらには言語そのものの運命を語らなければならない。

「かたや数式があり、かたや詩がある。〈書き言葉〉とは、〈テキストブック〉に完璧に置き換えられるものから、〈テキスト〉としてそこへ絶対戻っていかねばならないものまで、さまざまな形をとって読者の前に立ち現れる。それは、翻訳の可能性と翻訳の不可能性のあいだのアポリアを指ししめし続ける。」

翻訳しがたいものにこそ文学の、さらには芸術一般すなわち人間の表現行為の本質が潜むということは、ほとんど実感的に自明に思われる。にもかかわらず、それこそが翻訳されなければならないものであり、翻訳されうるものであるはずだということもまた実感的に自明であるように思われる。感動は人間に普遍的なものでなければならない。そうでなければ、それは感動ではありえない。

このアポリアは言語そのもののアポリアである。

孤独はこのアポリアにかかわっている。それは言語の所産なのだ。

2

『日本語が亡びるとき』が刊行されたのと同じ二〇〇八年、ジョン・マクホーターの『我らの素晴らしき私生児言語――語られてこなかった英語の歴史』が出ている。普遍語への道をひたはしる英語がじつはゲルマン語とケルト語の混血語、いわゆるクレオールにすぎないことを一般向けに語った本である。ゲルマン民族の一派アングロ＝サクソン人がブリテン島のケルト人を征服したのは五世紀前半。その後、数世紀をかけてクレオールとしての英語が成立したというのである。推理小説よりも面白い。

マクホーターは、二〇〇一年に『バベルの力』という本を出していてこれもベストセラーになっている。人間が言語を手にしたのは、もちろん誰も正確に知ることなどできないにせよ、たぶん十五万年前である、というところから書き出している。むろん、アラン・ウィルソンとレベッカ・キャンらによって提起されたミトコンドリア・イヴ仮説――現生人類の起源はおよそ十六万年前の東アフリカに遡るとする仮説――に依拠しているのだ。

以下、最初の言語が六千の――地球上の言語はおよそ六千と言われている――新たな言語に変身し、六千の言語がうごめいて下位言語――要するに方言――の房をつくり、それら何千もの方言が互いに混交し、いくつかの言語は粉砕されるが新たな言語としてまた生き返る。さらに、何千もの言語の何千もの方言がすべてその本分をはるかに超えて発達し、いくつかの言語が遺伝子的に変容し固定する、というように話が進む。要するに、言語を生命の比喩で語っているのである。言語が生命の比喩すなわち進化論によって語られうることを、具体的な実例を挙げながら語っているのだ。

進化論とはいってもスティーヴン・J・グールド風の進化論であって、目的のある進化ではない。刻々と変化してゆく雲のような、あるいは、ひところ流行ったラヴァ・ランプのラヴァのような動きといったほうがいい。そう述べているが、手短に言えばやはり生命の比喩である。

マクホーターはデレク・ビッカートンの影響を受けている。ビッカートンは長くハワイ大学の教授でクレオールの専門家であり、『言語のルーツ』や『ことばの進化論』などの邦訳で知られている。邦訳はされていないようだが、『私生児言語』という著書もある。

母語ではない地域に移住した人間はカタコト語を話す。たとえばハワイに移住した中国人や日本人はカタコト英語を話す。いわゆるピジン・イングリッシュである。だが、その中国人や日本人の子供の世代つまり中国系二世、日系二世の世代になると、彼らはそのカタコト英語を文法的に整備された言語、すなわち自然言語として話すようになる。これがクレオールである。

ビッカートンは、なぜピジンがクレオールになるのか、つまりチョムスキーのいう普遍文法を獲得してしまうのか、考えた。そして、そこにこそ言語の起源の秘密が潜んでいると思ったのである。

こうして独自の言語起源論を展開することになったわけだが、興味深いことに、ビッカートンの場合は、自身の起源論そのものがまた変化している。何らか突然変異に似たことがあった、つまり言語本能のようなものが生物学的に発生したという考え方――チョムスキーやピンカーの考え方――から、そうではなく、むしろゆっくりと漸進的に、つまり生命体として新たなニッチを作りそのニッチによって逆に作り返されたりしながら、霊長類の叫びや呻きそのほかの発声が象徴の次元を獲得したという考え方――つまり大局的にはマイケル・トマセロらの考え方――に変化してきている。二〇〇九年に刊行された『アダムのことば』がそれだ。

マクホーターは、ピジンからクレオールへの転化に注目したビッカートンのこの着想をさらに推し進めて、「クレオールでない言語はない」という見方に立つようになったのだといっていいだろう。動物や植物と同じように言語も変化し、分裂し、混血し、生き返り、機能しない特徴を退化させ、遺伝的に変容してゆく――このアナロジーは、言語が、動物や植物と同じように、絶滅しうるというところまで貫徹してゆく、とマクホーターは述べている。

このような議論を堂々と展開しているのは、現にいま、英語だろうが日本語だろうがすさまじい勢いで――インターネットのせいでいよいよ激しく――変化している、という実感があるからだろう。ケイタイひとつ、スマホひとつで変化は加速する。しかも、変化しない言語は死滅する。つまり図書館に収納され――あるいは遺跡となって地下に埋もれ――永遠の眠りにつくと考えているのだ。そこに出入りするのが文学者であるということになる。とすれば文学者は本質的に保守的なわけだ。

マクホーターは、三千五百年前に発生した書き言葉つまり文字によって、言語変化の速度はゆるめられたと考えているが、他方、生々しい今を感じさせる、あるいは感じ合うためには——それこそ話芸や文芸の特徴だが生きていることを実感しかつ実感させるためには——言語変化を押しとどめることはできないと考えている。詩歌は新しい感覚を追い求める。つまり、言語変化を推し進めるものもまた文学者であるということになる。矛盾するようだが、文学者はここでは本質的に革新的なのだ。

いずれにせよ、マクホーターとその支持者たちは、万物は流転する、言語もまた例外ではないと考えている。それを押しとどめることはできない、と。おそらく、普遍言語となって数十億の人間の頭脳に棲みつくことになった英語は、他にもまして激しい変化に身をさらし始めたと考えているのだ。

むろん、『日本語が亡びるとき』の最終章で展開された国語教育論を、ここで冷かそうとしているのではない。

そもそも、ビッカートンやマクホーターの議論は『日本語が亡びるとき』の考え方と必ずしも矛盾しない。むしろ逆で、現地語、国語、普遍語という概念を導入すると、この言語変化の実態にいっそうよく迫ることができると思わせる。ピジンにせよクレオールにせよ、非対称であるいくつかの言語がなければ成立しない。というより、言語と言語が遭遇するとき、そこには必ず一種の非対称が生じるのであって、その場合の言語相互の影響変化すなわちダイナミクスは、現地語、国語、普遍語という概念によってよりよく説明されうるのである。

人はつねに、家族のなかで言語を習得し（現地語）、社会に出て他者との関係の仕方を学び（礼儀すなわち国語）、やがて文学や芸術（普遍語）に憧れるようになる。例が卑近すぎるかもしれないが、いずれにせよ水村の提起した概念の射程は広く深い。

だが、むろん、『日本語が亡びるとき』の理論を補強するためにマクホーターやビッカートンの例を出したわけでもない。

そうではなく、水村の感じている危機感のようなものは、ほかならぬ英語国民のなかにこそ見出せるということを指摘しておきたかったのだ。英語版のほぼ最後に、水村は「イングリッシュ・イズ・アン・アクシデンタル・ユニヴァーサル・ランゲージ」というじつに記憶に残りやすい一行を書き添えているが、たまたま普遍語になったにすぎないというこの思いは、英語を母語とする人間にも――もしも彼なり彼女なりが思索的な人間であるならば――同じようにあると思ったほうがいい。インターネット用の普遍語になったばかりに、懐かしい祖母の言語、あの時代あの地域の、それこそクイーンズ・イングリッシュなり、あるいはブルックリン・イングリッシュなりは、いずれ現地語に堕ちてしまうほかないのである。それほど変化は速い。マクホーターの著作が一般人に広く読まれる理由はそこにあると思われる。

とはいえ、『日本語が亡びるとき』に着目したのは、いまや地球全体が言語をめぐる考察において一種異様な発熱状態にあって、『日本語が亡びるとき』もまたその一例であると言いたいからでもなかった。そうではなく、小西甚一の、これもまた名著というにふさわしい『日本文藝史』に触れるためである。

別巻を含めて全六巻四千頁を超える小西甚一の大著『日本文藝史』のおそらく唯一の欠陥は、水村が『日本語が亡びるとき』で提起した視点をまったく欠いているところにあると言っていいのだと、私には思われるからである。

3

小西甚一の『日本文藝史』が著者畢生の事業であり、大いに敬意を払われるべき仕事であることは誰もが認めるところである。にもかかわらず、国文学の世界においても文芸批評の世界においても——文芸批評としても群を抜いている——論じられることが必ずしも多くはない。不思議というほかない。

『日本文藝史』の、一般的な意味での瑕瑾を挙げるとすれば、それはおそらく第五巻の第二次大戦以後の記述、すなわち一九四五年から一九七〇年までの四半世紀の記述がやや粗雑で、他の時代の記述の圧倒的な迫力に比べるならば相当に見劣りがするということだろう。これはしかし自然で、対象がなお生々しく動いているからである。

一定の水準に達した文芸作品は作者の死とともに結晶あるいは凝固するわけではない。作者の死後数十年は生々しく動く。作品とは創作と享受のセットである。解釈も鑑賞も定まらないのは、読むもの享受するものがなお作者生存中と同じ土俵に立っているからである。したがって、極論すれば、読まれるそのつど新しい解釈が生み出されてゆく。つまり作品はなお動きつづけるのであって、この段階では学問的には評価のしようがないと言わなければならない。国文学者にとってこれは常識だろうが——小西は『日本文藝史』に三十年先立つ『日本文学史』の序で自身その常識を説いている——、それでもなお第二次大戦後二十五年を文芸史の対象にした。なぜか。

小西はおそらく、多少の親交があって、それなりに思い入れの深かった三島由紀夫の自裁で『日本文藝史』を閉じたかったのである。第二次大戦後の作家のなかで三島についてのみ――その戯曲についてはさらに――読みが鋭く深い。しかもそれらの指摘、断言は読者を肯かせるところ少なくない。背後に深い考察が潜むと感じさせるからである。これに対比すれば、たとえば戦後詩についての理解は驚くほど浅い。

小西は自身俳人であり、かつ大学では加藤楸邨と同期でもあった。昭和時代の俳句はもとより、同じ短詩型ということもあって短歌に対する理解が深いのは当然だが、それがかえって戦後の詩や小説に対する理解の浅薄を際立たせてしまうのである。現代の詩や小説を論評するにあたって篠田一士を多く参照しているが、小西は篠田の限界をさらに狭くしたところで動き回っている印象を与える。

このことをあえて指摘するのは、少なくとも明治維新前後までの小西の祖述は圧倒的で、とりわけ主だった文学者に関する論評は、それぞれ一冊の評伝を書くことができただろうと思わせるほど密度が濃いからである。小西の『日本文藝史』に匹敵する仕事はほかにないという賛辞を目にしたことがあるが、それも当然だろうと思わせる。その前では、いま述べた瑕瑾などまさに些事であって、ことさら取り上げるべきほどのことではない。

だが、『日本文藝史』には『日本語が亡びるとき』が提示した方法、すなわち、現地語、国語、普遍語という概念によって文芸作品の歴史を構想しようとする要素が皆無であることについてだけは触れなければならない。『日本文藝史』が二十世紀の名著であるとすれば、『日本語が亡びるとき』は二十一世紀の名著である。量の多寡は質の前では無意味である。『日本文藝史』には、細部――とりわけ別巻『日本文学原論』最終章「餘論ふうな結語」が素晴しい――はともかく全体として、二十一世紀には通用しかねるところがあるのだ。

小西は『日本文藝史』冒頭で、日本文化の性質を外国文化との関係から区分してみると、一、日本固有の文化だけが存在していた時代、二、シナ文化の受容による変質がおこった時代、三、西洋文化の受容による別種の変質がおこった時代の三つになると述べている。そうして、それに即して目次立てを構成している。要するに、これから日本の文芸史を書こうと思うが、それにあたっては外国文学との影響関係を重視すると宣言しているのである。そして現に、シナ文学、コリア文学をつねに念頭におきながら、書き進めている。

小西のこの姿勢は、本巻をなす五分冊のそれぞれに掲げられた献呈先の人名からより具体的に窺うことができる。第一分冊はジョージ・サンソム、第二分冊は吉川幸次郎、第三分冊は能勢朝次、第四分冊はドナルド・キーン、第五分冊はアール・マイナーとロバート・ブラウアーに、最後の二人はそれぞれアールとボブという愛称のもとに、捧げられている。

小西は、一九五七年、サンソムが企画したプログラムのもとにアメリカに教師として留学したが、その人選にあたって小西を強く推したのがキーンだった。そしてそこ――スタンフォード大学――で相互に教え合うことになった若い友人がマイナーとブラウアーであり、彼らの影響で当時の最新文学理論、ニュークリティシズムを摂取したのである。

ちなみに、小西は後年マイナーにディコンストラクショニズムの要諦についても伝授されたと豪語しているが、失礼ながら、さながら古今伝授を思わせるようで微笑ましい。能勢朝次は高等師範学校さらに東京文理科大学時代の恩師であり、吉川幸次郎は研究テーマを日本漢文学史に改めたときに師事した教官であった。小西の国文学が漢文学と英文学の緊張のはざまで形成されたことはその経歴と人脈から明らかだが、それは小西自身、自覚するところであり、むしろそれを特色として打ち出しているのである。

経歴と人脈の見事な反映と言うべきかもしれない、『日本文藝史』にはその結果生じた比較文学的な方法が貫徹されている。貫徹された結果、随所に創見、卓見をちりばめることにもなっている。一例を挙げれば『源氏物語』論がそうだ。菅原道真や紀貫之、藤原定家に中国の影響は歴然としているのであるから、その影響の細部を論われても、ああそうかという程度にしかならないが、『源氏物語』が『史記』を意識したものであるという説などの紹介は興味深い。四辻善成の『河海抄』に説くところだが、その重要性を指摘したのが阿部秋生の『源氏物語研究序説』(一九五九)である。博捜した文献や小西自身の創見から新鮮な『源氏物語』が浮かび上がってくる。

だが、小西のこの構想の骨格は、一九五三年刊の小著『日本文学史』にすでに見られることもまた述べておかなければならないだろう。小西、三十八歳。これを読んで驚いたキーンが、それまで一面識もなかった小西の自宅を訪ねた話は有名である。

『日本文藝史』を貫く、雅、俗、雅俗という概念で文学の流れを語るという方法は『日本文学史』の序にすでに披瀝されている。また、方法はともかく、小西文学史の核心は、あえて言えば、一九五二年二月号の「文学」に発表された論文「俊成の幽玄風と止観」に尽くされている。表題に明らかだが、この論文自体が日本と中国を比較する視点に立つ。小西は翌年の「文学」五月号、九月号に、それぞれ「中世における表現者と享受者」「中世美の非日本的性格」と題する論文を続けて発表しているが、極論すれば日本の詩歌の骨格は中国の全面的な影響下にあり、表現者と享受者の閉鎖的な関係のありようそのものが六朝文学と寸分も違っていない、美学そのものが丸写しだと示唆しているのだ。

小西の方法は、自身が述べるようにフリッツ・シュトリヒの『ドイツ古典主義とロマン主義』に負う以上に、おそらく吉川幸次郎の方法に負っている。小西はシュトリヒに倣って、規範を重視する古典主義を「雅」に配し、逸脱を重視するロマン主義を「俗」に配したと述べているが、小西の雅俗概念の根幹はむしろ芭蕉の不易流行に等しい。雅が不易、俗が流行、芭蕉の雅俗混淆すなわち不易流行である。

だが、雅、俗、雅俗によって文学の流れを捉えようとする方法以上に目立つのは、日本文学を宋とその先駆ともいうべき六朝の文学の影響下に捉えようとする視点であり、その視点は基本的に吉川幸次郎の中国文学観に等しい。それはしたがって、日本文学との関係であろうがなかろうが、中国文学そのものが宋代を軸に考えられなければならないことを示唆している。

吉川のこの考えは、たとえばシリーズ『中国古典選』の後に刊行された『中国文明選』の「監修者のことば」に端的に示されている。中国古典を、『論語』や『史記』など、春秋戦国から漢にかけての作物を中心に見ることの弊は、「文明がその形態を自覚し、再組織した十一世紀十二世紀の宋代」の重要性を見落としているところにある。そこが従来の中国文学理解の「盲点」だというのだ。吉川の中国文学観は『中国古典選』以上に、宋代以後に的を絞った『中国文明選』にいっそうよく表れているというべきだろう。

論を進めるために要点だけを述べれば、小西が『日本文藝史』において結果的に強調することになったのは、日本文学は中国文学の圧倒的な影響下に形成されたが、その場合の中国とは、六朝と宋に限られてしまうということである。通読すればこれはおのずと浮き上がってくる。

要するに、中国文学は六朝と宋を掌握すれば足りるということだ。

そんな馬鹿なと言われそうだが、日本人は、春秋戦国も秦漢も六朝および宋を通して見ているのであり、隋や唐にしても――すなわち李白や杜甫にしてさえも――ただ宋を通して見ているのである。むろん、元、明、清と続く。しかし、その間、素材になり規範になったのは宋において起こったことなのだ。『水滸伝』も『金瓶梅』も宋を舞台にしているのであって、明を舞台にしているのではない。『紅楼夢』にしても表向きは清を舞台にしているが、その理想になっているのは江南中国すなわち宋にほかならない。

大衆文学を例に引くのは――中国では小説は文学とは見なされない――異様に思えるかもしれないが、古典が一般化するのはつねに大衆の時代であって、中国にその大衆が生まれたのは宋代だったからである。六朝に古典意識が多少なりとも育ったとすれば、六朝にすでに大衆の萌芽があったということである。むろん知識人と大衆は隔絶しているが、いずれにせよ同じ経済社会状況すなわち物質的繁栄の度合いに大きく左右されることに変わりはない。要するに、六朝も宋も知識人や大衆にとってそれなりに豊かで自由な時代だったということだ。

これを端的に示すのが白居易と日本文学の関係であって、これが『日本文藝史』前半の隠れた主筋である。『枕草子』『源氏物語』を挙げるまでもなく、王朝に浸透した『白氏文集』の影響は紛れもないが、しかしこれは、白氏の風、とりわけその後期の風が、それ以前を覆っていた六朝文学の影響、たとえば『文選』の風とまったく矛盾するところがなかったからである。六朝文学を体現したと言うべき菅原道真が典型だが、白氏を難なく受け入れることができたのはそれが六朝の風と似ていたからである。

だが、中唐の白居易がそういう作風になったのは、盛唐の杜甫、李白の驚くべき達成以後、それに対抗するには一時代遡って見せるほかなかったからなのであって、日本人はその機微を知ることがついになかった。紀貫之らの『古今集』も六朝文学の敷き写しのようなものである。日本人が、李白、杜甫を受け入れるようになったのは、宋の時代、さらには元に追われるように宋人が数多く日本にいわば亡命し、中国文学を移植し、いわゆる五山文学を形成して以後のことなのである。

日本が盛唐の李白、杜甫に親しむようになるのは室町以後であり、それが詩風として完全に吸収されるのは芭蕉が登場してからである。小西の『日本文藝史』の根幹は、「俊成の幽玄風と止観」と、それをもじって言えば「芭蕉のかるみと禅」という二つの隆起が日本文学を形成しているという見方に集約される。

現地語と国語と普遍語という概念を用いてこれを説明すれば、日本は、現地語を国語にするにあたって普遍語である中国語および中国文学を摂取しなければならなかったが、まず六朝文学という普遍語の影響下に『古今集』が生まれ、次に、宋代文学という普遍語の影響下に『奥の細道』が生まれることになったとでもいえばいい。『古今集』も『奥の細道』も広大な裾野を持つ象徴的な山頂である。学術的には厳密を装ってどのようにも言い換えられるだろうが、理解すべきおおよその骨子はこのことに尽きる。

問題は、小西自身は当然のことながらこれを完全に掌握しながらも、それが何を意味するのか探究しつくそうとはしなかったということである。水村美苗風に言えば、〈国語〉を超える〈普遍語〉としての中国語——その中国語にかんする考察が、まったく欠落している。日本文学批判として中国文学を用いながら、その中国文学にかんする考察がまったく欠落しているということである。

むろん、『日本文藝史』である以上、無理からぬことと言うべきかもしれない。対象は日本であって中国ではない。だが、日本文学に対して規範としてあった中国文学の位置に、まったくそのまま西洋文学が居座ることになっても、その方法が少しも揺るがなかったということはどういうことか。

中国語、中国文学にかんする考察がまったく欠落していると言われれば、小西としては心外も極まれりというところだろう。吉川幸次郎に師事した身である。その著作に明らかだが、読書量は膨大である。少なくとも一般の中国文学者より理解がはるかに深いと自負していたに違いない。だが、中国文学者に対するのと同じように、英文学者、独文学者、仏文学者に対しても、既成の評価をほぼ無批判に受け入れているとすれば、どうか。日本文学の典拠となった西洋文学を正確に知ることが優先されるべきであって、典拠そのものの意味を問う必要はないということか。だが、比較文学とはほんらい、比較されるべきもの相互に、ほかならぬその比較によって新しい照明を当てるものではないか。

小西の欧米文学に対する姿勢を見るかぎり、そこに批判的な視点があったとはとても思えない。小林秀雄はヴァレリーの亜流であり、山本健吉はエリオットの亜流であると述べて済ませるようなものだ。まるで裁断批評だが、事実、小西はそう述べているのである。典拠としての中国文学に無批判なこと、まさに同様と思われる。

むろん、一見、批判と思えることも述べている。「中世美の非日本的性格」から引く。

支那では、りっぱな価値をもっと意識される種類の作品——小説や戯曲はもちろん含まない——は、先例のある語で表現されなくてはならなかった。（中略）この傾向がいちばん典型的に現はれるのは、六朝時代であるが、六朝の作品はどれもこれも同じやうなものばかりで、謝霊運と鮑照と謝朓と庾信とを、作品の上で区別することは、たいへん難かしい。貫之と友則と躬恒と忠岑とを、歌だけで判別するのと同程度に難かしいのである。

六朝文学が退屈なのは退屈であるように作っているからで、古今集も同じ美学に立っていると述べている——むろんこう断言するにはそれだけの用意があるに違いない——わけだが、古今集歌人の本質を明らかにするために引かれた六朝詩人は、結果的にその特徴がよく分かるとは言え、批評されているわけではない。典拠として、すなわち普遍語の文学作品として引かれているだけである。

抽象的なことを述べているのではない。普遍語すなわち書き言葉としての中国語批判、中国文学批判が欠落していることを指摘したいのである。あるいは、遡って吉川幸次郎まで俎上に載せなければならないのかもしれないが、この欠落は少なくとも私には十分に奇異なことに思われる。

ジョン・マクホーターは、英語はクレオールだと述べた。マクホーターは、クレオールではない言語はない、と考えているのだ。かりにマクホーターの主張が傾聴に値するものであるとすれば、中国語も――もちろんのこと日本語も――クレオールである、少なくともその可能性は大いにある、と考えるべきだろう。

小西に欠落しているのは、たとえばそういう視点であると思われる。

4

中国語はクレオールであるとする説は少なくない。むしろ、そのクレオール性が貫徹されているところにこそ中国語の、あるいはいっそう正確に言えば、漢字漢文の本質があるとする見方のほうが多いほどだ。

岡田英弘はかつて中国語には文法がないと言って私を驚倒させた。中国語には文法がないというのは、しかし、日本語には文法がないというのと同じような意味では必ずしもないだろう。そうではなく、中国には膨大な言語があって、それを統一するには読みは多様だが意味はひとつという漢字を考案するほかなかったということである。簡単に言えば、中国語は普遍語だが、それは文字の次元においてであって話し言葉の次元においてではない、ということである。

水村美苗は、西欧に国民国家が形成される過程を端的に次のように述べている。


〈国民国家〉というものが最初に成立したのは西ヨーロッパである。西ヨーロッパでは、十三世紀ごろから、ギリシャ語やラテン語という〈普遍語〉で書かれたものが、〈母語〉しか読めない人にも読めるよう〈現地語〉に少しずつ翻訳されていた。グーテンベルク印刷機が発明され、〈現地語〉が「出版語」として流通するようになってからは、その過程はどんどんと勢いを増していった。しかも、〈普遍語〉が〈現地語〉に訳されるようになっただけではない。最初から〈現地語〉で書かれたものが、ほかの言葉を〈母語〉とする二重言語者に読めるよう、〈普遍語〉へとどんどんと翻訳されてもいったのである。この激しい二方通行の翻訳を通じて、数世紀をかけ、まずは西ヨーロッパで、〈現地語〉が〈国語〉に変身していったのであった。

ここで「ギリシャ語やラテン語」にあたるものが、中国では漢字漢文であったことは指摘するまでもない。簡単に言えば、国民国家が形成されるにいたるこのような葛藤を、中国の場合は、漢字漢文が覆い隠したのだということになるだろう。

水村は続けて「この数世紀にわたる長い過程のなかで重要な役割を果たしたのは、当然のこととして、二重言語者であった男の読書人である」と書いている。

まるで中国読書人の長い伝統を聞く思いがするではないか。誰が読んでも、描かれているのは中国の士大夫のこと、とりわけ科挙が一般化して以後の士大夫のこととしか思えない。士大夫こそまさに「二重言語者であった男の読書人」の典型であると思われる。

西ヨーロッパにあったのは表音文字すなわちアルファベットの長い伝統であり、中国にあったのは表意文字すなわち漢字の長い伝統である。現実には数万語と言われる文字の過半が仮借であり、話し言葉のための符号に転化した語も少なくないにしても、漢字の本質は表意であって表音ではない。

重要なことは、中国においては漢字漢文によって「現地語」がそのまま「普遍語」――それを操るものが少数の選良に限られたにせよ――に移行することができたということであり、あらゆる地域を国民国家によって覆い尽くそうとする十九世紀以降の世界史的な潮流に対しては、この「普遍語」である中国語を「国語」であるかのように装うことで応えたのである。

いや、水村の現地語、国語、普遍語という概念がいかに画期的であるか、その威力を示すためには、あえて次のように述べたほうがよいかもしれない。

中国に国語はない。

ただ、現地語と、漢字漢文という普遍語があるだけだ、と。

中国語は、表音文字の伝統を背景に樹立されたいわゆる言語学という学問から食み出す要素を初めから含んでいるのであり、その要素は日本語にも幾分かは流れていると見なければならない。

揖斐高は、今関天彭の『江戸詩人評伝集』を編集したその解説に、「文學界」一九五四年二月号の伍俶・魚返善雄対談「中国文学を語る」から伍俶の発言を引いて、読者に注意を促している。付記すれば、伍は一八九七年生、一九六六年没の中国の文学者。北京大学を終えた後、民国政府と行をともにし、台湾で教鞭を取った。魚返は一九一〇生、六六年没の中国文学者である。

「日本人はどうも不思議ですね。たとえば今関天彭さんのように、中国語は一言も喋れないのに、中国人以上の立派な詩の作れる人がある。それから京都の鈴木先生も、中国語は喋らないけれども、なかなか詩は巧い。しかし口語体の文章はあの方々はお判りにならないでしょう。」

今関は一八八二年生、一九七〇年没の漢詩人、近代中国研究者である。漢詩人だった祖父・今関琴美に師事した。「京都の鈴木先生」は、おそらく吉川幸次郎らの師、鈴木虎雄のことであろう。一八七八年生、一九六三年没。東大卒、内藤湖南と同じように京都大学設立直後から教壇に立ち、長く教授を務めた。内藤は中国史、鈴木は中国文学である。

今関は一九一八年から三一年までの足かけ十四年間、北京に滞在し、「中国各地を巡遊し、清朝の遺老をはじめ当代の学者や詩人や政治家などを歴訪して、中国の学術・文化・時事に関する調査・研究に従事した」。表向きは三井合名会社の資金により現地調査のための今関研究室を設立したということになっているが、しばしば日本政府の密命を帯びて動いていたようだ。

揖斐は、先の伍俶の発言を引いた後に、「つまり、天彭はほとんど中国語が話せなかったというのである。天彭の中国での実地調査は、おそらくは初歩的な中国語会話、漢詩の応酬、漢文による筆談の混用によって行なわれたということになる」と述べているが、今関にとって——そして鈴木にとってもまた——これが必ずしも恥ずべきことでなかったのは疑いない。

普遍語は読み書きされるべきものであって話し聞くものではなかったからである。

口語体の会話など所詮、現地語にすぎない。伍俶の発言は今関、鈴木とも存命中になされている。二人には、それを不思議とする伍俶のほうがよほど不思議に思えただろう。漢人だろうが胡人だろうが、今関や鈴木のような人間がいたとして少しも不思議ではない。歴史的に見れば、中国にはむしろそのような知識人のほうが多かったとさえいえよう。

指摘するまでもなく、これを不思議と思うのはヨーロッパ風の国語なるものが成立して以後の感覚である。フランス語が話せないのにフランス語で詩を書いていると訝しがっているようなものだ。だが、今関や鈴木が必要としたことは、現地語のフランス語で話すことなどではない。普遍語のラテン語で書くことであって、そのラテン語がフランス語ふうに発音されようがイタリア語ふうに発音されようが知ったことではなかったのである。

むろん吉川幸次郎の世代からはいくらか違ってきたようだ。昭和初年代に三年間留学し、帰国後数年間は日常的にいわゆる北京官話を用いて暮らすようにしていたという有名な話がある。これは、フランス文学者は日常的にフランス語を話して当然、という意識に近い。

おそらく吉川幸次郎は、国語と国民国家がそのまま民族の誇りに繋がると考えるようになった世代の頂点をなす存在だったのである。当時の中国の知識人——伍俶もそのひとり——もまたそう考えるようになってきていたのだ。おそらく北京官話を標準語にしようとする動きはメディアの発達と相俟って二十世紀に入って加速されたに違いない。だが、国民のほぼすべてが同じ言語を話すということは、長い中国の歴史のなかではむしろ異常なことであったと思われる。

日本の古代文学の研究者である工藤隆は、中国の少数民族の習俗に古代日本の習俗、たとえば歌垣が同じように見られることに注目し、精力的に雲南省や四川省の奥地を調査して歩いているが、当然のことながら、中国人通訳を用いている。だが、日本語と中国語の通訳ではない。中国語と現地語の通訳である。工藤の場合は奥地であるが、鳥居龍蔵の清朝末期の調査紀行などを読むと、当時の中国のかなりの地域がさながら奥地に等しかったと想像される。

歴史をさらに遡行するならば各地の言葉の違いはいっそう大きかっただろう。そのうえ話し言葉の変化は速い。漢字漢文が、地域による違い、時代による変化を覆い隠すように働いたであろうことは、呉音、漢音、唐音の例からも窺うことができる。同じ漢字でも時と所によって読みが、すなわち口語が、違ってくるのである。とすれば、今関のような存在は少しも珍しくはないということになる。

科挙に合格すべく普遍語を、あくまでも読み書きの言葉として学ぶ人間は各地にむろんいたわけだが、その各地の住民が話していたのは現地語であって普遍語ではない。漢字漢文は皮肉なことに、中国においては国語を生み出させない圧力として働いてきたのである。これはむろんあくまでも水村の概念における国語だが——そしていまやそれ以外の国語は考えられないと私には思われるのだが——この国語という概念が中国語問題とでも言うべきものを照らし出す力には目を見張らせるものがある。

このような普遍語としての中国語のありようは、同じ共同体のなかで母語を等しくしないもの同士が生み出すピジンに、限りなく近いと言わなければならない。

言語学においても、中国語がクレオールであるという事実を論証している学者がいる。松本克己である。

5

松本は、先史考古学、集団遺伝学などの成果を積極的に取り入れて、旺盛な議論を展開している歴史言語学者である。その学問横断的な流儀は、ビッカートンやマクホーターらに近いという印象を与えるが、いずれにせよ、いまやこの流儀はほぼ世界共通になっているといっていいだろう。

松本はその『世界言語のなかの日本語』において、漢民族とは何かと問いかけ、漢語を話す集団であるとし、それでは漢語とは何かとさらに問いかけ、チベット・ビルマ系言語に属することは人称代名詞のタイプから見ても疑問の余地がないとしている。だが、にもかかわらずチベット・ビルマ系言語とは類型論的に大きく異なり、むしろ太平洋沿岸諸語と多くの特徴を共有すると続け、したがって「この言語は、これまで述べてきた沿岸系の「東夷」(より具体的には「三苗」つまりミャオ・ヤオ系)の言語とチベット系のいわゆる「西戎」(古文献で「氐」「羌」などと呼ばれた諸族の祖集団)の言語が接触・混合した結果生じた一種の「クレオール」(ないしリングワ・フランカ)として最も適切に性格づけられるだろう」と結論づけている。

リングワ・フランカとはフランク語の意だが、転じて、共通の母語を持たない集団内において意思疎通のために用いられる語、要するにピジンのことである。

詳細は松本の著書そのものに譲りたいが、いま少し松本の説を紹介しておきたいのは、専門書であるために一般の読者はなかなか手にしないのではないかと思われるからである。松本は続けている。

「漢語のクレオール的性格は、この言語で常に指摘されてきた〝孤立語〟と呼ばれるような類型的特徴、すなわち名詞や動詞における形態法のほぼ全面的な欠如のほかに、いわゆる〝非整合的〟なそのSVO型語順にとりわけはっきりと映し出されている。」「このような非整合的SVO語順は、世界のピジン・クレオールと呼ばれる諸言語に頻繁に現れる。」

松本はさらに、漢語が一種の雑種言語として成立したものとすれば、それを話す漢民族もまた最初から雑種的性格を帯びていたといわなければならないとし、「漢字の創始者としての太平洋沿岸民」という説を打ち出している。

漢字の起源ということでは白川静の説が有名であり、かつ説得力があって、学界はいざ知らず、いまや多くの人々に受け入れられているようだが、白川が解読し解釈した殷代の甲骨文字にかんして、松本は、すでに「文字体系として十分に成熟した段階を示し、従ってまた、ここに至るまでの発達過程がその背後に当然予測される」とし、「殷代の甲骨文字で記されたのは、はたしてどのような言語だったのか」と問いかけている。

つまり松本は、ミケーネ文明の線文字Bのように、どこかにあった文字体系を殷が借用した可能性があると考えているのだ。そして、「我」などの人称代名詞から推して、甲骨文字が「すでに紀元前二千年紀後半の殷人の間で、チベット・ビルマ系の「漢語」を写す文字体系として役立てられていたことはほぼ確実と見てよい」とし、それならば、「この「漢字」という文字体系は、チベット系言語を母語とする〝西戎〟の一集団が自らの手で創り出して、黄河中流域へもたらしたものだろうか」と問いかけ、答えは「ノー」であると断言している。

なぜ「ノー」なのか。

漢字で「財、貨、寶、買、賣、資、貢、購」など財貨や商活動などを表す文字は、いずれも「貝」という字を基盤にして作られている。この文字は、言うまでもなく、海でしか獲れない子安貝をかたどったもので、甲骨文の中にもすでに現れている。「貝」を基盤としたこのような文字形成とその発想は、チベット系言語を母語とする内陸の牧畜民の間では到底起こりそうもない。

松本はこの記述の後に、柳田国男の説を引いて、子安貝はまた宝貝とも呼ばれ、琉球諸島が「世界でも稀なる宝貝の豊産地」として名を馳せていたこと、殷・周時代の中国へ財宝としての子安貝を供給していたのが琉球の地にほかならなかったのは、当時大陸の東シナ海沿岸部では子安貝は産しなかったからであると記している。

だが、同時に松本は、漢字には遊牧民にとってもっとも重要な「羊」をかたどった文字も多く見出されること——美、善、義、祥、養など——に注意を促し、「「貝ヘン」の文字が生活者の日常世界に根ざしているのに対して、「羊ヘン」の文字は、いわば支配者の観念的イデオロギーの世界を映している」と述べ、漢語の雑種性は、沿岸型言語を基層とし、その上に、結果的に支配者となった内陸遊牧民の言語が重なって形成されたところにあると、これも断定している。

中国の歴史は、農耕民を周期的に収奪する遊牧民いわゆる騎馬民族の歴史として描くと把握しやすいが、その闘争はすでに漢字形成の段階において始まっていたということになる。要するに、漢字の起源は白川が解読、解釈した殷墟の甲骨文字ではありえない、中国南方沿岸部に別にあるとしか考えられないというのだ。いずれ江南の遺跡から文字が出土するに違いないと、松本は予測している。

紹介してきたのは『世界言語のなかの日本語』の最終章、「太平洋沿岸言語圏の先史を探る」の後半部分だが、これらの記述が始まる前に、松本はすでに次のように述べている。

一九七〇年代以降、中国の考古学界では目覚ましい発見が相次ぎ、その結果、中国最古と見られた夏王朝の成立する以前に、長江流域で稲作を中心とする高度の文明が発達していたことが明らかにされてきた。東アジアの稲作農耕が今から九〇〇〇〜七〇〇〇年前の長江流域で始まったことはもはや疑いなく、これまで長い間定説とされてきた稲作の「雲南・アッサム起源」説は、すでに過去のものとなった。メソポタミアやエジプトと並ぶ人類最古の農耕文明の発祥地として、今ようやく長江文明が脚光を浴びてきたのである。

中国を旅行したことのあるものなら誰しも実感することと思うが、文明の発祥の地として黄河だけが問題にされ、長江、それもとりわけ下流域にかんしてじつに長いあいだほとんど蛮地扱いされてきたのは不思議としかいいようがない。気候においても地形においても、長江流域のほうが黄河流域よりもはるかに豊かな印象を与えるからである。松本の説はその不思議、その謎にひとつの解答を与えている。要するに、華北が江南を征服したというのだ。遊牧民の「羊ヘン」が農耕民の「貝ヘン」を征服したというのである。

それでは長江文明の担い手ははたして誰だったのか。松本は「もちろん「漢民族」ではない」と述べている。「漢語、漢民族が成立したのはどんなに古くても今から四〇〇〇年以上前には遡らないと見られるからである。とすれば、その担い手は前述の「東夷」また後に「南蛮」と呼ばれて中国周辺部へと押しやられた先住諸族、すなわち、我々の最大の関心事となってきた太平洋沿岸型諸言語を話す集団にほかならない」。

いまはこれ以上、考古学的な記述には立ち入らないが、長江文明は考古学において現在もっとも注目されている文明であり、ほぼ雁行して発掘が進んできたように思えるドナウ河流域文明と並んで、世界の考古学界の関心を二分しているといっていい。

焦点は文字が発見されるかどうかというところだが、コリン・レンフリューらの認知考古学は、文字の外縁を大きく拡げることによってその限界を突破しようとしているように見える。土器に刻まれた文様の背後に口承文芸の存在を想定したのはアンドレ・ルロワ＝グーランだが、先史時代の人間の心的世界を探ろうとするその手法はすでに認知考古学を予告していたというべきである。

これまで松本の説を長く引いてきたのはほかでもない。この江南と呼ばれる地が、六朝、および宋の地とおおよそ重なるからである。小西によれば、日本文学の根幹を形成したのは六朝の天台止観と宋の禅——小西の言ではないがこの二つは似たようなものである——だが、いずれも江南の地によって育まれたのである。さらに遡れば屈原の楚にいたる。漢字の地層深く、生々しい文字の葛藤が秘められていると思わずにはいられない。

六朝とは、三国時代の呉、東晋、南朝の宋、斉、梁、陳で、いずれも建康すなわち後の南京に都を定めた六つの王朝のことである。北宋の都は開封、南宋の都は臨安すなわち杭州。江南とは一般に江蘇省、安徽省、江西省を指し、その南に東シナ海に面して浙江省、福建省、広東省が位置し、その内陸側に河南省、湖北省、湖南省が並ぶ。南京は江蘇省の省都、開封はおおよそ黄河沿いに洛陽、鄭州、開封と並んで河南省に属す。杭州は浙江省の省都である。中学生の歴史地理の学習のようで気が引けるが、大略、春秋戦国の楚、呉、越である。六朝の栄華、宋の繁盛を考えると、長く未開野蛮の地とされてきたとは不思議きわまりない。治水に難があったという説があるが、築かれた都市を思えばおよそ考えられないのである。チグリス、ユーフラテスの両河に対応するのはむしろ長江であろう。

先に、松本が、白川が解読し解釈したことで強烈な印象を与えることになった殷代の甲骨文字は最古のものではありえないと述べていることを紹介したが、じつは、白川自身、そう考えているといっていい。詩経、楚辞を論じて、神話が断片化されてちりばめられている事実に言及しているからだ。古典の背後にはさらに長い時間が流れていると考えているのだ。甲骨文字にしても同じだろう。

工藤隆は四川省や雲南省で採録した口承文芸すなわち神話のさまざまな要素が日本の神話と呼応していることに注意を促しているが、先史時代は、黄河周辺であれ長江周辺であれ、集落はすべて同じように口承文芸を持っていたに違いない。漢字漢文はそういう神話を語られたままに記録するには不向きだったとしかいいようがない。逆にいえば、不向きなままで文書を残すほうが有利な支配者がいたのである。断片化された理由だ。

中国においては、漢字仮名交じり文あるいはアルファベットを構想するような民は抑圧されていたとでもいうほかない。ヒエログリフはむろんのこと、楔形文字ももとは表意文字だった。アルファベットは表意文字から生まれたのである。とすれば、呪術的機能の強い漢字そのものが、表意文字の呪縛から食み出すことを許さなかったというべきだろうか。

殷が農耕文明であったことは疑われない。白川が説くように、殷周革命に描かれた殷の頽廃——たとえば酒池肉林——は現実には遊牧民が見た農耕民の祭礼の姿である。農耕民の神は水であり遊牧民の神は天である。岡田英弘は、天の思想を持つ周を騎馬民族と見なしているが、そうであるとすれば、周公を仰ぎ見る孔子はたんに征服者に好都合な思想を説いたにすぎないということになる。思想の皮肉というほかないが、それは朱子にしても同じだ。

素人が憶測を逞しゅうしているにすぎないが、しかし、漢字の政治学は、これまで語られてきたような、たとえば知識人と大衆を切り離すといった次元に止まるものではないことは、この粗描からだけでも感じられるはずである。それは人間の生活の全域を浸すのである。水村の提示した現地語、国語、普遍語という概念は、漢字の政治学を語るにすこぶる適切といわなければならない。

ニコラス・オストラーの『最後のリンガ・フランカ――世界語の興亡』(二〇一〇)は、ギリシア語、ラテン語、ペルシャ語、英語といったこれまでのリンガ・フランカの興亡の後に、中国語が世界を制覇する可能性を示唆している。同時に、いずれ精密な翻訳機械が登場してリンガ・フランカを不要のものとするだろうとも予測しているが、しかし表意文字としての漢字が持ついわば特異な普遍性について論じてはいない。アルファベットの略語的(視覚的)使用すなわちSOSとかUSAといった語についても論じていない。欧米語のおそらく死角になっているのだ。

問題はしかし、にもかかわらず、どのような言語であれ、表現がある域を突破した段階には、人を感動させるということなのだ。水村の普遍語への問いは、本質的に、普遍への問いと言語への問いの二つを内包しているのである。

第二章　観法の地平

1

国文学における小西の創見は数多い。例はいくらでも挙げることができる。なかでも有名なのは『梁塵秘抄』三五九番の歌謡をめぐるものである。

遊びをせんとや生まれけむ
戯れせんとや生まれけん
遊ぶ子供の声聞けば
我が身さへこそ動がるれ

この歌謡について、大岡信は、北原白秋の「一心に遊ぶ子どもの声すなり赤きとまやの秋の夕ぐれ」、齋藤茂吉の「うつつなるわらべ専念あそぶこゑ巌の陰よりのび上り見つ」などを引いて、その影響歴然たることを示している。白秋も茂吉も、そういうかたちで『梁塵秘抄』の衝撃に応えたのである。

長く幻の書とされてきた『梁塵秘抄』の巻二が国文学者・和田英松によって発見されたのは明治四十四（一九一一）年。検討を託された和田の友人・佐佐木信綱はそれが真本であることを確認し、大正元（一九一二）年に刊行すべく手はずを整えた。ところがその過程で、今度は佐佐木自身、今様に縁の深い綾小路家において巻一および『口伝集』巻一を発見することができた。佐佐木は、これらのテキストに、『群書類従』に収録されて散逸を免れていた『口伝集』巻十をも加えて刊行した。以後、『口伝集』巻十一～十四をも加え、少なくとも現段階で――当時も現在も同じ――手にできる『梁塵秘抄』のテキストのすべてを刊行することができたのである。したがって、大正元年以降、日本の読書人は日本の古典の富をいっそう豊かに味わうことができるようになったわけだ。とりわけ巻二の、庶民が口ずさんでいたと思われる歌謡数百が文学者の手に届いたことの意義は大きかった。白秋、茂吉をはじめ、芥川龍之介、佐藤春夫そのほか多くの文学者がほとんど酔い痴れたといっていい。

大岡はさらに次のように述べている。


いずれにせよ、私たちが今手軽に読むことのできている『梁塵秘抄』は、大正元年にはじめて陽の目を見た、まだ真新しいといっていい本なのである。

さて、そこで、こういう問題が生じる。たとえばあのあまりにも有名な「遊びをせんとや生まれけむ」の歌だが、白秋や茂吉がこの歌を明らかに意識しつつあれら子供の歌を作ったとき、彼らはこの「遊びをせんとや」の歌を、いったいどんな人間が作り、謡ったかについて、立ちどまって考えてみたことがあるだろうか。おそらく彼らは、ごく普通の人間（男でも女でも）が、無心に遊ぶ子供を見て感じた気持を、そのままま っすぐに謡ったものとして、これを受取ったことだろう。彼らの作った童子の歌を念頭においてみても、その印象は変らない。

しかし、この「遊びをせんとや」の歌は、遊女が子供を眺めて謡ったものであろうという見方がある。私ははじめてこの説を知ったとき、実に驚いた。目から鱗が落ちる思いとはこういうものをいうのだろうとさえ思った。遊女の歌として見ると、このひたすらな童心讃仰とみえる単純な歌が、にわかに、哀切、痛烈な歌と変じて見えてくるではないか。

この説を最初に示した学者はだれなのか、私はつまびらかにしない。小西甚一氏の『梁塵秘抄考』は、この歌についての「考説」として次のようにのべている。

「この歌は秘抄の中でもすぐれたものであるが、以下の数首が遊女に関する歌であるから、これも遊女の感慨であるかと思ふ。平生罪業深い生活を送つてゐる遊女が、みづからの沈淪に対しての身をゆるがす悔恨をうたつたものであらう。『たはぶれ』は、『類聚名義抄』の『淫　タハフル』が当るやうである。」

どうも、叙述の仕方から察するに、この本の説が、この歌を遊女の作とする考えの最初の表明ではなかったかと想像される。そうだとすれば、この説は昭和十六年以来のものということになる。白秋も茂吉も、春夫も龍之介も、そういう見方がありうるとは、たぶん想像もせずに、この童子讃歌を読んでいたことだろう。

大岡の名著『うたげと孤心』の一節である。長い引用をあえてしたのは小西の創見とその意義をじつに適切に語っているからである。のみならず、その創見を指摘するにも、大岡の配慮はよく行き届いている。「この説を最初に示した学者はだれなのか、私はつまびらかにしない」と断ったうえで、小西の創見ではなかったかと「想像される」と記しているだけである。さらにその後に、「『梁塵秘抄』研究のもう一人の権威者」である志田延義の『梁塵秘抄評解』の一節を引いて、小西の説に異論あることもまた明記している。

小西の『梁塵秘抄考』は昭和十六年と明記されているように一九四一年の刊。志田の『梁塵秘抄評解』は一九五四年の刊である。ただし、志田は小西より十歳近く年長で、小西が著書に付した詳細な梁塵秘抄研究史によれば、一九三一年から本文校訂ならびに内容について立ち入った論考を数多く発表している。

『梁塵秘抄考』を上梓したとき、小西は二十六歳。刊行を案内する新聞記事に「小西甚一氏は昭和十五年東京文理大国文科卒、能勢朝次教授の指導の下に研究科生として現在に至る」とあるから、要するに大学院生である。刊行にあたっては同窓の俳人・加藤楸邨の勧めに従ったとある。むろん処女作だが、六百頁を超す堂々たる研究書である。指導教授の能勢は四十七歳。論敵ともいうべき志田は三十五歳で、本文中で小西は志田の業績を認めながらも随所で批判もしている。志田は後に岩波日本古典文学大系の『梁塵秘抄』の巻を校注している国文学者である。

ちなみに、『うたげと孤心』の刊行は一九七八年。その前々年の一九七六年、国文学者の西郷信綱が「日本詩人選」の二十二冊目として『梁塵秘抄』を上梓し、第一部第二章で「遊びをせんとや」を取り上げ、「『考』は数々の発見をふくむ最初の注釈書であり、ここに遊女を導入してきたのもその一つといっていいのだが」と、『考』すなわち小西の『梁塵秘抄考』を紹介かつ批判している。生きるために遊ばねばならぬ遊女が親鸞のいわゆる「悪人」の部類に入るものであることは疑いないが、だからといって「遊びをせんとや」の歌に「そうした罪業感が詠じられていると解さねばならぬ義理はない。歌でものをいうのは教理ではなくて、ことばであり表現である」というのである。

この批判にはしかし小西も呆気にとられただろう。仔細は省くが、忌憚なくいえば、当時、小西は右翼で西郷は左翼である。マルクスを批判する側と擁護する側の違いだ。教理にこだわるのは西郷のほうであって、自分のほうではないと思ったに違いない。ちなみに、西郷は第二部第二章でも同じ歌謡を別の角度から取り上げ同じ結論を出している。

いずれにせよ、小西に並ぶ国文学者・西郷が小西の創見を認めているわけで、大岡が控え目に、これは小西の創見ではないかと示唆したことに誤りはなかったわけである。遠慮する必要など少しもなかったわけだが、それでも大岡は事実関係の知識、すなわち国文学者の領域にかかわることでは断言を避けたのだ。断言しているのは、「目から鱗が落ちる思い」がしたという自己の感性の体験、感動の体験だけである。ちなみに西郷は小西の一歳年下で東京大学国文科の出。他方、小西は旧高等師範から東京文理科大へと進んで、これはつまり東京教育大学系で、筑波移転を支持した側、いわゆる体制側である。

むろん、小西の指摘に驚いたのは大岡だけではない。たとえば私にしても、その指摘を知って、心底驚いた。樋口一葉の『たけくらべ』の末尾、美登利が一夜にして少女から大人の女へと変わったのは、初潮を迎えたからなどではない、初客を取らされたからであるとする佐多稲子の説に接したときと同じほどに驚いた。そして、同じように深く感動したのである。悲哀の質が違ってくるからだ。

小西の説に立つとすれば、「遊びをせんとや」の「遊び」とは「遊女」の謂いである。三八〇番の歌謡では「遊女」と書いて「あそび」とルビが振ってある。小西の説に無理は少しもない。小西の意図を汲んで現代語にすれば「遊女になるために生まれてきたのだろうか、嫖客を迎えるために生まれてきたのだろうか、無心に遊ぶ子供の声を聞けば、我が身が切なくなってくる」ということになる。鮮烈というほかない。

大岡の『うたげと孤心』は、『紀貫之』に続く二冊目の古典評論である。『紀貫之』は「日本詩人選」の七冊目。後に関連するのでこの「日本詩人選」シリーズのいくつかを挙げれば、五冊目が『大伴家持』で山本健吉、九冊目の『西行』も山本だがこれは未刊に終わった。十冊目が丸谷才一の『後鳥羽院』、十一冊目が安東次男の『藤原定家』、十二冊目が吉本隆明の『源実朝』。飛んで、十六冊目が小西の『宗祇』、十七冊目が尾形仂の『松尾芭蕉』、十八冊目が安東の『与謝蕪村』。

臼井吉見と山本健吉の監修とされているが実質的に山本の単独企画だろう。著者とその対象の組み合わせがさすがに興味深い。そしてその二十二冊目が西郷の『梁塵秘抄』になるわけである。大岡はこのシリーズとはかかわりが深いにもかかわらず、なぜか西郷の本には言及していない。佐佐木信綱の岩波文庫をはじめとする仕事、志田延義の『日本歌謡圏史』二巻と岩波日本古典文学大系の校注、そして小西の『梁塵秘抄考』が主に参照言及されているだけである。

2

小西の『梁塵秘抄考』における創見について長々と述べたのは、小西には国文学者としての創見が少なくないこと、しかもそれを誇っているようには少しも見えないことに重ねて注意を促したかったからである。

『梁塵秘抄考』が刊行されたのは昭和十六年の十一月だから太平洋戦争直前。紙質といい造本といい豪華とはいえないが、内容は見事で、人によっては『日本文藝史』以上に評価するかもしれない。前半は七章に分かれ、現存本の検討、成立の年代および事情、御撰本の巻次と内容、秘抄歌謡の形式、秘抄歌謡の表現、歴史的批判、研究史が論述されている。白拍子から能楽への移行を論じた個所など秀逸である。しかも傀儡子、遊女、巫女の背後に遊牧民の伝統を見ていて、高野辰之の説に倣ったにせよ、着眼は鋭い。上原六四郎の説をも参照して、白拍子流行の背後に都市化現象を見ているのだ。

後半は、梁塵秘抄巻第一、巻第二の歌謡の一つひとつに綿密な考説が付され、出典が明記されている。多くは法華経からだが、しかし経典は漢文でもあり大部でもある。出典を探し出すのは大変だっただろうと素人目にも分かる。その後に口伝集巻第一、巻第十のテキストが掲げられ、こちらは考説ではなく下注が施されている。

巻頭には佐佐木信綱の序があって、小西の研究姿勢をほとんど絶賛している。成立年代ほか小西が明らかにしたことを箇条書したうえ、さらに、注釈において、誤写を正した例を六、典拠を明らかにした例を七、難歌難語を解くなどした例を七、いずれも具体的に掲げている。佐佐木はもちろん学界の大御所であって、時に六十九歳。ほとんど孫の門出を祝しているようなものだ。佐佐木についで能勢の序があり、これは手放しで喜んでいるとしか思えない文章である。研究生仲間から「資料餓鬼」という綽名を付けられていたこと、秘抄の考説のために一切経をことごとく読破したことなどが暖かい筆致で紹介されている。超弩級の新人の登場という印象が圧倒的である。

だが、「遊びをせんとや」の考説は、大岡が引用しているだけのきわめて短いものであって、これで全文である。出典を示し他を批判するなど、長い考説が多いなかではそっけないほどだ。ほとんど感想を記しただけという体裁であって、大岡は創見のむね明記するのを遠慮したのかもしれない。あるいはそれもあって、大岡は創見のむね明記するのを遠慮したのかもしれない。だが、いずれにせよそこに大岡の、国文学界への細かい気遣いが潜んでいることは疑いない。他方では、白秋も茂吉も龍之介も春夫も、これが遊女の思いを述べたものとは考えてもいなかったと、詩人の直感で断言している。彼らが書いたものを読めば一目瞭然というわけだ。学問には慎重、芸術には大胆というべきか。

大岡の古典論は、『紀貫之』、『うたげと孤心』、『詩人・菅原道真』と続くが、その特徴は詩人の批評であって学者の批評ではないということである。むろん、文献の博捜はほとんど国文学者に匹敵するが、あくまでも感性で勝負するのであって、知識で勝負するのではないという姿勢である。学者を馬鹿にしているのではない、逆に尊敬しているのである。知識の収集で勝負する学者たち——それこそ資料餓鬼たち——への讃嘆と敬意を記すことを忘れない。

小西は『日本文藝史』第三分冊で西行を簡潔的確に論じながら、小林秀雄の『無常といふ事』所収の「西行」には一行も触れていないのだが——後に小林の「平家物語」を論難してはいるが——、実際のところ、小林のこの有名な随筆を批判しようとしていたと思える。

念のために述べれば、小林の「西行」の要点は、たとえば「まどひきてさとりうべくもなかりつる心を知るは心なりけり」のような歌を、それも五首引用の中に目立たぬように投げ入れておいて、間をおいて「自意識が彼の最大の煩悩だつた事がよく解ると思ふ」と付け加えるようなところに端的に示されている、と、少なくとも当時の小林の読者の目には映っていたはずである。西行の歌は、自分が自分について考えている、つまり自分は自己言及の悪循環に陥っているのだから、悟りえないのは当たり前のことだ、と述べているのである、と。

これが小林のいう自意識の煩悩の正体であり、一般にはそれこそ近代的苦悩の最たるもの——つまりボードレールやマラルメのもの——とされているわけだが、小林はそんなことを仔細に説明などしていない。ただ「彼は単なる抒情詩人でもなかつたし、叙事詩人でもなかつた。又、多くの人々が考へ勝ちの様に、どちらにも徹せず、迷悟の間を彷徨した歌人では更にない。僕は彼の空前の独創性に何等曖昧なものを認めない。彼は、歌の世界に、人間孤独の観念を、新たに導き入れ、これを縦横に歌ひ切つた人である」と断言するだけである。

小林は西行に近代人の苦悩を、つまり自分自身の姿を見て感嘆しているのだ。多くの読者がそう感じていただろうことは疑いない。

小西は、この小林の主張と流儀を粉砕しようとし、なかば成功している。西行の流儀は真言密教によるのであって、近代人の孤独を先取りしたようなものではない。しばしば単純素朴に思えるその歌い振りも宗教あってのことなのだと、小西はいう。たとえば、西行といえば花と月と孤独の歌人ということになるが、花は法華経の華すなわち花であり、月は心月輪の月のことであり、孤独とは無言の行のことである。真言密教のさまざまな経典に秘められた語句を、また観念を、古今から新古今へと流れる歌の調べに見事に重ね合わせたところにこそ、西行の独創性があるのであって、それを見逃したのでは話にならない。それが小西の言い分である。

小西の西行を論じた一節を引く。

花と月で真理世界を象徴したことは、西行が密教を修めたところに由来するのであろう。かれが三十歳ごろから主として高野山に住んでいた点から考えて、真言密教に通じていたことは推認されてよい。密教では、真の仏を宇宙の全存在にゆきわたる「理」そのものだとする。その「理」は、いたる所にあり、たえず現われているにも拘わらず、普通の人間は感知できない。それを人間のことばで説き示すため現われたのが、釈尊をはじめとする人格的な諸仏である。その言語を媒介として「理」に迫ることができるという立場から、華厳・天台・三論……など顕教の各宗が生まれた。しかし、人間の言語は完全でなく、それによる表現は限界があって、すべて「理」を表現しつくすことは不可能だというのが、密教の立場にほかならない。表現されない部分は、それを感知できない人間の側からいえば、隠れている、すなわち「密」なのである。しかし「理」は、知性的な言語の世界から見るとき隠れているけれども、じつは、いたる所に現われている。現われすぎているために、かえって感知できないのである。たとえば、風が吹いて葉がそよぎ、朝の光に露が輝くなどは、すべて

「理」すなわち仏の現われなのであり、その「理」を感知するためには、知性を超越した直観が必要だとされる。真の「理」へ迫ることのできる直観は、厳しい訓練によってのみ得られるが、その訓練における直観の媒体として用いられるのが各種の形象である。それらの「理」を象徴する形象は、曼荼羅（mandala）とよばれる。

曼荼羅の代表的なものは、金剛界や胎蔵界などの図絵曼荼羅だけれど、ほかにもさまざまな種類の曼荼羅があり、また、かならずしも既成・特定のものだけには限らない。ある秩序をもつ形象は、すべて曼荼羅になりうる。たとえば、夜空にひろがる星の配置と運行は、整然たる秩序をもち、それは「理」の現われにほかならないから、星曼荼羅だといってよい。こうした形象は、静的なものだけに限られず、秩序ある動きも曼荼羅になりうるのであり、これを羯摩曼荼羅（karma-mandala）とよぶ。西行にとって、花と月は、花曼荼羅であり、月曼荼羅であった。かれは密教の訓練により、花や月に「理」を感知することができたから、その感動を和歌に詠じたのである。しかし、花や月に曼荼羅的な表現を感じない享受者は、なぜ西行があのように感動しているのかを理解できないため、拙歌ないし凡作としか考えられないことになる。

小西はこれに先立って、「従来、西行の歌は、自由な思想・感情を平明に直叙している点が高く評価されている。それは、誤りではないけれども、現代の批評規準、しかもアララギ系統の考えかたによるとき、そうした評価が成り立つというにすぎず、唯一の観点ではなく、十二世紀ないし十三世紀の評価はこれと別であった。西行の歌は『新古今和歌集』に九十四首も採られており、最高の入集成績だけれど、それは、平明だからではなく、主情的でありながら巧妙な心の屈折を見せているからである」と書いている。

これは、「心理の上の遊戯を交へず、理性による烈しく苦がい内省が、そのまゝ直かに放胆な歌となつて現れようとは、彼以前の何人も考へ及ばぬところであつた。表現力の自在と正確とは彼の天稟であり、これは、生涯少しも変らなかつた。彼の様に、はつきりと見、はつきりと思つたところを素直に歌つた歌人は、「万葉」の幾人かの歌人以来ないのである」と書いた小林へのほとんど直接的な批判であると、私には思える。

むろん、小西のこの見解を創見とすることができるかどうか、私には分からない。ただ、俊成、定家の背後に摩訶止観を、梁塵秘抄の背後に法華経を、芭蕉の背後に禅を見るのと同じ視線が、西行の背後に密教を見るところにも潜むのであって、その一貫性が、私には創見と思われるのである。

問題はむしろ、小林の評論に底流する文学的感動と宗教的感動は別のものではありえないという直観が、小西にはなぜか学問的に邪道と思われたらしく、一貫して否定的に扱っているということである。つまりこれほど瞭然とした主張をしながらも、まるでそれを抑圧するかのように、小西は、文学的感動と宗教的感動は切り離して考えなければならないと断言し続けるのだ。西行の歌を総括して、小西は次のように述べている。

このような種類の歌は、享受者が制作者と同様な密教的体験をもっていないかぎり、理解も共感もできないわけだから、すべての享受者にそれを要求ないし期待することは、無理である。自分で密教の実修をしなくても、それと同様な感知のしかたができればよいのだけれど、そのような人は、現代の日本にはきわめて少ない。まして、欧米の享受者にそれを求めるのは、論外というべきであろう。したがって、右のような歌は、文藝の立場から見るかぎり、拙作と評するのが、むしろ適切なのである。

おそらくアメリカのニュー・クリティシズムの限界がこういうかたちで出てきているのだ。

問題は、たとえば尾山篤二郎が西行の歌を啄木の歌に似ているとし、石田吉貞がそれを受けて論文「西行の歌の不可解性」（一九六四）を書き、さらに『隠者の文学』（一九六八）を上梓しというように、その素朴性と不可解性が一種の魅力となって現代人をなお惹きつけ感動させるというところにこそあるというべきなのであって、それが純粋に文芸であるかどうかなど、ほんとうは枝葉末節の問題にすぎない。そもそも純粋な文芸などという観念は――ニュー・クリティシズムもその延長上にある――十九世紀末に一時流行した病気のようなものにすぎない。

そういう意味では、「これらは皆思想詩であつて、心理詩ではない。さういふ事を断つて置きたいのも、思想詩といふものから全く離れ去つた現代の短歌を読みなれた人々には、これらの歌の骨組は意志で出来てゐるといふ明らかな事が、もはや明らかには見え難いと思ふからである。西行には心の裡で独り耐へてゐたものがあつたのだ。彼は不安なのではない、我慢してゐるのだ」と見た小林のほうが、小西よりも自由であったというべきかもしれない。

西行の持つ含みを小林は現代人として味わい、小西は含みの内実を十分に理解しながらも、国文学者として、というよりはむしろ文芸史家として、それを退けている。小林も小西もそれぞれの限界を背負っているといいたいが、小西の限界は明瞭だが——むしろそれを信条としているのである——、小林の限界は曖昧だ。断言を繰り返しながらも、肝心のところでは断言を避けているからである。俊成や定家の背後には天台摩訶止観があり、西行の背後には真言密教がある、そんなことは百も承知だと、小林は仄めかしているようにも見える。

小西が背負ったニュー・クリティシズム、彼の言葉でいえば分析批評の殻は、晩年にいたって剝がれ落ち、遺著になって刊行された『日本文藝史』別巻『日本文学原論』の、それも巻末に付された「餘論ふうな結語」においては、文学的感動と宗教的感動はほんらい別ものではありえないとする——あえていうが——本人にさえも隠された本心が、井筒俊彦の『意識と本質』への圧倒的な賛辞となって噴出している。

私には、小西は井筒の著書の随所に自分自身の思想を発見し驚き讃嘆しているとしか思われない。他人の書に自身の思想を見るということでは小林と変わらないのである。だが問題は、小西が描き出した井筒の思想は小西が批判した小林の思想に似ていなくもないということだ。いやほとんど同じである。井筒のみならず、小林にもまた宗教者の要素は十二分にある。

文学的感動も宗教的感動も別のものでないのは、いずれも同じ言語現象のうちにあるからである。むろん政治も社会も経済も言語現象にほかならない。だが、文学や芸術、そして宗教がそれらと違って特異なのは、その表現がそれそのものへの問を含んでいるからである。あるいは言語の始原に直通しているからである。私という現象は言語現象の核心に位置するが——犬も猫も個体意識はあっても私という現象は知らない——、そういうかたちで現われるこの世という謎、いまことという謎は、人間からけっして離れることはない。文学も宗教もそこから、つまり同じ場所から生まれているのだ。人間の一生は初めから文学のかたちをしているのである。それが人間の悲哀だ。

たとえば西行は、啄木に似ているだけではない。その宗教と文学の関係において、よりいっそう宮沢賢治に似ているというべきだろう。「業の花びら」を引く。

夜の湿気と風がさびしくいりまじり
松ややなぎの林はくろく
そらには暗い業の花びらがいっぱいで
わたくしは神々の名を録したことから
はげしく寒くふるへてゐる

謎めいているが、その謎が読むものを惹きつけるのである。この謎の多くが賢治の宗教者としての活動に密接にかかわっていることはよく知られている。「業の花びら」という表題からしてそうだ。そこに法華経が揺曳していることは否定できない。

したがって小西の見方でいえば、「このような種類の歌は、享受者が制作者と同様な密教的体験をもっていないかぎり、理解も共感もできないわけだから（中略）文藝の立場から見るかぎり、拙作と評するのが、むしろ適切なのである」ということになるわけだが、現にそうなってはいない。両者は切り離しがたく、それが魅力になっているのだ。

賢治の愛読者は広いだけではなく、深い。たとえば中原中也がこの詩を暗誦し口ずさんでいたことはよく知られているが、文芸作品として魅了されていたのである。むろん、中也にも宗教者を思わせるところがあったが、そんなことでいえば人には大なり小なり求道者的なところが必ずあるというほかない。

小西は、比較文学という手法を採用した必然として、漢籍と日本古典の関係を綿密に考証しなければならなかった。漢籍の半ばは詩文だが、残りは儒教、道教、仏教に関わるものである。つまり日中の比較文学は、宗教における文学、文学における宗教の比較考察でもなければならなかった。小西は、源氏物語の考察を締めくくるにあたって、「紫式部の世界は、はじめ『史記』と関わりながら形成されていったのが、次第に『法華経』へ傾斜することによって、同時代のどの物語にも日記にも見られないものとなったようである」と書いているが、そこにこの比較文学的な手法が端的に示されている。

だが、残念なことに、近代人の禁忌――すなわち宗教的禁止――とでもいうほかないが、小西は文学的感動と宗教的感動の重ね合わせを徹底して排除しようとする。それが――つまり小西の自負する新しさが――とりわけ第五分冊の近代文学論では底の浅さとして感じられてしまうのである。俊成にも定家にも西行にも世阿弥にも芭蕉にも適用された手法が、近代文学にだけは適用されないのは、考えてみれば不自然である。現実には朔太郎も賢治も中也も、あるいは岡本かの子も大庭みな子も、宗教を引き合いに出した方がよほど理解を深めるに違いない。

これに宗教運動としてのマルクス主義を付け加えてみれば、理解はさらに深まるだろう。実際、最澄と彼に遅れること一年で帰国した空海がもたらした密教は、マルクス主義といって悪ければ新左翼の理論のようなものである。これが旧左翼とでもいうべき南都諸寺に与えた衝撃は強烈だったわけだが、そのうちに最澄と空海も新左翼の内ゲバよろしく決裂したわけである。そう見れば、当時の理論闘争の生々しさが分かる。逆に一九六〇年代の学生運動も分かる。むしろこれこそ比較文学、比較文化の真髄というべきではないか。

小西は、文学的感動とは何か、宗教的感動とは何かを、徹底的に究明すべきだったと思われる。

3

いま少し西行について見る。

小西の西行の見方を徹底させたものに山田昭全の『西行の和歌と仏教』(一九八七)がある。石田吉貞の問題意識を汲むものであり、小西との直接的な接触はないようだが、西行における真言密教を論じてきわめて興味深い。

山田には「西行晩年の風貌と内的世界」(一九七四)という論文があり、そこでは晩年の二つの自歌合「御裳濯河歌合」(俊成加判)と「宮河歌合」(定家加判)がいかなる信仰、いかなる衝迫にもとづいて伊勢神宮に奉納されることになったかが論じられている。またそれが、白楽天がその全作品を自ら編集して洛中香山寺や蘇州南禅院の経蔵に納めた故事に倣ったものであることが示唆されている。「狂言綺語を転じて讃仏乗の因、転法輪の縁にしたいとの願が込められた」のだというのである。和歌を寄進するのも、仏像を寄進するのも同じだという論理である。伊勢神宮が選ばれたのは本地垂迹説にもとづく。

だが、さらに興味深いのは、『西行の和歌と仏教』第三章「西行高雄歌論の典拠と釈義」である。「高雄歌論」とは『栂尾明恵上人伝』に載る西行の歌論を指す。歌論そのものがきわめて刺激的だが、それはとりあえず措く。山田はこれを西行晩年に到達した境地と考え、その典拠を『大日経』と『大日経疏』に求めている。本地垂迹説にもとづく和歌即陀羅尼観から、『大日経』と『大日経疏』に導かれた和歌即真言観へと、思想が深まったと考えているのである。その後に展開される一節を引く。

> 西行が『大日経疏』を読んでいたという事実を指摘することは、上述の推論を補強する上で重要である。西行が『大日経疏』の句を題にした詠歌が『山家集』中に一首だけある。
>
> 　疏文《そのもん》に悟心証心々
>
> まどひきてさとりうべくもなかりつる心をしるは心なりけり
>
> 中巻雑部の釈教歌群の中に見える一首であるが、詞書の「疏の文」は『大日経疏の文』という意味であろう。そこで『大日経疏』を繰ってみると、前掲『大日経』本文(B)の、
>
> 虚空の相は是れ菩提なり。知解の者も無く亦た開暁のものも無し。何を以ての故に。菩提は無相なるが故に。
>
> とある部分について注解したところに次の文が存在するのである。
>
> 虚空の戯論分別を遠離するが故に、知解の相もなく、開暁の相もなきが如く、諸仏自性の三菩提も、当に知る可し、亦爾なり。唯し是れ心自ら心を証し、心自ら心を覚る。是の中には知解の法もなく、知解の者も無し。始めて開暁すべきに非ず、亦開暁の者もなし。

傍点部分を原文のまま表記すると「唯是心自証心心自覚心」となる。前掲『山家集』の歌題はこの部分を拾い出したものとみてまちがいあるまい。ただ歌題は「悟心証心々」とあって原文と食い違っている。久保田淳編『西行全集』所載六家集板本『山家集』には「心自悟心自証心」とある。これも原文と一致しないが、「心自証心」と「心自覚心」の順序が逆転して、いったん「心自覚心、心自証心」になり、さらに「覚」(さとる)が訓読の一致によって「悟」にあてられたとみれば、六家集板本の歌題のほうが原題に近いのではないか。いずれにせよ、この歌は、西行が『大日経疏』を見ていたということ、しかもさきほど記したように、その特異な和歌観の典拠になったと思われる部分と同じ場所から選んだ歌題だったことを明快に示している。

一首は、「迷い続けてきて、遂に悟ることのできなかったあわれな我が心を知るものは、これまたわが心以外にはないのだ」と解されよう。悟れなかったということを自ら悟るという論法は、「心自ら心を覚る」に通じ、また「心自ら心を証す」に通ずることでもあろう。高雄歌論の典拠となったあたりの『大日経』には「実の如く自心を知る」「自心に菩提と及び一切智とを尋求す」のような句が散見され、『疏』の「心自証心、心自覚心」はまさにそうした経句の延長線上に出てくるのである。と考えるとこの一首、わずか一首にすぎないが、『栂尾明恵上人伝』に載せるいわゆる高雄歌論なるものを、実際の西行と結びつける実に貴重な資料として浮上してくる。

引用が長くなったが、先に引いた歌の解釈の問題をも含むのでいたしかたない。山田の訳はさきほどのこちらの解釈とはかなり異なる。専門家の言に従うほかないが、しかし、小林の読者としては、「まどひきて」の歌は上下で切って、「心をしるは心なりけり」を独立した一句と見る誘惑には打ち勝ちがたい。だからこそ「さとりうべくもなかりつる」なのだ、と。とはいえ、いずれにせよ、西行のこの歌、およびその周辺の歌が『大日経』、『大日経疏』の圧倒的な影響下にあったことは、もはや疑いないと思える。

むろん、小林もその辺の事情はたしかに掌握していたのである。知られているように「西行」発表の七年後に——つまり戦中と戦後の違いがあるわけだが——刊行された『私の人生観』(一九四九)で、小林は、人生観の「観」の字の解釈からはじめて観無量寿経に触れ、十六観の例として日想観、水想観などについて具体的に説明している。さらにそのうえで、禅とその前身である止観について述べ——禅は初め観と呼ばれていたと小林は強調している——、鑑真僧都、明恵上人、恵心僧都の生き方の例を挙げているのだ。戦争中、小林はほとんど沈黙していたが、その間、何を考えていたのか窺わせて興味深い。

その後に、次の一節が続く。

観法といふものが、文学の世界にも深く這入つて行つたのも無論の事であつて、その著しい例が西行であります。前にお話しした明恵上人の伝記を書いた喜海といふ人の伝へるところによると、或る時西行がかういふ意味の事を明恵上人に語つたのを、傍で聞いた事があるといふ。自分が歌を詠むのは、遥かに尋常とは異つてゐる。月も花も郭公も雪も凡そ相ある所、皆是虚妄ならざるはない。分り切つた事である。であるから、花を詠んでも花と思つた事もなければ、月を詠ずるが実は月だと思つた事はない、「虚空ノ如クナル心ノ上ニオイテ、種々ノ風情ヲ色ドルト云ヘドモ更ニ蹤跡ナシ」と言つたといふ。歌を詠んでゐるのではない、秘密の真言を唱へてゐるのだ、歌によつて法を得てゐるのだ。さやうな次第で歌と言つても、たゞ縁に随ひ興に随ひ詠み置いたまでのものである、さう言つたさうです。

指摘するまでもなく、小林が引いているのは山田が「西行の高雄歌論」と呼んだ『栂尾明恵上人伝』の一節である。文治五年の頃とされているから、西行七十一歳、明恵十六歳のときということになる。実話かどうか疑問もあるようだが、山田はともかく、少なくとも小林はそんなことはどちらでもよいと考えている。感動を与える逸話のその感動にこそ真実が潜むと考えているからであって、自分の文学の手がかりはその真実にしかないと思っているのだ。

小林は、小西とは違って、宗教的感動も文学的感動も本質的に違わないと思っている。自分が書くものが、最終的に宗教に近いものになったとしても、それが必然ならばいたしかたないと思っているのだ。いや、そこにこそ真実があると思っている。

「見者」ランボーを当時の青年の憧れの的にしたのは若き小林秀雄である。小林の翻訳『地獄の季節』の刊行は一九三〇年で、その影響は半世紀ほど続いた。『私の人生観』で説かれている「観法といふもの」がその流れを汲むことはいうまでもない。一貫しているのである。むろん、幻視者の伝統は、古今東西変わることなく流れているともいえる。

だが、サンボリスム以後の、一種、作品中心主義とでもいうべき考え方からすれば、これは大きな逸脱であるように思われる。小西は間違いなくそう考えていただろう。作品は作者の意図を超えるのであって、自作解説などというものを信じるならば解釈を本分とする文芸批評はそもそも成立しないことになるのである。作者はしばしば自身の意図を知らないのだ。フランスのサンボリスムの直接的な帰結に思えるヌーヴェル・クリティック、その姉妹現象のようなアメリカのニュー・クリティシズム、あるいはドイツの解釈学の新展開などを見ると、そう思えてくる。作者の死が云々されるようになって久しい。

だが、小林にしてみればそんなことは痛くも痒くもない話だっただろう。作品が作者の意図を超えるのは、人生がそれを生きる人間の意図を超えるのと同じであって、当たり前のことだからである。「神よ、許したまえ、彼らは自分のしていることを知らないのです」と叫んだのは十字架上のイエスであり、「人間は歴史を作るが思うようにではない」と述べたのは青年マルクスである。

人は自分の人生を生きるということになっているが、意図通りにではない。人生そのものが文学のかたちをしているのであって、これは言語を獲得した人間の宿命であるというほかない。歴史も文学であり、伝記も文学である。史料の物質性に規定されるが、それはしかし、その規定のされ方においてすでに文学なのだ。この事情は、史料の物質性の一例として、たとえば写真というものの用いられ方ひとつを考えるだけでもすぐに分かる。写真は光学現象にすぎないが、人はさまざまな写真のなかから文脈にふさわしいものを選ぶのである。

フィクションとノンフィクションの関係を誤解してはならない。ノンフィクション（実話＝事実）がフィクション（話＝虚構）の後に成立したことはその語の成り立ちから明らかである。事実があって虚構があるのではない。虚構があってしかる後に事実があるのだ。事実なるものは虚構の後に――つまり語ること書くことの後に――あらためて発見され意識されたのであって、あえていえばそれは虚構の虚構なのである。

この虚構の虚構を科学と言っても誤りではない。それはこの世界に拮抗すべく精緻化された虚構なのだ。科学と詩と宗教が同じ場所に棲む理由にほかならない。

だが、ここで熟慮されなければならないのは、文学的感動と宗教的感動とは別のものではないということ、虚構と事実は別のものではないということではない。そうではなく、この問題がなぜ、たとえば小林にとって観法の問題として登場したかということであり、あるいは小西にとって、俊成や定家が摩訶止観の、西行が密教の、芭蕉が禅の問題として、すなわちいずれも見ることの問題として登場したかということである。

言語にとっては見ることが特別な位置にあるからである、と、私には思える。聞くことも重大だが、言語においては、それはあくまでも見ることの系として展開しているように思える。

見ることが人間にとって特別なのは、人間はなぜか、見ているその対象にやすやすと自己同一化することができるからである。このことはたとえば野球観戦ひとつに明らかである。数千人の観衆が投手と打者の一挙手一投足に瞬間的にどよめくのは、観衆が投手や打者に同一化しているからにほかならない。相撲を観戦して手に汗握るのもそうだ。舞台芸術にいたっては、観客を引き込んで自身に同一化させる役者や踊り手こそが名人なのである。芝居小屋を出て役者の仕草を真似、声色を真似る客が多ければ、それは成功した芝居なのだ。

人はどのようにして相手の身になることができるようになったのか。むろん、母を見習うことによってである。人は、自分の身になって世話してくれる母を見習うことによって自分なるものを形成するのであって、これは要するに他者として対面することによってはじめて自己を見出すということ、つまり他者として自己を見出すということである。その媒介として離乳期以後、人形や自動車などの玩具が用いられることはよく知られている。

人は他者として見出された自己を自己として引き受けるのである。思索の起源は自己にあるのではない。かりに自己であるとすれば、それはすでに他者によって媒介された自己なのだ。思索の出発点を自己に置くことはしたがって致命的な誤りであることになる。

相手の身になることができるということの帰結のひとつは、人は誰にでも何にでも成り替わることができるということである。動物にも植物にも成り替わることができる。海にも山にも成り替わることができる。だから人は、たとえば木に向かって誓い、あるいは雲に向かって嘆くのである。さらには明日の、一年後の、十年後の自己に成り替わることもできる。これは想像力の問題ではない。日常要求される気づきの問題である。この能力がなければ人間としてやっていけないのだ。

奇異なことではない。この能力がなければゲームなどできるはずがない。投手も野手も交替できなければゲームは成立しない。この場合、ゲームとは社会の別名である。盤上遊戯が面白いのは、盤面を正反対にできる、つまり相手の身になることができるからである。

意識的に相手を苦しめることができるのは、じつは相手の身になることができるからなのだという逆説もこうして登場する。苦痛は動物の特権だと述べたのはヘーゲルだが、残酷は人間の特権だといわなければならない。犬も猫も猿も残酷ではない。サディズムもマゾヒズムも人間の問題、言語の問題なのだ。

だが、ここで登場するさらに重要な帰結は、相手の身になることができるようになるのとまったく同じ瞬間に、人は、相手と自分の双方を眺めうる視点を獲得するようにもなるのだということである。それがなければ入れ替われないのだ。

つまり、世界を俯瞰する視点である。

野球ならば監督の視点である。世阿弥ならば離見の見とでもいうべきところだが、原理的にはおそらく斜め上の視点から眺めることができるようになった。臨死体験のいわゆる魂の位置に立つようになった。魂になって、真上から自分の死体とそれを取り囲む人々を眺め下していたという臨死体験が引きも切らないのは、何のことはない、人間はすべてつねにそういう視点をはじめから確保しているからにほかならない。

言語は相手の身になることができなければ成立しない。向き合った人間と、瞬間的に互いに向きを変え位置を変えることができるようにならなければ成立しないのである。これは、言語をして世界を捉えるための恣意的な網目と考えるソシュールの考え方の、あるいは、人間はすべて普遍文法を備えて生まれてくるとするチョムスキーの考え方の、そのまたさらに前提になるはずの問題である。なぜなら、相手の身になるということは、言語以前の現象として動物の世界に広く見られるからである。言語はその能力を対象化することによって——つまり物質化し象徴化し記号化することによって——ほんらいは適用されないところにまでその機能を拡げてしまったにすぎない。

肉食動物が草食動物を追うとき、追う方は追われる方の身になり、追われる方は追う方の身になっている。鷹が兎を追うさまを想像するがいい。ほとんど芸術的な劇が展開されている。だがおそらく、人間以外の動物にあっては、この能力は対象化されてはいないのである。つまり、ただ純粋に他人に成り替わるためにのみ他人に成り替わり、ただ純粋に俯瞰するためにのみ俯瞰するようなことは人間だけしかしないのだ。憑依し、その憑依を俯瞰して楽しむこと――要するに劇と舞踊と物語――は、人間だけしかしないのである。

むろん、霊長類の細部にまで話を広げる力は現在の私にはないが、いずれにせよ、その能力がトマセロやダンバーのいうように社会化によって形成されたのか、あるいはチョムスキーやピンカーのいうように何らかの突然変異によって形成されたのか、いままさに鎬を削っているように見える学問領域――進化言語学、先史考古学、動物行動学、集団遺伝学そのほか――の展開によっていずれ明らかにされるだろう。現生人類がおよそ十六万年前の東アフリカに誕生し、ほぼ八万年前から全世界に適応拡散しはじめた――DNA解析のみならず先史考古学や古気候学などをも参照したスティーヴン・オッペンハイマーの説にしたがう――というのは、年代に多少の揺れがあるにせよ、いまや常識に近い。適応拡散以後の歴史の空白は恐ろしい勢いで埋められつつある。

小林が執着した「観法といふもの」、小西が提起した日本文学における摩訶止観、密教、禅という系譜の問題の、これが背景であると私には思える。文学は観法の地平を拡大するように展開してきたのだ。小林はあからさまに、小西は戸惑いながら、見るという行為の背景に人間存在の根本問題を探り出しているわけだが、あらためて述べるまでもなく、これはたとえば中国古代の『詩経』と日本古代の『万葉集』を比較検討してみせた白川静の問題意識に繋がっている。見ることは端的に呪力の行使としてあったのである。

俯瞰することは権力者の特権である。だが、この特権は、言語の特性のひとつとして、すべての人間がはじめから所有しているのである。俯瞰したうえで相手の身に乗り移ることが瞬時にできなければ、会話、いや関係そのものが成立しない。それこそ言語獲得の第一条件なのだ。

俯瞰はそれ自体がひとつの権力であり、人間においてはその特権がまず自身の身体に対して行われたことは疑いようがない。人はまず自身の身体を奴隷化し家畜化したのだ。それが私という現象であり、自己という現象なのである。中国古典でいえば修身だが、この関係を他に及ぼせば、動物の家畜化、人間の奴隷化になる。

これは群れの内部における序列とは違っている。序列と支配は違う。序列は突きつめていえば餌をついばむ順序、食事の席順のことだが、支配は、群れを導くこと、繁殖させること、要するにフーコーのいう牧人司祭の職能のことである。序列は力の濃淡にすぎないが、支配は力の隔絶である。序列は農耕民に、支配は遊牧民に、とりわけ顕著に発達した能力であるように見える。

だが、先を急ぐわけにはいかない。

4

阿部秋生の大著『源氏物語研究序説』について触れておかなければならない。これは、少なくとも私には名著というに値する書物と思える。千頁を超える大著だが、学者の仕事とはこういうものかと嘆息させられる。

『源氏物語研究序説』は、源氏物語を史記の影響下にありとした『河海抄』を研究の中心に据えたものである。宣長には重視されたものの近代の研究者には長く等閑に付されてきたこの中世の源氏注釈書に注目したことを、しかし、阿部は手柄顔に述べているわけではまったくない。というより、それはせいぜい全体の百分の一を占めるにすぎない。他に讃嘆すべき個所はいくらでもある。

内容は、序論「源氏物語研究の方法」、第一篇「源氏物語の環境」、第二篇「明石の君の物語の構造」の三部に分かれる。

序論では、近年のポストコロニアリズムを踏まえた国文学論、国文学者論とはまったく違ったかたちでだが、歌学、国学、国文学の系譜が——久松潜一の流儀で——概括され、源氏物語研究の現状、つまり二十世紀半ばにおける状況が俯瞰されている。第一篇では、紫式部の経歴の後に、その環境としてまず「叡山の思考」すなわち最澄に焦点が当てられる。その後に紫式部の出身階級といっていい「受領・諸大夫の意識」が論じられる。「尊卑分脈をみただけでも、皇族・大臣・上達部の子が、たちまちに受領・諸大夫に落ちて、二度と浮び上らない例がいくらでもある」と述べて、その社会的背景と当事者たちの意識を克明に描いてまことに興味深いが、むろん後半に論じられる明石入道の人物像を浮き彫りにするための布石である。彼こそ受領に落ちた上達部の典型なのだ。

だが、ここでの文脈、とりわけ小西との関連で言えば、むしろそれに先立つ最澄論にこそ注目すべきだろう。

平安貴族社会の人々が生死の迷路に落ちこんだ時、彼等の頭に浮ぶのは叡山であつたのではあるまいか。人それぞれの機縁があるから、当時の人々が叡山を第一とし、高野山を第二とすると考へてゐたといつてしまふといひすぎになるではあらうが、少くとも仏事・祈禱の華々しさに目をくれてばかりゐることはできないやうである。平安貴族の文藝・藝術における情趣的表現によつて、彼等の思考における知性までを軽く評価しすぎてはならないのであると思ふ。たしかに密教は、その行法によつて平安人士の生活の中に食ひこんだといへるだらう。そこに空海といふずばぬけた俊秀の端倪すべからざる世俗的才能をみてもいいのかもしれない。だが、平安人士の知性は、どうやら叡山の思考をその拠り所としてゐたもののやうである。

平安京の人々にとっては空海より最澄のほうが重要だったと述べているのだ。

『源氏物語研究序説』の刊行は一九五九年。小西の『文鏡秘府論考』の第一分冊の刊行は一九四八年で、この業績によって、五一年、学士院賞を受賞している。『文鏡秘府論』すなわち空海編の中国詩論集成を論じたものである。第二分冊は五一年、第一分冊の再刊が五二年、第三分冊の刊行が五三年。受賞時、小西は三十五歳。若いが、ちなみにいえば三年遡る一九四八年に学士院賞恩賜賞を受賞している家永三郎は三十四歳である。年齢については話題にするほどのことではない。いずれにせよ、阿部は小西の五歳年上だが、学士院賞を受賞した小西の『文鏡秘府論考』を読んでいなかったとは考えにくい。

空海が詩人、文章家として日本文学のなかに屹立する存在であることは指摘するまでもない。

だが、平安の昔から現在にいたる京都の風土のなかで、空気のように浸透していたのは叡山の僧侶たちの振る舞いであって東寺のそれではなかった。真言に帰依した西行は異質であったとさえいえる。阿部の筆致から見えてくるのはその事実だ。阿部の最澄贔屓はたとえば「だが間もなく空海から煮湯をのまされることになつた。空海が自分で一宗を創立することを思ひたつたらしい。理窟としてはわかりきつてゐる本質論を聞かせた上で、『顕密之教何無二浅深一』といつて絶縁宣告の手紙をよこした」と書いているところからも窺うことができる。

ほとんど感情的なまでに最澄の側に身を寄せているのだ。

小西が、最澄になど目もくれず、ひたすら空海を重視していたことは、『文鏡秘府論考』のみならず、『日本文藝史』においても明らかである。むろん、空海は文芸の対象にはなっても最澄はならない。最澄は宗教者に徹したのだといってもいい。だが、俊成や定家の歌論に決定的な影響を与えたのは『文鏡秘府論』ではなく『摩訶止観』であった。

小西は、俊成の『古来風体抄』に「かの天台『止観』と申す書《ふみ》の序《はじめ》のことばに、止観の明静なること前代も未だ聞かず」という句があることを指摘し、定家の日記『明月記』に『摩訶止観』の書写の開始と完了が克明に記されていることを確認している。「文学」一九五二年二月号掲載の論文「俊成の幽玄風と止観」である。

着眼は鋭い。文学的覚醒と宗教的覚醒が別のものではありえないことを、この段階で直観しているのである。とはいえ、繰り返すが、それを本質的な問題として追究することはついになかったわけだ。

阿部はある意味で小西の正反対の学者である。

小西は随所で和辻哲郎への敬愛を披瀝しているが、要するに和辻同様の切れ味の鋭い秀才である。阿部は違う。逡巡を隠さない。あくまでも源氏五十四帖の内側で勝負すべきだと繰り返しながら、小西なら忌避するだろう紫式部の意図をしきりに忖度する。作品主義でも作者主義でもない。そのうえ、登場人物を浮き彫りにするために、モデルとなりえたであろう同時代人をほとんど網羅的に列記し、史料を博捜し、歴史家顔負けの執拗さで人物像を炙り出すのだ。その結果、いまを去る千年の昔の京の街をそぞろ歩いているような気がしてくる。そうしてその空気のなかに、たとえば最澄の開いた叡山の風もまた吹いてくるのである。

『史記』が登場するのもその文脈においてである。光源氏のモデル探しである。小野篁、在原業平、菅原道真、源高明、藤原伊周、そして最後に周公旦が登場する。「いまの源氏の大将は讒をおそれてわれと城外に籠居せらるゝにや周公旦東征の跡を思へる歟」という『河海抄』の一節が引用されている。そして、紫式部が参照した可能性のあるものとして史記、尚書、詩経などがあげられ、もっとも詳しい尚書の検討からはじめて、その後に史記に移る。そのうえで「源氏物語に戻つてみると、この須磨・明石の巻前後の巻に、史記を典拠とする辞句が、かなりかためて使はれてゐることは認めなければなるまい」とし、具体例を挙げてゆくわけだが、返り点つきとはいえすべて漢文であって、当然というべきか、読み下しではない。

読むにも覚悟がいる。しかも、引用は魯周公世家第三からだけではない。呂后本紀第九、魯仲連鄒陽列伝第二十三、秦始皇本紀第六などからである。結論は「数として多いとはいひがたいが、これだけのはつきりしてゐる事例が集中してゐる事実を拾ひうるとするならば、この物語の作者が、須磨・明石の源氏の物語を構成する時、その頭の中には、史記が大きく蟠踞してゐたことを認めなければならないのであらうと思ふ」である。脱帽するほかない。

だが、阿部の『源氏物語研究序説』に触れなければならないと思ったのは『史記』との関連においてだけではない。第二篇第一章第三節の三「貴種流離譚」の存在によってである。「民俗学的方法による古典研究の成果は、少なくとも私にとつて、非常に魅力のあるものであつた」としたうえで、折口信夫の源氏貴種流離譚説を丁寧に引用紹介しながらも、あくまでも源氏が紫式部という個人の作品であることに固執し、たとえば池田弥三郎などのいう「多数の作者の参加」した作品であるとは決して認められないとするのである。けれど、折口の説には説得力がある。須磨・明石は貴種流離譚の型に当てはまる。それでは作者のなかにそうした口承文芸の型があったのかどうか。阿部は、少なくともテキストのうえでは、あったと断言することはできないとしている。ここでは逡巡が、すなわち、ああでもないこうでもないと呟きながら、深みへ深みへとはまってゆくことがほとんど快楽と化している。

興味深いのはしかし、それに続く展開なのだ。阿部は、紫式部が蓬生の巻や竹河の巻で自らの物語を「とはすかたり」と称している事実に注目する。「聞かれもせぬのにする話」というのが基本的な意味だが、じつはそれだけにはとどまらないというのだ。ここでも用例がいくつか挙げられたうえで、阿部は「夢語りや巫女のする夢占いや予言などをも「とはすかたり」といふものの」らしいことを突き止めるのである。巫女が神憑りして語ることもまた「とはすかたり」だというのだ。

何かうっちゃりを食ったような思いだが、阿部は次のようにまとめている。

かうして、「とはすかたり」には、夢解きや巫女の話、普通の社会人の知性の限界を超えて、精霊的なものとの交渉によつて語りだされる物語――たとへば、神意とか、人の宿業とか、運命の予見とか、死者の意志とかを物語ることをも意味することがある。「せずともよい余計なお喋り」とか、「聞かれもせぬのにする話」といふ、社交上の心得としての節度を失つてゐる話といふ意味で使ふこともないではあるまいが、その範囲だけに止まる言葉ではなく、その背後には、その社会常識を超えた咒術的な世界と連なつてゐることもある物語であつたかのやうである。源氏物語の作者は、さういふ背景をもつてゐる「とはすかたり」といふ言葉をもつて、この源氏物語をさしてゐることがある、といふことになる。

阿部がここで示唆しているのは、紫式部には何らか無意識に対する特異な感覚があったのではないかということである。

疑いなく、自分の意図、意識とは関係なく内部から噴出してくる物語が、この世にはある。このような物語衝動について二十世紀の文芸批評はすでにさまざまなかたちで論を展開しているが、こと源氏物語に関してのこの指摘は、私にはきわめて新鮮に思われる。紫式部が「とはすかたり」と自らいうのは、物語というものが、たとえ個性によってどれほど洗練されていても、それが古来の鄙びた神々の物語や祖先神の英雄譚などの伝承物語と無縁なものではないことを知っていたからであり、したがって「古代伝承物語の中にある貴種流離譚という型が、平安京の写実的な物語の中に介入して来ることがあっても別に不思議なことではない」という結論は、選球を重ねたうえで放たれたクリーンヒットのような印象を与えるのである。

興味深いのは、安易に集団の文学を云々する池田弥三郎らに対する批判が、阿部にこのような考察をもたらしたということである。いかなる場合であれ、書くのは最終的には個人なのだ。集団の声はその個人の「とはすかたり」を通してはじめて聞こえてくるのである。

意識は意識できないものまでを含んでいるというのは、ここ数年、チョムスキーがその言語論を語るときに繰り返している言葉である。それは、言語はつねに個人を通してしか現象しないという信念と組み合わせられている。言語本能が突然変異によってもたらされたとして、それはあくまでも個人に起こる現象であって、集団に一挙に起こる現象ではない。ここには集団の文学と個人の文学などという語を安易に使うことへのいましめが、むろんチョムスキーは意識していないだろうが、込められているといっていい。

考えるべきことがここには山積していると思われる。

第三章　「言語の機能は自分を苦しめることだ」

1

認知心理学者のマイケル・トマセロはチョムスキーの提唱した生成文法すなわち普遍文法の批判者として広く知られている。『心とことばの起源を探る』、『コミュニケーションの起源を探る』など、著書の多くが邦訳されているが、一九九八年に刊行され、二〇一一年には邦訳も刊行された編著『認知・機能言語学』に付された序文「認知・機能的視点から言語構造を見る」がその立場を知るに便利である。

生成文法の最も根本的な主張は、統語論という言語記述のレベルが、意味論を含む言語記述の他のあらゆるレベルから独立して存在するというものである。それはまた、認知のほかの面からも独立したものとされる。この統語論の自律性というテーゼは経験的な発見ではなく、明示的なかたちで検証された仮説ですらない。それはパラダイムを規定する公理であり、自然言語に対して数学的アプローチを採用することの直接の帰結である。実際のところ、生成文法とは数学の一つの形式以上のものではなく、言語のほかにも音楽、遺伝学、夢などの分析に適用されている。(大堀壽夫訳)

極論すれば、トマセロにはまるでチョムスキーを批判するために生まれてきたようなところがある。科学哲学者のポパーが、しばしば、マルクスやフロイトを批判するために生まれてきたように思わせるのと、それは似ている。ポパーにいわせれば、マルクスやフロイトの理論は反証可能性を封じている——つまり宗教と同じである——ことによって、科学の名に値しないのである。ポパーは使命を貫徹して、いまではマルクスやフロイトを片づけるにはポパーの名ひとつで足りることになってしまった。

だが、アメリカ分析哲学の淵源のひとつがヴィトゲンシュタインとカルナップとポパーというウィーン出身の三人の哲学者にあったとすれば、それがほんとうに良かったのかどうか、ときに考え込ませられる。哲学者の木田元が、このウィーンの三人組に——付け加えれば同時代ドイツのフレーゲ、フッサールをも含めて——共通する特徴は哲学史的教養の欠如だと話していたが、それがそのままアメリカ分析哲学の特徴になってしまっているという印象は拭いがたい——これについてはマイケル・フリードマンが『岐路』(二〇〇〇)で興味深い見取図を示しているが、ここでは話を広げない——。哲学史的教養というより、哲学史的感受性といったほうがいいかもしれない。分析哲学には何かしら思弁の香りがないのである。

むろん、チョムスキーも大局的にいえばポパーの陣営に属する。チョムスキーこそ言語学を科学にしたのだということになっているのである。チョムスキー以前の言語学、またその直前のアメリカ構造主義以前の言語学は、いわゆる比較言語学であり、民俗学――民族学でも人類学でもない――に毛が生えた程度のものにすぎなかった。ソシュールの、言語のさまざまな意味での恣意性をめぐる議論にしてさえも、この文脈でいえば、科学的というよりはむしろ文学的というべきだろう。

英国の人類学者クリス・ナイトが、チョムスキーを理解するには、何よりもまず一九五七年に刊行されて一世を風靡した『統辞構造論』の「まえがき」末尾に付された謝辞、すなわち「この研究は、アメリカ陸軍（通信部隊）、空軍（航空研究開発本部科学研究局）、そして海軍（海軍研究局）からの支援を一部受けている。さらに、米国国立科学財団とイーストマン・コダック社の支援も部分的に受けている」（福井直樹・辻子美保子訳）という一文を参照すべきだと述べている。

ナイトは、このいまや世界を代表する反体制派知識人――話題にされるのはその面のほうが多い――が、その出発点において軍の助成金を受けていたことを揶揄しようとしているのではない。そうではなく、チョムスキーの研究が、アメリカ陸海空軍から支援を受けられるほどに科学的であると見なされていたことに注意を促しているのだ。それはコンピュータ・サイエンスの奔りと見なされていたのである。

二十世紀半ば、コンピュータは最大の科学兵器と見なされつつあった。

若きチョムスキーはスキナーの行動主義心理学――当時もっとも科学的と思われていた――を批判することによって脚光を浴びたが、だからといって反科学的だったわけではまったくない。少なくとも本人の意識としては、行動主義者以上に科学的だったのだ。先に引用した『認知・機能言語学』のトマセロの序文の一節は「「数学」対「心理学」」と題されている節の冒頭だが、明らかにチョムスキーの数学主義を、現実を無視したものとして非難している。

だがこれは、広い文脈でいえば、数学は形而上学だが――それは経験を超えている――、しかしその形而上学によって物理学――つまり経験科学――もまた支えられているという逆説が、そのまま普遍文法にも当てはまるということにすぎない。これはプラトンが『メノン』で提示した問題であり、チョムスキーは自分がそれを言語論の場で展開しているということに十分に自覚的であるといっていい。

トマセロのチョムスキー批判はポパーのマルクス批判に似ていると述べたが、事実、トマセロは、二〇〇四年に発表された短文「どのような種類の証拠が普遍文法仮説を反駁できるか」のなかで、まさにポパーに依拠して、チョムスキーをほかならぬマルクスやフロイトと並べて非難している。反証を受け付けない仮説など世界の小ぎれいな絵ではあっても科学ではありえないという論理である。物理学は確かに数学によって支えられているが、つねに実験によって証明されるなり反証されるなりしているのだ。

チョムスキーの言語理論は言語能力の生得論であり、それに反駁するトマセロの理論は後天説、いわゆる経験論である。二人の対立は、つまるところ、人間を決定するのは「氏か育ちか」をめぐる論争の現代版といっていい。人の能力を決定するのは遺伝か環境か、物質か文化かという問題は、「あの人は親に似て」とか、「彼女は家庭環境が良いから」とか、いまでも誰もが話題にすることであって、学問的というよりは世間的、ゴシップ的である。たとえばヴィトゲンシュタインは自分が天才でなければ、すなわち先天的な才能の持主でなければ、生きてゆく気がしなかった。そういう人間もいるのである。

チョムスキーは、幼児が母語を獲得する過程を見れば、それが後天的な能力によってなされているとはとても思えないとする。もちろん外部からの適切な言語刺激が必要であることは指摘するまでもないが、三歳児を見れば一目瞭然、刺激は引き金にすぎないのであって、習得すべき言語にまつわる膨大な知識そのものではありえない。したがって、言語獲得の速さと情報量の膨大さを考慮に入れれば、人間は先天的な言語能力——すなわち普遍文法——を持っていて、外部からの刺激は引き金にすぎないと推断するほかないということになる。

だが、トマセロは外部からの刺激すなわち引き金はチョムスキーが思っているほど少なくもなければ単純でもないと考えている。声のみならず身振りと表情の全体が言語刺激になるのである。なにしろ、トマセロは幼児の言語習得と大型類人猿の認知能力の専門家である。最初の著書は、管見の限りでは『最初の動詞』(一九九二)で、チョムスキーを批判しながら、認知言語学の視点から幼児の言語習得を論じている。二冊目の著書は教え子のホセプ・カルとの共著『霊長類の認知』(一九九七)である。トマセロにいわせれば、帰納的に積み上げてゆく自分の方法のほうが科学的であり、言語は先天的な能力であるという証明不可能なご託宣から演繹してゆくチョムスキーの方法のほうは似非科学であるということになる。

チョムスキーのほうはネイティヴィスト(生得論者)、ジェネラティヴィスト(生成論者)、その方法もユニヴァーサル・グラマー・アプローチ(普遍文法論的研究)と呼ばれ、トマセロのほうはエンピリシスト(経験論者)、コンストラクティヴィスト(構築論者)、その研究もユーセジ・ベイスト・アプローチ(使用依拠論的研究)と呼ばれているが、発達心理学から動物行動学、最近では神経科学をまで巻き込みつつあるこの論争は、その根を人間の歴史とともに古い

「氏か育ちか」論争から引きずっているだけに、学問の領域においては簡単に決着がつきそうもない。現在も、本にせよ論文にせよ続々と刊行され発表されているのであって、どちらが優勢かは見方によって違ってくる。

問題をさらに複雑にしている――あるいは豊かにしている――のは、一九八七年に登場したミトコンドリア・イヴ仮説である。分子生物学者アラン・ウィルソン、レベッカ・キャンらによってなされたミトコンドリアDNAの探究は、現生人類の起源を十六万年プラスマイナス四万年前の東アフリカと推定した。これは、現生人類の「アフリカ単一起源説」が「多地域並行進化説」――ほぼ百万年前にアフリカを出たホモ・エレクトスが世界各地でそれぞれに進化したとする説――を大きく引き離した決定的な瞬間である。その後、現生人類はほぼ二十万年前の東アフリカに誕生したという説が一般に流布されるようになったのは、おそらく数の切りが良くてそのほうが覚えやすいと判断されたのだろう。チョムスキーがしばしば引用する考古学者イアン・タターソルらもその年代を採用している。

ちなみに、その後、人類遺伝学者の宝来聰は日本でウガンダ出身のアフリカ人のミトコンドリアDNAを分析し、現生人類の共通祖先の年代を十四万三千年プラスマイナス一万八千年と推定している（『DNA人類進化学』）。数字はウィルソンらの出した結果とおおよそ重なっている。このほぼ十四万年前という年代も、幾人かの考古学者、歴史家によって採用されている。

それにしても現生人類の共通の祖先の誕生が、ということは要するに起源ということだが、たかだか十四万年前にすぎない――かりに二十万年前だとしても四十億年といわれる地球の生命の歴史においては一瞬にすぎない――というのは驚異である。この共通の祖先がほぼ八万年前にアフリカを出て世界中に適応拡散した——年代は諸説あるがここでは触れない——ということになっているが、これはもう考古学というよりは歴史学の範囲ということになるだろう。

農業革命、あるいは都市革命は、一万数千年前といわれる。人類移動の詳細がいずれ明らかになるのは疑いないが、そうなれば歴史を見る眼も違ってこざるをえない。文学史も違ってこざるをえない、というよりも文学史の姿、文学の姿そのものが違ってこざるをえないだろう。

遺伝学者らの研究は、現生人類の一部の集団がほぼ八万年前にアフリカを出て中近東からインドへ、インドからオセアニア、オーストラリアへ、さらに東南アジアへと拡散し、また中近東から北上して西行しヨーロッパに入ったことを明らかにしている。むろん、考古学者や人類学者、動物行動学者らとの共同研究も推し進められている。たとえば遺伝学者ルイジ・ルカ・キャヴァリ＝スフォルツァによる人種間の遺伝子の関係を示した系統樹は、言語の系統樹と見事なまでに対応している（『文化インフォマティックス——遺伝子・人種・言語』ほか）。現生人類はいまや、自らの幼年時代の真実に向き合っているのである。

その中心に言語の起源の問題がある。

動物行動学者ロビン・ダンバーらが中心になって進められた英国学士院の共同研究「ルーシーから言語へ」プロジェクトはよく知られているが、ダンバーの立場は、邦訳された『ことばの起源——猿の毛づくろい、人のゴシップ』の表題にも明らかなように、どちらかといえばチョムスキーの側ではなく、トマセロの側に与しているように見える。ルーシーというのは、一九七四年、エチオピアで発見されたおよそ三百万年前の化石人骨につけられた愛称である。ホモ・エレクトスよりさらに古いアウストラロピテクスに属す。プロジェクトの名称そのものが人類進化と言語の起源への強い関心を物語っている。

ダンバーの主張の骨子は、一九九二年に専門誌に発表された論文「霊長類の集団のサイズが強いる緊張の結果としての大脳新皮質のサイズ」によく示されている。緊張とはむろん社交上の緊張、人間をも含む霊長類の集団における仲間に対する気配りのことである。これをここでの文脈にそって敷衍すれば次のようになる。

集団の成員は仲間はずれを恐れ、序列を気にする。哺乳類が哺乳の序列、ひいては食事の序列を気にするのは、その序列に生命がかかっているからであって、まさに必然というほかない。乳を与えられることは子として認められ、承認されるということであり、子の立場からすれば、結果的に、それこそ泣くことが「承認をめぐる闘争」の始まりにほかならなかったわけだが、要するに哺乳類のその哺乳という形式がそのまま社会の誕生を刻印しているのである。霊長類の社会、人類の社会も例外ではない。集団が強いるその緊張を緩和するのが猿の毛づくろいであり、人のゴシップである。言語の起源もまたそこにあるというのである。

ダンバーは集団の数の大きさと霊長類の新皮質の大きさは比例していると考えたわけだが、ちなみにこの考え方をさらに推し進めてゆけば、社会の複雑化の端緒は哺乳という形式すなわち母子関係にあったということになる。

ダンバーらの提起している社会的脳という考え方もそこから生じる。脳は社会の複雑化にともなって肥大したというそのことが、そのまま社会的脳の誕生を意味しているのだ。人が友人として付き合える上限は百五十人までというのがいわゆるダンバー数で、世界的に話題になったが、その立論の根拠にしても同じだ。選挙の票集め——あるいは組織の人数——は百五十人を単位としてその乗数で考えてゆけばいいということになるわけであり、これは人によっては真剣にならざるをえない数だろう。いずれにせよダンバーは社交を言語の起源のひとつと見なしたわけである。「ルーシーから言語へ」プロジェクトも同じ見地から言語の起源を解明しようとする学際的な研究になっている。

2

チョムスキー自身は、言語生得説を標榜しながらも、しかし、言語の起源などには長いあいだ関心を示さなかった。いずれ言語学は生物学に、生物学は化学に、化学は物理学に包括されるというのが、より基礎的な次元へ降りてゆこうとする科学の必然である。しかし現状では生物学も化学も言語の起源にかかわるほどには進歩していないのだから、立証困難な──つまり非科学的な──無駄話はすべきではないと考えていたのだろう。

だが、分子生物学を駆使したアラン・ウィルソンらの集団遺伝学の成果がこの抑制を解き放った。分子生物学は科学の最先端である。その最先端が、「言語の起源」という主題を、無駄話の次元から科学の次元へと一挙に引き上げてしまったのである。

もっとも、きっかけをつくったのは認知心理学者スティーヴン・ピンカーの『言語を生みだす本能』(一九九四)だったというべきかもしれない。ピンカーはそれに先立つ一九九〇年に、認知心理学者ポール・ブルームと共著で論文「自然言語と自然淘汰」を発表し、言語と遺伝のかかわりを真正面から論じているが、あるいはそれを端緒と見なすべきかもしれない。チョムスキーの普遍文法と、古生物学者スティーヴン・J・グールドの進化論を取り上げて、文法の起源もまたダーウィンの進化論で説明できると主張したのである。

ピンカーらはそういうかたちで、しぶるチョムスキーに方針転換を迫ったのだといってもいい。普遍文法と進化論はもともと相性が良いということを強く打ち出したのである。言語も自然淘汰の副産物だろうがその詳細はなお明らかにできないとするチョムスキーの逡巡を論難しているのだから、表向きはチョムスキー批判だが、実際はまったく逆である。ピンカーはチョムスキー以上にチョムスキー主義者であるといっていい。しかも、チョムスキーより一般読者への説明がうまい。

グールドの科学読物はそのほとんどが邦訳されている。原著そのものがアメリカでベストセラーだったのだから当然だろう。グールドの「進化の断続平衡説」は有名だが、これは言語本能説を一般に受け入れさせるにあたってきわめて都合が良かった。突然変異は文字通り突然起こり、場合によっては――そうでないことのほうが多いが――その生物種に飛躍的な変化をもたらすわけだが、以後は長く同じ状態が続くというのが「進化の断続平衡説」である。「進化の漸進説」に敵対する。

「進化の漸進説」がトマセロの言語獲得の「使用依拠論的研究」に対応するとすれば、「進化の断続平衡説」はチョムスキーの「普遍文法論的研究」に対応する。

言語本能とは、きわめて微小な突然変異が人間の脳の配線をわずかに変え、それがもとで言語機能を担った器官が発生してしまったというその器官の機能のことだが、この微妙なしかし決定的な飛躍の後には長い平衡状態が続くことになる。同じように、人類が誕生し言語本能が発生するまでの数百万年のあいだも同じ平衡状態が続いていたと考えるべきなのだ。生命の進化の歴史から見れば、二十万年、三十万年など瞬時にすぎない。チョムスキーの立場から見れば、人間はいま、言語本能を獲得した後の、ほとんど奇跡的な生命史の一段階を生きているのだということになる。

管見ではしかし、チョムスキー自身が言語学と生物学の結合を真正面から問題にするのは、世紀をまたいでからである。二〇〇二年、進化生物学者のマーク・ハウザー、テカムセ・フィッチらと連名で出した論文「言語能力——それは何か、誰がもつか、いかに進化したか」が最初ではないかと思われる。専門家ではないので断言はできないが、いずれにせよ、その頃から言語の起源と進化について語ることを避けようとはしなくなったように見える。

チョムスキーのこの変化は一般の読者に衝撃を与えたと思われる。少なくとも私は驚愕した。ハウザーはその二年前に、トマセロのあからさまなチョムスキー批判といっていい『心とことばの起源を探る』(一九九九)に——数と地図の能力についての疑義を含むにせよ——きわめて好意的な書評「ホモ・サピエンスよ、おまえもか」(二〇〇〇)を書いているのだから、なおさらである。

ハウザーもフィッチもほとんど動物行動学者と変わらない。普通ならトマセロの側に立つのが自然なのだ。書斎の言語学者チョムスキーの側に立つのは、したがって野合としか思えない。チョムスキーにしても、共闘する同志として、進化生物学者ハウザーとフィッチを選び、その後、先史考古学者タターソルを選んだのは恣意的な選択としか思えない。つまり、進化生物学者であり先史考古学者であって、チョムスキーをあからさまに否定してさえいなければ、誰でも良かったのだ。私にはそう見える。事態をものごとの本質に即して垂直に深く考えているのはチョムスキーだけなのだから、人選は些事にすぎなかったのではないかとさえ思われる。

トマセロのチョムスキー批判は徹底的で、先にも触れたが、チョムスキーが方向を転換するそのはるか以前から始まっている。たとえばピンカーの『言語を生みだす本能』に対するトマセロの書評は、ピンカー批判である以上に強烈なチョムスキー批判になっている。ピンカーの著書の原題は端的に『ザ・ランゲージ・インスティンクト』すなわち『言語本能』だが、トマセロの書評の表題は「言語は本能ではない」（一九九五）である。真っ向から否定しているのだ。しかもその最初の頁にピンカーの名はない。代わりにチョムスキーの生成文法（＝普遍文法）と言語生得説への批判があからさまに記されているのである。

「生成文法は言語獲得と言語使用における行動主義理論への辛辣な批判によって心理学者の注意を惹き、その批判は認知革命においてひとつの重要な役割を果たした。だが、生成文法とともに——いわばその背後に隠れて——生得説という奇妙なブランドが姿を現わしたのである。心理学者から見てもっとも奇妙だったのは、言語生得説を論じながらチョムスキーが人間行動と認知の科学的研究における伝統ともいうべき行動観察にまったく信頼を置いていなかったことである。その代わりに彼はもっぱら理論的な議論にのみ信頼を置いたのであった。」

言語習得の実際を研究し、たとえば幼児におけるその障碍などに対応している心理学者たちにしてみれば、普遍文法などという妄想をひねくり回しているチョムスキーには我慢ができないのだろう。トマセロにはそういう地道な研究者の代弁をしているように見えるところがある。

実際、いまやチョムスキーの側に立つよりも、その批判者の側に立つ書物や論文のほうがはるかに多いという印象を受ける。だが、にもかかわらず人の思考を刺激するということではチョムスキーの魅力のほうが大きく上回っているという印象もまた拭いがたいのである。

なぜチョムスキーがいまなお魅力的に思えるのか。言語が——そしてそのもっとも純粋な働きである文学が——人間の本質に根差し、人間を規定しているとすれば、これは立ち止まって考えるに値する問題である。

3

二十一世紀になってからのチョムスキーの発言で強い興味を引くのは、言語はコミュニケーションの手段ではないという言明と、意識の多くは意識されていないという言明の二つである。ともに、トマセロが非難するチョムスキーの数学主義からは完全に食み出している。というか、無縁である。しかも、認知言語学にせよ機能言語学にせよ、言語はあくまでもコミュニケーションのひとつであると見なしているのである。その範囲内で研究を進めているのだ。チョムスキーの言明は、そういう潮流に冷水を浴びせるものであって、軽々に扱われるべきものではない。

この二つの言明に比べれば、一九八〇年代に提起された原理・パラメータ理論も、その後に展開されたミニマリズム理論も、専門家の技術をめぐる苦心談のようなものだ。生成文法、普遍文法の必然的な展開、精緻化、単純化にすぎないからだ。

したがって、普遍文法すなわち言語生得説の基本——最終的には脳科学と結びつきうるという信念——と、言語はコミュニケーションの手段ではない、意識の多くは意識されていないという言明をのぞく、いわゆる専門的な言語理論——たいていは文を分割して樹形の図にしたものが入っている論文である——は、少なくとも一般人には、チョムスキーの思想を理解するためにわざわざ読む必要などまったくないといっていいほどだ。

コミュニケーションの問題も、意識の問題も、ともにいたるところで示唆され言及されているが、前者についてはとくに哲学者ジェイムズ・マッギルヴレイのインタヴューに答えた『言語の科学』の冒頭で断言されている。また、二〇〇四年に行われたものだが、刊行は二〇一二年、二〇一六年には邦訳も刊行されている。二〇一四年の日本での講演と福井直樹、辻子美保子によるインタヴューを収録した『我々はどのような生き物なのか』(二〇一五)でも、および同題だが二〇一六年に哲学者アキール・ビルグラミの序文を付して刊行された著書でも、同趣旨のことが述べられている。

言語はコミュニケーションの手段ではない、とはどういうことか。

『言語の科学』での説明を中心に敷衍してみる。

チョムスキーは言語使用のほとんどはじつは心の中で起こっているという。人はいつでも自分自身に語りかけている。自分と話さないようにするのは途方もない意志を要する、と。これはつまり自己意識はつねに言語というかたちをとって現前するということだが、チョムスキーは、それらはたいてい「自分は騙されているんじゃないか」とか「なぜこいつは自分にこんな仕打ちをするんだろう」といったたぐいの自問であり、そういう意味では「言語の機能は自分を苦しめることだ」とインタヴュアーに述べて、自身、苦笑している。だが、チョムスキー自身よく意識しているように、ほんとうはこれは笑いごとではないのだ。

何気なく挙げられた自問の例が二つとも承認をめぐる闘争にかかわるものであることに注意すべきだろう。自問の例を他に挙げても似たようなものになるのは間違いない。笑いごとでないというのは、それが人間の本質はむろんのこと、現代文学の核心に潜む問題にあらわに接近しているからだ。たとえば、近世都市——都市こそ承認をめぐる闘争の典型的な場なのだから、宋代中国でも江戸期日本でも十八、十九世紀ヨーロッパでも同じことだ——において、小説が詩から離れ、さらに劇から離れて自立するのは、もっぱらこの種の自問を主題にする文芸領域が必要とされたからだといっていい。

小説が現在ひとつの役割を終えつつあるとすれば、この種の自問のありようの機微が、たとえば、小説よりもいっそう興味深いかたちで、言語の科学、意識の科学によって解明されつつあるからだろう。文学の守備範囲が大きく違ってきているのである。

チョムスキーはしばしば、まったく意識せずに鋭く深いことを語る。おそらく根が率直で嘘で取り繕うことなどできないからだろう。

むろん言語はコミュニケーションにも使われている、と、チョムスキーは語り続ける。だが、表情も仕草も衣裳もコミュニケーションに使われているのであり、言語はそのなかのひとつにすぎない。しかも、口なり手なりで——つまり手話なりで——外部に出される言語はきわめて少なく、そのうえ、口に出された言葉でさえも通常の意味でのコミュニケーションにはあまり使われていないのである。たとえば、パーティで聞こえてくる会話などに注意してみればそれがすぐに分かる。たいていは意味よりもむしろ無意味に重きがあり、言葉よりも眼や表情、仕草に重きがあるのである。このことからも言語の大半が意識の内部だけで用いられていることがたやすく納得される。とすれば、言語の機能はコミュニケーションにあるというのは必ずしも真実ではないことになる。

「いつか取り組まれるべき興味深い研究課題があるのですが、それは、我々の内面的な発話は、いったん表出された発話を再度内面化したものの断片であるという可能性が非常に高いということ、そして、本当の意味での「内面的発話」は内省によって到達できるようなものではない可能性が非常に高いということです。こういったことは、ほとんど手つかずの状態にあるたくさんの扉を開けることになる問いですね。」（成田広樹訳）

言語はコミュニケーションというよりは人間的思考の起源だと述べているのである。そしてその、発話された言語を再び内部に取り込んで反芻するかたちで発生した人間的思考たるや、内省によって掌握できるようなものではないというのだ。つまり、言語によって形成されていると思われる人間の内面的思考の全容はいまなおまったく解明されていないというのである。

これはほとんど、フロイトからラカンへいたる精神分析の必然性を擁護しているような発言である。エリザベト・ルディネスコの『ジャック・ラカン伝』（一九九三、邦訳二〇〇一）に、ラカンとチョムスキーの出会いとすれ違いを描いた滑稽な一節があるが、読み返す価値がある。無意識こそ言語——つまり発話を再度内面化したもの——であり、しかもそれは構造化されていると述べたのはラカンであり、意識の多くは意識されていないと述べたのはチョムスキーである。チョムスキーは、要するに無意識は通常の内省によって到達できるようなものではない——精神分析によってならば到達できるとフロイトは考えた——と述べている。ラカンとチョムスキーは一般に思われているほど遠い存在ではない。

いずれにせよ、言語はコミュニケーションよりもむしろ思考にかかわっていると語った後に、チョムスキーは、人間の言語と動物のコミュニケーションを比較し、両者がまったく違っていることに、たとえばハウザーの『コミュニケーションの進化』（一九九七）に言及しながら、注意を促している。あえて付け加えれば、要するに、コミュニケーションのためだけならば、人間は言語など発明する必要がなかったはずだと、チョムスキーは主張しているのである。危険を知らせるためならば鳥の鳴き声で十分であり、仲間うちの潤滑油としてならばサルの毛づくろいで十分であって、そういう意味では、言語など余分なものにすぎない。言語は何かのきっかけで偶然に発生し、それがたまたまコミュニケーションにも使われたにすぎない。むしろ言語は、それまでの動物には見られなかった内的思考の次元を——それこそ自分を苦しめるために！——もたらしたことによって画期的だったのだと、自身の見解をいっそう強く推し進めているのである。

チョムスキーはさらに、言語は六万年前を遡ることはない、そう判断できるのは、まさにその時期に人類の出アフリカが始まったからである、と、先に述べた集団遺伝学、先史考古学がここ数十年のうちに明らかにした成果を紹介している。三百万年前のアウストラロピテクスから二百万年前のホモ・ハビリスへ、さらに百万年前のホモ・エレクトスへと、人類の進化はきわめて漸進的であって、一万年単位ではほとんど何も変化しなかったように見えていたのが、二十万年前にホモ・サピエンスすなわち現生人類が誕生するやいなや、おおよそ十万年前に——チョムスキーは六万年前という言い方を好むのだが——突然、爆発的な変化が起こる。さらに、「象徴的な芸術や、天文・気象事象を反映した記録、複雑な社会構造等々、端的に言って創造的エネルギーの爆発のようなもの」が、たかだか一万年という、進化の時間で言えば無に等しい一瞬にいっせいに登場する。

「ですから、この時系列を考えると、「大躍進」が突然起こったかのように見えます。何らかの小さな遺伝子の変化があり、それが何らかの形で脳の配線を微妙に組み替えたのでしょう。神経学についてはほとんど何もわかっていないのですが、他にどんな可能性があるのか私には想像がつきませんね。ですから、遺伝子の小さな変化が脳の再配線を起こし、この人間的な能力が開花したのでしょう。」(同前)

チョムスキーは突然変異が起こって普遍文法——ピンカーふうにいえば言語本能——が発現したと示唆しているのである。他の理由は思いつかない、と。むろん、科学を標榜する以上、慎重である。その後のたとえば二〇一四年、チョムスキーは、ハウザーやタターソルらとの連名で「言語進化の神秘」という論文を発表し、言語進化の実際を綿密に跡づけるには現在の諸学問が提供する証拠だけではなおきわめて難しいことを力説し、即断を戒めているが、考え方の大筋として、人類に、およそ六万年前、何か途方もない変化が訪れたと想定し続けていることは間違いないと思われる。

そのうえでなおチョムスキーは、言語はコミュニケーションの手段ではないと繰り返すわけだが、この言明がきわめて興味深いのは、率直にいって、それがアメリカ分析哲学の流儀から大きく食み出しているように思われるからである。あるいは、分析哲学が標榜する科学主義の流儀から食み出しているように見える。

チョムスキーとしては、あくまでも科学的に探究する過程で明らかになったことをそのまま口にしているにすぎないつもりだろうが、ここで実際に起こっていることはドイツ観念論そこのけのアイロニーの発露であって、それが読むものを覚醒させ、思考を刺激するのである。たとえばアメリカ分析哲学の一典型とも思えるジョン・サールの流儀がつねに平板かつ平面的であるとすれば、チョムスキーの流儀は垂直かつ単刀直入である。

4

チョムスキーの言明は、たとえば、半世紀を遡る一九六五年に刊行され、少なくとも日本では大きな反響を呼んだ吉本隆明の『言語にとって美とはなにか』冒頭近くの一節を思い起こさせずにはおかない。吉本はそこでマルクス／エンゲルスの『ドイツ・イデオロギー』の次の個所を引用している。

> 『精神』は元来物質に『憑かれ』てゐるといふ呪はれたる運命を担つてゐる。現に今、物質は、運動する空気層として、音といふ形をとつて、要するに言語の形をとつて現はれる。言語は意識とその起源の時を同うする。——言語とは他人にとつても私自身にとつても存在するところの実践的な現実的な意識であり、また、意識と同じく、他人との交通の欲望及び必要から発生したものである。一個の関係が存在するといふ場合、それは私にとつて存在する。ところが動物は何物に対しても『関係』しないし、一体、関係といふものを持たないのである。動物が他のものに対する関係は、動物にとつては関係として存在するのではない。故に意識は、元来一種の社会的産物であり、そしてこのことは、一般に人間が存在する限り

変らない。言ふまでもなく意識は最初は、最も手近かな感性的な環境に就ての意識にすぎず、意識化しつつある個人の外部に横はる他人や事物とのごく局限された関連の意識たるにすぎない。それは同時に自然に就ての意識である。云々（唯物論研究会訳）

言語、文学、芸術などは、マルクスがまともにとりあげなかった問題のひとつであり、そのために通俗マルクス主義者たちが、言語実用説、道具説に陥ったこと、その典型的な例としてスターリンの言語論があることを挙げたうえ、吉本はさらに次のように述べている。

なぜ、かれらは「他人にとつても存在するところの実践的な現実的な意識」（他の人々にとって存在するとともに、そのことによってはじめて私自身にとってもまた実際に存在するところの現実的意識）というような、捨てるには惜しい微妙ないいまわしを投げすてて、言語は人間の交際の手段として奉仕するために存在し、創造されたと改ざんするのだろうか。フォイエルバッハ論のなかにあるこの見解は、けっして完全な云い方をしているわけではないが、つまらぬ見解ではない。かれが〈意識〉とここでいうとき、じぶんに対象的になった人間的意識をもんだいにしており、〈実践的〉というとき、〈外化〉された意識を意味している。こういう限定のもとで、外化された現実的な意識としての〈言語〉は、じぶんにとって人間として対象的になり、だからこそ現実的人間との関係の意識、いわば対他的意識の外化になる。

『ドイツ・イデオロギー』のこの個所から、はたして吉本の述べるように、言語は他者への関係である以上に自己自身への関係であるとマルクス／エンゲルスが明確に意識していたと断定できるかどうか、あるいは疑いうるかもしれない。言語を「他人にとつても私自身にとつても存在するところの実践的な現実的な意識」――廣松渉編訳の新編輯版によれば「私自身にとつても」と付け加えたのはエンゲルスである――として捉えるその思考の流儀は、マルクス以上にヘーゲルに帰せられると思われるからである。だが、いずれにせよ、吉本は、マルクス／エンゲルスのこの言葉から、自己表出（自己への関係）と指示表出（他者への関係）という『言語にとって美とはなにか』を貫く基本的な着想を得たのであり、あらゆる文学的表現を位置づけることができる――と少なくとも吉本には思えた――座標を得たのである。

そういう意味では、吉本はマルクス以上にヘーゲルの影響を受けていたのであり、それがそのまま『言語にとって美とはなにか』の限界になったと指摘できるだろうが――事実、コジェーヴのヘーゲル論を典拠にして『歴史の終わり』を書いたフランシス・フクヤマの例をもじれば、『言語にとって美とはなにか』は『文学史の終わり』を書いているのである――ここではその問題に深くは立ち入らない。自己表出と指示表出という概念の背後に、同じくヘーゲルの影響の濃い哲学者ジャン＝ポール・サルトルの対自、対他の概念が潜むことなどについてもここでは触れない。ただ、自己とは自明のものではまったくないことについて、吉本がなぜ『言語にとって美とはなにか』のなかで詳しく論じなかったのか、振り返って不思議に思えるということは付記しておく。ここでの文脈にかかわるからである。

『ドイツ・イデオロギー』にヘーゲルの影が濃いのは当然である。ヘーゲルはフォイエルバッハとマルクスによって批判され、フォイエルバッハはマルクスによってさらに批判されたわけだが、批判するものは批判の対象と同じ次元に一度は立つ必要がある。あるいは同じ流儀に一度は染まる必要がある。これらの思考の流れの全体がヘーゲルの流儀に属していることは否定できないのである。それこそポパーが『開かれた社会とその敵』（一九四五）で強調し、批判した流儀にほかならない。だが、ここで問題にしたいのは、むしろ逆にそのヘーゲルの流儀、あえていえば思弁の力なのだ。

たとえば、『ドイツ・イデオロギー』と同じ一八四〇年代に執筆されたキルケゴールの『死にいたる病』の冒頭は次のようなものである。あまりにも有名な個所なので引用するには気が引けるが、そこにヘーゲルの影響は歴然としている。むろん、キルケゴール自身、意識してそうしているのである。

人間は精神である。しかし、精神とは何であるか？　精神とは自己である。しかし、自己とは何であるか？　自己とは、ひとつの関係、その関係それ自身に関係する関係である。あるいは、その関係において、その関係がそれ自身に関係するということ、そのことである。自己とは関係そのものではなくして、関係がそれ自身に関係するということなのである。人間は無限性と有限性との、時間的なものと永遠なものとの、自由と必然との総合、要するに、ひとつの総合である。総合というのは、ふたつのもののあいだの関係である。このように考えたのでは、人間はまだ自己ではない。

ふたつのもののあいだの関係にあっては、その関係自身は消極的統一としての第三者である。そしてそれらふたつのものは、その関係に関係するのであり、その関係においてその関係に関係するのである。このようにして、精神活動という規定のもとでは、心と肉体とのあいだの関係は、ひとつの単なる関係でしかない。これに反して、その関係がそれ自身に関係する場合には、この関係は積極的な第三者であって、これが自己なのである。（桝田啓三郎訳）

マルクスにせよキルケゴールにせよ、ヘーゲルの『精神現象学』の、いわば真剣なパロディのようなものだという気がしてくるが、いずれにせよ、同じように一八四〇年代に書かれたこの二つのテクストを重ねてみると、コミュニケーションをまず自己の自己自身への関係として捉える視点の共通性が強く迫ってくる。言語はコミュニケーションの手段ではないと語るチョムスキーがこれらのテクストを思い起こさせるのは、したがって、私にはきわめて自然に思える。

チョムスキーが言語はコミュニケーションの手段ではないというときのそのコミュニケーションは、情報の伝達に限定されている。それが、分析哲学だろうが日常言語学派だろうが——さらにはトマセロが代弁する認知・機能言語学派だろうが——英米系哲学におけるコミュニケーションの通常の意味なのだ。したがって、とりあえずは英米系哲学の文脈にあるチョムスキーとしては、自分で自分に語りかけるときには情報の伝達などなされていないのだから、それはコミュニケーションではないと考えたのだろうが、ヘーゲル、マルクス、キルケゴールといった哲学者は、逆に、それこそが自己という現象だと考えたのである。自問自答がコミュニケーションの、つまり言語の最大の役割だと考えているといってもいい。チョムスキーもまた結果的に同じ立場に立っているのである。

このように見てくると、インタヴューに答えているチョムスキーが、いわゆる英米系哲学の伝統に属するというよりは、ヘーゲル、マルクス、キルケゴールといった哲学者の伝統に属しているように思えてくるのは自然である。これにニーチェの名も加えたくなってしまうのは、チョムスキーが、言語は何かのきっかけで偶然に発生し、それがたまたまコミュニケーションにも使われたにすぎないと考えているからである。

言語はむしろ、それまでの動物には見られなかった内的思考の次元を、これもまたまさに偶然人間にもたらしたことによって画期的だったのだとチョムスキーは考えているわけだが、これは疑いなく、ニーチェのいう遠近法の哲学のヴァリエーションにほかならない。事実、「言語の機能は自分を苦しめることだ」と、インタヴューの途中でふと漏らしてしまうその思考は、あえていえばほとんどドイツ・ロマン派的であって、これをニーチェの言葉として収録してもおそらく誰も疑わないだろう。

チョムスキーがここではニーチェを思わせるというのは、より詳しくいえば、たとえば次のようなことである。

人は衣裳を身に着けてそれにアクセサリーをあしらうが、衣裳の起源はむしろアクセサリーにあったのだと指摘するのが、ニーチェの典型的な流儀である。事実、スカートやズボンの起源は腰紐であり、上着の起源はネックレスである。人は自己なるものを獲得した瞬間から自他の相違、内と外の区別にこだわるようになり、外部からの異物の侵入を避けるために、ほとんど偏執的に、人体に空いた穴の周囲に魔除けすなわち呪物——入れ墨もそのひとつ——を付けるようになった。目、鼻、口、耳の穴はそれぞれに呪物が考案されたが、それらをまとめて首にも呪物が巻かれるようになった。これが首輪すなわちネックレスの起源だが、そのネックレスが肥大して垂れ下がったのが上着である。それがたまたま寒さをしのぎ、暑さすなわち直射日光をしのぎもしたわけだが、そのことに気づいた瞬間に、人間は、原因と結果を転倒させ、上着は寒さをしのぎ、暑さを防ぐために考案されたということにしてしまったのである。腰紐が垂れ下がってズボンになってしまったのも同じである。ズボンを身に着けてみると、それが草や岩のように肌を傷つけるかもしれないものから身を守ることが分かった。そこで、身を守るためにズボンを穿いていると考えるようになってしまった。ここでも原因と結果が転倒しているのである。

チョムスキーもまた同じような思考を展開しているのだ。言語とは何かを問いつめて行って、ニーチェ風の考え方にたどりついてしまったのである。

コミュニケーションのためならばわざわざ言語を考案する必要はない。鳥の鳴き声、猿の毛づくろいで十分である。言語はまったく別個に偶然に発生したのであり、それがたまたまコミュニケーションにも役立ったのである。ここでもまた原因と結果を転倒させて、人間はいつしか、言語はコミュニケーションのために作られたと逆に考えるようになってしまったのだ。そうしてコミュニケーション機能を肥大させて、ついにはそのエッセンスともいうべきコンピュータまで作ってしまった。

チョムスキーはそう考えているわけだが、これもまた十分にニーチェ的といっていいだろう。そしてこのニーチェの発想は、マルクスやキルケゴールの流儀がそうであったように、疑いなくヘーゲルに起因する。

吉本隆明は、『ドイツ・イデオロギー』を援用して、他者および自己自身への交通の欲望、コミュニケーションの欲望から言語が発生したと考えたわけだが、その意味では不徹底であるといわなければならない。逆に、なぜか偶然発生してしまったコミュニケーションなるものから、これもまた偶然自己が生まれてしまったと考えるべきだったのだ、ということになる。

5

チョムスキーの、言語はコミュニケーションの手段ではないという考え方は、偶然発生してしまった自己という考え方の裏面である。まずコミュニケーションが降って湧いて、そこから私という現象が発生したのだ。ほとんど、そういう考え方に接近しているのである。これをキルケゴール流に、あるいはヘーゲル流に言い換えれば、まず関係があって、その関係から自己が生まれたということになる。

いまかりに原初のコミュニケーションを想定するとすれば、それは哺乳すなわち母子関係であるということになるだろう。これをもとに、たとえば先に引いたキルケゴールの一節を言い換えれば、次のようになる。

母と子のあいだの関係にあっては、母子関係はまずはたんに母子関係としてあるにすぎない。犬も猫も猿も同じことだ。給餌ということでは鳥でさえも同じことだろう。子が乳房を争う、餌を争うというかたちで、母と子という関係は、その関係に関係する、すなわち意識するのであり、その関係においてその関係に関係する、すなわち母子関係を生きるのである。つまり現実に哺乳され給餌される。このようにして、意識の活動ということでは、心と肉体とのあいだの関係は、ひとつのたんなる関係でしかない。これに反して、その関係がそれ自身に関係する場合、つまり、母が子の身になり、ひいては子が母の身になって、その眼から二人を眺め返すようになるやいなや、その関係は積極的な第三者、すなわち関係を俯瞰する眼になるのであって、この第三者が自己なのである——『死にいたる病』において、キルケゴールはここで最大限にヘーゲル的であり、以後は絶望の分析をめぐってまさにキルケゴール風になってゆくわけだが、それはここでの話題ではない。

これをさらに敷衍して分かりやすくすれば、次のようになるだろう。

つまり、母が、たとえば子の頰の歪みを摸倣し、摸倣そのものが快楽であることを知って、子にさらに摸倣を促すようになった瞬間、子の頰の歪みが微笑という意味へと転じるということである。いうまでもなく、ここで重要なのは、子の頰の歪みは意識したものでも意図したものでもない、いわば偶然に生じたものにすぎないということだ。だが、それが母によって摸倣された瞬間、少なくとも母の側には微笑として意識されたのである。母が子にその反復を促すのは、自身が意識したそのことを子にも意識させようとすることなのだ。そしてそれが子にも意識されるようになるということは、両者の立場が入れ替え可能であることが意識されることと同じことなのである。

子は、母から見られた自分が自分であることを受け入れることによって自己になるわけだが、この自己を自己とする眼は——はじめは手がかりとして母の眼の位置にあるにせよ——そのとき中空にあるとでもいうほかない。そしてじつは、この中空にあって俯瞰している眼のほうが自己なるものにほかならないのだ。だからこそ、自己にとっては自己の身体があたかも外部から与えられたもののように見えてしまうのである。中空に位置する眼という言い方は奇矯に響くかもしれないが、これは視覚の本質、距離の本質にかかわることであって、後に問題にする。

いずれにせよ、明瞭になってくるのは、人間の身体はじつは自己などというものではまったくないということだ。

その後に離乳期が続き、トイレット・トレーニングすなわち排泄を意識的に行えるようにする訓練が続くが、外部から与えられた身体を自分のものにしてゆく、つまり自由に操れるようにしてゆくこの過程が、自己形成として語られるのは、常識的な事態であるにもかかわらず、考えてみれば、じつに異常な事態であるといわなければならない。

ほんとうは、身体が外部なのではない。自己という現象のほうが外部なのだ。にもかかわらず、人間は逆に考えるのである。容貌も背丈も何もかも外部から与えられたものであるかのように不平不満を洩らすにいたるのだ。もう少し背丈があれば、もう少し容貌が美しければと思い悩むようになる。悩むだけではない。変えようとさえする。スポーツ・ジムに通って身体を鍛えもすれば、ときには美容整形外科の門をくぐりさえするのだ。

この自己という現象が、言語という現象によってもたらされたのである。あるいは言語という現象が、自己という現象を引き連れてきてしまったのである。というか、両者は同じものなのだ。玩具の多くが、このからくりの外在化すなわち視覚化、触覚化であることはいうまでもない。幼児は人形を分身であるかのように扱うが、外部の自己なるものが自分の身体を操っている――考えてみれば恐ろしい――そのことを、あえていえば納得しようとしているのである。

この恐ろしさこそ人間に本質的なものであることは、それが言語とともに古いことからも明らかである。大岡信は谷川俊太郎との対談『詩の誕生』のなかで、子供の頃に買い与えられた児童文学全集中の『印度童話集』を読んで強い衝撃を受けたと語っている。なかでも「誰が鬼に食はれたのか」という話は鮮明に記憶に残ったとして全文を引用している。長いので以下に要約を引く。

ある旅人が道に行き暮れて野原の空き家で一夜を明かす。夜、一匹の鬼が肩に人間の死骸を担いで入ってくる。すぐにもう一匹の鬼が入ってきて、その死骸は自分のものだと言って争うが、先に来た鬼が、旅人を指して証人とし、どっちが担いできたか言えと迫る。旅人はどう言っても殺されるに違いないと思い、正直に、先に来たほうが担いできたと言う。後から来た鬼は大いに怒り、旅人の腕を引き抜き床に投げつける。先に来た鬼は、すぐに死骸の腕を持ってきて代わりに旅人の体につける。後に来た鬼はますます怒って足を引き抜く。先に来た鬼がすぐに死骸の足を持ってきてつける。こうして旅人の体と死骸がすっかり入れ替わると、二匹の鬼も争うのを止め、半分ずつその死骸を食って出てゆく。旅人は驚く。自分の体は残らず食われ、いまの自分の体は誰か分からない人の死骸である。いま生きている自分はほんとうの自分なのか。夜が明けるとともに旅人は急いで空き家を出、狂ったように走ってゆくと一軒の寺があったので、坊さんに「私の体があるのかないのか教えてください」と尋ねる。坊さんは驚くが、話を聞いて合点し、「あなたの体がなくなったのはいまに始まったことではない。『我』というものは仮にこの世に出来上がっただけのもので、愚かな人はその『我』に捉えられて苦しむが、その『我』がどういうものか分かれば苦しみはなくなる」と答えた。(『自選　大岡信詩集』略年譜に収録された「要約」による)

児童に与える物語としていかがかと思われなくもないが、大岡にはそれが益したのである。先に述べたことがここに寓話として巧みに語られている。自己が外部的なものであることの恐ろしさを実感的に物語ってみせているわけだが、この外部性こそ言語によってもたらされたものなのだ。

「誰が鬼に食はれたのか」というこの物語はおそらく仏典から採取されたものだろう。とすれば古いとはいえたかだか数千年を遡るにすぎないが、しかしこの恐怖は根源的なものであって、現生人類の誕生、少くとも言語の誕生とともに古いと思われる。

中空に成立したこの自己という現象は、人を恐怖に陥れもしたが、どのような対象にも乗り移ることができるという能力――いわゆる想像力――によって、結果的に人類を益することになった。その能力が人に、死の恐怖をもたらしたわけだが、そこから宗教も政治も生まれたのである。来世もまた外部としての自己の延長上に構想されたにすぎないのであって、外部としての自己は当然のことながら自分が死ぬということだけは実感できないのだ。そのようにして形成された人間の集団は、動物のそれとはまったく違っている。

自己という現象にともなうこの恐怖は歴史的かつ現在的なものである。

チョムスキーは、現生人類が登場して以降、人間は少しも進化していないとしばしば述べている。五万年前の人間を東京の雑踏のなかに連れてきても十分に適応するだろうと考えているのだ。これは、文化は簡単に付け加えられもすれば拭い去られもするということである。

また、突然変異は個人にのみ起こるのであって集団に起こるのではないとも力説している。これは、たとえば間主観性にせよ相互行為可能性にせよ個人の現象としてまず捉えられなければならないということだ。いずれも、言語はコミュニケーションの手段ではないという言明と同じほどに重要な指摘である。

言語獲得という事件について、チョムスキーとトマセロとでは重点の置き方がまったく違っているのだ。

6

意識も意図もされない類の歪みが意識的に摸倣されることによって生まれたのはひとつの表情だが、言語もまったく同じ機微によって生じたと考えることができる。

表現の意図などというものはなかったのだ。それは後から読まれるものなのである。後から読まれうるというそのことが理解された瞬間、世界はまったく違ったものになってしまった。つまり、ドイツ観念論風にいえば、世界が世界になった、世界というものが発明されてしまったのである。

たとえば、BBCやNHKで放映される動物番組を見ていて思わず釣り込まれ、動物の生に身を重ねてしばしば深い感動に襲われることがあるが、人はそこに自身を投影しているわけでもなければ、番組制作者の狡猾な詐術に騙されているわけでもない。言語を獲得して以後、人間には、動物、植物はもとより、世界の全体が意味に満ちたものとして現われるようになってしまったのである。それこそが人間が遭遇している世界という事実あるいは真実なのであり、動物の側からは人間はそういうふうには見えていないのだ。いわば、人間と世界のあいだに、マジック・ミラーのようなものが介在するようになってしまったのである。

表情を読むことが意識されたとき、人はすでに解釈の領野に踏み込んでいる。顔の筋肉の歪みを微笑であると解釈することができるのは、母が子供の身になってその感情を把握したと直観することができたからである。そして、子供の身になることができるということと、自己になることができることとは違ったことではないのだ。

その後に、読むこと、解釈することの外在化が訪れる。草食動物も肉食動物も、痕跡を読むことにかけて人間に引けを取るものではない。だが、痕跡を読むことがその痕跡を残した対象に身を重ねることであると意識されたのは、人間においてだけだった。

読むこととはそれを書いたものに身を重ねるということなのだ。解釈するとは、身を重ねることによって対象の意図を我がものにするということである。笑みを会得した人間は、野も山も木も花も笑うことに気づいたが、気づいているのはしかし個体としての身体ではない。それに繋ぎ留められてはいるが、中空に浮かんだ自己という現象、つまり俯瞰する眼なのだ。

言語はコミュニケーションの手段ではない、世界を俯瞰する手段、俯瞰する眼としての自己になる手段なのである。重要なことは、自己というこの俯瞰する眼のありようが、チョムスキーらが問題にする言語の入れ子構造いわゆるリカーションを可能にしているということである。

リカーションというのは一般に再帰と訳されているようだが、言語には文を包摂する文を無限に作ってゆく能力があるということである。要するに、日本の入れ子箱、ロシアのマトリョーシカ人形のようなことが、言語には簡単にできるということだが、それはただ俯瞰する眼によって可能になったのだ。リカーションだけではない。転置すなわちディスプレイスメントも、併合すなわちマージも俯瞰する眼によって可能になった。

言語を獲得した後の幼児にとって——大人にとっても同じことだが——水たまりを海と見なすことはたやすいことだ。そしてその小さな海を見ている自分を途方もない巨人であると見なすこともたやすいことだ。それだけではない。その巨人を、さらに大きい巨人である自分が見ていると見なすこともたやすいことなのである。

澁澤龍彥はメリー・ミルクの缶にメリー・ミルクの缶を持った女の子が描かれていて、その女の子の持っているミルク缶の中でもまた女の子がミルク缶を持っているというその構図が、いかに幼年時代の自分を魅了したか繰り返し書きもすれば語りもしていたが、これは視覚にとってはきわめて自然なことなのである。だが、聴覚にとっては自然なことではない。音声言語が文を入れ子にしていくらでも長くしてゆけるのは、その基盤がじつは聴覚にではなく視覚にあることを示している。

世界を一望できるのは視覚であって聴覚ではない。かりに、言語本能が突然変異として形成され、それがまず俯瞰する眼をもたらし、見ている対象に同一化する能力をもたらしたのだとすれば、それはまず視覚の領野に成立したのであって、聴覚の領野に成立したのではないと考えるほうが自然である。

普遍文法は視覚的であって聴覚的ではないのだ。構造は眼に見えるが耳に聞こえない。これこそチョムスキーとその普遍文法が現代思想にもたらした最大の寄与であると私には思われる。チョムスキー以前は、極論すれば、言語はただひたすら意味と音声の問題として捉えられていたのである。

文も意味も、まず見られ、読まれたのであって、音として聞こえてきたのではない。反復はまず文様――チョムスキーのいう「大躍進」の考古学的遺物は文様に満ちている――として対象化されたのであって、文様をともなわない詠唱はなかったとさえ考えられるほどだ。

言語の入れ子構造も転置も併合も、内的言語においては視覚的に捉えられているのであって、聴覚的に捉えられているのではない。だからこそ、およそいかなる言語にあっても、入れ子も転置も併合もたやすくなされるのだ。これは視覚障碍者においても聴覚障碍者においても妥当する真実であると思える。

あるいはここで、西洋における音声中心主義が言語学をまで浸している事実を指摘して声高に非難すべきなのかもしれない。そこに表音文字文化圏と表意文字文化圏の差を見て言語学の覚醒を促すべきなのかもしれない。あるいは、デリダがそのグラマトロジーすなわち文字学で実現しようと考えていたことを忖度することができるかもしれない。水村美苗の現地語、国語、普遍語の、その普遍語の例として漢字がなぜかくも長く特権的な位置を占めたのか、そのことの意味を徹底的に追究できるかもしれない。

だが、ここではまず、言語の獲得、すなわち自己――俯瞰する眼――の獲得によって起こったもっとも重大な事件は、それが個体のみならず集団にも自己同一化できるということだったということ、そのことを指摘しておかなければならない。

というより、人間は自己のうちに個体の次元のみならず集団の次元をも含み持っていると述べたほうがいいかもしれない。集団もまた自己という現象のひとつの現われにほかならないのである。むろん個人を集めれば集団になる。だが、集団になるというそのことは、各自の俯瞰する眼によってはじめて成立し得たのである。集まっただけでは集団ではないのだ。

これは言語が初めから社会的つまり相互関係的なものとしてあった——哺乳を考えれば当然のことだ——ということであり、自己もまた初めから社会的なものとしてあったということだが、その社会性は動物行動学者が考えるいわゆる社会性とは大きく違っているのである。

いうまでもなく、誰もが私なのだ。誰もが私であることにおいて、全人類は、原理的にであれ、理念的にであれ、つねに一点に集中できるのである。これこそ文学を支える最大の秘密である。

大岡信が『うたげと孤心』で最終的に直面したのは、この問題にほかならなかった。

第四章　「うたげ」と「孤心」の射程

1

大岡信の『うたげと孤心』は不思議な本である。

前著『紀貫之』から引き継いで貫之の「孤心」の問題を論じた「歌と物語と批評」、『古今和歌六帖』を契機に詩歌における笑いを論じた「贈答と機智と奇想」、藤原公任と和泉式部のかかわりを小説ふうに描いた「公子と浮かれ女」、そして後白河院と『梁塵秘抄』『口伝集』を論じたその後に続く三章、「帝王と遊君」、「今様狂いと古典主義」、「狂言綺語と信仰」の全六章から成る（以下、便宜的に各章に番号を付す）。季刊文芸誌「すばる」に、一九七三年六月から七四年九月まで、六回にわたって掲載され、七八年に冒頭に一文「序にかえて」を加えて集英社から刊行された。連載を終えてからほぼ四年の月日を経て刊行されたことも、大幅に手が加えられたというわけではないのだから、異例といえば異例である。

刊行遅延の経緯については、「あとがき」に、「「すばる」での連載は、朝日新聞の「文芸時評」を一九七五—七六年の二年間担当しなければならなくなったことや、『岡倉天心』（朝日新聞社刊）

の書下ろしなどの私事のためもあって、前記六回の連載で一区切りつけた形になった」とするし、「近くまた稿をあらため、「すばる」に続篇を掲げさせてもらおうと思っている」と述べて、あたかもまとめるだけの時間的余裕がなかったので刊行が遅れたかのように示唆しているが、著書は他に何冊も刊行しているのだからこれは理由にならない。刊行までに間が開いたのは、本人に完結したという意識が少なかったからだろうと、私には思われる。いわば、刊行の踏ん切りがつかなかったのだ。

私は当時、大岡信のもっとも身近にあった編集者のひとりだっただろうと思う。一九六九年から七五年まで「ユリイカ」の、七五年から八一年まで「現代思想」の編集を担当していた。また青土社版「大岡信著作集」全十五巻を発案企画していたからである。

以上の経緯を書きしるしただけでも当時のことが油然と胸中に甦るが、むろんここはそういったことを書く場ではない。ただ、大岡さんが、連載は中断したのであって完結したのではないと思っていたことは確かである。そのことは、「うたげと孤心」という表題の傍らに「大和歌篇」と付されていることからも見て取れるだろう。「大和歌」に対応するのは「唐歌」すなわち「漢詩」であり、それがやがて十数年を経て『詩人・菅原道真』となって岩波書店から刊行されるのである。ただし、費やされた時間はもちろんのこと、内容においても、これが当初の目論見通りであったとは、私には思われない。誤解を招く言い方になるかもしれないが、当初予定していたよりも小振りになっている気がするのだが、ここではしかしそれは大きな問題ではない。

大岡信が古典をも論ずる詩人であることが一般にも広く認識されたのは、一九七一年、筑摩書房の「日本詩人選」の一冊として『紀貫之』が刊行されて以降である。前世紀末、子規によって

「貫之は下手な歌よみにて古今集はくだらぬ集に有之候」と一蹴されて以後七十有余年、貶され続けてきた貫之を一挙に復活させた本である。その後に、七八年の『うたげと孤心』が続き、さらに八九年の『詩人・菅原道真』が続く。これに、七二年に新潮社から刊行された『たちばなの夢』、八〇年に中央公論社「日本語の世界」の一冊としてまとめられた『詩の日本語』、八五年に岩波書店「古典を読む」の一冊として刊行された『万葉集』、九三年から九八年にかけて講談社現代新書として刊行された五分冊の『私の万葉集』を加えれば、大岡の日本古典論のほぼ全容ということになる。これらは一九九〇年代末に再編集され、「日本の古典詩歌」全五巻別巻一として岩波書店から刊行されている。いわば、あるべき大岡信選集の日本古典部門といったところである。

『うたげと孤心』は不思議な本であると述べたのは、その構成が不均衡だからだ。冒頭に述べたように、後白河院と『梁塵秘抄』の占める割合が圧倒的に大きいのだ。章立てとその内容から考えて当初から予定していたとは考えにくい。いわば、著者の思惑を超えて一章の予定が肥大し、あれよあれよという間に三章に膨らんでしまったように見える。偏頗な印象はそこから来るが、しかしそれが大きな魅力になっているのである。膨大な知識が詰まっているが、学術書ではない。筆に随うということでは、まさに随筆である。

大岡は機会あるごとに、自分は専門家ではない、素人であると述べている。それが、好奇心のおもむくまま、あるいは謎に惹かれるままに書き進むという流儀を採用している理由であるというのだ。学者ではない、詩人である以上、その流儀に立つことは当然のことなのである。大岡にしてみれば、これはしかし傲りではない。むしろ羞恥なのだ。

たとえば、『たちばなの夢』の「序にかえて」の、それも冒頭に、「おや、あなた、国文科の出だったんですか」とよく言われた、と大岡は書きしるしている。「そのたびに、一種のうしろめたさを伴った羞恥を感じるのが常であった」と。念のため書き添えれば、一九六〇年代、大岡は詩人としてのみならず、フランス文学の翻訳家として、また美術批評家として知られ、一般には国文ではなく仏文の出と思われることがしばしばだった。

大岡はさらに書き継いで、「実際、大学を卒業するときの口述試験で、おそるおそる先生方の前に着席したとき、故池田亀鑑教授が「おや、あなた、国文科の方でしたか」と呟くように言われたのが、今でも奇妙にあざやかに、痛みをもって思い出される」と述べている。また、忘れられない思い出として、池田教授の演習で『宇津保物語』の錯簡問題について発表し、「レアリザシオン」というフランス語を使って作者の創作心理を解釈しようとしたこと、そしてその時、「学生のあいだにまじって発表を聞いていた池田先生が、終始うつむいて、ほとんどまったく面をあげようとされなかったこと」を書きしるしている。「おそらく、声を出さずに、腹をかかえて笑っておられたのだろう」と。

そしてその段階ですでに、学生として、あるいは学者として、自分が不良品であることをはっきりと自覚していたこと、「専門家」にはなるまい、おれはぜったい「素人」でありつづける、と心に誓ったこと、それはそういう人間のやむを得ない窮余の一策というに近かったのであると、いわば――結局は自分自身に向かって――弁解している。

むろん、ここから逆に自負を読み取ることも不可能ではない。

フランスあるいはドイツ由来の方法を用いて国文学に接することは、戦前においてさえ、むしろ王道に近かった。哲学畑の和辻哲郎がドイツ解釈学を用いて源氏物語に接し、ウル源氏物語とでもいうべきものを想定して学界を驚かせたのは有名な話である。同時に複数作者の可能性をも示唆した。国文学界が震撼したことはいうまでもない。池田亀鑑は、そういう和辻の仕事を横目に見ながら、国文学のいわば威信をかけて、源氏物語の原典批判いわゆるテクスト・クリティックを展開し、日本文献学の最高峰ともいわれる『源氏物語大成』を完成したのだ。

要するに、国文学だろうが日本民俗学だろうが、ヨーロッパの洗礼を受けなかった学問は近代日本にひとつもないのである。大岡の強調する劣等感は優越感の裏返しとさえ言えなくもない。意識にはまったく上っていなかったにしても、そこに近代日本の学問の総体に対する批判が潜んでいなかったとはいえないからである。ヨーロッパを意識するあまり、国文学は、文学の歓びを満喫するという本来の目的を見失ってきたのではないかという批判である。そこには、少なくとも自分は自己自身の感性から出発しているという自負が潜んでいる。

興味深い問題なので付記しておくが、和辻が歴史的論文ともいうべき「源氏物語について」(後に『日本精神史研究』に収録)を「思想」誌上に発表したのは一九二二年、和辻三十三歳。芳賀矢一が源氏物語の文献学的研究に着手するよう二十六歳の池田亀鑑に促したのも同じ二二年である。芳賀はドイツに留学して文献学を学んだ国文学者で、漱石と同年。池田は営々とその仕事を続け、芳賀の想定をはるかに上回るかたちで、それを八巻本の『源氏物語大成』として、一九五三年から五六年にかけて刊行し、完結直後の五六年末に死去した。大岡が旧制一高から東大国文に進んだのは一九五〇年。池田はじつはその業績に比して不遇で当時なお助教授だった。五五年にようやく教授に就任し、わずか一年後に六十歳で他界したのである。

大岡が在学中の五一年か五二年に池田助教授の演習で発表する機会を得たのは、したがって、少なくとも私の眼には好運であったように映る。死の数年前に謦咳に接しているのである。そしてこの文脈で見れば、池田が必ずしも「腹をかかえて笑っておられた」とも思えない。大岡の発表の巧拙はおいて、そこに和辻の才気と通い合うものを感じたに違いないからである。五二年に提出された大岡の卒業論文は「夏目漱石論」だが、そこで展開された手腕を思えば、大岡の発表が箸にも棒にも掛からぬものであったとはとても思えない。才気煥発だが国文科には残りそうもない学生の発表を聞きながら、池田の胸中はむしろかなり複雑だったのではないか。

ちなみに、池田より七歳年長だった和辻の没年は一九六〇年で享年七十一。また、大岡が自身の詩と批評の方法を明示した「現代詩試論」を発表したのは東大卒業直後の五三年で、二十二歳。後年のすべての古典論をおおよそ予感させる「人麻呂と家持」を発表したのは五七年で、二十六歳のときである。「人麻呂と家持」の骨子は後に述べるが、その後に展開される膨大な古典論の基礎はこの段階ですでに出来上がっていたと感じさせる。若さに驚くが、チョムスキーが『統辞構造論』を刊行したのも二十九歳である。

2

大岡信の日本古典論で頂点をなすのは『うたげと孤心』である。表題から、祝祭と孤独、集団と個などという語がすぐに連想される。

第一章冒頭、大岡は、『紀貫之』を書いてゆく過程で、貫之の自撰本が——現在十三葉三十二首の断簡として残っているにすぎないのだが——、多く「いわば暗い衝迫をもち、そして情熱的である」歌によって占められているという事実にしばしば考え込ませられたと述べ、貫之自身、屛風歌を典型とする公的な性質の歌、すなわち付き合い上の歌と、個人的動機にもとづく私的な性質の歌とを明瞭に分けて考えていたのではないかと推測している。

「私がこういうことに執拗くかかずらったのは、結局のところ、詩歌が生れる場の多層性に関心をそそられたためだといえる。貫之を「うたげ」の詩人という側面において眺めるか、それとも「孤心」の詩人という側面において眺めるか、というふうに、問題をいささか強引に単純化してみることもできるだろう。もちろん、事柄はそんな二者択一を簡単に許す性質のものではないが、あえてそれをやってみたくなるような誘惑を、貫之の「自撰本」問題はひめていた。」

「うたげと孤心」という主題の拠って来たるところを直截に述べているわけだが、大岡は次いで、いまでは不当にもほとんど忘れられている思想家・土田杏村の「懐風藻と万葉集」の一節を引いている。執筆は一九三〇年。土田はそこで「詩を賦することは多くは宴の興を添へるためのものであつたらしい」と述べ、それは『懐風藻』の漢詩のみならず『万葉集』の和歌、とりわけ人麻呂の歌に著しいとしている。そういう意味では、『万葉集』と『古今集』は一般に思われているほど違ってはいない、ともに遊戯的人為的であって少しも変らないというのである。

土田の念頭にあったのが子規、虚子、茂吉らの万葉観であったことは疑いない。とりわけ島木赤彦の、「鍛錬道」へと収斂する真面目一本やりの万葉観が非難されているのだ。大岡は一九六〇年「日本古典詩人論のための序章」という文章を書いているが、痛烈な赤彦批判である。土田に自分の先達を見ているのだ。

大岡は次に『万葉集』巻十六に話題を移し、穂積親王や長忌寸意吉麻呂らの機知にとんだ滑稽な歌を次々に紹介したうえで、「笑いというものは本質的に社会的なものであり、集団性から生じ、またそれに回帰してゆく。たとえ嘲笑的な笑いであってさえ、この本質からははずれない」と述べている。

「『万葉集』からこういう要素を取りのぞいてしまったら、実に多くの貴重なものが失われるだろう。一言でいって集団の歌。ここに『万葉』の豊沃な土壌がある。そこには皇族、貴族を中心とする歌も、旋頭歌や東歌、防人歌などにうかがわれる庶民の歌もあるが、儀式典礼の歌から相聞にいたるまで、宴席の歌から挽歌にいたるまで、『万葉』の歌のきわめて多くの部分は、それを聴き、受け入れてくれる相手が現実にそこにいるという条件において生みだされている。「独り」の自意識をはっきりもって独詠歌をものした作者は、大伴家持をのぞけばほとんど見当らないといえそうである。高市黒人の歌はどうか、といわれるかもしれないが、黒人の歌にはまだ反省的な自意識が明瞭な孤独の自覚としてあらわれてはいない。」

日本の詩歌は「うたげ」と「孤心」という二つの極の緊張関係の上に歴史を織りなしてきたのであり、どちらかといえばむしろ「うたげ」の要素の比重のほうが大きく、しかも長期にわたって生き続けてきたというのが、大岡のここでの主張である。勅撰集も歌合も連歌も俳諧も、創作と批評の場を「うたげ」という形式で保とうとする傾向を示しているというのだ。「旅」もまた「うたげ」の形式のひとつにほかならなかった、と。

興味深いのは、大岡がその後に『伊勢物語』とそのパロディともいうべき『大和物語』を引き、一般には文芸性において著しく劣るとされる『大和物語』に潜む笑いの要素に注意を促していることである。物語の世界はその笑いを通じてこそ開かれていったというのだ。『大和物語』のような原初的な物語の発生現場には、歌の贈答の滑稽に一同笑い興じるような「うたげ」の環境があったに違いないのであり、そのような背景があったからこそ『源氏物語』もまた書かれ得た、と。伊勢、大和、源氏というこのほとんど三段跳びを思わせる展開は鮮やかである。

『大和物語』や『伊勢物語』からわずか一世紀後に書かれた『源氏物語』の意味とは、こういう「うたげ」の世界の歓楽そのものを、その中に生きつつ同時に超越して見つめることのできる生き生きと孤独な眼が、紫式部という一人の女性において存在しえたという事実に大きくかかっているだろう。「うたげ」の世界の歓楽を、永劫の時の流れに泛べて蒼ざめさせ、その蒼白な虚しさそのものをいわば定着液として、現世の歓楽の諸情景を現像していくというのが、紫式部の物語の方法だっただろう。真の意味での「作者」は、こういう孤独な転換装置を内部にもつ者のことであって、それ故、『大和物語』のような物語については、たとえ作者がつきとめられたにせよ、その人に対する興味が格別深まるわけではないのである。

貫之における「うたげ」と「孤心」の精神が、紫式部にもそのまま拡大されて引き継がれているというのである。指摘するまでもなく、この構図は、言語によって獲得された自己とはすなわち俯瞰する眼であり、見る対象に即座に身を移す能力であるというこれまでに述べてきた構図と違ったものではない。

大岡は続けて、『源氏物語』の「朝顔」の「雪の、いたう降り積りたる上に、今も散りつゝ、松と竹とのけぢめ、をかしう見ゆる夕ぐれ」の一節、それに続く源氏の言葉、「花・もみぢの盛りよりも、冬の夜の澄める月に、雪の光りあひたる空こそ、あやしう、色なきもの丶、身にしみて、この世のほかの事まで思ひ流され、面白さもあはれさも、残らぬ折なれ」を引いて、「こういう紫式部の着想は、彼女一人のうちに突如湧きあがったものではありえまい。平安朝貴族社会全体の美意識が、この爛熟とデカダンスの底で光る「この世のほか」の世界への眼差しを生みだしたすさまじさを思わねばならない」と述べている。

紫式部の眼差しにひそむ凄みは、彼女が現実の雪景色の中に新しい美を見出し得たという事実に加えて、それをただちに「この世のほか」の世界への夢想と重ねあわせて眺めうる複眼の思想を持っていることに由来しているだろう。

引用しながら大岡の比喩の豊かさに圧倒されるが、ここにすでに『うたげと孤心』全六章の核心が示されてしまっているといっていい。そういう意味では、構成に不均衡も偏頗もない、全六章、一筋の糸がしっかり貫いているということになるわけだが、それでは「うたげ」と「孤心」の、その「孤心」のほうに重心がかかりすぎるのではないかという気もしてくる。

実際、ここでは「朝顔」が引かれているが、たとえば宇治十帖の全体をまったく同じ観点から語ることもできるだろう。浮舟は「うたげ」から切り離された「孤心」のようなものだが、それは「この世のほか」の世界への夢想と重ね合わせるためには不可欠な登場人物だったということである。宇治十帖にはしばしば近代小説を思わせるところがあるが、ほんとうは近代も中世も古代も時代概念などではない、「うたげ」と「孤心」の比重の、そのかすかな傾きによって生じる心性のありようの違いにすぎないと考えたほうがいいほどではないか。心性は最終的には社会の生産様式に結び付けられうるだろうが、両者は簡単な等式で結ばれるほど単純なものではありえない。

興味深いのは、紫式部を論じた『うたげと孤心』のこの一節と、先に触れた大岡二十六歳の評論「人麻呂と家持」とが驚くほどの対応を見せていることである。大岡は、人麻呂の長歌と額田王の長歌を並べて鑑賞し、人麻呂の修辞の見事さを迫力ある筆致で説き明かした後に、次のように述べている。

結局、日本の詩は、人麻呂にいたって、ほとんど突然に、言葉のうちにのみ存在する言葉独自の世界を発見し、構築したのである。これは、真の意味で詩人が一人誕生したということにほかならなかった。たしかに、人麻呂の中には古代歌謡と漢文学から与えられた要素がきわめて多いし、その間の消息は、引用した長歌にも明瞭に見てとられる。その意味では、かれを突然現われた天才という風に言うことはできないかもしれぬ。だが、古代歌謡と漢文学から人麻呂の詩が創られたわけではないのだ。他に例を見ないほど尖鋭な切口を見せて対象を切りとる、漢詩風な、剛直な言葉使い、また、かれの詩に思いがけないほどの流動性をもたらしている、歌謡風のはやし詞などは、結局のところ、かれの、言ってみればほとんど表現主義的な心情を盛った詩の世界においてこそ生き生きとした新鮮さを持ちえたのである。

ここまでは大岡の人麻呂観の要約であり前提だが、重要なのは次の一節である。

結論的に言ってしまえば、人麻呂の精神を支配し、かれの言葉に個性を超えた昂揚力を与えているあの宗教的感情が、家持には決定的に欠如しているのである。家持の精神が強く緊張し、高い響きを発している歌といえば、「(四八〇) 大伴の名に負ふ靫帯びて万代に憑みし心何処か寄せむ」のごときものだったということ、言いかえれば、かれの時間意識がついに現世的な関係の枠を越えることができなかったということは、人麻呂と比較する際に重要な要素である。

人麻呂の全作品は、人生の二大要素、すなわち、恋愛(相聞)と死(挽歌)の周囲に凝縮し、輝きながら燃えているといった観があるのだが、これら相聞や挽歌は、人麻呂の強烈な宗教的感情に燃えたたされて、生死の境界を消滅させるほどの、純粋に表現的な世界を形造っていた。ここではもはや、相聞も挽歌も、同じ普遍的な心情の、現象的なあらわれにすぎないといってもいいくらいである。その著しい特徴は、かれの作品が作者たる人麻呂の個人生活から完全に切離されているということであり、言葉がそれ独自の世界を形造っているということであった。人麻呂の閲歴が不明であるということは、かれの場合むしろ象徴的でさえある。

人麻呂が賞揚されている理由は、紫式部が賞揚されている理由とほとんど違っていないというべきである。大岡の眼の着けどころは歳月を隔てて一貫している。紫式部が「「うたげ」の世界の歓楽そのものを、その中に生きつつ同時に超越して見つめることのできる生き生きと孤独な眼」を持っていたように、人麻呂もまた同じ眼を持っていたというのである。紫式部は「現実の雪景色の中に新しい美を見出し得たという事実に加えて、それをただちに「この世のほか」の世界への夢想と重ねあわせて眺めうる複眼」を持っていたが、人麻呂もまた同じだったというのだ。

この堅牢な一貫性は、大岡が若年の頃すでに、詩人とは何か、考え尽くしていたことを窺わせる。生のなかにあってそれを生きながら、同時にそこから離れて超越的に俯瞰する眼、孤独な眼、批評家の眼を持つこと、それが詩人の条件なのだと、おそらく十代の末に思い知ったのだ。それはしかし、自己という現象、私という現象と少しも違ったものではなかったのである。

俯瞰する眼は、それがさらに俯瞰されることによって、リカーションすなわち無限を惹き起こすが、それこそ言語現象という仕組みの核心にほかならない。人麻呂も紫式部もその核心に触れていたのだと、若き大岡は直観した。文学的感動はそこから来るのであり、宗教的感情もまた同じ場所から来る。そう直観したのである。考えるとは、直観に文脈を与えること、すなわち視覚を聴覚に移すことにほかならない。

宗教的感情とは何か。

「人麻呂と家持」を書いていた二十代の大岡は、人麻呂には宗教的感情があって、それが「かれの言葉に個性を超えた昂揚力を与えている」のであり、家持にはそれがなかったのだと述べているが、『うたげと孤心』を書いていた当時の大岡、四十代の大岡は、先の引用に続いて、紫式部の場合はその宗教的感情が仏教というかたちで与えられていたのだと述べている。そして、「たとえば藤原俊成のような平安末期の歌人・批評家の批評の優秀性が、彼の仏教思想の体験的な深さと切っても切れない関係にあると思われること」などが思い合わされるとし、しかしいまはその問題に深入りする用意はないとしている。

大岡がここで天台摩訶止観を示唆していることは疑いない。これを分かりやすく禅といってもいい。要するに見る力である。人は言葉によって見る。事物を、また観念を、言葉を通して見る。だが、何度も繰り返すことになるが、言葉はもともと俯瞰する眼があったからこそ生まれたのである。俯瞰しながらその見ている対象に身を移す能力があってはじめて、言葉は生まれ得たのだ。自分自身なるものも、その見られている対象のひとつにすぎない。身を処すという、身の対象化、奴隷化もそれがあってはじめて可能になったのだ。このことに気づいてなお見続けること、それが見ることなのだ。

これこそ俊成の「仏教思想の体験的な深さ」の実質だが、それはまた俊成の子・定家にも引き継がれたのである。大岡は、紫式部がそれにはるかに先駆けていたことを示唆しているのだ。要するに、大岡がここで「批評」や「宗教的感情」の語のもとに直面しているのは、言語現象の仕組み以外ではない。人麻呂の宗教的感情もまたそれと大きく違ったものとは思われない。アニミズムであれ何であれ、人麻呂が古代人の心性を備えていたとして、それは私たちもまた備えているようなものである。俯瞰によってそれを描き出せるかどうかはまた別問題なのだ。

大岡の披瀝した直観で、重要なことは二つ。

一つは「その中に生きつつ同時に超越して見つめることのできる生き生きと孤独な眼」が「批

評」と重ね合わせられ、その「批評」がさらに「宗教性」と重ね合わせられているということ。いま一つは、それが現象する場は、天才であれ何であれ、あくまでもひとりの個人においてだということ。人麻呂であれ、貫之であれ、紫式部であれ、俊成であれ、「うたげ」すなわち集団の力を契機としようが原動力としようが、鮮烈な言語作品を構築するものは、あくまでも個人なのだ。

3

「うたげ」と「孤心」といえば、ただちに「集団」と「個」の問題に置き換えられるように思われる。だが、そうではない。

とはいえ、大岡自身、そう思わせるようにも書いている。たとえば先に引いた一節の、「『万葉集』からこういう要素を取りのぞいてしまったら、実に多くの貴重なものが失われるだろう。一言でいって集団の歌。ここに『万葉』の豊沃な土壌がある」という書き方がそうだ。「一言でいって集団の歌」といわれればつい合唱のようなものを思い浮かべてしまう。日本の戦後史に即していえば、最後は「インターナショナル」の合唱で終わる歌声運動のようなものを思い浮かべてしまうのである。

だが、それに続く文章を読めば、集団の意味がそれとは微妙に違うことが分かる。皆で集まっていっせいに歌う、いっせいに作るといったような意味ではないのだ。「そこには皇族、貴族を中心とする歌も、旋頭歌や東歌、防人歌などにうかがわれる庶民の歌もあるが、儀式典礼の歌から相聞にいたるまで、宴席の歌から挽歌にいたるまで、『万葉』の歌のきわめて多くの部分は、それを聴き、受け入れてくれる相手が現実にそこにいるという条件において生みだされている」というのは、何よりもまずじかに反応する他者がいるということであって、集団で制作するといったことではない。

集団とはいっても、集まった諸個人それぞれの心情を忖度することと、諸個人の心をひとつにして何かを作り上げることとはまったく違っている。前者が「うたげ」に対応することは明らかだが、後者は心をひとつにまとめあげる指導者を想定させることにおいて、むしろ「孤心」に対応するというべきなのだ。「うたげ」は、場を俯瞰したうえで相手の身になることができる個人の集まりだが、「孤心」は、その身になるべきその相手が、まずは自己自身であるにせよ、同じように宗教的超越者、政治的指導者、あるいは理想、理念である場合にも生じるのである。人は、神に代わり、国家に代わり、民族に代わって語ることができる。自己自身とはいわば函数なのだ。「うたげ」のほうこそ諸個人の個性的な顔を必要とするのである。

そういう意味では「うたげ」も「孤心」も逆説とともにある。個別性、特異性が要求されるのは「うたげ」であって、「孤心」のほうはむしろ一般性、普遍性に向かって開かれているのである。「うたげ」と「孤心」の往還はたんに、ときに集団に入り、ときに集団を出るといったことではない。

とはいえ、「うたげ」と「孤心」が心の両極を示す概念として提示されていることに違いはない。この二つが呼応して豊かなものを生んだのが人麻呂という場であり、紫式部という場であったというのが大岡の見解なのであって、そういう意味での「うたげ」の場を持ち得なかった大伴家持の「孤心」はある意味で悲惨だったというのが「人麻呂と家持」の趣旨である。

この見解は大岡のなかで以後一貫している。『うたげと孤心』においてはいっそう強固になっている。先に引いた一節、「「独り」の自意識をはっきりもって独詠歌をものした作者は、大伴家持をのぞけばほとんど見当らないといえそうである。高市黒人の歌はどうか、といわれるかもしれないが、黒人の歌にはまだ反省的な自意識が明瞭な孤独の自覚としてあらわれてはいない」というのもそうだ。

自意識を持った家持はほとんど近代の心性を具現したといっていいが、それが悲惨であるというのは、近代の作物はおしなべて悲惨とともにあるということを含意している。あらかじめ断っておけば、黒人に対する言及は、名は出していないが、折口信夫に対する批判である。残された歌がきわめて少ないにもかかわらず、折口は異常なまでに黒人を評価した。そこには折口自身の個人史にかかわる問題が潜んでいるが、それはまた別な話である。

「うたげ」と「孤心」をめぐる大岡のこの見解は、私にはきわめて独自のものであると思われる。そのことは山本健吉と対比すれば一目瞭然である。山本を引き合いに出すのは、同時代の文学者のなかで、扱う主題もその論旨も大岡ともっとも近似しているからである。

山本の問題意識は、一九五五年の『古典と現代文学』から、その第一章の表題「詩の自覚の歴史」をそのまま引き継いで一九七九年に刊行された『詩の自覚の歴史』まで、一貫している。人麻呂から家持へといたる『万葉集』の流れに日本文学の原型を見て、いわばその反復として日本文学史を構想しているのである。七九年の『詩の自覚の歴史』が代表作とされているが、これは実質的には『万葉集』論である。古代の香りを漂わせた人麻呂から近代の予兆を思わせる家持まで、文学史があたかも生命史のように描かれているが、その眼で眺めれば、世阿弥の能であれ、芭蕉の俳諧であれ、その生成のおおよその輪郭を同じように思い描くことができる仕組みになっているといっていい。

山本は一九〇七年に生まれ、一九八八年に亡くなった。戦前、吉田健一、中村光夫らとともに同人誌「批評」を刊行している。重要なのは慶応大学で折口信夫の講義に接していること、卒業後、一九三三年に改造社に入社、翌年創刊された「俳句研究」の編集を担当していることである。さらに付け加えれば、一九三二年に共産党にかかわったことで検束され一ヵ月ほど勾留されていることがあるが、マルクス主義とのかかわりは本格的なものではなかった。当時すなわち昭和初年代の学生、知識人にとっては、この程度のかかわりは普通のことだった。太宰治や中村光夫でさえも左翼運動にかかわっていた。

大岡は一九八四年刊の『山本健吉全集』第五巻に解説を執筆していて、二十代半ばの頃、刊行されたばかりの『古典と現代文学』をいかに熱心に読んだか克明に書きしるし、たとえばそこから次のような個所を引き出している。

> 芭蕉の連句においては、すでに地域的な、あるいは族縁的な意味での共同社会は、創作の場としてもはや成立していないことは、すでに見たところだ。だが、そのような共同社会の擬制である、一味同心としての心縁関係は、芭蕉を統率者として、かなり強固に結ばれている。(中略) それは個々の経験や知識が、たちまち他の所有ともなり、このようにして蓄積された豊富な経験・知識の総体を、共通の財産として共有し合う仲間なのである。このう

ち、もっとも有力な統率者を得て、理想的に結合したものが、正風の連衆なのだ。そして芭蕉の幸福は、詩人としての個の意識に目覚めながら、閉鎖的な孤絶の世界に錬金の秘術をつくす必要がなく、一種の共同社会のなかで詩を作ることに在るだろう。個であるために全体を見失なうこともなく、全体であるために個が消え失せることもない、言わば個と全とのバランスの上に、生きることができた点に在るだろう。自己を否定する契機と、否定された自己が甦る契機と、二つながら、詩人としての芭蕉が立った基盤は包含しているのである。（中略は大岡）

山本のいう個と全体のバランスが、大岡のいう「孤心」と「うたげ」のバランスに、ある程度、対応していることはいうまでもない。

大岡自身、それを意識して、この引用の後に、次のように述べている。

「私は十数年のちに紀貫之について一冊の本を書くことになり、それとほぼ時を同じくして連句の実作をも多少経験することになった。そしてその過程で、やがて『うたげと孤心』という本にまとまるはずの古典詩歌論が私の中で形をとっていったが、その〈うたげと孤心〉という主題が明確になるにつれ、私はそれが山本氏の『古典と現代文学』から与えられた刺戟の、私流儀の展開であることにしばしば気づくのだった。」

全集の解説である。褒める場であっても貶す場ではない。とはいえ、大岡がここで述べていることがたんなる儀礼的賛辞であるともいえない。

大岡が山本の『古典と現代文学』を刊行時に熟読したことは疑いないだろう。山本の『古典と現代文学』の刊行は一九五五年、先に引いた大岡の「人麻呂と家持」の発表は五七年である。大岡の解説をそのまま受け取れば、大岡の人麻呂観、家持観は山本の影響下に形成されたと見ることもできる。

だが、両者を読み比べればそうではないことが分かる。引用からもそれは分かる。山本の想定する共同社会が理念であるのに対して、大岡のいう集団はあくまでも現実だからだ。

山本のいう「個であるために全体を見失なうこともなく、全体であるために個が消え失せることもない、言わば個と全とのバランスの上に、生きることができた」共同社会というのは、むろん芭蕉の仕事の意味を説明するためになされているとはいえ、理想的というほかないものである。芭蕉にとって望ましかっただろう人間関係がそのまま現実化して描かれているのだ。現実には、江戸にせよ名古屋にせよ近江にせよ、芭蕉を取り巻く人間関係にはそれなりの軋みもあれば歪みもあったに違いないのである。

対するに、大岡の集団は、階級、階層はどうであれ、要するに笑いもすれば泣きもするただの諸個人の集合にすぎないのであって、かりそめにも「全」という包括的な言葉で置き換えられるようなものではない。一言でいえば、山本の共同社会が到達すべき理想を引き寄せて書かれているのに対して、大岡の集団は出発すべき現実として猥雑なままに描かれているのである。この違いは大きい。

大岡と山本の違いということでは、何よりもまず折口信夫との関係を挙げなければならないのだが、その前にこの問題の文脈的背景を見ておかなければならない。

第二章で、阿部秋生の『源氏物語研究序説』に言及し、阿部が、折口門下の池田弥三郎などが主張する、源氏物語をして「多数の作者の参加」した作品であるとする説に対しては、頑固に否定しながらも、他方、折口自身の貴種流離譚説に対しては、「とはすかたり」という無意識的な語りの形式を根拠に、それが源氏物語に影響を与えた可能性を否定しなかった、むしろ肯定的でさえあったことを紹介した。

阿部と池田の違いは、集団を肯定的に捉えるか否定的に捉えるかの違いであるといっていい。阿部には、和辻の複数作者説も含めて、源氏物語が集団的に制作されたとはどうしても思えないのである。他方、池田は、集団的に制作されたもののほうにこそ価値があると思っているのだ。池田のいう「多数の作者の参加」した作品の背後に、共同社会すなわち集団の力を肯定的に評価しようとする姿勢があることは疑いを入れない。池田は文学もまた集団制作されるものであり、民俗学はそういう作品、すなわち民謡や古謡を論じるものだと考えているのである。要するに日本の古典文学にも十分に集団制作の要素があると思っているのだ。山本にもこの池田に近いところがある。

指摘するまでもなく池田は、折口が教鞭を取り始めた慶応大学で山本の同窓である。山本一九〇七年生、池田一九一四年生。七歳年下だが、池田が折口の文字通りの弟子で、国文学者、民俗学者であるのに対して、山本はそうではない。学者ではなく、改造社の編集者であり、文芸評論家である。かりに折口学派とでもいうべきものがあるとすれば、いわば客分である。だが、同世代であり、昭和初年代が彼らの青春時代であった。

昭和初年代、学生知識人の多くがマルクス主義に惹かれるか、少なくとも関心を持った。時代はしかし昭和十年代に入って二、三年もすると、大きく変わった。マルクス主義は弾圧され、主だった左翼の活動家が次々に転向していった。こうして転向した学生知識人が新たに眼を向けた先が、柳田国男であり折口信夫であったことは不思議でも何でもない。民俗学の領域ではなお、民衆や大衆、集団や共同社会が論じられるべき対象として生き残っていたからである。民衆も大衆も、集団も共同社会も、マルクス主義が依拠すべきもの、偶像にほかならなかった。この段階での民俗学の威力を思うべきである。マルクス主義から転向したものは民俗学に縋りついたといってもいい。

一九四五年の敗戦は、戦後の思想の潮流を再び昭和初年代へとほとんどそのまま繋いだ。左翼なり新左翼において、柳田国男や折口信夫がなお研究すべき対象として注目され続けたのにはそういう背景があったといっていい。いずれにせよ、戦中期をのぞいて、昭和初年代、二十年代、三十年代においては、民衆や大衆、集団や共同社会は、特異な光彩を放つ言葉だったのである。それは明治大正昭和前半期において青春という言葉が異様なまでに光り輝いていたことに対応している。

池田たちが「多数の作者の参加」といって誰も奇異に思わなかった背景には、こういう事情があったのである。山本には一ヵ月ほど勾留された経歴があると述べたが、それはたいして重要ではない。だが、当時の青年に、物を考えるときの基軸のひとつとして、つねにマルクス主義が、とりわけその人民主義、集団主義があったことは忘れられてはならないだろう。山本は折口のみならずT・S・エリオットにもしばしば言及しているが、エリオットの伝統主義の背景にも同じ問題が潜んでいたと私には思われる。そして、ここにも民俗学の鼻祖、J・G・フレイザーが介在していること——エリオットの場合には詩の霊感源にさえなっていること——を忘れてはならない。欧米においても、はじめ植民地主義の派生物にすぎなかった民俗学や人類学が、やがてマルクス主義への対抗馬になり代替物になったことを忘れてはならないのである。

こうしてみれば、大岡と山本の違いが歴然としてくる。おそらく山本も池田も、そして彼らと並ぶ折口門下の面々も、こういったことは露ほども考えていなかっただろう。だが、彼らの思考の背後に、マルクス主義の流行によってもたらされた民衆礼賛、集団礼賛とでもいった風潮が思いのほか色濃く流れていることには十分に注意する必要がある。山本が、俳句において挨拶と滑稽を重視し、坐の文学を強調することの背後にも同じ風潮があったのだと、私には思われる。だからこそ山本は、連句を支えた共同社会の実態に迫ろうなどとは思わなかった。また、その必要もなかった。それは現実ではなく、むしろ理念というべきものだったからである。

ここで、昭和初年代、柳田国男の著作が広く一般読書人の前に現れた理由のひとつに、その著作の多くが創元選書に収録されたこと、そしてその創元選書の企画立案ならびに収録作品の選定者が小林秀雄であったことについては、すでに何度か書いたことがあるので——『無常といふ事』も『考へるヒント』も柳田の影響下に書かれたのである——触れようとは思わない。

また、大岡が、敗戦後、隆盛をきわめていたマルクス主義にほとんどまったく惹かれなかった理由のひとつに、父が、窪田空穂門下の歌人であると同時に、静岡県日教組の委員長を務めるほどの、いわば筋金入りの左翼であったことが挙げられることなどについても、詳しく触れようとは思わない。要するに大岡はその十代において左翼の生態を、学校の内と外からつぶさに見ていたのである。

大岡はまた、左翼のみならず右翼に対してもいわば強い免疫を持っていた。大岡自身が繰り返し書いていることだが、大岡の詩的出発点は、戦後、旧制中学時代に結成した「鬼の詞」という同人誌にあった。そしてこの同人誌を指導した教官が復員兵で、戦前戦中に日本浪曼派の強い影響を受けた青年だったのである。大岡に「コギト」のバックナンバーを与え、保田與重郎を読ませたのはこの青年だった。

つまり、大岡は戦後になって――距離すなわち俯瞰する眼をもって――戦中の思想を若く新鮮な頭脳で咀嚼していたのである。大岡が、人民、国民、民衆、共同体、共同社会といった語彙をほとんど使わないことには理由があったというべきだろう。彼には集団と個という語彙で十分だったのだ。そしてその集団はつねに、個性をもった諸個人の集まりでなければならなかったのであって、のっぺらぼうの人民大衆や共同体員ではありえなかった。それは大岡が描く彼らの笑いのそれぞれが個性をもっていることから十分に推し量ることができる。

だが、集団は集団の力をもつこともできる。強固に統べる指導者があれば集団はひとつになるのであって、そのときその集団はあたかもひとりの個人であるかのように振る舞うことになるのである。これもまた言語の働きであることは指摘するまでもない。人は俯瞰する眼を指導者と同じ位置にもってゆき、その眼から見ることによって、自己をその指導者の手足とすることもできる。自己犠牲のからくりだが、これもまた言語の所産であることは、自殺が言語の所産であることと変わりがない。

大岡と折口の関係を語らねばならない。

4

山本と大岡の関係にあって奇異の感を拭えないのは、大岡が折口信夫についてほとんど書くことをしていないということである。大岡が山本の著書に親しんでいたことは、『山本健吉全集』に寄せた解説に明らかである。そしてその山本の著作といえば、誤解を恐れずにいってしまえば、ほとんど折口学の祖述にほかならない。『古典と現代文学』から『詩の自覚の歴史』にいたるまで、山本は一貫して折口を丁寧に咀嚼し分かりやすく説明しているといっていい。異見を披瀝するにせよ、折口の座標を離れるわけではない。山本のそういう一連の著書に接しているにもかかわらず、大岡はしかし折口について語っていない。柳田については語っても、折口については語っていないのである。

例外は『詩への架橋』の第三章「「愛」と「旅」と「死」の歌」である。しかも「若山牧水、釈迢空、窪田空穂」と副題されてはいるものの、牧水と空穂にはそれぞれ十頁近くが割かれているが、迢空には二頁ほどしか割かれていない。旅と死の主題を提示した後に、有名な「人も　馬も　道ゆきつかれ死にゝけり。旅寝かさなるほどのかそけさ」を含む『海やまのあひだ』から十八首を引いたうえで、迢空にとって「旅は生の寂寥と孤独に耐えようとする精神の形式にほかならないといってもよかった」という語で結んでいる。忌避とはいわないまでも、牧水、空穂に比べて敬遠の気味があることは否定できない。

十代で愛誦した詩歌を論じているのだから、義理で言及したということはありえない。疑いなく気になっていた歌だったのである。しかも、取り上げて言及している歌は「蜑の子のかづき苦しみ　吐ける息を、旅にし聞けば、かそけくありけり」で、大岡の初期代表作「水底吹笛」とかすかにではあれ響き合うものが感じられる。要するに、折口との距離感を取りかねているという印象なのだ。しかも、大岡の眼中には、国文学者としての折口ではなく歌人としての迢空しか入っていないのである。ある種の戸惑いがあると感じさせる。

なぜか。

本質的な点で似ていたからであるとも思われる。

むろん、性格はまったく違う。大岡には晴朗さというか、大らかな明るさがある。折口には逆に、湿気を帯びた底知れない暗さがある。正反対といっていいほどだ。

ここで性格にまでこだわるのは、言語を獲得して以後、性格もまた人間の作品になったといっていいからである。人生も作品になった。性格も人生も、文学のはるか以前に文学になったのである。人は、生理的、肉体的な限界に制約されるにせよ、基本的には自分で自分の性格を、人生と同じように、作るのである。そして文学が形成されて以後は、その性格は作品に反映されることになる。大岡の詩には大岡の性格が反映され、折口の歌には折口の性格が反映される。人柄と文学は違ったものではない。書と同じだ。

性格における折口とのこの違いが、大岡をためらわせたと考えることもできる。

だがむしろ本質的に似ていたからこそ、あたかも危険を察知したかのように敬して遠ざけたのではないか、と考えることもできる。

本質的な点で似ているというのは、たとえば、単刀直入に対象の核心に切り込むところがそうである。核心の探し方、近づき方が似ている。まず直観があり、その直観を吟味する。これは誰でも同じだろうが、その直観が深く鋭く、吟味する過程がスリリングなのだ。その過程を書くところも似ている。山本と大岡が、方法も主題もしばしば重なり合うにもかかわらず、決定的に違うのは、山本にはそういう直観があまり感じられないところだ。折口を参照し、祖述しながら、折口のような香りがないのもそのためである。

大岡のその流儀は二十二歳の作「現代詩試論」にすでに明らかである。

「詩について散文で語ることは至難である。どこにもこれら二つの関係が完全に融和している模型はないし、そうしたものがありうるのかどうかもわからない。そこにはいつでも手さぐりの歩みよりがあるばかりだ。ヴァレリーが自作について語ったものがいい例だ。彼は決して自作の詩のすべてをつかんではいない。むしろ、つかめないことによって彼は「海辺の墓地」という詩をもっともよく説明したともいえるのだ。」

逆説である。詩人は自分の書いていることが何であるかほんとうは知らないのだと述べているのだ。だからといって批評家に可能かといえば、それもあやしいというのである。いわば書くことの不可能を書いているようなものである。まさに真実というほかないが、しかし二十二歳の詩人にいえるような言葉ではない。直観を書いているにせよ、そういう意味ではほとんど不遜といっていい。同じ不遜は、たとえば折口二十七歳の『口訳万葉集』などにも感じられる。巻四の家持と久須麻呂の贈答歌を訳しながら同性愛を断定している個所などがそうだ。折口の当時の心情を反映しているのだが、過激というほかない。

折口が一般読書人に向けて刊行した最初の本は『古代研究』である。冒頭「国文学の発生」が置かれるが、第三稿を筆頭に、第一稿、第二稿、第四稿の順に置かれている。冒頭に「まれびとの意義」をもってきたかったのだろうが、置き換えの理由をここでは詮索しない。最初に書かれた第一稿の冒頭を引く。第三稿以上に気負いが見られるからである。折口、三十七歳。

日本文学が、出発点からして既に、今ある儘の本質と目的とを持つて居たと考へるのは、単純な空想である。其《それ》ばかりか、極微《ごく》かな文学意識が含まれて居たと見る事さへ、真実を離れた考へと言はねばならぬ。古代生活の一様式として、極めて縁遠い原因から出たものが、次第に目的を展開して、偶然、文学の規範に入つて来たに過ぎないのである。

逆説というか、転倒である。文学は、偶然、文学になったにすぎない。それははじめ、たとえば神語としてあったのだ。にもかかわらず文学を自明のものと考えるのは愚かである、というのだ。すなわち、折口は日本文学の起源を転倒に見出しているのである。前章で、チョムスキーの「言語の機能は自分を苦しめることだ」という言葉をめぐって述べたのと同じことが、この折口の言葉についてもいえる。

折口はむろん、文字通りの真実を語っているにすぎない。それがしばしば転倒を語ることにならざるをえないのは、言語が介在するやいなや、視覚的空間的な真実を――それを記憶するためにも――聴覚的時間的な秩序に移行させなければならなくなるからである。転倒しなければ語れない真実を、言語がもたらしたのだ。

折口はこういうことに過度に敏感だったと思える。その敏感さが、まるで転倒を一種の方法、一種の修辞として採用しているのではないかと思わせる理由である。折口がニーチェを参照していたかどうか、浅学にして詳らかにしないが、この一種の癖は生半可なものではない。『古代研究』全三巻のなかで最初に刊行された第二巻「民俗学篇第二」の「ほうとする話」から一節を引く。

　蓋然から、段々、必然に移つて来てゐる私の仮説の一部なる日本の祭りの成立を、小口だけでもお話しして見たい。芭蕉が、うき世の人を寂しがらせに来た程の役には立たなくとも、ほうとして生きることの味ひ位は贈れるかと思ふ。

文は、芭蕉の『嵯峨日記』に収められた一句、「うき我をさびしがらせよかんこどり」に負っている。芭蕉のひねりも相当なものだが、折口のひねりはさらに強烈だ。まず、芭蕉の発句も連句も、人を寂しがらせることによって、人の役に立っている、これは前提すなわち常識だと述べているのである。次に、その芭蕉と同じように人を寂しがらせることで人の役に立ちたいところだが、そんな才能はない、それでも、ほうとして生きる味わいくらいは贈れるだろうというのである。敷衍すれば「詩の機能は人を寂しがらせることだ」ということになる。チョムスキーの「言語の機能は自分を苦しめることだ」という言葉にほとんど匹敵する。
　ところで、ほうとして生きるとはどういうことか。直前の一節を引く。

　ほうとしても立ち止らず、まだ歩き続けてゐる旅人の目から見れば、島人の一生などは、もつと〱深いため息に値する。かうした知らせたくもあり、覚らせるもいとほしいつれ〲な生活は、まだ〱薩摩潟の南、台湾の北に列る飛び石の様な島々には、くり返されてゐる。でも此が、最正しい人間の理法と信じてゐた時代が、曾ては、ほんとうにあつたのだ。古事記や日本紀や風土記などの元の形も、出来たか出来なかつたかと言ふ古代は、かういふほうとした気分を持たない人には、しん底までは納得がいかないであらう。

人の気を引いておいて、逆に押し返すような文章である。詩的にすぎて、かえって分かりにくくなっている。評論の書き出しは「ほうとする程長い白浜の先は、また、目も届かぬ海が揺れてゐる」である。とりあえず感覚的に「ぼうっと気が遠くなる」とでも押さえておけばいい。昔は、「ぼうっと気が遠くなる」ような気持ちのままで人は一生を送っていたのだ、祭りはそういうなかから発生したのだ、とでも受け取っておけばいい。だが、その後によく考えてみると、この「ぼうっと気が遠くなる」というその状態が、言語を獲得する前後のそのあわいを体験する感覚であることに気づくことになる。歴史的な前後ではない。人間ならば誰をも訪れるそういう瞬間のことだ。哲学者ならば現象学的還元とでもいいだしかねないところだ。

逆説といい転倒といい、「かういふほうとした気分を持たない人には、しん底までは納得がいかないであらう」と言い換えても、おそらく許されるだろう。逆説も転倒も言葉の極致、論理の極致であって、ほうとした気分の正反対ではないかと思われるだろうが、そうではない。逆説や転倒こそが、むしろ「ほうとした気分」に人を誘い込むのである。それが理解するということなのだ。

折口の歌、大岡の詩のいたるところにこの気分を見出すことができるが、ここでは引かない。ただ、『うたげと孤心』を貫く一本の糸がじつはこの「ほうとした気分」でもあることは指摘しておきたい。

大岡は藤原公任と和泉式部を論じた――むしろこの二人の身になって演じたといったほうがいい――第三章「公子と浮かれ女」において、和泉の歌には「いかなる場合でも、突きつめていけば極度の熱中または極度の放心に必ず達してしまうひと筋の調べ」があると述べているが、折口と同じことを述べているのだ。この「放心」を、紫式部が浮舟の中心に移し入れたことはいうまでもない。

大岡と折口が似ているのは、この「ほうとした気分」への感受性の強さにあることは疑いない。だが、決定的に違っているのは、大岡がこの「ほうとした気分」を「笑い」にも繫げてみせるのに対して、折口は決して繫げないことだ。柳田もそうだが、折口も笑いを看過しているわけではない。柳田に『笑の本願』があるように、折口の『日本文学の発生序説』（一九四七）にも最終章「笑ふ民族文学」がある。他でも「笑ひの意義」を論じている。だが、大岡の笑いが明るいのに対して、折口の笑いは暗い。

大岡の愛する人麻呂には笑いが想像できるが、折口の愛する黒人にはちょっと笑いが想像できないことを思えば、この違いが分かるだろう。しかも大岡は、折口にも――そして柳田にも小林にも――重要だったこの「ほうとした気分」のなかに、笑いだけではなく、人麻呂や貫之、紫式部らがもっていた「その中に生きつつ同時に超越して見つめることのできる生き生きと孤独な眼」さえも包含させようとするのである。いや、事実、包含されているのだ。

大岡が後白河法皇の『口伝集』に見出したのも違ったものではない。

5

『うたげと孤心』の後半三章が後白河法皇の『梁塵秘抄』と『口伝集』に割かれていることは冒頭に述べた。第四章「帝王と遊君」では『梁塵秘抄』の紹介と、それが近代の文学者をどれほど刺激したかが語られている。最後の一節から引く。

　私は一方で、この自伝がみごとにひとりの行動家の足跡を語っていること、しかもそれが、心理の薄くらがりをのぞきこもうとする近代人の嗜欲をあざ笑う闊達な文体で書かれていることに、まずもって甚だしく興味をひかれる。だから、『口伝集』巻十を丹念に追ってみることにしたい。その上で、院がわざわざ『梁塵秘抄』を編み、あまつさえ口伝集を残したということの意味を考えてみたい。「うたげ」の演出者が、同時に最も深い、それゆえに創造的な自覚に深く根ざした「孤心」の持主だった事情が、そこから浮かびあがってくるのではないか、というのが、私のここでの目論見である。

大岡は自身の直観を披瀝し、以下、それを吟味してみると述べているのである。というより、『梁塵秘抄』を紹介しながら、これほどのアンソロジーを残した編者に対する関心をもはや抑えきれなくなったと告白しているようなものだ。こうして第五章「今様狂いと古典主義」へと進むわけだが、『口伝集』が執筆された時期が後白河にとって常軌を逸して多忙だった時期、すなわち清盛、義仲、義経、頼朝といった武士の棟梁たちを向うに回して権謀術数を繰り広げなければならない時期であったことに注意を促し、そんな切迫した状況下で、流行歌の集大成、歌手の聞き書き、果ては自らの自伝的苦心談をまとめることなど、常人にはとてもできないだろうとしたうえで、次のように述べている。

「しかし、『口伝集』巻十を書いている院に、そういう気ぜわしさは見えない。『口伝集』巻十の今様自伝を読みながら、一方で武家の棟梁たちを手玉にとっていた後白河という人物像を思い浮かべると、不思議な空白が一瞬両者のあいだにひらめく。『口伝集』のおよそ飾り気のない文章で語られる今様への熱中ぶりが、かえって何やら偉大なる白痴ぶりとさえ感じられてくるのはたぶんそのためだ。」

大岡はこれに続けて「けれども、ほんとうは、こちらの方にこそ、後白河法皇の実像があるのではなかろうか」と述べているが、読者の実感として肯わざるを得ない。「偉大なる白痴ぶり」と「宗教的感情」、さらには「ほうとした気分」には、何かしら通じ合うところがあるのではないか。

後白河を評するために「芸術のための芸術」という語を提示したのは加藤周一だが（『梁塵秘抄』一九八六）、しかしそれは今様の名手となった後白河を評するためでも、『梁塵秘抄』を編集し、『口伝集』を執筆した後白河を評するためでも、『年中行事絵巻』『伴大納言絵巻』制作を下命した後白河を評するためでもない。目的もなければ一貫した方法もない、政治的にはニヒリストというほかない無節操な機会主義者・後白河の「政治的曲芸」を評するためなのだ。

だが、『うたげと孤心』を読み進むものには、今様に狂った法皇・後白河のほうこそ「芸術のための芸術」に殉じたものと呼ぶにふさわしいと思えてくる。遊女や傀儡女を宮廷に呼び、局を与える後白河、周囲に今様狂いを集める後白河の、乱脈としか思えない生き方のほうこそその名に値すると思えてくるのである。

『うたげと孤心』は名著である。昂揚した大岡の感情がじかに伝わってくるからだ。そして、古典を読むこと、古典の作者に身を重ねることこそ、「うたげ」の本来的なありようなのではないか、つまり、大岡のこのありようこそ「うたげ」そのものなのではないか、と思えてくるからである。

実際、後白河も先達に対して同じことをしていたのではないか、ほとんど三顧の礼をもって迎えたに等しい正統今様の保持者・乙前から口移しに今様の大曲、秘曲を習ってゆく後白河のその習得の現場こそ、「うたげ」の場ではなかったのか、と思えてくる。大岡は、正統に固執しその伝授に情熱を燃やす後白河に古典主義者の姿を見ているが、その情熱はむしろロマン主義者を思わせる。

第五章の終りに、乙前の死を語る後白河の言葉が引かれている。

　此の乙前に、十余年が間《あひだ》に習ひ取りてき。その昔《かみ》此れ彼れを聴き取りて謡ひ集めたりし歌どもをも、一筋を通さむために、皆此の様《やう》に違《たが》ひたるをば習ひ直して、遺《のこ》る事なく写瓶《しやびやう》〔一つの瓶の中味を別の瓶に全部移しかえること。つまり、奥義皆伝〕し畢はりにき。年来《ごろ》斯《か》ばかり嗜み習ひたる事を、誰れにても伝へて、其の流れなども〔あれは後白河の流だなどとも」後《のち》には言はればやと思へども、習ふ輩《ともがら》あれど、これを継《つ》ぎ続《つ》ぐべき弟子の無きこそ、遺恨の事にてあれ。殿上人下臈に至るまで、相具《あひぐ》して謡ふ輩《ともがら》は多かれど、これを同じ心に〔自分と同じ気持で〕習ふ者は、一人《ひとり》無し。（注釈は大岡）

この述懐を引用した後に、大岡は次のような感想をしるしている。

おおかたは坦々と語られてきた今様修業をめぐる自伝は、ここでとつぜん、明らかに感情の昂りに突きうごかされている様相を呈する。後白河院という、煮ても焼いても食えない感じの人物の、「孤心」がふいにあらわになる。それは疑いもなく、乙前というかけがえのない師を喪ったころのことを想い起しながら、彼の中に湧きあがった孤独感が、率直に筆を通って紙上に流れ出たことを示している。

後白河も感情の昂りを抑えきれなかっただろうが、大岡もまた感情の昂りを抑えきれなかったように思える。「うたげ」の醍醐味というほかないが、しかし、大岡がなお第六章「狂言綺語と信仰」へと書き進まなければならなかったのは、後白河もまた人麻呂や紫式部と同じように、自身の芸術的表現行為を「ただちに「この世のほか」の世界への夢想と重ねあわせて眺めうる複眼」をもっていたこと、すなわち芸術的感動を宗教的感動へと結び合わせずにはおかない情熱をもっていたことを指摘せずには気が済まなかったからなのだ。

後白河が熊野詣を繰り返したことは有名である。生涯三十三度で、後鳥羽の二十九度がそれに次ぐ。回数でいえば、鳥羽が二十三度、白河が十二度。他がわずか一度、二度であることを思えば、生きた年数、在位の年数を考慮に入れても、異様である。しかも深山である。時代を思えば、難路は想像を絶する。だが、後白河は熊野詣を繰り返した。そうして神前で今様を謡い、度重なる霊験を得た。しかも自身がひとりで体験したのではない。つまり幻視幻聴に襲われたのではない。多くは、自身が恍惚境に達していたときに他の誰かが何かを体験し、後にそれを語るのである。

大岡は後白河の今様狂いも熊野詣もたんなる狂信者のそれでなかったことに繰り返し注意を促している。そうして、『口伝集』執筆の動機がじつは宗教的なものではなかったかと述べている。第六章も後半、すなわち『うたげと孤心』も終わり近く、大岡は書いている。

> すなわち、後白河院が『口伝集』にみずからの今様自伝を書き遺そうと思いたった真の動機は、今様のはてしない修練のうちに得られる「神感」「示現」の至高の境地、つまり、神とおのれとのあいだの、文字通り「法楽」の境地、その霊的な「うたげ」の世界を、せめてものことに文章の形で残しておきたいと願うところにあったのだ。

ここには考えなければならない多くの問題が潜んでいる。人麻呂や紫式部と同じように後白河の芸術行為にも宗教的感情の裏付けがあり、宗教的動機があった。むろん、人麻呂のそれは仏教以前に属しもすれば、紫式部と後白河では同じ仏教とはいっても趣きは大きく異なるに違いない。疑いを入れないことは、彼らの存在を確証するその宗教が、言語によって発生した自分自身という現象、私という現象に深くかかわっているということであって、それは政治、経済、社会にしても同じだということである。

私は、白河院、鳥羽院の頃に隆盛をきわめる今様流行の背景には東アジア経済とりわけ宋代中国の繁栄とそれに伴って起こった未曾有の都市化現象があると考えるが、いわば「宋銭と今様」とでもいうべきこの主題が、同時代の文学とどのように切り結ぶのか、いまなお判明な像を得ているわけではない。だが、密接にかかわることは疑いないと思っている。宗教もまた無関係ではありえない。

後白河の権謀術数がいわば「政治のための政治」であり、それは「芸術のための芸術」を思わせると述べたのは加藤周一だが、大岡が浮かび上がらせた実像は、その「政治のための政治」を可能にしたのはむしろ後白河の今様狂いであったことを物語っている。そしてその核心には宗教があったというのが、大岡の説なのだ。

大岡は第六章の結論部分に『口伝集』の次の一節を引いている。

仮令《たとひ》又今様を謡ふとも、などか蓮台の迎へに与《あづ》からざらむ。其の故は、遊女《あそび》の類《たぐひ》、舟に乗りて波の上に泛《う》かび〔遊女は水駅で客をとった〕、流れに棹《さを》をさし、着物を飾り、色を好みて、人の愛念を好み、歌を謡ひても、よく聞かれんと思ふにより、外《ほか》に他念無くて、罪に沈みて、菩提の岸に到らむ事を知らず。それだに〔そんな罪深い遊女でさえ〕一念の心発《おこ》しつれば往生しにけり。まして我等はとこそ覚ゆれ。〔なぜなら〕法文の歌、聖教《しやうげう》の文に離れたる事無し。

これを大岡は、「遊女でさえ、一念発心すれば極楽往生する。まして自分はと信じる。なぜなら、法華経の教えを中心とする今様の法文歌は、釈尊の教法にそむくところがないからだ」と解釈している。それにしてもこの一文、内容はともかく、「それだに」「まして」の語調の強さのために、「善人なほもて往生をとぐ、いはんや悪人をや」の語調をつい想い起してしまうのは、おそらく私だけではないだろう。

後白河には悪人正機説のような逆説があるわけではない。逆説は論理の必然としていつでもどこにでも成立するだろうが、それが個の自覚として機能するには背景として都市とその住民が必要とされるだろう。悪人も善人も不特定多数の人間がいてはじめて意味をもつからである。後白河の語調が悪人正機説を感じさせるのは、後白河の『梁塵秘抄』にも『口伝集』にも、そこかしこに都市と宿駅の匂いが漂っているからである。室町時代の匂いを先取りしているのだ。

だが、そんなことは枝葉末節にすぎない。「宗教的感情」のあらわれの細部などここでは問題ではない。重要なのは、後白河もまた「ほうとした気分」の最中にあって、それが「宗教的感情」というほかないものであることに気づいていたということである。それこそが集団と個の問題を解く鍵にほかならないことに。

それにしても、折口はなぜ『梁塵秘抄』を真正面から扱わなかったのか。

第五章　「まれびと」の光背

1

大岡信の「うたげ」と「孤心」という対概念が、思いがけず広く深い射程を持っていることについて触れた。

思いがけずというのは、大岡はおそらく文芸作品の理解を深めるために、それもとりわけ日本古典の理解を深めるために、「うたげ」と「孤心」という対概念を提示したのであって、文学を成立させるその同じ対概念が、政治や宗教、社会や経済の根源に潜むと考えていたとは思えないからである。

「うたげ」は集団に対応し「孤心」は個に対応すると考えるのは自然である。とりわけ近代においては自然だ。黙読が文学享受の大きな部分を占めるようになったのは日本においても近代以降、それもほとんど二十世紀に入ってからといっていいが、この新しい伝統は文学享受の中心を「孤心」に置くことを強いた。

強いたとはいっても、眼に見える力によって強いたのではない。人は、意識としてはきわめて自然に、個室にこもって孤独に本を読むようになったのである。図書館はもとより、電車のなかでも、人はあたかも個室にいるかのように本を読むようになった。これにはむろん印刷も照明も不可欠なのだが、意識にとってそれは空気や水のようなものにすぎない。それがなければ成立しえないにもかかわらず、それがある限りは忘れている、そういうものだ。いつしか、孤独な意識すなわち「孤心」が、読書さらには思考の前提になってしまったといっていい。

この享受の仕方が文学の理解を大きく変えてしまったのではないか。「うたげ」に対する大岡の関心は、まずその疑問から始まっている。

一例を挙げる。『万葉集』巻一の第二十と第二十一。

天皇、蒲生野に遊猟したまふ時、額田王の作る歌

あかねさす紫野行き標野行き野守は見ずや君が袖振る

皇太子の答へましし御歌　明日香宮に天の下知らしめしし天皇、謚して天武天皇といふ

紫草《むらさき》のにほへる妹を憎くあらば人妻ゆゑにわれ恋ひめやも

この有名な恋の贈答歌についてくだくだしい説明は不要だろう。天智とその弟・天武、そして額田王をめぐる三角関係は古代ロマンスの一典型と思われてきた。

大岡はこの贈答歌をめぐって、「才媛額田王が、最初天智天皇の弟大海人皇子（すなわちこの贈答の答歌の作者）とのあいだに十市皇女を生み、この贈答の行われた天智天皇七年当時には、天智に召されていた女性であったという事実から、三人のあいだに胸ときめかすような三角関係

を空想し、その空想によって右の二首の唱和そのものを染めあげながら、「あかねさす紫野行き標野行き」をくりかえし愛誦した人びとは数えきれないほど、いたはずである」と、「古典を読む」シリーズの一冊として書き下ろされた『万葉集』(一九八五)に書いている。「もちろん私もそういう少年の一人だった」と続けたうえで、しかし、そういうロマンティックな思い入れでこの相聞歌を鑑賞することは許されないのだと戒めている。なぜなら詞書きにある「天皇、蒲生野に遊猟したまふ」というその遊猟とはあくまでも宮廷の一儀式であり、二首は、狩猟が終わって催された盛大な宴席での贈答歌として披露されたものだからである。歌の内容は忍ぶ恋ではあっても、それが披露され享受されたのは衆人環視の「うたげ」の場において楽しまれたものだったからだというのだ。

少々うがって考えれば、そのような場であったからこそ、歌の主題が忍ぶ恋であることは重要だった。この主題は秘められた情熱をうたうものだから、当然人々の興をそそったはずである。浮き浮きした宴席の場では折りに合っておもしろいと喝采されたにちがいない。その上、額田王と大海人皇子がかつて愛人関係にあったことは、これらの歌のもたらす効果に、ある意味で絶妙な味つけをほどこすことになった。人びとは公開の席で大っぴらに唱和された恋の贈答に拍手喝采しながら、同時に、二人の中年男女の胸のうちにひそむ秘められた思いが、この意識的に大向うをねらった公開の歌の中に案外にもそっと洩らされているのかもしれない、などと勘ぐって興じる材料さえも与えられたわけである。

『万葉集』巻一のこの贈答歌について、大岡は『私の万葉集』でも同じように触れている。また、私が聞いたある講演では、スター自ら、誰もが知っている自分たちの三角関係のゴシップを舞台上で披露して喝采されるようなものですと、「うたげ」のありようを現代の聴衆にも分かるように説明していた。そのときは、解釈の大胆を和らげるように、山本健吉の説に従っているむねを述べていた。

山本の説というのは、山本自身の編集した『文芸読本・万葉集』（一九六三）に書き下ろした「萬葉秀歌鑑賞」のことであり、そこでこの相聞の解釈も行われている。他にも同年刊行の池田弥三郎との共著『萬葉百歌』があるが、ほぼ同様の文章ながら文芸読本のほうが山本の意を尽くしている。

これはおそらく、額田王が四十歳近くになってからの歌だろうが、それでいっこうに差し支えない。この唱和の歌から、あまりに真剣な恋の経験を引き出そうとするから、間違うのである。額田王の父は鏡王といって、鏡山山麓の近江蒲生郡の豪族（皇族でなくても王を称した）らしく、その娘に鏡王ノ女・額田王の姉妹があり、紀には鏡姫王・額田姫王と記している。神聖な処女として、兄媛・弟媛と揃って高貴な賓人に娶されることは、古代には普通のことで、その場合、兄媛は主賓中大兄に、弟媛は副賓大海人に仕えたという想像も成り立つ。だから、弟の愛人を兄が奪ったなどという想像は、しなくてもすむのである。額田王がかつて弟に愛されたとしても、もともと彼女が兄の持ちものでなかったとは言えないからだ。一寸、現在の男女関係から言えば、想像できないような関係がそこにあったようだ。

山本は「この唱和の歌は、狩猟のときの宴席の歌である」と続け、さらに「だから、苦悩のヒロインとしての額田王の肖像を、この歌から作り出してはならない」と駄目を押している。折口信夫の論文「額田女王」（一九三五）を敷衍した解釈にすぎないが、あえていえば俗耳に入りやすいように、古代をめぐる折口の含みある発言のその含みは払拭している。折口の「額田女王」は後に引くが、先回りしていえば、大岡、山本、折口それぞれの解釈の、その微妙な差がきわめて興味深い。

簡単にいえば、大岡には、大らかというか、古代人と現代人の差など無きに等しいのだ。だが、山本にいわせれば、古代人には現代人からは「一寸、想像できないような」ところがあるのである。折口にしてみればしかし、これが重大なのだが、「一寸、想像できないような」という物言いそのものが許せなかったに違いない。古代人は現代人のなかに生きているからである。人は、自身のなかにある古代人の声に耳を傾けなければならない。声高にいっているわけではないが、それが折口の基本なのだ。大岡がほとんど無邪気に見えながら深みを感じさせるのは、自身のなかに古代人が生きていることなど自明のことだったからである。大岡は、自分が人麻呂の身になり額田王の身になりうることを疑っていなかった。とすれば大岡と折口は接しているのである。大岡と折口は近く、山本はむしろ遠い。

大岡が、そしてまた折口が、特異なのだろうか。誰も、人麻呂の身にもなれれば額田王の身にもなれるなどと思いはしないのだろうか。だが、そうでなければ文学など存在しないことになるのではないか。言語などあってもなくても同じことになるのではないか。

大岡の疑問の根はそこにあったのであり、むしろその自明なことがなぜ人には自明ではないのか、それが不思議だったのである。たとえば、山本の「一寸、想像できないような」という物言いにからめていえば、大岡には、天智も天武も鏡王女も額田王も、怒りもすれば笑いもする、愛しもすれば嫉妬もするだろうことは、疑いようがなかった。彼らの心は、その環境、その文脈を正しく復元できさえすれば、いくらでも想像でき、共感できるに決まっているのだ。大岡の鑑賞がはるかに生き生きしているところからもそれが分かる。大岡は、人間がいくらでも相手の身になれるその能力の淵源に「うたげ」を見出しているのである。そしてさらにその「うたげ」を逆説的に支えるものとして「孤心」を見出しているのだ。

考えてみれば自明だが、個性すなわち自分と他人との違いは、まず、そのような「うたげ」の場で比べられてのみ形成され発揮されるのである。離れ離れの「孤心」においては個性の次元そのものがありえない。結果的に、個性を狙う「孤心」は新たな「うたげ」の場すなわちジャーナリズムなりアカデミズムなりを形成することになるわけであり、それが「うたげ」の変質をもたらし、この新たな「うたげ」がさらに新たな「孤心」を形成する。こうして近代的な「孤心」すなわち近代的孤独なるものが登場することになるわけだが、大岡が問題にしているのはしかし「うたげと孤心」の変容ということではない。むしろ、その変容さえも、「うたげと孤心」に包み込まれているのではないかということである。『梁塵秘抄口伝集』に魅了されほとんど熱狂したのは、そこにその機微が隠されているように感じられたからだろう。

大岡は、煎じ詰めれば、人間が憑依する存在であること、それが言語の働きであることを問題にしているのだ。自己とは、自己が自己に憑依することにほかならない。驚くべきことに誰もが私なのだ。そしてそれは「私は誰でもありうる」ということなのである。額田王の歌を読むとき、人は額田王になるのだ。

人の心は信じられないほど可塑的であるというべきである。

2

折口信夫の『口訳万葉集』の該当箇所を引く。

二〇　紫草の花の咲いてゐる野即天子の御料の野を通つて、我がなつかしい君が袖を振つて、私に思ふ心を示してゐられる。あの優美な御姿を、心なき野守も見てはどうだ。(野守を天智天皇にたとへたのだ、といふ説もあるが、こじつけである。単純に客観的の歌と見れば、愈、すぐれて見える歌である。皇太子の御歌は、寧ろ、此歌の内容に深く交渉をもつたものと見ないがよい。)

二一　ほれぐとするやうないとしい人だ。そのお前が憎いくらゐなら、既に人妻であるのに、そのお前の為に、どうして私がこんなに焦れてゐるものか。

『口訳万葉集』は一九一六年から一七年にかけて刊行された、つまり折口三十歳前後の仕事であり——武田祐吉が「口訳万葉集縁起」にその経緯を詳しく書いている——、折口自身、書き直そうと意図していたとも伝えられる。したがって、この口訳をもとに折口のこの二首に対する最終的な評価を云々することはできないともいえるが、基本的な見方はじつは以後もほとんど変っていない。簡単にいえば、折口はこの二首を「うたげ」の歌ではなく「孤心」の歌と見なしているのである。説明書きに明らかなように、この二首は必ずしも「深く交渉をもつたもの」ではない、つまり別々のものだというのだ。

一九三四年の「万葉集の研究」に、折口は次のように書きしるしている。

「万葉の中、尠くも伝来の古きを誇る巻一巻二の歌は、殆どすべて――と言ふより寧全体――題目・端作・歌引と謂つたものは、後の理会によるものを書いたに過ぎない事は、証明出来る。此亦、将来の万葉学者の討議を経なければならぬ問題である。」

抗弁を許さないほどの鋭い口調で、万葉集巻一・巻二はとりわけ、大岡がとりあえずは依拠している詞書はむろんのこと、編集そのものについても疑ってかからなければならないと指摘している。この二首は「天皇、蒲生野に遊猟したまふ時」に実際に交わされた相聞などではないし、そう受け取るべきでもないということである。折口は、そのうえで、二首を詞書の文脈から引き離して別個に鑑賞し、二首ともにすぐれて見えると評価しているのだ。二首はそれぞれ別の文脈ですでに歌われ知られていたのであり、それが万葉集巻一に何らかの意図のもとに採用された、そういう可能性さえ示唆しているといっていい。

日本書紀の背後に持統天皇と藤原不比等の巧妙な政治的意図を見出し、そこに描き出された歴史の虚構を説得力ある筆致で浮き彫りにする説があって、日本史および日本文学研究に一石を投じているが、ある意味で折口はその種の説を先取りしているといっていい。万葉集とりわけ勅撰の趣の濃厚な巻一・巻二が、日本書紀と同じほどの政治的意図に従っていなかったとは考えにくいからである。新説と折口の所説が違うのは、古代人の心の論理にのっとっているかいないかということだけなのだが、むろんそれが決定的な違いともいえる。

とはいえ、古代人の心、原始人の心が客観的に存在するわけではない。フレイザーの『金枝篇』も、それを批判したレヴィ＝ブリュルの『未開社会の思惟』も、報告に接して考察しただけである。現地調査にしても、マーガレット・ミードの『サモアの思春期』の例がある。インフォーマントが正直であるとは限らない。問題は人間の不気味さそのものに通じているのだが、抗弁を許さないほどの折口の口調は、その不気味さを突破する自信のほどを示しているといっていい。

大岡にしても万葉学者の研究に無関心だったわけではない。しばしば言及される大伴家持への親近感から推しても、万葉編纂者について格別の関心を持っていたことは疑いを入れない。だが、そういった学者の研究をふまえたうえでなお大岡がそこに「うたげ」の精神を見ているのは、その強調が少なくとも編纂者の意図であったこと、当時「うたげ」がそのようなものと見なされていたことを重視しているからである。そしてそれが明らかに作品を豊かにしていると思えたからなのだ。

これは、たとえば五味智英・大野晋らの校注になる「岩波古典文学大系」など、一般向けの諸本で折口の説を採っていないというようなことではない。大岡はいわば自身の詩人的直観を信じているのである。そのうえで「うたげ」の歌であるという蓋然性を採ったということだ。

注意すべきは、折口もまた大岡と同じように、その断言の背後に詩人的直観を隠しているということである。折口と大岡は、いわばともにその詩人的直観をかけて、一方は万葉集に「孤心」

の発露を、他方は「うたげ」の発露を見ようとしているのである。ともに古代にそれこそ憑依しながらも、鋭い対照をなしている。

折口の「うたげ」と「孤心」への関心もまた半端なものではない。先に触れたが、折口も周到な一文「額田女王」(一九三五)を書いている。妙に生々しいというほかないが、額田王と天武天皇のあいだに生まれた十市皇女、十市皇女と弘文天皇のあいだに生まれた葛野王の年齢から逆算して額田王の年齢を推定している。山本はそれにのっとって「四十歳近くになってからの歌」と書いているわけだが、生々しさが現代市井に見られるものに変じている。

折口はその後に、額田王は、おそらく琵琶湖南岸蒲生野にほど近い鏡山を故地とする鏡王の娘――すなわち巫女――のひとりとして宮廷に出仕したであろうこと、鏡姫王が姉で額田王が妹である可能性があること等々、興味深い考察を展開している。山本がそれを敷き写しに分かりやすく書き直していることは先の引用の通りである。折口は、以上のことからもそれがたんに「天智天皇の遊猟の御供をした」ということではないことが分かると述べ、二首を引いたうえで次のように書いている。

紫草の生えてゐる野は、人の手を出すことの出来ぬしるしのついた野です。其野に入り込んで、袖をふつて入らつしやる。野の番人は、目をつけさうだ。「こゝへ這入つて袖をふつたりしてはいけません」。「さう言はれて、やまる位ならよいが、憎くなければこそ、持ち主のきまつた人に焦れてゐるのだ。憎くば焦れようか、はなやかな思ひ人よ」。「鏡王女」ですから、すべて宮廷に所属するものです。だから他《ヒト》づまと仰せられたのです。だが天智天皇から申しても、此時はじめて、鏡姫王及び額田姫王に遭《ア》はれた事を意味してゐる伝へなのかも知れません。兄媛《エヒメ》は主賓に奉仕し、弟媛《オトヒメ》は、次賓に仕へると言ふ事もあつた事なのですから、一応は宮廷の人として遠慮をせられるも、やがて額田王に、大海人皇子の会はれた事も不思議はありません。右の唱和の御歌は、宴会の座興を催した歌と見てよいと思ひます。思ふに、万葉集自身にも、鏡王女と額田王との関係がよく呑み込めないところから来た、誤りはあるだらうと思はれます。天智天皇にお伴して居たからと言つて、寵を受けて居たとも言へないのです。

『口訳万葉集』の解釈とは微妙に違っている。心なき野守も見てはどうだ、から、番人に見つかるから袖を振ってはいけない、への変更は、小さくないというべきかもしれない。また、「孤心」の歌から「うたげ」の歌へとあからさまに変更されているのも驚きに値する。「宴会の座興」としたのが通説への妥協にすぎないと思えるのは、万葉集編纂者への冷徹な視線は変わっていないからである。

いずれにせよ、この折口の説にしたがって山本が解釈し、その解釈を採用して大岡が鑑賞しているわけだから、山本も大岡も、折口という釈迦の掌にあるようなものなのだが、注意すべきは、大岡と違って折口には弾けるような笑いが感じられないということであって、冷徹な印象はそこからくる。

大岡の笑いは明るいが、折口の笑いは暗いと先に述べたが、「うたげ」においても同じだ。折口も万葉の歌の多くが宴歌であることに繰り返し注意を促しているが、しかしその「うたげ」は底抜けに明るいなどというものではない。折口はここで、天智と鏡姫王、天武と額田姫王という二組の番いを示唆しているわけだが、それはゴシップとして持て囃されるようなものではない。いかにかすかにではあれ、背後に巨大な制度の軋みを感じさせずにおかない態のものである。

「孤心」にしても同じだ。大岡が、たとえば屛風歌の大家つまり「うたげ」の達人である貫之にも不意に「孤心」の訪れがあったのではないかと論じるとき、そこには近代的な意味での孤独の、華麗に近い透明さが漂うのだが、折口がたとえば高市黒人に指摘する「孤心」は、まるで「まれびと」の負荷を帯びているかのように、不気味な青さを感じさせてしまうのである。この不気味な青さが、「うたげ」すなわち宴会の座興をも「孤心」のもとに注ぎ込んでしまうのだ。

興味深いというほかないが、折口の「孤心」はつねに共同体を背負っていると感じさせる。「うたげ」はもとよりだ。大岡の「うたげ」と「孤心」とはまた別なかたちで、折口の「うたげ」と「孤心」も逆説とともにあるといっていい。

3

折口信夫の古代文学および民俗学の研究において際立つのは「まれびと」論である。その淵源は、折口自身が、その出生の秘密、すなわち自分は母の不義の子だったのではないかという疑惑と願望をめぐって織り上げた幻想にある。これはすでに多くの人が示唆するところであって、ここで喋々するまでもない。

重要なのは、この、いわば自己の発生をめぐる幻想が、天皇制の核心に結びつけられているということである。「まれびと」は貴種流離の貴種につながり、貴種は天皇につながる。「孤心」すなわち「まれびと」が、「うたげ」すなわち「祭祀」、要するに政治・宗教・社会・経済——貴種すなわち貴金属——の核心に位置づけられているのである。これが折口の魅力の源、その「うたげ」と「孤心」のいずれにも漂う、仄暗い奥深さの源といっていい。「私という現象」が、政治・宗教・社会・経済が生れてくる場所にしっかりと括りつけられてしまっているということ。折口は天才だと思わせる理由である。

おそらく十代の始めに身に着けてしまったに違いない折口のこの流儀は、熟考に値する。時間と空間の秘密にじかにかかわっているからである。ニーチェを思わせる逆説の頻出もここに起因するといっていい。

オーウェルが、一九三〇年代半ば、スペイン市民戦争に身を投じて『カタロニア讃歌』を書いたことはよく知られているが、そこに、戦場となったスペインの片田舎の小屋で石製の鍬を発見し驚いた体験が記されている。オーウェルは、石器時代に一挙に引き戻された気分に陥って、一瞬眩暈を覚えたのである。むろん、同じ頃、レヴィ＝ストロースはブラジルで教職に就き、後に『悲しき熱帯』にまとめられることになる人類学的調査——未開の研究——を行っていたのだから奇異とするに足りないかもしれないが、オーウェルにしてみればしかし、南米ではない、現代ヨーロッパのただなかに石器時代を見出したわけだ。驚くのも無理はない。

同種のことは、しかし、いくらでもある。要は、原始も古代も中世も現代も、折り重なるように堆積し、現代のただなかに存在しているということなのだ。人はただ、空間に散乱し共存している物や出来事を、たとえば見てくれの単純から複雑へと並べてそこにひとつの発展を見出し、一個の物語として捉え、それを歴史と称し、時間と称しているだけなのではないか。

これこそ人間的時間の真実といいたい気がするが、この考古学――空間と化した時間の研究――にも似た着眼が、柳田、折口の日本民俗学の底流をなすことは指摘するまでもない。物や出来事の並べ方にさえ歴史――つまり歴史の歴史――があるのである。

小林秀雄が「上手に思ひ出す事は非常に難かしい。だが、それが、過去から未来に向つて飴の様に延びた時間といふ蒼《あを》ざめた思想（僕にはそれは現代に於ける最大の妄想と思はれるが）から逃れる唯一の本当に有効なやり方の様に思へる」と「無常といふ事」に書きつけたのは一九四二年だが、「上手に思ひ出す」例として、たとえば一九三一年に刊行された柳田国男の『明治大正史　世相篇』があったであろうことは疑いを入れない。当時流行のただなかにあったヘーゲル、マルクスに由来する歴史観を痛烈に批判するとき、小林の脳裏にはつねに柳田の民俗学的時間が流れていたと思われる。小林が柳田に傾倒し、創元社の編集責任者として柳田の家をしばしば訪ねた理由である。

ちなみに指摘すれば、その小林をさらに乗り越えるように晩年になって時間論を展開したのが吉田健一だが、『英国の文学』（一九四九）のあの、英国の春の情景を描き出して徐々に文学史の叙述へと移ってゆく手法が、和辻哲郎の『風土』（一九三五）などよりもはるかに、柳田のたとえば『雪国の春』などに淵源するものであることは、私には疑いないように思われる。『雪国の春』の初版は一九二八年、一般に広く知られるようになるのは創元選書の一冊に加えられた一九四〇年以降である。創元選書を企画し、柳田の著作をその柱にしたのが小林であったことは繰り返すまでもない。

『明治大正史　世相篇』において語られたのは、人の身近にある色であり音であり、それらをもたらすたとえば染色された木綿の歴史、あるいは近世になって広く普及し始めた陶磁器の歴史——たとえば『木綿以前の事』のなかで柳田は瀬戸物の普及は歯に当ってカチンと鳴る音を人々が楽しむようになったことだと述べている——、そういった、気づこうと思って眺めなければ見過ごしてしまう、事物にまといついた人間的時間の堆積である。

だが、歴史の遠近の複雑微妙は、何もそういった事物にのみ潜むわけではない。たとえば橋川文三は、『日本浪曼派批判序説』（増補版一九六五）に、『徒然草』第七十一段の「たゞいま人の言ふ事も、目に見ゆる物も、わが心のうちも、かゝる事のいつぞやありしかと覚えて、いつとは思ひ出でねど、まさしくありし心地のするは、我ばかりかく思ふにや」を引いて、兼好法師の時代にも既視感いわゆるデジャヴュがあったことに驚いたと書いていたが——橋川も現実との疎隔感に悩んでいたのだ——、似たような心的現象は『万葉集』にも『源氏物語』にも等しく描かれている。既視感も疎隔感も言語の所産である以上は、言語の始めからあったと考えるほかない。人は古代や中世の随所に現代を見出して驚くが、それは、民俗学が現代の随所に古代や中世を指摘して人を驚かせるのに似ている。

馬琴の著作を少しばかり読み込んでいたとき、『南総里見八犬伝』の些細な個所に、一九六〇年代の新宿盛り場のバーの情景と寸分も違わない記述を見出して驚いたことがある。盛り場に集まる人間たちの心情と振る舞いが、類比的という次元をはるかに超えて、互いに似ていたのである。寡婦が街はずれに開いた居酒屋というような設定だったと記憶するが、いっそう驚いたのは、後に、幸田露伴が、幕末の世相を描いたということでは為永春水より滝沢馬琴にまず指を屈すべきであると書いているのに気づいたときで、たちどころに八犬伝のその一節を思い出し、深く腑に落ちたのだった。露伴に言わせれば、馬琴は時と所を変えながらも結局は自身を取り巻く現実を描いていたのである。そしてその描写こそ貴重だというのだ。露伴もまた、馬琴の描写に自身の少年時代の記憶を見出して驚いたのに違いない。

同じことはV・S・ナイポールが描くトリニダード・トバゴやチヌア・アチェベが描くナイジェリアにも感じたことがある。子供時代を思い出したのである。南アメリカも、中央アフリカも、私が育った東北日本も、変りはしない。いや、そもそも、小説が人を引き込むのは、大なり小なりそこに読者の現在と通じ合うものがあるからだろう。

『荘子』天地篇第十二に、子貢が楚の国に旅をしたとき、漢水の近くで、井戸端まで降りて甕に水を汲み、畑に運んでは水やりをしている老人を見かけ、親切気で「撥ね釣瓶」という便利なものがあると教えたところ、老人が「知らないわけではないが、恥ずかしいから使わないだけだ」と答えたという話が載っている。老人はその後に孔子批判を展開するのだが、それはともかく、これをはじめて読んだとき、この紀元を数百年さかのぼる子貢と老人の会話が、現代にでもいくらでもありそうなことに驚いたのだった。「撥ね釣瓶」が「パソコン」になり「スマホ」に変わったにすぎない。人類なるもの、昔も今も少しも変りはしない。そういうことでは、あるいはヘロドトスの『歴史』やカエサルの『ガリア戦記』の例を引いたほうが良いかもしれない。

現生人類の発生は十六万年前、言語の獲得は六万年前、数値の厳密は専門家の領分なので素人としてはおおよそを述べるほかないが、いずれにせよ、その段階での人類、とりわけ言語獲得後の人類のひとりが二十一世紀の東京に出現したとしても、戸惑いはしてもすぐに適応してしまうだろう。先にチョムスキーがそういったことを述べているむね紹介したが、まさにその通りだろうとあらためて思う。子貢を叱った老人が六本木ミッドタウンを苦り切った顔で歩いている図など、たやすく想像できるのである。とすれば、歴史をさかのぼるにあたっては、古代人と現代人の差など無きに等しいとする大岡の流儀こそ採用されるべきだということになる。

だが、同時に留意しておくべきことがある。獲得された言語の、その言語が他の言語と取り替えられる場合、それに要する時間はわずか三世代すなわち百年未満であるとする、これもまた言語の専門家が指摘する事実があるということだ。たとえば具体的に、英語を選択したアイルランドの例が挙げられる。

言語を取り替えるということは、忌憚なく言ってしまえば、歴史を取り替えるということである。人が言語や歴史にこだわるのは、じつはむしろ、それが簡単に消え去りうるもの、たやすく書き換えられうるものだからなのだ。

心も言語も歴史も、同じように可塑的なのである。

これもまた、時間をさかのぼるにあたって気をつけなければならないことだろう。ソシュールが言語の通時態から共時態へと向かい、チョムスキーが普遍文法を構想せざるをえなかった最大の理由が、これであったと思える。分析するには理念型にするほかないのだ。

第一章で、地球上の言語の総数はほぼ六千、しかも刻々と変化すると述べた。専門家の説である。消え去る言語が少なくないにもかかわらず、なお六千という数が維持されていることに注意すべきだろう。新たに生まれる言語も同じように少なくないはずだ、ということになるからである。リンガ・フランカすなわち共通語、普遍語がつねに必要とされ、本質上それは拡大してゆくはずであることを考えればこれはほとんど奇怪な事実だが、その奇怪さを埋めるためには、言語の基本単位は「現地語」をも超えて、いわば「家族語」すなわち文字通りの母語、母の言葉にまで遡るのであって、それは子供が生まれるその都度、更新されてゆく可能性を秘めているということだ、と考えるほかないことになるだろう。

とすれば、子供の誕生はつねに新たな言語の誕生なのだ。

折口が訪ねた当時の沖縄、先島諸島では、ほとんど部落ごとに言語がいくぶんか違っていたという話が思い起こされる。

いまひとつ関連することをしるせば、狩猟採集民のバンドすなわち群れの単位はほぼ三十人と一般に言われているが、これは団体として動くにもっとも便利であるからだけではなく、そのなかに老・壮・青を含んで世代の再生産を可能とする最小単位でもあるからなのだ。つまりつねに何組かの夫婦とその子供を含んでいなければ、この群れは持続できない、自然消滅してしまうほかないのである。

ジョルジュ・デュメジルに有名な印欧神話における三機能仮説というものがあって、その三機能というのは祭司、戦士、生産者のことだが、これは、狩猟採集民の群れを構成する老・壮・青が象徴化されたにすぎないと見なすことができる。老人が祭司に、青年が戦士に、壮年が生産者に対応することはいうまでもない。

むろん印欧語族にのみ限ることではない。人類は移住もすれば定住もしてきたが、その間、この三機能だけは生きた概念として重視され続けてきた。人的再生産にかかわる以上、当然である。これに母系制と父系制の別を加えれば、アフリカの狩猟採集民から、部落ごとに言語が違ったという先島諸島の住民にいたるまで、言語と神話と宗教を考えるうえでの基本的な図式の構成要素を得たということになるだろう。

普遍と個別の葛藤は少しも抽象的な話ではないのである。

現生人類のアフリカ単一起源説がいまや大勢を占め、それがほぼ八万年前にアフリカを出てインド、東南アジア、オーストラリアへと進み、北上して東アジアにまで達し、さらに日本列島に至ったのがおおよそ三万八千年前ということに、いまではなっているようである。同じく、インドから北上し中央アジアを経て中国から日本列島にまで至る波もあって、その二つの波がおおよそ二万五千年前、日本列島で出会ったということになる。その後、長い縄文時代を経て、数千年前に稲作文化の到来と並行して弥生時代が始まる。柳田、折口以降、論じられることの多い南島の島々は、たかだかこの数千年という時間にかかわっているにすぎないのである。日本人と一般にいわれているものの起源がどのようなものであったか、先史考古学、集団遺伝学、進化言語学といった諸学問がいずれ遠からず明らかにするだろう。

だが、折口が「まれびと」という概念によって明らかにしようとしたことは、先史考古学、集団遺伝学、進化言語学そのほかの学問がいずれ解明するだろうというような次元のことではない。それは、科学の明るい照明のもとに繰り広げられる発明と発見の物語に属すようなものではない。

「まれびと」という概念は言語のからくりに深くかかわっているからである。

折口が特異なのは、この言語のからくりと自身の出生の秘密をめぐる幻想とをからみあわせたところにある。これが少年折口にとってののっぴきならない問題としてあったのは、室生犀星が書いているように、折口の顔には濃い痣があってそれが陰に陽に出生の秘密幻想と結びつけられていたからである。いわゆる徴付きだ。これらのすべてが沖縄調査旅行を契機に「まれびと」論として噴出したのだといってもいい。

子供の誕生はつねに新たな言語の誕生なのだと述べた。とすれば、言語のからくりは出生の秘密と不可分であるということになる。特異なのは折口ではない、それを特異と感じる現代人のほうなのだというべきかもしれない。

「まれびと」の「まれ」は数少ないこと珍しいことを意味するが、同時に、語感として、偶然の意を、意外の意を、僥倖の意を含む。つまりチャンス、アクシデントの意、要するに「機」の意を含む。それは「偶然の事件」なのだ。だからこそ貴重なのであり、「うたげ」をもって迎えるに値するのである。

考えてみれば、誰もが「まれびと」なのだ。

4

折口はなぜ『梁塵秘抄』を真正面から取り上げなかったのか、前章末尾にそう述べた。まとまったものとしては、一九四八年から五〇年にかけて慶応大学で行われた講義「歌謡文学」の一部に含まれているだけである。論じられたのは、催馬楽、梁塵秘抄、室町時代小歌集、閑吟集、狂言小歌集、松の葉、新大成糸のしらべ。一九七二年、『折口信夫全集ノート編』の第十八巻として刊行された。

この第十八巻の月報に小西甚一が「フレイザー・折口信夫・後白河法皇」という一文を寄せている。曰く、フレイザーの『金枝篇』は岩波文庫から邦訳が刊行されているが、それは、フレイザー自身の手になるにせよ、十三冊の原書を一冊に縮約した簡略本にすぎない。機会があって十三冊本を通読してみて驚いた。世界各地から寄せられた膨大な報告が略されることなく引かれていて、妖精たちの話からはまさに妖気が漂ってくる。簡略本とは桁違いの迫力である。折口信夫には、この「十三冊本の『金枝篇』から感じられるような妖気が、どことなく漂う」と、そういう文章である。「その迫力は、ある点で、詩の迫力である」としたうえで、小西は後白河に話を転じている。

後白河法皇というお方にも、そうした妖気を感じる。このお方は、源平興亡の裏に在って、権力者たちをつぎつぎ没落させていった大策謀家だというような解釈もあって、何か暗さを感じさせるのだが、それよりも、傀儡子とか遊女とかの賤民をあえて御所に招き入れ、今様を長年にわたり修得されたというところに、もっと暗い影があるように思われる。皇族が賤民に芸謡を習われるというのは、われわれの常識から見れば、ひどく異様である。いくら平安期だからといって、ありふれたことではなかったろう。それにも拘わらず、あえて芸謡に耽溺し、今様集成梁塵秘抄まで編纂されたのは、後白河法皇をとらえて放さない魅力が、今様にはあったからにちがいない。

小西は、「ほの暗い灯火のもと、傀儡子の老婆を相手に、夜どおし今様をうめいていられる後白河法皇には、何か憑かれたような妖気があったのでなかろうか」と一文を閉じているが、率直にいって褒めているのか貶しているのか分からないところがある。表向きは褒めているのだが、これだけ詩人的な稟質を強調され、暗い妖気を連呼されたのでは、学者としては特異にすぎるということになるだろう。実際には、折口の魅力はその博覧強記、古文献の隅々にまで目を通していてそれを忘れない驚くべき能力にあるのであり、そして学者としてはそれで十分なのだが、幸か不幸か、詩人的な資質がそれに勝っていたということである。

小西は、口には出していないが、「まれびと」という着想そのものに「妖気」を感じていたのだと思える。おそらく柳田国男も同じことを感じていたに違いない。

『梁塵秘抄考』は小西の処女作である。全集月報に一文を求められたのも、その巻が『梁塵秘抄』の講義を含んでいたからだろう。小西は相応しいことを書いているのだ。

折口自身は、しかし、講義が『梁塵秘抄』へと移るその前口上で「後白河院という方は、出てこられたために災いの起こった、意志の薄弱な不思議な性格をもった天子という感じのする方で、ともかくこんなことで償いにはならぬが、もし梁塵秘抄が後白河院の手で集められたものなら、後白河院を見なおすことができる」と述べている。評価が高いとはほとんど思えない。大岡の熱狂に比べれば、冷静というほかない言い方である。評価はじつは『梁塵秘抄』そのものに対してても似たようなもので、まとまったかたちで現存するのは巻二だけだが、「おそらく巻二が、たとえ十巻全部が揃ったところで、いちばん優れたものではないかと思われる」と述べている。

冷ややかな印象は、前口上から講釈に移っても変らない。

大岡が、遊女の詠とする小西の指摘に驚嘆した三五九番、「遊びをせんとや生れけむ、戯れせんとや生れけん、遊ぶ子供の声きけば、我が身さへこそ動がるれ」の「口訳」は、「人間は遊びをしようと思って生まれたのであろうか。そんなことはないはずだ。俺たちは戯れをしようと思って生まれたのであろうか。そんなことはないはずだ。何もかも忘れて遊んでいる子供の声を耳にしたときは、俺の体までが勝手に揺れてくる。押えようと思っても肉体的に動揺してくる。どうしてこんなになるのか」である。「語釈」は、「おもしろさに打ち負けてしまうことの反省の歌だ。表面にとらず、もひとつ内にはいっている歌だ。坊さんが心の底から動揺してくるのは困ると反省している。そう思ってみるとおもしろい歌だ」である。そっけない。肩すかしを食った気がする。遊女の歌とはまったく思われていない。

折口は文献として小西の『梁塵秘抄考』に何度か言及している。したがって、「口訳」は小西の解釈を退けていることを明示している。大岡の驚嘆の延長上で感じたままを再び試訳して引けば、「遊女になるために生まれてきたのだろうか、酔客と戯れるために生まれてきたのだろうか、無心に遊んでいる子供たちの声を聞いていると、自分にもあんな幼い頃があったことが思い起こされて、深く動揺してしまう、あの子たちも自分のようになってしまうのだろうか」ということになる。違いに驚かざるをえない。

折口が坊主の述懐だろうとしているのは、『梁塵秘抄』に集められた歌謡には叡山の僧かそれに類するものが関与していると考えているからだ。この時代、神仏混交が進行し、神主と坊主が入り組んで宗教的なものに与かっていたことが、法文歌、四句神歌、二句神歌という分類からも分かると、やはり前口上で述べている。

興味深いので、三六四番「わが子は十余に成りぬらん、巫してこそ歩くなれ、田子の浦に汐ふむと、いかに海人集ふらん、正しとて、問いみ問はずみ嬲るらん、いとをしや」の、「口訳」は略して、「語釈」のほうを引けば、「婆あの歌がつづいている。同じ婆あではないが、いろいろの婆がいっているところで、古い巫女がいう形だ。そんな巫女が嘘八百をいうのがこんな歌になる」である。

率直に述べて、我が目を疑う。小西が、このあたり遊女の歌が続くので三五九番もそうだろうと『梁塵秘抄考』で述べたそのことが、折口の言い方では「婆あの歌がつづいている」になるのである。むろん、遊女と客のあいだを取り持つ「遣り手婆」のその婆の含みを持つのだろうが、これでは女性嫌いではなく女性蔑視である。小西が強調した「妖気」が濃くなりすぎて「邪気」に変じたような気さえしてくる。

聴講者のノートから起こした講義録を、著者の手になる著述と同じように扱うわけにはいかない。だがまた、だからこそ折口の生の声が聞こえるともいえる。いずれにせよ折口が、『万葉集』と向き合うようには『梁塵秘抄』に向き合っていないことは疑いない。大岡が、『万葉集』に接するのとほとんど同じように『梁塵秘抄』に接し、『古今集』以降、和歌の世界に入ってくることのなかった民衆の声――どのような人間も民衆の次元をもっているからこそ重要なのだ――を聞いて興奮したのとは大違いである。大岡はそこに、変容したかたちであれ、東歌や防人歌に通い合うものを見て、感動したのである。

折口は『梁塵秘抄』に真正面から向き合っているとは思えない、と感じた理由だ。『梁塵秘抄』に古代的なものを見出しえなかったということかもしれない。

大岡にしてみれば、しかし、古代、中世、近世など、便宜的なものにすぎない。作品が与える感動こそすべてだということになるだろう。同じように詩人ではあっても、折口は違っているのである。おそらく古代的なものにこそ詩が潜むと確信しているのである。国文学の発生は詩の発生であり、それは私という現象の発生と密接にかかわりあう。古代にこそ私という現象の秘密の鍵があるのであり、出生の秘密の鍵があるのだ。だが、それは、解明しきれない闇とともにある。それを照らし出すのが「まれびと」なのだ。

折口はそう感じていたと思わせる。

5

折口の「柿本人麻呂」(一九三三)は、古代文学論として抜きんでている。

ミルマン・パリーが博士論文「ホーマーにおける枕詞」を留学先のパリ大学に提出して『イリアス』『オデュッセイア』が口承文芸としてあったことを強く印象づけたのは一九二八年だが、人麻呂を巡遊詩人とする折口の所説が与えた衝撃はそれに似ている。「枕詞」とあえて訳したが、原語は「トラディショナル・エピセット」である。すなわち伝統的形容語句、たとえば髪美わしいレト、白い腕のヘラ、脚速きアキレウスといったときの、その「髪美わしい」「白い腕の」「脚速き」といった紋切り型の形容詞のことだ。この紋切り型の配置を決定してゆくのは個性というよりはむしろ職人芸とでもいうべきものであって、それはホメロスの詩篇が口承文芸としてあったことを明らかにしているというのである。紋切り型の形容詞が一種の記憶術としてあったことは指摘するまでもない。

パリーはその後、ハーヴァード大学で教鞭を取るとともに、アドリア海に面する古都ドゥブロヴニクを拠点に、当時なおユーゴスラヴィアなどで活動していた巡遊詩人たちを探訪調査していたが、一九三五年、三十二歳の若さで事故死した。

このパリーの刺激を受けて、エリック・ハヴロックは『プラトン序説』(一九六三)を書き、ジュリアン・ジェインズは『神々の沈黙』(一九七六)を書いたと見なしていい。『プラトン序説』は、ホメロスの世界に文字が侵入して哲学が生れた、すなわちそれまでは動く百科事典としてあった巡遊詩人が、文字すなわちアルファベットの登場によって駆逐され、考えることが諸個人のもとに委ねられることになったというものである。また、『神々の沈黙』は、『イリアス』に典型的に描かれているが、二分心すなわち右脳がつねに神の言葉を囁きつづけていた時代、人々があたかも自由意志を持たないかに描かれていた時代が、まさにその『イリアス』で終わって、不可避的に諸個人の内面生活が始まったとするものである。

ここでそれらの説を詳論するわけにはいかないが、折口の古代文学研究が探索していた範囲はこれらの学者たちが探索した領域のすべてに及んでいたといっていい。

折口は「柿本人麻呂」を、まず、古代の人物を考える場合、その人物が属している氏族について考えなければならないというところから説き起こしている。先に引いた「額田女王」と同じである。そうして馬琴の「玄同放言」などを引いて柿本人麻呂という名義について論じ、柿本という名義が「興言利口」の人すなわち「即興の巧みな話術で場をとりもつ」役割の氏族であったであろうとし、「柿本氏人が、巡遊神人であつた」と推測している。人麻呂がときに猿丸大夫、猨朝臣らと関連させて論じられるのはそのせいだというのだ。

折口のいう「巡遊神人」は、ヨーロッパ中世における「道化」、日本近世における「御伽衆」などを思い起こさせるが、いっそう多く、パリーの説くホメロスの姿に似ている。柳田や折口がパリーの仕事をどこまで知っていたか詳らかにしないが、折口が人麻呂を論じるにあたってホメロスを意識していたことはその名を具体的に挙げていることから明らかである。

柿本人麻呂という名義をひととおり詮索した後に、折口は、万葉集にある人麻呂の歌に「若干の優秀な羇旅歌と、辺土の生活に関係ある作物のある事」に注意するよう促す。もともと柿本の一族は絶えざる漂泊生活にあって巡遊詩人として吟詠することが多かったのではないか、というのである。「かう言ふ形の部民の漂泊には、条件として、呪術を行ひ、呪詞を諷誦して」回るということがあったのであり、その資格を表す氏名が「柿本」であり、その代表者の称号として「人麻呂」が冠せられることになったのではないか、と。もしもそうであったとすれば、「人麻呂」とはホメロス同然の架空の人物であると考えることもできるだろうと書いている。確かにこの人麻呂の姿は、パリーが想定したホメロスの姿にそっくりである。

ちなみに折口はここでも、「万葉集の詞書きは、歌の意味から逆推して作つたものが多く、殊に、古く正式なものと思はれてゐる巻一・二の物においては、殆全部がさうであつた、と言へるのだ」と述べている。解説はみな嘘だといっているに等しい。

万葉集に即していえば、短歌を完成したのは人麻呂だといえる、と折口はいう。むろん、持統天皇の藤原京においてである。その完成の急激であったのは、「代作についての苦心が、従来よりも深く加つた為と謂へる」と。

これを要するに、個性を尊重するなど思いも及ばなかった古代の呪的な言葉の海のなかから、作者の個性が重要視されるいわば近代的な詩の発生の、その過渡期を生き抜いたうえで短歌形式を完成させたのが、人麻呂だったのだということになる。指摘するまでもなく、ハヴロックの、文字の登場によって巡遊詩人が姿を消し——プラトンがその国家から詩人を追放したのはこの事態を指しているというのである——、諸個人の思索が時代の前面に出てくることになったという見方に、基本的に対応している。

結論にいたるまでの過程はまったく違うにせよ、弱冠二十六歳の大岡が、「結局、日本の詩は、人麻呂にいたって、ほとんど突然に、言葉のうちにのみ存在する言葉独自の世界を発見し、構築したのである。これは、真の意味で詩人が一人誕生したということにほかならなかった」と書いているのと、それほど違ってはいない。

大岡はその後に、人麻呂の「強烈な宗教的感情」に触れたうえで、「その著しい特徴は、かれの作品が作者たる人麻呂の個人生活から完全に切離されているということであり、言葉がそれ独自の世界を形造っているということであった」と続けているわけだが、この宗教的感情の領域が、折口の力説する巡遊神人に対応するということになるだろう。「うたげ」と「孤心」が過不足なく融合していた時代が——理念にすぎないにせよ——思い浮かべられる。

折口の文章のなかでももっとも印象に残る一節を引く。

> 民謡として、流れ出た人麻呂の歌が、諸国の風俗歌の根本的刺戟となつた点を考へれば、所謂人麻呂集のものゝ、技術的に、また人生的に複雑な効果を残した事が考へられる。謂はゞ、古代人の社会生活を感受する力が、此人の作物に刺戟せられることに由つて、深めら

れて行つた訳である。「ものゝあはれ」と称すべきものが、辺土の人々の上に栽ゑつけられたのだ。この人麻呂作と考へられる様になつた歌が、誰の手によつて流行せられたのか。近代の民謡ならば、その流布の径路や、機関の訳らない程、運搬の便利が開けてゐるのであつたが、古代においては、概してさうした撒布者が一定してゐるのだ。単なる流行歌として、風の如く東国に、九国に流れて行つたとは考へられない。必此には、柿本族人としての神人の巡遊が、与つて力あつたに違ひない。

この洞察力がなぜ『梁塵秘抄』には向けられなかったのか、いささか不公平な印象さえ受けるが、折口の民謡なり芸謡なりに対する見方が分かって興味深いことに変わりはない。折口はこの後に、山上憶良が柿本人麻呂とほとんどまったく同時代人であることに触れている。むろん、この二人の歌人が同時代人であることに感慨を覚えているのだ。あるいは戸惑いといったほうがいいかもしれない。憶良は、不遇であったにせよ、洋行帰りの左翼知識人のようなもの。「貧窮問答歌」にしても海外流行をいち早く取り入れた新風と思える。根付かないのは当然だった。脇差を差した侍と背広姿の役人が並んで立っている明治時代の写真のようなものだ。

いわば天平の御代において古代人と現代人が並んでいるわけだが、もしそれが事実であるとすれば、今日においてもまた古代人と現代人が並ぶことが十分に考えられるということである。同時代人でありながら、人麻呂がなぜ旅人や憶良、家持のように明瞭な人物像を結ばないのか、かりにそれが不思議であるとすれば、現代の最中においても同じような不思議があるはずだということになるだろう。

折口は、「かう言ふ風に何処まで行つても、実在の個人柿本人麻呂と、柿本人麻呂を以て呼ばれた、群衆の神伶柿本族人との交錯が、明らかには弁別出来ないのである。其故に、私のこの記述の道も、この通り循環を極めなければならなかつたのである」と結んでいる。冒頭の、古代の人物を考える場合、まずその人物が属している氏族について考えなければならないという台詞を思い起こしてほしいと述べているのだ。

驚くべきは古代に対してではない。現代に対して、いま現在に対してなのだ。

6

折口のこのような仕事をもっともよく引き継いでいるのは、管見では、白川静である。折口の視点を引き継ぎ、万葉から現代にいたるまでを論じたのは山本健吉だが、人類の始源に呪術的な世界を見定め、そこから自身の仕事の全体を構想したということにおいては白川のほうがより包括的に対応していると見なすべきだろう。

いうまでもなく白川は甲骨文を探究してまったく新たな漢字の起源に逢着し、そこから独自の漢字の体系を構想した言語学者である。白川の考えでは漢字の起源は呪術にあるのであり、甲骨文そのものが呪的世界の一環なのだ。

白川は中国、折口は日本。学問の分野は異なるが、白川の学問はあえていえば折口学をそのまま漢字学に転用したとすればこうなるであろうと思えるほどよく似ている。これまで論じてきたこととの関連でいえば、白川の『初期万葉論』(一九七九)を引いて比べるのが便利なのだが、参照文献の綿密さをとってみてもほとんど万葉学者の観を呈していて、殷代甲骨文の専門家とは想像もつかないほどである。ということは、白川はその初期から万葉に深い関心を持っていたということであり、その関心の軸におそらく折口の仕事が置かれていたということである。白川がその学問の全体において折口の影響を深く受けていたことは、私には疑いないことに思われる。

この問題はおそらく、折口と白川のあいだに土橋寛を入れて考えるといっそう立体的に見えてくるだろう。土橋は万葉および日本古代歌謡の専門家である。折口の影響を強く受けている。京都大学に進み、後に立命館大学で教鞭を取り、さらに同志社大学に移ったという経歴を持っている。主著は『古代歌謡と儀礼の研究』『万葉開眼』など。白川は『初期万葉論』『後期万葉論』でその仕事にしばしば言及し、畏友と呼んでいる。白川の身近にいわば折口の専門家がいたことになるわけだが、ここではそこまで論を広げない。白川は自身をあくまでも漢字および中国古代文学の専門家であると見なしているのである。

とはいえ、漢字学者かつ中国古代文学者としての白川に、万葉に関心を持つ必然性がなかったかといえばそうではない。『詩経』と『万葉集』の比較文学的考察がそれである。『詩経』が書かれたのは紀元前十一世紀から紀元前六世紀にかけて、対するに『万葉集』の成立は八世紀で古い収録作品をさかのぼっても数世紀である。千年の隔たりがあるが、対比して考えるべき理由があると、白川は述べている。

〔詩経〕の諸篇が、その貴族社会の詩においても、また国風の民謡においても、古代社会の急激な変貌の時期に生まれているという事実は、古代歌謡を生む歴史的条件が、まさにそのような社会的激動の時期であったことを示すものであろう。その激動のうちに、このような歌謡群を生むエネルギーが発生するのである。そしてそれはまた、万葉の時代についてもそのまま適用しうることである。大化に発する国家の体制化の動きは、〔近江令〕〔大宝令〕につづいて〔養老令〕の施行となり、ここに律令的国家体制が完成されるが、わが国の古代社会はこのときはじめて脱皮の苦悩を経験する。この時期がいわゆる万葉前期、文化史・美術史の上では白鳳期とよばれるものである。それはまさに万葉の様式が成立し、またその様式がアルカイックな美と精神とを示した時期である。

古代歌謡を生む歴史的条件はそのままホメロスの現存する二作にも当てはまりそうである。『イリアス』と『オデュッセイア』の成立時に百年ほどの隔たりがあるにせよ、二作は『詩経』とおおよそ同じ時期かそれをややさかのぼる頃に成立したと一般には考えられている。古代的な共同体の崩壊の過程がどのようなものであったか、いずれ歴史学、考古学が明瞭な像を提供することになるだろうが、その最大の要因のひとつに文字とその一般化があっただろうことは疑いを入れない。ただ、その、原始的と踵を接しているとさえ思える古代的なもののありように関して、欧米の研究は折口や白川ほどの水準にまで達していないのではないかという疑いが私にはある。

白川の『初期万葉論』はほぼ人麻呂論といっていいが、その視点は、この碩学がほとんど折口に寄り添うように古代歌謡の問題に接近していったことを窺わせるに十分である。

人麻呂の問題を考えるにあたって、楽府から古詩への展開のことにふれたのは、中国における創作詩の成立の過程に、そのような巡遊者的集団の存在する時期があり、わが国の古代文学においても同様の事情が考えられることを注意するためであった。人麻呂の属する柿本氏人が、春日の和珥の分支であり、かれらが折口氏のいう巡遊神人として各地に巡歴布教するものであったことは、すでによく知られていることである。天智後宮の代作歌人といわれる額田王も小野神の信仰に連なるものであり、総じて前期万葉の歌は、このような巡遊者の集団と深い関係をもっている。額田王の歌も人麻呂の歌も、そのような集団のなかで伝承されたものであり、人麻呂が没したのちにもその歌は関係集団のなかに生きつづけ、さらになお展開しつづけたようである。おそらく巡遊の間に集録された各地の民謡や歌垣歌を、新たに人麻呂歌の伝承のなかに加え、また集団のなかに生まれた新しい歌も、その歌群に加えるなどして、その伝承歌は次第に歌集としての形式を整えるようになる。このようにして成立したものが、『人麻呂歌集』とよばれるものであろう。

これを裏返せば、白川は『詩経』を理解するに古くから折口を参照していたということになるだろう。

『初期万葉論』の圧巻が、『万葉集』巻一の四五番の長歌、四六から四九番の短歌四首からなるいわゆる「阿騎野冬猟歌」を論じた第三章「呪歌の伝統」にあることは衆目の一致するところといっていい。「軽皇子の阿騎の野に宿りましし時、柿本朝臣人麿の作る歌」の詞書の後に長歌、短歌と続き、最後の一首は「日並皇子の命の馬並めて御猟立たしし時は来向ふ」である。先行研究の採るべきを採り、捨てるべきを捨てて進む白川の解釈は、まさに圧倒的だが、ここで細かく追う余裕はない。

「この冬猟歌の全体について、山本健吉氏の遊猟を歌うとする解釈は、折口学の展開の上に立つものとして最もすぐれたもの」と思われるとし、ただ「旅宿り」の意味──じつは受霊のための実修的儀礼だというのだ──が追究されていないと述べているが、要は、この長歌・短歌の全体が、天武と持統の子である草壁の、そのまた子である軽皇子が、急逝した父・草壁の天皇霊を呼び起こし、それを受霊する過程を描いているというのである。白川はそれをほとんどドキュメンタリー・タッチで追っている。事実、白川の解釈に沿ってこの「阿騎野冬猟歌」を読み進むと、まるで巨大スクリーンに映し出された歴史映画のラストシーンを見ているような気分がしてくる。

長歌も短歌も、呪詞でない部分はない。すべて天皇霊の在り処に近づき、天皇霊を呼び寄せるための呪詞になっているのであり、そうして「日並皇子の命の馬並めて御猟立たしし時は来向ふ」その一瞬において、両皇子の形と影は一体化し、受霊が行われる。「人麻呂の作歌は、ひたすらにこの絶対的な時間である一瞬に向って集中している」と、白川は書いている。

折口の手法が最大限に引き延ばされていると感じさせる。

折口の国文学発生論も、白川の漢字起源論も、最終的には呪的な領域へと突き当たる。折口の場合、そこに「まれびと」があり、白川の場合、そこに「ㅂ《サイ》」がある。漢字を構成する「口」、すなわち「口」から派生したと思われる漢字の多くは呪詞を運ぶ箱である「ㅂ」の意であって、物を食べる口のことではないというのだ。

問題は、それでは、霊とは何か、呪とは何か、ということになる。

第六章　光のスイッチ

1

白川静が折口信夫の影響を受けていたことは疑いない。

白川については以前、「白川静問題」、「起源の忘却」という文章を書いたことがあって、いずれも拙著『人生という作品』に収めた。折口と白川の関係についても少しは触れているが——中国古代文学研究者の多くが密かに折口を参照しはじめていたのである——、影響を受けたとまでは書いていない。だが、いまは明記しておく必要を感じる。霊とは何か、呪とは何か、という問いに接近するための前提になるからである。

霊とは一般に目に見えないものであり、呪とはその霊にかかわることである。理性の時代、科学の時代になってなお、霊についても、呪についても、さまざまなかたちで論じられてきたのは、人間という現象が、目に見え、手でさわることができるものからだけでは解明されえないと考えられてきたからだ。数学が零と無限、負数と虚数を必要としたように、人間という現象も同じようなものを必要としてきた、いや現に必要としているのではないか。折口も白川もそう考えていたといっていい。

峠路や海上でなくても、道はおそるべきものであった。もし呪詛が加えられていると、人は必ずそのわざわいを受けた。そのため道路には、これを防ぐ種々の呪禁を加えておく必要がある。道（道）はその字形の通り、首を携えて修祓を加えながら進む道であった。金文の字形には、首を手に持った字形がかかれている。それは戦争のための先導を意味する用法であるが、あるいは実際に首を捧げて、呪禁を加えながら行軍をしていたのかも知れない。異族神に対する行為であるから、おそらく異族の首を奉じていたのであろう。

白川の『漢字』の、とりわけ記憶に残る一節である。一九七〇年、岩波新書の一冊として刊行された。白川はこれで一般読書人に広く知られるようになった。一九九九年に刊行された著作集第一巻の劈頭に置かれたことからも、白川にとっても重要な一冊であったことが分かる。

道は、中国においてはもとより、日本においてもきわめて重い文化的負荷を帯びた言葉である。引用した一節が、その負荷を一瞬にして吹き飛ばすほどの力を持っていることはいうまでもない。歴史のある段階においてほとんど精神と重なるほどの意味を帯びることになった道という言葉が、その起源において呪詛と切り離しがたいものとしてあったという指摘は、人を驚愕させる。それが白川の意図であったかどうかはおいて、精神の起源は呪に潜む、と示唆しているに等しいからである。

これをはじめて読んだとき、折口の歌のなかでもおそらくもっとも人に知られている次の一首を思い出した。大岡信も『詩への架橋』で引いていた歌である。

　人も　馬も　道ゆきつかれ死にゝけり。旅寝かさなるほどの　かそけさ

第一歌集『海やまのあひだ』所収。歌集は、作者十七歳から三十八歳までの作品六九一首を逆年順に収めるかたちで、大正十四（一九二五）年、改造社から「現代代表短歌叢書」の一冊として刊行された。引用した「人も　馬も」は、大正十二年三十首のうち「供養塔」五首の冒頭、「数多い馬塚の中に、ま新しい馬頭観音の石塔婆の立つてゐるのは、あはれである。又殆、峠毎に、旅死《ジ》にの墓がある。中には、業病の姿を家から隠して、死ぬるまでの旅に出た人のなどもある」の詞書が付されたその直後に置かれている。詞書が、歌の背後に広がる闇の深さをいっそう強く感じさせる。

　白川の文が折口の歌を思い出させるのは、道と死という主題が重なり合っているからだろうが、それ以上に、白川のいう「道はおそるべきものであった」という言葉が、折口の「旅寝かさなるほどの　かそけさ」の背後にも同じように響いていると感じられるからである。「もし呪詛が加えられていると、人は必ずそのわざわいを受けた」とする白川の断定の背後には確信があり、その確信が白川自身の呪術的古代への身の重ね方から生じていることは疑いない。

　白川は発掘された殷代遺物の膨大な甲骨文を、自身、謄写版の原紙に敷き写しながら、画期的な漢字語源論というべき大部の『説文新義』を書き進めていった。そこに、あえていえば、殷代遺物に、さらにいえば古代殷人に乗り移るほどの情念を感じるのは私だけではないだろう。『万

葉集』をはじめとする大量の古典を暗誦し、万葉人に乗り移ったとさえ思われた折口の情念に、それは似ている。ともに、身をもって呪術的古代を生きていると感じさせずにおかないのである。

2

『漢字』は「象形文字の論理」「神話と呪術」「神聖王朝の構造」「秩序の原理」「社会と生活」「人の一生」の六章からなる。先の引用は第二章「神話と呪術」の、「道祖神のまつり」という小見出しにはじまる一節だが、その直前に『万葉集』から数首を引いた次のような記述があって、白川が折口を意識していたであろうことがさらに鮮明に感じられる。

出発式には、犬牲を用いる類や軷《はつ》のほか、馬祖をまつる禡《ば》のまつりというのがあった。禡は「馬のはなむけ」に当たるものであろう。このように出発に際して種々の儀礼が行なわれるのは、異神の支配する地に赴くことが、どのように危険なものであるかを、当時の人々が感じていたからである。人々はその故郷においては、産土神《うぶすながみ》にまもられ、他の神々ともいちおう親しい関係にある。しかし一歩その地を離れると、異神邪霊にとりかこまれて、あらゆる危険に直面しなければならない。またそこには、どのような呪詛が加えられているか、知られない。古代の人々が、異神の支配する地に赴くことをどのようにおそれていたかは、わが国の『万葉集』中の羈旅《きりょ》の歌をよめば、容易に知ることができよう。嶮しい峠路や、荒波をわたる海上の要所では、幣《ぬさ》を手向け、呪歌を歌って無事を祈った。

周防にある岩國山を越えむ日は手向けよくせよ荒しその路

あをによし奈良の都にたなびける天の白雲見れど飽かぬかも

など、その例が多い。「あをによし」の歌は、海の難所に当たって歌われる当所誦詠の古歌として、呪歌に用いられていたものである。

「周防にある」は巻四の五六七。折口の『口訳万葉集』では「貴方が、この九州を去つて、お出でになる道には、周防の岩国山といふ険《ケハ》しい山があります。其山は危《アブ》ない山ですから、峠の神に捧げ物をして、手落ちなくお祀りをしてお越えなされませ。その険しい山道をば」となっている。続く本文左注に、大宰府にあって病を得た大伴旅人を見舞うために京から派遣された二人の使者が、旅人の快癒にともなって帰京するにあたり山口若麻呂がこの歌を詠んだむね記されているが、ここでは「幣を手向け、呪歌を歌って」無事を祈るその例として挙げられているわけである。

「あをによし」は巻十五の三六〇二。いうまでもなく『万葉集』巻十五は天平八年遣新羅使たちの遺した歌と、いわゆる宅守相聞との二群に分かれる。天平八年遣新羅使というのは、新羅との間を往還したが遣使の目的すなわち正式な謁見を果たせなかった、はなはだ意気の上がらなかった使節のことである。

とはいえ海を渡る遣新羅使は命懸けで、歌には懐郷の念があふれる。宅守相聞というのは、越前流罪となった中臣宅守と京に残った狭野茅上処女《ヲトメ》とが交わしたもので、処女の「君が行く道の長道《ナガテ》を繰り畳ね焼き亡ぼさむ天の火もがも」がとりわけ有名である。「あをによし」は遣新羅使の遺した歌のなかに入るが、折口は、『日本古代抒情詩集』（一九五三）の鑑賞において、これを使者の創った歌ではなく旅中饗宴にあたって古歌を流用したものであると示唆している。当時、古歌の引用、言換えは頻繁にあったというのが折口の説である。

白川はその古歌が、古くから呪歌として用いられていたとしている――「見れど飽かぬ」が呪歌であることを示す――わけだが、それには、あるいは『古代研究』所収の「相聞の発達」において宅守相聞の全体を「ほかひゞと」の手になるものと力説した折口の考え方が与って力があったかもしれない。「相聞の発達」では巻十五の全体にも触れているからである。

折口はそこで、「宅守相聞の如きは、単に文人意識ある有識者の手で作られたものと言ふより、ほかひゞとの補綴によつてなつた「組み歌」なること、ずつと後世の世阿弥の如き専門家の手で出来た、意識的な旧叙事詩を改作・補綴したものではないかと思ふのである」としたうえで、さらに次のような後書を付している。

我々の国に於て、異神の信仰を携へ歩いた事は、幾度であるか知れない。古く常世神・八幡神の如きが見えるのは、神道の上にも、段々の変遷増加のあつたことを示してゐるのだ。倭媛の如きも、実は日の神の教への布教者として旅を続けた人であつたのである。倭を出た神は、伊勢に鎮座の処を見出したのであつた。此高級巫女から伺はれる事実は、飛鳥・藤原の時代に既に、異教の村々を巡遊した多くの巫女のあつたことである。豊受ノ神は丹波から移り、安菩《アホ》ノ神は出雲から来て居る。同時に古代幾多の貴種流離譚は、一部分は、神並びに神を携へて歩いた人々の歴史を語つてゐるのである。天ノ日矛の物語・比売許曽《ヒメコソ》の縁起は、史実と言ふより、蕃神渡来の記憶を語るものであらう。

折口は、『万葉集』という古い歌集には、その底にさらに古い層が、それも幾層かにわたって敷かれていると考えているのである。ここでは詳述しないが、白川は同じ考え方を『詩経』に適用したのだといっていい。古い層が、古ければ古いほど、よりいっそう強く呪的色彩を帯びていると考えられていることはいうまでもない。その呪的色彩の多くが恋愛成就を願うものであることは、古今東西変わりようがない。漢の時代に、『詩経』は原意を捻じ曲げられて、儒教の教えに添うものであるかのように変えられた——変えたほうはそれこそ原意と考えた——わけだが、そんなふうにして層が形成されてゆくわけである。

白川の折口に対する呼応は、第三章「神聖王朝の構造」においていっそう顕著であるというべきかもしれない。小見出し「客神について」のもとに次のような記述が展開するが、ここには折口の「まれびと」への呼応が歴然としているというべきだろう。

宗廟に祖霊をまつるとき、客神を迎えることがあった。召にこたえて、廟中におとずれてくる神を、客といった。わが国でいう「まらうど」である。わが国では、まろうどの字に客をあてている。わが国の古い時代における漢字のよみかた、いわゆる古訓には、字義に即して、きわめて正確なものが多い。彦を「ひこ」とよんで成人の意に用いるのも、字の原義に最も近い用法である。

客は客神を意味した。［詩経］の周頌《しゅうしょう》に、［有客］という一篇がある。客神が白馬に乗って、くさぐさのささげものをもって、祭場に臨んでくる。その姿は、しずしずとして、つつしみ深い。これを迎えるものは、たづなでその馬をつなぎ、これを追うしぐさをする。そしておどろく馬をなだめすかして、なぐさめるしぐさをする。客神はやがて心なごんで、かぎりない祝福を廟神にささげるのである。それはかつての、征服支配の事実を儀礼的に実修する、客神参上の儀式である。客は金文では、各・格と同じように、「いたる」という動詞にも用いられている。

折口の「まれびと」論が古代一般に通用するものであると指摘しているようなものだ。白川はさらに「古代にあっては、国を滅ぼすことは、その民人を滅ぼすことではなかった。その奉ずる神を支配し、その祖霊を支配することであった」とも述べているが、この神々の戦いをめぐる記述は、古代中国に当てはまる以上に、古代日本に――たとえば『古事記』などに――当てはまるのではないかとの思いを禁じえない。

白川は、古代のあらゆる事象において中国はより荒々しく日本はより穏やかであるとの印象を折に触れてしるしているが、むろん中国も一様ではない。鳥越憲三郎は『古代中国と倭族』(二〇〇〇)などにおいて、中原すなわち黄河流域のみを中心に中国史を記述して怪しまない流儀――日中両国の中国史の欠陥と思える――の始まりを司馬遷の『史記』に帰し、黄河ではなく長江流域を中心とする新しい古代中国史を構想している。

楚の地、呉越の地をさらに遡って日本との関係を探ろうとする学者がいまようやく出はじめている。第一章で触れた歴史言語学の松本克己もその代表的なひとりであると思われる。だが、呪に漢字の起源を探ろうとする白川の説は、殷を遡ってむしろ長江流域を重視しようとする新たな見方に対しても、じつは強い適合性をもっているといっていい。実質的に、漢字の南方起源説を示唆しているからである。第一章でも軽く触れたが、その根拠を挙げておく。

『漢字』最終章「人の一生」に、「文身の俗」すなわち「入れ墨の習俗」と小見出しされた一節がある。「生まれることを産といった。産の本字は產、もと文に従う字で、文はひたいに加えた文身の象である。厂《がん》はひたいの形」と書き出されている。象形文字と入れ墨とが密接に関連することが示唆されているのである。「文身は、一定の年齢に達するごとに行なわれた。彥（彦）は顔に文身を加えた形であるが、顔とはひたいの部分をいう。顏（顔）は文身を加えたひたいである。中国の南方には、繡面蛮《しゅうめんばん》のように、顔中に文身を加えるものや、繡脚蛮《しゅうきゃくばん》のように脚にそれを加えるものなどもあった」と、その習俗が南方出自であるむね明記されている。

さらに、「文身はもと沿海民族、夷系の俗であった」と付け加えたうえ、「その俗は、古くわが国にもあった。『後漢書』東夷伝に、倭国では男子はみな黥面《げいめん》文身、身分によって大小や花文《かもん》を異にしているとしている」と日本にも言及したうえで、「東アジアの沿海から太平洋の沿岸一帯にわたって、文身の俗をもつ種族は五十以上を数えるが、内陸にはその俗がない。このことは、文身に関する文字が、夷系の文化圏で成立したものであることを示している」と記している。

かりに文身に関する文字だけとしても漢字に占める量は圧倒的である。文も彡も入れ墨を意味するが、その系列だけでも相当な数に上る。世上いわれる貝偏の文字——売（賣）買など経済関係の文字のほとんど——をも含めれば、過半を制することにもなりかねない。いずれにせよ白川は、漢字の起源がさまざまなかたちで殷をさらに遡ることは当然のことと考えているのである。

3

呪とは何かについて考える場合、タイラー、フレイザー、マリノウスキー、モースら、民俗学者、人類学者の説を参照するのが常套である。この系列のなかで比較的新しい文献としてスタンレー・J・タンバイアの『呪術・科学・宗教――人類学における「普遍」と「相対」』(一九九〇、邦訳一九九六)があるが、その冒頭には、モルガン『古代社会』、マリノウスキー『呪術、科学、宗教』などの書が挙げられた後に、タイラー、フレイザー、デュルケーム、モース、レヴィ＝ブリュル、レーナルト、ラドクリフ＝ブラウン、エヴァンズ＝プリチャードらの名が連ねられている。

これら英仏の人類学者を一概に扱うわけにはいかないが、しかしあえて折口や白川の所論と対比すれば、そこには外部から観察し分析しようとするものと内部に入って感じ考えようとするものほどの違いがあるように私には思われる。むろんそれは違いであって優劣ではない。だが、精神の起源としての呪という見方が強く感じられるのは、折口や白川のほうであって、欧米の人類学者のほうではない。タンバイアはクーンを論じ、フーコーに言及するが、科学への信頼、普遍への信頼は、パラダイムという語によっていくぶん相対化されるにせよ、少しも揺るがないように見える。むろん、折口も白川も科学を信頼しないわけではない。だが、あえていえば、二人には、科学は精神によって支えられ、精神は呪によって支えられていると考えていたのではないかと思わせるところがある。基本的に、私という現象そのものが呪的な仕組をもっていると考えているのである。たとえば呪を古代イデオロギーとでも言い換えてみるといい。

白川が呪の力として強調するのは、見る力と、言葉の力の二つである。

眼は心の窓とは言い古されたことだが、眼と精神の関係を正面から取り上げ、論じ切ることなく死去した哲学者にメルロ＝ポンティがいる。折口や白川の仕事は、フレイザー、マリノウスキー、モースの仕事以上に、メルロ＝ポンティらの仕事を思わせることのほうが多い。後に少し触れるが、メルロ＝ポンティの最後の著書は『眼と精神』であり、遺著は『見えるものと見えないもの』である。

また、折口や白川の仕事には、民俗学者、人類学者よりも、むしろフロイトやユングといった精神分析学者の仕事に近いところがある。フロイトやユングも、私という仕組そのものが呪的な仕組をもつと考えたのだと思えば分かりやすい。フロイトは十九世紀人として科学的説明にこだわったが、説明するという行為、解釈するという行為そのものが、もともと呪的な行為だったと思えばいい。パラダイムも知の考古学もそこに着目したのだと考えれば、奥行きが深まる。守備範囲はイデオロギーという語に等しい。

見ることが呪的行為の筆頭としてあったと、白川は繰り返し述べているが、見るという呪的行為がどのようにして私という現象を惹き起こすのか。

見るは、見わたす、見つめる、見える、見なす、といった拡がりをもつ。さらに、見せる、見せしめるといった反転をもつ。

人は、見わたすこと、すなわち俯瞰することによって事物、事象を、把握し、掌握する。道が地図と不可分であることはいうまでもない。歩くとき、人はすでに自身を上空から眺めているのである。そうでなければ、上下前後左右、暗闇と同じで歩くことができない。上空からの眺めを把握しているからこそ、人はたやすく後続するものに地図――文字以前の文字――を描いて示すことができる。

地図は基本的に鳥瞰図だが、鳥瞰図は飛行機が実用に供されるはるか以前から存在していた。飛行機が鳥瞰図を生んだのではない。鳥瞰図が飛行機を生んだのである。鳥瞰図は言語以前から存在していたと考えるべきである。人は――他の動物もそうだが――眼を見開くことによってたやすく鳥になりえたのである。逃げる兎は鷹の眼で自分の後姿を追っているのだ。

暦は時の地図である。暦も地図も原理的に話し言葉を必要としない。本来的にいえばそれこそが文字の力であるというべきである。記憶の外在化だが、この記憶術は多く文様として示されたといっていい。縄文土器の文様は見るものを圧倒するが、制作したものにとってはそれが文字に等しかった、あるいは文字以上のものとしてあったことは、十分に留意されるべきだろう。

無音の文字は多弁だ。文様の特徴は反復でありすなわちリズムである。人間にもっとも身近なリズムは呼吸であり鼓動である。鼓動は制御できないが、呼吸は制御できる。呼吸の制御が話し言葉である。文様は話し言葉をもちながらなお無言の集中力を示すものの存在を思わせずにおかない。文様と文字が重なる瞬間である。

写真は話さないが、膨大な意味を秘めている。読み取ろうとするやいなや、雄弁に語りはじめる。土器に施された縄文は写真に等しいといっていい。縄文土器も写真も同じように文字の側面をもっているのである。

俯瞰するということは、大地を文字として読み解くことだ。狩猟採集すなわち食糧の獲得は生存に不可欠である以上、自身を上空から眺める能力——地図を構想する能力——が言葉を遡ることは確実である。眼にははじめから、自身から離れて自身を見る能力が、付随していたと考えなければならない。そうでなければ見る意味がない。これと、相手の視点——母の視点、父祖の視点、敵の視点——に立つという能力は、不可分であると思える。捕食する、捕食される、番う、番われる、追う、逃げるは、自己保存、種族維持にじかに関わる以上、見ると同時にはじまった快楽であり苦痛であると考えなければならない。

触覚的な捕食活動——じかに口で獲る——はきわめて危険だが、視覚的な捕食活動——手で獲り口に運ぶ——はそれに比べればはるかに安全である。捕獲対象から身を隔ててそれが何であるか見きわめたうえで、手を出し口に運ぶことができるからだ。したがって、捕食活動を少しでも安全にするために眼が生れ、その機能を十分に発揮するために相手の立場に立つ——何をしようとしているのか探ろうとする——という戦略が生れたのだと考えることができる。

いわば、生命は眼の獲得と同時に、自分から離れることを強いられたのである。この距離、この隔たりが、精神といわれるもの、霊といわれるものの遠い起源であることは、私には疑いないことに思われる。

私とははじめから、相手のこと、外部のこと、なのだ。鳥が魂の比喩として登場するのは当然なのだといわなければならない。私とは外部から私に取りついたもののことなのだ。これが、魂が身体を支配するという人間の劇、主と奴の劇がはじまる背景だが、それがすでに個体の次元においてはじまっていることに注意すべきだろう。社会は個体の次元においてすでにはじまっているのだ。それも文字はもとより、言葉のはるか以前、おそらくは眼が誕生した段階からはじまっているのである。眼は対話の誕生、自問自答の誕生なのだ。

したがって、私とはすでに決定的に媒介されているもの――いわば複数――なのであり、それを唯一の起点として世界を考えることなどできはしない。私を起点に世界の存在を考える特権など、私にはないのだ。私が誰かの生まれ変わりでないなどとどうして断言できるだろう。そもそも、私とは両親の生まれ変わりにほかならないではないか。母が呼ぶ名を引き受けて私はその名になったが、これが呪的な行為であるとすれば、遺伝――ＤＮＡ――もまた呪的な現象であるということになるだろう。

私がひとつの外部であることはまさに科学的な事実なのだが、この科学的事実があらゆる呪的行為を引き寄せたのだといっていい。眼の誕生とともに私は外界を見たが、それは外界もまた私を見ているということ――私は見られているということ――の裏面にほかならない。私とは私を見るということなのだ。

見るという行為の次に、見つめるという行為、すなわち凝視が続くことからも、眼が精神の起源であることが納得される。見るから見つめるへの移行は、見るべき対象が、見えるものから見えないものへと移行したことを示す。見えないものとは、とりあえず、見られているその対象が何を考えているかの、その眼には見えない考えのことであるといっていい。それを意図といっても意志といってもいい。獲物がどう逃げようとしているかを探る場合はもちろん、番う相手を求めている場合など、これはじつに切実な問題である。

見つめるという行為は、したがって、相手の立場に立つという能力、自身から離れて自身を見る能力をはじめから前提としているのである。凝視と熟慮、じっと見つめることとじっくり考えることとが、さまざまな言語においてほぼ同義であることは偶然ではない。「道はおそるべきものであった。もし呪詛が加えられていると、人は必ずそのわざわいを受けた」と白川がいうとき、呪詛をかけた敵の立場、悪意をもつものたちの立場に立つ能力がすでに前提とされているのである。アニミズムとは、世界を構成するさまざまな事物に成り代わる――それらも私と同じように生きているのだと知る――能力のことだといっていいほどだ。だからこそ彼らの祝福も呪詛もたやすく想像できるのである。その呪詛を解除するものである呪術者たちが、凝視と熟慮の専門家と見なされただろうことはいうまでもない。

道は「首を携えて修祓を加えながら進む道であった」というのは、道の背後に潜む眼に見えない霊たちが、自分たちが携えている「首」を見るだろうことを前提としている。同時に、見えているあるものが何か別のものに見えること、さらには、見えているあるものを何か別のものと見なすことが、この段階においてすでにはじまっていることに注意すべきだろう。ここでも、呪術から精神が分泌されたことが看取される。

見ること、見つめることは、見なすこと、支配することの、すなわち力の端緒なのである。私を私と見なすことがすでに力の端緒なのだといってもいい。私は私をどのようにも見なすことができる。ただ、他人にそれを強要できるものと、強要できないものがいるだけのことなのだ。

4

モースは、彼に先行する人類学者たちが「呪術をもって科学以前のある種の科学とみることでは一致して」(『社会学と人類学』)いたと述べているが、植民地時代の民俗学者や人類学者が見出した呪術者たちは、思考するものとしてではなく、より多く行為するものとして考えられていたといっていい。その行為が彼らおよびその集団の世界観、宇宙観を示すとされているのであり、こうして未開社会の思惟が考察の対象とされてゆく。

だが、行為者すなわち技術者としての呪術者から疑似科学的な側面が除かれ、さらに宗教的な祭祀の担い手という側面が除かれると、たんに類似の法則と接触の法則に支えられた共感呪術、すなわち迷信しか残らないということになる。並べられた迷信のなかからもっとも強い類型としてたとえば王殺しの話が残り、イエス・キリストの物語もその変容のひとつ——すなわち豊穣を祈願する農耕儀礼のひとつ——として分類されることになる。これだけでも素晴らしい成果ということになる。エリオットの「荒地」に霊感を与えたほどなのだから。

迷信は、しかし、たとえば眼についての、あるいは言葉についての、現生人類の誕生をはるかに遡って蓄積されてきたほとんど身体的といってよい思考によって支えられているのである。折口や白川はそう考えていたと思われる。いわばそこに、現代にまで続く思考の水脈のはるかな源泉を見ようとしているのである。そういう意味では、繰り返すが、呪術を現代に蘇生させたフロイトやユングのほうが折口や白川に近いということになるだろう。私という現象を解明して、フロイトは無意識、ユングは元型という図式まで作り上げたのである。

これらの図式が思考を刺激するのは、むろん眼や言葉について論じているからではない。私なるものを思考の出発点に置くことが不可能であること、少なくとも、その権利は人間にはないことを告知しているからである。私は私のなかで起こっている思考を持続させようとしているが、それは私が思考しているということではない。ある思考が私のなかで生起しているにすぎない。そう考えさせるのである。そしてその思考を私という場にもたらしているのは、私という現象をはるかに遡る、眼の誕生であり、言葉の誕生であると思わせる。折口や白川の思考が人を刺激する理由もそこにある。呪は、人の眼の誕生、人の言葉の誕生、つまりは霊の誕生をくるんでいる胞衣のように見える。

見ることがそのまま力であるとすれば、人がいっそうよく見ようとするのは必然である。高みに向かうのも、馬に跨るのも必然である。小高い丘に館をつくり、塔を建てるのも、時に応じて領地を見て回るのも、領民に姿を見せるのも必然である。宇宙に世界精神の顕現を見るという点において、二十世紀のヘーゲルともいうべきテイヤール・ド・シャルダンやルロワ＝グーラン風の言い方でいえば、それは人間が直立した段階、視点を高め視野を広げた段階から決まっていたことなのだ。

むろん、そんなことはありえない。必然とは、偶然の堆積によって結果的に残ったらしい人間なるものが、自らを省みてつくる物語にすぎない。

だが、物語のなかにも採るべきものがあるとすれば採らなければならない。

白川は『漢字』第二章で「目の呪力」について触れている。

自然の啓示を知るには耳目の聡明を必要とするが、自然にはたらきかけ、あるいは他者に呪的な力を及ぼす行為として、目の呪力が重要であった。見は人の上に大きな目をかく。視るという視覚的な行為以上に、対者との交渉をもつ意味を含んでいる。［万葉］にも「みる」

という語をもつ歌が多いが、国見の歌をはじめ、

山高み白木綿花《しらゆふはな》に落ちたぎつ瀧《たぎ》の河内《かふち》は見れど飽かぬかも

天《あま》さかる夷《ひな》の長路ゆ戀ひくれば明石の門《と》より大和島《やまと》見ゆ

などは、みな呪的な意味をもつ行為として歌われている。［詩経］の衛風［淇奥《きいく》］の「かの淇《き》（川の名）のほとりを瞻《み》れば　綠竹猗猗《いい》たり」や小雅［瞻彼洛矣］の「かの洛《らく》を瞻《み》るにこれ水泱泱《あうあう》たり」などのように、草木の茂るさま、自然の力にみちたさまを瞻ることを歌うのも、呪歌的な発想法であろう。

「見は人の上に大きな目をかく」というのは語源のことである。「目」の下に「人」という字を書くと「見」になるという意味だ。「視るという視覚的な行為以上に、対者との交渉をもつ意味を含んでいる」というのは、『万葉集』においてであれ、『詩経』においてであれ、「見れど飽かぬ」や「見ゆ」といった語は、見るという視覚的な行為であるよりもむしろ、見ている対象である「河内」であれ、「大和」であれ、褒め称えることによって、その土地の霊がこちらに好意をもつことを期待しているということに重点があるということだ。こちらが好意をもっている以上、そちらも好意をもってほしいと述べているようなものである。

その後に出てくる「国見の歌」というのはたとえば、『万葉集』巻一の第一、雄略天皇の有名な御製「籠もよ　み籠持ち」の次におかれた第二、舒明天皇のこれも有名な御製「大和には　群山あれど」のことである。「対者との交渉」ということでは典型的な例になるので全文を引けば、詞書きは「天皇、香具山に登りて望国しましし時の、御製の歌」であり、続く長歌は「大和には

群山あれど　とりよろふ　天の香具山　登り立ち　国見をすれば　国原は　煙立ち立つ　海原はかまめ立ち立つ　うまし国ぞ　あきつ島　大和の国は」である。いわば、天皇が大和の国を褒め称えて地霊の守護による安全、安定を期待しているのである。これが見ることが支配することであることの実質だ。支配者が国を代表して自然に対しているといっていい。

繰り返すが、呪術において視覚がもっとも重要なものとしてあったことは、白川が一貫して力説するところである。殷代の甲骨文は田猟の吉凶を問う卜占に満ちているが、田猟すなわち当時の軍事演習は、支配者にとっては国見であり示威であった。すなわち、国を見ることであり、見るその姿を人々に見せることであった。そういう例に比べれば、『詩経』の衛風「淇奥」にせよ、小雅「瞻彼洛矣」にせよ、「目の呪力」を示すものとして適切かどうか、あまりにのどかで一瞬疑いたくなるが、先に引かれた『万葉集』からの二首に対応させたのだろう。「白木綿花」に対して「緑竹」を、「明石の門」に対して「洛の水」を置いたのだと思われる。

その後に次のような記述がある。

> 眼の呪力を強めるために、ときに目の上に媚飾《びしょく》を加えることがある。媚はシャーマン的な巫女《ふじょ》であった。（中略）媚女は異族との戦いのとき、つねにその先頭に立った。敵に呪詛《じゅそ》をかけるためである。勝敗は、両軍の媚女の呪力の優劣にかかっていた。のちの口合戦といわれるものは、そのなごりであろう。（中略）
>
> 　戦いに勝った場合、相手の呪力を殺《そ》ぐことが、何よりも必要であった。敵の媚女は戈《ほこ》にかけて殺された。その字は蔑《べつ》、いまの軽蔑の蔑がそれである。蔑はその呪力を無くする意味で

あった。味方からいえば、それは戦功の成果である。戦功を伐《べつ》ということがある。蔑の媚が省かれて、その音だけが残されているのである。

一転して、血なまぐさい記述である。見る行為がただちに文身に、文字にかかわり、さらに「口合戦」という呪言の応酬にかかわってゆく。見ることの呪的な力から言葉の呪的な力への移行を素描しているのである。語弊を恐れずにいえば、戦争は、人類という種の展開にとって、深部においてつねに重大な役割を果たしてきたということだ。このことについてはよくよく考えなければならない。

これもモースだったと思うが、未開人の男たちは日がな呪的行為にあけくれていた、なぜなら隣村のものたちも自分たちの村に呪いをかけていると信じられていたからであるという意味のことを述べている。進歩史観に与しようとはまったく思わないが、未開人と呼ばれるものたちがここで呪から精神の領域へと進もうとしていることは、私には疑いないと思える。それは眼から言葉への離陸を示している。未開人だけではない。人はこの過程をほとんど日々、繰り返しているのだ。

白川はさらに次のように述べている。

古代の人々にとって、聞くこと、見ることは、言うこととともに、深い意味のある行為であった。見ることは、相手の霊と交渉をもつことであり、ことばとしてあらわされたものは、相手にはたらきかけ、そのままに実現されるべきものであった。ことだまの信仰は、原始の時代には普遍的なものであった。聖や聡のように、耳さときものが神聖な人とされたのは、このような時代のことである。

呪的行為としての「見る」から「言う」までが、一筆で粗描されている。

タンバイアは原始古代の呪的な世界を描くにあたってオースティンのパフォーマティヴの概念を引いている。私はオースティンやサールの仕事に疑問をもっているが、それは別として、白川のこの記述がパフォーマティヴの概念を説明するにきわめて適切であることを疑うものではない。パフォーマティヴとはすなわち遂行的発話、コンスタティヴすなわち陳述的発話の対概念である。古代において言葉はそれじたい行為であり、また行為の成就であったというとき、この概念はもっとも役立つというべきかもしれない。レヴィ＝ストロースの『悲しき熱帯』のなかに、調査していた村の女児が、レヴィ＝ストロースのところに駆け寄り、密かに他の女児の名を告げる場面があったと記憶している。女児は他の女児に何か仕返ししたかったのである。名を告げるという行為がきわめて重大な意味をもっていることが分かるが、白川が書いているのはそういうことだ。

このことについてはしかし、当然のことながら、折口の記述を引くに如くはない。たとえば、大正八（一九一九）年の『万葉集講義』に次の一節がある。ちなみに折口は三十二歳、文体に若さが漲っている。

一節は、先に触れた巻一の第一、つまり『万葉集』全体の劈頭を飾る雄略天皇御製への注釈だが、言葉をめぐる白川の説をいっそう突っ込んだかたちで説明している。はじめに御製の長歌を引く。「籠もよ　み籠持ち　ふくしもよ　みぶくし持ち　この丘に　菜摘ます児　家聞かな　名告らさね　そらみつ　やまとの国は　おしなべて　吾こそをれ　しきなべて　吾こそませ　我こそは　告らめ　家をも名をも」である。注釈は、「名告らさね」の万葉仮名表記「名告沙根」のもとに収められているが、古代の「ことだま信仰」を浮き彫りにしている。長文だが、読みごたえがある。

さねのさは、敬相を作る語尾。ねは、命令・希望の意を表す接尾語。決して敬相語尾せの延言ではない。家のり・名のりのことについては、上古言語精霊《コトダマ》信仰の盛んであつた時代には、人の名も亦、人格の一部と考へてゐた。此事は、世界を通じてのことゝ思はれる。或人の名を知ることは、其人の人格生命を左右する力を獲た訣である。人格の一部と見て居るから、名を対象として、呪詛することも出来るのである。其で、他人に名を知られることを忌んだ。大汝命《オホナムチノミコト》を多名持の義と言ふのも、古代の民間語原説で、世間広い人程、何れが本道の名だか、訣らぬ様にして置く必要があつたのであらう。七人将門や、真田の影武者の様に。名を隠す風は、男には保ち切れなくなつて後も、女には長く維持せられて居た。平安朝の名流の女性の本名の伝はらぬのも、此理由に由るので、名の字を発表しても、訓み方を発表しなかつた事すら、あるのである。だから、古代は女の名は、骨肉の間にしか知られなかつたのである。他人としての女の名を知る者は、夫に限る。其で、名を知られた場合は、其人を夫と頼まねばならぬ風習が、名のりの根本思想である。「たらちねの母が呼ぶ名を申さめど、道行く人を。誰と知りてか」、「玉島のこの川上《カミ》に家はあれど、君をやさしみ、顕さずありき」など言ふのも、時代は後れてゐるが、本集に見える。名ばかりか、其誰が家の娘であるかをすら、容易に明さなかつたのである。後期王朝迄も、民間には、思ふ女の門を、男が自分の名を言うて通る。女が其男に許さうと思うた時は、男の声に応じて自分の名を言ふ風が残つてゐた。

和泉式部、清少納言、紫式部そのほか、後代の読者はその名を知らない。知らずにいて、少しも不便を感じていないのだから、考えてみれば不思議である。ここにも考えなければならないことが山積しているのだが、とりあえずいまは、名を知られることと、姿を見られることとが、ひとつの並行現象として考えられていることに注意しておきたい。白川のいう「聞くこと、見ることは、言うことともに、深い意味のある行為であった」ということの、それが内実である。つまり、言葉は、力の行使という点においては、視覚の延長上のものとして感じられていたということだ。

5

見るという行為ははじめから俯瞰する眼を必要としていたということ、そうでなければ見るという行為そのものが意味をなさないということ、このことは、動物といわれるものが何かを見るにあたってそれを遂行するためにさまざまな工夫をすでに行っている——そのように器官が動くようになっている——ことを思えば、必ずしも奇異なことではないと思われる。

昔のヴィデオは手持ちで撮影された場合、手振れが激しく、見ていると船酔いを感じさせるほどだったが、これは、人間の眼が対象を見るときすでにきわめて適切な調整をほどこしていることを意味する。人間の眼は、手持ちヴィデオで撮影された映像と同じものを見ているのだが、ブレを感じさせはしないからである。手持ちヴィデオ特有の妙な浮揚感も、人は通常感じない。人間はただ対象を見ているわけだが、その視覚映像の的確さの背景には数億年の微調整の蓄積があるのだといっていい。

見るという行為ははじめから俯瞰する眼をもっていたといえば、あたかも人間ははじめから神の視点をもっていたかのように響き、どこか神秘主義的な印象を与えかねないが、これはおそらく視覚映像が手振れを感じさせない、あるいは明るさに合わせて瞳孔が大きさを変えるといった類のことと同じように、科学的に論証できることだろうと、私には思われる。ことは人間にのみ限らない。ここ数十年、動物行動学は素晴らしい映像を提供し続けているが、それらの映像もまた、追う肉食動物と追われる草食動物の背後に、自らを俯瞰する眼を感じさせずにおかないものである。

見るという行為がはじめから俯瞰する眼をともなっていたということ、つまり、見ることが完全に遂行されるためには、現に見ているというその行為をさらに見ることが必要とされ、現に見ている以上、いわば「離見の見」(世阿弥)もまたともに実現されているのだということは、見るということにははじめから共同性の次元が付与されているのだということを意味している。また、現に見ている次元のひとつ上の次元とでもいうべきもの、それこそ超越論的とでもいうほかない次元が、あらかじめ設定されていたのだということを意味している。これは要するに意識の発生と同じことだが、それこそ言葉が登場し、呪が登場する次元にほかならない。呪は、因果関係の意識として科学の先蹤とされるが、むしろ重要なのはこの「次元の感覚」とでもいうべきものだったように思われる。それを、「見えないものへの感覚」と言い換えてもいい。

メルロ＝ポンティの『見えるものと見えないもの』に次の一節がある。

無言の世界ないし独我論的世界の境界線上で、言いかえれば、私にとって見えるものが、他の見る者たちの立ち合いのもとに、普遍的可視性の範例として批准されるそのとき、われわれが関わっているのは、第二の意味での、あるいは比喩的意味での視覚であり——intuitus mentis〔精神の直観〕とか概念《イデー》というのは、これのことであろう——、また肉の昇華なのである——それが、精神とか思考というものであろう。だが、他の身体が事実上居合わせたとしても、もし私の身体のうちにあらかじめその種子が含まれていたのでなければ、それが思考や観念を生み出すことはありえないであろう。思考は他人への関係であると同様に、自己と世界への関係でもあり、したがって思考は三つの次元に身を置いていることになる。しかも、視覚という下部構造のうちに、じかに思考を出現させなければならないのだ。いな、われわれは思考を出現させると言い、思考を誕生させるとは言わなかった。それというのも、われわれは、思考が視覚のうちにすでに含まれていたのかどうかという問題を、目下は未決定のままにしているからである。感じる働きが私の身体のうちに分散しているということ、例えば触れるのは私の手なのだということ、したがってわれわれがあらかじめ感じる働きを思考に結びつけ、感じることを思考の一様態とみなすことは禁じられているということが明らかなのと同じ程度に、触覚を寄せ集められた触知経験の一群と考えることはばかげている。われわれがここで目論んでいるのは、思考の経験的発生ではない。われわれが問い求めているのは、ほかでもない、散在しているもろもろの視覚を結びつけているこの中心的視覚とはいかなるものか、私の身体の触覚的生全体をまるごと支配しているただ一つの触覚とはいかなるものか、われわれのあらゆる経験に伴いうるのでなければならない「われ思う」とはどんなものか、ということである。われわれは中心に向かうのであって、われわれはいかにして中心があるのか、その統一性の本領は何に存するのか、を理解しようと試みているのである。われわれは、その統一性を総和だとか結果だなどとは言わないし、仮にわれわれが視覚という下部構造の上に思考を出現させるとしても、それは、思考するためには何らかの仕方で見たり感じたりしなければならず、われわれに知られる思考はすべて肉に生起するという、異論の余地のない明証のためなのである。（滝浦静雄・木田元訳）

メルロ＝ポンティの仕事は、『見えるものと見えないもの』の、とりわけ「絡み合い——交叉配列」と題された文章において頂点に達するように、私には思える。一九六一年、五十三歳の若さで亡くなるその段階での思考を示している。著者生前に印刷に付された最後の論文「眼と精神」と並ぶといっていい。四つの論文を収録した『眼と精神』、遺稿『見えるものと見えないもの』はともに一九六四年に刊行されている。

引用した個所は、必ずしも「絡み合い——交叉配列」の要点をしるしたものではないが、思考の前提を明示していてメルロ＝ポンティの立場を知るに手頃である。邦訳が刊行されたのは一九八九年だが、当時読み終えて、ハーバード・リードの彫刻論を思い出した。リードはヘンリー・ムーアの彫刻の擁護者として有名だが、絵画が視覚の領域にあるのに対して、彫刻は触覚の領域にあると主張していた。「絡み合い――交叉配列」で論じられているのは、視覚と触覚の絡み合いであり、誤解を恐れずに、一九六〇年前後に流行していた言葉で率直にいってしまえば、視覚は対自の領域にあり、触覚は即自の領域にあって、両者の交差する場が生きられている生の現場だということである。

中心的触覚とは、触覚を離れた触覚すなわち視覚のことである。そして中心的視覚とは、視覚を離れた視覚、すなわち私を見る私の眼、私の外部性のことである。肉の強調が、皮肉にも、逆に肉からの離陸の強調になっているのだ。

引用したのは、これまで折口、白川を語ってきたその背景を示すに便利だからだが、視覚と触覚という概念をもって闘っている相手は、「われわれのあらゆる経験に伴いうるのでなければならない「われ思う」とはどんなものか」というその「われ思う」をはじめたデカルトにほかならない。メルロ＝ポンティのほとんど悶えているような文体の背後に、西洋思想の桎梏のようなものを感じるのは私だけではないだろう。西洋の伝統から見れば、日本人の物の見方考え方はほとんどアニミズムに接していると思われるだろうが、日本人から見れば、西洋思想はひたすら「われ思う」をめぐって無駄な努力をしてきただけなのではないかと思われるほどだ。

視覚的捕食はいわば対自的であり、触覚的捕食は即自的であるというのは、たとえばアメーバの捕食活動がほとんど自己融合を思わせ、自己分裂とたいして変わらない印象を与えるところからも分かる。異星人の眼には人間の捕食活動にしても似たようなものに見えるかもしれないが、いずれにせよ、メルロ＝ポンティは、あえていえば、その自他融合の段階を肉の次元として、それこそデカルトを超える次元として、強く打ち出そうとしているのである。だが、折口や白川の思考の延長上で考えれば、自他の分裂を惹き起こす「見る」という行為のなかにこそ、他者としての自己という視点があらかじめ組み込まれているのだ。これを視覚のなかには触覚が含まれるといっても、視覚は触覚から生まれたといっても同じことだ。

西洋の思考の伝統は、融合に強い違和感、さらには恐怖感をもつように思える。呪に対する対応が、東西では微妙に違う理由かもしれない。

とはいえ、西洋の思考の伝統と一概にいってならないのは、中国の思考の伝統の場合と同じである。独仏と英では違うし、アメリカの登場によって事態はさらに違ってきた。アメリカとはいっても分析哲学はまったく違うが、たとえば、すでに何度か述べたスティーヴン・J・グールドを典型とする生物学者たちは、英語圏に思考の新しい伝統を創りあげているように見える。自然誌から世界観、人間観を説こうとする流儀である。

『ワンダフル・ライフ』（一九八九、邦訳一九九三）はグールドの代表作といっていい。すでに述べたが、グールドはここで進化の断続平衡説を一般読者に向かって――専門家に対しては一九七〇年代初頭にすでに発表している――いよいよ鮮明に打ち出すのである。

『ワンダフル・ライフ』の副題は「バージェス頁岩と生物進化の物語」だが、いわゆるカンブリア紀における生物進化の大爆発、急激な生物の多様化を扱っている。動物門のほとんどすべてが一挙に出現したと考えられているが、その大半は死滅した。グールドはこれを非運多数死（デシメイション）という語で示し、いまも主流であり続けている生物の系統樹の描き方に重大な疑問を突きつけている。系統樹は、いまなお頻繁に見られる逆円錐形では、絶対にありえないというのだ。延びだした枝の大半がある段階でほとんど切られ、何本かの枝だけが生き残る、水平な盆栽に数本の枝が屹立しているような、そういう系統樹こそ正しいというのである。進化の断続平衡説を図化すればそうなるのである。

バージェス頁岩というのは、カンブリア紀における生物大繁殖をそのまま保存したかのような頁岩、すなわち堆積して本の頁のように多層化した堆積岩である。

ブリティッシュ・コロンビア州の東端、ヨーホー国立公園内のカナディアン・ロッキー山中で発見されたバージェス頁岩の無脊椎動物群こそ、世界中でもっとも重要な化石動物群である。現生する多細胞動物のグループが化石記録中にはっきりと出現するのは、今から五億七〇〇〇万年ほど前のことである。その出現のしかたは、徐々に数を増すのではなく、爆発的だった。〝カンブリア紀の爆発〟と呼ばれるこの出来事で、現生する主要動物グループの事実上すべてが、地質学的にはあっという間の数百万年で（少なくとも直接的な証拠の中に）出現したのだ。

バージェス頁岩は、その爆発的な出来事が終了した直後の時代、その出来事が生み出した動物のすべてがまだ地球の海に生息していた時代を今に伝えている。（渡辺政隆訳）

最初に発見、発掘したのはウォルコットで、一九〇九年のことだ。発見された膨大な動物化石はすべて現生種の起源であるとされた。これを結果的に見直すことになったのが、ウィッティントンで、成果は一九七〇年代に発表された。ウォルコットの例は、人がいかに先入見に囚われやすいかを物語るが、ウィッティントンらにしてもはじめから先入見を免れていたわけではない。グールドはその経緯をじつに巧みに書いているが、要は、進化は必然ではなく偶然の所産であるということに尽きる。

ここでグールドの例を挙げたのは、しかし進化を論じたいからではない。バージェス頁岩の化石群が眼の誕生を証言しているからである。

6

アンドリュー・パーカーの『眼の誕生――カンブリア紀大進化の謎を解く』(二〇〇三、邦訳二〇〇六)に次の一節がある。

先カンブリア時代には、競争や捕食が主要な淘汰圧になることはなかったはずだが、足場を固めつつあったことはたしかである。先カンブリア時代のエディアカラ動物は、徐々に脳を発達させつつあった。環境中の刺激や新奇なものを感知し、その情報を処理する方法を発達させつつあった。また、嚙み砕く能力を進化させている最中で、付属肢には徐々に硬組織の萌芽が現われつつあった。先カンブリア時代の生痕化石として残されている足跡を調べると、胴体を脚で支えて、地面から離していられたことがわかる。しかし、現時点の真っ暗な洞窟内における進化と同じように、先カンブリア時代における進化速度も概してスローだったはずだ。もし、ただ一度の歴史的な出来事が起きなかったとしたら、そのスローなペースは今も続いていたかもしれない。その出来事は、体の一部の変化という点では、他に何度も起こった進化上の革新と、何ら変わりないものに見えただろう。ところがその出来事は、他とは質を異にするものだった。世界を永久に、以後二度となかったほどのスケールで変えてしまったのだ。先カンブリア時代の終わりに、大半の動物門が徐々に進化しつつあった傍らで、軟体性の三葉虫に重大な変化が起ころうとしていた。光感受性をもつ部位が、その精度を増し、しかも別個のユニットに分かれつつあったのだ。個々のユニットから出ている神経がその数を増し、それにつながる脳細胞の数も増えていった。それらの神経や脳細胞は、数を増すか、他の感覚に接続する配線や処理システムが借用されるかしていた。それと同時に、個々のユニットの覆いがふくらみ、集光力をもちはじめた。ある日、そうした変化がクライマックスに達し、複眼が形成された。

映像あれ！　かくして、動物界に、まったく新しい感覚が導入された。しかもそれは、尋常ならざる感覚だった。やがて最強の感覚となるべき感覚は、ある種の（三葉虫になりかけの）原始三葉虫、すなわちこの世で初めて眼を享受した動物の誕生とともに世に解き放たれた。地球史上初めて、動物が開眼したのだ。そしてその瞬間、海中と海底のありとあらゆるものが、実質的に初めて光に照らしだされた。カイメンの上を這いまわる蠕虫の一匹一匹、海中を漂うクラゲの一匹一匹が、突如、映像となって姿を現わした。地球を照らす光のスイッチがオンにされ、先カンブリア時代を特徴づけていた緩慢な進化に終止符が打たれた。ようするに、眼の出現とともに、動物の外観が突如として重要となったのだ。（渡辺政隆・

今西康子訳）

感動的な筆致で眼の起源が語られている。

はじめてこの一節を読んだときには驚愕した。それは、十六万年前の東アフリカに現生人類の起源が想定され、ほぼ八万年前から世界に適応拡散し、おそらくその頃に言語が発生したという記事を読んだときの衝撃にほとんど匹敵する。パーカーはさらに眼の発生から意識の発生にまで筆を広げている。

パーカーは光の起源を語り、チョムスキーは言語の起源を語る。切りのいい数字に直せば、五億年と五万年である。年代でいえばまったく桁違いで、眼の誕生に比べれば、言葉の誕生などつい昨日の話のようなものだが、眼と言葉はどこかで響き合っているように感じられるのである。人類は言葉の誕生の端緒に際会しているだけなのかもしれない。いずれ人工知能が自立してまったく新しい時代がはじまるのかもしれない。ルロワ＝グーランが『身ぶりと言葉』でそういうことを仄めかしていたが、むべなるかなである。

パーカーは一九六七年生まれの古生物学者。ロンドン自然史博物館教授。描き方があまりに鮮やかだからだろう、小説家でサイエンス・ライターのサイモン・イングスがその著書『見る――眼の誕生はわたしたちをどう変えたか』（二〇〇七、邦訳二〇〇九）のなかで批判している。

パーカーの著書『眼の誕生』によると、視覚の出現がカンブリア紀の大爆発を引き起こしたという。彼はさらに進んで犯人として特定の眼を指摘してもいる――肉食の三葉虫の仲間である。だが、これは控えめに見ても不運な指摘だった。最も初期の三葉虫の化石が現われるのは、それらが引き起こしたとされる大爆発からさらに三五〇万年たってからだからだ。そしてこれ以外の点では、パーカーの一般的な——視覚の出現が五億四三〇〇万年前の種の大爆発の引き金を引いたとする——仮説は浅薄とは言わないまでも自明ではないだろうか。

（吉田利子訳）

意地の悪い指摘である。パーカーが三葉虫を引き合いに出したのは確かに失敗だっただろう。かといって、視覚の出現が五億四三〇〇万年前の種の大爆発の引き金を引いたとする仮説が、「浅薄とは言わないまでも自明」であるとは思えない。この仮説が与える衝撃は大きいのみならず、じつに多くのことを考えさせるからである。メルロ＝ポンティに読ませたかったほどだ。自明の理と一蹴するのは行き過ぎである。

とはいえ、イングスはその直前で、パーカーが成し遂げたことを正当に評価してもいる。パーカーの仕事で画期的だったのはカンブリア紀の化石における構造色——たとえばその典型は虹色に光るＣＤの色——の発見である。色素は化石化の過程で消えてしまうが、構造色は当然のことながら残るのである。パーカーは現生動物の構造色を研究していて、化石に関心を持ち、バージェス頁岩に行き着く。そして、代表的といっていいウィワクシア、カナディア・スピノサ、マルレラという三種の生物に構造色があることを明らかにした。それらは光り輝いていたのだ。光と色が意味をもつ世界の誕生が確証されたわけだ。このことから、構造色のみならず色素においても、カンブリア紀は多彩であっただろうことがたやすく想像される。色彩の出現が、捕食動物とその餌食を無限の多様性へと導いたわけだが、色彩に関してはパーカーの発見はきわめて重要だったのである。

パーカーはその後、聖書の創世記——「光あれ！」の記述である——が驚くほど正確であり科学と調和していることを『創世記の謎』（二〇〇九）という本に書いているが、こういうことはよくある。科学から踏み外しているわけではないが、そう見えてしまうのだ。ユングやエリアーデなど、エラノス会議の面々にはみなそういうところがある。折口にせよ白川にせよ、ある意味では、じつに危うい一線で見事に踏みとどまっているのである。

問題は、霊にせよ、呪にせよ、自然の仕組そのもの——たとえば眼の仕組——に支えられているということなのだ。私という現象はまぎれもなく言語現象だが、それはまた呪的現象でもある。アイデンティティを云々する近代の人間観にはおさまらないのである。だが、それが自然の仕組の一環であるからには、むろん解明されなければならない。

第七章　人は奴隷から生まれる

1

白川静の漢字論の要諦は、表意文字が表音文字へと転化する段階で、大規模かつ根底的な、起源の忘却が惹き起こされたということである。前章で触れた二つの白川静論で、私はそう主張している。

それは、呪術から発生した表意文字が、語られる言葉を表記する表音文字へと転化した段階で、文字が呪術から生まれたという起源が忘れられた、ということである。漢字の造語が、象形、指事、会意など視覚の領域において行われた段階から、形声すなわち聴覚の領域へと移った段階で、言語が構造を持つということ、すなわち視覚的な世界把握——構造とは視覚的な世界把握のことだ——を基盤にしているということ、が、忘れられた、あるいは隠蔽された、ということである。長く漢字語源の聖典とされてきた許慎の『説文解字』は、その隠蔽の象徴ということになる。

これは忘れられるべくして忘れられたのであって、同じことは、キューニフォームすなわち楔形文字、また、ヒエログリフすなわち神聖文字についてもいえるだろう。アルファベットすなわちフェニキア文字は神聖文字から生まれたとはよくいわれることだが、ここにも大規模かつ根底的な起源の忘却があったといわなければならない。漢字はなお表意文字の要素を濃厚に残しているが、アルファベットはほとんど払拭している。ここで起こったことは、簡単にいえば、読むことから聞くことへの地滑り的な移行だったといっていい。世界を理解するためには何よりもまずそれを読まなければならなかったのだが、いまやそうではなく、何よりもまず聞かなければならなくなったのだ。視覚的世界から聴覚的世界への移行、空間的世界から時間的世界への移行といってもいい。

これはあるいは奇異に響くかもしれない。たとえば現生人類の発生は十六万年前、言語の発生は六万年前――個人的には現生人類の発生とほぼ同時期であると考えるが、ここでは通説にしたがう――というときの、その場合の言語とは、ほとんど当たり前のように話し言葉に限定されているからである。いわゆる文字の発生はたかだか数千年を遡るにすぎない。言語はあっても文字はないという未開の部族はいくらもある。したがって、話し言葉から書き言葉へという順序に疑いを差し挟むものなど存在しないといっていい。そのなかに表意文字から表音文字へという順序を置くことに違和感を持つものがいてもおかしくはない。だが、表意文字から表音文字へと移行したことは疑いのない事実、歴史的事実なのだ。この一見、意表を衝く順序の逆転がいったい何を物語るのか、私には熟考に値すると思われる。

類人猿の社会を調査するダンバーや、幼児の言語獲得をそれと比べるトマセロたちが、話し言葉の起源を初期人類集団の社会的なありように求めていることは繰り返し述べた。これに対してチョムスキーたちがほとんど偶発的な言語本能の発生に起源を置くことに固執していることもまた繰り返し述べた。

これを要するに、ダンバーやトマセロが基本的に聴覚記号に重点を置くのに対して、チョムスキーは言語が内蔵する構造、すなわち視覚的な世界把握に重点を置いているのだといっていい。いわばチョムスキーたちは、表面的には聴覚記号を追いながら、実際的にはその聴覚記号の視覚的配置すなわち図式――言語の普遍性を担保するもの――の探究に専心しているのである。そしてこの図式についていえば、たとえば先史考古学者のマリヤ・ギンブタスが、文字通り図式主義すなわちスキーマティズムの発生として捉えている、新石器時代の人工物、すなわち土器、土偶などの造形に明瞭に見出されるものなのだ（『古ヨーロッパの神々』一九七四、邦訳一九八九）。縄文の土器と土偶がそれに対応することは指摘するまでもない。言語と造形は不可分である。

観察すればすぐに分かるが、幼児は、指が指として機能し始めると同時に、物を摘まみ口に運ぶようになる。幼児の近くに、ボタンや錠剤など、呑み込まれては危ない物を置いてはならない理由である。物を見て摘まみ口に運ぶのはほとんど本能的な行為なのだ。だが、二歳、三歳と成長し、言葉らしきものを口に出し始めると、物を見て摘まみ口に運ぶことが意識的な行為に変わってゆく。本能的な行為が意識的な身振りになり、その身振りが言葉と綯い交ぜになって、やがて言葉が身振りを絡め取ってゆくのである。

この過程は聴覚的ではまったくなく、あくまでも視覚的である。眼に障害があったとしても、手探りされるのは視覚的空間としての世界であり、図式化されうる世界なのだ。むしろ眼を閉じて浮かびあがる世界こそ純粋に視覚的空間なのだといっていい。眼で追うにせよ手で探るにせよ、ある対象に焦点を合わせるということでは同じことなのだ。

幼児はやがて、焦点を合わせたその対象が目的語にもなれば主語にもなるということを体得しはじめるが、この主客の反転にしても視覚的空間においてなされるのである。つまり、幼児はこの段階において言葉で見ることを体得してゆく、すなわち、見ることの領域において言葉を体得してゆくのである。いわば、幼児は、口で話す前に、自分自身に向かって体で話しているのだが、その全体が言葉の領域へと移されてゆく。

このとき自分がその空間のなかのどこに位置しているかがまず見られていることは自明である。具体的にも抽象的にも、位置関係の把握が言語の前提なのだ。

重要なことは、文法が、身体のありよう、行為のありようと密接にかかわっているということである。

物を見て、それを摘まみ、口に運び、呑み込むことと、主語または目的語を取り上げてそれを確認し、動詞を付すこととは、明確に対応している。いくつかの物を並べて繋辞でつなぐことにしても同じことだ。分類も同じ、大分類も小分類も同じであって、そこに生じる上位概念と下位概念の区分にしても視覚的構造以外の何ものでもない。そうすることによって人は、その意味を呑み込んでいるのだ。しかるのち、腑に落ちるのである。あるいは肚に据わる。この皮膚感覚にしても視覚のもとにあるといっていい。

言葉と身振りの対応は、聴覚ではなく、視覚の領域において成り立っているのである。聴覚記号としての言語は視覚のうえに成り立っているといってもいい。そうでなければ構造を持ちえないのだ。

人は耳もとで囁くことができる。だが、眼もとでは見ることができない。距離は、視覚においては必須だが、聴覚においてはそうではない。触覚にいたっては、距離はあってはならないのである。

物を見るためには距離すなわち空間が絶対的に必要とされる。したがって、逆に、距離をとるためにこそ見るという感覚が必要とされたといったほうがいいかもしれない。そしてこの距離を測るためには、両の眼の視差だけではない、何度も繰り返すが、空間のどこに自分が位置しているかを見きわめる第三の眼が絶対的に必要とされる。これは疑いようのない事実である。

私にはこれこそ霊の領域であり呪の領域であると思える。

象形文字がその過程を体現している。

象形文字が話し言葉を裏打ちするようになり、絵からたんなる記号へと変わり、やがて裏打ちされているそのことが忘れられるようになって、言葉はいわば空気のようなものになってしまったのだ。空気のようなもの、すなわち息になって、それが表音文字——聴覚記号の視覚化——によって示される段階にいたったとき、話し言葉の視覚的起源は忘れられ、ほとんど存在さえしていなかったことになった。第三の眼はこうして不気味なものの領域、超越的な神の領域に追いやられたのだ、と思われる。

この第三の眼、すなわち、与えられた空間のなかにおいて自分を俯瞰する眼が、母なり父なり何らかの保護者の眼を手がかりに形成されるのかどうか——私はそう確信しているが——最終的には分からない。いずれにせよ、カンブリア紀に眼が誕生し、捕食するものされるものの過酷な闘争が生物種の数を爆発的に増やしたのだとすれば、この捕食と被捕食の関係において、見るものと見られるものをさらに俯瞰する第三の眼——それはいわば拡大された体性感覚のようなものだろう——が要請されたであろうことはたやすく想像できる。だが、それがどのようなものであれ、少なくともある種の哺乳類——そしてある種の鳥類——においては、その位置に親の眼が介在するようになったことは疑いないことに思える。むしろ、そのような眼としてあることによって、親は親になることができたのではないかと、逆に考えることさえできる。子が親を創ったのである。少なくとも人間においてはそうであったとしか考えられない。

新石器時代の土器、土偶に見られる、絵や図や文様が、その第三の眼の直接的な反映であると私には思われる。文字が話し言葉に先行していたことは、これらの絵や図や文様からも明らかであるといっていい。むろん、話し言葉に先行して身体があったのだからそれは当然というべきかもしれない。前章で、白川静が文字の起源に文身を重ね合わせていたことに触れたが、文身すなわち入れ墨なるものが、身体が意味として、つまり文字としてあったことを物語っている。

絵と図と文様が、文字の起源、象形文字の起源であるといっていい。というより、絵と図と文様——それ自体が眼もくらむような飛躍である——が一意的あるいは一意的な方向性をもって読まれたとき、言語という決定的に新しい次元が発生した——これもまた思いがけない飛躍である——のだといっていい。文法は、絵と図と文様およびそれらの配置のなかにすでに含まれていた。それは世界との関係——おそらくはその段階での世界の写像——にほかならなかったからである。

この新たな次元、造形的な次元は、当然のことだが、何よりもまず話し言葉に、話し言葉として持ち込まれたのであり、そのことによって話し言葉が、あたかも先祖返りするように、視覚化され空間化された、つまりもはや合図ではなく言語になった、要するに思考の手段になったと考えることができる。

これが、絵、図、文様、そして象形文字の場なのだ。

会話において入れ子型すなわちリカーションが可能になるためには構造化が不可欠であり、そのためには話し言葉そのものが視覚化、空間化される必要があった。もともと、記憶とは図のことである。聴覚的な記憶、触覚的な記憶でさえも、最終的にはパターンに帰着する。

だが、ひとたび話し言葉が成立し、世界という事象のすべてを覆ってしまうやいなや、人は、話し言葉の起源は象形文字とともにあったということを忘れ、ただ耳と口の問題であると思うようになってしまった。ダンバーのいう、「猿の毛づくろい」のようなもの、つまりゴシップを楽しむ手段になってしまった。そして、始めからゴシップを楽しむためにあったと見なすようになってしまった。むろん、その話された言葉でさえもなお長いあいだ、事物と同じように手で摑み、放り投げ、足蹴にすることができると感じられていた。固有名が他人に明かされなかった理由である。固有名の禁忌は、話し言葉の視覚化、空間化の一端であるといっていい。いまも直筆署名にはその残り香が漂っている。

書き言葉すなわち文字の登場はしたがってむしろ回帰というべきなのだ。この回帰は、表意文字が表音文字へと転用されてゆく段階で明瞭に現われてくる。いわゆる文字を得ることによって言語は、新しい次元において世界の写像であろうとするようになる。

漢字における形声のありようを見れば造語がいかに体系的に行われたかが分かる。たとえば偏と旁の役割分担に、その段階での思考と世界観が端的に示されているのである。印欧語における抽象語の作り方にしても同じだ。もともと視覚空間において形成された言語の体系が、表音文字によって書き留められた話し言葉の登場によって、原理的に全世界、全宇宙に対応しうるものであることを示したのである。

2

読むとき、その意味を判断し決定するのは、それを読むものである。だが、聞くときは、判断も決定もすでに行われているのであって、聞くものに要求されるのは、ただそれに従うことだけである。言うことを聞け、とはそういう意味である。

読むとは主体的な行為だが、聞くとは語る主体に従う客体的な行為なのだ。

ジュリアン・ジェインズは右脳と左脳の違い——言語脳の所在による違い——に注目し、古代人は左脳で右脳の言うことを聞いていたとし、その典型的な例として『イリアス』を挙げていることは先に述べた。古代人、少なくとも古代ギリシア人は、右脳の声を神々の囁きとして聞いていたというのである。事実、『イリアス』の登場人物はなかば神々の操り人形のごとくに振る舞う。彼らは神々の言うことを聞くのである。この図式は、大略、フロイトの精神分析の図式と違っていない。神であれ、無意識であれ、超自我であれ、いずれにせよ人は外部の声を聞くのだ。それが自分自身の声にほかならないことになった瞬間、人はいわゆる内心を持つことになったのである。

むろん、それがほんとうに内部の現象であるかどうかについては熟慮されなければならない。

たとえば数学問題を解こうとしている人間の頭脳はどこに属しているのか、考える余地は十分にある。

広く科学者一般の頭脳は集団に属しているのであって個人に属しているのではないと考えることができる。実験装置をはじめとする器具や設備、大学や研究所をはじめとする制度のほうが、科学者の業績の個人の部分をはるかに上回っていることは自明に思える。クーンのパラダイム論以後、ノーベル賞はスキャンダルにすぎない、といっても少しも奇矯ではない。思考を人間の内部現象であると考えるようになったことこそ歴史的事件に属するというべきなのだ。

バルガス・リョサが、広大なインカ帝国がわずか数百人のスペイン人に滅ぼされたのは、インカに個人という概念が存在しなかったからであり、したがって皇帝を殺された軍隊はただ茫然自失し何を為すべきか知らなかったのだ、と述べている。皇帝の命令すなわち外部の命令が、将兵それぞれのうちに内部化されていなかった、自らが自らに命令できなかったからだというわけだ。少なくともインカの軍隊においては各自の判断で臨機応変に動くという個人の概念は存在しなかった、と。とすれば、西洋に個人概念があるということは、と半畳を入れたくもなる、市民とは潜在的な反乱軍だということか、と。

むろん、疑いはある。私は古代人も現代人もほとんど違わないと考えている。また、バルガス・リョサの説を歴史的事実として立証することはおそらく不可能だろうとも思う。にもかかわらずバルガス・リョサの説に説得力があるのは、古代インカの将兵と同じような人間が現代にも少なからず存在するからである。武力闘争に走った新左翼のグループだけではない。精神科を訪れる者のなかにいくらでも見出すことができるだろう。

昔ならば魔が差したということですむわけだが、今日ではこの語は禁句になっている。何かが囁いて自分に命令したのだと主張する犯罪者は、まず精神科に回される。だが、『イリアス』だけではない。神であれ魔であれ、人の耳もとで囁く存在は、古物語にあふれている。現実には現代も同じなのだが、表現が科学的に抑圧されているだけなのだ。現代では、建前として、誰でも自分の主人は自分だということになっているのである。

ヤスパースに枢軸時代という概念がある。紀元前五〇〇年頃、ほとんど雁行するように、洋の東西において思想家が輩出したことに注意を促す概念である。古代ギリシアにおけるソフィストたち、古代中国における諸子百家、古代インドにおけるいわゆる六師外道を始めとする思想家たち、そのほか。

なぜ、ほぼ同じ頃に同じような現象が起こったのか。

むろんここでヤスパースの世界史観を縷々語ろうというのではない。興味深いことはただひとつ、古代都市の勃興とともに登場したように思われるこれらの思想家たちが、必ずしも彼らの思想に殉じているようには思えないことである。ソフィストの例が典型的だが、彼らは都市国家の王侯にその頭脳と知識を売り込むべく流浪する。売り込んだ先で、頭脳も知識もいかようにでも活用することができるという寸法である。そこでは頭脳が重要なのであって節操は二の次なのだ。極論すれば、その人間がその人間であるアイデンティティなど不用なのである。変節など屁でもない。自分が持続的にその人間であることにこだわらなければ良いだけのことだ。古代に限った話ではない。現代でも優秀な官僚は同じ流儀のもとにある。取り締まる側の官僚が、取り締まられる側の会社の重役になるなどありふれた話だ。

古代中国においても同じであることは、節操にこだわった孔子が必ずしも恵まれなかったことからも分かる。時代に先駆けたというべきか、孔子は周公旦という理想に殉ずることによって、後の知識人の雛型になったのだ。

だが、皮肉にもいまや殷周革命は殷という農業国家を周という遊牧国家が占領したにすぎないと考えられている。とすれば、周公旦に倣ったと称する孔子は、征服者におもねったにすぎないということになる。仁、義、礼、智、信など、考えてみれば、占領軍にへつらう敗者の、いわば奴隷の思想である。主体性は王侯にあるのであって臣下にあるのではない。儒教が支配者に都合のいい思想であったことは改めて論じるまでもない。

奴隷の思想を体現しながらも主体的であるかのように振る舞う唯一の方法は、王侯に仕えながらもそれを超えた理念に仕えているように振る舞うことである。孔子のこのような流儀がやがて知識人の常套になってゆくことは、四世紀後の司馬遷が歴史という理念に仕えていると思い込むことで自尊心を保ったことによく示されている。

枢軸時代なるものを想定することに何か意味があるとすれば、それが、人間ひとりひとりが勝手に字を書けるようになると同時に、人間それぞれが「個人」という新たな次元に直面しなければならなくなったことの、その世界同時性を示していることにおいてである。

知識人とは奴隷の思想の体現者である。彼らはただ、支配者の奴隷であることを隠蔽して、大いなる理念の奴隷であるかのように装っているだけなのだ。

この主張は何も目新しいものではない。繰り返すが、もともと自己とは自分を自分の奴隷にすることだからである。人間は、自分自身を奴隷にすることによって人間になったのだ。

半世紀近い昔のことになるが、一九七〇年代の初め、詩誌「ユリイカ」の編集をしていた私に、詩人の田村隆一がわざわざ電話をかけてきて、編集方針と編集後記をひとしきり褒めたうえで——そんなことを人にいわれたのは初めてだった——、ところで「奴隷」の特集をやってみないか、と提案したことがある。

「奴隷って面白いよ。何といっても、自分で考える必要がないんだからね。ラクなもんだよ。奴隷っていいよ。奴隷の特集をやらないか。」

その口調がいまもはっきりと脳裏に刻まれている。私はまだ二十代半ばだったが、田村隆一には親しみを感じていた。だからその趣旨もよく分かった。だが、書き手がいないだろうこともたやすく想像された。

いまになってみると、田村隆一のこの提案は、吉本隆明に対する一種の揶揄だったのではないかという気がする。

田村隆一と鮎川信夫は、戦後詩を主導した「荒地」の主要メンバーであり盟友だったが、当時、鮎川は吉本と組んでいて田村とは少しく距離ができていたと私は思う。

田村が「歴程」の同人になったとき、私はひどく驚いた。ありえないことだと思ったからだ。どうのこうのいっても「荒地」は、少なくとも「近代文学」と同じ程度には左翼であり、草野心平が主宰していた「歴程」は、右翼ではないにしても中道の、いってみれば知識人サロンである。「荒地」には「歴程」に入る同人と、決して入らないだろう同人の二つのタイプがあったといっていい。三好豊一郎、中桐雅夫は「歴程」に入っている。鮎川と吉本は決して入らないだろう同人の典型である。田村は鮎川や吉本と決定的に違っていたわけである。

田村が明治大学に進んだのは小林秀雄が教えていたからであると私は確信している。それは田村の詩を読めば分かる。美学が小林と同じなのだ。だが、当時、こういったことは誰もいわなかった。吉本が小林を根底的に批判している以上、「荒地」の同人が小林の影響を受けるなどということはあってはならないことだと思われていたのである。だが、虚心に詩を読めば、田村の詩に小林の影響は歴然としている。「奴隷」の特集をやらないかというのも、その一環なのである。

小林流にいえば、犬も猫も奴隷を持たない、ただ人間だけが奴隷を持つ、これは考えてみればまことに興味深いことであって、畢竟、言語の問題に帰着するのである、ということになる。サディズムもマゾヒズムも人間にだけあるというのに似ている。これも言語の問題なのだ。第四章でも述べたが、言語を持つことによって、人間は自分を自分の奴隷にしたのである。そうすることによって、他人の奴隷になることもできるようになった。そして人間は、この機微を会得することによって、動物の家畜化に成功したのである。

自分を自分の奴隷にするということは、家畜にするというのと変わらない。人間は自分を自分の家畜にしたのである。そうすることで他人の家畜になることもできるようになった。逆に、人を奴隷にし、動物を家畜にすることもできるようになった。

奴隷といえば人聞きが悪いが、人に仕えるということと違ったことではない。会社に勤めるということとも違ったことではない。社員を精神的に完璧に奴隷化した企業が成長することは古今東西変わらない。宗教団体と同じだ。大岡信の『うたげと孤心』に関連して述べたが、集団は、それこそ心をひとつにして、たやすく個に転化するのである。

自分を自分の奴隷にすることによってはじめて、自分は自分の主人になることができる。それを主体的というのだ。この仕組を人間は一般に精神と身体の分割によって成し遂げる。むろん、精神が主人で身体は奴隷。思い通りの身体を養うことによって人ははじめてその人になるのである。比喩として述べているのではない。電車のなかで化粧に余念のない女性をときに見かけるが、身体の奴隷化の現場である。

理想も理念もこの仕組と無縁ではない。犬も猫も馬も、理想や理念を必要としない。ただ人間だけが必要とするのは、この自己という仕組が、何かに殉ずる、何かに献身することを絶えず要求するからである。まさに修身である。身を修めることは身を奴隷化することなのだ。

自分の身体を完璧に制圧することによって、つまり人との付き合いに必要とされる身だしなみはもとより食事から排便にいたるまで身体を管理できるようになってはじめて、人は人になるのだ。フーコー流にいえば——コレージュ・ド・フランスでの講義はその死で中断されてしまったが——この自己への配慮すなわち修身が、他者への配慮、すなわち他者の支配へと拡張されることになる。

田村隆一の詩でもっとも有名なフレーズは「言葉なんかおぼえるんじやなかつた」である。詩集『言葉のない世界』の詩「帰途」の冒頭である。第一連を引く。

言葉なんかおぼえるんじやなかつた
言葉のない世界
意味が意味にならない世界に生きてたら

背後に小林の思索と同じものが流れていることは歴然としている。「様々なる意匠」に、言葉は「依然として昔乍らの魔術を止めない」と書きしるした小林の思索である。『言葉のない世界』は一九六二年の刊行。したがって、この十年後に、田村は私に「奴隷」の特集を組むように勧めたことになる。ちなみに、小林の『考へるヒント』は一九六四年の刊行。両者の思想はきわめて近いと私には思われる。

人間が人間であることはそれほど自明のことではない。少なくとも、人間は人間が考えているほど人間的な動物ではない。むしろ非人間的といっていいほどである。人間はまず、言葉によって自分を対象化し、他者となったその身体を奴隷化した。この流儀を拡張することによって自分ではない人間を奴隷化し、さらに人間ではない動物を奴隷化すなわち家畜化することに成功したのである。

なかでも重大だったのは馬の家畜化である。そうすることによって馬をはじめ、羊など、群れを成す動物をまとめて支配する技術すなわち牧畜を獲得したのである。

少数のものが多数のものを意のままにすることを支配という。集団を支配するというこの次元があってはじめて国家も帝国も可能になったのである。

都市国家の原理は序列であり、領域国家の原理は支配である。支配とはある部族が他の部族を集団的に支配するということであって、いわゆる貴族というのは他の部族を征服者として支配する少数部族のことなのだ。要するに見た目が違う、外見が違うのである。さまざまな分野の専門家の見解を総合すればそうなる。

俯瞰すれば、ほぼ八万年前にアフリカを出た人類がさまざまに分枝しながら中央ユーラシアに達したのが四万年から三万年前、そしておそらく二万年前から一万年前にかけて、黒海、カスピ海北方の平原において、人は馬を家畜化したのみならず、その騎乗に成功したと考えられている。騎馬軍団が世界史を変えたことはここで喋々するまでもない。先に触れたマリヤ・ギンブタスが扱っているのはその騎馬軍団――一般に印欧語族のアーリア人と考えられている――が押し寄せる前のヨーロッパ、いわゆる古ヨーロッパだが、騎馬軍団に的を絞って印欧語、印欧語族を探究しているのがデヴィッド・アンソニーの『馬、車輪、言語』(二〇〇七)である。

騎馬軍団が世界史を変えたのは支配という次元を明瞭なかたちでもたらしたからである、といまでは一般に考えられている。中国史は、いわゆる漢族が、匈奴からモンゴル、満州族にいたるまでの北方騎馬民族によって繰り返し制圧されてきた歴史にほかならないが――岡田英弘によれば周も秦も隋も唐も出自は北方騎馬民族である――、インドもギリシアも違いはしない。

ヴェーダもウパニシャッドもインドを征服した北方アーリア人の仕事であり、ギリシアにしてもその神話において海神ポセイドンが馬に跨っていることからも北方ユーラシア起源であることは疑いない。四万年前あるいは三万年前に中央ユーラシアに入った民族がやがて馬を家畜化し、遊牧を始め、騎乗して軍団を形成することを知って、おそらくはまず一万年前頃に、東行西走、さらに南下したと考えることができる。中国、ヨーロッパ、インドへのこの侵入は以後も間歇的に続いた。

専門書を繙けばそういうことになるが、私は歴史の専門家でも考古学の専門家でもない。一介の素人にすぎないが、しかしここで重要なのはただひとつ、遊牧という形式が彼らに支配の仕方を教えたということである。支配という次元があることを教えた。江上波夫がある座談のなかで騎馬民族は支配の専門家なのだという意味のことを述べていたと記憶しているが、去勢の技術ひとつとってもそれは明らかだろう。

だが、さらに重要なのは、デヴィッド・アンソニーがある論文集で述べていることだが、この軍団は馬具と弓矢の整備において規格品の大量生産ということを世界で初めて行った集団だったということである。したがって、彼らの活躍は歴史を極端には遡らないわけだが――金属資源と冶金技術が必須だからである――、それにしても軍事技術すなわち戦争が人類に文明をもたらしたのだという事実から眼をそらしてはならないだろう。また、軍事技術は何よりもまず見ることの拡張としてあったことからも眼をそらしてはならない。自己、国家、帝国、それらは見ることの拡張として連続しているのだ。これが国見という呪術的な行為の背景である。

司馬遼太郎が『坂の上の雲』で、騎兵隊は空軍の起源であると述べていて、目から鱗が落ちる思いだったが、騎馬の第一の任務が敵情偵察であることはいうまでもない。移動速度の向上はそのまま視野の拡大にほかならなかった。つまり視野の拡大によって騎兵隊はそれこそ望遠鏡の倍率を上げたのである。騎乗の発明が人類史を画する事件だったことはいくら強調してもしすぎることはない。それは書字や印刷に匹敵する。騎馬軍団が大挙押し寄せることは、いわば戦闘機がすべて爆撃機となって押し寄せるに等しいが、重大なのはそれが見ることの拡張から始まっているということである。

たとえば、少年時代から馬が好きで身近に馬を見て育った獣医・澤崎坦の『馬は語る』（一九八七）などを読むと、馬と付き合うことの歓びと哀しみが胸を打つ。当然のことながら、騎馬軍団そのものが一個の文明にほかならないのである。彼らはみな、伝承されたさまざまな知識と技術をもって馬と付き合っていたのだ。産業革命以後の技術革新は人と馬の関係を変え、いまや馬は過去の文化になってしまったというべきだろうが、中央ユーラシアを疾駆した騎馬軍団がその装備、その支配において濃密な文明を持っていたことを忘れてはならない。

奴隷という制度は人間の起源と同じほどに古いが、家畜も同じだ。そこには人間というものの仕組が露呈している。犬や猫を語る書物は巷に溢れているが、人は犬や猫と付き合うことによって、じつは自分自身と付き合っているのである。自分で自分を躾けることができないものに、家畜を躾けることなどできはしない。家族を支配することも、国家を支配することもできはしない。まさに「修身斉家治国平天下」の思想である。

「修身斉家治国平天下」は『礼記』の言葉だが、朱子によって『大学』として抽出され、以後は四書五経の四書のひとつとして重宝された。原書では、平天下、治国、斉家、修身と遡り、さらに、正心、誠意、致知、格物と続く。いわゆる『大学』の八条目である。その後にこれを強調すべく逆順にしてさらに説いている。後半は修身するには勉強しなければならないと述べているにすぎないわけだが、修身から平天下までは同心円状に広がってゆくのに対して、正心から格物までは勉強の心構えと順序を平坦にいっているだけだ。正心と誠意は同じことを転倒しているだけではないかという問いに対して、朱子は、心には形がないのだから形にすることのできる意を手がかりにするように勧めているのだと答えている。解釈はどのようにでもできるだろうが、かりに修身は形から入るという意味であるとすれば、精神と身体の関係を述べていると受け取ることもかできる。

田村隆一が「奴隷」という特集を組むように勧めたのは、吉本隆明に対する一種の揶揄だったのではないかと述べたのは、当時、吉本の『共同幻想論』（一九六八）が一世を風靡していたからである。ここでの文脈に引き寄せていえば、吉本の考えでは、修身は自己幻想に、斉家は対幻想に、治国平天下は共同幻想に対応するということになる。自己幻想と共同幻想は転倒した関係にあるというのが吉本の考えだから、修身と治国平天下は転倒しているということになる。むろん、当時はマルクス主義者であった吉本が『大学』の言葉など用いるわけがないが、問題にしている領域が朱子と大きく違うわけではない。

自己幻想と共同幻想が転倒しているというのは、共同幻想においてはたとえば国家が実体になり人間が幻想になるということである。『大学』の言葉でいえば、修身は治国平天下と矛盾するということだ。修身成れば治国平天下成らず、治国平天下成れば修身成らず、両者は同心円状に広がりなどしないということである。

田村はこれに対して、人間は自己幻想の段階ですでに全面的に転倒していると示唆しているのである。奴隷という非人間的なありようこそ、じつは人間というものの起源なのだというのはそういうことである。人間は非人間を抱え込んでいるのだ。

国家が人間を奴隷にするのではない。人間が自己という幻想を持つのは自分自身を奴隷化したからであり、この奴隷化が家畜を生み、騎馬軍団を生み、国家的支配、帝国的支配を生んだのだというのである。人間が自分を自分の奴隷と見なしたこと、つまり精神が身体を支配したことの、その必然として、群れから部族へ、部族から国家へ、国家から帝国へという連鎖が成立した、ということだ。

　修身の段階で決定的な切断と転倒が起こったのであって、個と集団における転倒など、それに比べれば些細なことにすぎないということになる。

3

　田村隆一、吉本隆明、小林秀雄をここで引いたのは、彼らの所論が多かれ少なかれ見ることにかかわっているからである。自己意識とは自分で自分を見ることだが、自分を見ることは自分を支配すること、自分を奴隷にすることの端緒である。言葉はこの自己意識の働きを対象化する。いわば自己意識を眼に見えるものにするのである。この経緯にすでに俯瞰する眼が介在しているといっていい。言葉の場所と俯瞰する眼の場所は重なり合っているのだ。

　吉本の共同幻想論――それは必然的に自己幻想と対幻想に関連づけられている――を批判するように奴隷論を嘯いた田村も、最終的には他の二人と同じ問題を論じている。そしてまた、折口信夫がこだわり、白川静がそれを引き継いだ呪という領域にしても同じ場所に位置している。それは、古代人の呪のほうがよほど理性的であり、現代人の理性のほうがよほど呪的であるという議論が、それこそ人間の精神を豊かにすべく登場するような、そういう場所である。

　折口と白川も、同じように、見ることの力、言葉の力に引き寄せられているのは、呪がじつはその力に負っているからだ。大岡信の関心も違うところにあるわけではない。見ることも、言葉も、いままでも同じように魔術的な力を発揮しているのだが、現代科学は必ずしもそれを分明にするようには働いていないのである。

第一章および第二章で、小西甚一の『日本文藝史』に触れ、小西が、俊成、定家の背後に天台の摩訶止観を見、西行の背後に真言密教を見、芭蕉の背後に禅を見ていたことに触れた。小西はそれを日本文学の主流と見ているのである。小林もおそらくほぼ同じ視点に立っていただろうことも述べた。主流かどうかはいざ知らず、小林はそこに自分の問題を見ていたのである。

いうまでもなく、摩訶止観も真言密教も禅も、見ることにかかわっている。小林もまた『私の人生観』では見ることそのものを取り上げている。具体的に言及しているのは『摩訶止観』であり『観無量寿経』だが、管見ではそのほか多くの仏典が参照されていると思える。

小西は文学的感動と宗教的感動を峻別するところで、小林と自身の違いを際立たせている。だが、『日本文藝史』別巻の『日本文学原論』では井筒俊彦に異常なほどの共感を寄せているのである。

井筒は神秘主義者である。良くも悪くも、小林以上に文学的感動と宗教的感動を綯い交ぜにしている宗教学者といっていい。小林を非難し井筒を絶賛する小西は矛盾しているが、あるいは年齢のせいというべきかもしれない。小林に対する批判的な姿勢も晩年には相当にやわらいでいたとも考えられる。『日本文藝史』完結までにそれだけ長い時間が費やされたことを思えば、それは当然であったというべきかもしれない。

感動に文学的も宗教的もあるものかといった小林の流儀をもっともよく引いているのが栗田勇である。フランス文学者で戯曲家だが、ここでの文脈に関連させていえば、『一遍上人』（一九七七）以後、三巻からなる小説『最澄』（一九九八）をはじめ、『禅と日本人』（一九八九）、『最澄と天台本覚思想』（一九九四）、『西行から最澄へ』（一九九九）など、宗教と文学を論じた著作が少なくない。むしろそのほうが主であって、栗田は、小林の姿勢をさらに推し進め、宗教的感動と文学的感動、芸術的感動が一致するところにこそ、日本文化、日本精神の精髄があると見なしているのである。その精髄とはすなわち天台本覚思想であると考えているといっていい。

自身の思想を簡潔に語った『西行から最澄へ』の巻頭論文「西行と無常」の結論部分を引く。俊成、定家、西行、芭蕉はもとより、茶の湯の珠光、紹鷗、利休といった人々に言及した後の一節である。

こうしてみると、日本の代表的芸術家は、ほとんどが少なくとも宗教家である。しかも社会のなかでの実践的な宗教的遁世者たちが多くを占めていることの意味が明らかになってくる。

振り返って前提に戻ると、宗教者は芸術を布教の道具として利用するのではなく、むしろ宗教者が自らの宗教的体験を深化するという「道」は、少なくとも日本の宗教者においては、芸道が主流なのではないか。日本の一般的な宗教的情緒、宗教的心情の深化と追求においては、いわゆる宗教的な形の修行よりも芸術的実践の方がよりふさわしく思われたのではないかという気さえしてくる。これは日本仏教を解体するものとの批判もあるだろう。

しかし、これほど優れた芸術家の大部分が宗教者に占められているということは、日本以外にはおそらく他に例をみないのであって、日本ではほとんどの芸術家は宗教者の自覚として、また超越性の実現として、人生を全うしていったということができるのではないか。そこに、深い意味での日本人の歴史の重みに耐える西行その人の「無常」の世界、「無常」への求道があったのである。

宗教家と芸術家のこの重なり合いは、近現代文学にまで続いているように私には思われる。宮沢賢治のように宗教が表現のほとんど直接的な契機になっている場合には見やすいが、たとえば安岡章太郎のように、著作においてはそうは見えないがじつは敬虔なカトリック教徒である場合は、必ずしも見やすいわけではない。にもかかわらず作品の深部において宗教が大きな役割を果たしていることもあるのである。

大庭みな子にも同じようなところがある。大庭の動物と植物への鋭い感受性は、ほとんど原始的なアニミズムを思わせるほどであり、歓喜と悲哀を同じように包み込むその生命讃歌は、最終的には宗教的感動へと人を誘い込まずにおかない。

宗教的感動と芸術的感動が交差するのはいずれも言語という現象の核心に触れているからである。感動はその場所以外からは発生しないとさえいっていい。人間を特徴づける私という現象そのものが言語の現象としてあることを思えばそれは当然のことだろうが、しかし、この現象は奴隷を生み貨幣を生み差別を生み階級を生み戦争を生みもする。サディズムを生み、マゾヒズムを生み、そのほかさまざまな心的異常を生みもするのである。言語を獲得することによって成立した人間という現象は、ほとんど同じほどに非人間的なものを含みこんでいたのだといわなければならない。

チョムスキーの言語論がトマセロらの批判に応えてさらに豊かに展開するかどうか、私には分からない。ただ、その言語論の核心が、これまでの言語論の多くがおしなべて聴覚記号を基盤にしたものであったのに対して、むしろ言語の基盤に視覚的なものを見ることによって成立していたということには重大な意味があったし、あり続けるであろうことは、私には疑いないように思われる。

見る力と言葉の力は、人は言葉によって見るといった次元において結びつくだけではなく、いっそう根源的な場で結びついているのである。

小林は『私の人生観』において観法の問題としてそれを取り上げているわけだが、象徴主義の影響下にあった小林の経歴に照らして、それをヴィジョンという言葉に置き換えて考えてみると、西行や定家、芭蕉のみならず、萩原朔太郎や宮沢賢治、中原中也といった近代詩人の作品がすぐに思い浮かぶ。読みようによっては、小林はここで、いわゆるヴィジョネール、幻視家への道を、いかにも日本流に唱導しているのだと受け取れなくもない。そしてそれが魅力的な主題であることは否定しがたいと思われる。

具体的な例をひとつ挙げる。

秋の夜は、はるかの彼方に、
小石ばかりの、河原があつて、
それに陽は、さらさらと
さらさらと射してゐるのでありました。

陽といつても、まるで珪石か何かのやうで、
非常な個体の粉末のやうで、
さればこそ、さらさらと
かすかな音を立ててもゐるのでした。

さて小石の上に、今しも一つの蝶がとまり、
淡い、それでゐてくつきりとした
影を落としてゐるのでした。

やがてその蝶がみえなくなると、いつのまにか、
今迄流れてもゐなかつた川床に、水は
さらさらと、さらさらと流れてゐるのでありました……

いうまでもなく、中也の詩「一つのメルヘン」である。遺稿となった詩集『在りし日の歌』(一九三八)所収。

私にはこれが、小林のいう観法の実践のように思える。中也がこのヴィジョンを現実に体験していた、つまりはっきりと見ていたことは疑いない。詩の骨格がそれを示している。あるいは、ヴィジョンを体験していたとはいわずに、言葉を体験していたといったほうがいいかもしれない。いずれにせよ、この詩の背後に宗教的な感情が横溢していることは歴然としている。

なぜか。

この詩にはまるで舞台を、それもとりわけ複式夢幻能の舞台を見ているように思わせるところがあるからである。呼び出された蝶はまさに死者の霊にほかならない。そうして、その蝶が去った後には透明な記憶が無限に流れ続けるのである。そういう意味では、関係などまったくないように見えながら、その死者とのかかわりにおいて、日本古典文学の伝統に深く根差しているのだ。これがおそらく日本語なら日本語の伝統というものなのだとさえ思われる。栗田にしてみれば、中也もまた同じ「道」を歩いていたのだということになるだろう。

興味深いことに、小林や中也とはおよそ無関係に思える、たとえば鮎川信夫の詩にも、同じような伝統を垣間見ることができる。「死んだ男」の第一連を挙げる。

たとえば霧や
あらゆる階段の跫音のなかから、
遺言執行人が、ぼんやりと姿を現す。
——これがすべての始まりである。

戦死した友人Mを歌った詩だが、この場の設定が、私には「一つのメルヘン」と同じ構造を持っているとしか思えない。最後の四行を挙げる。

きみはただ重たい靴のなかに足をつっこんで静かに横たわったのだ。

「さよなら、太陽も海も信ずるに足りない」
Mよ、地下に眠るMよ、
きみの胸の傷口は今でもまだ痛むか。

「死んだ男」は一九四七年、鮎川二十六歳の作。鮎川の詩のなかでももっとも有名なもののひとつだろう。多くの人々に記憶されたのは、このすぐれた挽歌が、意外にも日本古典文学の伝統に深く根差していたからだろうと、私には思われる。

能は人をして幻視させる。それがすぐれた舞台なのだ。読者とともに、中也は蝶を幻視し、鮎川は遺言執行人を幻視する。遺言執行人とはこの場合、死者自身であり、その死者に自分を重ね合わせる詩人自身である。意外というほかないが、鮎川はここで十分に宗教的なのである。

問題はしかし、小林の、中也の、そしてまた栗田の、さらには鮎川のこのような流儀が、天台本覚の流儀として、強烈な批判にさらされうるということなのである。

あるいは中也や鮎川は、詩人として無意識のうちに自身のなかに潜む日本語の伝統を開陳しただけということで批判を免れるかもしれない。だが、小林や栗田は、きわめて意識的に、最澄に始まって安然で極まる天台密教、さらに天台本覚に依拠しているのだから、批判は免れない。栗田にいたっては、たとえば先に挙げた日本の伝統の背骨に明確に天台本覚の思想を見ているのである。

その批判というのは、天台本覚はもとより、小西の列挙を借りていえば、摩訶止観にせよ、密教にせよ、禅にせよ、これらはみな仏教ではない、日本土着の、あるいはインド土着、中国土着の思想に仏教をまとわせたものにすぎない、というものである。一九八〇年代半ばから九〇年代にかけて、袴谷憲昭、松本史朗らによって展開された批判仏教と一般には呼ばれている潮流である。いまもその流れは続いていると思える。

土着の何が悪いかということになりそうだが、批判者たちはその底に一種の日本主義を見ているのだ。日本主義も何が悪いかということになるが、少なくとも相対化はされなければならない。中国も韓国も、そして東南アジアの国々もそれぞれに土着思想を持っているのである。さらにまた仏教とは何かという問いも浮上する。鈴木大拙や西田幾多郎、和辻哲郎はもとより、小林や井筒、さらには、これは俎上にあげられているわけではないが、折口や白川までもが批判されうるだろうことは明白に思われる。

その所論には耳を傾ける価値がある。議論自体がきわめて興味深いのである。

4

天台本覚が一般に広く意識されるようになったのは、それほど古いことではない。おそらく一九七三年、岩波版「日本思想大系」の第九巻として『天台本覚論』が刊行されてからだろう。問題の所在を明確にするために、同巻月報所収の井上光貞の短文「中古天台と末法燈明記」の冒頭を引く。井上は「日本思想大系」の編集委員のひとりであり、そこに中古天台、とくにその特色である天台本覚思想に関する一冊をぜひ収録したいと強く主張した、それは、天台研究の第一人者・島地大等（一八七五〜一九二七）門下の逸才、硲慈弘（一八九五〜一九四六）の遺稿集『日本仏教の開展とその基調』二巻の、とくにその下巻「中古日本天台の研究」を読んで、「中古天台なるものが、仏教史上、きわめて重要な意味をもつことを教えられたから」であると述べ、以下のように続けている。

硲教授の所論を私なりに要約すると、中古天台は、摂関時代の良源及び、その門下源信らの時代を終えたのち、叡山が世俗勢力として王権と対立するまでに成長した院政期にはじまったものである。その最も著しい特色は、それまでの上古天台が中国仏教学に忠実な教相主義であるのに対して、学問よりも宗教的な体験、即ち観心におもきをおくものである。また上古天台が、三学、即ち戒定慧の実習を必須とする始覚門にたつものとすれば、人間本来に備わる覚体をそのままに肯定する方向にたって、本覚思想が発達した。こうして、日本天台は、古代的・古典主義的・中国的な上古天台から中世的・神秘主義的・日本的な中古天台に移行し、室町時代にはその集大成とともに堕落の相もあらわれてきたが、これに一大衝撃を加えたのは江戸中期の妙山慈山・霊空光謙らであった。二人は戒律復興や宋代天台学の再移植をはかることによって中古天台を邪説として斥けたが、これはあたかも、復古によって中世的世界観から訣別しようとした近世文芸復興に通じるものであって、そのためやがて中古天台は、その生命を閉じていったのである。

中古天台はこのような運命をもって出現、衰退したが、その史的意義の第一は、何といっても、それが院政期からはじまる日本中世の偉大なる教権、天台宗の、宗教や世界観の核心をなしていたという事実そのものであろう。中世の天台宗の宗教や世界観は、決して上古天台のそれではなく、中古天台にほかならないという認識と、その中古天台とは何かという疑問とは、中世の思想・文化を論ずる上に不可欠の課題であろう。

『天台本覚論』の編者・執筆者の中心は田村芳朗（一九二一～一九八九）。井上同様に東大教授だが、法華宗の僧侶で寺を預る住職でもある。井上はむろん歴史学者。専門は日本古代史だが、『日本浄土教成立史の研究』などの著作もあって仏教史に詳しい。引用の後に、中古天台の史的意義の第二として、それがいわゆる鎌倉仏教すなわち「法然・栄西・道元・親鸞・日蓮らによって樹立された新宗教」の成立に密接な関係を持っていたという事実の指摘が続くが、宗教学者でもなければ僧侶でもない、歴史家として歴史的事実としての中古天台に関心を持っているのである。先行して島地、硲らの仕事があったにせよ、井上の企図は画期的だったのであり、以後、日本思想史の一環としての天台本覚が脚光を浴びることになった。

小林も栗田も、そしてむろん小西も、主たる関心はむろんここでいう中古天台にあったといっていい。最澄も空海もむしろその前史なのである。だが、田村芳朗もそうだが、宗教学者として、さらには宗教家として、関心を持つものもいる。というより、そのほうが多い。井上の記述からも明らかなように、中古天台は「中世的・神秘主義的・日本的」だったのであり、必然的に中古天台のみならず天台本覚に対する批判も登場することになった。中古天台は井上の紹介では過去に属するようだが、とんでもない、いま現在、日本人が一般に仏教と思っているのが天台本覚であり、なかんずく中古天台だというのである。

批判の嚆矢が袴谷憲昭の『本覚思想批判』であり、松本史朗の『縁起と空――如来蔵思想批判』であった。ともに一九八九年の刊。袴谷はさらにその翌年、『批判仏教』を上梓している。袴谷も松本も駒沢大学で教鞭を取っており、駒沢大学が十六世紀末に曹洞宗によって設立された学林（後の旃檀林）に遡ることは広く知られている。僧籍にあるかどうか詳らかにしないが、二人がともに曹洞宗に深い理解を持っていることは著作から窺うことができる。

彼らによって始められた運動の経緯と背景を知るには、末木文美士の『草木成仏の思想——安然と日本人の自然観』（二〇一五）が参考になる。いうまでもなく、末木文美士は仏教学、日本思想史、比較思想が専門で、東京大学教授を長く務めたが、父は哲学者の末木剛博であって、僧侶ではない。宗門に属しているわけでもない。立場としては井上と同じといっていい。『草木成仏の思想』の冒頭は「ひところ、「山川草木悉皆成仏」とか「山川草木悉有仏性」とかいう言葉がずいぶん流行した。もとはと言えば、哲学者の梅原猛が言い出したことで、それを中曽根康弘首相（当時）が第一〇四回国会における施政方針演説（一九八六年一月二七日）において使ったことで、一気に広まったようだ」である。その後に施政方針演説の該当部分が引かれるが、「「山川草木悉皆成仏」という言葉は、古典的な文献にはどこにも出てこない」とし、次のように続く。

それでは、似た言葉はないのだろうか。じつは「草木国土悉皆成仏」という言葉は古くからあり、仏典のみならず、謡曲などにしばしば現われることから、古典愛好者にはよく知られている。ただ、その場合もインドや中国の仏典には見られず、日本の仏典のみである。それどころか「草木国土」という言葉自体が、中国の仏典にはわずかに見られるのみで、日本で多用されるようになった。その多くは「草木国土悉皆成仏」という成句か、それと類似の表現の中で用いられている。

末木のこの説明から、中古天台は「中世的・神秘主義的・日本的」と評した井上の意図も分かってくるような気がするが、しかし、この熟語そのものは、平安初期の叡山の僧侶・安然の手になる『斟定草木成仏私記』にそのもっとも早い用例が出てくるのだという。副題にも挙げられている安然というのは「九世紀後半に活躍した天台の大学者」であり、「最澄・円仁・円珍を受けて、台密（天台密教）を完成させた人物」である。とすれば、いわば上古天台のしんがり、中古天台のはしりともいうべき人物ということになる。

同じ末木の著書から、第3章「草木成仏説の基礎付け」第5節「真如の深みへ」の一節を引く。

仏教は諸行無常・諸法無我を原則とする。諸行無常というのは、あらゆるものは変化するということであり、諸法無我というのは、あらゆるものは実体的な実在性を持たないということである。実体的な実在性を持たないから、あらゆるものは変化するのであり、それ故、諸法無我は諸行無常の理論的な基礎付けをなすものということができる。実体的な実在性を持たないということは、あらゆるものは現象として、相互の関係性の中にあるということであり、それが縁起である。

このような仏教の原則からすれば、根源的な実在を認めることはできない。真如という根源的な実体があり、そこから世界が展開するというのであれば、それはインドの哲学でいえばサーンキヤ派（数論派）の哲学に近いものになる。サーンキヤ派では、プルシャという純粋精神が見つめることで、プラクリティという根源的な物質が展開して世界ができていくという。これは、因中有果説（根本原因のプラクリティの中にすでに世界という結果が含まれているという説）と呼ばれ、万物は縁起によって生ずるという仏教と相容れないもので、「外道」の典型とされて批判される。

この点から、真如などの考え方を正面から取り上げて批判したのが、一九九〇年代に活発化した袴谷憲昭、松本史朗らの批判仏教と呼ばれる運動であった。彼らは、真如・如来蔵・仏性・本覚など、現象の底に実体的なものを想定し、そこから現象を発生的に捉える思想をダートゥ・ヴァーダ（dhātu-vāda 基体説）と名付けて、仏教にあらざるものとして批判した。東アジアの仏教では、多く真如や如来蔵を根本の原理として、従来疑われてこなかったので、彼らの批判はセンセーションを巻き起こした。それによって、一体仏教とは何かという根本の問題が問われることになった。

安然における真如はまさしくこのような基体説の典型と言ってよいものである。

引用が長くなったのは、天台本覚とりわけ中古天台を批判する袴谷や松本の意図がどこにあるのか、じつに簡潔的確に指摘されているからである。専門用語の使用も、一般人にも理解できるように最小限に抑えられている。だが、それだけではない。袴谷や松本によって批判されている日本的なものの核心を衝いてそれを再吟味しようとするその姿勢が、後に触れるが、大局的にいえば袴谷や松本への反批判にもなっているからである。

インドにはもともと解脱思想が仏教以前からあった。アートマンすなわち霊魂が穢れから解放されて本来の姿に戻ることが解脱であった。ヴェーダを生みウパニシャッドを生んだバラモン教の考え方である。人々はそのために苦行に走ることになり、苦行主義とでもいうべきものが盛んになった。盛んになったそのときに、仏教はその批判として登場し、霊魂を否定し苦行主義をも否定した。これが空の思想であり、縁起の思想である。

だが、にもかかわらず霊魂主義は涅槃思想として生き残り、苦行主義は呪術的な力を行使する密教として生き残った。つまり仏教は変容したのである。この変容した仏教が中国に伝わり、さらに変容して日本に伝わった。インド本国ではしかし、それらはもともとあった思想なのだから、別に仏教というかたちをとる必要はなかった。かくして仏教はバラモン教からヒンドゥ教への流れのなかに吸収され消滅することになった。

袴谷らの所論を参考にしてインド思想史の大雑把な見取り図を示せば、そういうことになるだろう。とすれば、日本は中国を通して中国化されたインドの土着思想を仏教として受け容れ、それをさらに日本風に変容させたことになる。それが天台本覚の思想なのだ。最澄も空海もその流れのなかにあるのであり、中古天台の影響を受けたいわゆる鎌倉仏教の思想も例外ではないということになる。

おそらくその通りなのだろう。だが、袴谷や松本は——二人はいまや共闘しているわけではないようだが——少なくともたとえば法然や道元はそうではないと考えているのである。井上が紹介している硲も、中古天台を探究することによって明らかにしたのは、道元が天台本覚の批判者であったということである。

これはきわめて重大な問題であるように思える。かりに栗田が指摘するように、古代から現代にいたる日本文学において、天台本覚思想が一貫して重要な水脈としてあったとすれば、日本文学——さらには日本の芸術的表現の多く——は、変容したインドの土着宗教という基盤の上に成立したということになりかねないからである。

むろん、仏教については何も知らない私の手にはあまる問題だが、だからといってこれを避けて通るわけにはいかない。

第八章　土着と外来

1

袴谷憲昭の『本覚思想批判』（一九八九）、『批判仏教』（一九九〇）、松本史朗の『縁起と空――如来蔵思想批判』（一九八九）、『禅思想の批判的研究』（一九九四）といった一連の本に目を通してゆくと、一九八〇年代から九〇年代にかけての日本の文芸批評の中心は駒沢大学仏教学部にあったのではないかという気がしてくる。

不明を恥じるほかないが、これらの仏教学者とその著書について、私はつい最近までまったく知らなかったのである。そこに収録された文章を同時代的にはまったく読んでいなかった。それこそ世紀をまたいでから、本覚思想の重要性をあらためて痛感し、『摩訶止観』『大乗起信論』などを読み直し、さらに高崎直道の『「大乗起信論」を読む』を読んではじめて気づいたといっていい。迂闊というほかない。

高崎の『「大乗起信論」を読む』は、一般向けの連続講演を本にするという企画「岩波セミナーブックス」の一冊だが、八五年に行われたその連続講演がシリーズの一冊として刊行されたのはほぼ五年後の九一年で、高崎はそこにわざわざ「補講」というかたちで新稿を付し、八九年から九〇年にかけて刊行された袴谷の『本覚思想批判』『批判仏教』、松本の『縁起と空』を取り上げ、学界のこの新しい動向を適切に紹介したうえで、自身の、ある意味では十分に批判的な見解をしるしている。

また、岩波文庫で、宇井伯寿訳注の旧版『大乗起信論』に高崎の現代語訳を付した新版が刊行されたのは九四年だが、その「解説」においても高崎は、参考文献の最後に平川彰編『論集――如来蔵と大乗起信論』（一九九〇）を挙げ、それが「新進の研究者も含めた研究論文集」であり「その中には、『起信論』の思想――如来蔵思想、本覚思想――を仏教と認めない強烈な批判を下す袴谷憲昭氏の論文もふくまれている」という一行を添えている。高崎がいかに袴谷、松本らのいわゆる批判仏教と呼ばれる動きを重視し、深刻に受け止めていたかが分かる。

高崎は東京大学で教鞭を取るかたわら、僧侶として曹洞宗静勝寺の住職を務めていた。主著のひとつが『如来蔵思想の形成』（一九七四）だが、その「はしがき」冒頭は次の通り。

> 仏教とは仏の教えであるとともに、仏になる教えであると言われる。凡夫が仏になることを目標とするのが仏教一般の基本的性格であるが、とくに、この仏になる可能性の根拠を凡夫自身の本性のうちに求める教説が、ここに言う如来蔵思想である。〈如来蔵〉は〈仏性〉と言うも同じで、この思想は中国・日本の長い仏教の伝統の中で、例えば天台宗の本覚法門に集約して示されるように、いわば主流の位置を占めている。しかし、仏教の故郷インドにおいては、中観・瑜伽行という大乗の二流派のかげに隠れて、独立の地位を与えられなかっ

た。われわれの属する仏教の伝統の淵源を探るという意味でも、また、二学派のかげに隠れた思想体系を明るみに出すという意味でも、この如来蔵思想成立の歴史を研究することは、大へん重要な課題である。

本覚思想と如来蔵思想の関連を簡潔に説き、それがインドにおいてよりも中国、日本において重視されたことを明らかにしている。高崎はさらに、同書の序論「如来蔵思想の定義」冒頭において、唐代の僧・法蔵が『大乗起信論義記』において仏教を、小乗、中観、唯識、そして「如来蔵縁起宗」の四宗に分けていることを示し、インド、チベットにおいては大乗の二派として中観、唯識はあっても、「それ以外の第三の要素に基く派はない」とし、「〈如来蔵思想〉（如来蔵縁起宗）を中観派や唯識派の説と区別する見方は、中国特有」であるとしたうえで、次のように述べているのである。

つまり、かれ（法蔵＝引用者）の言う〈如来蔵縁起宗〉の直接の根拠は、この名の用いられた著書の所釈の論たる『大乗起信論』そのものにあったのであり、その心＝如来蔵＝真如という教理に即し、他方、心生滅の側面で、如来蔵＝阿黎耶識と説かれることにかんがみて、要めとしての〈如来蔵〉に基く縁起ということで、その名が与えられたものであろう。法蔵のこの解釈は、さらに言えば、『大乗起信論』が真諦訳の名で世に出た六世紀末から、八世紀の法蔵に至るまでの、中国における『起信論』の流行を背景としたものであった。玄奘によってもたらされた唯識法相宗の三時教判に加うるに、阿頼耶識に基く縁起のさらに背後にある如来蔵・真如の説という『起信論』の立場、ということで、四宗の説が成立したものと思われる。

袴谷や松本の動きに高崎が敏感に反応したのは当然であったと思わせる。

本覚――根源的な覚り――という語そのものが『起信論』に由来するのであり、それが重視されたのは中国、とりわけ日本であったということは、高崎にしてみれば――そしてそれは島地大等や硲慈弘、田村芳朗にもある程度は共通するのだが――日本の独自性をこそ示すものである。だが、袴谷と松本は本覚思想の基盤をなす如来蔵思想――誰もが仏になる資質を有しているという思想――そのものを、それはそもそも仏教ではありえないとするものなのである。袴谷の『本覚思想批判』の序論「本覚思想批判の意義」の書き出しは「本書は、突き詰めて言えば、たった一つのこと、即ち「本覚思想は仏教ではない」ということを主張せんがために上梓される」というものであり、松本の『縁起と空』の第一論文は表題そのものが「如来蔵思想は仏教にあらず」である。

前章で述べたが、本覚思想は、中古天台とも天台本覚ともいうように、とりわけ日本のある一時代を席巻した思想と見なすこともできようが、如来蔵ということになれば話が違ってくる。大乗仏教の核心に位置するといっていい。密教、禅、念仏、要するに日本、いや東アジアで行われている仏教のすべてが包含されるといって過言ではない。日本の仏教者はすべて真正面から非難されているに等しいのである。敏感に対応しないほうがおかしい。しかも、高崎は曹洞宗の僧侶であり、インド留学を終えて帰朝した後の一九六〇年代にはほかならぬ駒沢大学で教鞭を取ってさえいる。過敏とさえ思える反応も故なしとしない。岩波文庫『大乗起信論』の高崎の「解説」にはさらに「追記」が付されているのだが、これもまたきわめて興味深い。

本書の初校ゲラを見て出版社に返送した後、本年正月になくなられた井筒俊彦先生の遺稿として、『意識の形而上学――『大乗起信論』の哲学』（中央公論社、一九九三年三月）が出版された。同書は井筒博士の思索の最後に行きついたところとして重要な内容をもっているが、とくにそれが『大乗起信論』であったことは象徴的である。というのは博士は西洋の神秘思想からはじまり、イスラムの神秘主義の探究を主な研究領域とされながら、最後に東アジアの思想伝統に戻ってこられた。戻ってこられたというのは井筒博士は若いときから一方では鈴木大拙の仕事を通じて禅に深い関心をもっておられたからである。

この書と比較してみると、私の解釈はインド仏教の立場からの解釈という線が明確になる。そのちがいは別として、種々の解釈がなりたつのが『起信論』のふところの深さを示すものといえよう。

示唆的というほかないが、一九九四年に刊行された岩波文庫『大乗起信論』は、その解説に、袴谷憲昭と井筒俊彦というふたりの名を含んでいたということになる。

袴谷は、その本覚思想批判の文脈で、繰り返し柳田聖山、入矢義高といった著名な禅の研究者を批判し非難しているが、思想の文脈でいえば、批判しなければならないものの筆頭は、むしろ井筒にほかならないというべきだろう。梵我一如というか、新プラトン主義というか、プロティノスの流出説を地で行くような井筒こそ、現代における本覚思想のもっとも尖鋭な体現者といっていいからである。

業績において井筒の先輩ともいうべき鈴木大拙にしても同じことだが、構えとしては井筒のほうが大きい。禅仏教のみならず、東洋思想のほぼ全域を、井筒の言葉でいえば共時論的に、つまり歴史的文脈を度外視して論じ、その特質を抽出しようとするものだからであり、共時論的に捉えられたその東洋思想の核心には、袴谷のいう本覚思想が潜んでいると思われるからである。

袴谷は、「本覚思想とは全てが一なる「本覚（根源的な覚り）」に包含されていることを前提とし、しかもその前提は定義上言葉によっては表現できないとする考え方であるゆえ、それは、言葉による論証も信も知性も関係なしに、ただ闇雲に相手にその考えを押しつける権威主義として機能するだけのものにすぎない」（『本覚思想批判』）と、定義づけの装いのもと、本覚思想を徹底的にこき下ろしているが、これを肯定的に裏返せば、ある程度は井筒の思想になるといっていいほどである。まさか「言葉による論証も信も知性も関係なしに」ということはないにせよ、井筒の論の中核をなす神秘体験が人を選ぶことは如何ともしがたい事実だからである。

神秘体験は、詩人であれ哲学者であれ、人を厳選して訪れる。選ばれたものたちにしてみれば、いわば精神の貴族にでもなったようなものである。神秘主義がしばしば秘密結社のかたちをとるのは不可避なのだ。しかもこの体験は、個人の内的体験なのだから、反証可能性の有無などはじめから問題にしていない。要するに、体験を共有しないものには通じないのであり、体験者はそれを少しも苦にしないのである。神秘主義がしばしば疑いをもって見られる理由である。井筒も属していたエラノス会議にもそういうところがある。

私は十代の頃、神秘主義に強い関心を抱いていたが、ある段階でついていけなくなってしまった。自己欺瞞に気づいていないにすぎないのではないかと疑うようになったのである。袴谷の指摘には、その分岐点を単刀直入に指し示す鋭さがある。

とはいえ、言葉にしがたいそのことを、井筒が最後まで言語化しようとしていたことは疑いない。感動の言語化は難しい。しかし、言語化できないことを言語化するのが文学なのだ。井筒の思想が、哲学というよりは、それより一回り大きい営みとしての文学の分野においていっそう大きい影響力を持つ理由である。事実、井筒は決定的な個所で、芭蕉やリルケ、マラルメなどを援用する。井筒にしてみれば、詩人のほうが思想家なのである。言語の探究者だからだ。

『意識の形而上学』の序の一節を引く。

『大乗起信論』は、疑いもなく、本質的に一の宗教書だ。だが、この本はまた仏教哲学の著作でもある。私は、いま、特にこの第二の側面に焦点を絞って『起信論』を読みなおし、解体して、それの提出する哲学的問題を分析し、かつそこに含まれている哲学思想的可能性を主題的に追ってみたいと思う。つまり、この論書が顕在的に言表し、あるいは潜在的に示唆している哲学的プロブレマティークの糸を、できるところまで辿ってみようとするのだ。

要するに、私が年来考え続けている東洋哲学全体の、共時論的構造化のための基礎資料の一部として、『起信論』という一書を取り上げ、それの意識形而上学の構造を、新しい見地から構築してみようとするのである。
以上は導入である。井筒の思想の構えを示している。具体的な内容を示唆する一節をも引いておかなければならない。

一般に東洋哲学の伝統においては、形而上学は「コトバ以前」に窮極する。すなわち形而上学的思惟は、その極所に至って、実在性の、言語を超えた窮玄の境地に到達し、言語は本来の意味指示機能を喪失する。そうでなければ、存在論ではあり得ても、形而上学ではあり得ないのだ。

だが、そうは言っても、言語を完全に放棄してしまうわけにもいかない。言語を超え、言語の能力を否定するためにさえ、言語を使わなくてはならない。いわゆる「言詮不及」は、それ自体が、また一つの言語的事態である。生来言語《ロゴス》的存在者である人間の、それが、逆説的な宿命なのであろうか。

どのような領域でことが企てられているか、単刀直入に述べられている。要するに、東洋哲学なるものは一般に言語論、言語哲学としてある、『大乗起信論』も例外ではないということである。あらためて繰り返すまでもなく、『大乗起信論』は、空海から親鸞にいたるまで、日本の仏教者に根底的な影響を与えた経典である。松本は天台智顗の『摩訶止観』もまたその影響下にあったことを論証している。

2

『意識の形而上学』は、顰蹙を買うのを恐れずにあえて簡略に述べてしまえば、言語の分節化作用を剝ぎ取った世界――いわば真実の世界――に直面した意識が、再び言語の分節化作用を行なうにいたる――かつての世界がまったく新たな輝きを帯びるにいたる――その往還が、宗教的感動すなわち悟りにほかならないとするものであり、その往還の機微を見事に描いたものとして『起信論』を賞揚するというものである。いわば現象学的還元を東洋思想の核心に見出そうとするようなものである。だが、井筒にしてみれば、逆に、フッサールこそ、古典的神秘体験を哲学的、いや、科学的に語ろうとして苦慮したのだということになるだろう。

井筒の思想家としての主著ということでは『意識と本質』ということになるだろうが、当然ながら、内容は『意識の形而上学』で語られていることとまったく変わらない。ただ『意識と本質』においては宗教的感動と芸術的感動の交響が『意識の形而上学』以上に取り上げられていて、それが大きな魅力になっている。

井筒は『意識と本質』で、リルケの一九二四年八月十一日付ノーラ・プルチェル＝ヴィデンブルック宛の手紙にしばしば言及している。リルケがそこで語っている意識のピラミッド構造に強い関心を示しているのである。東洋哲学が前提とする意識の構造に近似しているからだ。『意識と本質』には手紙そのものは引用されていない。参考に手紙の該当箇所をここに引いておく。

私は暫くの間、ちやうどいまのあなたと同じやうに、かういふ降神の試みに於きまして、その「外的」な作用を信じようとする傾きがありましたが、いまではもうそんなでもありません。外部の世界といふものは極めて広大であるには相違ありませんが、そのあらゆる星辰間の距離を以てしましても、私たちの内部の世界の立体的な次元の広さとの比較にはほとんど堪へられません。内部の世界は宇宙の広大な空間を決して必要としないほど、それ自身でほとんど無限なのであります。ですから死者とか、未来の人々とかに、もしもその滞在の場処が必要なのでしたら、かうした架空の内部の世界以上に彼等にとりまして居心地のよい誂へ向きな隠れ場所が果してあるでありませうか？　私にはだんだん、まるで私たちの通常の意識がピラミッドの頂点に位してゐるかのやうに思はれて参ります。私たちの内部にある——いはば私たちの下層にある——そのピラミッドの基底は完全な広がりを持つてをりますので、いよいよ深く下りていく能力があればあるほど、それだけ普遍的に私たちは、地上の、最も広い意味に於ける世界空間的な存在の、時空を超越した出来事のなかに引き込まれていくやうに存ぜられるのであります。私は極く若い時分から次のやうなことを想像しまして、自分の力の及ぶ限り、その想像の指示に従つて参りました。即ちこの意識のピラミッドのより底部の横断面に於きましては、自意識の上部の通常の頂点に於て単に時間的な「経過」として体験されるに過ぎないすべてのものの、犯し難い現存と、並存が、あの単一な存在の世界が事実として現はれるのではありますまいか、と。過去のものや、まだ発生してゐない未来のものを究極の現存として直ちに把握することの出来るやうな人物を描き出さうといふのが、既に『マルテ』を執筆してをりました当時の私の欲求でもありました。そして私は確信してをります、このやうな把握は存在の真実の状態に——仮令この状態が私たちの実生活の上でのあらゆる協定によつて却けられてをりませうとも——適応したものであることを。（富士川英郎訳）

リルケの文学とその背景を見事に語った手紙というべきだろう。これを選び出した井筒の着眼はさすがであるといわざるをえない。詩人は——もちろん小説家も——多く自身の作品の何たるかを知らない。自分のことは自分がいちばんよく知っているなどということはありえない。たいていの人間は自分のことなど何ひとつ知らないのだが、詩人も例外ではない。とはいえリルケがここでじつに的確なのは、自分自身についてではなく、自分が探究しようとしている世界について、いわばそれをあたかも獲物を狙う猟師のような眼で見て語っているからである。

井筒は『意識と本質』において、この手紙を契機として次のように述べている。リルケの語っていることは芭蕉や宣長にも通じるとしているのである。

コトバの意味分節の力の及ばぬ「意識のピラミッド」の深層領域に開示されるものの、フウィーヤを、詩人はあらためて言語化しなければならない。言いかえれば、フウィーヤを非分節的に分節し出さなければならない。つまり、我々がさきに見た禅の「転語」、すなわち根源語の生起の場合と構造的に類似した事態がここにも起る。しかも、使われるコトバは日常的言語と、表面的にはまったく同じコトバ。そこに禅者ないし詩人の言い知れぬ苦悩がある。リルケのような詩人に一種の名状し難い焦燥感があるのはそのためだ。深層体験を表層言語によって表現するというこの悩みは、表層言語を内的に変質させることによってしか解消されない。ここに異様な実存的緊張に充ちた詩的言語、一種の高次言語が誕生する。

井筒が、どのような問題意識をもって、またどのような方法をもって、詩を論じ、禅を論じ、哲学を論じているか、この引用からだけでも、おおよそ分かってくる。フウィーヤというのは、十五世紀のイスラム哲学者ジョルジャーニーの語を井筒の著書からそのまま孫引きすれば、「いかなるものにも、そのものをまさにそのものたらしめているリアリティーがある。だが（ここで注意すべきは）このリアリティーは一つでなくて二つであるということだ。その一つは具体的、個体的なリアリティーであって、これを術語でフウィーヤという。もう一つは普遍的リアリティーで、これをマーヒーヤと呼ぶ」（原語を省き、必要なものは片仮名表記にした）という、その具体的、個体的なリアリティー、本質のことである。このフウィーヤはドゥンス・スコトゥスが「このもの性」、「これ性」と呼んだものに対応していると、井筒は説明している。

ここで井筒の世界を真正面から論じようというのではない。そもそもフウィーヤとマーヒーヤを詳細に論じる能力など、私にはない。井筒に触れたのは、井筒こそ現代の本覚思想、如来蔵思想の純粋な担い手であることを示したかったからである。

そういう意味では、袴谷が問題にすべき対象は井筒であって、梅原猛や栗田勇ではない。梅原はともかく、栗田は作家であり芸術家である側面のほうが強い。だが、袴谷は、自身が深く影響を受けた小林秀雄――本覚思想、如来蔵思想の担い手としては井筒の先達といっていい――を論じはしても、井筒を論じてはいない。井筒を論じているのは、後述するが、駒沢大学の後輩で同じように駒沢大学で教鞭を取っている仏教学者・小川隆である。それと、前章でも触れた末木文美士。

日本文学の伝統に貫通しているのは本覚思想である。さらには如来蔵思想である。俊成も定家も世阿弥も芭蕉も、そう考えていたし、またその担い手にもなっている。その本覚思想、如来蔵思想を理論的に掘り下げようとしていたのが小林秀雄であり小西甚一であり栗田勇であり、そしてなかんずく井筒俊彦であった。

「見渡せば花も紅葉もなかりけり浦の苫屋の秋の夕暮れ」でも「古池や蛙飛びこむ水の音」でもいい。いわゆる日本の美学を支えてきたその思想、すなわち定家が書写していた摩訶止観や芭蕉が親しんでいた禅などは、仏教ではない、日本土着、中国土着、さらにはインド土着の民俗宗教にすぎないというのは、驚くべき大胆な指摘である。本覚思想、如来蔵思想に東洋哲学の核心を見るのが井筒であったといっていいが、袴谷と松本は、その理論的な基盤を根元から揺さぶっているように見える。

井筒の考え方をもう少し探ってみる。

リルケの『ドゥイノの悲歌』の「第一の悲歌」に次の四行がある。

おお　そして夜　夜　宇宙をいっぱいに孕んだ風が
私たちの顔を削りとるとき——この憧れ求められ
おだやかに幻滅をもたらす夜　ひとりひとりの心の前に苦しくたち現われる夜が
いったい誰に残されていないだろう？　だが　夜は愛するひとたちにとっては　もっと堪え

易いものだろうか?(富士川英郎訳)

『ドゥイノの悲歌』の評釈に逐一当たるなど私の能力を超える。したがって専門家には見当違いを指摘されるかもしれないが、しかし私にはこの「宇宙をいっぱいに孕んだ風が/私たちの顔を削りとる」夜なるものが、言語の分節化作用を剝ぎ取った世界を示しているとしか思えないのである。というのも、「顔を削りとる」という表現は『マルテの手記』冒頭近くの有名な場面をただちに想い起させずにおかないからだ。

しかし、あのときの女。あの女はまるで身体を二つに折ったように腰をまげていた。両手のなかへすっぽり顔をうめてしまっていた。僕はノートル・ダム・デ・シャン街の町角で会ったのだ。僕はその女をみると、足音をしのばせて歩きはじめた。可哀そうな人間が考えごとに沈んでいるとき、その邪魔をするのがいけないくらい僕だって知っていた。考えごとがぷっつり絲の切れたように、そのまま中断されてしまうのが気の毒だ。

ところが、町はひっそりしている。もうしずかさに飽き飽きしていたらしい舗道は、僕の足音を盗みとって、つい退屈さのあまり木靴のようにからからと打ちならしたものだ。女はおどろいて上半身をおこした。あまり素早い、あまり急激な身体のおこしようだったので、女の顔は両手のなかに残ってしまった。僕は手のなかに残された鋳型のようにくぼんだ顔をみたのである。僕はおそろしく一所懸命になって、その手のなかを見つめていた。手のなかから持ちあげられた顔をみないために、僕はひどく真剣な張りつめた気持ちだった。裏がえしになった顔をみるのは不気味にちがいないが、顔のない、のっぺらぼうな、こわれた首をみる勇気はさらになかったのだ。（大山定一訳）

『ドゥイノの悲歌』（一九二二）の、夜によって削りとられた「顔」と、『マルテの手記』（一九一〇）の不意打ちに驚いて剝がれてしまった「顔」、この二つの表現は、互いに響き合って、言語の分節化を剝ぎとられた無意味な世界——それこそのっぺらぼうの世界——に直面する恐怖を語っているのである。ちなみに、ここでは詳述しないが安部公房の『他人の顔』もじつはこのリルケの延長上にあるといっていい。

リルケのこの構図は、井筒の描く言語と存在の世界に近似していると思える。この近似は、たとえばフェルマンの『現象学と表現主義』などを参照すればすぐに分かるが、奇異なものでは少しもない。現象学的還元はフッサールの専売特許ではない。むしろ、古今東西、詩人の属性のようなものだ。非現実感に苛まれるのは詩人の常、いや人間の常である。

だが、井筒とリルケには重大な違いもある。

井筒においては言語による分節化が剝ぎとられるのは世界のほう、外界のほうなのだが、リルケにおいてはまず顔のほうから剝ぎとられるのである。見られると同時に見るもののほうから剝ぎとられる。つまり、客体からではなく、通常は主体と見なされる側から剝ぎとられているのだ。意味づけされる側からではなく、意味づけする側から剝ぎとられている。無意味化されるのは、まず人間なのだ。これは決定的な違いであるように思える。

人間においては——そしてまた身近な動物においても——顔がもっとも意味の濃い部分である

ことは指摘するまでもない。それは要するにもっともよく言語化されている部分なのだ。「目は口ほどに物を言い」という。目だけではない。眉をひそめる、鼻をうごめかす、口をゆがめる、耳をそばだてるなど、顔面はまるで意味を映し出すスクリーンのようなものだ。それが剝ぎとられるというのである。

意味を発する主体であると同時に意味を読まれる客体でもあるスクリーンとしての顔面を失うというのは、したがって、世界から意味が表裏二重に——能動的な側面においても受動的な側面においても——剝ぎとられることの隠喩だが、それが削りとられるという痛みとして——つまり身体的な現象として——書き留められているところに、詩人の力量が発揮されているといってい い。痛みが記憶されるのは個体維持を思えば必然だが——危険は避けられなければならない——、記憶はやがて計測されるべき時間を生みだす。生の時間は純粋持続だけではないのだ。

しかも、「だが　夜は愛するひとたちにとっては　もっと堪え易いものだろうか?」という問いは——次行でただちに「彼等はただ互にその運命を蔽いかくしているにすぎないのだ」と否定されるのだが——この分節化作用が必ずしも言語に限るものでないことを示唆しているのである。人は愛撫することも、つまり身体で語り合うこともできる。だがそれでさえも運命——井筒ふうにいえば言語的存在者としての人間の逆説的な宿命——を覆い隠しているにすぎないというのである。

この部分はしかしそれ以上のことを暗示してもいる。主題が、いや、そもそも主語が、夜であり闇だからである。世界から意味を剝ぎとるのは、言語による分節化作用の停止などではない。何よりもまず、夜であり、闇なのだ。生命に不可欠な世界の分節化作用が光の登場つまり視覚の登場によって飛躍的に拡大したことは第六章に述べた。パーカーの『眼の誕生』が語っているのはまさにそのことである。

分節化は、視覚によって、そして先回りしていえば、目で見るために必要とされる対象との距離の取り方、要するに距離化によって、まったく違う局面に達してしまったのである。後に触れるが、この距離化によって錯覚や欺瞞や虚構や詐欺が発生することになった。これらの悪徳——あるいは美徳——は言語より古く、むしろ通常考えられているのとは逆に、言語の誕生と発達に一役買ったと考えるべきである。

人間は、視覚と距離化の技術を高めるために、狩猟と戦争を発明し、以後それを必須のものにしてしまった。人間は非力だったので、はじめはハイエナ同様、他の動物によって倒された獲物の残骸を食っていたにすぎない。食べ残された骨髄をほじくるために道具が発明されたという説さえあるほどだ。積極的に狩猟するようになったのは、罠を仕掛けたり、崖に追い込んだりすることを知ってから、要するに獲物を騙すことを知ってから、なのだ。

一般に人類の進歩と呼ばれているものは遠隔操作の進歩である。人間においては、対象から身体を引き離すことが、身体をいっそう強く意識することなのだ。逆も真。監視カメラもドローンも、この視覚と距離化の文脈において登場したことはいうまでもない。ここでは見ることそのものが数値化されているのだが、数値化された見ることがどこまで変容してゆくか、事態は始まったばかりである。重要なのはしかし、夜が顔を削りとると書くリルケの射程にはそういったことがすべて織り込まれていたということだ。

「僕はまずここで見ることから学んでゆくつもりだ」と、リルケはマルテに書きしるさせている。「たとえば、僕は顔というものが一体どのくらいあるかなど、意識して考えたことはなかった」と。その後に、先に引いた「両手のなかへすっぽり顔をうめてしまっていた」女の話が続くのである。言語と視覚は決定的に絡み合っている。

リルケが、意味の生成現場としての顔面に注目することによって、意味と視覚の問題を探究していたことは疑いない。リルケはここで人間を食み出してしまっているようにさえ見える。人間にとってだけではない、動物にとっても顔はもっとも意味の濃い部分だからである。それは、動物もまた概念化作用をしているということを示している。いや、ヘーゲルによれば、生命作用とはそもそも概念化作用のことなのだ。食べられるものと食べられないものとの識別、性行為できるものとできないものとの識別は、個体維持と種の保存にとって不可欠なものだが、動物にとってその識別は概念化作用の直接的な行使にほかならないのである。

むしろ、生命の概念化作用を明確にするために視覚が登場し、他の感覚をはるかに引き離すほどにそれが鍛えられたのだと考えるべきだろう。

言語がこの概念化作用の延長上に形成されていることは明らかである。ただ、概念から言語への間に決定的な断絶――突然変異――を想定するか否かが、たとえばチョムスキーとトマセロの違いであるにすぎない。

チョムスキーの手柄は、ほとんど直観的に、言語の背後にその原型としての視覚の働き――世界を構造として把握しようとする働き――を見出したことにある。普遍文法のその普遍の理由はそこにあるとさえ思える。視覚そのものに文法的なものがすでに内包されているのである。ただそれは視覚の文法などという語彙で語られるようなものではない。

「夜　宇宙をいっぱいに孕んだ風が／私たちの顔を削りとるとき」という詩句は、世界から意味が剝ぎとられるということを語っているだけではない。人間にとっては、そしてまた動物にとっても、見ることは見られることであり、それは視点が逆転されうるということだが、この詩句は、その視点の逆転という仕組そのものが剝ぎとられるということを示しているのである。分節化するものとしての言語が機能不全に陥るなどという程度のことではない。そのもとになっている視点そのもの、視覚そのもの、その全体が削りとられることを示しているのである。闇を恐れるのは子供だけではない。

3

世界の概念化の背後に感覚から知覚への移行を見てそこに止揚つまりアウフヘーベンという働きを見出したのはヘーゲルである。井筒の所論に関連するので『精神現象学』A.「意識」の一節を引く。

「このもの」の確信こそ一般的な経験だといいたてる人びとにたいしては、実践の場にあらかじめ目をむけるよう注意をうながしたい。実践面からすると、感覚的な対象がそこにあることが絶対の真理であり確信だ、という人びとにたいしては、古きエレウシスの地でおこなわれた、デメテルとディオニュソスの秘儀のふくむ知恵の初歩に立ちもどり、パンを食べ、ぶどう酒を飲むことに隠された奥義を学びなおしたほうがよい、といいたくなる。秘儀への参加をゆるされた人は、感覚的な物の存在を疑うだけでなく、その存在に絶望するまでになり、秘儀のなかでみずからパンとぶどう酒を飲食しつくすとともに、それらがなくなってしまうのを目にもするのだから。動物にもその程度の知恵なら備わっているので、その行動を見ると、秘儀に深く通じているのがわかる。なぜかといえば、動物は感覚的なものがそれとして目の前にあるのをそのままにはしておかず、それが物としてあることに絶望し、その存在になんの価値もないことを十分に確信しつつ、さっと手をのばして食べつくしてしまうのだから。実際、感覚的な物の真理がどんなものかを教えるこのあけっぴろげの秘儀は、動物のみならず、全自然が関与する祝祭なのである。(長谷川宏訳)

ユーモラスな表現、人を揶揄するような表現になっているのは、引用冒頭の「このもの」が、先に触れた、フウィーヤに対応しているからである。つまりヘーゲルはここで、「このもの性」をめぐって中世から連綿と続いてきた論争を揶揄しているのだ。ヘーゲルによれば「このもの性」すなわちフウィーヤは感覚的確信に対応し、マーヒーヤは言語的知覚に対応する。感覚から知覚への移行が止揚つまりアウフヘーベンとしてあるわけだが、それは「このもの性」をめぐる議論そのものが止揚されなければならないことを示している。

かくて、目の前の「このもの」は、「このものではないもの」として、あるいは、「このものを超えたもの」として提示される。否定されてなにもなくなるのではなく、特定のなにか——一つの内容——がなくなり、そのなくなる内容が「このもの」なのだ。だから、感覚的なものはなおそこに残ってはいるが、感覚的確信の場合のように、ことばにならぬ個物としてそこにあるのではなく、一般的なものとして、つまり、「性質」と定義されるものとしてそこにある。「アウフヘーベン」というドイツ語は否定の作用の真理をなす二重の意味を——つまり、「否定する」とともに「保存する」という意味を——見事に表現するもので、「このもの」でないということは、目の前にあるという感覚的な事実は保存しつつ、そのありかたは一般的になっているのである。(同前、便宜上、「アウフヘーベン」に付されたドイツ語は略した)

ヘーゲルはここで、井筒のフウィーヤとマーヒーヤをめぐる議論を十分にからかったうえで、二つの概念を時間的あるいは順序的な先後関係として結びつけ、そのダイナミズムをアウフヘーベンと名づけているのだ。共時論的にいえば、つまり歴史を度外視してヘーゲルと井筒を同時代に議論している人間と見なして論じれば、そういうことになる。感覚的確信から知覚への移行は概念の対象化すなわち言語への移行の第一歩である。俯瞰することも、相手の身になることも、ここで決定的に人間的行為になるのだ。抽象化能力、象徴化能力という一次元上のダイナミズムの獲得こそまさにアウフヘーベンにほかならない。だが、そのアウフヘーベンの一部は、動物もまた、ヘーゲルふうにいえば絶望しながらも、行なっていることなのだ。

井筒は、フウィーヤとマーヒーヤという概念を導入することによって、マラルメやリルケ、芭蕉や宣長といった文学者の魅惑の所在を見事に説明したかに見える。実際、理論に関しては神経質なほどうるさかった小西が、その最晩年に『意識と本質』を読んで感嘆しているのである。

だが、私には、リルケや芭蕉をめぐる井筒の所論は、ヘーゲルによってからかわれているまさにそのところで物足りない。フウィーヤやマーヒーヤという概念の導入はむしろ煩わしい。それは最終的に言語による存在分節という鍵概念に収斂するが、文学的感動、芸術的感動、要するに悟りを浮き彫りにするには単純すぎると思える。井筒にあっては言語という概念そのものが——ただ言語以前と関係するだけで——静的で単調なのだ。リルケにせよ、芭蕉にせよ、井筒とは違った理解を求めているように見える。

袴谷や松本に代わって井筒を批判しているのは小川隆である。『語録の思想史』(二〇一一)の序論「庭前の栢樹子——いま禅の語録をどう読むか」がそれだ。井筒の『意識と本質』に付された論文「禅における言語的意味の問題」を批判している。

素材にしているのは有名な「庭前の栢樹子」である。『無門関』第三十七則では、「趙州、因みに僧問う、「如何なるか是れ祖師西来意?」／州云く、「庭前の栢樹氏」」となっているが、最も古い記録である五代の『祖堂集』には次のように記されているという。

問う、「如何《いか》なるか是れ祖師西来意?」師云く、「亭前《ていぜん》の栢樹子《はくじゅし》」。僧云く、「和尚、境を将《も》って示す莫《なか》れ」。師云く、「我れ境を将《も》て人に示さず」。僧云く、「如何《いか》なるか是れ祖師西来意?」師云く、「亭前《ていぜん》の栢樹子《はくじゅし》」。

「ダルマが中国までやってきた意味は何か」と問われ、趙州は「そこの庭さきにある樹」と答えた。「外界の事物で示すのはおやめ下さい」と食い下がられると、「わしは外界の事物などで示していない」という。再び問われるが、答えは同じである。この問答の意味は何か。引用して思うが、やはり禅問答、有名とはいえ、いささか辟易しなくもない。禅において悟りとは、畢竟、自己満足のことではないかとさえ思えてくる。

それはともかく、井筒はこの一節を引いて、「この問答で質問者が理解している柏樹は普通に分節されたものである。それは我に対立し、他の一切のものに対立して独立する柏樹である。趙州の柏樹は禅的に高次の分節によって成立するものである。それは我をも他の一切のものをも全てを一点に凝集した柏樹である。このように高次の分節によって成立したものを、臨済は「奪人不奪境」と呼ぶ」と述べている。

小川は、井筒の論理が後に「分節（Ⅰ）→無分節→分節（Ⅱ）」として定式化されていることを指摘したうえで、「この論理は、おそらく、いにしえの禅僧たちが直観的に前提としていた存在と認識の構造を、的確かつ明晰に論理化したものと言ってよく、確かに、これを踏まえることで合理的な解釈を与えうる問答は少なくない」と評価するが、続けて「だが、趙州が当時そのような論理にそって「栢樹子」の問答をおこなったのかと言えば、それはまた別の問題である」と批判している。この問いは当時、すなわち唐代末においては、「実は、自己とは何かを問うものであり、その答えはつまるところ「即心是仏」の一事に尽きている」というのである。

小川は自分の見解と井筒の見解の違いは、「我れ境を将て人に示さず」の一句をどう解釈するかの違いにあるとして、次のように述べている。

井筒論文がこれを「わしは外界のもののことなど言っているのではない」と解しているの

は、わしの言う「栢樹子」とは、言語によって分節された箇々の「もの」＝「存在者」としての栢樹ではない、同時に非分節の「存在＝絶対無限定者」をも示す「高次の分節」としてのそれなのだ、という意であろう。だが、「自己本分事」を主題とするやりとりにおいてなら、この一句はこう解されなくてはならない――わしは「栢樹子」という外物を指しているのではない、その「栢樹子」を見る汝その人を指しているのだ、と。

きわめて説得力ある見解である。とりわけ、趙州が、相手が栢樹子を見ていると想定しているところに説得力がある。身体が、視覚が、視野に入っているのだ。

とはいえ、井筒としては痛くも痒くもないだろう。小川が述べているのは唐代の禅、歴史的背景を持つ禅であって、井筒の標榜する共時論的な東洋思想論とは初めから違っているのである。それは小川自身、述べるところである。

だが、と小川は続ける。共時論的とはいえ、井筒が結果的に俎上に載せているのは大慧系の「看話禅」であって、それは中国禅の歴史的変化の最終段階に位置し、その後、中国・朝鮮・日本の禅の主流になったものにすぎない。「看話禅」は、日本ではとくに白隠の体系化が成功し、そのため、もっぱら日本でのみ読まれていた『無門関』がいつしか『碧巌録』と並ぶ代表的禅籍となったほどである。つまり、井筒が問題にしているのは『無門関』の禅である。それそのものがすでに歴史的な背景を帯びているのだ。小川はいう。

一時代の歴史的所産である特定の禅をそのまま一足とびに普遍化するという飛躍は、氏の意図にしたがうかぎり、必ずしも不当なことではない。かつての鈴木大拙《だいせつ》や京都学派の哲学者たちの思索も、やはりこの「看話禅」——とくに白隠禅——への実参の体験を共時的に現代の思惟と連続させるところから始まった。現に井筒論文の論理は、表現は明晰かつ新鮮になってはいるものの、その基本的な論旨は大拙の「般若即非《はんにゃそくひ》の論理」とかわらない。そうした現代的思惟から学ぶものはむろん計り知れぬほど多いのだが、しかし、もし立場をかえて、禅をあくまでも「歴史的聯関」に即して通時的に捉えようとするならば、唐の禅と宋の禅の断絶の一面は無視できないし、そのような飛躍によって脱け落ちる唐代禅の精彩は、あまりにも捨て難いものに思われる。

共時論的に論じることによって東洋の思想の根本を理解しようとしているものに対して、通時論的でないからけしからんと非難するわけには、むろん、いかない。だが、小川はいささか遠慮がちに述べているが、もしもそれが現実から乖離している、事実に反する、とすれば井筒の理論そのものが破綻するのである。しかも、考慮されるべきは、共時論的議論からは、井筒が固執する「このもの性」、フウィーマがすっ飛んでしまうようにも思われることだ。いつどこで誰がという問いこそ——それが「いまここにあるこれ」と微妙に違うことも含めて——フウィーマの特性ではないか。

考えてみれば、共時論的に論じようとする井筒の方法そのものが、二十世紀半ばの思想的潮流の歴史的産物にほかならないのである。『意識と本質』冒頭近くで引用されるのはサルトルの『嘔吐』である。その完璧な無意味によって嘔吐を催させる「マロニエの根」は、現象学的還元の説明として考え出されたのであって、逆ではない。サルトルを引きリルケを論じる井筒もまた時代の子なのだ。

袴谷や松本が標榜したのは歴史的事実の尊重である。歴史的状況、歴史的意識、つまるところブッダの危機意識の尊重だ。

たとえばブッダは最初からブッダだったわけではない。はじめは滔々としたインド思想の流れのなかの一滴だったにすぎない。実際のところ、人々の眼には、ウパニシャッド哲学、バラモン教からの数ある逸脱のなかのひとつにしか見えなかっただろう。優勢な他の思想、他の宗教が影響を及ぼすこともあっただろうし、ブッダの死後、それはいよいよ激しかっただろう。縁起や空といったブッダ本来の考え方とは相容れないはずの如来蔵思想が入り込んだことにしても、それがもし信徒たちにとってきわめて自然な考え方であったとすれば、誰も異端だとは思わなかったに違いない。

小川の井筒批判の方法もまた、袴谷や松本と大きく違っているわけではない。

4

井筒にこだわるのは、その思想が宗教的感動と文学的感動を重ね合わせる手際において——すなわち文芸批評において——群を抜いているからである。だが、言語による存在の分節化が井筒の思想のアルファでありオメガであるとすれば、それは言語と同じ限界を持っている——ということもまた魅惑的な考えなのだが——ことになるだろう。「庭前の栢樹子」についての井筒の説明が、往年の「禅僧たちが直観的に前提としていた存在と認識の構造を、的確かつ明晰に論理化したもの」であるにせよ、禅がそこに止まるとは必ずしも思えない。

ヘーゲルは井筒のいう言語以前へ向かうために感覚、知覚を問題にしたわけだが、井筒は言語に過重な負荷をかけることでそれを凌いでいるように見える。しかも井筒のいう言語はソシュールのいう言語から食み出していない。言語による世界への網掛け、つまり分節化は、理論的には徹底したものであるはずなのだが——何であれ新種はすぐに名づけられるのである——現実にはそれはありえないことであるように思える。言語はどこかでつねに破綻している。さまざまな次元で世界は名づけ得ぬものに満ちている。

一九六〇年代、テイヤール・ド・シャルダンの著作を読んでいたとき、この敬虔な神父でもある地質学者が、調査に赴いていた中国で戦火に遭い、夜、それを遠望して、人類が進化の先端で発している火花であると思って感動したということを書いているのに接して、驚愕したことがある。カトリックの神父が戦争をそういうものと見なすことに衝撃を受けたのである。記憶がやや違っているかもしれないが、テイヤールがそういうことを書いていたのは確かである。

だが、それから十年ほどして、違うことを考えるようになった。テイヤールのその記述は、人間がある段階から遠望することができるようになった、つまり距離を取って眺める方法を獲得したという事実を教えていることに気づいたからである。たとえば歴史は距離を取らなければ書けない。意味とは距離のことなのだ。そして距離は、先に述べたように、視覚によってはじめて意味を持った何かなのである。

近くに寄って確かめるというのは人間のみならず動物に一般的な方法である。遠ざかって見守ることにしてもそうだ。だが、遠ざかって確かめるということもある。俯瞰するという行為がそれだ。折口信夫がいい、白川静がいう国見とは、そういう行為である。現場から遠ざかるという一見消極的な行為が、逆に全体を把握するという積極的な行為になるのである。俯瞰もまたヘーゲルふうにいえばアウフヘーベンのひとつなのだ。そして言語はこのアウフヘーベンから生まれたのである。

私は「庭前の栢樹子」にも同じ示唆を感じる。同じように無意味ということではあっても、それは、言語による存在の分節化が失われて無意味になるということとは違っている。夜と闇にしてもそうだ。空海の創案と伝えられる善通寺の胎内巡りを予備知識なしに体験したことがあって闇の力に圧倒されたことがある。完璧な感覚遮断である。恐怖は距離の消滅から来る。私は密教を好まないが、この装置には感嘆した。道元は、悟るのは身体だと述べているが、熟慮されるべき言葉だ。

やはり一九六〇年代に考えたことだが、科学者は一般に「自分たちは人類が滅亡した後にも真理であることを探究しているのだ」と考えているが——何人もの物理学者がそう答えている——、それは何を意味するのだろう。人は自分の子の将来、孫の将来を考えて何かを遺そうとするが、この、この世は自分の死後も延々と続くという考え方と、人類滅亡後にも続く永遠の真理という科学者の考え方とは同じなのだろうか。

だが、中島敦は、子供の頃、自分が死ぬことには恐怖を感じなかったが、人類が滅亡するということには身体的な恐怖を感じたと書いている。私もまったく同じことを幼年時代に体験している。これは何を意味するのだろうか。存在を分節化する言語の問題、すなわちたんに言語のこちら側の問題なのだろうか、それとも、言語以前の、たとえば視覚の問題なのだろうか。というのも、科学者はあたかも無限遠点から宇宙を見ているように思われるからである。この無限遠点が神の変容であり形而上学の代替物であることは疑いない。科学者にとって無限遠点はほとんど信仰の対象なのだ。

これらは言語から発生したというよりは、視覚が必要とした距離から発生した問題であるように、私には思える。人はよく、時間が経たなければ現在の意味は分からない、という。意味は距離によって生じるのである。距離が視覚の函数であるとすれば、結局、意味は視覚の所産であるということになる。これは歴史もまた視覚の所産だと述べるに等しい。

迂遠なことを述べているのではない。小川は井筒を批判するにその共時論的方法を衝き、通時論的な局面に引き出したのである。小川によれば、唐代禅においては「自己本分事」すなわち自分の問題――「即心是仏」――が重視されていたのである。それはまず何よりも自己という視点の問題である。そしてこの視点なるものが歴史という問題を引き連れてくるのである。

袴谷は、井筒批判は展開していないが、『起信論』批判は繰り返している。たとえば『本覚思想批判』の第二論文「『大乗起信論』に関する批判的覚え書」(執筆一九八四)にしてもそうだ。一節を引く。

可能性は極めて薄いと思われるが、仮りに『起信論』がインドの撰述だとして、この問題をインドの宗教の上で考えるとすれば、これは決して信愛の宗教(バクティ・ヨーガ)でも行為の宗教(カルマ・ヨーガ)でもなく、むしろ知識の宗教(ジュニャーナ・ヨーガ)と言わなければばならないであろう。離念や無念を「知る」ことによって「真如」に帰入する『起信論』の宗教は、ブラフマンとアートマンの本質的同一性（梵我一如）を「知る」ことによってブラフマンに帰入する知識の宗教に酷似するからである。（便宜上、サンスクリットを片仮名表記に変えた）

ちなみに、仮りに『起信論』がインドの撰述だとして、というのは、中国の撰述である可能性が高いからである。松本は『禅思想の批判的研究』において中国撰述であると断言している。撰述は著述に等しい。インドから招来したものと中国で書かれたものとでは正統性に差が生じる。いわば箔の問題である。論理の深浅を問う以上に箔を問題にするのは、古今東西、変わらない。『起信論』においても同じことが起こった。

いずれにせよ、袴谷は、ブラフマン（梵＝宇宙の本体）とアートマン（我）の本質的同一性を説くのは仏教ではなくウパニシャッドである、という。袴谷が、『起信論』は信愛の宗教でも行為の宗教でもなく知識の宗教であるというのはそういうことだ。

むろん、井筒にしてみればそんなことは問題ではない。いつどこで誰によって何語で書かれたのかも知られていないこの小冊子は、しかし「大乗仏教屈指の論書として名声を恣にし、六世紀以後の仏教思想史の流れを大きく動かしつつ今日に至った」のである。その古いテクストを新しく読むことこそが課題なのである。それが真の仏教であるかどうかなど、二の次の問題にすぎないというところだろう。

だが、袴谷にいわせれば、ウパニシャッドはインド土着の宗教にすぎない。禅宗が中国に根付いたのも、浄土宗が日本に根付いたのも、それぞれ土着の宗教と癒着したからにすぎない。同じことは、ヨーロッパにさえもいえるのであって、驚くまいことか、袴谷によれば、ドイツ観念論――それこそヘーゲル――にしてさえも、キリスト教という外来宗教に対する土着宗教のようなものなのだ。あるいは外来宗教が土着宗教と癒着して形成されたヨーロッパ版の本覚思想のようなものなのである。

袴谷の二冊目の単著『批判仏教』所収の「京都学派批判」によればそういうことになる。京都学派において禅とドイツ観念論が癒着したのも故なしとはしないのである。「その両者を繋ぐ背景には、悟性的直観を重んずる言葉軽視の神秘体験主義が根深く横たわっていることを思い知らないわけにはいかない」(便宜上、原語を省いた)のだ。とすれば、井筒の探究しているものもまた東洋思想などではない、東だろうが西だろうが、要するに土着の神秘思想なのであって、まさにその点においてこそ、西田幾多郎の盟友であった鈴木大拙の後継者たりえたのだということになる。

5

結果的に、袴谷に触れ井筒を取り上げた高崎は、『大乗起信論』の「解説」のなかで、現代日本の思想界におけるもっとも鋭い、そして興味深い対立を、期せずして浮き彫りにして見せたといっていい。そういう意味では、高崎は、きわめて明晰かつ公正な観察者であるといわなければならないが、管見では、同じように明晰かつ公正な観察者として前章でも触れた末木文美士がいる。その『日本仏教史』は一九九二年に刊行されたが、本覚思想を日本仏教史の基軸に据えていて、きわめて分かりやすい。

末木は、岩波日本思想大系で『天台本覚論』を編集執筆した田村芳朗の教え子である。田村の遺著『本覚思想論』を纏めてもいる。したがって、島地大等、硲慈弘、田村芳朗と続く天台本覚思想研究者のいわば直系といっていい。当然のことながら、末木は、本覚思想は批判されるべきであるよりもまず正確に捉えられなければならないと考えている。そして、正確に捉えてみれば、それが日本文化の、思想のみならず文学、芸術をも貫流する、ひとつの特徴となっていることが分かるというのだ。栗田勇の述べていることに重なるが、栗田が文学的、芸術的であるのに対して、末木はあくまでも思想的、宗教的である。

この末木の立場は、本覚思想研究を促した島地大等の記念碑的論文「日本古天台研究の必要を論ず」(一九二六)を読むと理解しやすい。袴谷、松本の説を浮き彫りにするためにも、島地を引いておくべきだろう。

この本覚思想が、所謂古天台教学の中枢となり、天台学それ自体に在りては、事本理末となり理即成仏となり還同有相となり本門至高の主張ともなりて、特に日本特有の天台教義を宣明し、仏教教学史に在りては、日本特有の本覚思想を開顕し、乃至宗教に道徳に芸術に各方面に同工異曲の種々相を展開すべき根本思想であり、この根本の思想を究明することが、日本古天台を研討する所以の眼目であつて、将来純粋日本思想史の成立せる場合にはその中心問題となるべきものである。勿論この思想は、西洋にも類比を見出し得べく、東洋にも同様の素材が諸処に見出される。純粋印度哲学に在ては勿論、印度仏教思想の中にも幽微ながら存在する。支那思想史上に在ては相当顕著にこれを認めることが出来る。祖師禅のうち特に南禅の心印は的にこれと等しきものであり、その影響より啓発したるものと想定し得べき後期華厳学中に存する性起思想の如きも、確に同型に属するものである。更に吾日本の思想史上に来りては、この本覚思想が一個の思想として一定の論理的組織を具へ、更に体検内容として一定の批判を伴ひ、この思想の内容と形式とに関し理論実践両面の研討を経たる報告は、予不肖にして未だ他の教学史思想史上に見ざるところであつて、独り吾日本古天台の教学に於てこれを認むるものである。之に加ふるに、吾日本に在りてはこの本覚思想を中心として、平安朝の思想界を綜観し得るのであり、次で源平鎌倉の新旧思想系統も、亦この思想を中枢として統論し得るのであつて、此に始めて日本の思想史は本覚思想にその最高標目を見出し、これを爾前に承け、これを爾後に及ぼし、古今に亙りて一貫の体系を整へることが出来ることになる。（「思想」第六〇号）

一読、袴谷や松本の考え方に対して正反対のことが述べられていることが分かる。さすが、田辺元、和辻哲郎らの先達、ほとんど国粋主義的な口吻である。むしろ、梅原や栗田の立場に近いといっていい。これが本覚思想再評価の口火を切った論文だったのである。

おそらく、島地も袴谷も本覚思想の理解が大きく隔たっているわけではないだろう。理解したうえで、それを肯定するか否定するかの違いであるように思える。島地は「日本に哲学なし」といわれることに腹を立てているのである。そうとしかいいようがない。「仮令それは印度支那思想の系統に聯なつたものであつたにせよ、一度批判の玄関を経て、特異の発展を遂げ思想的体系を具へ、面目を新にした以上、当然それは日本のものであり、日本の生んだものであり、異国的伝統とのみ見ることは出来ないはずである」と言い切っている。

しかし、袴谷や松本にしてみれば、変容したものを元の名で呼ぶことが許せないのだ。仏教が折衷主義に陥ることが許せない、陥ることによって、本来はブッダが批判したはずの、支配階級擁護のイデオロギーに転落してしまったことが許せないのである。

島地の考えでは、日本天台は、江戸中期の二人の天台僧、妙立慈山と霊空光謙が始めた改革によって前後に二分され、それ以前は中古天台、それ以後は近古天台と名づけられる。引用中の日本古天台とは中古天台のことであり、その核心にあるのが本覚思想なのだ。田村は、日本思想大系『天台本覚論』の解説「天台本覚思想概説」において島地の論文を紹介し、「仏教哲学時代に於ける思想上のクライマックスを、古天台の本覚思想に設定せんと提唱」するという島地の言葉を引いたうえで、「事実、天台本覚思想は、天台法華の教理を根幹としつつ、華厳・密教・禅などの代表的な大乗仏教思想を摂取し、それらを素材として絶対的一元論の哲学を体系づけたのであって、いわば、大乗仏教の集大成ともいうべきものである」と続けている。

島地の論文は一九二六年、田村の解説は一九七三年。袴谷、松本が批判の声を上げるのは八〇年代に入ってからである。末木はその後に続くかたちで、この両極端の中央に立ち続けるべく努力しているように見える。その成果が『日本仏教史』であるといっていい。ある意味ではもっとも有利な、そして豊かな地点に立っているのである。

冒頭に、袴谷、松本の著作を指して、仏教界、思想界の中心とは言わずに、文芸批評の中心と述べたのは、ひとつには、彼らの文章の背後に日本近代文学の香りが濃厚に感じられたからである。往年の文学青年の香りといってもいい。

袴谷は青年時代に小林に魅了され、その延長上でベルクソン、本居宣長を深く読み込んでいる。松本も傾倒している詩人や小説家がいて、たとえば宮沢賢治や太宰治の読み込みは半端なものではないと思わせる。その精神的な一途さが読むものを感動させるのである。ここでは触れないが、袴谷と松本はやがて互いに批判し合うことになるが、その批判の応酬もまた文学的感動を伴うものである。いずれにせよ、言葉によって人間の深みに降りてゆく行為はすべて文芸批評であると私は考えている。

だがそれだけではない。彼らの著作には、一九六〇年代、吉本隆明の『抒情の論理』や『芸術的抵抗と挫折』といった著作が与えた興奮を思い出させずにおかないところがある。

吉本が脚光を浴びたのはいわゆる戦争責任論においてだが、その実質はむしろマルクス主義批判にあったといっていい。吉本の一連の著作は、マルクス、エンゲルスに立ち返って、当時のマルクス主義すなわち共産党によって担われた通俗マルクス主義を痛烈に批判するというものであり、当時の私は、これではじめてマルクスとマルクス主義を理解することができたと思ったのだった。これはおそらく私だけの体験ではなかったと思う。批判はその対象を知るための最大の手引きである。袴谷や松本によってはじめて仏教の何たるかを知ったという人間も少なくないと私は思う。

袴谷と松本の著作は吉本の初期の著作に似ている。

ブッダの原点にまで立ち返って考えてみれば、その後に中国、日本へと展開する仏教は似て非なるものであるというのは、マルクスの原点にまで立ち返って考えてみれば、その後にドイツにおいて変容し、ロシアにおいて、さらに中国において変容したマルクス主義はあるべきマルクス主義とはまさに似て非なるものであるという論理と、ほとんど同型である。後に末木文美士が、袴谷の著作を評して、「いわば遅れて来た近代主義者であるとともに、遅れて来た左翼でもある」(『近代日本と仏教』二〇〇四)と述べているのは、そういう意味では正鵠を射ているといっていい。むろん、末木は「遅れて来た」という形容によって袴谷を貶めているのではない。むしろ評価しているのだ。遅れはしばしば本質を露呈させる。

吉本とも親しかった言語論者・三浦つとむに『レーニンから疑え』という著書があったが、袴谷や松本といった人々の著作にはそういうところがある。レーニンから疑えというのは、一九五〇年代から六〇年代にかけてスターリンを疑い批判し否定することは、ほとんど常識に類することになっていたからである。だが、レーニンを疑うことは暗黙のうちに禁じられていた。トロツキーに与してスターリンをこき下ろすことはできても、その刃を、労働者の祖国を建設したレーニンにまで向けることは憚られたのである。

三浦つとむはそのタブーを破れといったのであり、事実、吉本は、ルカーチもサルトルも破れなかったそのタブーを破ったのである。労働者の運動は国家を建設した段階から堕落しはじめる。共同幻想が独り歩きしはじめるやいなや、その共同幻想はそれを担う人々を圧殺しはじめるのである。このからくりを解明せずにはやまないというところが吉本にはあった。言語論も心的現象論もその一環にすぎない。その探究によって、スターリニズムもファシズムも解明されるはずだったのである。

だが、その吉本にしても、マルクスに関しては長く疑わなかった。それは、マルクス自身が、アダム・スミスの労働価値説を結局は疑わなかったのに似ている。労働価値説は西洋近代のイデオロギーすなわち虚偽意識にすぎない。価値の源泉が労働にあるというのは、人間の願望ではあっても、真実ではない。正義ではありえても事実ではない。だが、それを疑うことは労働運動の、さらには左翼の、その根拠を疑うことにほかならなかった。吉本はそこを疑う前にマルクスを離れてしまった。私にはそう思われる。

労働価値説というこのイデオロギーの力は凄まじかった。たとえばマックス・ヴェーバーの『プロテスタンティズムの倫理と資本主義の精神』をまで浸しているのである。ヴェーバーにとっても、勤勉、勤労は、文句なしに価値でなければならなかったのだ。科学としての社会学は価値（意味）を論じてはならないという考え方、いわゆる価値自由、没価値の方法論と、それは見事に補い合っている。社会科学は価値を論じてはならないが、勤勉、勤労が価値であることは自明なのだ。それが没価値という方法を支えたのである。

形而上学はイデオロギーである。虚偽意識である。それも、基本的に支配者を益する虚偽意識だ。むろん、そう述べること自体がすでにひとつのイデオロギーに囚われているということかもしれない。支配、被支配の機制は、前章で述べたように、言語の発生そのもの、視覚の発生——自己の対象化——そのものに起因しているからである。だが、狭く、文字が成立して以後の歴史に照らせば、いずれにせよ形而上学がイデオロギーとして機能してきたことは疑いない。マルクスがドイツ観念論を形而上学として批判したように、いまやマルクスもまた、その核心になお形而上学を残すものとして批判されなければならないのである——批判される前にいまや忘れ去られようとしているようだが――。

袴谷らが惹き起こした批判仏教は、単刀直入にいえば、ブッダを形而上学の批判者として捉えているのである。縁起と空という仏教の根本思想はじつは形而上学批判にほかならない。ブッダにとっては、当時のウパニシャッド哲学やバラモン教はまさに支配者のみを益する形而上学にほかならなかったのだ。ブッダはそれら土着の形而上学的妄想に対して自身の教説を示した。したがってそれは土着に対する外部からの批判として機能したということになる。袴谷が強調する「外来」としての思想である。そこでは知性が、論理が、言葉が重視された。

形而上学批判とは妄想を拭い去ることである。妄想を拭い去ることこそ悟りなのだ。ブッダの思想がそのようなものであるとすれば、それは宗教というよりはほとんど科学に近いといわなければならない。

だが、神も仏も存在しないことに大衆はもとより知識人も耐えられなかった。ブッダの死後、仏教教団は分裂し、インド古来の思想に徐々に染まってゆく。いわゆる部派仏教の時代である。やがてブッダに帰れという復古主義運動が起こって大乗仏教と称し、龍樹が出て、思想的に深められてゆく。『中論』の説く空観である。中村元の『龍樹』によれば、これもまた最終的にはブッダの説いた縁起に収斂する。だが、思想的、理論的に深められれば深められるほど、土着思想の流入はいっそう激しくなる。無著、世親の唯識にいたってそれが決定的となり、如来蔵思想が中心を占めるにいたる。中国、日本へと伝播するのは、中論、唯識の頃からであり、インド土着思想との融合の最終形態ともいうべき密教が、仏教の非仏教化の掉尾を飾り、それがやがて最新流行として、中国を経て日本にまで届くことになる。

袴谷、松本、そしてそれに山内舜雄、石井修道、伊藤隆寿らの仕事が呼応することになるのだが、駒沢大学仏教学部を中心に惹き起こされた批判仏教と呼ばれるこの動きは、およそ中国、日本のすべての仏教を批判の対象にしてゆくことになる。

例外は道元である。なぜなら道元にはブッダと同じ批判精神が見られるからである。道元は『弁道話』において宋代禅批判の装いのもと天台本覚を徹底的に批判しているが、なお本覚思想、如来蔵思想に囚われていた。だが、後期にいたって、道元は自身の前期を批判しようとするのである――これが一九九〇年代末に松本が提唱することになる「批判宗学」の考え方である。批判仏教の現在形といってもいい。

「批判宗学は宗祖無謬説に立たない」と松本は述べている。「道元の思想的変化を認め、道元が目指そうとしたもの（正しい仏教）を、目指す」、「批判宗学は、本質的に、社会的（「誓度一切衆生」）でなければならない」（『道元思想論』二〇〇〇）と。二十世紀中葉を制した西欧マルクス主義の展開、いわゆる「新左翼」を想い起こさせるのもむべなるかな、である。

だが、と、私は思う。ここでもっとも重要なことは、おそらく袴谷、松本らが、その仕事を展開してゆくうえで、土着と外来という概念を、きわめて重要な場面で用い続けてきたということである。インドにはバラモン教すなわちヒンドゥ教が、中国には道教が、日本には神道があって、それらは土着と呼ばれている。インドではヒンドゥ教のなかに埋没したが、仏教は、彼らによれば、インドにとっても中国にとっても日本にとってもつねに外来のものとして機能してきたのである。土着と外来というこの、おそらくは不可避的に用いざるをえなかった概念は、いったい何なのか。

第一章で触れたことだが、水村美苗が現地語と普遍語という概念で述べたことに重なる問題がここにはある、と私は思う。言語は仏教の根本的な問題である。サンスクリット、パーリ語、チベット語、中国語、日本語、その他、仏教はつねに翻訳とともにあったのである。井筒の得意とする言語哲学とは違った言語の問題が、ここにはあると思われる。

いまや普遍語とされる英語がじつはゲルマン語とケルト語のクレオールにほかならないことを指摘したのはマクホーターである。英語とドイツ語の、語彙のみならず文法をも含む違いが、ケルト語の影だと思って大過ないだろうが、興味深いことは、この経緯が普遍語もまた現地語を呑みこむとき応分の変化をこうむることを語っているということだ。普遍語はいわば変化し続けることによって普遍語なのである。仔細を論じ切る能力はないが、この事実は、普遍は押し寄せる特殊とつねに通約され続けなければ普遍ではありえないことを示唆しているといっていい。

普遍は動くことによって普遍であるという逆説は考えるに値する。縁起という思想にも同じ逆説が潜むと思われる。土着と外来というとき、外来とは、距離の別名であり、危機の別名なのだ。

第九章　詐欺の形而上学

1

袴谷憲昭、松本史朗らによって一九八〇年代なかばに始められた批判仏教と呼ばれる思想的な動きについて少なからず触れたのは、それが、文学的感動は宗教的感動と違ったものではないという考え方に対する痛烈な批判でもありうると考えられたからである。

井筒俊彦によれば文学的感動と宗教的感動は別なものではない。袴谷の批判は梅原猛や栗田勇に向けられているが、本覚思想の現代の担い手ということではむしろ井筒や、その本質的な意味での後継者というべき丸山圭三郎こそが挙げられるべきなのであって、彼らの人間存在論こそ、まず批判されなければならないと思われる。井筒の探究しようとする「禅仏教の哲学」は、たとえば社会や政治への批判はいっさい含んでいない、むしろ含んでいないところにこそ特色があるといっていいほどである。

これが、少なくとも私にとって差し迫った問題としてあるのは、私自身、岡野弘彦、長谷川櫂らと巻いた歌仙集『一滴の宇宙』に次のような跋文を書いているからである。「一滴の宇宙」という表題そのものに、すでに本覚思想の片鱗が見えているということになるだろう。袴谷の言い方に倣えば、本覚思想は日本人の意識の深層に深く食い込んでいるのであり、私も例外ではないことになる。跋文冒頭を引く。

俳人・長谷川櫂の『俳句の宇宙』、『古池に蛙は飛びこんだか』、『「奥の細道」をよむ』の三冊は、詩的なものに関心を持つものすべてに強烈な刺激を与えずにおかない三部作である。長谷川はそこで芭蕉の「古池や蛙飛こむ水の音」を取り上げ、これまでの解釈のすべてに疑義を挟んでいる。

古い池がある、蛙が飛び込む水の音がした。正岡子規から山本健吉にいたるまでそういう解釈である。長谷川はそれを否定する。まず、蛙が水に飛び込む音がした、静まり返った古い池のイメージが思い浮かんだと解したのである。敷衍すれば、蛙が水に飛び込む音は流行、古い池のイメージは不易。前者を現象、後者を本質、すなわちフェノメノンとイデアといってもいい。

長谷川の解釈に説得力があるのは、「閑さや岩にしみ入蟬の声」であれ、「暑き日を海にいれたり最上川」であれ、「荒海や佐渡によこたふ天河」であれ、『奥の細道』を代表する句がみな同型だからだ。「閑さ」「日」「天河」は永遠すなわちイデアの側に、「蟬の声」「最上川」「荒海」は現在すなわちフェノメノンの側に配される——簡単にいえば人間は「気が遠くなる瞬間」に言語の本質に推参するのだ——。芭蕉は「古池」の句で得たこの流儀を全面的に展開するために『奥の細道』の旅に出たのである。

問題はその後である。詩人は「気が遠くなる瞬間」へと往くが、しかしそこから還ってこなければならない。衣食住の衣と住は捨てても食は残る。世間は残る。それが歌仙の場であると、長谷川は解釈した。土芳の『三冊子』に倣えば、「高きに悟りて低きに還るべし」である。文学空間の往還の記録としての歌仙。長谷川によれば『奥の細道』そのものが歌仙のかたち、往還のかたちをとっているのである。

井筒が芭蕉を高く評価し、その思想を賞揚していることは『意識と本質』そのほかの著書に明らかだが、その焦点が長谷川の芭蕉把握と同じところにあることは指摘するまでもない。断っておくが、長谷川は井筒の仕事はまったく知らなかった。つまり、井筒の影響で芭蕉を解釈したわけではない。にもかかわらず、芭蕉の説く不易流行に本質と現象、イデアとフェノメノンを見、芭蕉の句にその思想の実践を見ているのである。その点においては、井筒と寸分も違っていない。

私は前章で、袴谷の考え方を延長して井筒を批判したが、その批判は長谷川や私自身の考え方にまで及ぶべきなのだ。私が『一滴の宇宙』に書いた跋文は、その自覚があるなしにかかわらず、本覚思想の一変容といっていいからである。

私は仏教徒ではない。私の父母や祖父母がどのような宗派に属していたかさえ知らない。おそらく真宗だろうと思うが、まったく関心がなかったのである。人並みにキリスト教については関心を持ったことがあるが、いまはそこに病的なもの以外を感じない。要するに無宗教なのだ。したがって本覚思想が仏教でないにしても痛くも痒くもないはずなのだが、それが日本土着の思想であり、しかもつねに体制擁護のイデオロギーとして機能してきたのだとすれば、話は違ってくる。少なくとも、その事実に気づいていなかったことは恥ずべきである。

文学と宗教、文学と思想は違うなどという弁明は成り立たない。井筒は思想家としての芭蕉を評価しているのであり、それは鈴木大拙にしても同じことだ。逆もまた同じで、禅者の多くは哲学者であるというよりはむしろ文学者である。言語を感性の次元で、つまり多層的かつ一挙に捉えようとしているからである。鈴木も井筒も、禅がむしろ文学的である点において、思想的、哲学的であると見なしているのだといっていい。私もまた、文学は思想を包含してさらに広く深いと考えている。だが文学的感動、宗教的感動がほとんど無批判に現状肯定の思想に連なる可能性をもつとは考えていなかった。むしろ逆であると考えていたといっていい。

歌仙集の表題「一滴の宇宙」そのものが本覚思想に通底すると述べたが、むろん、先にも述べた通り、本覚思想を意識して表題にしたわけではない。対になる歌仙集がいずれ刊行されるが、それは「永遠の一瞬」と題されるはずである。「一滴の宇宙」といい「永遠の一瞬」といい、見なれ聞きなれた言葉だが、本覚思想との関連でではない。

意識していたとすれば、誰でも連想するだろうと思うが、むしろブレイクやヘルダーリンといった詩人たちの仕事だったというべきだろう。「ひとつぶの砂にも世界を／いちりんの野の花にも天国を見／きみのたなごころに無限を／そしてひとときのうちに永遠をとらえる」（寿岳文章訳）というのはウィリアム・ブレイクの詩句として有名だが、『ピカリング草稿』の詩「無心のまえぶれ」の第一連である。

同趣旨の文章はいたるところにある。フリードリヒ・ヘルダーリンの『ヒュペーリオン』の一節を引く。文というよりもほとんど詩である。

やさしい風のそよぎがわたしの胸にまつわるとき、わたしの全存在は、声をひそめて、耳をかたむける。遠い紺碧に心を奪われて、わたしは、あるいは空のエーテルを仰ぎ、あるいは聖なる海に目をそそぐ。するとさながら、わたしには、わたしに近しい霊が双の腕を開いてわたしを迎えてくれるように、孤独の悲しみが神性に充ちた生の中へ融け入ってしまうように、思われるのだ。

万有とひとつになること、それが神性に充ちた生である。それが人間の至境である。生きとし生けるすべてのものと一つになること、おのれを忘れて至福のうちに自然のいっさいの中へ帰ってゆくこと、それは人の思いと喜びとの頂点である。聖なる山頂、永遠のやすらぎの場所である。そこでは真昼も暑さを失い、雷《いかずち》も声をおさめ、湧き立つ海も麦畑の穂波にひとしくなるのである。

生きとし生けるすべてのものと一つになる！（手塚富雄訳）

まさに「梵我一如」そのものである。「梵」すなわち宇宙（ブラフマン）と「我」すなわち私（アートマン）はひとつのものなのだ。ウパニシャッド哲学の真理、とりわけシャンカラのいわゆる不二一元論だが、日本ではなぜか仏教思想の根幹であると思われている。密教の影響、それこそ本覚思想の影響ということになるだろう。

確かに、曼荼羅など傍目には梵我一如の見本のように見える。

2

十八世紀ヨーロッパの青年たちが東洋への関心を深めていたこと、少なくとも憧れを強めていたことは指摘するまでもない。サンスクリット語を紹介して印欧語族の存在を示唆するウィリアム・ジョーンズの講演がなされたのは一七八六年だが、東洋への関心はそれをはるかに遡る。イギリスそしてオランダの東インド会社の設立は十七世紀に入ったまさにそのときである。ブレイクやヘルダーリンの詩句に見られる着想が同時代の東洋熱に多少ともかかわるのか、あるいは「梵我一如」「一にして全」といった見方は詩人のつねに為すところと見なすべきなのか、簡単には判断できない。シャーマニズムの忘我にまで遡るのではないかとも思われる。

袴谷がドイツ観念論をヨーロッパの土着思想であると断じていることは前章でも述べた。袴谷によればイタリア・ルネサンスもヒューマニズムも土着思想なのである。外来思想はキリスト教で、土着と外来の相克が現代ヨーロッパの骨格を作ったということになる。

荒唐無稽な着想では必ずしもない。ヨーロッパ中世はラテン語の時代だが、近代哲学はドイツのギムナジウムでラテン語とともにギリシア語を教えるようになって始まったようなものだからだ。思考の伝統をギリシアにまで遡ってラテン的な中世哲学に抗うという流儀が、ドイツ観念論の下地になったと考えるのは不自然ではない。ギリシア熱は東洋への憧れを誘い、それは当時進行していた植民地主義の上澄みになって、結果的に現実を覆い隠した。ジョーンズは植民地インドの判事であるとともにインド古典『シャクンタラ』の翻訳者でもある。ゲーテを魅了した作品である。袴谷によればインド哲学すなわちいわゆる印哲はドイツ観念論によって発明された学問にほかならないということになる。

いずれにせよ、ヘーゲルがヘルダーリンとともにヤコービの『スピノザ書簡』——スピノザ批判である——を読み、一七九一年二月十二日のノートに「ヘン・カイ・パーン」——ギリシア語で「一にして全」の意である——と書きつけたという話は有名である。ヘーゲルのヤコービ批判『信仰と知』(一八〇二)を引いて、ドイツ観念論の展開とインド仏教の展開の本質的な相似性——すなわち思想展開の法則性——を論じるだけの力がないのが残念だが、いずれにせよ、ヒュペーリオンの背後にヘーゲル、ヘルダーリン、シェリングといった人々の熱気を読み取ることはたやすい。「山川草木悉皆成仏」——初型は「草木国土悉皆成仏」——ではないが、ヘルダーリンは自然に向かってじかに語りかけているのだ。インド哲学とギリシア哲学はほとんど隣り合わせであって、梵我一如とヘン・カイ・パーンの思想もまた隣り合わせているのである。

本覚思想を再検討しなければならないが、少なくとも袴谷の批判する本覚思想は、梵我一如もヘン・カイ・パーンをも包含するものである。島地大等や硲慈弘や田村芳朗の、本覚思想こそ日本の哲学とする意気込みを裏切って、本覚思想は世界史のいたるところに潜んでいたし、いまなお潜んでいるということになるだろう。袴谷はそれを土着思想と述べているが、とすれば土着思想のほうがよほど普遍的であるということになる。むしろ、外来思想としてのキリスト教や仏教、イスラムのほうが特殊、あるいは特異なのである。問題は逆に、ブッダがなぜその土着思想を批判したのかということのほうにあると考えなければならない。

実際、ヘルダーリンが特別なわけでは少しもない。それからほぼ一世紀後、たとえばヘルマン・ヘッセは『郷愁』――原題は『ペーター・カーメンチント』――を、「はじめに神話があった。偉大な神は、インド人やギリシャ人やゲルマン人の魂の中で創作し、表現を求めたように、どの子どもの魂の中でも、日ごとに創作をくりかえしている」という文章で書き起こしている。インド、ギリシア、ゲルマンという並びに注目すべきである。この並びにナチズムもまた魅了されたのである。それを痛烈に批判したはずのヘッセもまた十分にその――すなわち土着思想の――イデオローグだったことになる。

私は、自分の故郷の湖や山や谷川がなんと呼ばれているかも、まだ知らなかった。しかし、小さい光で織りなされた青緑色のなめらかな広い湖面が、太陽をあびて横たわっているのを、また、けわしい山が湖面をひしひしと取り囲んで、そびえているのを、私は見た。そのいちばん高い裂けめには、きらきらと光る雪渓と、小さいかすかな滝が見えた。山のふもとには、傾斜した明るい牧草地があり、果樹や小屋や灰色のアルプス産の雌牛が点々としていた。私の貧しい小さな心は、ひどく空虚で、静かで、じっとなにかを待っていたので、湖や山の霊が美しい大胆なわざを、私の心に書きつけたのだった。びくともせぬがけや絶壁は、誇らしげに、しかしおそれうやまいながら、太古のことを語っていた。彼らはその時代の子であり、その傷跡をまだ残しているのだから。(高橋健二訳)

ブレイクもヘルダーリンもヘッセも、たんに手元にある書物から引いているにすぎない。それほどこの種の着想はありふれているのである。ヘルダーリンのそれとはまた違ったかたちではあっても、ヘッセがここで、あくまでも幼年時代の体験としてではあれ、自然との一体感を描いていることは疑いない。『郷愁』はヘッセ二十代半ばの作、ヘルダーリンを読んでいたに違いはないが、描かれているのは明らかに作者自身の体験である。

詩は霊感の所産と考える詩人たちの作品のみを引いていると思われかねないが、たいていの詩人は霊感に従っているのだ。自分は霊感の主人ではない、霊感が自分の主人なのだ、と思っている。古今東西、詩人はつねに梵我一如の見本のようなものである。

たとえば、リルケは「生きとし生けるすべてのものと一つになる」体験を、文字通り「体験」というエッセイに書きしるしている。トリエステのドゥイノの館で実際に体験したことだとある書簡のなかで明らかにしているが、「一冊の本をたずさえてぶらぶら歩きながら」「とある小さな樹の、肩の高さほどのところにある叉にもたれかかった」ところが、えもいわれぬ「快いからだの安定と休息とを感じて、本をよむつもりだったことも忘れてしまい」、「自然に身を任せきって、自分でもそれと知らぬまに自然の奥処に見入っていた」というのである。

リルケにとって、こういう体験は決して稀ではなく、エッセイの後半では、カプリ島のある館の庭で、鳥の声が「外部の空間と彼の内面とのけじめをわかたず」響き渡った体験を書きしるしている。「彼」とはリルケ自身のことである。「そのとき、この星空の仮面にかくれて、宇宙の顔が彼に相対していたのだ。そして彼が、このような経験にいつまでも堪えていたときには、万象が彼の心の澄明な溶液の中で完全に溶けてしまい、彼の体内に全宇宙の味わいがしみわたったほどであった」というのである。神秘体験といっていい。リルケは幼い頃からこの種の体験に見舞われていた。「陰欝な幼時をふり返ってみても、このような捨身《しゃしん》の時が、宇宙と合一する瞬間が、あったように思われてならなかった」と。

そもそも生い立ちのはじめから、四大をゆるがす風のすさびや、清らかでありながら陰影に富んだ水のたたずまいや、何か雄々しげな雲の往きかいなどが、彼をいたく感動させ、人間界のことはまだ何ひとつ知らなかった彼の魂に、これらのものは、ぬきさしならぬ運命のようにさえ思われたのだった。だからこそ、最近のさまざまな体験を経て以来、このような諸力の関連のうちに、ついに逃れがたく自分はとらえられてしまったのだ、ということを、彼が心づかぬわけもなかったのだ。彼と世間の人々とのあいだには、何かしらそっと分けへだてるものがあって、それが、あるかなきかの純粋な間隙を不断に保っていた。(川村二郎訳)

善良にして柔和な詩人たちの文章ばかり引いているようだが、そうではない。ヘルダーリンの小説は露土戦争に従軍する話である。その後にバイロン、マルロー、石原慎太郎といったいささか猛々しい従軍小説家あるいは従軍志望小説家——たとえば石原の『行為と死』がそうだ——の流れを思い描くことさえできるのだ。ヘッセの小説が市民社会への反抗を動機にしていることはいうまでもない。だからこそ二十世紀半ば、その『荒野の狼』はヒッピーたちに聖典として仰がれたのである。あるいはリルケが典型的だが、そもそも詩人がこととする「孤独」こそ「言語の政治学」の中心に位置するものなのだ。「彼と世間の人々とのあいだには、何かしらそっと分けへだてるものがあって」というリルケの隠微な書き添えには十分に注意すべきである。

「支配者は孤独だ」とは言い古された言葉だが、ほんとうは逆に、「孤独者こそが支配する」と言い換えたほうがいい。善良にして柔和な詩人たちなどと述べたが、もしも孤独をこととするのが詩人なのであれば、彼は決して善良でも柔和でもない。非力などではまったくない。むしろ根柢に支配への意志、権力への意志を秘めていると考えたほうがいい。

俯瞰する眼とは強制する眼である。

詩人は読者に自分と同じように対象を見るように迫る。世界を見るように強い、人間を見るように強いる。自身の視野を強いるのだ。

支配とはまず自己の身体を支配することだが、この事実を強く意識すること、要するに「自立」することなしに、「孤独」は成立しない。身体を支配するとは、まず手足を支配することであり、それは手足をよく見ること、その働きを凝視することである。手足のこの対象化から、人の手足すなわち身代わりになることを覚え、人を手足すなわち道具にすることがはじまる。

手足の対象化は、まず手足の延長としての道具——より長い手、より固い拳、より鋭い爪、さらには飛ぶ拳としての礫《つぶて》——を生むが、まったく同じ論理によって奴隷が成立することについては繰り返し述べた。支配の機構はしばしば人体——頭《かしら》、片腕、手下、手先——になぞらえられるが、これは原始的な比喩ではない。いまも用いられている根源的な比喩だ。

言語は社会——対面——から生まれたが、政治は言語から生まれた。そしてその言語の政治学の核心に孤独が潜んでいるのである。群れをなす動物もしばしば個として行動するが、しかし孤独ではない。孤独は自分を俯瞰するのみならず、自分に対面する能力——母との対面から発生した能力——がなければ成立しないからだ。自分に対面する能力を持つものが群れを離れることを、孤独というのである。

孤独はおそらく人間のみが持つ特異な、豪華かつ悲惨な、ひとつの能力である。人間はそれを発見したのではなく発明したのである。方法的懐疑が発明されたのと同じように。

重要なことは、この「孤独の発明」と「言語の政治学」とは表裏の関係にあるということである。自己の身体を支配すること——むしろ身体を支配することによって自己が生まれるのだが——と、言葉を操ることとは、本質的に違ったことではないからである。

人は、果実なら果実をまずよく見て、次に手を伸ばしてつかみ、さらに口に運ぶ。この行為の必然的な順序、その体系が文法である。「この果実は食べられる」では視覚の焦点が主語になっている。「手を伸ばしてその果実をつかむ」では目的語になっている。「口に運んで食べる」ではじめて一人称が、「それは私によって食べられる」という、果実から見返されることを意識するかたちで登場し、しかるのち「私はそれを食べる」が成立するのである。

受動から能動へのこの反転は、授乳の段階での反転を反復している。授乳されなければ乳児は死ぬのだから、この原初の反転が命懸けであることはいうまでもない。乳児は母が呼ぶ名を引き受けるかたちで、つまり母の視点から見返すかたちで自分を発見してゆく。人称における能動と受動の反転はこの過程を反復している。

行為の文法が言語の文法に先行していることは自明である。言語は反復であり、反復を土台にした逸脱が新たな意味を生むわけだが、行為にしても同じことなのだ。起床、食事、労働、遊戯、食事、就寝は日々反復される。言語の形式以前に行為の形式——すなわち礼儀作法——が体系化されることは疑いようがない。

身体所作のこの体系化がすなわち行為の文法ということになるわけだが、この眼に見える身体所作のまさに外部的な体系が、やがて言語の文法——内部的すなわち他者には見えないと感じられるもの——の素材なり土台なりになるということは自然というほかないが、注意すべきはその全体を支えるのが視覚であるということ——眼に見えるということ——なのだ。視覚なしに、そして俯瞰なしに——母の視点に立つことなしに——言語は成立しない。そして、よりよく俯瞰することができるものが、やがて支配するものになってゆくのである。

マルテのいう「見ることを学ぶ」とは、そういうことだ。

俯瞰と孤独はほとんど同義語である。俯瞰は支配的だ。人は人に同じように見ることを強い、同じ視点に立って行動することを強いる。いわば、自身の孤独に同化することを強いる。分散した視点よりも集中した視点のほうが、行為において強いからである。むろん、一度分散させて集中させたほうがさらに強い。多様性と単一性の統合である。孤独こそこの統合の要になるものなのだ。

詩人の孤独を軽視してはならない。それは始源を引きずっている。

3

井筒や丸山の仕事は、本質的な点で、この「孤独の発明」にかかわり、「言語の政治学」にかかわっていると思われる。本覚思想と重ね合わせられる彼らの言語論、言語哲学は、管見では、言語行為と経済行為の交点において最大の力を発揮するのだ。井筒は、言語によって分節化された世界が無意味に転化する地点を、存在のゼロ・ポイントと呼んでいるが、これは交易品が貨幣に転化する奇跡的な瞬間を描く見事な比喩になっているといっていい。袴谷が提起した土着と外来という概念が生きてくるのは、おそらくここにおいてなのだ。

井筒と丸山の難点は、私の見るところでは、神秘思想を断ち切っていないところにある。言語アラヤ識にしてもそうだが、反証不可能であると思わせる。ほんとうは、言語アラヤ識の占める場所に、むしろ視覚を、とりわけ俯瞰する眼を置くべきなのだ。視覚は科学的に解明できるメカニズムである。井筒も丸山も同じように——トマセロとは違うかたちで——チョムスキーを一貫して貶しているが、チョムスキーが井筒や丸山よりも有利なのは、その当初から意図的だったわけではないにせよ、視覚を重視しているからである。だが、結果的に意図的だったと見なしてさしつかえないのは、言語の体系をコンピュータに置き換えうるものとして探究していることによってである。コンピュータとは視覚のこと、要するに外部性のことなのだ。

チョムスキーが言語の機能の中心を伝達にではなく思考に置いていることについてはすでに述べた。それは、井筒の最後の仕事が『大乗起信論』の解明であったことに対応している。伝達は他者との交通であり、思考は自己との交通である。問題は、最大の他者が自己である——伝達における他者は自己のたんなる複製にすぎない——ことであり、それこそ大岡信の『うたげと孤心』の主題にほかならなかったことも、すでに述べた。

井筒が最後に『大乗起信論』へと集中したのは、梵我一如、一にして全という思想の背後にどのように他者性の弁証法が隠されているか解明しておきたかったからである、と思える。井筒にしてみれば、それがシャンカラの不二一元論であろうが、本覚思想であろうが、問題ではなかっただろう。ここでの文脈に引き寄せていえば、それが問題なのは「孤独の発明」にかかわり、

「言語の政治学」にかかわるからである。禅はおよそ政治的に見えないが、それが「孤独の発明」にかかわり、「言語の政治学」にかかわる点において、決定的に政治的なのだ。

禅と本覚思想はどうかかわるか。

近代になって本覚思想の重要性を指摘したのは島地大等、硲慈弘らである。彼らの研究を的確に紹介したうえで、戦後の本覚思想研究の先端を切ったのが田村芳朗である。研究の展開において道元が特異な位置を占めるのは、本覚思想の同時代における批判者だったからだ。はじめ本覚思想の影響下にありながら、やがてその批判を展開するようになったのが道元であるという見方も、硲、田村らにおいてすでに示唆されていたといっていい。

それを本覚思想の側からではなく道元の側から見て論じ、道元における本覚思想批判の意味を明確にしたのが山内舜雄である。この道元論をさらに徹底させ、批判という行為を仏教という宗教の基軸に据え直そうとしたのが袴谷、松本らである。原始仏教はバラモン教への——ウパニシャッド哲学への——批判として成立したのであり、それこそが仏教のもっとも重要な特徴だと考えられるからである。

道元が重要なのは、禅によって禅を否定しているからだ。

いわゆる禅、とくに公案をこととする臨済禅はその本質が本覚思想であるといっていい。本覚思想を批判し否定した道元はしたがって最終的に禅そのものをも否定したことになる。事実、道元が『正法眼蔵』の「仏教」「仏道」「仏経」の巻において、教外別伝を批判し、禅宗の称を否定し、経典の重要性を力説したことは広く知られている。道元をいまなおひとつの運動体として把握しようとする袴谷や松本らの主張には、多少の違いはあるにせよ、そのような道元理解があるといっていい。

田村は、三枝充悳編『講座仏教思想』第五巻『宗教論／真理・価値論』（一九八二）に論文「本覚思想」を寄稿し、本覚思想の展開を概括している。

起点は隋から唐にかけての中国である。智顗の天台哲学の後に、法蔵の華厳哲学が登場し、この華厳哲学の形成において活用されたのが『大乗起信論』であり、そこで『大乗起信論』に初出する「本覚」の語も論じられ、そこから本覚思想が出発することになった。その後、空海が、華厳思想にのっとって真言密教を体系化したときに、それに付随する本覚思想をも取りいれた、したがって本覚思想は「日本では空海を通して再出発した」のだというのが田村の見解である。

「まもなく密教が叡山天台に移入していくが、それにともなって、本覚思想も叡山天台を中心として発展することになる。そうして、発展の途中において、叡山天台の本来の教学である法華思想、特にも本門思想と結びつき、さらに禅思想も取りいれつつ、鎌倉中期（一二五〇）ごろには発展のきわみに達する。哲理としては最高の段階のもので、中世の諸分野に大きな影響を与えたところである。」

具体的な影響として、「室町時代に確立した神道から能（猿楽）、いけばな（立花）、茶の湯にいたるまで、伝統的な日本思想ないし文芸の世界において、本覚思想の内容のみならず、そのような口伝・切紙の伝授方法まで取りいれられた」という例が挙げられている。「口伝・切紙」がとりわけ和歌において重視され、いわゆる古今伝授と称されるようになったことはいうまでもない。田村は、「歌論と本覚思想」（『本覚思想論』）というエッセイでは、俊成、定家、正徹、心敬、宗祇らの名を挙げ、さらに芭蕉にも触れている。本覚思想は日本文学の主流に影響を与えたということになる。

田村は本覚思想の特徴を次のように要約している。

我々の世界は、変化消滅する現実相と、不変常住の永遠相からなっている。いま現実相を見れば、自と他、男と女、老と若、物と心、生と死、善と悪、苦と楽、美と醜など二項対立の矛盾からなるが、この二項対立は、各項が実体的に存在しているのではなく、すべて空のもとで相依相関しながら変滅すなわち縁起しているにすぎない。二項対立は仮の姿で、対立する二項は空として本来は同じものなのであり、それこそが真実相ないし永遠相ということなのだ。本覚思想はその空である永遠相をつきつめて、そのはてにおいて二項対立の現実相に戻る。そうすることによって二項対立のそれぞれを同じように肯定しようとするのである。

『意識の形而上学』において井筒が説明した『大乗起信論』の思想を、別のカメラで撮影したようなもので、井筒とは違ってかなり粗っぽいが、単純な分だけ理解しやすいともいえる。

井筒のいう「言語的意味分節・存在分節」を二項対立にまで縮小しているわけだが——田村はAB二とAB不二という語を用いているが二項対立に違いはない——、現実相における言語分節によって生じた対立を剝ぎ取ってしまえば世界はカオスすなわち永遠相あるいは真実相に転化するということなのだから、基本は同じである。現実相、永遠相の往還によって、つまり空を観ずることによって、言語的意味分節、存在分節された現実相をもそのまま受け入れることができるようになるということである。

田村は、生死の二項対立（二元対立）について、「こうして本覚思想は、生のみならず、死もまた永遠の生命の現実における活動の一コマであり、現実活現の姿であるとみなし、ひいては、生死ともに常住と肯定するにいたる」と述べ、同じ「二元対立の突破・超越」は、時間論にも適用されるとし、「真の絶対的な永遠は、瞬間と永遠という時間的対立を突破・超越したところに見られる。積極的にいえば、ただ今、この瞬間に永遠がつかまれるということである」と説明している。本覚思想はそれを「久遠即今日」と表現したというのである。「永遠の一瞬」という着想に似ている。

同じ現実肯定は空間論すなわち浄土観にも当てはめられる。浄土には、往く浄土ともいうべき「来世浄土」、現実変革を志す「浄仏国土」、現実肯定の「常寂光土」の三種があるが、本覚思想は「常寂光土」の立場に立って現実を絶対肯定するにいたったというのである。そしてついには「凡夫こそは現実に生きた仏であり、その意味は本仏であり、それにたいして現実を超脱した仏は死んだ仏であり、仮仏である」というにいたる。つまり「仏になるための特別の修行は無用」とされたというのだ。

以上のごとき本覚思想の徹底した現実肯定を好意的に解釈すれば、現実の人生を悲喜こもごも悪戦苦闘しながら生きぬいていこうとする凡夫人間に、かえって意義と価値を見いだしたものといえよう。総じていえば、この人間界に生まれあわせた意味の発見であり、人生にたいする大いなる達観であり、人間の自然なる心情の尊重と評せよう。自然順応から進んで現実順応を特色とする日本の文芸界あるいは神道界に本覚思想が歓迎され、活用されるにいたったゆえんである。逆に、日本における本覚思想が徹底した現実肯定へとつき進んだところには、そのような日本的思考が影響しているといえよう。

田村は、その後に、本覚思想はやがて欲望追求の具として悪用されて堕落し、それを批判する仏教者すなわち法然が出ることになった、とつづける。かくして「絶対的一元論ないし徹底した現実肯定としての天台本覚思想と、相対的二元論ないし徹底した現実否定としての法然浄土念仏とが、相並んで対峙する」ことになったというのだ。そこから親鸞、道元、日蓮ら、鎌倉新仏教が登場することになる、と。

これを積極的評価というべきか批判というべきか迷うが、田村は法華宗の僧侶でもあって、日蓮が本覚思想と浄土念仏を止揚したところに積極的な意味を認めている。現実の趨勢としては法然の浄土念仏を認めざるをえず、他方、哲理としては本覚思想が究極的なものであることは否定できない、この両者を止揚したところに日蓮がいるのであって、「近世のリーダー格の文芸人のほとんど」が「日蓮法華宗の檀信徒である」ことがその例証になるというのである。先に引いた「歌論と本覚思想」の結論だが、井原西鶴、近松門左衛門から松永貞徳、小林一茶にいたるまでの名が列挙されている。

田村の論文「本覚思想」を収める『講座仏教思想』は全七巻で、各巻は存在論、認識論、人間論など主題別に分けられており、全巻を通じてドイツ観念論哲学の用語で、ということはつまりその座標軸に立って、仏教を論じているといっていい。監修は長尾雅人と中村元。全巻が中村の弟子である三枝の単独編集で、各巻に三枝の序文が付され収録論文を概説している。

三枝の田村の論文についてのコメントは「天台本覚思想は絶対的一元論ないし徹底した現実肯定と措定されるにしても、そのさいただその一元ないし肯定の座の無限定では収まりがつかない。(もしも収まってしまうならば、すでに俗そのものであり、本覚の覚すなわち宗教性は場を失う。)」というものである。

辛口の、思い切った評言である。田村の論文へのコメントというよりは、天台本覚思想そのものへの——さらには井筒の思想への——コメントといっていいが、要旨は袴谷や松本の批判に近い。三枝にいわせれば井筒の思想は「すでに俗そのもの」ということになるだろう。

井筒の『意識と本質』、『意識の形而上学』、それに一九七〇年代のエラノス会議での報告を主に集めた『禅仏教の哲学に向けて』などは、単刀直入に思想の本質に踏み込んでいる。賞揚するにせよ批判するにせよ、その対象は最大の可能性において捉えられ論じられなければならない。井筒は圧倒的な迫力を持ってそれを行なっているように見える。

だが、にもかかわらず、私には井筒の論の運びに乗り切れない何かが残ってしまうのである。それはエラノス会議に集まった人々に対して感じられるものと同じものだ。何か、かすかな疑念のようなものがどうしても払拭しきれない。

井筒や丸山の言語論的な人間存在論の、その言語アラヤ識の位置には、ほんとうは視覚が置かれなければならないのではないか、と述べた理由である。

4

私は一九六〇年代のある時期、ヘッセを集中的に読んでいた。十代半ばだったが、ある段階で急速に熱が冷め、関心がトーマス・マンに移った。それでも、『郷愁』の冒頭など、いまも嫌いではない。おそらく私自身の幼年時代、少年時代の体験に重なるからだろうが、それはここでの問題ではない。ヘッセに対する熱が冷めたのは、どこかで一瞬後ずさりさせてしまうような何かがそこにあったからだ。それはエラノス会議の面々に対して感じてしまうものと同質のものである。秘密めいた目配せを交わし合う神秘主義者の会合に、間違って出てしまったような間の悪さである。

芭蕉の、「暑き日を海にいれたり最上川」にしても、「荒海や佐渡によこたふ天河」にしても、後ずさりするような思いは感じたことがない。「梵我一如」だろうが、「一にして全」だろうが、この宇宙感覚に関しては深い感動以外のものは感じない。前者に関しては、ランボーの「また見附かつた、／何が、永遠が、／海と溶け合ふ太陽が。」（小林秀雄訳）との対応もあって、むしろ興趣がいよいよ深まる。ヘルダーリンの「生きとし生けるすべてのものと一つになる」にしても、一瞬身を引きたくなるような思いにはならない。

袴谷の『本覚思想批判』や『批判仏教』を読んで感銘を受けたのは、おそらくそこに、ヘッセを読んでいてどこか後ずさりしてしまう一瞬があるといったときの、その理由を解く鍵が潜んでいるように思われたからである。優れた文学は「気が遠くなる瞬間」へと人を誘う。そしてこの感覚は、仏教にいう悟りの瞬間に限りなく近い、と私は思っている。にもかかわらず、いくつかのものは、どこかで後ずさりせざるをえないような何かを感じさせてしまうのである。

広く開かれているようだが、そのじつは行き止まりであるような何かである。

考えてみれば、いわゆる公案禅がその典型である。それらは決定的に胡散臭い。あるいは嘘くさい。彼らは自分で自分に嘘をついているのではないか、そう思わせずにおかないところがある。禅者が社会を変えたという話は聞いたことがない。革命を起こしたという話も聞いたことがない。禅の悟りには客観性がない以上、自己満足に終わるほかないからである。

むろん、自己満足に終わって悪いことはない。どのような満足も、結局は自己満足である。そういう意味ではむしろ慶賀すべき話だろう。芸術家にしても似たようなものなのだ。だが、三枝に倣っていえば、もしも自己満足で終わっていいというのならば、すでにそれは俗そのものであり、本覚の覚すなわち宗教性はその場を失うということになるだろう。それはもはや宗教でも思想でも芸術でもない。袴谷の『本覚思想批判』や『批判仏教』にはこの問題に対する鋭い切り込みがあると、私には思われたのだ。

ロマン・ロランもヘッセと同じような印象を与える。マンへ関心を移す前に一時期、ロランを読んでいたことがあるが、どこかでついていけなくなった。

『幻想の未来』を読んだロランが、フロイトに宛てて、自身の体験する「大洋的な感情」について手紙を書いた話は広く知られている。『文化への不満』の冒頭でフロイトはその手紙の主要部分を紹介している。


宗教を幻想だと断定した私の小論を送ったところ、その人は返事の中で、「自分は宗教についてのあなたの判断にまったく賛成である。しかし、あなたが宗教のそもそもの源泉を十分評価していないのが残念だ。それは一種独特の感情で、つねづね一瞬たりとも自分を離れず、ほかの多くの人々も自身がその種の感情を持っていることをはっきり述べているし、また無数の人々についても事情は同じと考えてよいものだ。それは、「永遠」の感情と呼んだいような感情、なにかしら無辺際・無制限なもの、いわば「大洋」のようなものの感情である。この感情は、純粋な主観的事実で、信仰上の教義などではない。この感情は、死後の存続の約束などとは無関係であるが、宗教的エネルギーの源泉であり、さまざまの教会や宗教体系によって捕捉され、一定の水路に導かれ、じじつたしかに消費されてもいる。たとえすべての信仰、すべての幻想は拒否する人間でも、こうした大洋的な感情を持ってさえおれば、自分を宗教的な人間だと称してさしつかえない」と書いてよこしたのである。（浜川祥枝訳）

ロランはフロイトではなくユングと往復書簡を交わすべきだったのではないかと思えてくる。ロランの書いている「大洋的な感情」が、ヘルダーリンやヘッセ、リルケらの描写している感情のことであることは間違いない。いまでは大洋感情としてほとんど普通名詞のように扱われている。興味深いのは、フロイトが「私自身のどこをどう探してもこの「大洋的な」感情は見つからない」と書いていることである。

嘘をついているとまではいわないが、フロイトの内部で何らかの心理的な防衛機制が働いていることは疑いないように私には思われる。詩歌や芸術において大洋的な感情はありふれたものであり、それが分からなければ詩歌も芸術も分からないということになってしまう。のみならず、たとえば会話において相手の身になるというときなどにも、この感情は潤滑油のように分泌されている。どこをどう探しても見つからないというのは、フロイトの他の文章を参照しても、いささか大げさである。

フロイトを精神分析しようというわけではない。だが、いずれにせよフロイトがここでロランの問いかけを拒絶していることは、大洋的な感情をただちに——まるで慌てでもしたように——自我の境界線が不明確になった症例や、間違って引かれてしまった症例の問題へと解消してしまおうとする論の運びからも明らかである。病者ではない例外は恋愛者と乳児だけだというのだ——ほんとうは例外こそ出発点になるべきなのだ——が、いずれにせよロランの大洋感情は母胎回帰願望に矮小化されてしまっている。

フロイトはさらに、「「大洋的な」感情は、あるいは無制限なナルシシズムの復活を目差しているかもしれないけれども、宗教的欲求の源泉としてはもはや問題になりえない」と一蹴したうえで、「「大洋的な」感情があとになって宗教と関係を持つようになったということは十分考えられる。この感情の観念内容である例の万物との合一感は、宗教的な慰めの最初の試みであるかのような——自我が外界からの脅威と考えている危険を否認するもう一つの手段であるかのような——印象を与えることは否定できない。けれども、前にも白状したように、ほとんど捕えがたいこの種の対象を相手にするのは私にはたいへん苦手である」と述べている。ほんとうはこの問題は避けたい、つまり、書きたくないと書いているようなものである。この苦手意識はどこから来るのか。

ヘッセに対して一歩後ずさりするのと同じような感情がフロイトにもあったのではないかという気がしてくる。ロランにはどこか理想主義者特有の思い込みの強さがある。それはときに押しつけがましさに転じる。フロイトはそこが苦手だったのではないか。だが、精神分析を俎上に載せるときに必ず訪れる戸惑いがここでも起こってくる。精神分析するとき、こちらも同じ精神分析の視線にさらされうるという不安、また、さらされなければならないという義務の感情が生じるのである。

ヘッセはこの大洋感情にあたるものを、マンの長編小説『大公殿下』の書評において、「夢遊病的なもの」という語で表わしている。厳密には違ったものを指しているともいえるだろうが、感情の種類としては似たようなものだ。『ヘッセ＝マン往復書簡集』に付された「補遺」から引く。

> トーマス・マンはすなわち最高の教養に基づく確実な趣味を持っているが、素朴な天才の夢遊病的な確実さを持っていない。これですべてのことがいわれるのである。彼は詩人である。才能のある、おそらくは偉大な詩人である。しかし彼は同様に、あるいはそれ以上に知性人である。彼は天分を持っている。しかしディッケンズはいわずもがなバルザックの素朴さをも持っていない。それ故にこそ彼は彼の偉大な才能を誇らしい卓越としてよりもより多く孤独な特殊性として感ずるのである。それ故に彼は皮肉と時として芸術形式の寸断へと傾くのである。（井出賁夫訳、傍点引用者）

マンには夢遊病的なものがないとヘッセはいう。ヘッセにはあるのである。私もヘッセと同じようなことを感じはするのだが、だからこそ逆にヘッセよりはマンを信頼してしまうのである。ヘッセに関しては、その夢遊病的なものの分だけ不信感を持ってしまうのだといってもいい。「夢遊病的なもの」あるいは「大洋的な感情」、すなわちフロイトにいわせれば「宗教的な慰めの最初の試みであるかのような」「例の万物との合一感」が、ヘッセにはあって、マンにはない。この感情が、ブレイクやヘルダーリンやヘッセやリルケなどから引用した文章の核心に、あるいはその周辺に漂うものであることは疑いない。ヘッセは書評で、それがマンにはないことに不満を洩らしているわけだが、しかし、マンはまさにその場所に別なものを充当しているのだ。

それは詐欺師的なものである。

『詐欺師フェーリクス・クルルの告白』第二部第五章に、若きフェーリクスが徴兵検査を受ける場面がある。むろん、フェーリクスは兵役につきたくはない。そこでフェーリクスは精神的な疾患を持つものを装う。つまり検査官を騙すのである。騙すそのとき、フェーリクスは、あたかも夢遊病者のように、自分の口がおのずと語り、身体がおのずと動くことを知って、驚く。意図的に装うというよりも、自然に口も手足も動いてしまうのである。

そして、それから己が言ったり、したりしたことは、いわば己の手を藉りずにごく自然に出てきたもので、これには己も一瞬驚いたほどだ。まことに、長い間の練習と、来たるべきものへの弛みない沈潜との賜物は、実行の瞬間にあたって、行為と事件、能動と受動との間に、夢遊病的、中間的なものをおのずと生ぜしめるということらしい。この夢遊病的、中間的なものはほとんどわれわれの注意を求めることなしに活動するのだが、さらに現実は、たいていの場合、われわれが予想しなければならないと思うほどの要求はしないものだけに、一層われわれは注意をはらう必要がなくなるのであって、このときわれわれは、一分の隙もなく武装して戦場に出たものの、ただ一つの武器をちょっとあやつるだけで勝ってしまう男

と同じ状況にあることになる。（高橋義孝訳、傍点引用者）

マンの最初の長編小説『ブッデンブローク家の人々』の刊行が一九〇一年、『大公殿下』が〇九年、ヘッセの書評が一〇年、同年着手された『詐欺師フェーリクス・クルルの告白』はしかし、『ヴェニスに死す』などによって中断され、二度ほど中途のままで刊行されたが――引用部分までの刊行は三七年――、最後まで書き上げられて刊行されたのは五四年、死の前年だった。つまり『詐欺師フェーリクス・クルルの告白』はマンの最後の小説なのだ。とはいえ、この小説を、ほとんど半世紀前のヘッセの書評に対する明瞭な答えであると感じるのは私だけではないだろう。マンはヘッセに、夢遊病的なものを書いて差し出しているわけだが、それはしかし詐欺行為、犯罪行為としてなのである。これは熟慮に値する応答であると思われる。

マンは一九一〇年から五四年まで、詐欺師の主題を抱えつづけていたのである。長く中断され、一九五〇年代にいたって書き継がれることになるその第三部は、パリのホテルでエレヴェーター・ボーイをしていたフェーリクスが、ほぼ同年輩のヴェノスタ侯爵の身代わりになって世界旅行に出るというもので、最初の滞在地リスボンでは王侯貴族を手玉に取るのみならず、ヴェノスタ侯爵の父母に対してさえ旅先から侯爵らしい手紙を書くなど、家族まで見事に騙してみせるのである。フェーリクスはこの騙す行為のそのつど、徴兵検査のときにも似た夢遊病的な状態に陥る。

つまり、あたかも霊感を受けた小説家のように、詐欺をしてしまうのだ。

父母への長文の手紙が示すように、マンは、書くことそのもの――小説家そのもの――が詐欺師的行為であることを示唆しているわけだが、この根源的な問題はさておいて、とりあえずヘッセへの回答として読むとすれば、マンは、夢遊病的な状態が金銭に替えられるもの、つまり商品であることを強調しているということになる。盗品についてもその売却についても、マンはその金額を仔細に書いている。侯爵の身代わりになるときの金銭的な遣り取りにしても同じだ。それには生活がかかっているのである。だが、貨幣に振り回されているわけではないことも、強く印象づける筆致で書かれている。

フェーリクスはいわば生まれながらの詐欺師として描かれているが、それはそうすることが、つまり夢遊病的になることが楽しいからであって、稼ぎになるからではないということだ。これは『詐欺師フェーリクス・クルルの告白』の重要な特徴であって、かりに稼ぎにこだわるような書き方をしてしまえば、いわゆる自然主義小説になってしまうだろう。焦点はあくまでも詐欺行為が夢遊病的に、つまり霊感を受けて行われる一種の芸術的行為のようなものとしてあることにあるのであって、それがこの小説がヘッセへの回答であると思わせる理由である。つまり、現代の小説家は、たとえばヘッセならば『詐欺師ペーター・カーメンチントの告白』、あるいはロランならば『詐欺師ジャン・クリストフの告白』をこそ書かなければならないと通告しているようなものなのだ。

これまでの文脈に即していえば、禅もまた詐欺の一種、金儲けの一種だという視点から禅を論じた学者が何人いるか、といった問いかけのようなものだ。

マンが『詐欺師フェーリクス・クルルの告白』を書いたのは、フェーリクスに自身を投影する自信があったからである。つまり自分自身を詐欺師と見なす視点があったからである。それも、陰々滅々、呵責に苛まれる詐欺師ではない。全編晴朗たるロココ風というか、モーツァルトが詐欺師になりでもしたような書き振りなのである。

呵責に苛まれる詐欺師ならロランもヘッセも書けただろう。だが、罪の意識のないモーツァルトのような詐欺師は書けなかっただろう。

人を精神分析するならこちらも同じ視線にさらされなければならないはずだという義務感のようなものが、マンには強くあったように思われる。おそらくロランやヘッセにはそれが希薄なのだ。一歩後ずさりさせる理由だろうと思う。

5

詐欺の問題は奥が深い。人類史などはるかに凌駕している。

騙すことが、それこそパーカーのいう「眼の誕生」の時点、すなわちカンブリア紀に遡ることは自明だからである。

詐欺は視覚の成立とともに始まったのだ。

なぜ視覚か。むろん、触覚で騙すこともありえないことではないだろうが、ほとんど無意味に近いといっていい。騙すも騙さないもない、決断即行動、行動即結果で、触れた段階で事は終わっているからである。それに比べれば聴覚ははるかに騙すといっていい。たとえば擬音が端的な例だ。

だが、視覚にいたっては、まるで他者を騙すために発達したのではないかと思われるほどなのである。パーカーは眼の誕生とともに世界に光が満ち、生命が互に騙し合いをはじめることによって生物種の多様性が一挙に高まったさまを見事に描いているが、これは我々の視覚を手がかりにしてもたやすく想像できることだ。植物さえも動物に向って装いはじめたのである。むろん意識的にはじめたわけではない。装いに失敗した種が次々に淘汰されていっただけの話なのだが、遠くから見れば、あたかも生命が意志を持って装いはじめたように見えるのである。意味を見出すには遠目に見るに如くはない。目を細めるだけでも世界は違って見えてくる。

触覚、聴覚、視覚という順序は、騙す行為における距離の重要性を語っている。生命が生命を騙すためには、感覚器官が対象と隔たることを要するのである。視覚がもっとも騙されやすいのは、対象との距離が群を抜いて広がったからである。この視覚の文法のもとから言語が発生するといっていい。むろんはじめは言語以前、前言語、あるいは原言語である。生命は、植物も動物もいっせいに視覚に訴え始めるわけだが、すでにこの段階で原言語が発生していたとさえいえるだろう。

原言語の時代は長い。動物が音を出し始めた段階、つまり聴覚が発達してゆく段階で、おそらくある種の飛躍はあっただろうが、言語への離陸が明確にはじまったのは群れをなす動物が社会というほかないものを形成した段階からである。類人猿が嘘をつくことを覚えはじめた段階なのだから、すでに原言語の段階を経て言語が始動しはじめていたというべきだろう。目と手が口より先に語りはじめたのである。

他者の身になることを知らなければ嘘はつけない。そして他者の身になるためには、自分たちの全体を眺めわたすだけの俯瞰する眼がなければならないのである。俯瞰したうえで他者の身になるという能力は、捕食活動にとっても、その捕食から逃れる活動にとっても必須であったに違いない。

目を欺き、耳を欺き、注意をそらす。詐欺行為はいわゆる言語のはじまるはるか以前からあった。人間はこの生命行為の華麗な発現を言語によって装飾したにすぎない。むろん言語による装飾の下層には原言語が潜んでいる。演技である。それを浮かべるものとしての舞踊である。舞踊も演技も、夢遊病的な要素を含むが、上演されるそのつど、人は、騙すこと、騙されることの快楽を感じていたに違いない。しかし彼らは言葉で騙し騙されていたのではない。全身で、つまり原言語で騙し騙されていたのである。

マンが詐欺師という言葉の背後にこれだけの奥行を見ていたことは、私には疑いないと思われる。観客を沸かせに沸かせた役者の楽屋を父に連れられて訪れたフェーリクスは、裸になった役者が吹き出物だらけで恐ろしいほどの悪臭を撒き散らしているのを目撃する。

パリでエレヴェーター・ボーイとなったフェーリクスは税関で宝石をちょろまかした上流婦人と再会するが、彼女は——コレットをモデルにしたとしか思えないが——女流作家でフェーリクスを誘惑する。フェーリクスは美青年だったのだ。

そのうえ、リスボンへ向かう列車の食堂車で同席した紳士は古生物学者でリスボンのある博物館の館長だが、フェーリクスに地球の生命誌を延々と解説し、宇宙における自然発生は「無からの存在の発生、存在からの生命の覚醒、ならびに人間の誕生」の三回を数えると述べるのである。詐欺が外観つまり視覚を重視することから生命誌の解説——人間の誕生すなわち言語の誕生——まで、じつに周到な構成というほかない。

視覚の欺瞞について長く触れたのは、ほかでもない。井筒も丸山も、世界の分節化すなわち意味化について言語の働きだけを強調しすぎているように思われるからだ。

言語以前は混沌であり、以後は秩序である——井筒も丸山もそう考えている。現象学以後、それこそサルトルの『嘔吐』のマロニエの根ではないが、世界から意味を剝ぎ取ることが流行しすぎたのである。世代的に考えて、井筒も丸山もその潮流に漬かりすぎているのだ。実際は、意味を剝ぎ取られた世界など大昔からあったのである。精神医学の知見はそう告げている。薬物ひとつで世界は無意味のなかに転落する。

いずれにせよ、世界は言語によって分節化されるというのは嘘だとしか私には思われない。世界を分節化するのは感覚であり知覚であり、そのなかでもとりわけ視覚であるとしか思われないからである。そうでなければ動物は生きていけない。視覚の地平が成立した段階において、動物はすでに詐欺行為を働いている。ということは、彼らの世界はすでに十分に分節化されていたということである。考えてみれば、生きることそれじたいが世界の分節化にほかならない。

むろん言語がそれを補強するとはいえよう。だがそれはあくまでも補強であって、付け足しのようなものだ。人間は宇宙の王でも地球の王でもない。生命圏はそれじたいひとつの分節化であり、そこに生きる生命のそれぞれがさらに世界を分節化してそれぞれのニッチを決めてゆくのだ。存在の分節化を人間だけが行うと考えるのは人間の傲慢というものだろう。

マンが示唆する通り、言語は生命に匹敵する飛躍と思われるが、だからといってそれで世界を覆い尽くしているわけではない。人間は人間なりに、世界を人間の言語によって覆っているにすぎない。だが、その言語の隙間から生命としての人間が顔を覗かせ、さらに物質としての人間が顔を覗かせてもいるのだ。

むろん、言語的人間の言語的世界が厳として存在することは日々実感するところだ。現実とは人間にとっては言語のことなのだ。しかも、これもほとんど自明のことだが、言語的人間の言語的世界が、刻一刻と重さを増し、拡がりを増しているのである。つい数千年前までは、動物的人間、生命的人間、そして物質的人間の要素のほうが強かったに違いないのだが、いまでは言語的人間の言語的世界が他を圧して地球上を覆い尽くしているように見える。そしてこの言語的世界は、いまや抽象的言語の世界、記号の世界へといっせいに変容しつつあるように見える。

いうまでもなく、仏教がこだわり、儒教がこだわり、ギリシア哲学がこだわったのは、具体的な世界の分節化であるよりもはるかに、抽象的な世界の分節化にほかならなかった。人間の言語がその本質を現わしはじめたのがちょうどその頃、すなわちヤスパースのいう枢軸時代だったのだともいえるだろう。そしてこの抽象的な世界が、東西交易路に沿うように生まれて繁栄したのも偶然ではなかった。抽象的な世界、すなわち数と抽象によって構成された世界は貨幣経済からしか生まれ得なかった——税は物納から貨幣納へすみやかに移行する——と思われるからだ。見えるものに対する見えないものの比重が日増しに増す世界からである。

意味は価格から生まれたのだ、とさえ思えてくる。

第十章　死の視線

1

詐欺および詐欺師という主題が文学において根本的なものとしてあることは、ことごとしく指摘するまでもない。さかのぼれば、神話や昔話にもその種の物語は溢れている。「因幡の白兎」にたぐいする民話はありふれているのである。道化やトリックスターが、騙したり騙されたり、嘘をついたりつかれたりする物語もまた、ありふれている。知恵は、騙すこと、欺くことによって、もっともよく示されるのだ。

騙すこと、嘘をつくことが、原理的には、人類史をはるかにさかのぼり、感覚器官としての視覚が登場し、地球上に「光のスイッチ」が入った瞬間を出発点とすることについては、前章に述べた。

詐欺という主題はきわめて重要なので、簡単に離れるわけにはゆかない。一例を追加する。

司馬遼太郎の『空海の風景』である。

一九七五年の刊行。トーマス・マンの『詐欺師フェーリクス・クルルの告白』が刊行されてから、ほぼ二十年の後である。この小説は、ほとんど『ある詐欺師の風景』と改題して差し支えない側面を持っている。

「筆者は、空海において、ごくばく然と天才の成立ということを考えている」と、第一章冒頭、空海の出自、讃岐佐伯氏をめぐってしばらく筆を走らせた後に、行を改めたうえで、まるで溜息をつくように、司馬はそう書きしるしている。

天才について書くのは、気が重いのである。何かについての天才ではない。空海は存在そのものが天才とでもいうほかない規模の大きさを持っていて、通常の日本人をはるかに超えている。そんな天才についてとうとう書き始めるほかない仕儀にいたった、と、自身に向って呟いているようである。自分で自分を納得させようとしているのだ。いずれ空海については真正面から取り組むほかないだろう。この書き出しは、司馬が長くそう考えていたことを示している。

本書の主題にも関連するので、司馬の空海観を紹介しておく。文体も思想と同じく重要なので、前後も引かなければならない。

「空海の故地へは、たとえば高松を出て予讃線ぞいの国道を西へゆけばよい」と、司馬は佐伯氏の叙述から故地の叙述へと移る。さらに、「この国道が、空海のうまれた奈良朝末期の官道であったろうということは、沿道に讃岐国の国分尼寺や国分寺跡がそれぞれ低い丘陵を背にし、南面して遺っていることでもわかる」と、数年前に週刊誌に連載を始め、その死の直前まで書き継がれることになった司馬の代表作、紀行シリーズ『街道をゆく』とまったく同じ筆致で、この旧官道を自ら歩いているかのように描き出している。そして、途中で出会った低い峠と、その斜面を堰きとめて造られた古池に触れ、その古池の土手を「犬が二ひきのぼっていて、一ぴきが塘の草に背中をこすりつけて、ずり落ちてはまた登っていた」様子を描写した後に、次のように続けている。

人間も犬もいま吹いている風も自然の一表現という点では寸分かわらないということをひとびとが知ったのは大乗仏教によってであったが、空海はさらにぬけ出し、密教という非釈迦的な世界を確立した。密教は釈迦の思想を包摂しはしているが、しかし他の仏教のように釈迦を教祖とすることはしなかった。大日という宇宙の原理に人間のかたちをあたえてそれを教祖としているのである。そしてその原理に参加——法によって——しさえすれば風になることも犬になることも、まして生きたまま原理そのものに——愛欲の情念ぐるみに——なることもできるという可能性を断定し、空海はこのおどろくべき体系によってかれの同時代人を驚倒させた。峠のくだり道は空海の故地にちかづいている。もし犬を見ている私が犬に愛欲を感じても犬はよろこんで私の抽象化された愛欲のために子宮に化《な》ってくれるかもしれないという密教に似た妄想あるいは密教そのものの想像をつい覚えるのも、この峠がそうさせる気分かもしれなかった。(傍点引用者)

一筆で、空海の全体像とその匂いを描いてしまったような印象を、私は受ける。また、その描写がきわめて的確に思える。天才であると同時に、どこか生臭い精力を感じさせる空海の姿が浮かび上がる。比叡山延暦寺という一種の総合大学を造ろうとした秀才、最澄とはまったく違っている。それをたちどころに納得させる。

『空海の風景』の連載開始は一九七三年一月。同年同月に、岩波版「日本思想大系」の第九巻として、田村芳朗らの校注になる『天台本覚論』が刊行されていることについては何度か触れた。収録された田村の論文「天台本覚思想概説」に「日本における本覚思想の考察にさいし、まず取りあげられる人物は空海（七七四～八三五）であり、論書としては、空海が盛んに引用した『釈摩訶衍論』である」とある。

これ以前に本覚思想を一般読書人が云々する風潮などほとんどなかったことは、同じ「日本思想大系」第九巻の付録月報に、井上光貞が書いている。これについては第七章で触れた。むろん、空海と天台本覚との関連を突っ込んで論じることなど、それ以上に、なかったと思われる。だが、にもかかわらず司馬は、この段階で、空海の密教はまさに本覚思想にほかならず、仏教などではまったくありえないこと、つまり「非釈迦的」であることを、明言しているわけだ。その着眼の鋭さと視野の広さに、改めて驚く。のみならず、そう断言していることの潔さに、驚く。この種のことについては、遠慮がないのだ。

問題は、詐欺師である。

司馬は「大山師」という語を用いている。詐欺師であれ大山師であれ、現在もなお活動している宗教団体の、その教祖を形容するには、いささか穏当を欠く語である。司馬は当時、五十歳を越えたばかりだが、それ相応の覚悟があったと思われる。つまり、覚悟してまでもこの語を使わなければならないと考えたのである。

先に、描写が旧官道と池から始まることを示した。司馬が池に言及したのには、理由がある。「空海が、讃岐の真野の地で荒れていた古池を築きなおして満濃池という、ほとんど湖ともいうべき当時の日本で最大の池をつくる工事の監督をしたことは、諸記録でうたがいを容《い》れにくい」ということがあったからである。空海は、幼い頃から熟知していた池の、その修復工事――つまり自身の一族の田畑を潤すにすぎないのである――を引き受けるにあたって、勅命を出させ、地元民に空海を京まで出迎えさせ、沿道の供をさせるように仕向けた。むろん、大唐帝国で最新流行の密教のすべてを身に着けてきた新帰朝者として、すでに著名になっていたからである。つまり、自分の故地だからぶらり出かけて工事の助言をいたしましょうなどとはいわなかったのだ。

空海のずるいところであり、もし空海が大山師とすれば、日本史上類のない大山師にちがいないという側面が、このあたりにも仄《ほの》見えるようでもある。（傍点引用者）

と、司馬は書いている。辛辣である。司馬は「空海の食えぬところ」を、さらにいっそう丁寧に説明している。

空海の食えぬところは、そういうところにもある。また他のところにもある。この築堤に乗りだすにあたって、かれは一笠《りゆう》一杖《じよう》で出かけることなく、中央や地方の官人を奔走させることによって勅命のかたちをとらせたことである。かつまた僧でありながら、池を掘るについて国家的資格をもつ俗世の長官（別当）として出かけてゆくところにもあった。ついでながら後半期の空海ほど、日本国という、大唐帝国からみればちっぽけなこの国を、長安帰りのかれはそれがいかに小さい国であるかを肉体的実感で十分認識しつつ、知った上で国家そのものを追い使った男もまれであるかもしれない。すでに普遍的世界を知ってしまった空海には、それが日本であれ唐であれ、国家というものは指の腹にのせるほどにちっぽけな存在になってしまっていた。かれにとって国家は使用すべきものであり、追い使うべきものであった。日本史の規模からみてこのような男は空海以外にいないのではないか。

司馬が『街道をゆく』の連載を始めたのは一九七一年。旅の時間、つまり、現実の空間を移動してゆく時間——そこで何が起こっているか——を基軸に据えたうえで、思考は自在に羽ばたくという新たな紀行文の流儀を築き上げた。批評を織り交ぜながら物語を叙述してゆくという流儀——吉田健一の流儀と雁行するがここでは触れる余裕がない——は、すでに小説『坂の上の雲』で用いられているが、それが紀行にまで広げられ、いっそう自在感を増した。その増した自在感にさらに磨きがかけられ、ふたたび小説に適用されたのが『空海の風景』である。

小説というよりは評伝というほうがふさわしいが、小説と銘打ったほうが、逆に批評も自由に展開できると考えたに違いない。自由で辛辣な批評の例はすでに挙げた。

司馬はこの段階ですでに、自身の方法を披瀝しているのであり、しかもその方法がじつは空海のそれに近接していることを、かりに意識していなかったにせよ、実感しているのである。そうでなければこのような展開はありえない。かすかなりとも自身と重なり合う部分がなければ、大山師とまでは形容できない。それがたんなる貶辞でありえないことは自明である。

空海が「日本史上類のない大山師にちがいない」のは、治水工事を引き受けて、それをひとつの見世物にまで引き上げて見せるそのやり方に明らかである、と司馬はいう。これは要するに、空海は演出というものを知っていたということである。

演出とは何か。

見せるべきものを、いかに見せるか、はっきりと意識することであり、それをもっとも効果的に見せようとすることである。演出の才能は、したがって、見るものがどこに位置し、見せる自分がどこに位置しているか、その全体を俯瞰し、掌握していることにかかっている。さらにいっそう高いところから全体を俯瞰するものが登場した場合には、演出なるものの多くが、良くも悪くも、意味を失うのは当然のことなのだ。

人はつねに、より高いところに立って眺めようとする。その地点を争奪の対象にしようとさえする。最澄が、空海所蔵の招来仏典を借り出すことに腐心したのも同じことだ。せめぎ合いは、仏教思想の全体をよりよく俯瞰することにかかっていたのである。

演出が、したがって、戦争における戦略や戦術に酷似していることは指摘するまでもない。先の引用において、司馬は、「空海は恐るべき演出能力を持っていた」と述べているに等しいわけだが、それは、空海が見ることの本質を熟知していた、ということである。司馬は、空海をそのような人間として捉えている。そこに、空海の天才と「大山師」性の秘密が潜んでいる、と考えているのである。

演出とはもともと山師的なものだ。芝居は原理的に詐欺だが、これは芝居を貶しているのではない。崇めているのだ。詐欺をひとつの話芸として描いてみせたのは柳田国男である。

むろん、批評を織り交ぜながら物語を叙述してゆくという流儀もまた、十分に演出的である。それは、俯瞰すると同時に登場人物の視点に立つという流儀である。たとえていえば、鳥の眼と虫の眼の両者を、適宜、往還するという流儀だ。司馬が、無意識のうちにであれ、空海のひそみに倣っていることは、私には疑いないと思える。

それはしかし、もともと歴史家に淵源する流儀ではないか。

歴史観の「観」は伊達に付されているのではない。歴史空間とでもいうべきものを一望せずにおかない気迫が、すなわち「観」である。むしろ、一望するために歴史空間なるものを作りあげたというべきだろう。歴史を語るものは、大なり小なり山師的にならざるをえない理由だ。いや、物語るものすべてといっていい。

俯瞰の政治学、言語の政治学を抜きに、歴史は語れない。つまり、素朴ではありえない。その素朴ではありえないことの自覚が、「大山師」という語をもたらしたのだと思える。

トーマス・マンの念頭には、生涯、『詐欺師フェーリクス・クルルの告白』があった。同じことが、司馬にもあったのだと見ていい。付け加えれば、マンの『魔の山』にも『ヴェニスに死す』にも、語りの全体を引っ繰り返しかねない事件の描写が、見過ごされかねない些細な装いのもとに、まさにさりげなく書き込まれている。


大道芸人たちはその間に演技を終って、引揚げて行こうとしていた。大喝采だった。一座の頭《かしら》は、引揚げ際《ぎわ》をさえ冗談で飾ることを忘れなかった。彼が足を引いて礼をしたり、投げキッスをしたりすると、みんなは大笑いをした。それで彼もその仕草を繰返した。仲間がもう外へ出てしまっているのに、彼は前を向いたまま後へさがってわざと外灯の柱にがんとぶつかったように見せかけて、さも痛そうに身をかがめて、こそこそと門のほうへ出て行った。しかし門のところまで来ると、彼は突然道化者の仮面をかなぐりすてて、身をすっくと起し、いや、ぴんと立ててテラスの客共に向ってぺろりと舌を出して見せて、ひらりと闇《やみ》の中へ消え失《う》せた。（高橋義孝訳）

ルキーノ・ヴィスコンティの映画でも話題になった『ヴェニスに死す』の一場面である。映画はグスタフ・マーラーの音楽をも有名にしたが、マーラーは音楽もまた十分に山師的であることを主題にした作曲家だったといっていい。その音楽、とりわけ交響曲においては、陶酔の後に、必ず冷やかしが入る。マンに似ている。たとえばヴァグナーは正真正銘の大山師だったが、自覚してはいなかった。マーラーには、自覚してしまったヴァグナーのようなところがある。

引用したのは、むろん、一座の頭《かしら》の演出を示したかったからではない。マンの演出を示したかったからである。マンもまたぺろりと舌を出しているのである。こういうことは、ロランにもヘッセにもなかった。

2

繰り返すが、見るということは、自分もまた見られていることを意識し、その両者を俯瞰するもうひとつの眼をもって、その一種超越的な視点から、相手に乗り移ること、である。俯瞰する眼、すなわち空間的な全体の把握は、自分が何を見ているか、相手の眼に自分がどう見えているかを知るために、必要不可欠なのだ。自分もそのなかに含まれる世界を空間的に把握することこそ、見ることの前提なのである。空間を俯瞰する視点を含み持たない視覚は、少なくとも生命現象にとって、まったく意味をなさない。

吉田健一に「大きな動物の小型」というエッセイがある。後に「小型の大動物」と改題され、その題名で著作集に入れられた。内容は改題のほうがふさわしく、新種の動物の発見をめぐる博物誌的な話である。だが、「大きな動物の小型」という表題がどこかユーモラスで忘れられないのは、人間が俯瞰する欲望を持つ動物であることが、そこに端的に示されているからだ。象のように巨大な鼠は人を恐怖に陥れるが、鼠のように小さい象は人を微笑させる。なぜか。これは考えるに値する問題である。見ることの意味にかかわっているからだ。

「大きな動物の小型」とは、簡単にいえば、模型である。動物は模型を必要としないが、人間は模型を必要とする。いや、ほとんど切り離しがたく結ばれているといっていい。象徴は模型から派生した、といいたいほどだ。

模型とは、俯瞰する欲望以外の何ものでもない。

地図と同じだ。

幼児は、玩具すなわち模型を並べて遊ぶが、それは、そこに自分の姿を見出し、その自分の姿を俯瞰するために、玩具すなわち模型を並べているのである。自分というものの成り立ちを、外化して、空間的に把握し直しているのだ。原初の母子関係がもたらしたものの反復といってもいい。この幼児の振る舞いが興味深いのは、俯瞰することと、そのなかのどこに自分がいるかを自分自身に対して言い聞かせることとが、じつは、表裏であることを示しているからである。

模型は、視覚と言語が表裏であることを示す。

小学校一年か二年の頃、池に海を見て遊んでいたことがある。周囲の石は岩であり、草は木である。それを俯瞰して遊んでいるわけだが、その俯瞰する自分をさらに背後から俯瞰しているものの眼を感じて恐怖に襲われ、泣き出したことがあった。眼の背後にはさらにもうひとつの眼があって、それは無限に後退してゆく、その無限の感覚が恐ろしかったのである。

言語において、リカーションすなわち入れ子型構造がたやすく成立するのは、視覚が、全体を俯瞰する視点を前提にしているからである。全体なる概念が無限に後退してゆく概念であること、その外部をも含む全体をつねに構想せずにおかない概念であることは、指摘するまでもない。普遍という概念に似ている。子供は、

「それではその宇宙の外はどうなっているの？」

と、無限に問い続ける。

俯瞰がさらなる俯瞰を想定させてしまうのは、文が無限に入れ子型になりうることに対応している。

ヴィトゲンシュタインが『論理哲学論考』を物すにあたって、当時、ウィーンの裁判所で行われていた模型を使った実況検分に想を得たことはよく知られている。だが、模型が世界の写像であるか否かなど、たいした問題ではない。逆に、模型を眺めわたす視点、すなわち俯瞰こそが、世界なるものを作っていくという事実のほうがよほど重要であるといっていい。

だが、さらに重要なことがある。

ここで初めて真実という概念が登場することである。

模型は世界そのものではない。だが、人は模型によって——つまり俯瞰によって——世界を把

握するほかない。こうして、それが正しいか否かが問題になる。写像関係として想定されているのだから、それは確認できるのである。現場へ行って手で触ってみればいい。あるいは、実験できる、つまり、模型にのっとって現実に手を加え、それが目論見通りに機能するかどうか試すことができる。こうして、真実が確証される。

むろん、手で触ることも、繰り返すこともできないものもある。概念は分類から生じるが、生じてしまった概念は分類できないものまで分類しはじめる。たとえば抽象である。人はそこで信じるほかないものの次元に出会うことになる。

司馬が、空海を「大山師」という語から始めた背後に、こういった思索が渦巻いていただろうことは疑いない。視覚について具体的に語られているわけではない。だが、「大山師」という語の使用には、視覚の決定的な重要性が前提されているのである。

騙すこと、欺くことが、見るという行為の構造の、ほとんど直接的な帰結としてあることはいうまでもない。演出も同じだ。それもまた、見ることが諸感覚の王として成立した段階において、すでに始まっていたのだといっていい。動物はみな、潜在的に、あるいは顕在的に、演出するように出来ているのである。つまり、騙し、欺くように出来ている。

したがって、生き延びるためにはまず、すべてを疑ってかかることを学ばなければならない。そしてその後に、疑う必要のないもの、騙しでも欺きでもないもの、すなわち、真実を知ることになる。眼が登場した以上は、まず、虚偽——見てくれ——があらわれ、その後に、その虚偽を拭い去るように真実——見てくれではないもの——が見出されるのである。真実は虚構の後に登場するのだ。本質は現象の後に登場する。それは、まずフィクションがあり、その後にノンフィクションが登場するのと同じだ。

虚偽は自然に、真実は人間に属する。

司馬にしてみれば、空海が『三教指帰』を戯曲仕立てで書いたその事実からだけでも、空海の演出家的というほかない性格はたやすく看取されるといいたかっただろう。だが、真言宗関係者の顰蹙を買うことを承知で――とはいえ『空海の風景』刊行後まもなく高野山大学で講演しているほどだから賛辞のほうが多かったのだろう――、「大山師」の語を使うことを決意したのは、空海のその行為のなかに、言語の真実、文学の真実が潜んでいると直観したからに違いない。先に触れたように、司馬の開拓した文体が、そう示唆するのである。

司馬は、『空海の風景』において、批評と小説を綯い交ぜにしたような文体を駆使して、空海その人に迫ろうとするわけだが、ここで、批評が全体の俯瞰を担い、小説が登場人物への感情移入を担っていることはいうまでもない。いわば、演出意図を語りながら、劇を進行させてゆくようなものだが、これが成り立つのは、それがもともと人間の常態だからなのだ。

「批評と小説を綯い交ぜにしたような」という形容は、どこか取りつきにくい難解さを漂わせるが、司馬の小説あるいは紀行そのものは、逆にきわめて読みやすい。人間の思考の生理、あるいは視覚の自然に合致しているからである。

司馬が、あるいは吉田健一が、批評と小説を綯い交ぜにしたような文体を前面に打ち出して仕事をし始めた一九六〇年代は、実存主義がその流行の最盛期にあった。そしてその実存主義の主唱者がサルトルであった。サルトルは哲学者である以上に、小説家、戯曲家として著名であって、そのほぼ全作品が翻訳されただけではなく、戯曲は日本でもたびたび上演されていた。

そのサルトルの小説論に、作家は神の視点に立って書くことはできない、とするものがあった。むろん、実存主義の主義主張から推して、それは当然のことであったといわなければならない。世界が不条理なのは、理論上——つまり神が存在しない以上——、超越的な視点に立つことはできないからである。あるいは超越的な視点など存在しえないからだ。

これを受けて、「この小説家はここで密かに神の視点に立っている」、「あの小説家は作者の視点と神の視点を混同している」といった批判をことする論評が横行することになった。小説家でさえも同じ理屈で他を批判した。神の視点に立つものはブルジョワ的であるなどとするものさえあった。

ここでは潮流として大雑把に語るほかないが、いずれにせよ、こういう潮流のなかにあって、吉田や司馬の小説が、文学関係者のあいだにどのように受け取られたか、想像するに難くない。にもかかわらず、現実には、両者の小説は広く受け入れられ支持されたのである。思考の生理、視覚の自然に合致していたからである。俯瞰する眼、すなわち超越的な視点をもつことは視覚の必然なのだ。この視点なしに物語ることなどできはしない。

この問題を考えるには、たとえば日本の伝統的な絵巻物を考えるに如くはない。『源氏物語絵巻』であれ何であれ、登場人物は、天井を剝ぎ取った吹き抜けのもとに描かれているのである。俯瞰する眼のもとに描かれているのだ。

日本だけではない。たとえばほぼ同時代の中国には『清明上河図』がある。北宋の都、開封の賑わいを描いて有名だが、これも、天井吹き抜けにこそなっていないが、俯瞰する眼のもとに描かれていることはいうまでもない。

まるでドローンの空撮だが、逆である。人間には——そして視覚を発達させた動物の多くにも——、視覚を十分に機能させるために、俯瞰する能力が、あたかも補助線を引く能力のように、はじめから備わっているのである。気球もヘリコプターもドローンも、そして人工衛星も、その能力の外化にすぎないことは、手の延長が道具であり、足の延長が車輪であるのと同じようなことだ。そう考えるのが自然であると、私には思われる。

この俯瞰する眼が神の存在を呼び寄せ、さらに発展してフロイトの超自我にまでいたったのだ、と、あるいはいうことができるかもしれない。だが、ここでそんなことまで論じようとは思わない。注目すべきは、俯瞰する眼がそのまま物語る眼であるという事実である。『源氏物語絵巻』であれ『清明上河図』であれ、話者の視点に立っているということだ。話すこと、書くことが対象化されれば、『源氏物語絵巻』や『清明上河図』になるのである。俯瞰する眼は、人間の生理の必然——すなわち自然科学の対象——なのだ。

騙すこと、欺くこともまた、同じように、人間の生理の必然なのだ。そして、真理も真実もそのなかからこそ生まれてくる。

司馬が「大山師」という語にこだわった理由である。

3

司馬遼太郎が、見ること、俯瞰することに、並々ならぬ関心をもっていたことは疑いない。山本周五郎、松本清張、藤沢周平といった作家たちに比べて、司馬が特徴としたのは、より多く、経営者、管理職といった、指導する立場のものの視点に立って書くということであった。政治家や経営者が司馬の小説や紀行を好んだことはよく知られている。

市井の庶民に関心がないわけではない。たとえば『街道をゆく』に描かれた今を生きる人びとの姿は、おしなべて生き生きとして個性的である。微妙な感情の襞もふんだんに書き込まれていて、その描き方もじつに巧みだ。だが、司馬には、国家経営のほうが、俯瞰する眼の問題を語るには便であると思えたのである。空海は国家をも使いこなしたと司馬はいうが、空海のそういう気象に関心をもったのは、俯瞰することが支配し経営することと同じであることを熟知していたからである。

むろん、政治家や経営者だけが司馬の小説の読者だったわけではない。広く一般読者を魅了したことは、その購読者数の多さが証明している。なぜそういうことになるのか。俯瞰する視線、支配する視線が、見ることそのものに付随している以上、司馬の流儀は庶民のものでもありえたからである。いや、そもそも、人は誰でも為政者の立場に立つように出来ている、庶民一人ひとりに為政者が潜む、といっていいからである。

『坂の上の雲』に、騎兵隊は空軍の起源だという指摘があることは、第七章で触れた。斥候にすぎないはずの騎兵が、爆撃機なみの装備をそなえて大挙押し寄せたのが、匈奴からモンゴルにいたる騎馬軍団なのである。司馬は、騎兵も空軍も、俯瞰する欲望の延長上に成立していることに、強い関心を抱いていた。支配というものの仕組を、俯瞰する欲望から解き明かそうとしていたといっていい。

たとえば一神教に対する関心にしても、それだ。

波状に繰り返し攻め寄せる遊牧民と農耕民とのせめぎ合いがヨーロッパの歴史、中国の歴史、つまりは世界史を形成したというのは、いまではほとんど常識になっているが、この遊牧民に起因する一神教なるものは、じつは「人間を飼い馴らすシステム」にほかならないと、司馬はさまざまなところで述べている。

司馬によれば、支配とは「人間を飼い馴らすシステム」のことである。人間を飼い馴らすことを知っていたのは、当たり前だが、遊牧民のほうであって農耕民のほうではない。農耕民が気にするのはせいぜい序列であって、支配ではない。遊牧民は、馬や羊を支配する技術をもって、つまり馬や羊を支配するように、人を支配するのである。たとえば、去勢を人間に施すのは遊牧民であって、農耕民ではない。農耕民にはそもそもそういう発想がなかった。この支配の形式を宗教に導入すれば、ユダヤ教、キリスト教、イスラムと続く一神教の系譜になる。

司馬の着想には、フーコーを思わせるところがある。フーコーは司馬の三歳年下だが、ともに、牧人司祭による統治を問題にしているのである。キリスト教が遊牧民的、あるいは牧畜民的背景を持っていることは、迷える子羊の喩えひとつに明らかだが、二人はともに、そこに宗教的かつ政治的支配の原型を見ている。両者に共通しているのは、権力としての、見ること、知ること、への関心の強さである。

一望監視方式への関心と、騎兵転じて空軍になることへの関心は、通じ合っている。フーコーはその権力論を最終的に身体論——そしておそらくは奴隷論——にまで凝縮しようとし、手がかりをギリシアに求めたが、そのギリシアはヨーロッパ的というよりはむしろアジア的であったといっていい。ギリシアもまた、中国と同じように、遊牧的なものと農耕的なものが激しくせめぎ合う場だったのである。

俯瞰し、相手に乗り移るという行為は、誰もが日常的に繰り返していることなのだ。司馬はそれを拡大してみせるのである。

それがいかに日常的なことか、『街道をゆく』第十六巻『叡山の諸道』の一節を引く。「そば」と題された章のほぼ末尾である。少し長いが途中で切ることができない。

坂本の町は、湖の方角に向かって面として傾いている。溝々《みぞみぞ》には山水がいきおいよく走っている。その傾斜した面は多くの小マスにわかれていて、小マスの一つずつが坊とよばれるにふさわしい。

その中央をなす大路が、大鳥居前の「作道」である。

「作道」の北側の枝わかれする角に、そばやがあった。二階建の古い家屋で、格子が拭き減りして角がまるくなっている。麻ののれんがかかり、諸事由緒めいてみえる。

なかへ入ると、どこか街道ぞいの商いのにおいがあり、やや雑然としているのもわるくはない。ただ、人がいなかった。

しばらくして奥から女性の物憂そうな返事があって、意外にも瞼に青い陰翳《いんえい》を施したきれいな娘さんがあらわれた。注文したあと、この界隈のことをききたいと思い、

「お年寄りはおられますか」

ときくと、

「いません」

という。接穂《つぎほ》をうしない、ここは鶴喜ですか、とわかりきったことをきくと、

「ちがいます」

おそらく似たようなあわて者がとびこむことが多いらしく、彼女は石でものみこんだように不快げな表情をけなげにも維持していた。客商売でないなら、彼女は私どもをどなって追いかえしてもいいところだろう。こちらは恐縮してしまい、ともかくも出されたものを食った。

外へ出ると、

「日吉そば」

とある。何度みても姿のいい店である。角であるだけに車までときに軒下に車輪をかけるのか、路上に大きな自然石が置かれていてそのふせぎにされている。ところが、この「日吉そば」の横に「鶴喜そば」というマンガ入りの彩色の大看板があがっていて、われわれはそれを視覚に入れつつ、つい鶴喜と信じて日吉そばに入ったらしい。まことに日吉そばに対して失礼なことをしてしまった。

右の「鶴喜そば」という絵入り看板も、じつはそばやの所在を示すものでなく、駐車場だけであり、駐車場の看板なのである。

これは日吉そばにとってかなしいことにちがいない。この看板につられて日吉そばに入ってくるうかつ者も多いにちがいなく、ときに注文せずに出てゆく者もあるはずである。

娘さんには、客の顔をみて、

（こいつは鶴喜と間違えているな）

と、かんでわかるのに相違ない。彼女はおそらくわれわれを最初からそう見て精一杯の仏頂面をしてみせていたのであろう。軒下の大石とおなじで、それが当然の防衛姿勢であるといっていい。

しかしたれが悪いわけでもない。強いてよくないといえば日吉そばの隣りの「本家・鶴喜そば・駐車場」という派手すぎる看板だが、これも駐車場として営業上の行為であるといわれればそのとおりなのである。

鶴喜は、有名らしい。それが権威になっている。老舗にとって権威は商売上のはりになるが、客であるわれわれの側にとっては、日吉そばを食べながらこれは権威あるそばではない、と思うとすれば（事実、思ったが）じつによろしくない。娘さんは、そういう人間現象のあさましさをしばしば見て、世の中がいやになっているかもしれず、そうとすれば彼女は唯一の被害者である。

天台（叡山）では観《かん》ということをやかましくいう。

止観《しかん》ともいう。日没ばかりを観たり、あるいは流水や屍体ばかりを観て三諦《さんだい》の妙理を悟ろうとする。娘さんも、そういう止観をする場にやむなく立たされているようでもある。

まさに名人芸である。噴き出さずにはいられない。とくに、引用末尾の天台止観への言及が、効いている。

止観をめぐっては、小林秀雄と小西甚一の微妙な対立について第二章で触れたが、小林や小西に司馬のもつ軽やかさがないことに改めて気づかされる。小林の、たとえば「私の人生観」のような講演はしばしば高等落語と評されたが――小林の口調は落語家の古今亭志ん生に似ていた――、内容としては司馬のほうがよほど高等落語である。

蕎麦屋の看板を間違えたのだから視覚の問題である、などというのではない。そうではなく、笑いそのものが、人間の能力、俯瞰したうえで相手の立場に立つという能力に負っていることを、これほど巧みに説明する例は少ないと思えるのである。

司馬は一貫して娘さんの立場に立っている。娘さんも客の立場に立っているからこそ、そっけなくしているのである。そのうえで、司馬はさらにそれを俯瞰している。娘さんとしては、こちらが騙したのではない、そちらが勝手に騙されて入ってきたのだ、こちらに落ち度はいっさいない、と考えているに違いないと思い、それはその通りだと認めていることを示すべきだと、恐縮した態度をとり、具体的には、ともかく出されたものを食ったのである。俯瞰による応対である。そして、さらにより高い視点から俯瞰して、娘さんの立場を見直し、これこそ止観というものではないか、と、オチをつけてみせたのだ。

相手の立場に立つその流儀に、人柄が出る。

いや、人柄とは、相手の立場に立つ流儀そのものなのかもしれない。

間違って入ったのは当方の失敗、間違えられた相手側の心理的な迷惑を最大限に見積もって、入った以上は蕎麦を食う、これは、娘さんに配慮した行為だが、そこに司馬の人柄が出ている。司馬は、にこりともしない娘さんの心情を最大限に忖度しているが、ほんとうはその忖度はまったく違っているのかもしれないのである。だが、司馬にしてみれば、その自分の理解を正しいとするのが礼儀というものなのだ。

笑いは、まず、内心慌てふためいている、あるいは慌てふためくのが礼儀だと思っている司馬と、その司馬を冷静に見ている司馬自身の俯瞰する眼との関係から生じている。それがその蕎麦屋の娘さんの立場に立つということにほかならない。「石でものみこんだように不快げな表情をけなげにも維持して」いるというときの、その「けなげにも」という形容に、俯瞰し、鳥の眼から虫の眼へ、虫の眼から鳥の眼へと、ひっきりなしに往還し続ける司馬の人柄がよく出ている。滑稽でありながらも、気品がある理由だ。

これが司馬の文体だが、流儀は、あくまでも俯瞰する眼によって支えられているのだ。

4

小林の名を出したのは、司馬の「そば」が、小林の随筆「無常といふ事」のパロディになっているからである。

近代の文学者で止観を論じた嚆矢はおそらく小林であろう。「私の人生観」である。禅は昔は止観といっていたという話からはじまる。禅も止観も、むろん蕎麦屋の娘さんにはそぐわない。あえてその語を用いた「娘さんも、そういう止観をする場にやむなく立たされているようでもある」というくだりを読んで、小林への揶揄を感じないのは、したがって難しいのである。悪意はないにせよ、揶揄に違いはない。

叡山、蕎麦、止観と、三題そろっていて、「無常といふ事」を思い出さないわけにはいかない。

戦中、戦後、長く小林の代名詞になっていた名随筆である。冒頭を引く。

「或云《あるひといはく》、比叡の御社に、いつはりてかんなぎのまねしたるなま女房の、十禅師の御前にて、夜うち深け、人しづまりて後、ていとうていとうと、つゞみをうちて、心すましたる声にて、とてもかくても候、なうなうとうたひけり。其心を人にしひ問はれて云《いはく》、生死《しやうじ》無常の有様を思ふに、此世のことはとてもかくても候。なう後世《ごせ》をたすけ給へと申すなり。云々」

これは、「一言芳談抄」のなかにある文で、読んだ時、いゝ文章だと心に残つたのであるが、先日、比叡山に行き、山王権現の辺りの青葉やら石垣やらを眺めて、ぼんやりとうろついてゐると、突然、この短文が、当時の絵巻物の残欠でも見る様な風に心に浮び、文の節々が、まるで古びた絵の細勁な描線を辿る様に心に滲みわたつた。そんな経験は、はじめてなので、ひどく心が動き、坂本で蕎麦を喰つてゐる間も、あやしい思ひがしつゞけた。あの時、自分は何を感じ、何を考へてゐたのだらうか、今になつてそれがしきりに気にかゝる。無論、取るに足らぬある幻覚が起つたに過ぎまい。さう考へて済ますのは便利であるが、どうもさういふ便利な考へを信用する気になれないのは、どうしたものだらうか。実は、何を書くのか判然しないまゝに書き始めてゐるのである。

初出は「文學界」昭和十七年六月。

叡山、蕎麦、の二つは出ているが、止観は出ていないではないかといわれそうだが、「当時の絵巻物の残缺でも見る様な風に心に浮び、文の節々が、まるで古びた絵の細勁な描線を辿る様に心に滲みわたつた」というのが、止観の実践であることはいうまでもない。小林自身、不思議がってみせているが、たとえば「私の人生観」を読めば、小林がその幻覚を止観に等しいと思っていたことは明白である。

司馬の「そば」を、小林の「無常といふ事」のパロディか本歌取りではないかというのは、三題噺もさることながら、司馬があたかも小林の幻覚体験の実地調査にでも出向いたような趣があるからで、そのことは『叡山の諸道』の第一章が「最澄」、第二章が「そば」であることからも、窺うことができる。

むろん、司馬はそういうそぶりは少しも見せない。

「坂本に古いそばやさんがありましたな」

私は助手席の編集部のHさんに声をかけた。

「ありましたかな」

Hさんは話頭が一変したので、びっくりしたようにふりかえった。

これが叡山の麓、坂本で、蕎麦屋に向かう場面である。

以前話題に出たことを思い出させ、その所在を調べたかどうか訊いているのである。

その後に、その話題すなわち、富山で旨い蕎麦を食ったときに、店の主人が「坂本の日吉大社の脇の何とかかやという蕎麦やさんで修業した」人であることを知った、という蕎麦屋探しのきっかけが語られる。同行している画家の須田が「鶴喜でしょう」と答える。そこから「鶴喜」探しに転じるわけだが、小林のコの字も出てこない。だが、三題噺の構成を考えて、司馬の念頭に小林の「無常といふ事」がなかったとは考えられない。小林の代表作で、随筆集の表題にさえなっているのだ。とすれば、司馬は意図的に触れなかった、あるいは、隠したと考えるほかない。

まさに演出である。

あるいは、こちらが不勉強なだけで、小林と司馬の関係についてはすでに論じられているのかもしれない。設定があからさまで、批評家にせよ学者にせよ、見過ごすことはありえない。にもかかわらず論じ続けるのは、ここに、ヘッセとマンの違いに似たものを見出すことができるからである。むろん、小林がヘッセで、司馬がマンである。

小林とヘッセを結びつけることに抵抗を感じる向きもあるだろう。だが、大岡昇平は小林との初対面の印象を白樺派のようだったと形容しているのである。ヘッセも、あるいはロランも、白樺派とならば十分に結びつく。

小林はむろん素朴なヒューマニストではない。その点でヘッセやロランとは決定的に違う。だが、それ以上に違う点があって、それは狂気である。小林の文章は何度も読んだが、司馬の文章の後に読み直して、狂気の印象が以前よりはるかに強く感じられて驚いた。論理的思考ではなく感情的思考とでもいうべきものに貫かれていて、それを制御しようとする意志が感じられない。つまり、詩のように書かれているのである。

小林は、少なくとも「無常といふ事」では、狂人以外の何ものでもない。

考えてみれば、道頓堀で鳴り響くモーツァルトの幻聴も、鎌倉で中也とともに海棠の花の落下するさまを眺めながら感じる胸苦しさも、上野でゴッホの「カラスのいる麦畑」を観て立っていられなくなって蹲るのも、みな、同じ種類の狂気の発作である。むろん、似た体験は、柳田国男も折口信夫もそして大岡信もしているのであって、それこそ「ほうとした気分」にほかならないが、小林の体験はいっそう荒々しく、どこか凶暴でさえある。

ブレイクやヘルダーリンやリルケの、「一にして全」を思わせる体験も同じである。ボードレールならば「コレスポンダンス」すなわち「万物照応」ということになるだろう。みな、たとえば袴谷憲昭にいわせれば、本覚思想の変形であって、土着の思想である。

小林も同じだが、心的異常の度合い、幻聴、幻覚の度合いが強い。しかも、小林はその神秘体験を疑うことなく、逆に、歴史的現在のほうを、いや、歴史の一般的なありようそのもののほうを疑っているのである。

「無常といふ事」の発表は、太平洋戦争開戦から半年経つか経たないかという頃だ。青葉の強調は初夏を思わせるから、体験と発表をそのまま重ね合わせるわけにはいかないが、いずれにせよ、何かしら切羽詰まったものが感じられるのは戦時下のせいだろう。小林が、死に囲繞されていると強く感じていたことは紛れもない。

司馬にも荒々しさは十分にある。それは、昭和初年代の陸軍に対する感情などに強く感じられる。だが、小林の荒々しさの前では、それさえも穏やかに、また大人びて感じられる。小林の荒々しさは一考に値する。

「無常といふ事」は、抹香臭い表題に騙されるが、そこで語られているのは生臭いことだ。「この世は無常とは決して仏説といふ様なものではあるまい。それは幾時《いつ》如何なる時代でも、人間の置かれる一種の動物的状態である。現代人には、鎌倉時代の何処かのなま女房ほどにも、無常といふ事がわかつてゐない。常なるものを見失つたからである」（傍点引用者）という末尾の言葉から、小林自身、そう考えていたことが分かる。

悟り切ったことを書いているのではない。常識を切り裂く危険なことを書いているのだ。人間の置かれる一種の動物的状態とは、食と性のこと以外ではありえない。人間は食と性においてこそ無常なのだということを、鎌倉時代の若い女は知っていたが、現代人は知らない。常なるもの、すなわち「死」とはどういうものであるか、見失ったからだ、というのである。

小林は、鎌倉時代のこの若い女を、『梁塵秘抄』の遊女のごときものと考えているのである。私もそう考える。つまり、やがて『閑吟集』で「一期は夢よ、ただ狂へ」と歌う遊女らの先駆である。小林は、比叡山は坂本の山王権現の前で、人々の寝静まった後に男を呼び寄せる若い女の、艶やかな姿を絵巻物のように思い浮かべている。つまり、見ているのだ。それこそ止観のように、文字がくっきりと浮かび上がったというのだが、文字は若い女にまといついているのである。

巫女すなわち遊女のふりをして鼓を打ち鳴らしている若い女が歌っているのは、「どうとでもしておくれ、ねえ、ねえ」という、男を誘うものである。だからこそ、どういう意味で歌っているのかと、いってみれば、それこそ山王権現の係員に不審尋問され、女は「生死無常を思えば、この世のことはどうでもいい、来世のことをお助けください」と歌っているのだと答えるわけだが、言い逃れである。女は発情しているのだ。しかし、発情もまた、いや発情こそ、死の顕現にほかならない。それこそが、この一文が、『一言芳談抄』という抹香臭い文集に収録された意味であったと思える。

『梁塵秘抄』は平安末期、『一言芳談抄』は鎌倉後期、『閑吟集』は室町後期である。だが、鎌倉新仏教が浸透する過程ということでは、同じ終末論の色彩がじょじょに濃くなってゆくだけで、本質的な違いはないと思える。

司馬は、延暦寺の守り神ともいうべき山王権現すなわち日吉神社が、延暦寺よりはるかに古く、比叡山を神体とする山岳信仰にさかのぼると書いている。小林もそういうことは十分に知っていただろう。さらに、古代の歌垣などについても知っていたに違いない。そのことは、自身が一九三八年以降、東京創元社の編集顧問を務め、創元選書を企画創刊し、その第一巻を柳田国男の『昔話と文学』としたことからも明らかである。

柳田は以後、創元選書から『木綿以前の事』、『雪国の春』、『海南小記』、『妹の力』などの主著を次々に刊行してゆく。小林がいかに柳田に心酔していたか分かる。柳田は小林のおかげで一般に広く知られるようになったのである。山王権現の民俗学的な背景を知らなかったとは考えにくい。巫女の真似をして男を誘っている若い女が古代の伝統に則っていることなど、百も承知だったに違いない。『雪国の春』には「清光館哀史」があって、そこには「なにャとやーれ」という悲しい歌の調べも引かれているのだ。

小林が『一言芳談抄』の一文を良い文章だと思ったのは、自分が考えていることを立証しているように思えたからだろう。生と死は浸透し合っていると考えていたのである。

小林は「僕は、たゞある充ち足りた時間があつた事を思ひ出してゐるだけだ。自分が生きてゐる証拠だけが充満し、その一つ一つがはつきりとわかつてゐる様な時間が」と述べているが、ここにあるのは、ひとつの倒錯である。鎌倉時代の若い女が神前で、烈しく発情して男を誘うその行為が、生の絶頂であると同時に死の顕現でもあるというその倒錯と同じである。つまり、ここでは死が生であり、生が死なのだ。

小林は、俯瞰する視線は死の視線だ、と述べているに等しい。

「或る日、或る考へが突然浮び、偶々《たまたま》傍にゐた川端康成さんにこんな風に喋つたのを思ひ出す。彼笑つて答へなかつたが」と断った後に、小林はその「或る考へ」を書いている。

「生きてゐる人間などといふものは、どうも仕方のない代物だな。何を考へてゐるのやら、何を言ひ出すのやら、仕出来《しでか》すのやら、自分の事にせよ他人事にせよ、解つた例しがあつたのか。鑑賞にも観察にも堪へない。其処に行くと死んでしまつた人間といふものは大したものだ。何故、あゝはつきりとしつかりとして来るんだらう。まさに人間の形をしてゐるよ。してみると、生きてゐる人間とは、人間になりつゝある一種の動物かな」

これもまた有名な一節だが、語られているのは死の視線以外の何ものでもない。私という現象と同じように、死もまた、言語の現象にほかならない。動物に死がない理由である。むろん生理的な死はあるが、それは死という意味をもたない。ただ人間だけが死を思い、死に怯える。

なぜ、死に怯えるのか。空間を俯瞰するのと同じように、時間を俯瞰する技術を手に入れたからである。歴史である。歴史的に見るということは、死後もなお生き残っているかのようにこの世を見るということだ。あるいは、死者の側からこの世を見るということである。あの世は言語がもたらしたのである。

俯瞰する視線は死に属している。

歴史空間すなわち言語空間は死の世界である。人間のこの世が、ほとんどすべて言語で出来ていて、つねに歴史的に眺められるべきものであるとすれば、この世そのものが、じつはあの世なのだ。人はあの世を生きているのだ。むしろ、生理的に死ぬときこそ、人間はたんなる物質と化して、ほんとうにこの世に帰還するのである。

この転倒が言語によって生じていることはいうまでもない。人は名づけられ、言語を習得しはじめた瞬間から、あの世としてのこの世を生き始めるのである。柳田も折口も、小林も司馬も、死んでなお生き生きと語りかけるのは、この世こそあの世、すなわち広大な言語空間にほかならないからだ。

小林が語っているのは、そういうことだ。倒錯だが、この倒錯は言語そのものに起因している。魂も心も、倒錯だといわなければならない。

5

「無常といふ事」は、まるでネガとポジが逆転したような世界を描き出している。そして、抗いがたい魅力を放っている。

生と死のこの逆転は、しかし、どこか根源的な不健康さをも感じさせる。司馬がそれをどこまで意識していたかどうかはおいて、『叡山の諸道』の第二章「そば」で揶揄したその揶揄が、ぴたりとその不健康さに照準を合わせているのは当然であると思える。小林には、幻視、幻聴への研ぎ澄まされた感覚はあっても、俯瞰する視線のもたらす高揚感がないのである。小林は俯瞰する前に登場人物になってしまう。艶笑譚が道徳譚に転じても動じはしないのだ。小林には司馬の「そば」のような文章は書けなかっただろうし、書こうとも思わなかっただろう。

小林が「僕は、たゞある充ち足りた時間があつた事を思ひ出してゐるだけだ。自分が生きてゐる証拠だけが充満し、その一つ一つがはつきりとわかつてゐる様な時間が」という、その「充ち足りた時間」が、たとえばロランのいう「大洋的な感情」にまで繋がっていることは疑いない。少なくとも、そのようなものとして論じて大過ないと、私は思う。「一にして全」であれ、「梵我一如」であれ、「万物照応」であれ、そこで惹き起こされる、ある感情の大波が、世界と呼応していまを生きている自分をくっきりと浮かび上がらせるそういう体験は、誰もが同じようにしているし、世界文学の随所に見出すことができる。

たとえば、手近にある例を挙げるが、刊行されたばかりの松浦寿輝の大作『名誉と恍惚』のなかの次の一節もそうだ。

次いで、不意に、吹きつけてくる川風に引っさらわれてどこか遠くへ、「外」へ吹き飛ばされてゆくような陶酔が来た。ほとんどそれはアナトリーとの性戯の頂点で体験しためくるめくような快楽に似た何かだった。いや、それ以上に強く激しく息苦しい、生まれてからただの一度も味わったことがないような恍惚だった。芹沢は、世界はこんなに露わに、真新しく、なまなましく粒立っているのかと吃驚し、その驚きの中へ自分をやすやすと解放しながら、あのもう一人の芹沢に身体と魂を同期させつつ目を瞠り、また耳を澄ました。強烈さという点では比べられても、性戯のときの快楽のように、官能の昂ぶりのただなかにうっとりと身を溶けこませてゆくわけではない。そうではなくて、粒立ったものたち、音たち、においたちの一つ一つに注意を向け、その現前をおれとはまったく無縁の何か、おれの身体からは隔絶した何かとしてくっきりと知覚する。おれが今していることはそれだ。その知覚の鮮烈と明晰が――鮮烈きわまる明晰それ自体が恍惚なのだ、戦慄なのだ。

これと同じ恍惚が、中上健次の代表作『枯木灘』にも書かれている。表現も文体もまったく違うが、世界との一体感を描くことにおいて共通している。

めくれあがった土、地中に埋もれたために濡れたように黒い石、葉を風に震わせる草、その山に何年、何百年生えているのか判別つかないほど空にのびて枝を張った杉の大木、それらすべてが秋幸だった。秋幸は土方をしながら、その風景に染めあげられるのが好きだった。蝉が鳴いていた。幾つもの鳴き声が重なり、うねり、ある時、不意に鳴き止む。そしてまた一匹がおずおずと鳴きはじめ、声が重なりはじめる。汗が額からまぶたに流れ落ち真珠のようにぶらさがる。

中上のこの「世界との一体感」は、ほぼその全作品を貫いているといっていい。松浦にしても同じだ。この感情は、作品の核心において噴出するのである。「山川草木悉皆成仏」、まさに本覚思想の噴出だが、これは日本文学の特質ではない。世界文学の特質、いや、文学そのものの特質なのだ。それはいわば詩の素になるような感情であって、そのことについてはすでに何度か触れた。

小林はもちろん、中上も松浦も、本覚思想を学んだわけではまったくない。詩人あるいは作家の必然として、その感情に襲われているだけなのだ。ヘルダーリンだろうがボードレールだろうがリルケだろうが、同じことだ。そして人を感動させるのである。

小林がそれを、何か、この世の秘密を解く鍵であると考えていたことは疑いない。そうして、生と死が逆転したようなイメージをもつにいたったのである。小林はそれを思想として、哲学として打ち出したわけではない。だが、井筒俊彦の哲学も丸山圭三郎の思想も、この小林の延長上に位置するといっていい。

人間にあっては生と死が逆転している。人間が生きているこの社会は、なかば以上、死に属している、死者に属している。いや、人間の生そのものがなかば以上、死に属している。ということは、人類の全体が集団的に詐欺にかけられているというに等しい。

むろん、人類自身が人類を詐欺にかけているのである。その対象化が宗教であり、その破れ目が、詩であり、芸術である。人類は、詩や芸術によって、つまりその梵我一如感によって、ほっと息をついているようなものだ。

「無常といふ事」に盛られた思想を、詐欺という語を用いて、突き詰めて説明すれば、そういうことになるだろう。むろん、小林は詐欺という語を用いてなどいない。だが、気違いと言われないためには同類を増やせばいい、といったたぐいの言葉は随所で吐いているのである。

司馬には、小林が手綱を緩めたところから始めたようなところがある。文学や芸術において以上に、政治、経済、社会においてこそ、この梵我一如感は重大な力を発揮しているのではないか、と考えたのである。言語によってもたらされた、あるいは、少なくとも言語によって意識化された俯瞰の政治学を、支えるのも壊すのも、この梵我一如感ではないか。

小林がけれんたっぷりに大見得を切って演じていることを、司馬は見得を切ることもなく大人びた表情で語っているということになる。

司馬は、たとえば、仏教における空の発見はインド思想におけるゼロの発見に対応していると繰り返し述べている。空とゼロはその役割が似ている。ゼロがなければ、おそらく中世から現代へといたる経済の発展など覚束なかっただろうというのである。ここで、ゼロが梵我一如感に対応していることはいうまでもない。俯瞰の政治学もまた梵我一如感によって支えられているというのはそういうことである。

その仕組はそのまま詐欺の仕組であるというのが、マンが詐欺師の主題を生涯手放さなかった理由であると思える。まったく同じ理由で、司馬は空海を大山師と呼んでみせたのだ。空海は、国家も宗教もどういう仕組で動いているかよく知っていたのである。

『空海の風景』を書いた後の一九七〇年代から八〇年代にかけて、司馬が提示した考え方で、この文脈で重要なものが二つある。ひとつは、「合理的思考は貨幣経済によってもたらされる」という考え方である。もうひとつは、司馬の言い方をそのまま用いれば、「文明」とは海軍のことであり、「土着」とは陸軍のことである、というものだ。

前者についていえば、貨幣経済すなわち資本主義経済は、民主主義のもとでしか成長しないと、いまや広くいわれていることに対応している。司馬のいう合理的思考は、結局は、民主主義

――すなわち独裁政権でも身分制社会でもないこと――への志向を示している。

後者を説明するためには、司馬が、為政者には二つのタイプがあって、ひとつは「金」で支配するもの、いまひとつは「米」で支配するものであるという見方を、しばしば披露していたことを指摘しておかなければならない。たとえば、平清盛は「金」、源頼朝は「米」、信長と秀吉は「金」、家康は「米」で支配したというのである。「金」すなわち「貨幣」が海外貿易を、「米」が鎖国を示すのはいうまでもない。この二つのタイプは、中国史についてもヨーロッパ史についても当てはめることができるだろうが、ここでは話を広げない。

「文明」の海軍が「金」すなわち「貨幣」に、「土着」の陸軍が「米」に対応することはいうまでもない。中央ユーラシアの騎馬民族は、その性質上、海軍に近いこともまたいうまでもない。

これを要するに、司馬は、「文明」を貨幣経済であると考えていたのである。「土着」を、貨幣経済を忌避するものと考えた。むろん、詐欺は、貨幣経済つまり「文明」に対応する。大山師・空海が「文明」に対応するのは当然である。

ここでいう「文明」が、袴谷らのいう「外来」に対応することは紛れもないように、私には思われる。

この見方に立てば、仏教は外来思想である、断じて土着思想ではない、また、あってはならないと袴谷が主張するとき、仏教は貨幣経済の象徴であるということになる。

むろん、その通りだろう。水村美苗のいう普遍語もまた貨幣経済とともにあるといわなければならない。問題は、貨幣経済と視覚とがどうかかわるかということである。

第十一章　商業と宗教

1

宗教は詐欺である。

空海を大山師と呼ぶ司馬遼太郎の見解を敷衍すればそういうことになるが、これはおそらく改めて述べるまでもない常識ということに、いまではなっていると思われる。儲け話を持ち込んで金銭を騙し取る詐欺は古今東西ありふれているが、宗教伝道者が行っていることも、その仕組においてはこれと大差がない。儲け話を持ち込むほうにしても、ネズミ講ではないが、自分自身、信じ込んでいることが少なくない。それが詐欺であるとすれば、彼なり彼女なりは、まず自分自身を詐欺にかけているのである。仕組は宗教とまったく変わらない。

宗教は詐欺であるという言葉を、褒辞と取るか、貶辞と取るかは、受けとめる側の器量にかかっている。人間は詐欺的存在である。つまり、人間そのもの、私という現象そのものが、いわば詐欺の形式に則っているという根源的事実に即して考えれば、これは褒辞と受け取るほかないことになる。だが、政治も経済も社会も基本的に詐欺的構造などもっているわけがないと考える人間にとっては、これは貶辞以外の何ものでもないことになるだろう。

新井白石の『西洋紀聞』が一例になる。

『西洋紀聞』は白石が、鎖国時代の禁制を破り、布教のために来日したイタリア人宣教師ジョバンニ・シドッチを、移送されてきた江戸小石川のキリシタン屋敷で尋問した記録である。シドッチは一七〇八年八月、屋久島に上陸し、捕縛され、まず長崎に、次いで江戸に連行された。白石が尋問したのは翌〇九年の十一月である。


白石は、シドッチを評して「凡そ、其人博聞強記にして、彼方多学の人と聞えて、天文・地理の事に至《いたり》ては、企《くはだて》及ぶべしとも覚えず」と記し、その博聞強記ぶりを細字で具体的に説明した後に、「其教法を説くに至《いたり》ては、一言の道にちかき所もあらず。智愚たちまちに地を易《か》へて、二人の言を聞くに似たり。こゝに知りぬ、彼方の学のごときは、たゞ其形と器とに精しき事を。所《いは》謂《ゆる》形而下《けいじか》なるもののみを知りて、形而上なるものはいまだあづかり聞かず」と書いている。


世界の地理と歴史を論じてきわめて合理的であるにもかかわらず、宗教のこととなるとまるで別人のように妄想を語る。白石にしてみれば、いわゆるキリスト教は集団的詐欺に等しかっただろう。シドッチは自分が騙されていることに気づいていない、と白石は感じたのである。

『西洋紀聞』の「下」の後半はシドッチによるキリスト教の教義の説明だが、白石はその感想を「嬰児の語に似たる」と記している。

「デウス称じてみづからよく天地・人物を生じ養ひて、大公の父・無上の君といふ。さらばなど其人をして、皆こと〴〵く善ならしめ、皆こと〴〵く其教にしたがはしむる事あたはずして、尽世界の人をして、こと〴〵く皆絶滅せしむるには至れるにや」というのである。この矛盾から煩瑣な形而上学が生まれ、その形而上学に鍛えられていわゆる西洋思想が生まれることはいうまでもないが、その逆説を知らなかったとして白石を責めるわけにはいかないだろう。白石の論理が明晰であることは疑いないからである。

白石は最後に、キリスト教と仏教の類似を語って、宗教発祥の地が遠くないことから推して――当時の日本から見ればインドとパレスチナは似たようなものだっただろう――キリスト教は仏教の影響下に生まれたものであろうと述べている。

「造像あり、受戒あり、灌頂あり、誦経あり、念珠あり、天堂地獄・輪廻報応の説ある事、仏氏の言に相似ずといふ事なく、其浅陋の甚しきに至りては、同日の論とはなすべからず」というのである。

白石は、理論としては仏教のほうが格段に上だと述べているわけだが、しかし、儀式や偶像のありようなど、むしろ似ていることのほうに重点を置いているといっていい。だからこそ、キリスト教の侵入を抑えるに仏教を以ってする、すなわち「夷を以て夷を治む」、「虎をすゝめて狼を駆る」ことが、時に応じてはできるだろうと考えたのである。

つまり、白石にとっては、仏教もキリスト教も詐欺に等しいことに変わりはなかったのである。要するに貶しているのだ。

白石は儒者である。怪力乱神を語らずではないが、世界を脱神話化しようとする欲望は強く、『古事記』『日本書紀』にさえ矛先を向けたことはよく知られている。否定しようとするのではない。象徴的に再解釈しようとするのである。まさに日本近世きっての合理主義者だが、しかし、この合理主義者は儒教の教えだけは合理的だと考えていた。

したがって、形而上学は非合理的な神すなわち一者に収斂するとは考えていなかったし、合理主義の究極は形而上学の否定に向かうとも考えてはいなかったのである。仏教もキリスト教も詐欺に等しいとすれば、儒教もまた詐欺に等しい可能性があるとは考えなかった。足利義満が日本国王を称したことを是認する、すなわち天皇制を相対化するところまで歩を進めながら、自身もまた儒教という詐欺にかかっているのではないか、とは疑わなかった。

偉大な常識人というほかない。

宗教は詐欺だという言葉をどう受け取るかはその人間の器量次第だと述べた理由だが、しかし、キリスト教も仏教も似たようなものだとするその根拠に、「造像あり、受戒あり、灌頂あり、誦経あり、念珠あり、天堂地獄・輪廻報応の説ある事」を挙げているところに、この常識人の偉大さを改めて感じざるをえない。白石にとってはおそらく、宗教は何よりもまずひとつの事業に見えていたのである。

司馬遼太郎もまた、宗教は事業である、と考えていた。だからこそ空海を大山師という語で形容しもしたのである。しかし同時に、求道的情熱があくまでも孤独な個人の思索を通してなされるものであると考えてもいた。白石がシドッチを憐れんではいても、その思索の孤独まで考えていたとは思えない。

事業は「うたげ」であり、求道は「孤心」である。一致もすれば背反もする。

司馬は、『空海の風景』が文庫化されるとき、大岡信に解説を依頼しているが、上下巻のその刊行は一九七八年一月、二月である。大岡の『うたげと孤心』の刊行も七八年二月。とはいえ、『うたげと孤心』の連載は、第四章で述べたように、七三年から七四年までなので、司馬がそれを読んでいた可能性は大いにある。

いずれにせよ、類は友を呼ぶ、というべきか。司馬も大岡も、「うたげ」と「孤心」のからくりに、同じように、否応もなく引き寄せられているといっていい。解説の依頼が司馬自身の意向であることは、当時、私は大岡からじかに聞いて知っていた。

司馬にこだわるのは、最澄、空海、法然、親鸞、道元といった人々について、彼らの思想はもとより、宗門のその後の展開――基本的には同じように無理解な弟子によって開祖の思想は百八十度変えられてしまう――についてまで深く理解しながら、井筒俊彦や丸山圭三郎のような本覚思想への傾斜をおよそ感じさせない、その理由に興味があるからである。

司馬の宗教理解は深い。

第二次大戦に出征した司馬が満州に送られたことはよく知られている。戦車隊である。敗色が濃くなって本国に戻され――軍部は徹底抗戦のつもりだったのだ――新潟を経由して関東に配されたこともよく知られている。一九四五年敗戦。復員後、京都の新聞社で寺廻りの取材をしていたと、自身、繰り返し書いている。

最澄、空海、法然、親鸞、道元といった人々についての基本的な見方が、袴谷憲昭や松本史朗らとほとんど違わないのは、書物を通して以上に、いわば仏教の現場に踏み込んで理解しなければならなかった体験があるからだろう。関心も深かった。

本覚思想に触れること必ずしも多くないのは、本覚思想を知らないからではない。関心がないからでもない。いわば対象との距離を最大限にとっているからである。肉迫しながらも、距離を最大限にとるというのは、易しいことではない。

たとえば天台宗について、最澄、円仁――ライシャワーの『円仁 唐代中国への旅』によって世界的に有名になった――までは知っていても、元三大師・良源のことまで知るものは多くはないだろう。

だが、司馬によれば、「良源が得度したころ、叡山はかつての最澄や円仁などの努力の歴史があったにもかかわらず、依然として行政的にも南都（奈良仏教）の下風に立っていたが、良源によって叡山が南都から完全に独立し、むしろ上に立つようになったといっていい」というのである。良源はその生涯で二度、叡山を代表して南都の代表と論争する場に臨み、二度とも勝ち、その結果として一山の南都に対する優位をかちとっているのだ、と。

「街道をゆく」の第十六巻『叡山の諸道』は、良源についての簡明な紹介を含む。

叡山の天台宗が、南都の諸体系と決定的にちがうのは、「生けるもののすべてが仏になれる素質をもっている。生けるものだけでなく、草木も山河も石ころもすべてが仏性をもっている」という点である。『法華経』ではそうなっている、と、司馬は書いている。すなわち本覚思想の核心である。だが、南都はそうではない立場、すなわち、生類どころか、人間にさえ成仏できる可能性のあるものと、まったくないものがあるという立場をとっているというのだ。

司馬は、叡山と南都との二度にわたる大論争の内容と様子を、それこそ現場に居合わせたような筆致で描いた後に、ほかならぬ「元三大師」と題された章を、次のように締めくくっている。

良源がのち在世中にすでに神秘的人物とされたのも、最澄以来、叡山が歯の立てようのなかった南都をこの宗論でもってしりぞけ、教団の位置を飛躍させたという功が、ひとびとの畏敬の基礎にあったからにちがいない。

叡山がこんにちまで伝えている問答形式の法会《ほうえ》（広学竪義《こうがくりゅうぎ》あるいは法華大会《ほっけだいえ》）は、この横川の良源——元三大師——が座主になって三年後に立てたものである。

さらにいえば良源以後、

——人間も草木もみな平等に成仏する。

という多分に日本風の思想が、公然と民間にまで普及してゆくことにもなる。

天台本覚思想の確立のさまを一般人にも分かるように描いて間然するところがない。しかも、本覚思想というむずかしげな語はいっさい用いていないのである。

最澄については人柄が分かるように描かれているが、良源については、人柄はともかく、何よりもまず叡山なるものが京都において、また日本において、この知恵者の僧侶以後、どのように遇されるようになり、また遇されてきたのか、腑に落ちるように描かれている。

叡山とともに京都の歴史が実感される。感嘆する。

第二章で阿部秋生の『源氏物語研究序説』を引いて、京都では空海より最澄のほうが重視されていたことについて触れたが、それを裏打ちしている。

2

繰り返すが、司馬は宗教に詳しい。

たとえば「街道をゆく」シリーズではその随所に、シャーマニズムから新興宗教にいたるまで、さまざまな形態の宗教が取り上げられている。神道、仏教、修験道、キリスト教など、むろん歴史の文脈において、活写されている。とりわけ教祖については、その思想についても歴史についても、じつに丹念に描かれている。

にもかかわらず、司馬には、宗教に対して、何というか、宗教的に踏み込むということがまったくないのである。

「街道をゆく」シリーズの第十八巻は『越前の諸道』であり、当然のことながら道元について触れること少なくない。管見では、第十八巻は禅を論じた名著である。

司馬は、道元の宋における留学体験を語り、『正法眼蔵』を引いて、その人格と思想の激越さを語る。だが、同時に、「私は、禅についての理解がとぼしい。禅の悟りというのは、道元のような百万人にひとりといった天才、もしくは強者のためのものであるかと当時も思ったり、いまも思っている」と書くのである。

距離の取り方が巧みである。謙虚を思わせるが、読書量は専門家に匹敵する。

たとえば、「禅はたしかにあらゆる他の宗旨よりも、釈迦の原始仏教の正統の子であることに近いであろう。しかしその思想的気分は、釈迦がもつサンスクリット語の論理性よりも、言語として多分に非論理的でありつつ、音韻に美的壮気をもつ中国語のほうにつよく牽引され、影響されている。たとえば、禅をみやびた大和言葉のみで語れば、その思想的美学が半ば消えるのではないか」と書いている。

並の入門書よりはるかに鋭く本質を衝いていると感じさせる。サンスクリット語、中国語、日本語それぞれの特質と差異を示して、禅は中国語の産物であると明言しているのである。禅を生んだのは中国ではない、中国語であるという指摘に、私はこれまで出会ったことがない。大和言葉云々の件は、芭蕉の発句にもそのまま通じるだろう。

「永平寺」という章がある。『越前の諸道』でありながら、永平寺になかなか至らない。その前に、宝慶寺について触れ、そこに長く留まっている。中国人でありながら道元を慕って日本にまでやってきた弟子、寂円の開いた寺である。司馬は明らかに寂円に惹かれ、曹洞宗を俗化させた永平寺三世、徹通義介に批判的である。

宝慶寺の次には、越前の苔寺、平泉寺白山神社に長く留まる。永平寺については、その俗化を耳にすることあまりに多く、そのため当初は割愛しようと思っていたほどであった。道元を思えばこその逡巡であるらしい。だが、ここまで来て立ち寄らないのはどうかと思い、立ち寄ることにした、それが「永平寺」という章を設けた理由なのだ。また、同行の須田画伯が道元を愛していた。

そこにも次のような見事な一筆書きがある。

道元の禅学は、日本仏教のなかでもっとも難解である。かつ単純でもある。かれは自分の思想体系に「禅宗」という宗派的なことばを冠することさえきらった。単に「正法《しょうぼう》」であると信じ、自分の体系以外に釈迦の真実はないとした。たしかにそのような気がしないでもない。たとえば真言密教などはその源流はインド思想の一つであっても、釈迦の教説とはちがうであろう。日本において大いに普及した浄土教（浄土宗や浄土真宗など）も、釈迦の教説とは別個のものであるように思われる。

『越前の諸道』が週刊誌に連載されたのは一九八〇年の十二月から八一年の六月にかけてである。単行本として刊行されたのが翌年の八二年。『叡山の諸道』では、天台本覚思想のその基本を「生けるものだけでなく、草木も山河も石ころもすべてが仏性をもっている」という考え方として、それは日本風の思想であって——すなわち仏教ではない——と、じつにあっさりと紹介していたわけだが、『越前の諸道』では、それに続けるように、真言密教も浄土教もほんとうは仏教ではないと述べているのである。

袴谷憲昭らの批判仏教が展開されるのが八〇年代も半ばを過ぎてからだから、その論旨の多くは司馬によって先取りされていたという印象は打ち消しがたい。

私は第八章に袴谷や松本らの仕事に触れて「一九八〇年代から九〇年代にかけての日本の文芸批評の中心は駒沢大学仏教学部にあったのではないかという気がしてくる」と書いたが、司馬はその駒沢大学をも批判の対象にしている。

道元は「曹洞宗」と称することさえ嫌った、と司馬は『正法眼蔵』の「仏道」の章を引いて、その「刃物のようにするどい論理とはげしすぎる修辞」を具体的に紹介した後に、さらに次のように続けている。

が、現実の道元の宗団は「曹洞宗」ととなえ、その末寺は、一万五千カ寺もある。

一万五千カ寺というのは、巨大である。日本の仏教諸派では門徒（浄土真宗）がもっとも多いというが、それらは東西本願寺に大別されているため、東西個別の末寺数でいえば、曹洞宗にはとてもおよばない。

越前の永平寺と横浜の鶴見の総持寺を同格の両本山とし、その教団の政庁ともいうべき宗務所を東京に置き、雲水を修行させる僧堂の数は全国に三十カ所、ほかに文科系総合大学（駒沢大学）を東京に、流行の歯学部をもつ大学を名古屋に置き、さらには短大が三、四カ校、高校を十幾つもっている。

空海を「大山師」と呼んだ以上の、辛辣さ、といっていい。

曹洞宗がこれほど旺盛な事業者であるとは、司馬に指摘されるまで、私は迂闊にも知らなかった。個々には知っていても、合わせて眺めることを知らなかったのである。

袴谷や松本らの著作に接していると、栄西は俗物で道元は聖者であるとの印象をもたざるをえない。茶の湯で権力者に取り入ったのが栄西で、権力にいっさい近づかなかったのが道元である。その印象はそのまま、臨済宗は俗で曹洞宗は聖、花園大学は俗で駒沢大学は聖、との印象へとつながりかねない。袴谷には柳田聖山を俗物とする――聖山自身、意図的に装っていたとしか考えられないのだが――感情的というほかない筆致で貶した長文の評論があって、それもそんなものかと思ってしまいかねないほどである。ちなみに、聖山に関しては――また入矢義高に関しても――袴谷の後輩と思われる小川隆の評価は正反対である。

そういう思い込みがあって読むと、道元を祖とする曹洞宗が日本の宗教界を代表するほどの俗物に成り果てていたという事実には、いよいよ唖然とするほかない。

道元と歯学部を組み合わせてみせた、司馬一流の密かなユーモアには、とりわけ苦笑する。宋に留学した直後、入国許可を待つあいだ諸山諸寺を訪ね僧に会うようにした道元が、彼らの不潔さに驚いた話はよく知られている。『正法眼蔵』「洗面」の章である。

司馬は『越前の諸道』「道元」の章で、その「洗面」のエピソードを引いている。道元が、中国の僧たちが「朝、楊枝をつかって歯をみがくことをしない」ことに仏法の失墜を見ていること、道元の思想のありようを見ているのである。道元は、朝、歯磨きをしない連中は仏教者ではないというのだ。この論理に歴然としているように、道元の形而上学は日常規範に裏打ちされていた、と、司馬はいうのである。とすれば、曹洞宗の大学が歯学部をもつのは、じつに理に適っていることになる。これが司馬一流のユーモアである。可笑しいが、どこか悲哀も漂う。しかも、それがあからさまでない。

真言宗からは司馬の『空海の風景』に対する批判が少しはあるようだが、曹洞宗あるいは駒沢大学からの『越前の諸道』への批判はどうなのだろうか。

司馬はさらに批判を続けている。というか、批判の内実を説明している。

道元禅については、かれの苛烈な禅風とその激越な修辞でつづられている著『正法眼蔵』を見るかぎりにおいては、その門流など、容易に人を得ず、同時代に三、四十人もあれば多いほうかと思えるが――さらにはそれら門流も高嶺の雪のようにわずかに白く積もって麓の「臭皮袋」にまで雪どけ水がとどかぬほどかと思えるのに――登録された末寺一四、七〇〇余、檀信徒の戸数一、三七三、四〇〇戸というのは、どういうことであろう。

道元の深刻な思想と気むずかしい論理的性格が、これほどまでに一般化しているとはおもえないのである。

このことは、浄土真宗の宗祖である親鸞の場合もことならない。


「臭皮袋」というのは、先に述べた『正法眼蔵』の「仏道」の章のなかで、道元が弟子を戒めて、曹洞宗などと称えるのは「傍輩の臭皮袋」だ、といったそれで、司馬は「そのへんのばかもの」と現代語訳している。

親鸞の名を出したために、辛辣さがいっそう増している。

この一行を受けるようにして、司馬は若い頃に、本願寺の宗務総長に「一人の弟子も持たず候」とする親鸞になぜ教団があるのか、と尋ねたことがあったむね記している。

記された答えから推して、宗務総長は司馬の問いそのものが理解できなかったようである。司馬は、その後に、「多くのすぐれた宗教においては、その遠い時代の教祖は荒野をさまようひとりの反俗者であり、俗権から危険視される思想家にすぎなかった。その死後、教団を形成する者は、教祖の思想から「毒」をとりのぞくか、薄めるかして、大衆を動かし、組織するのである」と書き添えている。

新聞社で寺院取材をしていた二十代の頃、司馬が本願寺の宗務総長に「なぜ教団があるのか」と尋ねるだけの勇気と情熱を持っていたことは、記憶に値する。

袴谷や松本は、司馬の曹洞宗に対するこのような批判は目にしていないかもしれない。だが、同種の批判が彼らの身近にないわけではない。たとえば、末木文美士の「批判仏教の提起する問題」末尾の次の一節などがそうである。二〇〇〇年の文章だが、『近代日本と仏教』(二〇〇四)に収録されている。

最後に、批判仏教の批判が敢えてタブーとしている問題があることを指摘しておきたい。それは教団論である。たとえば、曹洞宗という教団を考える時、その教団の経済的基盤は瑩《けい》山《ざん》系の祈禱仏教と江戸期以来の葬式仏教に支えられている。文字通り土着思想化した仏教である。批判仏教の批判を徹底するならば、教団の解体論に進むであろうし、逆に教団の原理を認めて内部改革の道を取ろうとするならば、土着仏教批判一本では解決しない。袴谷には葬式仏教を認めている言辞も見られるが、もっとも肝要の問題が曖昧にぼかされている印象を免れない。

司馬の批判よりも個別具体的で矛先も鋭い。袴谷の批判が同じように鋭いのに対峙しているのである。末木の批判に比べれば、司馬の批判は曹洞宗一般への疑問であり、それもなぜこういうことになるのかという、あたかもひとつの歴史的現象を眺めて嘆息しているかのような風情だ。司馬は嘆息しながら、永平寺俗化の張本人、義介の次に、義介の門人、瑩山が登場し、大衆化主義をいっそう強め、祈禱や儀式を大いに取り入れた経緯をも紹介している。永平寺を去った義介が大乗寺開祖となり、瑩山がその大乗寺の二世となったのである。末木の引用にある「瑩山系の祈禱仏教」とはその系譜のことである。

道元とその周辺をさんざん探索した後、『越前の諸道』に登場する司馬の一行《いっこう》は、章名に「永平寺」を出しながらも、結局、永平寺参詣を回避してしまう。
ここまで紹介して来た以上、末尾の一節も引かなければ収まりがつかない。

九頭竜川にかかった鉄の橋をわたると、上志比《かみしい》である。やがて永平寺に近づくと、客を吐きだしたバスが多くうずくまっていて、さらにゆくと、団体客で路上も林間も鳴るようであり、おそれをなして門前から退却してしまった。私どもは、遠く本道上まで逃げて、息を入れた。

道元というのは、思想家としてはやはり一個の孤客だったのであろう。

宝慶寺、平泉寺の静謐な印象が残っているために、雑踏の騒音がいよいよ際立つ。文章の書き手として鮮やかというほかないが、しかし、永平寺の堕落、曹洞宗の堕落をこと荒立てて問題にしようとしているわけではない。
司馬は、宗教の現状を見て、白石のように、「嬰児の語に似たる」といったような感想を書きはしない。次章「松岡町」の冒頭近く、「わが民族ながら、文化的奇観のようにおもえた」と書くだけである。

3

宗教に深い理解をもちながら、司馬には、何というか、そこに宗教的に踏み込んでゆくというところがまったくないと述べたが、その背後にはおそらく、宗教が思想であるとともに事業でもあるという現実を熟知していた、ということがあったと思われる。

司馬は、宋に留学した道元が、その地の現状にいわば失望し落胆した様子を描いている。中国好きの道元も、中国式の寺院経営法については批判があったらしいというのである。この個所でも司馬は、中国仏教のいわばもうひとつの真実を、一筆で描いてみせている。

たしかに中国仏教は、唐代以来、有力寺院の経営法ががっちりしていた。皇帝、貴族、大官、軍閥が土地を寄進するために、寺院そのものが大地主であった。多数の農奴的な小作人を擁し、かれらを、いわば搾取してきた。その上、唐代以来、中国の大寺《おおでら》は金貸しでもあった。寺が金を貸し、利息をむさぼり、取りたてをきびしくし、そのことで肥っている、というようなことが、釈迦本来の仏法からみれば適当なことなのかどうか。

宗教が事業であることの一面を痛烈なかたちで書いている。それも、道元の視線で見ているのである。「釈迦本来の仏法からみれば適当なことなのかどうか」というのは、司馬の感想である以上に、留学僧である道元の実感というところだろう。

司馬はここでもあっさりと書いているが、中国仏教をこういうかたちで論じたものがどれほどあるのか、要するに司馬は何を典拠にこう書いているのか、浅学にして突き止めることができない。仏教論の多くは宗教論、いやむしろ思想論であって、政治、経済、社会に関連づけるこういう視角からの論評は、必ずしも多くはないと思える。

だが、ジャック・ジェルネの『中国社会における仏教』に、たとえば次のような記述がある。フランシスキュス・ヴェルランによる英訳から重訳する。第四章「領地と召使たち」の一節。拙訳かつ意訳である。

中国の僧は、その多くが農民出身であるが、農業に従事することはなかった。この生活様式の変化は、彼らが入信したもっとも明白な理由と見なされるだろう。家族を離れることによって、彼らは農業労働をも捨てたのである。この伝統は西域から入ってきたものであり、それによれば、僧は信徒によってその生を維持されるべきものなのだ。いずれの王朝も、僧に公的な地位を与え続けることによって、仏教教団を中国におけるひとつの独立した階級として確立させたのである。この階級は社会によって維持されるべきものであり、平民の義務から免れるものであった。中国には修道院の伝統がなかったので、僧の地位は官僚や貴族に倣うことになった。官僚との類似は、僧の試験にまで及んだのであり、権力によって制度化されたのである。中国の僧は、小作人の奴隷的な労働を管理してその収穫を掠め、彼らを管理し支配するという形式で農業にかかわった。理由としては、動植物を害してはいけないとするインド仏教の禁制が挙げられた。禁制を理由に罪を他人に負わせたのである。律は、僧が土を耕し、木を伐り、草を刈ることを禁じている。彼らはさらに裁縫や栽培さえ不潔で不相応なことと見なしていた。見習僧のみが庭や畑で鍬を取っていたのであり、それは彼らがまだ叙階されていないからであり、掟の細部に縛られていないからなのであった。

司馬は、最澄や空海を描くにあたって日本における官僧という地位を説明しているが、当然ながら、もとは中国にあったわけである。しかも、中国もそういう地位を新設するにあたって多少の苦労はしたように見える。その制度が数世紀も経ずに日本に移植されたわけだ。

ジェルネは『古代中国』、『中国近世の百万都市』、『中国とキリスト教』などの邦訳で日本でもよく知られるフランスの中国学者である。

フランスの中国学はエドゥアール・シャヴァンヌの敦煌文書の解読が画期となり、後にポール・ペリオ、アンリ・マスペロ、マルセル・グラネらが続き、さらにポール・ドミエヴィルが続くが、ジェルネはそのまた次の世代ということになる。ドミエヴェルまでは十九世紀生まれだが、ジェルネは一九二一年生まれで、司馬の二歳年長。『中国近世の百万都市』の訳者である栗本一男が、アナール学派とくにブローデルの影響が強いと指摘しているが、的確と思われる。ちなみにブローデルは一九〇二年の生まれ、フランスの中国学に日本語必修の流儀をもたらしたドミエヴィルは一八九四年の生まれである。

半世紀の昔になるが、ドミエヴィルが、ジェルネを日本に紹介して、その処女作は敦煌出土の神会に関する文献の翻訳であり、つづいて提出された大部な学位論文は十世紀までの中国仏教史に関する経済的社会的側面を検討したものであったが、以後、ジェルネは仏教学の研究よりも中国史の研究に従事するようになったと、やや残念といった筆致で述べているが(「大谷學報」一九六六年十一月)、その学位論文が『中国社会における仏教』であると思われる。「五世紀から十世紀にかけての経済史」という副題が付されているが、敦煌文書が頻繁に引かれている。原著の刊行が一九五六年で、英訳の刊行が一九九五年。半世紀をさかのぼる書だが、定評ある業績ということで英訳されたのだろう。

アナール学派というと、ブローデルからウォーラーステインへの系譜がまず思い浮かぶが、ブローデルは当然のこととして、ここでは、中国という対象とその扱う年代からして、ウォーラーステインよりも、むしろフランクの『リオリエント』を思い浮かべたほうが良いかもしれない。あるいは、中国宋代にかなりの比重を置く『ヒューマン・ウェブ――世界史を鳥瞰する』を息子と共著で刊行した世界史家ウィリアム・H・マクニールを。

引用は、司馬の指摘に対応するものを探して、手元にあったものを挙げたにすぎない。同書から、さらに密接に対応する個所を次に掲げるつもりだが、興味深いことは、仏教の俗化とかそういうことではない。宗教は事業であるというよりも、ここではむしろ、中国がそのひとつの歴史的段階において、「事業としての宗教」を必要としたという面のほうが強調されているということである。さらに踏み込んでいえば、「商業としての宗教」を必要としたという面が強調されているということだ。

あるいは、アナール学派の影響というのは、事態を反転して見るということこのような流儀にあるというべきかもしれない。ブローデルが大著『地中海』をまさに地中海を鳥瞰する視点から書き始めていたことが思い起こされる。それはまた、司馬がつねに鳥瞰し、かつまた対象の傍近くまで飛来するという手法を好んだことをも思い起こさせる。対象から大きく身を引き離すことは、それだけですでに、対象を反転させるという技法を含みこんでいるのである。

鳥瞰、あるいは俯瞰が、人間に言語をもたらすことになった前提であることは、これまで飽きるほど述べた。鳥に追われる小動物は、逃げるために自らを鳥瞰しなければならないのだ。その能力の対象化が言語であると私は思っているのである。そしてその対象化は人間にだけ訪れたと考えているのだ。

言語は聴覚の領域にではなく視覚の領域にあるというのも、それを言い換えたにすぎない。この、自己を離れて浮遊する視点、いわば魂の視点が、人間に、言語とともに死という領域、死後という領域をもたらし、おそらくまた貨幣の領域をもたらしたと考えているのである。その領域がそのまま宗教の領域であることはいうまでもない。宗教が貨幣をたずさえて登場することは、したがって、私には当然のことのように思われる。

宗教は貨幣をたずさえて登場する。

二つは本質的に似ているのだ。宗教が詐欺ならば、貨幣も詐欺である。だが、この詐欺によって支えられているのが、私という現象であり、社会という現象なのだ。

『中国社会における仏教』の第六章「商売と高利貸し」第二節「中国仏教教団の商業活動」の冒頭を引く。章題も節題も、単刀直入、あからさまである。

中国における仏教の拡大と、東アジアと中央アジアおよびインドのあいだの交易の発達の間には歴史的な繋がりがある。仏舎利と経典の敬虔なる交易の後には、商業的交易が続いた。中国に仏教を運んだそれらの物品は、貿易の気風に満ちた地域からやってきたのである。僧とともに、西域から商人たちがやってきた。たとえば、六世紀に長江にそって貿易を営んでいたパルティア人である。

しかも、仏教は中国そのものの内部において経済活動の新たな発展を惹き起こしたのである。熱心な信者と彼らのための祈りの場所の必要性は、寺院の周辺地域に、信仰にかかわる物品を供給するための工芸と商業の出現を促した。村や町に店が開かれ、そこでは経典が印刷され、仏像が鋳込まれ、時に応じて宿屋にもなったのである。寺院の建築と装飾、祭りの街頭の飾りつけ、地所内の製粉機、印刷機の維持管理は、熟練工、専門技術者、画家らの奉仕を必要とした。敦煌文書には、かなりの量の交易が記されている。釘職人、ブリキ職人、陶器職人、かまど職人、大釜修繕人、彫刻師、鍵職人、ガラス職人、壁職人、麻職人、フェルト職人、その他。マザルタグ出土の記録文書には、中央アジアにおける中国仏教寺院においても同じように、以上のような職人仕事が重要であったことが記されている。

以下、ジェルネは、マザルタグ出土の記録文書から支払記録を細々と引用しているが、むろん、それらは要するに帳簿である。出生記録や死亡記録、出納簿などの解読は、アナール学派の得意としたところであり、ジェルネはそれを中国考古学の成果に適用したように思われる。だが、それにしてもこれは、ひとつの思想の移入が、そのじつは交易や商業の移入にほかならなかったことを示唆している、というほかない。

『中国社会における仏教』は「五世紀から十世紀にかけての経済史」という副題に明らかなように、六朝から隋、唐にかけての時代を扱っている。いわゆる貴族時代である。

敦煌は甘粛省の北西端に位置し、マザルタグは新疆ウィグル自治区の西側に位置する。要するにシルクロードである。敦煌出土記録文書は十一世紀初めに封じられ、マザルタグ出土記録文書は八、九世紀に属する。いずれもオーレル・スタインが西欧人としては最初に発見し調査したことでよく知られている。これらの記録が貴重なのは、宮崎市定いうところの「東洋的近世」が離陸する、その離陸直前の中国の姿を浮かび上がらせてくれるからである。

対象が対象である。翻訳は私の手にあまるが、論の運びの必要上、いたしかたない。ジェルネはさらに続けている。

言い換えれば、仏教は事業として申し分のないものだったのであり、中国経済の全域を活性化したのである。とはいえ、寺院の周辺における工芸と交易の発達は、二次的なものにすぎなかった。主なものは、寺院の豊かさを目当てにした様々な門前市であった。縁日と定期市は似ているなどというものではない。両者は同じ場所で開かれたのであり、寺院はたいてい繁華街の目抜き通りに位置する市場の近くに建てられたのである。富裕な信徒、貴族、高官、そして大寺院がその資産を増やそうとする場合、彼らは何よりもまず市場のなかの有利な場所を求めた。そこに店を持ってそれを貸し、儲けの何割かを納めさせたのである。彼らは金貸し業にまで手を出した。南朝宋の高官、蔡興宗の伝記によると「王族、貴族、その夫人たちが市場に数多くの店を出し、営利をむさぼり、その欲を際限なくふくらませるために、蔡興宗はこれらに抑制を加えるべきだと申し出た」という。

もちろん大寺院も市場に店を持っていて、それらは邸舎、邸店、鋪店などと呼ばれた。店は、旅行者のための宿舎や質屋をも兼ねていたように思われる。

「団体客で路上も林間も鳴る」永平寺門前さながらである。

こうして見てくると、司馬の述べた「多くのすぐれた宗教においては、その遠い時代の教祖は荒野をさまようひとりの反俗者であり、俗権から危険視される思想家にすぎなかった。その死後、教団を形成する者は、教祖の思想から「毒」をとりのぞくか、薄めるかして、大衆を動かし、組織するのである」という言葉も、反転して考えなければならないのではないかと思えてくる。すなわち、「教団を形成する者は、大衆を動かし、組織するために、歴史をさかのぼって、荒野をさまようひとりの反俗者、俗権から危険視される思想家を、その「毒」をとりのぞくかたちで発掘し、連れ戻すのである」と。

私は、司馬が、道元を論じながらも距離を置き、「禅の悟りというのは、道元のような百万人にひとりといった天才、もしくは強者のためのものである」と呟くとき、このような反転もありうることを十分に認識していたのだと思う。

『叡山の諸道』『越前の諸道』は、『空海の風景』の残響である。大山師・空海はすべてを一人で演じてしまったが、同じ劇を、最澄は良源を登場させることによって演じなければならなかったし、道元は、おそらくは心ならずも、義介と瑩山を登場させることによって演じるほかなかったのだ。

感覚的な好悪はおいて、司馬は、劇はとにかく全体を扱わねばならないという一種の義務感を背負っていたように思われる。最澄だけを論じるわけにはいかない、道元だけを論じるわけにはいかない、という衝迫が私には感じられる。とりもなおさずそれは、商業としての仏教、産業としての仏教という視点を捨て切ることはできないという意識であった、と思われる。その視点を含みこまなければ、仏教であれ、それとは一線を画す本覚思想であれ、力動性を失ってやせ細ると考えていたのではないか。

そういう視点がなければ、空海を大山師と呼びはしなかっただろう。

4

中国史、中国経済史のこれまでの分厚い成果を考えれば、細片をもって全体を推測しているにすぎないが、浅学菲才、この流儀を続けるほかない。

ジェルネが結果的に示唆しているのは、中国の「東洋的近世」が離陸するためには、仏教という世界宗教が必要であったということであり、世界宗教とはとりもなおさず世界交易であったということである。

世界交易に関しては、仏教がその中心地を一時、マガダからインド北西部のペシャワールに移したことからも明らかなように、仏教にはその要素がはじめからあったと考えなければならない。ペシャワールの繁栄がシルクロードの東西交易に深くかかわっていたことは指摘するまでもない。仏教が、都市国家間というういわば一種の国際的な環境から発生したことについては、宇井伯寿、中村元から植木雅俊にいたるまで膨大な論考があるが、いまはそれを咀嚼して論じるだけの余力がない。

フランクやマクニールが結果的に示唆しているのは、都市国家があって都市国家間ができたのではない、都市国家間があって都市国家が形成されたのだという考え方であると思われるが――それが本来の世界システムでありヒューマン・ウェブであるというのだ――、これは、現生人類が、ほぼ八万年前といわれるある時点に、東アフリカのある地点から拡散したとすれば、その拡散は基本的に網目状をなすほかないわけであり、そういう意味ではごく自然な着想というほかない。また、個人があって関係が生まれるのではない、関係があって個人が生まれるのだという現実にも、それはよく対応している。

このことは、土着宗教あるいは民族宗教が歴史的に発展して世界宗教が生まれたのではなく、世界宗教から切り離され、むしろ置き去りにされるかたちで土着宗教、民族宗教が生まれたという着想を引き連れずにはおかないだろう。それがいかに奇異に響こうとも、これは熟考されなければならない主題であると思われる。

人間が可塑的であることは故郷の感覚ひとつに明らかである。

父祖の地などというが、溢れ出るような懐かしさを覚えるのは幼年時代、少年時代を過ごした土地であって、かりにそれが原型のようなものを形成するとすれば、人間は移動したその土地をそのつど自分本来の土地と感じるようになるということである。人間は世代が代わるたびに世界を変えてゆくといっていいほどの可塑性、適応性をもっていることになる。そうでなければ短時日のうちに——進化の眼から見れば数万年はまさに短時日である——世界の隅々まで覆い尽くすことなどできはしなかっただろう。

土着宗教と外来宗教、民族宗教と世界宗教の問題もこのような背景において考える必要があると思われる。人間が適応するだけではない。人間の産物である宗教もまた適応するのである。土着が外来になり、外来が土着になるなど、瞬く間の話だろう。

とすれば、当然のことながら、外来の外来性とは固定したものではない、新奇であること、異質であること、そしてまたその新奇や異質と交通しあえる能力があること、といったことになるだろう。土着もまた同じ。三代住みつくことでも先祖代々三百年暮すことでもない。世界システムなりヒューマン・ウェブなりを断ち切って、閉鎖した自己完結システムを形成することを土着というのである。

魏晋南北朝時代は、その外来を必要としていたのだということになる。極論すれば、キリスト教でもイスラムでも良かったのである。仏教伝来の直前、五斗米道がすでにその外来の役割をある程度果たしていたのだと考えれば、いよいよ辻褄が合う。五斗米道は道教という土着宗教から生まれたが、後漢末においては外来宗教を装いえたのである。宗教教団は、産業革命以前においては、企業に代わることが可能な唯一の巨大組織だったに違いない。これに拮抗するのはおそらく軍隊だけだっただろう。むろん朝廷を除いての話だが。

ジェルネは『中国社会における仏教』の第五章を「産業施設」と題し、製粉機を論じ、印刷機を論じている。製粉機すなわち水車である。いずれも巨大施設であり、よほどの金持か権力者でなければ所有できなかった。仏教寺院はそれらを所有し、賃貸ししていたというのである。

第六章が「商売と高利貸し」であることはすでに述べた。そしてこの商売と高利貸しは、仏教の介入によって、中国においてある種の規模を獲得することになるのである。

「所有地の拡大がより大きい構造的、農業的、社会的発展となお関連していたのに対して、商業活動はそれらの要素にはあまり依存していなかった。この領域に関しては外国からの借用がいっそう適切だったのである」とジェルネは書いている。

所有地は「米」、商業活動は「金」と考えれば、この記述は、前章の末尾に紹介した司馬の、支配の二つの型、「米」による支配と「金」による支配という考え方に、見事に対応するといわなければならない。

魏晋南北朝時代は政治的には乱世に近いが、経済力はおそらく相当なところまで成長していたのである。すなわち「米」の時代を脱して「金」の時代に突入しようとしていた。土着の時代から外来の時代へと突入しようとしていた。南朝宋の高官、蔡興宗が抑制しなければならないと感じたのは、まさにその「成長」にほかならなかった。

度量衡の統一——鳥瞰する眼である——はすでに秦によって成し遂げられていたにせよ、それを利用して大規模商業、大規模産業を興す一種の企業力、事業力は、大組織でなければできなかった。あるいは、何らかの超越的すなわち外部的な力——国際的な取引を日常的にこなす力すなわちこれも鳥瞰する眼である——の介在を必要とした。中国の歴代王朝が仏教に眼をつけたのはまさにその組織性だった、と、ジェルネは指摘しているのだ。

貨幣経済の発達すなわち資本主義の発生である。

岩井克人によれば、貨幣そのものが資本主義のかたちをしているのだ。名言である。貨幣の発生とともに資本主義はすでに始まっている。というより、人間の存在するところ、いつでもどこでも、貨幣も資本主義も発現しようとしてうごめいているのである。あたかもウィルスのように。

インターネットの普及によって生じた経済行為の変容、たとえばネット・オークションのような新しい商取引の発生に眼を向け、そこに資本主義経済の原型を探ろうとする試みに、ジョン・マクミランの『市場を創る——バザールからネット取引まで』がある。マクミランは二〇〇七年

——訳書が刊行された年——に五十六歳の若さで亡くなったが、『バザールを再発明する——市場の自然史』という原題が示唆するように、経済活動がほとんどつねに自然発生し続ける人間社会の様子を活写している。

むろん、神の手ならぬ、何らかの鳥瞰する眼のようなものは必要とされるのだが、自然に活動を展開してゆくように見えるその一種の生命体は、鳥瞰する眼そのものを裏切る。だが、にもかかわらず鳥瞰する眼という契機は必要とするし、結果が逆に出ても、ときにその介入を必要とするのである。

この鳥瞰する眼は、いまのところたいていは国家によって、あるいは公的な機関によって担われている、とマクミランは述べている。インターネットをスタートさせたのは、国からの補助金である、と。「一九六〇年代と一九七〇年代、アメリカ軍はデータ共有のためにコンピュータを繋ぐ方法に関する研究のスポンサーとなり、この研究が大学のコンピュータのネットワークをもたらした」というのだ。

チョムスキーの生成文法の探究が、アメリカ軍の補助金によって始められたことを思い出させる指摘である。

不断に自然発生する経済というものへの畏怖が『市場を創る』には底流している。その自然発生が酸素のように必要とするものが、むろん信用である。「ニューヨークのダイヤモンドの卸売取引では、ディーラーたちはバッグに詰めた数百万ドル相当のダイヤモンドを、書面契約なしに受け渡しあっている」とマクミランは書いている。

口頭契約が機能する理由の一つには、ディーラーたちのほとんどが共通した世界観を持った敬虔主義のユダヤ人だからである。しかし、そのような大きな利益がかかわると、個人的関係は重い制裁とはならないだろう。そこでダイヤモンド市場は、契約に違反した者は、裏切った相手との将来の仕事を失うことになるだけでなく、他のすべてのダイヤモンド・トレーダーとの仕事をなくしてしまうように設計されている。ダイヤモンド・ディーラーズ・クラブが制裁を組織化している。(瀧澤弘和・木村友二訳)

これは広く知られていることであって、ことさらにマクミランの著書から引用する必要などないかもしれない。ユダヤ人たちは、俗の極みともいうべき商取引のその信用のネットワークを、建前としては聖に属する宗教から借用しているにすぎないのである。だが、それもまた反転することができる。おそらくは二千年以上の昔から行われてきたこの行為によって、民族宗教が世界宗教へと飛躍できたのではないか、というように。あるいは、俗こそが聖を支えてきたのではないか、というように。

宗教の顔をしてここに立っているのは、疑いなく鳥瞰する眼である。言語を成り立たせた鳥瞰する眼、俯瞰する眼なのだ。この視覚の領域が光のスイッチから発生していることは繰り返し述べた。すなわち、騙し、騙されまいとする領域こそが、そのまま信用を保証し、詐欺を取り締まる領域へと移行しているのである。

ジェルネのいう五世紀から十世紀にかけての中国が、仏教に何を期待したかったのか分かるような気がしてくる。むろん信用である。共同体を超えた、ということはつまり国際的な信用である。だが、それは裏面につねに詐欺が付着しているような信用の世界なのだ。それが儒教でも道教でもありえなかったことが興味深い。仏教は中国において外来のもの、すなわち国際的なものとして登場したのだ。しかもさらに興味深いのは、その仏教が、禅として土着化されると同時に、その外来性をあっという間に失ってゆくということである。日本においても同じことが起ったのだといっていい。

外来というのは他者、誰でもありうるもの、誰であってもいいものである。世界宗教は誰であってもいいものの宗教なのだ。それが取引の信用を支え、ときに大きく覆しもするのである。当然のことだが、商取引は精神の領域に属している。明るくも暗くもある精神の領域に。

5

人間は視覚の助けなしに時間を把握することができない。年も日も分も秒も、空間に刻まなければ分からないのである。

一般に、視覚は空間に、聴覚は時間に配されるが、このことからも視覚の優位は圧倒的であることが分かる。便宜的に時空という語が用いられるが、空間の優位は否定すべくもない。理解はつねに空間的に処理されるのである。それをつかさどるのが言語なのだ。

貨幣もまた時空のなかに存在するが、それは視覚の領域に配されているのと同じことだ。鳥瞰し俯瞰する眼のもとにあるだけではない。貨幣の起源そのものが、原理的に視覚のもとに配されているのである。それがつねに、視覚の不安、すなわち詐欺や虚偽の不安にさらされざるをえない理由なのだ。

ジンメルの『貨幣の哲学』に次のような一節がある。第二章「貨幣の実体価値」。

われわれがここで知るのは、もっとも必要でもっとも価値あるものが最初に貨幣となる傾向があるということである。もっとも必要なものをわれわれはここでは、けっして生理学的な意味において理解しない。むしろたとえば装飾欲望は、「必需品」と感じられるもののなかでは支配的な役割を演じることができる。それというのもわれわれが自然民族について実際にもまた聞くところによれば、彼らの身体の装飾品やそのために使用される対象は彼らには、われわれがはるかに切実に必要と考えるすべての事物よりも価値があるからである。（中略）貨幣がその素材からみて直接に価値があると感じられなければ、それは交換手段としても価値尺度としても成立することができなかったであろう。（居安正訳）

『貨幣の哲学』は、私見では、マルクスの『資本論』第一部第一篇「商品と貨幣」を批判的に乗り越えようとする試みである。

刊行された一九〇〇年前後のドイツ語圏の状況を眺めれば、当然のことと思えるが、しかし、表向きはそういう装いはいっさいいない。マルクスについての知識はほとんどなかったといわれるジンメルである。その名が一度出てくるくらいで、まったく触れられていないといっていいほどだ。本書は国民経済学の立場で論じるものではないと断っているほどだから、あくまでも哲学であって経済学ではないのである。

だが、読み進むと、マルクスを強く意識しているとしか思えない。当時、ドイツの知識人の多くは、マルクス主義者ではないまでも心情的には左翼だった。ウィーンではベーム＝バヴェルクとヒルファーディングが価値論をめぐって論争している。マルクス的主題は時代の風潮だったというほかない。

引用した一節の直前に、「これまでの推論の全体は、貨幣が現実に価値であるか否かの問題にはけっしてふれず、価値を測定するという貨幣の機能は貨幣に固有価値という性格を強制しないということ、これを証明することのみが重要であった」と述べていることからも、そのことが窺える。価値を実体的なものとみなすマルクスの価値論への批判になっている。その後に「原始的な経済段階においてはいたるところで使用価値が貨幣として現れる。すなわち家畜、塩、奴隷、煙草、毛皮などである」と続けていて、それがマルクスの口調を思わせるところが可笑しいのだが、批判しようとしていることは紛れもない。

だが、マルクスがアダム・スミスの労働価値説を捨てることができなかったように——共産主義者としてできなかったのでありそれが『資本論』の最大の欠陥であると私には思われる——ジンメルもまた捨てることができなかった。したがって少しもマルクスを乗り越えてはいないのである。

にもかかわらず引用したのは、「自然民族」すなわち「未開人」にとって「装飾欲望」は他の欲望をはるかに凌駕すると強調しているからである。私にはここがマルクスとは決定的に違っていると思われる。むしろ、ゾンバルトを思わせるといっていい。ちなみに、ジンメルの、五歳下がゾンバルトで、六歳下がヴェーバーである。ヴェーバーは二人をハイデルベルク大学に招聘しようとしたが、どちらも果たせなかった。

ジンメルはこの「装飾欲望」には大いにこだわっている。同じ章の少し後に次の一節がある。

貨幣素材の発展は貨幣の社会学的な性格をますます完全な表現にもたらす。塩や家畜や煙草や穀物のような原始的な交換手段は、それらの使用よりすれば純粋な個人的関心によって規定され、それらは唯我論的である。それらは結局は個人によって消費され、この瞬間には他者はそれにいかなる関心も示さない。これにたいして貴金属は装飾としてのその意義によって諸個人のあいだの関係を示している。すなわち人びとは他者のために身を飾る。装飾は社会的な欲求であり、そして貴金属はまさにその輝きによって目を自己にひきつけるのにまさにとりわけ適している。それゆえ一定の装飾種類はまた一定の社会的な地位に保留される。こうして中世のフランスにおいては金の装飾品を身につけることは、一定の地位以下の人びとには禁じられていた。装飾はそのすべての意義を、それがそれを身につけている人以外の他者のなかにひき起こす心理的な過程のうちにもつということによって、貴金属はあのより根源的な、いわば求心的な交換手段とはあくまでも区別される。もっとも純粋な社会的な出来事としての交換、すなわちもっとも完全な相互作用としての交換は、それにふさわしい担い手を装飾品という実体において見いだす。なぜなら装飾品はその所有者にとってのすべての意義をたんに間接的にのみ、すなわち他の人間との関係においてのみ提示するからである。（同前）

先の引用では未開人が取り上げられ、この引用では文明人が取り上げられている。前者では、文明人にはほとんど理解できないにせよ未開人には未開人の「装飾品」の価値体系があるのだと述べ、後者では、文明人には他者への自己顕示欲があってその象徴が「装飾品」なのだと述べている。こちらのほうが、ゾンバルトのたとえば『恋愛と贅沢と資本主義』にいっそう近い。もっともゾンバルトの本は一九一二年の刊行だから、ジンメルのほうが十二年も早い。

ジンメルは、装飾品のようなものが貨幣に転用されやすいのは、それが他者に見せるためのものだからだ、という。塩や家畜や煙草や穀物のような原始的な交換手段は、他者ではなく自分が食べるためのもの、吸うためのものであって、「より根源的な、いわば求心的な交換手段」なのである。交換手段として残るのは、貴金属であって、それは自分の生理的な欲求の対象ではなく、他者との関係を有利にしようとする精神的な欲望の対象だからである。それが交換手段に適切な理由だというのだ。

不思議なのは、ジンメルがここで、装身具は他者に見せるためのものだとして、それ以上の追究をしていないことだ。他者に見せるのは他者に認められたいからであり、他者に認められた自分を見たいからにほかならない。まさに承認をめぐる闘争だが、そういう議論を展開していないのである。

気風からいっても、また事実としても、マルクスはヘーゲルに連なり、ジンメルはカントに連なる。それだけのことかもしれないが、現実には、装身具にこだわることにかけては未開も文明も選ぶところはないのである。ともに承認をめぐる闘争に勝利したいのだ。ジンメルはそこまで歩を進めるべきだったのではないか。ジンメルの流儀から推してもそう思わせる。

衣裳の起源は装身具である。ニーチェならばそう語るだろう。首飾りが上衣になり、腰紐が裳裾になったのだ、と。ジンメルはここで、装身具が貨幣になったのだと、ほとんど語りはじめているように思われる。そして私には、それが真実であるように思われるのである。

貨幣は、見る、見られるという空間の磁場から発生した。装身具から貨幣が生まれたということはそういうことである。いまでは逆に、貨幣が装身具になっているというべきかもしれない。ブランド品とは着る貨幣のようなものだ。そして人は、着飾った自分を見て、自分を認識し、理解するのである。いわば自分を詐欺にかける。

むろん、人は何も衣裳だけで着飾るわけではない。住む家で着飾り、業績で着飾り、家族で着飾り、地位で着飾る。人によっては高潔な人格でさえ着飾るのだ。

重要なのは、装身具を貨幣にし、貨幣を装身具にしたそのことによって、人間は精神を視覚化したように思えることである。

ジンメルはたとえば、貨幣が自由を生んだと示唆している。自由を目に見えるかたちにした、と。確かに、選択の自由は貨幣という計測手段によってきわめて分かりやすいものになった。だが、ここでも逆に考えることができる。自由を感じた瞬間、人はすでに貨幣の領域に侵入しているのだ、と。貨幣は、すでにあったその領域がたんに可視化されたことを示すにすぎない、と。しかも、興味深いことに、自由はしばしば精神の別名と見なされるのである。

むろん、そういったことのすべてが、飢えと死のもとでは無意味になる。人間のあらゆる戯言を打ち砕くのが飢えと死である。だが、その飢えと死さえものともしない次元があって、それが宗教の次元である。宗教だけではない。科学の次元であり、芸術の次元である。人は、真理と真実と美に命をかける。

問題は、その次元がそのまま俯瞰する眼にほかならないということだ。たとえば科学の主体は死を超えている。人類滅亡以後にも真実であるだろうことだけが探究の対象になっているのだ。科学こそいまや最大の神秘であるというべきだろう。その神秘は、しかし、俯瞰する眼、すなわち視覚空間の仕組によって支えられているのである。

政治も経済も社会も、そしてそれらの歴史も、同じ視覚空間のなかにあるといっていい。

第十二章　赤ん坊は攻撃だ

1

記憶では十歳前後の頃、次のように考えて茫然としたことがある。

幸福には相対的なものと絶対的なものの二つがある。前者はより幸福な状態がありうるとするものであり、後者はいまここにこのようにしているこの瞬間が幸福なのだとするものである。前者には限りがない。よりいっそう豊かになることが典型だが、それに限りがないことは自明である。より豊かになるは、より強くなる、より秀でたものになるなど、さまざまな系を引き連れているが、すべて限りがない。後者は、一見、不幸な状態であるように思えても、それこそが幸福なのだと見なせばいいというだけのことである。死さえも幸福であると見なすことができる。後者が宗教に特徴的な幸福であることは説明を要さない。私は、そう考えて、何か、この世のすべてが終わってしまったところに立っているような気分に襲われていた。何かの手違いで人間の秘密を覗いてしまったような気分といってもいい。それは眩暈に似ていた。

問題は、人間の秘密のその内実ではない。ましてその真偽などではない。ただ、秘密を見てしまった、知ってしまったというその一種の実感のようなもの、より具体的にいえば徒労感のようなもの、虚しさのようなものがいつまでも尾を引いて、簡単に拭い去ることができなくなったということである。

私は事情があって小学校五年生のときに雪国の山奥から東北太平洋岸のある町に転校したが、おそらく戸籍上の問題か何かがあって、数週間、待機児童のような境遇に置かれていた。幼年の記憶なので期間ははっきりしないが、とにかく学校へ行くこともなく、ほとんど毎日、太平洋岸の広大な砂浜にひとり足を運んで過ごした。早春だった。太平洋岸は雪が降らない。空も青く、海もひたすら青かった。はるか遠くに工場地帯の煙がうっすらと見えていた。風が快かった。そうして、この世のすべてはもう終わってしまっているのだという漠とした思いが、波のように、ほとんど音楽的に、寄せては返すのを感じていた。その思いは強烈で、まるで記憶のなかを生きているような気分だった。

思い返せば、私はそういう身の処し方で、自分に与えられた境遇の困難のようなものを、幼いなりに必死で切り抜けようとしていたのだろう。要するに一種のメランコリーに陥っていたのである。幸福をめぐって先のように考えたのも、おそらくそのメランコリーの一環にすぎない。ああ、こんなふうに人生というのは過ぎてゆくんだと思いながら、まるで思い出を生きるように日々を過ごすことによって、現実を回避しようとしていたのだろう。これは自分のものではない、誰かの人生なのだ、と。けれど、だからといって——当然のことだが——安閑としたところはまったくなかった。胸には何かいつも、青々とした不安が広がっていて、それを拭い去ることはできなかった。

この感覚は強烈で、後年、二十歳を過ぎて、雑誌の編集の忙しさに身を紛らわせることができるようになった頃でさえも、ああ、こうして人生は過ぎてゆくんだという思いと、その思いを包む青々とした不安は、決して去ることがなかった。

叙述の様式がいきなり変わったようだが、ここでこのようなことをいうのは、これまで述べてきたことのいっさいを相対化するためである。個人の深刻な問題は第三者にとっては笑い話である。私は、おそらく何か個人的な事情があって——先に述べたこともそのひとつだ——、十代の頃から、宗教も文学も哲学も、政治も経済も社会も、何か同じもの、同じ秘密によって成り立っているのではないか、と、思い込むようになっていたのだと思う。これは一種の癖のようなもので、私自身にもそれはおそらくどうしようもなかったのである。

ジンメルを引いて、貨幣は承認をめぐる闘争の一環として発生したにすぎないと述べた。ジンメル自身の意図はおいて、要所々々で貨幣と装飾品を関連づけてしまうその手際が、文章そのものの欲望を示しているといいたいのである。承認をめぐる闘争といえばヘーゲルであり、それに関連する文献は膨大だが、承認をめぐる闘争についての議論は、私としては、夏目漱石ひとりで十分に尽くすことができると思っている。これもまた笑い話の類になってしまうだろうが、笑いは第三者に属する。私にはどうすることもできない。

2

『明暗』の主題は、承認をめぐる闘争である。登場人物のすべてが他の登場人物の眼すなわち評価を気にしている。それが物語の流れを規定しているのである。

いや、というより、『吾輩は猫である』にせよ『坊つちやん』にせよ、漱石の主題はその最初期から承認をめぐる闘争であったといったほうがいい。『明暗』にいたって主題の重要性がはっきりと意識されるようになったのである。承認をめぐる闘争は、すでに『彼岸過迄』においてきわめて鮮明なかたちで主題化されている。自分が初期から抱え込んでいた主題は、後に『行人』や『こゝろ』のなかにいわば思わせぶりに描かれた哲学や宗教の問題ではない、承認をめぐる闘争という、人類とその社会の根本を規定する問題にほかならないことに、漱石は『彼岸過迄』の段階でほぼ気づいたのだといってもいい。

『彼岸過迄』において、須永は一貫して「千代子が自分を見ているか、いないか、どう見なしているか、いないか」だけにこだわっている。それも、回り込んで、お前は俺をこう思っているんだろう、こう思っているに違いないと決めつけるかたちでこだわるのである。須永はそれを自分の継子根性のせいだとしているが、いうまでもなく漱石はそこに自分自身の性癖を重ねているのである。その後に展開する『行人』や『こゝろ』は、その主題に集中すべきか否かを決めあぐんだ逡巡のようなものだ。漱石はそこで、何が自分の本来的な主題であるか、ほとんど駄目押しをするように、確認しようとしている。

須永の流儀を引き継いでいるのが『明暗』の小林であることはいうまでもない。小林と須永との違いは、小林がその背後に社会を引き連れてきているということだけだ。いわば小林は階級を代表して僻んでみせているのだ。

承認をめぐる闘争は、原型としては須永のなかに過不足なく描き込まれているが、じつはそれこそ社会の根幹をなすものなのだという確信が、その後に漱石に生じたのだと思われる。これはたんに、社会主義や労働問題、階級問題が喧しくなりはじめていた当時の世相の反映などではない。漱石の問題意識のほうがはるかに根底的だからである。須永が社会化すれば、労働問題や階級問題など関係なく、小林になるのである。『彼岸過迄』と『明暗』を隔てるこの社会化という差は圧倒的だが、その間に『道草』が必要とされたのだ。

漱石は、継子根性すなわち僻み根性こそが社会の起源であることを発見したのだ、といってもいい。方向が一見逆のようだが、基本的にはニーチェと違わない。

このことを私は拙著『漱石 母に愛されなかった子』に書いた。採用した「です ます」調の文体に対する批判はともかく、漱石が母に愛されていなかったわけがないという批判があったのには驚いたが、ここでは触れない。そこに書かなかった問題は、承認をめぐる闘争はいったいどこから来るかということである。私はそれを、

「赤ん坊は攻撃だ」

というところから来ると考えていた。

『漱石 母に愛されなかった子』ではあからさまに触れていないが、「赤ん坊は攻撃だ」という考え方が立論の前提を成しているのである。赤ん坊は可愛いものだと相場は決まっているが、現実にはそうではない。赤ん坊は泣き喚いて両親とりわけ母を苦しめるのである。相手の都合などかまうことなく、ただ一方的に要求し、容赦なく、間断なく、攻め立てる。泣く子と地頭には勝てない、とはよくいったものである。赤ん坊の場合は、ただ、その攻撃が両親にとってこのうえない喜びであることだけが他と違っているのだ。つまりそこでは、攻撃されることが苦しみではな

く喜びなのだ。

漱石は『硝子戸の中』で、自分が生まれてすぐに里子に出されたことを、初めて書いた。養子に出されたことは書いていても――成人してから姓が元に戻ったのだから書かざるをえなかっただろう――、その前に一度、里子に出されていたことは具体的には書いていなかったといっていい。里親は古道具の売買を渡世にしていた貧しい夫婦ものだったという。


私は其道具屋の我楽多と一所に、小さい笊の中に入れられて、毎晩四谷の大通りの夜店に曝されてゐたのである。それを或晩私の姉が何かの序に其所を通り掛つた時見付けて、可哀想とでも思つたのだらう、懐へ入れて宅へ連れて来たが、私は其夜どうしても寐付かずに、とうく一晩中泣き続けに泣いたとかいふので、姉は大いに父に叱られたさうである。


漱石はさらに、「私は何時頃其里から取り戻されたか知らない。然しぢき又ある家へ養子に遣られた。それは慥私の四つの歳であつたやうに思ふ。私は物心のつく八九歳迄其所で成長したが」云々と書き継いでいる。

胸が締めつけられるような話だが、家族は笑い話にしていたのである。笑いの効用とでもいうべきか。笑いでもしなければやり過ごせない問題とでもいうべきものが、人生にはある。

漱石は赤ん坊のとき四谷の大通りの夜店にさらされていたのだというこの話は、『野ざらし紀行』の有名な一節を思い出させずにはおかない。送り仮名を入れて引く。

富士川のほとりを行くに、三つ計りなる捨子の、哀れ気に泣く有り。この川の早瀬にかけてうき世の波をしのぐにたへず。露計りの命待つまと、捨て置きけむ、小萩がもとの秋の風、こよひやちるらん、あすやしをれんと、袂より喰ひ物なげてとほるに、

猿を聞く人　捨子に秋の風いかに

いかにぞや、汝ちゝに悪まれたるか、母にうとまれたるか。ちゝは汝を悪むにあらじ、母は汝をうとむにあらじ。唯これ天にして、汝が性のつたなきをなけ。

芭蕉は乳飲み子を置き去りにしたのである。

里子と捨子では違う。だが、里子にしたところで、両親に捨てられたようなものである。あるいは、高齢だった母の乳がよく出なかったせいかもしれない。だが、いずれにせよ、姉が可哀想に思ったのだろう云々という形容が、漱石がそれをどう思っていたかをよく語っている。「私は普通の末ツ子のやうに決して両親から可愛がられなかつた。是は私の性質が素直でなかつた為だの、久しく両親に遠ざかつてゐた為だの、色々の原因から来てゐた。とくに父からは寧ろ苛酷に取扱かはれたといふ記憶がまだ私の頭に残つてゐる」と、漱石は先の引用のやや後にさらに書き足している。真意を汲むべきだろう。

この『硝子戸の中』が書かれてから半年の後に、『道草』が書かれた。それから『明暗』へと進む。

『野ざらし紀行』のなかで、芭蕉は薄情である。漱石の姉とは違う。

むろん、嬰児殺しに加担しなければ蕉風の確立は成らなかった、などということをここで問題

にしようとしているのではない。いまはただ、赤ん坊はまず攻撃としてある、ということを指摘したいだけである。

芭蕉が自身の薄情を矯めつ眇めつしていたことは疑いない。そうでなければ、『野ざらし紀行』などと名づけるはずがない。また、破調を押してまで、「猿を聞く人」すなわち杜甫への問いかけなどしなかっただろう。

猿の泣き声に涙するというあなたは、人の子の泣き声にはどうしますか——杜甫への問いは自身への問いである。それは、娘の連れ帰った赤ん坊の泣き声をうるさいといって叱った漱石の父にしても、同じことだっただろう。違いはただ、芭蕉がそれを詩的表現の核心に位置すべきものとして紀行の冒頭近くに置いたということだけだ。そして『野ざらし紀行』と名づけた。乳飲み子に自分を重ねたといってもいい。

赤ん坊の泣き声は、ほんとうは、人の魂の根幹を揺るがす攻撃なのだ。

母は、その攻撃に無限の承認を与えることで応える。乳を与えるとはそういうことだ。赤ん坊の攻撃は母に睡眠を与えないほど過激であるにもかかわらず、母はひたすら乳を与える。まさに一方的贈与である。

指摘するまでもなく、いま地球上に生存している人間はすべて、この原初の「承認をめぐる闘争」に勝ち抜いてきたものたちなのである。里子に出されたにしても、大局的に見れば承認されたもののなかに入ってしまう。だが、激しい攻撃にもかかわらず敗れ去ったものもまた膨大だった。芭蕉の頃はなおさらであっただろう。人間というものの存在様式について、芭蕉が考えていなかったはずはない。

芭蕉もまた、そういう意味では、自身を野ざらしにしたのである。そうでなければ、この記事、この句を、紀行冒頭に置けるはずがなかった。

3

「赤ん坊は攻撃だ」とは、承認をめぐる闘争の起源は哺乳類の存在様式そのものにある、ということを意味する。とりわけ霊長類において、授乳が対面形式へと移行したことが、すなわち一方は見おろし一方は見あげるかたちであれ、目と目を見交わすことが可能な形式へと移行したことが、承認をめぐる闘争を対象化したのだ、と私は思っている。

この対面授乳が対面性交と密接にかかわることは疑いない。両者は一連のものであり、食と性はいずれも対面によって人格の次元、文化の次元へと移行したのである。二本足歩行が、見つめ合って食べ、見つめ合って抱き合うことを可能にした。覗き込んで、視線の背後にあるものを確認することを可能にした。

授乳の優先順位が社会の序列化の原初形態である、と見なすことができる、と私は考えている。それこそ、晩餐会における席次が徒やおろそかにはできない問題であることの遠い起源である。国際会議におけるラウンド・テーブルの遠い起源なのだ。

承認をめぐる闘争でもっとも厄介な問題は、その闘争に挑む主体――闘争の起点――はいったいどこから生じたのか、どのように形成されたのかということなのだが、「赤ん坊は攻撃だ」と考えることによって解決を与えることができる。

赤ん坊が泣き喚くのは生理である。承認をめぐる闘争に勝利したいなどと考えているわけではない。それが攻撃と受け取られ、にもかかわらずその攻撃、その要求に無限の承認が与えられることで、生理が文化へと移行するのだ。その移行過程そのものが主体の形成過程なのである。そしてこの形成過程のなかで、自己としての他者——母の見ている自分——が、他者としての自己——自分を見ている自分——へと、移行するのである。移行すなわち入れ替わりが俯瞰する眼の発生を物語っている。

見落としてならないのは、この過程で、母が子に教える以上に、子が母に教えることもまた膨大にあるということである。むろん、子の側に教えようとする意図などありはしない。泣き声は生理であって意志ではない。にもかかわらず、母は子に教えられるのである。教えられようとするものだけが教えられる。学ぼうとするものだけが学ぶ。これこそ言語をもたらすことになった突然変異の内実というべきだろう。

たとえば、乳児の母音の反復は生理であって発語ではない。それが語と見なされて投げ返され、さらに反復されるとき、無人称の海のなかから人称が励起してくるのである。

語は、母が子に教えるだけではない、子が母に教えもするのだ。

喃語は謎であり、語彙の拡大を促す。母語が一方では多様であり、他方では一様であることの理由である。環境はさまざまだが、声の生理は限界を持つからだ。それだけではない。三、四歳までのあいだに、子が親に教えることは膨大であり、かつそこにはきわめて興味深いことが山積しているが——たとえば折口信夫は『日本文学の発生序説』で無意味な歌の重要性を繰り返し説いているがそれは喃語の謎つまり語の発生の謎に直面するのに似ている——、ここではこれ以上は立ち入らない。

　指摘するまでもなく、獲物を持ち寄り、それを分け合って食事するというのは、人類に特有の習性である。他の動物は、霊長類でさえも、獲物を手にしたときにはすでに口にしている。人間だけがそうではない。例外が報告されないわけではないが、持ち寄りや分け合いはあっても、食卓を囲むという域にまでは達していない。すなわち食卓こそ最初の文化なのだが、それがこのような母子関係のありようから生まれたと考えることは十分に可能だと思われる。赤ん坊は、母に代わって、母の食物をも要求しているのである。

　食卓は授乳の対象化、外化、儀式化以外の何ものでもないと考えることができる。人間の場合、乳房は二つでも赤児は通常一子である。競争の起こりようがない。だが、可能性としては何子かでありうるし、そうであった遠い記憶も鮮明に残っていると見るべきだろう。そうでなければ身も世もなく泣き叫ぶということはありえない。授乳の序列には赤ん坊の生死がかかっているのであり、好運にも、人間においては赤ん坊が、通常、序列第一位として扱われるのである。赤ん坊の攻撃は、最恵国ならぬ最恵者待遇の要求にほかならない。

　食事における、獲物を切り分けるもの、最初に口に運ぶものという序列も、対象化され儀式化された授乳のようなものだと、私には思われる。

　この社会性が、全体を俯瞰し、相手の身になることができるという能力と不可分であることはいうまでもない。追うもの追われるものという動物一般に見られる関係がもたらしただろう俯瞰し相手の身になるという能力が、ここで初めて具体的に対象化され、つねに意識されなければならない掟あるいは慣習へと転化したのである。

刺青なり装飾品なりが、この文脈において、序列の対象化、外化として、きわめて重大なものとなったであろうことも疑いない。着飾ったうえ着席順にしたがって食事するには理由があるのであり、それは目に見えるものでなければならなかったのだ。

刺青なり装飾品なりが、宗教と文字と貨幣の領域を形成してゆくようになったことも同じことだ。刺青なり装飾品なりは、身に着けたテレビドラマのようなものだ。それを身に着けたものの来歴を物語るのである。すでに文学空間は始まっているのだが、それが聴覚ではなく、何よりもまず視覚の領域において起こっていることに注意すべきだ。物語は見える物に付着して始まっているのである。それこそが私有の起源であり、ひたすら自己を肥大させようとするインセンティヴの起源なのである。

当たり前のことだが、私有とは自我の確立以外の何ものでもない。それが果てしないのは、自我はひとつの運動であって実体ではないからである。自我は確立され続けるほかないのだ。貨幣がその領域から生まれたことは疑いようがない。

4

中国においても日本においても仏教は初め事業として受け取られていたのだという歴史的な問題から一転して、およそ場違いな母子関係の原理的な問題に移ったようだが、そうではない。両者は貨幣の問題その他を通じて関連しているのである。

貨幣は、対面授乳にも対面性交にも密接に関連している。貨幣の起源は言語と同じように古い。

「赤ん坊は攻撃だ」の延長上には膨大な話が続く。

対面するということ、目と目を見交わすということの重要性はきわめて大きく、その奥行きは測り知れないほど深い、と私には思われる。

多くの動物にとって凝視することは攻撃を意味する。人間にあってさえ眼《ガン》をつけるとは攻撃を意味するのである。同時に、目を伏せることは服従を意味する。これを目礼あるいは礼という。儒教が服従の宗教であることが、この一例からも分かる。

だが、対面授乳、対面性交の後に人間が手にしたのは、目と目を見交わすことのもうひとつの側面、親和性である。微笑み返すこと、同じ声を反復すること、すなわち唱和は、人間をまったく別な次元に運ぶことになる。これこそ、大岡信の『うたげと孤心』、山崎正和の『社交する人間』の着想の背景にほかならない。

唱和とはいえ聴覚の優位を意味するのではない。聴覚が働くためには脳中に視覚空間が形成されていなければならないのである。音はどこで鳴っているのか。聴覚の前提になっているのは視覚であり、視覚空間はあくまでも目と目を見交わすことを基本として成り立つのだ。

人は表情を読むようになった。言い換えれば、人は表情という次元を持つようになった。表情を文化にしたのである。そしてそれは自分もまた同じ表情をしてみることによってなされたのであり、それが相手の身になるということの実質なのである。表情という次元が成立するやいなや、表情をもつのが人間だけではないことが明らかになる。空も海も山も木も、表情をもつ。人は、空や海や山や木を、真似ることができるようになった。

視覚の上に言語の基礎が形づくられたことは疑いようがない。見ることは読むことである。読むことが決断の前提なのだ。読むことは対象の意思を測ることであり、意思を測ることは対象に身を移すことである。

たとえば読書とは、それを書いたものの身に乗り移ること以外ではない。相手の身にならなければ、追うことも追われることもできない。人は、肉食動物と草食動物の関係を、読書においてさえ反復しているのだ。

繰り返すが、生命現象がすでに文法のかたちを成しているのである。受身という文法用語ひとつに明らかなように、言語の文法はこの生命の文法の対象化にすぎない。

この対象化のために一種の突然変異が必要だったというのがチョムスキーの考え方である。人類の祖先は数百万年前にさかのぼるが、現生人類の起源は十六万年前、言語の起源は——私には現生人類の起源に等しいと思われるが——一般によくいわれるのは六万年前。チンパンジーと人類の違いはわずかだが、そのわずかな違いの実質をなす言語という現象が発生するには、突然変異が必要だった、というのだ。

これは、思うに、突然変異によるそのちょっとした配線の違いが、世界の全体を文字に変えてしまったというようなことである。言語が視覚の次元において生起したということは、それはまず声ではなく、読み取られるべき文字のようなものとして登場したということだ。読み取るためには背後に構造が想定されなければならない。その構造が声を聴くことをも可能にしたのだと思われる。

いずれにせよ、人の表情どころではない、世界の全体が不断に読まれなければならないものに変ってしまった。人はそこに、何ものかの意思を読み取らなければならなくなってしまったのである。この事態は、おそらく、驚愕すべきこととして訪れたに違いない。恐怖、安堵、歓喜、悲哀、要するにあらゆる生命感情が、従来の動物の数倍、数十倍になって押し寄せてきたに違いない。何よりもまず、不安が人を浸し始めたと想像することができる。世界は分らないことだらけなのだ。

あらゆる生命にとって世界は意味として、すなわち生存に役立つものと役立たないものとして、ある。世界に意味を与えたのは生命にほかならないのである。だが、人間にとってはそれが、意味であるよりも文字、あるいは原＝文字として存在するようになってしまったのだ。

言い換えれば、あらゆる生命にとって世界は意味としてあるが、人間にとって世界はまず、謎、としてあることになってしまった。解読されるべきものになってしまった。解読できない謎は不安となって人の胸を締めつけた。なぜそう断言できるかといえば、五万年前だろうが十万年前だろうが、現生人類に変わりはないからである。不安を感じる能力に変わりはない。

むろん、世界を意味として受取るという生命の次元は残したままである。あくまでも水は水、風は風なのだ。だが、水は水以上のものを、風は風以上のものを語りはじめるようになってしまった。意味が二重化したといってもいい。この世には、表層と深層、見えるものと見えないもの、表われているものと隠されているものがあるのだというように。こうして人は水を解読し、風を解明するようになった。神学が起り、科学が起った。神の意思を解読するのも、ブラックホールを解明するのも違ったことではない。

かりに人類に何か新しさがあるとすれば、それは、光のスイッチが入った――すなわち視覚の次元がもたらされた――数億年の後に、その必然的な帰結として言語現象を体現するにいたったところにあるということになるだろう。光のスイッチの後に、言語のスイッチが入ったのである。光のスイッチが入って世界に一挙に色彩が溢れかえったように、言語のスイッチが入って世界に感情と思想が溢れかえることになった。とりわけ不安という感情と、真理という思想が、現生人類に独特なものとして登場した。

これらの全体が、おそらく、脳中に俯瞰図を作成する能力とともに起こったのだ。

5

繰り返すが、言語現象に不可欠なのは、相手の身になること、そしてその相手と自在に入れ替わるために、自他をともに一望する俯瞰する眼を持つこと、この二つである。俯瞰への意志が一方では鳥を生み、他方、飛べないものではそれが、脳中に俯瞰図を作成する能力として展開してきたのだと考えることができる。

俯瞰図を作成する能力、すなわち作図能力である。

光のスイッチが入ったときにすでに登場が予告されていたに等しいが、言語のスイッチが入ったときに確立された最大のものがこの作図能力、空間把握の刷新だったのだと、私は思う。

たとえば、相手と自在に入れ替わることができる能力の、その文法における対応物は能動と受動という転換様式だが、文法において決定的な意味を持つこの視点の転換が、俯瞰にともなう作図能力に対応することは明らかであると思われる。作図においては、くるりと回すだけで彼我が交替するのだ。

作図能力を開発する条件を満たすにもっとも有利だったのが哺乳類すなわち乳児期を持つ動物——鳥類については別に考えるべきだろうが——であったことは疑いない。乳児期とは、生命個体を超えた関係性つまり母子関係において維持される期間のことである。すなわち、俯瞰して相手＝母の身になり、その相手＝母の眼から見た自分を発見するための期間のことである。作図能力はそのまま社会関係形成能力に重なるが、作図能力の十全な開花と、乳児期の充実が、密接な相関関係にあるのは当然のことと思われる。

人は原初的な母子関係において、母の眼から見た自分を発見し、それを受け入れる。言語は、母が子の身になって唱えた言葉を反復することによって個体的に発生するが、それは他者であるもの——つまり母から見た子——を自分として引き受けるということである。言葉を反復することは、他者になることなのだ。他者にならなければ自己にはなれない。そしてこの入れ替えにあたって人は、他者と自分を同時に俯瞰する眼を習得する、身につけてしまう。

こうして人は、つねに、自己を俯瞰する眼とともにあるということになる。というより、自己とは、自己の身体などではない、この、自己を俯瞰する眼のことなのだ。そしてこの自己を俯瞰する眼は、自己に憑くこともできるが、他者に憑くこともできるのである。人間だけではない、自然物にも、場合によっては観念にも憑くことができる。

観念にも憑くことができる。そして、憑くことができるということは、実在していると感じることができるということなのだ。

自己を俯瞰する眼にとって、自己の身体がまるで他者のように感じられることはいうまでもない。自己をはっきりと意識したとき、人は、自分の身体を与えられたものと感じる。なぜ自分は背が低いのだろうとか、もっと美人だったらよかったのにとか、考えてしまう。自分とはこの距離のことなのだ。自分とは自分から離れていることなのだというこの矛盾が、言語として表現されなければならなくなったときに、魂が、霊が、神が発生したと考えることができる。これこそ超越の起源というべきだろう。

作図能力がもたらした結び目が、魂であり霊であり神なのである。

中原中也が、「自分といふものは目がさめたらゐたんですからね」と、ある座談会(「詩精神」一九三五年一月号「詩人座談会」)で述べている。おそらく中也の口癖だっただろうこの言葉は、ここに述べた人間というものの出来方をじつに実感的に捉えている。むろん、誰でも感じていることにすぎない。だが、誰でも感じていることを素直に口に出せるか否かに、その人間の勇気と才能がかかっているのである。

この実感から、少なからぬ人間が——中也もそのひとりだが——神へと向かうことは指摘するまでもない。俯瞰する眼は、簡単にいえば、死なないからである。作図能力も、ひとつの機能なのだから、死ぬことはない。中也の言葉を用いれば、「目がさめたらゐた」その自分に気づく自分なるものは、要するに実体などではないひとつの仕組——道元に倣えばひとつの機関——なのであって、いわば永遠に属しているのである。

それを、たとえばブランショにならって、死に属するといってもいい。

私という現象は初めから死に属しているのである。

6

魂にせよ、霊にせよ、神にせよ、あらゆる人間がそれをたやすく想像できることには十分に注意しなければならない。そんなものはほんとうは存在しないにもかかわらず、誰にでもたやすく想像できるのだ。

小林秀雄が『感想』の冒頭に書いた「おつかさんの蛍」なんてものは、実在しない。本人自身が、実在するとはいっていない。ただ、ごく自然にそう感じられたと述べているのである。小林の筆致にはどこかホラー小説の趣がないでもないが、はじめメルヘンとして発表しようと考えたほどだという微妙な言い回しが、主題そのものの微妙さをよく物語っている。

質量としてまったく計測できないはずの魂や霊といったものが、にもかかわらず実在すると考える人間は少なくない。自分とは自分の魂のことであって肉のことではない、精神のことであって身体のことではない、と考える人間のほうがむしろ多いだろう。尊厳死の問題ひとつがそのことを雄弁に物語っている。人は、肉の尊厳ではない、魂の尊厳を語っているのである。

だが同時に、大方の人間は、肉が滅び、身体が消滅すれば、魂も精神もともに滅びると考えてもいる。自分の精神は自分の身体とは違うと考えているものでさえ、精神は身体とともに滅びると、たいていは考えている。だからこそ自分の精神の証として何かを、たとえば芸術作品を、遺そうとするのである。いわば身体は精神を乗せる器だが、精神はその器である身体と生死をともにすると考えられているのだ。たぶん、天国の実在を確信する一神教のよほど熱心な信者でないかぎり、大多数の人間はそう考えているといっていいだろう。

このことから、精神とはひとつの働き、ひとつの現象のことであって、自分の精神の現象、つまり脳の現象を、いっさいそのままコンピュータに写し取ることができれば、そのコンピュータは自分の精神なるものを維持するはずであると考えるものも出て来るわけである。レイ・カーツワイルがその典型だが、『人間の心をいかに作るか』などの著作によれば、肉体は消滅しても、自分という現象はコンピュータとして生き続けるはずだと考え、それを実行に移している。

コンピュータが私という意識を持つにいたるという着想は古くからあったが——たとえばクラークとキューブリックによる映画『二〇〇一年宇宙の旅』のコンピュータ「ハル」——、逆に、私という現象をそのままコンピュータに移すという着想もあるというわけだ。とはいえこれも、私という現象のありよう、すなわち自分とは自分から離れていることだというありようの、形を変えた表現であるとすれば、古くからあった着想のひとつということになるだろう。

カーツワイルの着想に、アメリカ陸海空軍が関心を示さないわけがない。チョムスキーの言語理論に関心を示したのと同様である。軍が戦おうとしている最前線は、私という現象を解明するための最前線であるといっていいほどだ。現代においてだけではない。現生人類が誕生して以降、一貫してそうであったといっていい。騎馬も戦車も、弓も銃も、自我の拡張である。武器弾薬に関してだけではない。古今東西、心霊現象に関心を示さなかった軍隊はない。

現生人類が現生人類になったのは、ほとんど突然変異のような事態があって、俯瞰する眼が作図能力として自立し、そのことによって自在に他者と入れ替わることができるようになったこと、そしてそれが言語能力によって対象化され明確化されたこと、によってである。自他入れ替わり——あるいは他者への憑依——を可能にするこの俯瞰する眼は一種の作図能力と見なすことができるが、この作図能力が言語能力、文法能力の前提となっていることは疑いないと、私には思われる。

魂も霊も神も、この作図能力が必要とした虚構の点のようなものにほかならない。少なくとも、そう考えないと辻褄が合わない、と私は思う。

現生人類が現生人類になるためにはこの虚構の点、虚点、あるいは幻点とでもいうほかないものを必要としたのである。だが、必要とされて作図されたその虚構の点が、ひとたび描かれるやいなや、逆に、起点とされ原点とされてしまった。衣裳とアクセサリーの起源の逆転ではないが、便宜上発明されたにすぎない神が、事後には、ことの全体の起点であるかのように見なされてしまったのである。そう考えることができる。

事実、それは、虚構の点であるにもかかわらず、きわめて具体的に働くのである。虚点は神や霊や魂だけではない。身体そのものがあたかも虚点であるかのように見なされる。たとえば、自分は、自分から離れたところから自分自身を見ていたということが、しばしば経験的な事実として語られもするのだ。

私は、優れたダンサーが、上演中のクライマックスで、中空へと高く跳躍している自分自身を背後からはっきりと見たという話を、何度かじかに聞いたことがある。日本人ならば、世阿弥に倣って離見の見とでもいうところだろう。最近の例でいえば、空中四回ひねりを成功させた体操選手が、脳中で、くるくるっと四回ひねって宙返りする自分の姿をはっきり見るのだと、あるインタヴューに答えて話していた。

どういうことか。普通、考えられないことであるにもかかわらず、誰もそれを問題にしないのはなぜか。

唯一考えられることは、じつは誰もがつねに自分自身を俯瞰している、作図しているにもかかわらず、そのことをたんに忘れているにすぎないのだ、ということである。あるいはたんに抑圧しているにすぎない。

たとえば、デジャヴュいわゆる既視感は現在記憶の抑圧が破綻して生じるのだと、小林が先に引いた『感想』のなかでベルクソンを論じながら述べている。現在記憶をつねに参照していたのでは――つまり現在が思い出のように感じられてしまうわけだから――日常生活に支障が生じるため普通は抑圧され気づかれないのだというのである。

あるいは、絶対音感が抑圧されていなければ、旋律の同一性を認識することがきわめて難しくなっただろうと音楽学者のあいだでは一般にいわれている。

つまり、自我の同一性は、さまざまな抑圧、さまざまな隠蔽によって辛うじて保たれているにすぎないということである。同じように、人は自分自身およびその周辺をつねに俯瞰し作図しているのだが、日常ではそのことを忘れているにすぎない、ということである。

このことは、いわゆる臨死体験で、意識を失っているその間に、自分が霊魂になって寝台の上に横たわる自分自身の姿をはっきりと見ていた、と証言する例が少なくないことからも分かる。

寝台に寝る自分を中空から見るという経験をしたものなどいないのに、なぜそんなことができるのか。これも簡単なことである。人は、空を飛んだことなどないにもかかわらず、じつに頻繁に空を飛ぶ夢を見るのである。それと同じことなのだ。フロイトは飛行する夢を性の隠喩と解したわけだが、性的であろうがなかろうが、人は、上空から見た地上をはっきりと思い描くことができるのである。人は、自分自身をも含めて、つねに上空から俯瞰しているのだ。日頃はそれをたんに忘れているにすぎない。抑圧しているにすぎない。

いうまでもなく、現代人だけが空を飛ぶ夢を見ているわけではない。古代人も見ていた。十六万年前の人間も見ていたに違いない、と、私は思う。

むしろ人間の作図能力に驚くべきだろう。

作図能力は地上に対して発揮されるだけではない。人間関係にも、社会関係にも、国際関係にも発揮されるのである。そうして類似が発見されてゆく。左右対称が発見され、反復が発見され、構造が発見される。

関係を把握する能力、構造を把握する能力とは、この作図能力以外の何ものでもない、と私には思われる。この作図能力が、関係や構造が言語化されるための前提になっているのである。根源的なこの作図能力があるからこそ、人は頻繁に二次元上に、二次元のみならず三次元の図を描いて事態を説明しようとするのである。

インターネットの普及は、それこそ人間関係図そのほか、図によって説明する機会を飛躍的に増やしたが、あのような図がなぜ一般に誰にでも理解可能なのか、あるいは一般の理解を助けるのか、考えてみる必要がある。私には、人間には根源的な作図能力が備わっているからであるとしか思われない。

母子関係によって育まれた俯瞰する眼、入れ替わろうとする能力、乗り移ろうとする能力の、華麗な帰結とでもいうほかないが、むろん、これこそ言語の威力というべきことだろう。言語能力とは作図能力のことなのだ。

重要なことは、作図によって形成された虚点なるものは実在しないが、作図能力そのものは実在するということだ。それは物質的基盤を持つ。したがって、物質的に解明されうるのである。あえていえば、それこそ、魂や霊や神の、物質的基盤にほかならないのだということになる。

7

たとえばこういうことがある。

十年ほど前、知り合ったばかりの詩人に見送られたことがあって、その詩人がいつまでも同じ場所にじっと佇んだままこっちを見送っている姿に異常に感動した——むしろ恥ずかしかったのだが——ことがあって、そのとき写真の起源についてつくづく思い知らされたのである。

古今東西、別れの一本杉などというものがある。あれは、写真などという重宝なものがまだなかった頃、記憶という写真の撮影場所だったのである。峠道だろうが、三叉路だろうが、そこにずっと佇んで、送るもの送られるものがそれぞれの姿を脳裏に刻み込むべき場所、昔はそういう場所があったのだ。

写真はたんにそれを摸倣したにすぎない。とすれば、写真は、もともとあるべきところに生まれたにすぎないことになる。

同じことは歌舞伎をはじめとする舞台芸術全般についてもいえるだろう。歌舞伎の見得を切る場面など典型である。能や地唄舞の長すぎる静止についてもいえる。静止は歌舞伎では到達すべき場、能や上方舞では出発すべき場であって、ここにも考えを深める契機は山ほどあるが、とりあえず置く。記憶の場ということでは、それはそもそもあらゆる名所旧跡、歌枕についていえるだろう。たとえば祭りにしても、もともとそういうもの、要するに記憶術にほかならなかったともいえるのである。

写真はその記憶術を対象化したにすぎない。つまり、脳にはすでに写真装置があって、写真はそれを摸倣したにすぎないのである。

そう考えて、私は驚愕した。この考えは、さらにいくらでも延長することができると思われたからである。たとえば映画、たとえばテレビ、たとえばコンピュータ。これらにしても脳内にすでにその場所を持っていたのではないか、と。

コンピュータ・グラフィクスが異常な速度で人間に受け入れられたのも同じことなのだ。とりわけ二次元の人体座標図などを動かして三次元を浮かび上がらせる映像処理に感嘆し感動するのは、まったく同じ構造が脳内にあったからであると考えることができる。つまり、同じ操作を行っているからこそ、それが外化され対象化され、複数の人間で同じ映像を確認し合うことができることになったのだ。もしもそうでなければ、浮かび上がった三次元映像に驚き喜ぶことはありえなかっただろう。

いわば、人は、コンピュータ・グラフィクスによって、自分の作図能力がどのようなものであるかを対象化し、それを具体的に見ているに等しい。むろん、人間の作図能力ははるかに複雑微妙なものであるに違いない。だが、少なくとも、それがどのような類のものであるか、コンピュータ・グラフィクスは具体的に目に見せてくれるのである。

しかも興味深いことにそれは、他人の作図能力がどのようなものであるかをも、具体的に目に見せてくれるのである。望めば、空中で人間の身体が体軸を中心に四回転するそのさまを存分に見せてくれる。人間は、脳中に自身の姿を思い描くということが具体的にどのようなものであるか、コンピュータ・グラフィクスによって明瞭に把握できるようになったといっていい。

知られているように、おおよそ一九八〇年代以降、ハリウッド映画はSFX映画、さらにはコンピュータ・グラフィクスを駆使したVFX映画によって大半を占められるようになってしまった。往年の文芸映画など完全に片隅に追いやられてしまったのである。第二次大戦後のイタリア映画やフランス映画に浸って過ごした人間にはまさに隔世の感があるが、そしてまた吐息して慨嘆しもするわけだが、重要なことは、人間の脳内作図能力の仕組を結果的に露骨に見せてくれるようなこの種の映画が、多くの観客を動員しているということである。

人は驚くために劇場に足を運ぶ。だが、ほんとうは、人はコンピュータ・グラフィクスを駆使した特殊撮影に驚いているのではない、自分自身の脳に驚いているのである。

先に、言語は、母が子に教えるだけではない、子が母に教えもするのだ、と述べた。ここで起こっていることも、ほとんど同じようなことなのだ。

幼児は一般に動画を好む。写真よりも動く映像を好むのである。とりわけ自分を写した動画を好んでコンピュータの画面から離れない。ここから多くのことが分かる。

映画は動く写真だが、人間にとっては動く写真すなわち映画のほうが理解しやすく記憶もしやすいのである。映画は写真技術の発展の延長上に生まれた。だが、だからといって、映画が写真より高度であるということにはならない。映画のほうが写真よりも、通常の印象とは違って、いわば初歩的なのだ。写真は解読の対象であり、映画は感情移入の対象である。解読よりは感情移入のほうが簡単なのである。

凝視黙考はたんなる感情移入よりもはるかに難しい。

ここから、人間に最初に訪れたのは映画的なものであって、写真的なものではないことが想像される。これを言い換えれば、叙事詩は古く、叙情詩は新しいということになる。物語は古く、詩は新しい。

折口信夫が『古代研究』から『日本文学の発生序説』への過程で繰り返し問題にしていたことである。歌から歌物語が成立したとは王朝を専門とする国文学者の広く説くところだが、それには前段階があって、そこでは順序が逆になっているのだ。つまり、人麻呂は長歌から短歌を切り出したのであって、逆ではない。長歌は物語り、感情を移入させて人をそのなかに引き込むが、短歌は人を凝視黙考させるのである。折口はつねに補助線を描いてはそれを最大限にまで延長してみせる。とすれば、古来伝えられる諺にもその前段階として長い物語があったのではないか、というように。

幼児は動画を好み、コンピュータを好み、ユーチューブを好む。マウスやタッチパネルから離れようとしない。なぜか。いずれもそれに相当するものがすでに脳内に存在しているからである。そうとしか考えられない。人間が写真を発明したのは、それがすでに脳内に存在していたからであるというのと、同じである。

だが、好まれているその動画は、虚像である。

人間の脳内の作図能力は、魂を生み、霊を生み、神を生んだ。人間は他者に乗り移るだけではない、自然物に乗り移り、観念にさえ乗り移る。人は、魂に乗り移り、霊に乗り移り、神に乗り移る。そして、いうまでもなく、組織に乗り移る。国家に乗り移り、企業に乗り移るのである。

指摘するまでもなく、この作図能力は、いわば詐欺能力でもあるのだ。むしろそこにこそ、作図能力の最大の力があるのだ、と、考えることができる。

人間にとっては虚像こそが実像なのだ。

8

「赤ん坊は攻撃だ」という見方こそ「承認をめぐる闘争」の起点であるというところから始めて、見ることの射程を探ってきたのは、ほかでもない、宗教とは信仰の問題である以上に事業である、あるいは商業であり産業であるという、たとえば新井白石や司馬遼太郎、ジャック・ジェルネらの示唆するところを確認したかったためである。

見る、見える、見なす、見なされる。

たとえば、漱石がこだわった承認をめぐる闘争の基本は「見る」から派生する能動、受動を含めたこの四語から成り立っている、と考えることができる。須永は千代子を「見る」。彼女は自分には関心がないように「見える」。そこで、現に自分に関心がないのだと「見なす」。千代子はそのように「見なされる」ことに、猛烈に腹を立てる。ここで、須永と千代子を入れ替えても、同じような劇が展開される。須永は、何であれ、自分がどのようにか「見なされる」ことに耐えられないのだ。

私にはこの劇が、まるで、人間の脳の作図能力の、その典型的な演習のひとつであるように見える。劇は、いわば、動詞の能動、受動の文法的な操作が、ほとんど自動的なかたちで行われるのに付随しているにすぎないのだが、脳内の作図能力がそれを、演劇の一場面にまで高めてしまうのである。

むしろ逆に、演劇とは、さらには舞台とは、この作図能力の外在化、対象化にすぎないというべきかもしれない。

須永と千代子の葛藤は、『明暗』では、小林と、津田の細君・お延とのあいだで反復される。お延は小林を「見る」。小林は貧しいように「見える」。そこで、下層階級だと「見なす」。小林はそのように「見なされる」ことをあらかじめ見越して、初めから攻撃的に出るのである。この作図能力は、いくらでも裏をかくことができて、そこに詐欺的な空間が現出することになる。

小林は津田から金を借りて、それを津田の見ている前で貧乏画家に与える。ほとんど詐欺行為に近いわけだが、小林にしてみれば、社会全体が詐欺的な構造のもとにあることを津田の眼前に展開して見せたにすぎないのである。

この構図は、先に「赤ん坊は攻撃だ」という語のもとに描いた「承認をめぐる闘争」の原型へと収斂してゆく。漱石もまた闘争に勝利したからこそ生き延びたわけだが、しかし、自分の父は自分を我が子と「見なす」ことをしていなかったのではないかということへのこだわりは、『硝子戸の中』の記述に窺がわれるように、漱石のなかに執拗に残ったのである。

残ったこだわりは、『彼岸過迄』から『道草』を通って『明暗』にいたる過程においてきわめて鮮明である。『行人』や『こゝろ』におけるよりもはるかに鮮明なのだ。事実、『彼岸過迄』と

『明暗』のほうが、『行人』や『こゝろ』よりもはるかに力強く感じられる。

なぜか。

『行人』と『こゝろ』が、「信じる」という主題――すなわち妻への「信と不信」、友人への「信と不信」という主題――を前面に打ち出したのに対して、『彼岸過迄』と『明暗』は、「見る」「見える」「見なす」「見なされる」という主題、すなわち「承認をめぐる闘争」という主題を前面に打ち出しているからである。

「見る」力のほうが「信じる」力を圧倒しているのだ。

この事実は熟考に値する。一般には逆に思われているからである。極論すれば、「見る」は感覚、知覚、要するに身体の問題だが、「信じる」は意志の問題、精神の問題であると、それこそ「見なされて」いるからである。

だが、須永と千代子、小林とお延の例からも明らかなように、力として作用しているのは、疑いなく「見る」「見える」「見なす」「見なされる」ほうであって、「信じる」ほうではない。

お延は津田を信じ、津田はお延を信じているが、お延には津田にどう「見なされて」いるかのほうがはるかに重大なのだ。小林にしても同じだ。小林にとって問題なのは、津田が自分を信じているかどうかではない、自分がどう「見なされて」いるかなのである。お延にとっても、小林にとっても、いかに「見なされて」いるかのほうが、ただちに力として、ほとんど皮膚感覚的な力として作用してくるのである。

先に、作図能力の場は詐欺能力の場でもあると述べたが、以上のことは、詐欺もまた、ほんとうは「信じる」領域にあるのではない、「見る」「見える」「見なす」「見なされる」領域にあるという事実を物語っている。

宗教が詐欺であるとすれば、それもまた「信じる」領域になどではない、「見る」「見える」「見なす」「見なされる」領域にあるというほかないのである。

詐欺の例でいえば、「信じる」は事後的に見出されるにすぎない。騙されていたことが分かって、あれほど信じていたのに、ということになるのであって、信じていたその段階では自分が信じているか信じていないかなど、そもそも問題にならない。むしろ、力として作用するのは、それが真実に「見える」ということであり、周囲の人々にもそう見えているように「見えた」ということなのだ。

宗教にしても同じだ。それが真実に「見える」ことのほうが重要なのである。そして一般に、このほうがさらに重要なのだが、自分が信心深い信徒に「見える」かどうかがもっとも大きな関心事なのだ。「信じる」領域がかりに内面にあるとすれば、「見える」領域は外面すなわち社会にある。「見る」「見える」「見なす」「見なされる」領域、すなわち「承認をめぐる闘争」こそ社会の実質を形成しているのである。そしてそれは、須永や小林が典型的な例だが、人間の自我につねに鷲爪をかけて離さない。それは「信じる」領域よりもはるかに深く自我に食い入っているのである。当然のことだ。それこそ、勝ち抜いてきた「承認をめぐる闘争」の反復にほかならないからである。

事実、「信じる」という語が重大になるのは、「信じられない」場合だけであって、「信じる」さなかにあっては、人は「信じている」ことなど忘れているのである。内面は、疑いによって生じるのであって、信仰によって生じるのではない。

仏教が世界宗教として東アジアに伝播してゆくときの背景もまたこのようなものであったと、私は思う。「見る」「見える」「見なす」「見なされる」領域にあっては、宗教もまた事業にほかならない。詐欺に重ね合わせれば歴然としているが、それは限りなく商業に似ているのである。司馬は、中国を背景にしても日本を背景にしても、仏教をひとつの事業、ひとつの産業、むしろひとつの交易として描いたが——陳舜臣も同じだ——、それは必然であったというべきだろう。

仏教をはじめとする世界宗教、また、いわゆる枢軸時代といわれる古典思想の開花は、全面的に貨幣の登場と連動していると考えられている。

マーク・シェルの『文学の経済学』によればプラトン哲学は貨幣経済の一帰結にほかならないが——たとえばプラトンのイデアは貨幣形象と密接にかかわるというのだ——、同じことは仏陀にも、孔子にも当てはまるだろう。それらはいずれにせよ都市国家の形成と固く結びついており、都市国家は貨幣経済と切り離しがたいのである。

そしてそれは、信の領域においてではなく、あるいは少くとも信の領域以上に、「見る」「見える」「見なす」「見なされる」領域において繰り広げられたのである。

指摘するまでもなく、「見る」「見える」「見なす」「見なされる」にはさらにもうひとつの系があって、それは「見せる」「見せられる」「見せしめる」「見せしめられる」という系である。語の展開は、「見る」ことの場が、心理学から政治学へとたやすく移行することを示している。「見る」はそのまま刑罰の場へと移行するのである。

シェルは『文学の経済学』において、ヘロドトス『歴史』第一巻のギュゲスの物語に依拠しながら、貨幣の発生と「見る」ことの関係を仔細に分析してみせている。ギュゲスは王妃の裸体を「見せられる」ことによって王妃に強いられて王位を簒奪し、以後、ギュゲスは自身の姿を「見せない」ようにした、とされる。いわゆる自身の姿を人に見えないようにする「ギュゲスの指輪」の物語もこの背景のもとに語られるようになったと思われるが、いうまでもなく、シェルがこだわっているのは、ギュゲスが、貨幣の起源の地とされるリュディアの王だったからである。

貨幣は、見る次元、見られる次元から生まれたのだ。

世界宗教と普遍語の問題が語られるべき場がおぼろげながら見えてきたように思われる。それはまた、孤独の発明と密接にかかわっているように、私には思われる。

第十三章　感動の構造

1

舞踊とは音楽の視覚化である。

ウヴェ・ショルツのバレエ『オクテット』日本初演（二〇一七年、世界初演は一九八七年）を見て、私は全身を揺さぶられるような感動を覚えた。音楽はメンデルスゾーン十六歳の作「オクテット」（一八二五年作曲）すなわち弦楽八重奏である。八重奏とはいえほとんど交響曲を思わせるその構成が、見事に視覚化されていることに驚嘆した。

観客は、音楽のうねりがダンサーたちの作り出す動きのうねりと合致し、リズムとメロディとハーモニーが身体の動きとなって展開してゆくさまを眼前にするわけだが、音楽と身体の動きの類似がやがて相似になり、相似がほとんど合同に変容してゆくとしか思えない瞬間があって、その瞬間にはまさに全身が蒼ざめるとでも形容するほかない快感に襲われるのである。それは、舞踊と音楽の柔らかい肌にじかに接することによってそれらを全身で理解したような、ほとんど人を虚脱させるような快感なのだ。人は、視覚に集中するときもっともよく音楽を聴いている。要するに、人はそのとき、音楽の構造を見ているのだ。

ショルツは一九五八年に生まれ、二〇〇四年に亡くなったドイツの天才的なコリオグラファーすなわち振付家である。シュツットガルト・バレエの座付き振付家として出発し、その後、長くライプツィヒ・バレエの芸術監督だった。

ショルツの二十世紀バレエ史における位置を粗描すべきだろうが、そしてまたメンデルスゾーンの十九世紀音楽史における位置をも粗描すべきだろうが――知られているようにメンデルスゾーンはその出自によってヴァグナーに抹殺されたに等しいのである――、いまはその余裕がない。ここでの問題はただひとつ、音楽が視覚化されていることに驚嘆し、ほとんどその一事において深い感動を覚えるという、その仕組はいったいどうなっているのかということである。

音楽が目に見えることで、なぜ背筋が蒼ざめるほどの感動を覚えるのか。

このことにこだわるのは、それが、言語は視覚の領域にあるという問題と表裏に思われるからである。音楽もまた視覚の領域に生成するのではないか。

音楽と視覚ということでは、一九八〇年代の半ばニューヨークに二年近く滞在したとき――舞踊の根源性に気づいたのもそのときである――、私はマリファナを吸う機会があって、その効果に一驚したことがある。

テープで音楽を聴いていたのだが、まず天井と四囲の壁がぐんぐん遠ざかり、大きくなったその空間のなかに音楽が伸びやかに広がってゆき、旋律の細部が目に見えるように輝きはじめたのである。そんな耳を持っているはずはないのだが、楽器の音色の違いがくっきりと目に見えるように分かる。音の周辺で光が華麗に点滅し、音楽が巨大都市の夜景のようにずんずん広がってゆくのだ。

モーツァルトのいう「曲が見える」というのはこういうことかと思った。

密売のマリファナには別な薬品が混入されていることがあると聞いて服用は二、三度で止めたが、音楽が目に見え、絵画が耳に聞こえることを共感覚という、その共感覚を体験したのだと、私は思った。カーネギー・ホールの天井桟敷になぜマリファナの匂いが立ち込めているのか、その理由が分かった。

共感覚が作図能力をともなう言語現象に密接にかかわることは、私には疑いないと思われる。視覚、聴覚、嗅覚、触覚あるいは体性感覚——触覚、痛覚、温覚、冷覚など特定の感覚器官を持たない感覚で、これに対して視覚、聴覚、嗅覚など特定の感覚器官を持つものは特殊感覚と呼ばれる——といったほうがいいかもしれないこれら人間の諸感覚は、むろん、脳の特定部位との対応が指摘されるほどそれぞれはっきりと違ったものである。が、同時に、最終的には個人的な体験としてしか語ることが出来ないという根源的な曖昧さをも秘めていて、そのことは、この諸感覚の領域そのものが言語と連動することによって生じた可能性を示唆している。

人は太古においては音を見、色を聞いていたのだとかりにいわれたとしても、たちどころに反駁することは難しい。暗い明るい、鋭い鈍い、冷たい温かいなど、同じ形容が視覚、聴覚、嗅覚、触覚を横断して用いられていることからも、その反駁の難しさは想像できる。形容の横断は感覚の横断を示唆していると考えられる。いずれにせよ諸感覚が、原感覚とでもいうべきものから派生し、その後に分節化されたことはほとんど自明である。むしろ共感覚は原初の名残ともいうべきものだろう。

共感覚すなわちシネスセジアは昨今では異常感覚として話題にされることが多いようだが、少なくとも私が最初に接したのは一九六〇年代、すなわち十代の頃に読んだ宮沢賢治などの詩における共感覚であって、当時はむしろ詩の手法のひとつとして詩人や精神病理学者のあいだで論じられていた。ボードレールの「万物照応」やランボーの「母音」なども対象とされていて、違和感を覚えるような異常感覚ではなかった。むしろ感覚の鋭敏を示すものだったのである。『野ざらし紀行』に収録された芭蕉の有名な句、「海暮れて鴨の声ほのかに白し」にしてもそうだ。共感覚に接していることは疑いないが、芭蕉が異常感覚の所有者として話題にされることはない。感覚の鋭敏と手法の卓越が話題にされるだけである。共感覚は言語表現において決して珍しいものではない。日本の古典の随所に見出すことができるといって過言ではない。

小西甚一に、「鴨の声ほのかに白し」という文章がある。一九六三年八月の「文学」に掲載された。

小西はそこで、芭蕉の他の句、「石山の石より白し秋の風」「その匂ひ桃より白し水仙花」などを挙げ、「イメイジのこういった使いかたは、欧米の批評用語で共感覚（シネスセジア）とよばれるものだが、詩に用いられたのはロマン派からであり、盛行したのはボードレールを代表とする象徴詩においてだといわれる」（便宜上、英語はカタカナ表記にした）と述べている。

興味深いことは、小西がこの芭蕉の方法を禅の影響下にあると見なしていることである。共感覚的な技法は日本の和歌の伝統に必ずしも珍しいものではなかったことを、叙景歌の成立と関連させて述べた後に、小西は次のように述べている。

和歌における共感覚技法を最初に指摘したのがアメリカの学者だった（ブラワー／マイナー『日本宮廷詩』などを指している――引用者注）という事実は、ひとつの好例であろう。シナ詩にそれほど共感覚技法が多いわけではないのに、室町時代の禅林詩でそれがこのまれた理由のひとつも、禅僧たちがシナ詩に本国人よりも多く共感覚技法を認めたからではなかろうか。芭蕉が共感覚技法をまなんだのはシナ詩を通じてのことで、和歌ではなかったろうという推定も、やはり同じ筋あいにもとづく。

日本語の慣用句「黄色い声」が共感覚にもとづく形容であることは歴然としているが、日本人の誰もがそう意識しているわけではない。それは日本人のほうが英語やフランス語の共感覚技法に敏感なのと対応している。同じことが漢詩の受容にあたっても言えるだろうが、なかでも禅僧が鋭敏だったのは、そこに解脱の機微と通じ合うものを認めたからだろうというのである。

小西は、共感覚と翻訳の問題が構造として重なり合うことを示唆し、そこから普遍語の問題へと展開しうることをも示唆しているに等しい。聴覚、嗅覚、触覚は、視覚に翻訳されることによっていわば普遍性をもつにいたるが、この過程で何かが生まれるのである。翻訳されうるのはそれが構造をもつからであり、構造をもつと認識されること自体が、それがすでに視覚の領域に編入されていることを示す。事態は言語の翻訳と少しも違わない。解脱の機微は翻訳にあるとさえいえよう。この問題を追究すれば『日本文藝史』も違った姿を見せただろう。探究を持続しなかったのが不思議である。

芭蕉が、一六八〇年代前半すなわち延宝期から天和期にかけて、談林の風を脱して蕉風の確立へと急旋回したのは、禅との接触によるというのはいまや一般的な考え方だろうが、禅僧による詩の「よみかた」が芭蕉に共感覚技法を示唆したのだというのは小西に独自の着想ではなかったかと思える。

「禅においては、日常眼前のことを題材として悟りの世界を言いあらわすが、その題材のあつかいは、たいへん非日常的である」。「その日常意識が破れる瞬間に永遠なる真理を感得させようとするわけだが、こういった禅のゆきかたは、どことなく共感覚技法に共通する」。

芭蕉においてもこの技法は当初は奇想めくものだった。それが一六八〇年代後半すなわち貞享期に入ると違ってくる。たんに奇想のための奇想ではなく、それによって日常意識が禅的な「静かさ」にむかって破られるようになってきたというのである。こうして芭蕉の「静寂さをふかく凝視する」流儀が成立したというのだ。禅的な境地の深まりと言語操作の開発——新たなレトリックの発見——は軌を一にしていたということになる。『日本文藝史』では芸術的感動と宗教的感動を峻別していたが、それに先立つこの段階ではむしろ両者を一致させている。小西がこの事実を意識していなかったのも不思議だ。

小西の論のわずか一年後に、安東次男が「ほのかにしろし」という文章を、これは「展望」(六四年十一月)に寄せている。いっそう芭蕉に身を寄せ、この諸感覚の交響という技法の成立を、当時の日本の漢詩人に行われていた対句法や虚実法などの影響下に芭蕉が会得した「感覚の転位」という技法に求め、具体的な例を引いて論証している。

「鴨のこゑほのかに白し」は、寒げな鴨の声をさえむしろ艶を帯びたものとして受取った、芭蕉の心情の表白だったろう。「ほのかに白し」の向うに闇を見る思想は、ここでは通用しない。後日、元禄二年の『おくのほそ道』の旅で、慟哭の極るところ那谷で詠んだ晒された詩情（「石山の石より白し秋の風」）とは、その点まさに反対の心の所産であったようだ（芭蕉の「白」を語って二句を同心に見たがる考は間違っているように思われる）。

安東は小西の論文に言及してもいなければ、共感覚という語も用いていない。蕉風の確立ともいうべき「冬の日」五歌仙の成立の直後に、「海暮れて鴨の声ほのかに白し」を発句とする歌仙が他の連衆とともに巻かれるのだが、歌仙の出来が違う、むしろ『野ざらし紀行』の秀句としてよく知られるようになった、そういう、私にはいわば些末とさえ思われる議論を展開したうえで、右の結論にいたるのである。

安東はこの発句成立の背後に禅的なものが潜むことも熟知している。だが、五山僧の思想は荘子からの借り物にすぎないと喝破してもいる。つまり、芭蕉が影響を受けた中国仏教は老荘の変容にすぎないと一蹴しているのである。そのうえで、芭蕉が示す共感覚は「対句法や虚実法」などの言語操作によって惹き起こされる「感覚の転位」にほかならないとしているのだ。

微妙に違ってはいるが、私には小西と安東の立論がそれほど隔たっているようには思われない。少なくとも共通の認識はあるのであって、そのうえで微妙な差異——同じ白でも心の色としては違うといったような差異——を問題にしようとするのだとすれば、むしろその共通の土俵を示したほうが読者には分かりやすい。

安東が小西の論文を意図的に無視しているという印象は拭い難いが、ここでは詮索しない。注意すべきはただひとつ、小西も安東も、共感覚的な技法を言語操作の問題に帰しているということだ。これは私にはきわめて重要なことに思える。宗教的感動と文学的感動の同一性を示唆しているからだ。

かつては宗教的感動が文学的感動を包含していた。祭りを考えるだけでそれは分かる。ある段階から逆になった。宗教が個人的問題に縮小したからである。いまでは宗教的感動は文学的あるいは芸術的感動に包含されているように見える。

美術館の収蔵品のかなりの部分は特定の宗教のもとに制作されたものだが、いまでは誰もその宗教を問題にしない。美として扱うのである。美は感動の別名である。この事情が、変化がどのようなものであったか如実に示している。美術館という近代的制度のもとでは、宗教的感動は芸術的感動に包含されているのだ。文学全集という近代的制度においても事情は同じである。宗教的感動と芸術的感動のどちらがどちらを包含するか、かつてといまでは逆転している。

逆転したのはいずれも感動であることに違いはないからである。宗教と芸術は感動において通底している。共感覚はこの感動のからくりの要の位置にあると思える。それは言語操作にかかわる生理的かつ精神的な現象、つまるところ言語現象なのだ。

2

私には共感覚とは言語現象であるとしか思えない。

共感覚の問題は、言語の獲得とともに人間が直面しなければならなくなったさまざまな問題、すなわち社会的・政治的・宗教的問題の基層に潜んでいる。共感覚すなわち感覚の転位にこそ、人間の基層を解く鍵が潜んでいる、と私には思える。

むろん、言語以前にすでにこの種の感覚の交響あるいは照応があったと想像することもできるわけだが、かりにそれがあったとしても現実には意味を持たない。なぜなら、感覚の転位も交響も照応も、表現においてしか意味を持たないからである。犬や猫が共感覚を持つか否かを問うても意味がない。かりに持っていたにしても、その領域はブラック・ボックスとして通過されるほかないだろう。

要するに、感覚を比べるということ自体が言語以前にはありえない。コウモリであるとはどのようなことかと問うこと自体が言語以前にはありえないのと同じである。人はコウモリを演じることはできるが、コウモリは人を演じることができない。演劇は言語でなされるからなどということではない。さらに深く、演技という表現そのものが——つまり無言劇でさえも——言語という構造のもとにしか発生しえないということである。感覚の交響があるにせよないにせよ、表現されなければそれはたんなる生命現象であって、それだけのことにすぎない。

モーツァルトは一篇の交響曲を見ると言っているわけだが、旋律に色がついているか匂いがついているかなど、ほんとうは問題ではない。いかに濃密であっても、他者には伝えることのできない個人的な体験として終わるほかないからである。

しかし、交響曲が一枚の絵のように見えるというのは、それとはまったく違っている。それは、音楽は構造を持つということだからである。この、構造を持つという点において、一枚の絵と一篇の交響曲はいくらでも重なり合うことができるのみならず、重なり合う次元、対比される次元を持つことによって、新たな創造を可能にするのである。絵も作曲も同じようにコンポジションと呼ばれて違和感を覚えないのはこの事情による。

かりにモーツァルトが音を匂いとして聞いていたとすれば、匂いもまた構造を持ち、そのことにおいてモーツァルトの作曲を刺激していたということになる。力点は構造にあるのだ。そして構造を構造として把握する能力、つまり視覚能力、さらにいえば俯瞰する力にあるのだ。

視覚能力とは、何度も繰り返すことになるが、距離の能力である。

視覚は距離を必要とする。嗅覚、味覚、触覚においては距離が不要なのだ。というよりも距離があっては味覚も触覚も機能しない。舌にせよ指にせよ、じかに触る必要があるのだ。構造の発見はこの距離の能力、すなわち適度な距離をとって対象を見る能力に負っている。距離を取ることによって構造を見出すことができ、しかるのちにはじめて、人は対象を操作し構成することができる。

構成とは距離の所産にほかならない。

作曲とはコンポジションすなわち音の構成、音の構造的な配列以外の何ものでもない。そういう意味では、言語そのものがすでにコンポジションなのであって、文学、音楽、美術そして舞踊は、いずれも構造を持つこと、構造が見出されうることにおいて重なり合うのである。

世界が把握されるとすれば、それは構造として把握されるということである。把握とは握りしめるということであり、それは世界が握りしめられるだけの大きさに縮小されうることを示す。世界が縮小されうるのはそれが構造を持つからであり、構造を持つからこそ逆に一個の果実でさえも宇宙大に拡大されうるのである。むしろこの伸縮の可能性においてこそ構造は構造なのだ。

伸縮のこの可能性が、端的に、見る距離によって操作されることはいうまでもない。遠望すれば時空のすべてが把握されうる。

「見る」という生理現象が「見なす」という精神現象へ移行する瞬間である。

逆にいえば、精神は「見る」から「見なす」へのあいだに発生したということだ。精神が距離の所産であるとは、そういうことだ。

人が世界のすべてを把握してしまったという思いにたやすく到達できるのは——すべての書物は読まれたというように——それが見ることの函数だからである。俯瞰する眼を無限大に拡大すること、つまり無限遠点から現在を眺めること——すなわち悟ること——など簡単なことなのだ。現生人類が言語を獲得した段階から行ってきたことだとしか私には思われない。現生人類が持ち続けてきた古老への尊崇がそれを示している。古老とは時間を距離として把握できるもののことなのだ。

だがそれはしかし、しばしば強い虚しさすなわちメランコリーをともなう。距離の拡大は行為の断念を意味する。行為に執着していたのでは離れることはできない。悟りは社会的行為とは無縁なのだ。悟りには社会的行為に向かう必然が、つまり人間関係に向かう契機が、ないのである。それこそ、明らめることは諦めることという常套句が示すとおりである。

常套句の存在はしかし、人間にはこの種の悟りを疑う智慧もまたあったことを示している。自分は騙されているにすぎないのではないか、という疑いもまた距離の所産なのだ。疑っているこの自分を疑うことはできないなどという洒落が通用する世界ではない。デカルトは個人を単位とする勤労の時代の幕開けを告げたにすぎないのである。

近づかなければ見えないものがあるように遠望しなければ見えないものもある。見るために必要とされる距離の、その距離の取り方に、精神の発生をさえ見ることができるのである。共感覚が興味深いのは、それがこの距離の伸縮可能性の生理的な側面、その機微を表わしているように思われるからである。共感覚は、視覚の領域に他の感覚を構造的に対応させることによって成立するのだとしか私には思われないが、その仕組は騙し騙されることを可能にするこの距離の伸縮とほとんど違っていない。

共感覚はいわば縦の距離を横の距離に置き換えたようなものなのだ。共感覚にはある種の胡散臭さ、あるいは不気味さが伴うが、それもまた当然のことなのだ。

人間には悟りを疑う智慧もあると述べたが、悟ったと称する人間はほとんどすべて詐欺師であるといっていい。ほとんどというのは、心的異常もありうるからである。これは原理的な問題であって、人間には善人もいれば悪人もいるといった問題ではない。たんに詐欺と悟りとはまったく同じ構造のもとにあるということにすぎない。

悟りを証明することはできない。

悟りは反証可能性を提示しえないのである。

禅僧のなかでもまともなものは、韜晦を装ってまでも詐欺師を自称するが、体験に誠実であろうとすればそれは必然である。悟り、つまり個人的な現象としての距離にかかわる問題は、そういうかたちでしか対象化できないのである。ただ、芭蕉がそうしたように、構造の照応関係として暗示できるだけなのだ。芸術的感動が宗教的感動に取って代わったのはそこにおいてである。

感動もまた証明できない。

ただ、新たな感動を与えてその感動に応えることができるだけなのだ。後に触れるが、芭蕉にとってはそれが連句であったように思える。感動の応酬がなければ連句など屑に等しい。

感動を分かちあうというが、ほんとうは分かちあうことなどできはしないのである。悟りが分かちあえないのと同じだ。ウヴェ・ショルツのバレエ『オクテット』に私は腰が抜けるほど感動したが、まったく感動しない人間もいる。おそらくそのほうが多い。のみならず、感動したにしてもまったく違うところに感動していたりもする。だが、感動を強制することはできない。悟りを強制できないように。ただ、自身の感動を確認するために、人を同じ上演に誘うことができるだけである。

一九八〇年代のニューヨークで舞踊の根源性に気づいたとき、舞踊には批評の伝統もなく批評の基軸もないことに苦しんだが、感動の伝達不可能性にはさらに苦しんだ。同じ時、同じ所に居たということだけが頼みの綱なのだ。感動に匹敵するほどの文章を書ければいいだけの話なのだが、私にはそれはほとんど不可能に思えた。人間が感動に対して長くひたすら摸倣で応えてきたこと、すなわちただひたすら伝承することによってそれに応えてきたことには十分な理由があったのである。流派の形成は感動への応答のひとつの姿であったとさえいえる。

ここから見巧者の問題が出てくる。いわゆる通であり、専門家である。感動するにもコツがいるのだ。こうしてひとつの表現、ひとつの芸術の領域が形成される。だが、見巧者や通が語れば語るほど、それがどうしたと反問する外部が形成される。領域は閉鎖的になり、外部を締め出し、やがて頽廃する。原理的には普遍語と現地語の相克とまったく同じことが起こっているのだ。文化も文明もこの問題を逃れることはできない。だが、この問題——具体的に語りはじめればいくらでも語りうる問題——に、いまは深入りすることはできない。

ドストエフスキーがある演説会で熱狂的に感動し、日頃敵対していた人間とさえ抱きあって喜んだが、翌日になってそれがなぜだったのか分からず困惑したという趣旨のことを、日記か何かに書いている。感動の質というものがどういうものか、よく語っている。

感動は多く興奮や熱狂を伴う。興奮や熱狂は伝染する。群集心理の問題に隣接している。けれど、感動の問題だけを取り出すと、その核心が心理学にあるのではないことが分かる。感動の核心は、視覚によって生じる人間の距離感覚の仕組にある。すなわち、俯瞰する眼が構造を見出し、その構造を他の何かの構造に重ね合わせようとするところにあるのだ。事物だけでなく、意味にかんしても、人間はこの構造を見出し重ね合わせようとする距離感覚の仕組に倣っているように思える。

類似の発見は、人間にとって、それだけで十分に快感を与えるものなのだ。

問題は、感動があくまでも個人的な体験としてあるということである。そしてそれは、騙し騙されるのと同じ次元にあるように思われるということである。

3

人間は感動するが、犬や猫は感動しない。

人間はおそらく、人間的視覚すなわち言語的視覚によって、距離を個人的な現象、内面的な現象に変えたのである。そこに個人の発生する端緒を見出したのだ。要するに、孤独を発明したのである。

遥かな山脈でもいい、視野いっぱいに広がる海でもいい。遠さだけにでも感動を覚えるのが人間だが、時間をも距離として把握するようになってその感動は倍加した。「去年の春」でも「もう秋か」でもいい。回想という距離が感動の場を大きく広げたのである。そこにも俯瞰する眼による構造把握が潜んでいることは疑いを入れない。

嗅覚、味覚、触覚においては距離が不要だと述べたが、たとえば、嗅覚には距離が必要ではないかと反論されそうである。だが、匂いを嗅いだ瞬間には距離はないのだ。むろん、匂いを発するものに蓋をすることもできれば逃げることもできる。だが、たいていそれは時すでに遅しなのである。味覚、触覚においてはそれがさらに甚だしい。かりにそれが毒であるとすれば、体験した瞬間にはすでに生死が決定されている。

視覚だけが体験の最中にはない。つまり体験に巻き込まれていないのである。ただ視覚だけが、判断の時間としての距離すなわち余裕を、人に持たせるのだ。距離すなわちずれである。それこそ神経組織が、動物にもたらし人間にもたらした最大のものだったというべきだろう。神経組織のその極点に視覚がある。聴覚は、距離の領域においては基本的に視覚に仕えているだけである。

人を悟らせるのも、それを疑わせるのも、視覚にともなうこの距離にほかならない。騙し騙されるという次元そのものがこの距離から生まれたのだ。しかも、興味深いことに、人間はこの騙し騙されるということを快楽に変えたのである。

絵も彫刻もその機微を語っている。似せ絵や遠近法にいたってはさらに具体的である。これは、古今東西、変わらない。職人も芸術家も騙すことに執念を燃やしてきたのだ。何よりもまず自分自身を騙さなければならない。自分を騙すほどのものだけが、他人をも騙し得るのである。写実がなぜこれほど人を狂わせてきたのか熟考に値する。人はその欲望を写真や動画として対象化したが、写真や動画ほど嘘をつくものはない。人は要するに、真実ほど嘘をつくものはないという事実をも対象化したのである。人が直面したこの事実について、人はいまなお十分には考えていないと思われる。

私は山と川のある町に育った。川には橋が架かっていた。橋の欄干から身を乗り出して川の流れを眺めていると、不意に、川が流れるのではなく、橋が進むように見える瞬間が訪れる。すると全身が震えるような快楽に包まれる。その瞬間、私は大型船の船首にいるのである。とりわけ早春の体験として思い出されるのは、雪国の川は春に増水するからだ。増水した川の迫力は凄い。驚きも倍になる。自分で自分の感覚を騙す快楽だが、これが文学や芸術がもたらす感動のひとつの淵源であることは私には疑いないと思われた。

小川に大河を見るのも、砂浜に沙漠を見るのも、同じことだ。叢が森に見え、蟻が馬に見えさえする。幼児はそうして繰り返し巨人になる。幼児だけではない。盆栽を見れば、大人もまた騙し騙される快楽に狂奔することが分かる。ディケンズもバルザックもドストエフスキーも、人間喜劇という盆栽造りに励んだのだといって誤りではない。

騙し騙されることは、人間にあっては快楽なのだ。

驚くこと、驚かされることが快楽であるのとまったく同じである。人は、見方を変えると対象がまったく違ったものに見えてくることに驚き、ほとんど必ず、その驚きを他人にも体験させせようとする。ひとつの「騙され」から新たな「騙され」へと移行するようなものだが、人間にはそれが快楽として感じられるのであり、その快楽を他人にも味わせたいと強く思うようになるのである。人は、他人を巻き込まなければ自分を確認できないのだが、とりわけ驚くこと、騙されることにおいてそうである。

驚きを含まない芸術はない。構成とは驚きを配置する技術のことである。起承転結も序破急も、どこで驚かせるべきかの、その技術を教えているにすぎない。人をもっとも効果的に驚かせること。起承転結も序破急も、舞踊、音楽、美術、文学のすべてに妥当するが、それはそれらのすべてが構造として見れば同じ表現行為だからなのだ。

動物も驚くがそれは不意を打たれたときだけである。人間も同じだが、しかし人間はそれを有害な驚きと無害な驚きに二分した。人は、不意を打たれて驚き、命に別条がないことが分かった瞬間、笑う。笑うことの起源を、恐怖とその解除が一瞬にして起こることに求めたのはデズモンド・モリスだが、ベルクソンよりはるかに笑いの本質を衝いていると、私には思える。笑いは、精神と生理が緊密に結びついていることを示す。

人間はとりわけ、見方を変えた瞬間、対象がまったく違ったものに見えることに驚く。たとえば地と図を反転させたときがそうだ。集めた果実が色の違いによって模様を描いていることに気づいた瞬間の原始人の驚きはたやすく想像できる。石器や土器などに見出される模様すなわちリズムに言語獲得の証拠を見て取ったのはアンドレ・ルロワ＝グーランだが、リズムの反復だけが言語を暗示するわけではない。図を地から浮き上がらせて見ることもまた言語の存在を暗示するのだ。「見る」から「見なす」への移行がすでに始まっているのである。

人は、たとえば階級史観に立って眺めたとき社会がまったく違ったものに見えてくることに驚いたわけだが、これも地と図の反転と違ったものではない。宮本常一が見出した東日本と西日本の違いを、時間的差異に置き換えて新たな日本史を構想した網野善彦の仕事にしても、違ったことをしているのではない。その網野が、日本海の地図を示すに、通常とは逆に日本を上に大陸を下においてみせて読者を驚かせた——方位を九十度変えると日本海がまるで地中海に見える——のも、手法としてはまったく同じことなのだ。

驚かせるということは見方を変えさせるということである。小西のいう共感覚技法も、安東のいう感覚の転位も、見方を変えさせる技術以外の何ものでもない。人は言語の獲得によって、見方を変えさせるという技術を、それそのものとして対象化するようになったのだ。それこそ巷間にいう想像力の問題であり創造力の問題である。共感覚技法も感覚の転位も言語操作の問題であるとは、そういうことだ。

だが、その結果、人間が手にしたものは、すべてを疑いつづけるという習性である。自分は騙されているのではないか、自分は間違っているのではないか、という疑い——それこそ言語の特徴としてチョムスキーが真っ先に指摘したものだ——から、決して離れることができなくなったということである。こうして、行為に踏み出すために、人は信ずるという次元に同時に足を踏み入れなければならないことになった。親鸞を引くまでもない。信ずるとは騙されてもいいと思うことなのだ。

これこそ、宗教の基底である。

だが同じようにそれは、商業の基底でもあったのである。

世界宗教が世界貿易と手を携えて——おそらく人類史上繰り返し——現われるのは偶然ではない。そして、これは私には自明に思われるのだが、世界宗教も世界貿易も現生人類がアフリカを出たほぼ八万年前にはすでに始まっていたのである。普遍語——翻訳すなわち解釈——もすでに始まっていた。可能性としてではない。それがいかに小規模のものであれ、世界宗教や世界貿易——すなわち都市——がまずあって、その後に民族宗教や国内商業が始まり、現地語が始まったのだ。そう考えなければ、たとえば装飾品の信じられないほどの広域拡散は説明しえない。

騙されてもいいという決断、あるいは驚くべきものに出会おうという決断なしに、現生人類がアフリカを出たとは、私には考えられない。騙されてもいいという決断は、死んでもいいという決断と隣接する。

勇気とは死んでもいいと思うことなのだ。

勇気と蛮勇を区別する道学者の視点は後知恵にすぎない。『ヴェニスの商人』ひとつに明らかだが、身を賭すのは宗教のみならず商業の基本なのだ。

宗教の基本は信仰にあり、商業の基本は信用にある。

宗教が騙されてもいいと決断することであるとすれば、商業もまた騙されてもいいと決断することである。信仰も信用も、騙し騙されるという経験なしには成立しえない精神的行為あるいは実践的精神である。信仰も信用も人類と同じほど古い——つまり言語と同じほど古い——ことは自明であると私には思われるが、騙し騙されることはさらにいっそう古い。それは視覚とともに始まったのであり、この視覚革命を人間は言語の獲得によって対象化し、遊ぶための技術、そして生産するための技術に変容させたのである。

司馬遼太郎が空海を語るに、大山師という語から始めたのは卓見というほかない。

宗教も経済も、要するに、賭けである。命懸けの跳躍、すなわち、騙されてもいいと決断することが、宗教と経済の起源、いや、あらゆる事業の——つまり冒険の——起源なのだ。それこそ孤独の次元なのだと私には思われる。

あるいは逆にこう言ってもいい。

人間は本来的にあらゆる文章を疑問形でしか終えることが出来ない、それが人間的孤独のあり方なのだ、と。

視覚的すなわち距離的存在であることのそれが宿命なのだ。

4

言語は一般に考えられているように聴覚に基盤を置くわけではない。視覚に基盤を置いているのだ。言語が構造として捉えられるところにその事実が端的に示されている、と、数章にわたって述べた。

その後に、袴谷憲昭や松本史朗の、天台本覚思想批判あるいは如来蔵思想批判について触れた。これが私にとって少なからず重大であったのは、芸術的感動と宗教的感動すなわち悟りなるものが本質的には同じものではないかという予見があったからである。そしてそれは言語の領域すなわち視覚の領域において確証されると思われていた。感動は言語現象なのであり、基本的に視覚の領域において生成するのである。音楽的感動でさえも仔細に検討すれば視覚的なものとして生成する。

小林秀雄が止観や禅にこだわったのも同じ理由からであると私は考えた。ボードレールからランボーへ、さらにドストエフスキー、モーツァルト、ゴッホへと論じる対象を移してゆくその移り行きにおいて視覚が他の感覚を圧して重要であることは縷言するまでもない。言語が視覚に基盤を置いているとすれば、見ることに重心を置いた小林の振る舞いは当を得ているといわなければならないが、しかし、思索の手がかりとされる止観や禅がいわば仏教と似て非なるものであるとすれば、思索の深さが疑われることになる。止観や禅が見ることの至芸として扱われているからである。

小林が晩年の講演において、当時、超能力者としてもてはやされていたユリ・ゲラーの話から始めていたことが思い起こされる。危うい一線の上を歩いているのである。真贋を疑って破壊で終えるという行為にその一線が浮かび上がってくる。小林もまたつねに自殺の誘惑にさらされていたのである。

袴谷や松本の所論が衝撃的だったのは、まず、止観や禅は仏教などではない、仏教の影響を受けた中国思想、とりわけ土着思想としての道教の変容した姿にすぎないとする指摘においてである。止観や禅がインド土着思想の発展形態ともいうべきシャンカラの思想に対応し、したがって芸術的感動なり悟りなりと見なされているものは、古今東西、原始的アニミズムの間歇的噴出にすぎないというのだ。

小林秀雄、井筒俊彦、梅原猛といったいわゆる日本の思想家なるものは、日本の土着的アニミズムの間歇的噴出にすぎない。西田幾多郎も鈴木大拙も同じようなものだ。袴谷や松本の説くところを煎じ詰めればそういうことになるが、むろんこれは、道元が最澄、空海、さらには栄西あるいは明恵らを、名指してではないにせよ、鋭く批判したところに倣っているのだともいえよう。道元がどの段階でどこまで天台本覚思想あるいは如来蔵思想を自覚的に批判したのか、袴谷や松本あるいはそのほかの批判仏教の論者においても主張は分かれるが、いずれにしても道元がいわば運動する批判機能のようなものとして捉えられている点においては違わない。

事態は、ヘーゲル批判がマルクスを生み、マルクス批判が初期マルクス論と後期マルクス論を生み、その延長上にフランクフルト学派の批判哲学、サルトルらの実存主義的マルクス主義、構造主義的マルクス主義などが成立するさまと酷似している。

批判精神を伴わないマルクス主義はマルクス主義ではない。同じように、批判精神を伴わない道元は、道元ではないのである。道元とはすなわち不断の仏教批判、具体的には曹洞宗批判にほかならない。いわば永続革命である。道元を念頭において明恵を批判してゆく袴谷が最終的に法然に接近してゆくのはほとんど不可避に思われる。禅を説いて最終的には真宗すなわち親鸞に接近してゆく大拙と似ている。

ここに見られるのはあるいは思想の二つの型というべきものかもしれない。天台本覚思想あるいは如来蔵思想の変容形態として批判され非難された小林、井筒、梅原らの思想は、基本的に人ひとりひとりの悟りを問題としているのであり、対するに批判する側の袴谷や松本ひいては吉本ら新左翼——後期の吉本は違うが——は、衆生なり人民なりの救済すなわち社会全体の変革を問題としているのである。

これを小乗と大乗といってもいい。少なくとも小乗と大乗をこの視点から見ることはできるだろう。袴谷らは、梅原らの活動に卑俗な利己主義を認めているのであり、戦前、右翼国粋主義に雪崩れ込んだ西田以下の京都学派と同質のものを認めているのである。

だが、「草木国土悉皆成仏」に示される天台本覚思想なり如来蔵思想なりが土着思想であるとして、そのどこが悪いのかと反問することも不可能ではない。袴谷が挙げる東西土着思想のほうがむしろ普遍的な思想の名に値するのではないか。そのほうがいわば普遍語の世界に属し、袴谷らの標榜する道元主義のほうこそ現地語の世界に属するのではないか。仏教外から見れば、そう反問するほうが自然に思える。

『聖なるもの』(一九一七)で知られるルドルフ・オットーが問題にしていたことも同じだ。袴谷や松本が最終的には道元を守ろうとするように、オットーもまたルターとそのプロテスタンティズムを守ろうとする。限界は産業社会がその絶頂へ向かおうとする時代の限界にすぎないが、勤労を美徳とする精神を守ろうとしたことでは、スミスもマルクスもヴェーバーも同じことだ。とはいえオットーは、管見では、ヴェーバーよりもはるかに深くインド、中国、日本の宗教の核心に踏み込もうとしている。

たとえばその『西と東の神秘主義』(一九二六)の序文の冒頭で、キップリングの、西と東は決して理解し合うことはない、という語を引いた後に、オットーは次のように書いている。

ところがこのような主張とは対照的なもう一つの全く別の主張がある。すなわち、神秘主義はあらゆる時代およびあらゆる場所において同一である。時代に関わりなく、歴史にも関わりなく神秘主義は常に同じである。神秘主義においては東洋と西洋および他の場所といった相違は消え去る。神秘主義の花がインドで咲こうとあるいは中国やペルシャやライン地方やエルフルトで咲こうと、その果実はいつも全く同じである。その表現形式がジェラールッディン・ルーミーのペルシャ語による甘美な詩を纏おうと、マイスター・エックハルトのような優雅な中世ドイツ語やインドのシャンカラの学問的なサンスクリット語であろうと、それとも中国や日本の禅宗の簡潔直截でありながら難解な言葉を纏おうと、それらはいつでも互いに交換が可能である。ここでは一つの全く同じ事柄がたまたま異なる方言で語られているに過ぎない。「東は西であり、西は東である。」（華園聰麿ほか訳、便宜上、人名の欧文表記を省いた）

袴谷のいう土着思想が神秘主義という語に置き換えられたにすぎない。だが、袴谷は扱き下《こお》ろすために用いたが、オットーは持ち上げるために用いているのである。袴谷が土着思想のもとに神秘主義を、すなわち非合理主義、場合によっては非理性主義をさえ含意していることはいうまでもない。オットーはしかし、非合理は必ずしも理性的でないわけではない、むしろ理性は非合理を積極的に容認するとさえ考えているのである。むろん、素朴な神秘主義もあれば洗練された神秘主義もある。けれど最終的には、引用に明らかなように、その果実はいつでもどこでもまったく同じだとオットーはいうのだ。そうしてそれを普遍的な思想、思想の普遍性として積極的に評価している。

『西と東の神秘主義』の邦訳には「エックハルトとシャンカラ」という副題が付されている。主題そのものである。エックハルトは西欧の、シャンカラはインドの神秘主義を代表する。二部に分かれ、前半はエックハルトとシャンカラの類似を探り、後半は相違を探る。そのあいだに「中間考察」がおかれ、移行にあたっての予備考察がなされているが、そこではとりわけ、日本でいえば真言宗における立川流のような、いわば淫靡な流派が批判されている。

オットーは一九一二年の日本講演において空海を仏教とグノーシスの混淆形態と見なしている。講演は記録されていないが、講演を紹介した記事はそう伝えている。記事が誤っているとは思えない。卓見だからだ。記者が捏造できるようなものではない。

洋の東西を問わず神秘主義のなかに性愛神秘主義ともいうべき流派が存在することはよく知られている。当然である。恋愛は人格に革命をもたらす。もっとも強力に、もっとも確実に、生理も精神も変えるのである。この一事をもってしても性愛が神秘の次元に連なっていることが分かる。だが、オットーは、シャンカラもエックハルトもそういうたぐいのものとは隔絶しているというのだ。

だが、類似から相違へと論点が移っても、オットーの基本的な立場は変わらない。序文で述べられたことがさらに丁寧に敷衍されている。オットーは大拙の禅にかんする著作を逸早く認め、その価値を欧米に喧伝した先駆者である。その知識は半端なものではない。「中間考察」に次の一節がある。

シャンカラの神秘主義的経験をインド以外でもあり得る神秘主義の形態、たとえば中国の土壌に成長した道教と禅の神秘主義と比べてみると、その特殊性が一層浮き彫りにされるであろう。老子の道の説およびその経験は事実上神秘主義である。この神秘主義においても、類似のまた同じ内容の定形句を発見することは難しいことではない。さらに一見したところだけでは、インドの神秘主義と中国のそれとをすべての猫が黒くなる夜の闇の中へともに消えさせることも難しくはない。しかしながら、道はブラフマンよりも内的に深いものである。もっとも扱われるものが完全に非合理的なものであるので、この場合にもまたその相違を手で探り、暗示しながら感情にもたらすことしかできない。しかし、感じとることのできる人は、道がシャンカラのブラフマンよりも、一方では如来蔵（ブータ＝タタター）およびアーラヤ識（アーラヤ＝ヴィジュニャーナ）に対して、他方ではマハーヤーナの不可思議な空性（シューニャター）に対して遥かに大きな親和性を持っていることに気づくに違いない。これらは、事実上道と同様に理解され、両者は互いに浸透して然るべきもので、実際に中国の伝統ではそうであった。そして、両者は、シャンカラの地盤においては全くあり得なかったものを本質必然的に自ずからに生み出さざるを得なかった。すなわち中国および日本の禅の宗匠達が創り出した、世界と自然の極めて深く、全くヌミノーゼ的な把握と比類のない芸術におけるその再現がそれである。（同前、便宜上、サンスクリットのローマ字表記をカタカナ表記にした）

刊行からすでに一世紀近くを経るが記述は少しも古びていない。ヒンドゥ教と仏教と道教の類似と相違を見極め、禅の出自を的確に捉えている。老荘の「道」の思想はもともとインドの「如来蔵思想」および「アーラヤ識」「空性」などという考え方と強い親和性を持っていたのであり、両者が浸透しあったところに中国と日本の禅が成立したのは必然だったという指摘は、袴谷や松本の見方と大きく違っているわけではない。オットーはそれを良しとし、袴谷や松本はそれを悪しとするだけだ。

むろん、オットーはその後に、シャンカラとエックハルトの相違を指摘し、後者のほうが人間の救済へと向かう契機をいっそう強く秘めていることを示唆して終わる。エックハルトのゴシック精神にシャンカラとの違いを象徴させているが、ヴォリンガーの『ゴシック美術形式論』に言及することも忘れていない。ヴォリンガーはオットーの十二歳年下である。オットーに、宗教的感動と芸術的感動を結ぶ意志があったことは、ゲーテの『ファウスト』をはじめ、随所に文学者の著作が引用されているところからも明らかである。

5

オットーはエラノス会議にそのエラノスという名を与えたことで知られている。ユングやヘッセやエリアーデといった名を聞くとつい身を引いてしまうと第九章で述べたが、オットーについては必ずしもそうではない。管見で判断するしかないが、おそらく自身の神秘体験を語っていないからである。少なくともひけらかしてはいない。カント以後の哲学の展開を重視する姿勢は基本的に哲学者のものであっていわゆる神秘家のものではない。オットーは信仰を促すというよりも、信仰を理解することを勧めるのである。

にもかかわらず、歯痒く感じられるのはなぜか。

最終的にはキリスト教の護教論に終わっているから、では必ずしもない。そういうことでは、同時代の弁証法神学者、ブルトマンやバルトやブルンナーのほうが急進的かつ攻撃的であり、おそらく気質的には袴谷や松本に通じるのは彼らのほうであろう。オットーのほうは世代的にはひとつ前の自由主義神学の徒であり、実践的というよりは思索的である。エラノス会議に名を与えたという経緯からもそれが分かる。東西の宗教者の会合を組織しようとしたことにしても、思索の実践であって、信仰の実践ではない。オットーが日本においてドイツにおいてと同じ立場を占めていれば、ブルトマンやバルトやブルンナーに批判されたように、袴谷や松本に批判されただろう。

むろん、弁証法神学の徒がオットーに歯痒さを感じたのは、オットーには身を賭してといった実存主義的な契機が希薄だからである。

だが、私が歯痒く感じるのはそういうところではない。オットーは『聖なるもの』においてヌミノーゼすなわち神霊性という概念を提示したが、その分析を徹底的には行なっていないと思われるところに感じるのである。造語しているのだから定義だけで十分であって分析までは必要とされないと思われそうだが、オットー自身、それをカントのアプリオリ概念を用いて説明しているのだ。説明するにあたってのその分析が不徹底だと、私には思われるのである。

オットーは、『聖なるもの』が刊行された一九一七年に、マールブルク大学の組織神学教授に就任し、二九年に退官している。ブルトマンが新約学教授に就任するのが二一年、ハイデガーが哲学教授に就任するのが二三年である。ちなみにマールブルク大学はプロテスタントが建てた最初の大学だ。ルターが宗教改革の口火を切ったのが一五一七年、マールブルク大学の設立が一五二七年、十七世紀に入って宗旨をルター派からカルヴァン派に移すが、この伝統は自由主義神学と弁証法神学の対立にも興味深い陰翳を与えている。問題にしなければならないのはしかし、十六世紀ではなく二十世紀である。

ハイデガーは一九二八年にはフライブルク大学に移るが、神学と哲学における世代交代の波頭がマールブルク大学にあったという印象が強い。俯瞰すれば、やがてダボスで世代対決することになるカッシーラーとハイデガーの関係が、オットーとブルトマンのあいだにもあったということだ。カッシーラーは、教鞭を取るのは新設されたハンブルク大学においてだが、博士課程はマールブルク大学のコーエンやナトルプのもとで受けたのであって、新カント派マールブルク学派のいわば旗手である。新カント派のカッシーラーと実存主義のハイデガーの対立が、自由主義神学のオットーと弁証法神学のブルトマンの対立にちょうど見合っているのである。

オットーはむろんのこと、ハイデガーも新カント派の潮流のなかにあったことは指摘するまでもない。ハイデガーはフライブルクでリッケルトに指導され、ナトルプによってマールブルクに招聘されたのである。

新カント派は時代の潮流だった。カントを端緒とする認識論は実体から関係に論点を移し、関係論は意味論、価値論へと向かい、価値の問題はヴァリューからヴァリディティへ、つまり価値の問題から妥当性、有効性の問題へと――ヴェーバーの価値自由もその系のひとつ――移る。ここまでがロッツェ、コーエンの段階だが、その後にリッケルト、カッシーラーが続き、並行してフッサールが登場する。新カント派の問題意識、つまり先鋭な認識論が現象学を生むのはほとんど必然に思える。ハイデガーはフライブルク大学でフッサールの助手だった。

だが、ハイデガーが企てたのは新カント派から派生したフッサールの現象学に与することではなかった。カントそのものの読み替えだったのである。ハイデガーは新カント派のみならずフッサールの期待をも裏切ったのだ。ハイデガーもまた『聖なるもの』を強い関心を持って読んでいたといわれるが、おそらくオットーが考えていたのとはおよそ違った文脈においてだっただろうと私には思われる。

我流の俯瞰である。オットーにせよハイデガーにせよ、当然のことながら、私は私の観点で読むほかない。私は学者でもなければその素養もないが、先に進むためには柄にもないことをしなければならないのである。

『聖なるもの』の十二年後に刊行されたハイデガーの『カントと形而上学の問題』は、『純粋理性批判』を『純粋言語批判』として読む試みだった、と私は思っている。カント哲学は認識論などではない、形而上学すなわち存在論なのだ、なぜなら言語的存在である人間のその言語的な限界を画定しようとしたのが『純粋理性批判』にほかならないからである、とハイデガーは示唆している、としか私には読めないからだ。『カントと形而上学の問題』の冒頭はほぼ有限性をめぐる議論に埋め尽くされているが、神の無限性に対比されるこの人間の有限性は、人間が言語をもっていることの有限性、すなわち言語的存在の有限性であるとしか私には思われないのである。

神は無限だが、人間は有限だ、しかしそんなことをいえば動物はむろんのこと、生命はすべて有限ではないか。だが、そうではない。動物の有限性はなお有限性にいたっていないからである。ただ人間において有限性が有限性にいたっているのだ。

動物は死を認識しないが人間は死を認識する。その認識を可能にしたのが言語であり、世界に言語を通して関わってゆくほかないその在り方を、理性的存在というのである。これはまさに形而上学である。『存在と時間』の主題に接している。後にハイデガーは、言語は存在の住処である、と述べることになるが、この段階ですでにその骨格は決まっていたに等しい。たとえばフロイトとは一線を画すラカンの精神分析も、このようなハイデガーのカント解釈があってはじめて可能になったのだと、私には思える。精神の病理は言語の病理なのだ。

人間が言語のなかに生きていることは自明である。『純粋理性批判』を読んでいると、理性という部屋に閉じ込められて閉所恐怖症に陥った人間の姿しか思い浮かばない。息苦しいほどだが、その壁は言語でできているのだ。『純粋理性批判』は、

さえぎるな
言葉！
私と海の間を

という谷川俊太郎の詩「旅4 Alicante」の三行を、徹底的に分析していったようなものである。逆にいえば、谷川は『純粋理性批判』を詩にしたのだ。『純粋理性批判』は谷川という詩人を理解するに役立つのである。谷川は谷川で、俯瞰する眼を負った人間の宿命を誠実に証言しているのだ。

むろん、ここでこの問題をさらに論じようとは思わない。必要もない。問題は、オットーのいうヌミノーゼという概念が明瞭になるのは、おそらくはこのような文脈においてなのだ、と考え

られるということだからである。

　オットーは『聖なるもの』でまず、聖なるものがどのような現象として成立しているか仔細に検討してゆくが、後半にいたって、カントを援用して次のように主張するのである。すなわち、聖なるものという観念は感覚や知覚といった経験によってもたらされたものではなく、カントのいう純粋理性にアプリオリに——すなわち生まれたときから——備わっているものだというのである。つまり、ヌーメン的感情すなわち神霊的なものをそれとして認める感情は、人間の外部から来たのではなく、人間の内部に最初から備わっていたというのだ。この議論の当否は措いて、ハイデガーの『カントと形而上学の問題』を先に述べたように解釈できるとすれば、オットーが述べているのは、聖なるものは言語の仕組がもたらしたものだということにほかならない。

　これをチョムスキー風に言い換えれば、人間は突然変異によって言語を獲得したが、その言語なるものの仕組のなかに初めから聖なるものが作動する契機が潜んでいたのだ、ということになる。指摘するまでもない。オットーがここで主張しようとしているのは、対象と入れ替わる能力、それを可能にする俯瞰する眼、すなわち言語能力こそ、人間を聖なるものへと導いた契機にほかならないということである。

　これまで述べてきたことと符合するわけだが、同時に違いも明らかになる。

　オットーは、シャンカラを論じるに、多くその『ブラフマ・スートラ注解』に依拠し、とりわけ『チャーンドーギヤ・ウパニシャッド』第六篇の注解を尊重しているように見える。たとえば辻直四郎『ウパニシャッド』の古風な訳から原典第六篇第一章の一節を引けば「愛児よ、あたかも泥土の一塊団により、一切の泥土所成のものが認識せられ得るがごとく、変異は〔ただ〕言語による把握（＝語彙上の区別）なり、すなわち名称なり。泥土と云うこそ真実なれ」である。

素朴というべきだろうか。私はそうは思わない。認識は瞬時に深まり、拡張し、反転する。

この一種の言語哲学から『純粋理性批判』までは数歩であるといいたいほどである。シャンカラの所説は「不二一元論」として知られ、やがて如来蔵思想との関連も指摘されるようになるわけだが、言語を獲得した人間が、この種の議論を展開することなく数百年、数千年、数万年を過ごしてきたとはまったく思われない。人間ならば誰でもごく自然に考えることである。都市と世界宗教と世界貿易が手を携えて人類史上に繰り返し現われたように、この種の思考は繰り返し現われたのだと考えるほうが自然に思える。

問題は、言語は、このような議論においてさえもつねに、騙し騙されるという裏面を秘めているということである。『ウパニシャッド』からの引用においても、人は、壺、皿などという名称によって騙され、それらがもとは泥にほかならなかったことを忘れているのではないか、という疑いが議論の出発点になっているのだ。

シャンカラはこれに「実際には、変容物というものは何も実在しない。なぜならば、それはただ名称にすぎない虚妄《きよもう》のものであり、「土であるということのみが真実である」から。——このことがブラフマン（と現象世界との関係）に関する喩例として、（天啓聖典のなかに）述べられているのである」（服部正明訳）という注解を付している。疑いをブラフマンの問題にまで拡張しているわけだが、名称すなわち言語は虚妄すなわち騙すものであるという考え方が前提になっていることはいうまでもない。この前提、この疑いは人間に付きまとって離れない。

神霊的なものに接して、人は驚く。ヌミノーゼは驚く能力のひとつである。人は、驚くため、感動するため——騙されるため——にもエネルギーを要するが、同じように、騙すため、疑うためにもエネルギーを要する。ヌミノーゼは騙す能力でも騙される能力でもあるのだ。疑う力は信ずる力に正比例する。信ずるためには、それに見合うほどの疑いを抑える力が必要とされる。騙す能力、驚かす能力とは、要するに、演出する能力、演技する能力、見入らせる能力、魅了する能力にほかならない。

これらのすべてが人間には一挙に訪れたのだと、私には思われる。

空海を聖なるものの演出家と見なした司馬の見識が、ここでも思い起こされる。

オットーはしかし、司馬とは違って、ヌミノーゼの問題が、言語の裏面ともいうべき騙し騙される能力と密接にかかわることを取り上げようとはしない。ヌミノーゼの特徴のひとつとして人を魅了することを挙げ、音楽、美術にまで論を広げても、主題としては取り上げようとはしない。騙し騙される能力については、ゲーテをはじめとする詩人、戯曲家、小説家に委ねてしまっているのである。

第十四章　視覚革命と言語革命

1

文学、芸術、宗教を、騙し騙されるという視点から論じてきた。

貶めるために論じてきたのではない。文学や芸術や宗教が騙し騙される次元のうえにあることは、人間にとって視覚が、そしてその視覚がもたらした距離すなわち思考が、騙し騙される次元において発生したということの必然的帰結であるといっていい。芸術と宗教は言語の始原、さらには視覚の始原に接しているのである。

およそ五億年前、カンブリア紀に光のスイッチが入ったことによって、生命界にいわば視覚革命とでもいうべき事態が発生した。視覚革命が生命にもたらした最大のものが距離という武器である。視覚を持つ生命すなわち動物は以後、対象から離れることによって対象について思考する余裕を持つようになったのである。

視覚を除くすべての感覚が直接的であるのに対して、視覚だけは間接的である。人は耳を胸にあてて愛するものの鼓動を聴くことができるが、眼をじかに恋人にあてて見ることはできない。

視覚が必要とする距離すなわち隔たりは、たとえば「隔たりを感じる」という語が端的に示すように、ほんらいは飢えであり渇きであるはずなのだが、眼を持つ動物はそれを利点に変えたのである。

光とは距離の謂いであるといってもいいほどだ。

そしてこの距離が思考を生んだといっていい。

距離とは猶予である。この猶予が生命に思考する余裕すなわち時間を与えた。時間とは思考の秩序以外の何ものでもない。思考がなければ時間は存在しないも同然である。もともと、外在する時間とは思考の与える時間という枠組みによって切り取られた外部世界の変化であって、外部世界そのものではない。外部世界は時間的かつ空間的に把握できてそれを計ることができるという側面をも持っているにすぎない。思考は文字化、言語化によってはじめて思考独自の領域を持つようになるが、時間も空間もその後にはじめて明瞭な姿を現わすのである。

これをつづめていえば、眼が時間を生んだのである。しかるのち空間を空間として——すなわち獲物まで何歩なり何分なりという時間の尺度によって——把握するにいたったのだ。その後に、眼で瞬時に計れる空間の尺度が形成され、その空間の尺度によって空間化され数量化された一望しうる時間——一日なり一月なり一年なりといった時間——が登場する。時間と空間はつねに一方が他方の尺度になっているのである。

眼が時間と空間を生んだ、つまり、時間と空間は眼すなわち光を感知する器官によって生まれたのだといっておそらく誤りではない。しかも、この時間の対象化はただ時間の図式化、構造化すなわち空間化によってしか成り立ちようがなかったのである。同じように空間の対象化も時間

――生命という時間――によってしか成り立ちようがなかった。ここで相対性理論の時空、量子力学の時空を総合して、カントが考えたほど時空は自明すなわちアプリオリな枠組ではないということを論じるほどの能力は私にはないが、それらの理論をもたらすことになった人間の思考能力のすべてが、何よりもまず、眼という光を感知する感覚器官から派生したものであることについては指摘することができるだろう。

しかも、この感覚器官が生命体の思考能力をほとんど無限に育むにいたったのは、自分は騙されているのではないかという疑いをつねに強いることによってなのだ。騙されるものすなわち疑わないものは死ぬのである。場合によっては種が絶滅する。騙し騙される次元の根源性を思うべきだろう。それは光を感知する器官によってもたらされたのである。

眼は距離をもたらし、距離は猶予をもたらし、猶予は思考をもたらした。その必然的な流れの必然性は、眼前するものを疑うこと、自分は騙されているのではないかと疑うこと、要するに騙し騙される領域の持つ必然性にほかならない。

チョムスキーが言語の特性として挙げたことの第一、すなわち自分は騙されているのではないかと疑うことは、言語の特性というよりは、何よりもまず眼の特性だったのだ。とすればおそらく、次のように断定しても誤りではない。

言語革命は視覚革命に匹敵する。

視覚革命によって生命に与えられた能力を、そっくりそのまま外在化したものが言語なのだ。そう考えたほうがいい。その能力とは、騙すこと疑うこと以外ではない。

視覚革命と言語革命の巨大さについて喋々する必要はない。農業革命や産業革命も巨大だったが、質が違う。前者は生命史における革命であり、後者は人類史における革命である。質のみならず規模が違う。いまやＡＩ革命がいわれ、インターネット革命がいわれるが、それらは言語革命の系のひとつにすぎない。言語そのものが人工知能でありインターネットなのだ。コンピュータは言語現象の一面を拡大して見せているにすぎない。だが、自分を騙すこと、自分を疑うことは含まれていない。

人工知能にせよインターネットにせよ、あたかも人間を脅かすものであるかのように喧伝されるが、人間を脅かすのは人間であって、人間によって作られた物すなわち被造物ではない。ただ人間だけが言語によって自分自身を疑うこと、すなわち自分自身を脅かすことを身につけたのである。人間はいわば、自分自身を脅かし続ける技術を習得してしまったのだ。

つまり、孤独を発明してしまった。

インターネットだろうが人工知能だろうが、孤独を発明したりはしない。それは、感動したりはしないということと同じだ。ただ、騙すことと疑うことを知り、そのことを対象化することのできた人類だけが、恐ろしいほどに荘厳な光景を眼前にして——あるいは手に汗握るような勇壮な物語を耳にして——騙し疑う次元を超えて、感動するのである。

死を覚悟するならば、騙されることに怯える必要はないのだ。

重要なのは、孤独にも感動にも、騙し騙される次元がつねに介在しているということだ。眼も言葉も、騙されやすく、かつ騙されることを喜ぶのである。人間にとっては、恐怖が驚きに転じ、驚きが笑いに転ずる瞬間こそ快楽なのだ。真理が登場するのはその後である。当然のことだが、仮象は真理に先立つ。

自分は自分を欺いているのではないかという疑いは、外界の事物——食物のように見えるもの、性交可能な異性に見えるもの——はじつは自分を欺いているのではないかという疑いの、内面化である。この内面化は、思考が言語によって外在化したこと——自分で自分を見ること、見なすこと、見なすように他者を強いること——によって訪れたのだとしか、私には考えられない。文字の原型としての刺青だけでも、その証明に十分であるように私には思える。刺青は自己認識を示し、他者の承認を求めるのである。

視覚革命のもたらした最大のものは距離という猶予——対象からのずれ——であり、猶予の中身としての疑うことすなわち思考であり、思考の外在化としての言語、何よりもまず文字すなわち原＝文字——世界を意味としてつまり文字として見る能力そしてそれを解釈する能力——にほかならなかった。それらがすべて言語革命への潜勢力としてあったことは、私には疑いえないと思える。

その言語革命はチョムスキーたちによればおよそ六万年前にさかのぼるにすぎないわけだが、何万年前という数値にこだわる必要はない。何千万年前でも何百万年前でもない、せいぜい十数万年をさかのぼるにすぎないという事実のほうが圧倒的に重要である。数値についてはいずれ科学が明らかにするだろう。要は、およそ十六万年前に東アフリカに誕生したと思われる現生人類が、ほぼ八万年を経てアフリカを出て、地球上のほとんどの地域に適応拡散したということであり、そのためには画期的な何か、おそらく突然変異のような何かが介在したとしか考えられないということだ。

言語の獲得が驚きの発見へと駆り立てたのだと見る見方が登場するのは自然である。チョムスキーやピンカー、タターソルといった学者たちが、突然変異によって言語本能が生まれたと考えるのは、きわめて妥当に思える。地球上に光のスイッチが入って眼が生まれたように、言語のスイッチが入って人類という種が発生したのである。世界が人類という種によって新たに眺め直されたのだ。

だがそれにしても、視覚革命から言語革命へと加速度的に上り詰めてゆく人類がこの段階で発明した最大のものは、それ以前の生命体にはまったく思いもよらなかったものだった。

それは死である。

言語革命が人間にもたらした最大のものは、死の領域、死者たちの広大な領域である。このいわば正の領域に対する負の領域は、とりあえずは、俯瞰する眼の必然として、あたかもその俯瞰する眼を補完するかのように姿を現わしたといっていい。追うものと追われるものはいわば互いの俯瞰する眼の高度を競い合っているようなものであり、より高い視点に立ち、より広い視野を持つものが他を制するのである。より高い視点に立ち、より広い視野を持とうとする欲望が圧力となって、鳥は空を飛び、人間は直立歩行をはじめたと考えたくなるほどだ。そしてその眼は地平線、水平線の向うを望むようになる。

視野の向う、すなわち地平線の、水平線の向うには何があるか、という問いは、俯瞰する眼にとってはきわめて自然だっただろう。同時に、騙されないように細心の注意を払って行われる狩猟や採集の時間が、俯瞰する眼によって――いやそれ以上に視覚が必要とする距離すなわち思考によって――空間化つまり図式化されるのは必然であり、その図式が無限に延長されるのもまた必然である。要するに昨日があり明日があることは、変化を感知する能力にとって、自明のことにならなければならなかった。人間が日を刻み、年を刻みはじめた段階で、歴史はすでに始まっているのだ。考古学的な遺物は、実質的には先史人たちの文字にほかならない。

人が現世と来世、この世とあの世を考えるのは、俯瞰する眼にとっても、視覚が必要とする距離の内実としての思考にとっても、不可避だっただろう。世界のさまざまな事物に騙されないようにする——場合によっては逆に世界を欺く——ために施された刺青をはじめとするさまざまな人体加工、あるいは道具類に刻みこまれる記号の体系は、人が誰であるかを記憶させるに十分なだけではない。死後も長く記憶されることを促しただろう。

思考の領域が行動の領域から自立することと、記憶の領域が自立することとは表裏である。記憶は思考の素材であり、図式化されるべきものの筆頭である。あの世の体系化は、この世の体系化にこそ役立ったのだ。

言語革命は死後を発明しただけではない。

この世をあの世に変えたのである。

出生した赤子に名を与えることはこの世に位置づけることだが、名は生命とともに消えるわけではない。名はすでになかばはこの世を超えているのである。与えられた名を生きることは生きながらにして死の世界に足を踏み入れることであり、墓を築くことは死者の名をなおこの世にとどめ、大なり小なりそれがこの世を支配することを許すことなのだ。ブランショ風にいえば、死の空間である文学空間はこの段階ですでに始まっているのだ。人間は死者に立ち混じって生きること、死者を生かし続ける術を発明したのである。そして死者は規範として、とりわけ禁止の命令として機能しはじめる。

人は生きるために死という広大な領域を発明し、そのなかに立ち入ったのである。人間は生と死を転倒させたといっていいが、そのようにして初めて生を意識しえたのだ。要するに、人はみな文学空間に住むことになった。それを言語空間といっても歴史空間といっても同じことだ。

人間の表現行為はすべて、基本的に死にかかわっている。あの世の視点に立ってこの世を生きることになったからである。

身体を表現の素材とする舞台芸術すなわちパフォーミング・アーツとりわけ舞踊はその端的な例である。舞踊の現在の両極を示すのは遊牧民の所作の枠というべきバレエと農耕民の所作の枠というべき能だが、いずれにおいても、秀作はすべて見事な冥界下降譚になっているといっていい。亡霊が登場する点では、「敦盛」をはじめとする複式夢幻能も、「ジゼル」「白鳥の湖」をはじめとするバレエ・ブラン――白いバレエすなわち冥界の舞踊的表現――も、変わるところはない。美術にしても音楽にしても同じことだ。言葉にかかわる言語芸術はことさらにそうである。書くということは文字通り永遠に接することなのだ。人は永遠のなかで描き、書き、刻んでいるのである。

名は身体の消滅後にも生きるという言語によってもたらされた事態は、記憶の持つ力を象徴している。形見とは文字の別名であり、記録の始まりである。

死が人間を完成させるというのは言葉の遊びではない、事実なのだ。死こそ最大の言語現象なのだ。

視覚がもたらした騙し騙される次元は、そのまま言語に引き継がれた。

管見ではしかし、オットーの議論には騙し騙されることへの関心がない。

2

弁証法神学には、ここでは詳論しないが、この種の関心がほんとうは——というのは神学者自身、気づいていない可能性があるからだが——有り余っているといっていい。信仰と疑惑は表裏であり、その表裏を生きるのが神学者である。切実さはそこからしか生まれない。自己嫌悪に陥らない神学者はたんなる偽善者である。偽善者は偽悪者に劣る。切実さはしばしば過激に転じるのである。オットーの思想は過激になりようがない。長所だが、視点を変えれば短所になる。人によっては、騙し騙されることを宗教的、芸術的感動の核心に置こうとする考え方を不謹慎というかもしれない。

だが、ギリシア神話、ギリシア悲劇にさかのぼるまでもない。たとえばシェイクスピアの戯曲はすべて騙し騙されるという問題を基軸に据えて展開されているのである。かりに騙し騙されることが表立った主題にはなっていないとも、主題を際立たせる手段として必ず騙しの問題を介入させるのがシェイクスピアの流儀なのだ。『じゃじゃ馬馴らし』の冒頭など、劇としては不要な設定をさえ導入するのは、劇の本質が騙し騙される次元にあることを明示するためであるとしか思えない。

それは、シェイクスピアのほぼ三十歳年下のデカルトが、その哲学の基軸に疑いを据えたのと同じだ。騙し騙されるという主題には、疑うという主題と同じほどに、聖なるものの雰囲気が漂っているのである。

植物は動物を騙そうとして花開き実を結ぶわけではない。動物が勝手に騙されるのである。騙されるには騙される側の必然がある。予言に騙されるマクベスが人を感動させるのは、見る側がそこにマクベスの必然を感じてしまうからだ。豊かさは多く騙される側にこそあるといってもいい。マクベスは騙されることによって騙すことになる自己の必然を掘り下げるのである。

これは時代の主題ではない。すなわち近代初期の問題などとして片づけられることではない。主題の扱い方に時代の流行――カルデロンの『人生は夢』などを参照するまでもなくこの世は夢という見方が当時は現在よりもはるかに生々しく強かった――があるにしても、そして彼らが――たとえばハムレットやマクベスが――その流行において何らかの画期をなす、すなわち流行の始まり、あるいは流行の終わりをなすにしても、主題そのものは言語の登場と同じほどに古いと考えるほかない。

シェイクスピアが、騙し騙されることをその戯曲のほとんど中心においたということ、そしてその戯曲が人類的な規模で享受されているということは、見過ごしてよい事実ではない。『オセロ』も『リア王』も『ハムレット』も『マクベス』も、騙し騙されるという要素を抜き去れば、話にならない。喜劇においてはなおさらである。劇中劇は、騙し騙されるという主題を対象化するために構想されているようなものだ。双子の主題にしてもそうである。登場人物は勝手に騙されるのであって、誰も意図的に騙そうとしたわけではない。あるいは勝手に誤解したのであって、誰も誤解するように仕向けたわけではない。だが、事態が騙し騙される次元において起こっていることに変わりはない。

たとえば予言という主題がその機微を見事に示しているが、言語の領域には正解などというものは存在しないのである。解釈は無限に続く。騙し騙される次元を文学の領域、批評の領域に移せば歴史になる。歴史の書き変えは止まるところがない。解釈の無限性を示しているのである。解釈とは騙し騙される技術の洗練以外の何ものでもない。腑に落ちるという語は精神と身体の交差を示すが、行為に踏み出すためにはそれが必要なのだ。人は腑に落ちたうえで一歩を踏み出したいのである。

シェイクスピアが多用した劇中劇という方法にしても双子の主題にしても、実際には現実離れしている。つまり、現実には起こりそうもない。にもかかわらずそれが受け入れられるのは、人間というものの仕組において、原理的にそれがありうると感じられるからである。荒唐無稽ではあっても、暴かれた人間の仕組そのものには鋭い現実性が感じられるのである。

デカルトの疑いにしても同じことだ。

もしも悪魔が自分を騙しているとすればという仮定は、現実にはありえそうもない。にもかかわらずそれが受け入れられるのは、人間の仕組においては原理的にはありうることだからである。つまり、俯瞰する眼に立って自分を見るというその仕組、その構造においては、原理的にありうることなのだ。何ものかに成り替わることができる、何ものかと入れ替わることができるというその仕組、その構造において、それはありうるのである。

人は悪魔に成り替わることもできる。成り替わることができるからこそ、悪魔の仕業ではないかと疑うこともできるのだ。自分が悪魔ならばこうするに違いないと考えるからこそ、悪魔の仕業と断定できるのである。人は悪魔を通して自分の欲望を外化しているにすぎない。とりわけ人は人を操ることを好むが、これは自己の仕組をそのまま外化しようとしているに等しい。人は、自己を操るように、他人をも操りたいのである。

オットーはゲーテの『ファウスト』にたびたび言及しているが、『ファウスト』の枠組はデカルトの疑いを引き延ばしたようなものだ。メフィストフェレスの次元すなわち騙し騙される次元を吟味しているのである。そのうえでゲーテはなお「この自分」の「この体験」――すなわち「時よ、止まれ！ おまえは美しい」――に執着する。「このもの性」への執着である。詩人も哲学者と違ったことをしているわけではない。

とはいえ、ヘーゲルをその後に置くと、ルソーもカントもゲーテも中世の匂いをなお漂わせていると思える。カントの『純粋理性批判』の第一版序文にはバロック劇のパロディを思わせるところがあるが、『ファウスト』にしても同じことだ。ルネサンスへの反動としてのバロックには当時なお存続していた中世の香りを復活させたところがあり、その要素がロマン主義へと転じてゆくわけだが、ヘーゲルには分水嶺のようなところがあって、中世を断ち切ったロマン主義とでもいうべきところがある。概念操作すなわち記号操作としての思考は「この自分」の「この体験」を断ち切らなければ始まらないのだ。このことについては、井筒俊彦のイスラム哲学論議に関連させて、すでに第八章で触れた。

近代になって、騙し騙されるという次元の問題は、内面の問題すなわち認識や存在の問題としては、神学者から哲学者や文学者の手に移ったように見え、外面の問題すなわち規範や規律の問題としては、法学者、政治学者、経済学者、社会学者の手に移ったように見える。インドにおいても中国においても事情はおそらく変わらない。

古代、中世、近代という呼称は、歴史的区分というよりも、思考の型のようなものにすぎない。現代のさなかに古代も中世も近代もあるように、古代のさなかにも中世があり近代があったと考えたほうがいい。商業都市は不可避的に近代をもたらす——通貨という普遍語が不可避的に世界宗教をもたらす——ように私には思われる。そして近代は不可避的に人を内面と外面に分かつ。内面と外面のこの問題については、教団を形成した宗教のすべてが直面してきたといっていい。内面の看視者すなわち憎まれ役の律法学者は、仏教だろうがキリスト教だろうが、いつでもどこにでもいるのである。

騙し騙される問題は二つの極点をもつように見える。個人という極点と集団という極点である。自己という欺瞞と、教団あるいは国家という欺瞞といってもいい。いずれも、騙し騙されるという次元の介入なしに成立しえないのだ。

平易にいえば、自己も国家もそのようなふりをしなければ持続しえない。そして、おそらくここがもっとも重要なのだが、そのふりは解除しようと思えばいつでも解除しうるのである。DNAとは違っている。文化の消長、文明の盛衰があっけない理由だ。したがって、文化においても文明においても、騙し騙される次元が積極的に活用されているのだと考えなければならない。

人は自分を騙しながら生きるが、同時に互いに騙しあいながら生きているのだ、と、よくいわれる。

自分を騙しながら生きるということについては誰も異論がないだろう。

反省とは自分を疑うことである。自分の思い違い、すなわち自己欺瞞を疑うことだ。人は自己欺瞞を疑うことによって脱皮してゆく。一般には、自問自答するこの次元が孤独であるとされる。自問自答にともなう寂しさや哀しさ、自身への憐れみが孤独の実質とされるのである。

自問自答は他者が介在してはじめて可能であることについてはすでに何度か述べた。他者が払拭され、自問自答があたかも自己というものの出発点であるかのように感じられること——「目がさめたらゐたんですからね」という中原中也の言葉——そのものがすでに媒介されたもの、二次的なものであることについても繰り返し述べた。他者を繰り込まずにこのような構造は形成されえないのである。このように孤独そのものが媒介されたものであるにもかかわらず、人間はそれを自己の出発点と見なすのである。

人間の内面は自己欺瞞から始まっているのだ。

3

孤独とは自己欺瞞のことである。

おそらくそう述べたほうがいい。あるいは自己とはこの自己欺瞞のことであり、そういう自己というものの在り方がつまり孤独なのだといったほうがいい。あるいは、自己欺瞞ではなく自己認識というもう少し穏当な言葉を使うべきかもしれない。孤独とはこの自己認識にともなう感情の一揃いなのだ、と。

だが、いずれにせよ、思索の起点が私という自己欺瞞に置かれていることに違いはない。人は、その自己がほんとうは他者によってもたらされたものであるにもかかわらず、それ以前がまるで空無であったかのような自己から出発しているかのように、自己自身に対して装うのである。そして深い孤独を感じる。

本来は家族友人に取り巻かれているはずなのにそうではない、本来は理解されるべきなのに誰も理解してくれないといった悩みが、寂しさや哀しさや苦しさをもたらす。だが、自己認識が変わるとその感情は消える。自分は愛されている、受け入れられていると確信するだけで消えるのである。とはいえ、完璧に正しい自己認識は原理的にありえない。自己認識とは大なり小なり自分を騙すことなのだ。一度は自己の真実を確信しても、やがて疑いの淵に沈む。

自分を騙しながら生きることと、互いに騙しあって生きるということは、じつは違ったことではない。語弊があるとすれば、人は互いに演じあいながら生きるといってもいい。いずれにせよ、言語の習得が母子関係を原型とするとすれば、人は互いに騙しあうこと、互いに思い込ませあうことを習得することによってしか、自分を騙す存在、自分自身に思い込ませる存在になることはできないのである。

しかも、人は自分を騙しながら生きてゆくほか生きようがない。ひとつの騙しを剝ぎ取った後には、新たな騙しが登場するのである。真実はつねに新たな騙しの端緒にほかならない。だからこそ人はさらなる真実を求めて生きてゆくのである。

この仕組は、自己のみならず、あらゆる組織にもそのまま当てはまる。自身を国家の一員として認識することと、国家の一員として国家をしかじかのものと考えることは基本的に違っていない。というより連動している。

国家は、その一構成員としての自分を通して、国家自身を自己認識しているということになる。この仕組は、企業にも、宗教団体にも、革命組織にもそのまま当てはまる。組織はその構成員なしに存在しえない。その構成員の思い込みなしに成立しえないのである。

自己という現象は生命現象だが、国家という現象は生命現象ではない。この違いが決定的であると感じられるかもしれない。だが、実際はそうではない。

自己は生命現象ではない。

生命現象のうえに成り立ってはいるが、生命現象そのものではない。相手がどのようなものであれ、その相手と入れ替わることを可能にする俯瞰する眼は、ひとつの仕組であって生命ではない。だが、作動してしまえば、あたかもそれが生命現象であるかのように見えるのである。それは国家があたかも生命現象であるかのように見えるのとまったく同じである。企業やそのほかの組織が生命現象であるかのように見えるのとまったく同じなのだ。逆にいえば、自己もまた国家や企業とまったく同じだということである。

自己は生命現象ではなく言語現象である。

自己が孤独の次元を持つように、国家や企業も孤独の次元を持つ。

修身斉家治国平天下という九文字は自己から国家、世界までが相似形をなして連なるさまを示し、儒教的な考え方の旧弊を顕わにしているように思われるが、そうではない。事実、それらは相似形をなすのであり、人は、家や国や世界が、あたかもひとつの人格を持つように振る舞い、またそのように語られても、少しも怪しまないのである。組織の長が組織を完璧に代表することができるのはそのせいである。神を世界の長に擬するのも同じことだ。だからこそ人は、自己の威信を賭けて、神の責任を問うのだ。

同じように、ひとつの時代が人格を持つように語られても、誰も少しも怪しまない。時代を何によって象徴させるかはともかく、あたかもひとつの人格であるかのように組織立ったまとまりとして扱っても、少しも不都合が生じないのである。そして、たとえば時代に人をつけて万葉人なり江戸人なりといって怪しまない。抽象のうえに抽象を重ねながらも少しも怪しまないのである。それは、死者の人格を尊重し、死者の自己なるものがなお存続しているかのように語って少しも怪しまないのと同じである。

実際、詩人や画家や音楽家などの作品は、作者の生前であれ死後であれ、まったく同じ作者像を顕わにするのであって——謎に満ちてさまざまな解釈を誘う点において——、そのことによって自己という現象が物理的また化学的な生命現象ではありえないことを告知するのである。国家にしても同じことだ。これらはすべて同じ言語現象であり、いわば初めから死の側に属しているのである。

だが、にもかかわらず、ここで大きな疑いが浮上してくる。

社会の実質について人は思い違いをしているのではないか、という疑いである。

人は自分を騙しながら生きるが同時に互いに騙しあいながら生きるというと、あたかも騙すという行為を個人と集団に振り分けているようだが、そうではない。

そもそも、互いに騙しあいながら、あるいは演じあいながら生きるという次元は、集団という語には適さない。適切な語を探すとすれば、むしろ仲間である。家族や友人をも含む仲間との関係が、自分の自分に対する関係の起源であり延長なのだ。騙しあう、あるいは演じあう関係は、互いに顔を見合わせうる関係のなかでしか成立しえない。

個人と集団は似ている。基本的に同じ仕組でできているといっていい。だが、仲間によって形成される時空は違っている。仲間という関係性は、それが何らかの形で組織化されない限り、自己という関係性とは決定的に違っている。そして、本来的に社会的なのはいわゆる集団、組織的な集団ではなく、仲間のほうにあるといっていい。仲間にこそ、本来的な意味での他者性、身体をもつ他者性、予測不可能なもうひとつの主体性が潜むのである。いわゆる他者など抽象にすぎない。

あるいは社会的というよりも社交的といったほうがいいかもしれない。

仲間は付き合うこと、つまり社交を必要とするが、集団は規律に従うだけでいいのだ。

これは些細な問題ではない。

個人と集団という語はこの二世紀、社会科学の大きな主題でありつづけてきたが、おそらく制度という語が介在するからだろう、集団はどこか捉えどころのない抽象的な実体として終始してきた。たとえば国家は、警察なり軍隊なりが介入してきたときに不意に強力な存在になるわけだが、それは社会というよりは暴力的な他者の登場に等しい。その現実性そのものが抽象的なのだ。自己の抽象性と同じことだ。

一九六八年前後、私は一度、混乱したデモ隊の先頭に押し出され、ズラリと並ぶ機動隊の楯の面前に立つという経験をして総毛立ったことがある。文字通り権力を間近に見る思いだったが、思い返してみるとそれもまた抽象的な体験にすぎなかったことが分かる。生理的な恐怖と興奮を、国家権力という観念に結びつけていたにすぎないのである。人は一般にこの種の経験を冷静に考えることができない。当時、大学生のあいだで、新入生を新左翼の組織に勧誘するに説明は要らない、デモに連れてゆけばすぐに反権力になるとよくいわれていた。当否は別として、すぐれた人間観察というほかない。

集団という観念は抽象である。自己という観念と同じように。

たとえば『源氏物語』に複数の作者を想定するというのは、折口信夫の、また和辻哲郎の示唆するところだが、それがたとえば折口の弟子、池田弥三郎の手にかかると、集団制作の問題とされ、あたかも革新的な政策のもと、芸術家たちが巨大な壁画を描くさまにも似た印象を与えるものになってしまうのである。繰り返し述べたように、それは、民衆や人民が重要な語彙となっている流布した二十世紀前半の思想的潮流を反映しているのだ。だが、そのような作品が現に存在しているにしても、それは抽象以外を感じさせないだろう。

しかし、たとえば大岡信が『うたげと孤心』で、人は「うたげ」のさなかに孤独を感じると述べているときのその「うたげ」は、集団による祝祭というよりは仲間たちの会合なのである。それは抽象性の対極にあるというべきだろう。

しかも、仲間たちとの会合で感じるその孤独は、仲間外れになることへの不安とか、理解してもらえないことへの焦慮といったものではない。むしろ、仲間を主宰するほどのものが、俯瞰する眼のもとにその場の表現水準以上の水準――死者を交えた歴史に堪える水準――に立つことによって感じる孤独であって、いわば先頭に立つものの孤独である。

大岡は『紀貫之』を書いて貫之のなかにその種の孤独を強く感じ、それを主題にすべく『うたげと孤心』に向かった。こうして、『うたげと孤心』には後白河法皇の独特な孤独が描き上げられたわけだが、大岡はこれに数年先立って、同じ孤独の姿を道元そして芭蕉のなかに見出している。

たとえば芭蕉にとっての仲間は連衆である。ともに歌仙を巻こうという同好の士である。集団という語には馴染まない。

管見では、連衆の社会学、歌仙の社会学はない。社会学そのものだからである。

4

この問題の背景を浮き彫りにするのが、山崎正和の『社交する人間』（二〇〇三）である。社交と社会は英語でいえばともにソサエティだが、含意は明瞭に違う。その含意の差は欧米語にも——いや欧米語にこそ——あるのであって、ソサエティの原義はもともと社交に近いものだった。そのことはたとえば、社会学の祖のひとりとされるジンメルがその著作においてたえず社交という原型を参照するところにも明らかだろう。

山崎は、ジンメルが旧時代の社交の温もりを肌で感じえたほとんど最後の世代に属し、ほぼ社交論といっていい『社会学の根本問題』が一九一七年に刊行されたことの意味を熟慮するよう読者に促している。むろんそれは第一次大戦下、ロシア革命が勃発する年であり、ジンメルはその翌年に死去するのである。オットーの『聖なるもの』も同じ一九一七年に刊行されている。

社交が特異な含意を持つにいたったのは、産業革命とともに世の中が変わり、それまでは顔が見えていた世間というものの顔が見えなくなって、一挙に抽象的なものになってしまったからである、と山崎は述べている。その抽象的な世の中に、人は社会という名を押し付け、そしてその社会という名のもとにやがて社会主義なるものまで生まれることになった。以後、社会は抽象的な人間集団を指す語になってしまい、社交という含意はすっかり薄れ、隔離され、矮小化されてしまったというのである。

『うたげと孤心』は日本王朝文学論であり、『社交する人間』は脱工業社会における人間関係の在り方を問う文明論である。外形はまったく異なっているが、基本的に共通するのは、いずれも文化を育むものとしての社交の場を重視しているところだ。

歴史を一瞥するだけで、芸術作品の産出に社交の場が不可欠であることはすぐに分かる。それこそ大岡が「うたげ」の場を問い、山崎が「社交」の場を問う理由であって、二人の視点は深部において驚くほど重なりあっている。

おそらく、現代の社会学——のみならず社会科学一般——において、顔の見えない抽象的な社会だけが論議され、文化の母胎となる社交の場などおよそ顧みられなくなったことに対する苛立ちが、大岡にも山崎にもあったのだ、と私には思われる。

社交の場など、戦前の左翼、戦後の新左翼の称えた人民による集団制作といった発想からは完全に無視されてきた。社会学、社会主義の対象であるソサエティは重大であっても、社交界、上流社会を意味するソサエティ、ハイ・ソサエティは、それこそブルジョワジーの贅沢な趣味以外の何ものも示さないと思われてきたのだ。

それはいまも続いている。むろん、社交界、上流社会など、文化的な産出ということを念頭においていえば、実質的に存在しなくなったに等しいのだから当然といえば当然だが、それに代わるものが何もないことへの不安さえなくなったのである。

この問題を考えるには、一九六〇年以後に刊行されたダニエル・ベルの一連の著作が参考になる。ベルの著作はトフラー、ダイアモンド、フクヤマら、その後に続く文明論の嚆矢といっていいものだが、これまでの文脈に関連させて注目すべき点をいえば、脱工業社会の到来は、それに先立つ農業革命、産業革命とは決定的に違っていて、両者を一貫してきた勤勉の美徳がいわば崩壊するということである。

これをさらに敷衍すれば、五億年前の視覚革命の必然的帰結としての言語革命が、その姿をいよいよ本格的に現わしはじめたということだ。

この時間規模においては、勤勉は意味をなさない。価値は、バタイユではないが、たとえば太陽の、あるいは光の一方的贈与が生むのであって、人間の勤勉が生むのではない。それこそ仮象の背後の真実が露呈した瞬間というところだ。

勤勉に代わる美徳とは何かという問いに対して、大岡は「うたげ」を出し、山崎は「社交」を出したと思えば、話がきわめてわかりやすくなる。ひとりは詩人であり、いまひとりは劇作家である。ともに、騙し騙される次元の重要性を熟知しているといっていい。もし語弊があるとすれば、憑依すること、演じることを熟知しているといいかえよう。

ベルの『イデオロギーの終焉』(一九六〇)、『脱工業社会の到来』(一九七三)、そして『資本主義社会の文化的矛盾』(一九七六)といった著作は一九六〇年代、七〇年代に広く読まれたが、当時はなお大型コンピュータの時代であり、パソコンもなければインターネットもなかった。そもそも日本ではテレビがようやく全国的に普及した段階だったのである。

読み返してみると時代を先取りしていること夥しいが、著作の全体を浸すマルクス主義批判の論調は厳しく、当時の知識人の眼から見れば、右翼反動の書、ソビエト共産主義に対してアメリカ資本主義を擁護しようとする書にしか見えなかっただろう。誰も勤勉の美徳の後に何が訪れるかを探る書とは考えなかった。少なくとも、実感をもっては考えることができなかったのである。その必要性がなかったからである。

山崎の『社交する人間』は、ベルに言及することはほとんどないが、ベルの問題意識を的確に継承するものであるといっていい。

人類史における農業革命あるいは新石器革命の重要性を鮮烈なかたちで打ち出したのは広く知られているようにゴードン・チャイルドである。英国のマルクス主義者だ。この文脈でいえばチャイルドは、アダム・スミス、マルクスの後を継いで、勤勉の美徳こそ人類進歩の鍵であることを積極的に打ち出したということになる。

農業革命が人間の生活を根底から変えたことは指摘するまでもない。

当然のことながら、主食すなわち穀物生産に重点が置かれたため健康面での弊害がないわけではなかったが、計画生産が可能になることによって生産力が飛躍的に伸びたのみならず、食物保存が可能になったことで定住が容易になるなど、弊害をはるかに上回る利点をもたらしたのである。また水利工事などにおいて共同作業が有利であるのみならず必要不可欠である点がそれまで以上に強く意識され、指導者の指導力もつねに問われるようになった。まさに革命にふさわしい変化をもたらしたわけだが、なかでも大きかったのは、労働という概念を明瞭にし、人類に、勤勉、勤労を美徳とする精神を植え付けたことである。イソップ寓話のアリとキリギリスの話が象徴するところだ。

俯瞰する眼と自他の入れ替え可能性がなければ、労働という概念は成立しない。人は、俯瞰する眼によってはじめて月日の向うに目的を見出し、入れ替え可能性によって使役可能な人間という手段を見出すのである。俯瞰する眼とそれによる自他の入れ替え可能性はあらゆる肉食動物が持つが、人はそれをひとつの能力として肥大させ、操作可能なまでに拡張し、外化した、つまり言語を用いることによって対象化したのである。

勤勉、勤労の本質は我慢することである。

動物に労働はない。

指摘するまでもなく、勤勉、勤労が美徳になったからこそ、産業革命もまた円滑に進んだのである。労働こそ価値を生むという発想もまたそこから生まれた。狩猟採集民にとっては――そして遊牧民にとってさえも――価値を生むのは勇気と経験、知恵と技術であって、必ずしも勤勉、勤労ではない。イソップ寓話には狩猟採集民の知恵を称賛するものと農耕民の勤労を称賛するものの二種が層をなしているが、それは他の民話においても同じである。

ちなみに、ジャレド・ダイアモンドは、たとえば三内丸山の集落遺跡――狩猟採集民は集落を作らないはずなのだ――を例に、農耕を知っていたにもかかわらず狩猟採集を選びつづけた人間もいたことに注意するよう強く促している。勤勉、勤労以上に、勇気と経験、知恵と技術を美徳としたいとする人間もありえたのである。

いずれにせよ、農耕において美徳となった勤勉、勤労が、産業革命以後の社会においていっそうその価値を高めたことは、アダム・スミスからマルクスにいたる労働価値説が社会科学一般に広く受け入れられたところからも明らかである。これは十八世紀以降、工業社会の通念となったといっていい。共産主義もまた工業社会であることに変わりはない。労働価値説という教義への信仰においては当時の資本主義社会を凌駕してさえいる。だからこそ労働価値のみならず労働意欲のありようをも誤解したのである。要するに人間というものを誤解したのだ。

だが、産業革命が工業社会を生み、その工業化が資本主義とあいまってほとんど全世界を席巻するに及んで、まったく新しい時代が到来した。技術革新つまり知恵と技術が価値を生むかに見える脱工業社会である。ベルが予告したこの社会は――トフラーもやや遅れはしてもほぼ同じ時期にほぼ同じことを主張している――いわゆるＡＩ革命によって初めて実感されるものになったといっていい。あえていえば、ベルやトフラーの著作は半世紀早かったのであり、むしろ二十一世紀のいまこそ読まれるべきものだったのである。技術革新の仔細が問題なのではない、いまや人間が何を美徳として生きるかということが問題なのだ。

山崎の著書『社交する人間』が登場する背景を述べればそういうことになる。

山崎はベルの十五歳年下。ここでは詳述しないが二人にはかなり深い親交があった。ともに十代にマルクス主義者として行動し、二十代には幻滅して組織を離れている。ちなみにトフラーはベルの九歳年下で、ベルと山崎のあいだの世代に属するが、やはり十代にマルクス主義者として出発し同じように幻滅している。トフラーと同年のチョムスキーは十代からアナーキストとして行動しているが、こちらは幻滅することはなかった。チョムスキーは、言語学者として以上に、アメリカ政府をつねに痛烈に批判する政治活動家として世界的に広く知られている。普遍文法はアナーキズムに適合するとでもいうほかない。たとえば人種差別を解体するに普遍文法ほど適切な科学理論はない。

それにしても、未来を予測することによって現状を変えようとするものの多くが左翼の洗礼を受けていることは、当然とはいえ興味深い。俯瞰する眼の性質にかかわっているとも思える。ベルの最初期の著作に『合衆国におけるマルクス社会主義』（一九五二）があるが、一九三〇年代、四〇年代はアメリカの全体が左傾した時代だった。ルーズベルト大統領を筆頭に、知識人の多くがマルクス主義に共感を覚えていたのであり、それは日本と同じである。敗戦直後の日本の占領政策を担当したのはアメリカの左翼だったといっていい。占領政策はしかし東西冷戦の深刻化によって大きく転換した。本国でも一九五〇年代に入るやいなや政府に潜む共産主義者を糾弾するマッカーシズムが猛威をふるい、マルクス主義を含む左翼の全体が凋落した。ベルやトフラーが脚光を浴びるのはその直後である。

だが、山崎はベルの問題意識を継承したのであって、ベルの主義主張をそのまま引き継いだわけではない。脱工業社会において指針となる美徳をどのようなものとして構想するか、山崎は山崎なりに考察して「人間とは社交する動物である」という着想に達し、それを育てたのである。社会を新たな照明のもとに見るよう促した。

奇しくもというほかないが、ベルの『脱工業社会の到来』が刊行された一九七三年に、大岡もまた『うたげと孤心』を書き始めている。大岡はまったく意識していなかっただろうが、探究していたものは山崎が後に主張することになる「人間とは社交する動物である」ということにほかならなかった。文学のみならず、あらゆる表現行為において、「うたげ」すなわち社交がきわめて重大な役割を果たしている。にもかかわらず、そのことが忘れられている。大岡の背後にその種の危惧があったことは疑いない。

大岡は『うたげと孤心』を物す以前の一九六〇年代に、「華開世界起」という道元論と「芭蕉私論」という芭蕉論を書いて、「うたげ」という問題に二方向からすでに十分な光を当てている。道元論においては面授相承を論じ、芭蕉論においては連句を論じている。「面授相承」すなわち顔を見合わせる社会、「連句」すなわち互いに入れ替わりあおうとする社会である。互いの実存が切り結ぶわけだから、社会というよりは社交というべきだが、いわゆる社交というにはあまりに真摯で厳しく、誤解を招きそうなのでここでは社会という語を用いた。だが、大岡の真意としてはむしろ社交であって、それが詩歌、芸術の基盤を形成しているというのである。

さまざまな声が立ち上がり、さまざまな見方が交差するのは、じつは社交においてであって、社会においてではない。仲間においてであって、集団においてではない。見かつ見られる快楽、見なし見なされる快楽、騙し騙される快楽が行き交う――それこそ創造を刺激するものなのだ――のは仲間においてであって、集団においてではない。この事実は重大である。大岡や山崎は、そう考えたのだ。

たとえば、バフチンの称えるポリフォニーが実現するのは、社交においてであって社会においてではない。かりに社会においてであったにしても、それは社交を通してしか現実的なもの、具体的なものになりえない。

ここでジェイン・ジェイコブズの、とりわけ一九六〇年代に展開された一連の都市論が参照されるべきだろうが、いまはその余裕がない。ジェイコブズはベルの三歳年長でまさにその同時代人といっていいが、議論の骨子は、農村から都市が発生したのではない、都市から農村が発生したのであって、都市の眼目は多層をなして錯綜するその社交性にあるということにある。

都市が、そして商業が人を惹き寄せるのは、そこに社交があるからである。世界貿易、世界宗教にしても同じことだ。ただ、世界貿易にせよ世界宗教にせよ、利益を追求するために強力に組織された瞬間、社交を弾き出すのである。そしてやがて潰える。

個人と集団は反対概念というよりはむしろ同種の概念なのであり、個人や集団の反対概念こそ仲間や友人、同好の士といったものなのだという見方は、私にはきわめて重要に思われる。人が現に生きているのはそういう時空だとしか思えないからである。にもかかわらず、論じられることはきわめて少ない。

人が現に生きている時空へのこの無関心に、大岡や山崎は恐れを覚えたのだといっていい。大岡や山崎の問題提起の意味を明瞭に把握するには、おそらく吉本隆明の『共同幻想論』を対立項として考えるのが便利である。大岡や山崎にそういう関心は皆無だっただろうが――吉本の共同幻想という概念そのものを知らなかっただろう――二人の仕事は吉本への批判であり応答であったと考えると分かりやすい。

吉本は『共同幻想論』において、人間とその社会を展望するに、自己幻想、対幻想、共同幻想という三つの概念を提起し、自己幻想と共同幻想は転倒した関係にあるという見解を示した。つまり、自己というものと国家というものは逆立ちした関係にあるというのである。吉本のこの議論については、奴隷について論じた第七章において触れた。

私は自己幻想と共同幻想は転倒しているというよりは相似形を描いていると見なすべきだと考えているが、ここでは議論を蒸し返さない。大岡や山崎の考え方をこの文脈におけば、本来的な社会を考察するためには、対幻想にこそ注目しなければならないということになる。対幻想こそが、文学や芸術の基盤なのだ。対幻想とは、ここでは、目と目を見交わすことの出来る人間関係の世界とでも理解しておけばいい。要するに互いに互いの顔が見えている世間である。

文学、芸術がとりもなおさず言語の芸であることは指摘するまでもない。そしてそれらが言語の核心――発生の現場――に迫ろうとする技術であることもまた指摘するまでもない。ということは、じつは、宗教、政治、経済、社会の基盤もまた対幻想にあるということである。宗教、政治、経済、社会が言語によって惹き起こされる現象であることは疑いないからである。そしてそれは騙し騙される次元そのものなのだ。

対幻想のもとに吉本が考察したのは、基本的に男女関係である。恋愛であり結婚であり家族である。大岡や山崎は、かりに吉本の用語で説明するとすれば、「うたげ」や社交、すなわち広い意味での仲間が形成する時空というものを、対幻想のもとに考えたのである。

互いに顔が見える世間こそが、人間が生きていくうえでもっとも重要なのだ。そしてそれこそ、文学の、芸術の母胎になるのである。それに対応するのは吉本の用語でいえば対幻想の世界なのである。

吉本の念頭にあったのは革命である。大岡の念頭にあったのは文学であり芸術である。山崎の念頭にあったのは文化であり文明である。三者の違いの起因するところは明らかであるというべきかもしれない。

吉本は後年、彼自身の言葉でいえば転向し、念頭から革命を拭い去って、共同幻想よりははるかに深く対幻想の問題に傾斜してゆくのだが、それはここでの問題ではない。傾斜の仕方が大岡や山崎とは違って、あくまでも向き合う二つの自己という図式に固執していたように思われるからである。吉本にとっては社会の問題は共同幻想に帰するのであって対幻想に帰するのではない。大岡や山崎の正反対である。

大岡や山崎の問題提起が重要なのは、吉本ならば対幻想の世界といったであろう「互いに顔の見える世間」を社会概念の根本に据えたところにあったのだといっていい。

第一章で水村美苗がベネディクト・アンダーソンの『想像の共同体』を援用して自説を展開していることについて触れた。近代国家の成立をめぐるアンダーソンの所説はメディアの変貌を根拠にしているわけだが、それが「産業革命とともに世の中が変わり、それまでは顔が見えていた世間というものの顔が見えなくなって、一挙に抽象的なものになってしまった」社会を描いていることはいうまでもない。

大岡や山崎は「共同幻想」や「想像の共同体」の限界を告知しているのである。

第十五章　飛翔する言葉――社交する人間の「うたげ」

1

集団は人間においてほとんどつねに組織としてたち現われる。

兵士や労働者だけではない。ドストエフスキーが描いた講演会の聴衆であれ、ショルツのバレエ公演の観客であれ、潜在的には組織の一面をもつ。組織可能なのである。あるいは組織への潜勢力をもつ。国家や企業の構成員にいたっては組織以外の何ものでもない。そして組織は、ひとつの全体として活動するようになるや否や、主体性をもった個人として振る舞いはじめる。国家であれ企業であれ、また宗教団体であれ革命組織であれ、語られる論じられるときには個人と同じ一個の行為主体と見なされる。それで何の不都合もないことは、アメリカはどう出るか、中国はどう反応するかなど、国家がまるで意志と性格をもった個人であるかのように語られて誰も怪しまないところからも明らかである。組織はすべてそのようなものとして語られる。

なぜそれが可能なのか。

集団が個人として振る舞うのは、個人そのものがすでに集団だからである。その機微については第七章で触れた。個人とは膨大な意見の集積であり、それを統括して独裁体制を布くことを人格形成といい修身というのである。これを近代的に言い直せばフロイトの説になることは指摘するまでもない。

修身とは無意識の抑圧以外の何ものでもない。無意識の問題を集団の次元に引き上げればイデオロギーになりパラダイムになる。集団が個人を、個人が集団を摸倣して形成されていることは、否定しようもない事実である。集団は個人とまったく同じように動くのである。

要するに、集団もまた孤独なのだ。

集団もまた個人とまったく同じように孤独の次元をもつ。騙し騙される次元、見る見なす次元をもつ。だが、社交の次元、「うたげ」の次元はもたない。さまざまな声が立ち上がり、さまざまな見方が交差する戯れの場はもちえない。組織集団は、自らが騙し騙される次元、見る見なす次元にあることを抑圧して成立するが、社交の次元、「うたげ」の次元は、逆につねに意識するのである。意識することが戯れであり遊びであるのだ。

社交の次元、「うたげ」の次元は、いわばつねに過渡にあるのであり、人間にとって過渡がいかに重大であるかの意識なしには成立しえない。主体的な組織になる寸前で踏み止まるところにホスト、ホステスすなわち主宰者の技量が示される。その一線を超えれば、「うたげ」すなわちサロンは野暮に転じる。

集団と個人のアナロジーは両者のさらにいっそう複雑微妙な関係を明らかにする。集団は個人によって成り立つが、成員である個人はその一人ひとりが当の集団そのものを内包するのである。集団を率いるものだけではなく、成員のすべてが集団を内包し体現する面をもつ。たとえば野球チームの選手はみな監督の視点を合わせ持たなければならないということは、集団が個人を内包するのと同じように個人もまた集団を内包しなければならないということである。

同じことが原則的にすべての組織に妥当する。外国に出るやいなや日本人であることを痛感させられる、少なくとも意識するようになるとはよくいわれることだが、そのとき人は、日本という国家を内包させられるのであり、多くの場合は自ら進んで内包しているように振る舞うようになるのである。同じことはどのような国の——あるいは地方の——人間にも起るだろうと私には思われる。

たとえば私は津軽の出身だが、その知識、その思い込みでさえ組織形成への潜勢力になる。これが力を持つのは各種のスポーツ大会の応援の様子を見るだけで分かる。人間はどのような事柄——卒業年次だろうが出身地だろうが——をも抽象化し概念化し組織形成の契機にする。はじめは仲間が形成され、目的意識が強められて組織集団へと変容する。

集団は個人を含むが、個人もまたその集団を内に含む。全体と部分が反転しさらにまた反転するさまは、たとえばクラインの壺を思わせなくもない。内が外になり、外が内になる感覚が似通っているからである。

物心がつくようになって人がまず習得しなければならないのが、この内と外の感覚である。人間にとって、右と左を弁えることは対面の重要性を、内と外を弁えることは仲間の重要性を意味する。これはきわめて高度かつ複雑な感覚だが、人間が人間であるためには必ず習得しなければならないものなのだ。

クラインの壺の図解が成立するのは、いうまでもなく、人が騙し騙される次元を持つからである。しかも、成員はすべてそれを意識して行っているのである。人は意識して騙し騙される。語弊があるとすれば、思い込み思い込まされるといってもいいが、その性質は遊戯的であって、騙し騙されるという語のほうに馴染む。

留意すべきは、このクラインの壺の仕組もまた視覚によってのみ把握されうるということ、である。そして人間は——たいていは無意識のうちに——みなその仕組を的確に把握しているからこそ組織の成員として動き回っているということ、である。普遍文法の普遍は何よりもまずこういう事態を指しているのであって、重要なのは、このたやすく図式化されうる仕組を他の動物は持っていないように思えるということである。

人は自分を騙しながら生きるが、国家も企業も軍隊も、まったく同じように騙しながら生きている。集団もまた個人と同じように人格を持つ。

人格は、個人にせよ集団にせよ、きわめて危うい構造のもとに形成されているのだ。個人心理学と集団心理学はかけ違ったものではない。むしろ、まったく同じようなかたちで複雑微妙なのだというべきである。

きわめて危ういというのは、誰もがそれを「騙し」あるいは「思い込み」であると知っているからである。人は、全体主義国家が一朝にして民主主義国家に変貌しうることを知っている。吉本は、第二次大戦の敗戦に臨んで日本国民が平然としていたのみならず食料獲得に嬉々として飛び回り始めたことに驚いたと述べているが、人々が平然としていられたのは、その種の騙しなど人間には少しも重大な問題ではなかったからである。遊びのようなものだ。

生死にかかわろうが遊びは遊びだ。人は遊びに生死を賭けもするが、遊びと知って賭けるのである。

俯瞰する眼と自他の入れ替え可能性が人間に——労働とまったく同じように——遊びをもたらしたことはいうまでもない。あるいは、遊びを——他の哺乳類とは違って——明確に意識することによって、人間は、俯瞰する眼と事態の入れ替え可能性を対象化することになったといったほうがいいかもしれない。

それはまた、現象のすべてが遊びでありうるとする視点でもあった。騙し騙される次元、それを意識する次元というのは遊びの次元にほかならない。この視点に立てば、自己も国家も遊びにすぎない。むろんカーソルを移動するだけで真面目な自己にもなれば真面目な国家にもなる。ギャングはつねに薄笑いを浮かべながら——すなわち真面目と不真面目の間を縫うように——接近してくる。人間の本質を衝いているといわなければならない。

山崎正和は『社交する人間』において、ジンメルの後にホイジンガを引き、社交の遊戯的側面に話題を移しているが、要は、遊びと真面目はホイジンガのいうほど截然と区分されるものではないということである。山崎は、コケットリーすなわち媚態あるいは愛嬌という語を例にして、遊びと真面目が入れ替わるさまを巧みに説明している。

近代は真面目な恋愛小説——典型は『若きヴェルテルの悩み』——を生んだということになっているが、遊戯的側面すなわち社交的側面を持たない恋愛は息苦しい。『椿姫』は、遊戯が生真面目へと変容したために生じる悲劇を、自己意識の葛藤として描いた恋愛小説である。『にごりゑ』にしても同じ機微を背景に置いている。この段階では遊戯こそ大人の現実であり、生真面目は青年の非現実的な理想にすぎなかった。ヴェルテルもマルグリットもお力も、その軋轢のなかで死ぬ。離れて見れば喜劇である。

ちなみに、この問題が必ずしも十八、十九世紀と二十世紀、あるいは近代と現代の問題ではないことは、二十世紀後半の代表的長篇小説ともいうべきボリス・パステルナークの『ドクトル・ジバゴ』の隠された主題が、いわば社会に抗う社交であったことからも明らかである。ミラン・クンデラの『冗談』にしてもそうだ。マンの『詐欺師フェーリクス・クルルの告白』に連なるのである。山崎の社交論の射程を思うべきだろう。この問題は時代とともにありながら時代を超えているのだ。

滝沢馬琴と為永春水は同時代人である。いわゆる近世にしても、つねに遊びと真面目の両面を持つことの証左といっていい。

明治は馬琴を採って春水を捨てた。

馬琴は真面目、春水は遊戯的。山崎は九鬼周造の『「いき」の構造』を挙げて称賛しているが、『「いき」の構造』は、まさに粋というべきなのだろうが、哲学論文を装った為永春水論である。幸田露伴によればしかし、同時代の江戸の場末を彷彿とさせるのは、室町時代後期を舞台にした歴史小説『南総里見八犬伝』のほうであって、舞台を鎌倉時代に仮託しているとはいえ同時代風俗小説というほかない『春色梅児誉美』のほうではない。小説という形式そのものが作者の意図を超えて読者を騙すこともあるというべきだろう。歌舞伎の『菅原伝授手習鑑』が、菅原道真の生きた時代などではなく、同時代の江戸を描いているのと同じことだ。

だが、露伴は他方では、赤穂浪士の討ち入りを論じて、彼らは彼らでずいぶん遊戯的気分でやっていたのだという趣旨のことをも書いている。これは山崎の所説に近いといわなければならない。露伴の言を敷衍すれば、赤穂浪士だけではない、勤王の志士も、自由民権の壮士も、さらにいえば新左翼の闘士も、ずいぶん遊戯的気分でやっていたのだということになるだろう。人は遊びにも命を懸ける。当たっていると思わせせなくもない。

だが、赤穂浪士にはそれを浮かべる社交的な世間があったというべきである。山崎の言い方に倣えば、截然と区別されるものではない遊びと真面目をともに浮かべる時空があった。露伴のいいたかったことはそのことであると思われる。つまり、国家という抽象を背負うようになった勤王の志士の後はそれが真面目一方になってしまったことへの、批判あるいは揶揄である。すべて思い込んだら命懸けの世界になってしまった。同じ忠臣蔵でも、歌舞伎と映画、そしてベジャールの舞踊では力点の置き方がまるで違う。人によっては近代の宿命というだろう。『太平記』を読むと、人は人を困らせるためだけに簡単に死を選んでいる。生き方にも流行があるのだ。

だがいまは、赤穂浪士を浮かべていた元禄時代に話題を移す。遊びに命を懸けた芭蕉について触れなければならない。

2

大岡信が『うたげと孤心』以前に、あたかもその主題を予告するような芭蕉論すなわち「芭蕉私論」を書いていることは先にしるした。一九六六年五月刊の「無限」二十号に掲載され、後に『現代芸術の言葉』に収録された。

冒頭に、『去来抄』先師評所収の、近江膳所の正秀亭で初めて連句を巻いたときの話が置かれている。宿舎に帰った後、去来が芭蕉に一晩中、その対応のまずさをめぐって叱られたというのである。去来は正秀とは初対面だったらしい。

原文を引いた後に、大岡はその全体を説明しながら次のように意訳している。

さてその夜、正秀邸を辞してから、二人は同じ湖南の門人、曲翠の家に宿泊した。そこで芭蕉は、夜っぴて去来の不心得を叱りつけた。――お前は今夜の珍客ではないか。客である以上、一座の発句を所望されるのは知れきったこと、当然あらかじめその用意をして来なければならぬ。発句をどうぞ、と乞われたなら、作の秀拙は二の次としても、すぐに出すべきである。一体お前は、夜がいつまでも続くと思っているのか。お前が発句に苦吟して時を空費してしまえば、今夜の会は台なしになってしまうだろう。風雅ということを知らないにも程がある。お前の態度があまりにも情ないので、やむを得ず私が発句を出したのだ。あるじの正秀はすぐに脇を付けてきた。ところが、お前はそこでまたもや嘆かわしいことをしてくれた。正秀の付けた脇は、「二ツに割るる」と、激しい空の気色を出している。ところがお前と来たら、この脇の気色の激しさに響き合う第三を付けることなど、てんで考えても見ずに、竹格子、陰も静かに、などと、のんびりした句を付けてしまった。前句の位（気色）を感じとっていない証拠だ。何という情ない話だ。あれがかえすがえすも残念でならぬ。

大岡はまるで芭蕉になりきったように書いている。芭蕉の怒り、その語気を、原文から如実に感じて、それをそのまま自分の言葉で表現したくなったのだろう。連句を巻く場の激しさ、その真剣勝負の度合いがはっきりと出ている。

正秀はたいした俳人ではない。しかもこれは連句の席ではなく宿舎に帰ってからのいわば舞台裏の話である。それを考慮に入れると、当日の雰囲気がさらに濃厚に感じられてくる。正秀をはじめとする連衆がどう感じたか、どう見たか——つまり芭蕉と去来がどう見られたか——ということから、連句の出来そのものにいたるまで、芭蕉の神経は張りつめている。宗匠ともなれば年がら年中連句を巻いているようなものだろうが、表向きは和気藹々でも、気楽なものでは少しもなかったことがよく分かる。いわば、つねに舞台に立っているようなものだ。

連句は集団制作の一種には違いないにせよ、馴れ合いで済ませられるようなものではない、と大岡は言いたいのである。戦場に出るようなものなのだ。

大岡の訳を引いたのはほかでもない。山崎が『社交する人間』で説くその社交の現場をこれほどよく感じさせる文章は少ないからである。芭蕉が山崎の説く社交を理想的なかたちで実践していることは疑いない。

発句だろうが連句だろうが、たかが遊びである。そのたかが遊びのことで、芭蕉が夜通し怒り狂ったというのである。どこか、滑稽でないこともない。いや、大いに滑稽だ。だが、芭蕉の真面目を思えば、笑いを堪《こら》えるほかない。そして、やがてその真面目な芭蕉の姿に、笑いを拭って、脱帽せざるをえなくなるのである。

山崎は「社交的に競技する人は、闘争を真剣に演じる人であり、醒めながら勝負に酔う人であって、文字どおり付かず離れずに敵対者と向かい合おうとする。彼らはルールという粗筋にしたがい、勝者や敗者、挑戦者や復讐者といった役柄に扮して、一回ごとに異なる即興劇を演じるのである」と書いている。

大岡は芭蕉をあたかも舞台に立つ役者であるかのように見なし、『去来抄』の一節もその舞台裏の話のように書いているわけだが、山崎もまた「社交する人間は文字どおり即興劇を演じている」のだと書いている。むろん、あらゆる即興劇がそうであるように、物語と台詞の細部はその場での思いつきに委ねられるものの、粗筋と基本的な芸は礼儀作法によって固定された芝居だというのだ。

社交の礼儀作法について、山崎は次のように書く。

> 作法はまず、その日の社交的な催しの粗筋として働き、それだけで催しの時間と空間のあらましを決定する。一夜の宴席ならそれにふさわしい時刻に始まり、運ばれる料理の手順によってリズムが刻まれ、挨拶や乾杯によって山場がつくられるが、その大枠を決めているのは作法の約束である。さらにその宴席が祝宴であるか悲しみの宴であるか、どんな季節と年中行事にあわせた宴であるか、人びとが登場する劇的な状況と、それに応じた参加者の態度も、礼儀の習慣が指示している。遅れて参加したり早く退席したり、しゃべり過ぎたり飲み過ぎたりして、時間の枠を破るのは失礼とされる。遠い席の客に大声をかけたり、隣席の客とだけ話しこんで空間の枠を乱すのも、無作法とされる。

芭蕉が社交の達人であったことは紛れもない。

大岡は、芭蕉の発句以上に、芭蕉の連句に、すなわち芭蕉のこの「うたげ」の術、社交の術に、強い関心を抱いていたのである。そのことは「芭蕉私論」を書いた後に、安東次男の発案にかかる連句の会に丸谷才一ともども招かれて、押っ取り刀で駆け付けたことからも明らかである。一九七〇年。季刊「すばる」に「うたげと孤心」の連載を始めるのはその三年後だ。

この、安東、丸谷、大岡の歌仙を巻く会が、安東が倒れて丸谷、大岡、岡野弘彦の顔ぶれで受け継がれ、大岡が倒れて丸谷、岡野、長谷川櫂という構成になり、さらに丸谷が逝って、岡野、長谷川、私という構成になって現在に続いている。第九章で触れた歌仙集『一滴の宇宙』はその産物である。私事まで書いたのは、大岡が連句の座に連なることをいかに重視していたか書き留めておきたかったからである。大岡は三十年余にわたって途切れることなく連句を巻いていた。連衆を大切にしていたのである。また、それが引き継がれることを望んだ。

連句を巻くのはたんなる楽しみ以外の何ものでもない。一文の得にもならなければ、文学的業績になるわけでもない。けれど、丸谷も大岡も岡野も連句の会を優先したのである。芭蕉の真面目に似ている。

大岡がその後半生を連句芸術に懸けていたことは疑いの余地がない。安東、丸谷、岡野らと歌仙を巻いただけではない。谷川俊太郎ら、詩誌「櫂」の同人たちと連詩を巻き、さらには公開連詩の試みをも定期的にしていた。八〇年代からは頻繁に海外に出るようになったが、そのほとんどは言語を異にする海外の詩人たちと連詩を巻くためであった。

だが、古典新作を問わず、歌仙であれ、連詩であれ、いまなお人口に膾炙する作品はない。芭蕉七部集は有名だが、「冬の日」でさえ全篇を暗誦しているものは専門家にさえ数えるほどだろう。大岡の愛読者であっても、大岡の歌仙や連詩にまで目を通すものは稀だ。集団の作品であって個人の作品ではないという事情がマイナスに働いているのである。その事情が簡単に変わるとも思えない。連句も連詩も現代文学のなかでは周縁的な現象にすぎない。にもかかわらず、大岡は倒れるまで連句、連詩を手放さなかった。

なぜか。

芭蕉が、発句では自分を凌駕するものもありうるだろうが、連句を主宰することにかけて自分を凌駕するものはないという自負を持っていたことは広く知られている。そして連句とはこれまでに述べたように、社交的な文学、いわばひとつの社交術だったのである。とすれば、芭蕉は、社交の実践者としての自分に自負を持っていたということになる。芭蕉は連句というサロンのホストにほかならなかった。

この機微を知るには、能勢朝次の『連句芸術の性格』(一九四三)が参考になる。能勢は小西甚一の師であり岳父である。小西の『俳句の世界』は名著だが、能勢の連句論はそれを上回ると私には思われる。

管見では、芭蕉の手法すなわち、におい、ひびき、うつりをこれほど簡明直截に解説したものは他にない。私は、不明を恥じるほかないが、におい、ひびき、うつりを、芭蕉の発句を理解する概念として長く受け取っていたのである。それこそ子規以来の伝統というべきか、思わず知らず、五七五のなかで考えていた。だが、考えてみれば自明だが、においも、ひびきも、うつりも、前句に対する付句の心構えを教えているのであって、徹頭徹尾、連句の技術論にほかならないのだ。ということはつまり、社交の技術論、社交術論であるということだ。

芭蕉のいう、におい、ひびき、うつりとは、端的にいって、社交の心得にほかならない。いま、人との付き合いにおいて、におい、ひびき、うつりを気に掛ける人間がどれだけいるか、という話だと受け取ることさえできる。蕉風に先立つ貞門、談林までの社交は、べたな付き合いのみが念頭にあったということになる。

大岡は、能勢の『幽玄論』（一九四四）を十代のときに購読したと何かに明記していて、それを明瞭に記憶しているのはそのせいで私も購入したからである。能勢の連句論を読んでいなかったとはまず思えない。

『連句芸術の性格』から一節を引く。

　連句は、その一句としての価値を完全に発揮するためには、（一）必ず前句を生かさねばならないこと、（二）前句を生かすには、前句の中に潜在的にひそむところの余情的な世界に着目して、それを別趣の映像として発展させることによって、前句に新生命を与える手段が取られていること、（三）その生かし得たものによって付句の作者は自己の作を創造し、これを発展させるものであること等が、おおよそに理解せられたかと思う。「他を生かすことによってのみ自己が生き、自己が生きることは同時に他を生かすことである」という消息は、ここに明らかに見られるのである。

能勢は具体的な付句の例を挙げて説明し、右の結論を述べているのだが、ここではそこまで紹介する余裕がない。能勢が「他を生かすことによってのみ自己が生き、自己が生きることは同時に他を生かすこと」に、連句芸術の根本的な性格を見ていたことを示せば足りる。山崎のいう社交の要諦に重なるといっていい。

自分が相手に、相手が自分になりうることを知らなければ、言語は使えない。言語そのものが人間のその機微から生まれたのである。そしてその機微は両者を俯瞰する眼を必須とする。相手と自分の両者を俯瞰する眼が、「うたげ」を俯瞰する宗匠の眼、批評家の眼、要するに「孤心」の眼へと連なることは指摘するまでもない。そしてこの「孤心」すなわち孤独の眼は、いわば伸縮自在、宇宙の彼方から自他を眺める眼——彼岸の眼——でもありうる、いや、そうでなければならないのである。

個別に論じられている歌人の人柄と作品を措いて、核心に潜む思想をのみ取り出せば、これが『うたげと孤心』の要旨であるということになる。能勢のいう「他を生かすことによってのみ自己が生き、自己が生きることは同時に他を生かすこと」と基本的に違っていない。大岡は芭蕉の連句に「うたげと孤心」の核心を見ていたのだといっていい。

国文学者としての能勢は世阿弥から出発したが後年は芭蕉の連句にほとんど集中した。京都大学で能勢の親友だった頴原退蔵が、芭蕉の発句を専門としたのと、いわば棲み分けたのである。事情は角川選書版『連句芸術の性格』および『能勢朝次著作集』第一巻に寄せた小西の解説に詳しいが、その問題はここでは措く。ただ、私見では、芭蕉の核心は発句にではなく連句にこそ潜むという感は否めない。

能勢の『三冊子評釈』(一九五四)も名著である。『去来抄』のみならず『三冊子』もまた、基本的に発句論ではなく連句論であることを、改めて思い知らされる。

『三冊子評釈』の「白さうし」中、土芳の「恋の詞《ことば》、述懐《じゅっくわい》の類、祝言《しゅうげん》に云たる句は、表《おもて》の内《うち》いかゞ侍らん」という問いに答えた一節に、能勢は次のような注を施している。「表」とは歌仙三十六句のうち初表六句のこと。

「崩れし壁に下る夕顔」というごとき、全くの貧家を写したような叙景の句は、やはり表には用捨せよというのである。そして、これ等の注意は、自己の句作に対しての心得として守るべきで、他人の句ならば批難するには及ばないものであると付言している。自己に臨むに厳で、他に対しては寛容をもってするという点は、いつもの芭蕉の心持がうかがわれて興味が深い所である。

連句の心得すなわち規則はまず自身に対して向けられるべきであって、他人に対して向けられるべきではないと述べているのである。

これもまた山崎の社交論にもってこいの例であると、私には思える。芭蕉は弟子に社交の要諦を教えている、いや、端的に、連句とは社交であると述べているようなものである。

芭蕉によればおそらく、言語そのものが社交――とりわけ死者との社交――なのだ。

3

大岡には句集がない。

これほど連句に打ち込みながらも、大岡はいわゆる俳句には手を出していない。巻いた歌仙に数倍する五七五の句があるわけだが、まとめてはいない。詩集はむろんのこと、全詩集、選詩集さえ少なくないが、句集は一冊もない。「芭蕉私論」にしてからが、発句論ではなく連句論なのだ。注目に値するというべきだろう。

先に「芭蕉私論」とともに「華開世界起」を並べた。「華開世界起」は一九六一年に執筆された道元論である。「文学」に発表され、『芸術と伝統』（一九六三）に収録された。大岡について考えるうえで重要な文章だが、なかに次の一節がある。

面授相承について語る時、道元の言葉はとりわけ情熱を帯びるように思える。一人の師と一人の弟子が、面面相対して二者一体となり、人格の相承を行うとき、相承されるものはひとり師の人格のみならず、釈迦牟尼仏以来二千余年の仏祖意そのものであり、いいかえれば師を通じて一切の森羅万象を、その絶対的な顕現において一身にうけつぐことにほかならないからだ。

たとえば「師を通じて一切の森羅万象を一身にうけつぐ」といった物言いのなかに、人によってはシャンカラの不二一元論、すなわち天台本覚思想と似たものを見るかもしれない。面授相承そのものに道元の正統性への固執を、すなわち俗物性を見ることさえできるほどである。天台本覚は天台智顗、さらに道元が面授相承した天童如浄にすでに兆していたと思えば、その念はいよいよ増す。オットーに倣えば、いずれにせよ禅は、その折衷が独創的とはいえ、道教化した仏教にすぎないにもかかわらず、である。

大岡はしかも、この一節に続けて、『正法眼蔵』劈頭の「現成公案」から、次の有名な一節を引用しているのである。

仏道をならふといふは、自己をならふなり。自己をならふといふは、自己をわするるなり。自己をわするるといふは、万法に証せらるるなり。万法に証せらるるといふは、自己の身心、および佗己の身心をして脱落せしむるなり。

「佗己」は大岡が読んでいた衛藤即応校註の旧岩波文庫版の用語で、水野弥穂子校註の日本思想大系版ならびに新岩波文庫版では「他己《たこ》」である。

引用後に大岡は、ここにあるのは「無の思想」であり、「「われ」は無と化することでことごとくの有を否定し去り、否定し去ったところに生じる極大の無としての「われ」の自覚が、逆に一切の有をわが無の世界に甦らせるのである。その時、過去、現在、未来の一切の事象は、あたかも空に忽然と無数の華が開くように、一せいに無の世界に開華するだろう。それらは個々に絶対の新しさをもって開華するだろう。したがってそれらは、一切の新をも脱落しているだろう」と書いている。

これは、不二一元、一にして全、彼我一体の思想というべきだろうか。小西が井筒俊彦を引いて讃嘆していたように、能勢もまた鈴木大拙を引いて称揚し、芭蕉を理解するための一助としている。師弟ともに天台本覚思想を疑っていない。鈴木も井筒も宇宙との合一を事とする思想の担い手なのだ。ということは、袴谷憲昭らの批判する土着アニミズムが、芭蕉にも見られるということだろうか。芭蕉を称揚する大岡もまた、小林秀雄、梅原猛の思想の系譜に連なるということだろうか。

私はまったくそう思わない。

大岡は、道元の思想に、俯瞰する眼のもとに自他入れ替え可能になる言語というものの仕組そのものを見ている、としか思われないからである。

だからこそ「現成公案」の有名な一節の前に「有時」の数節を引き、「面授」の一節「仏面に照臨せられたてまつりて」云々の一節を引いているのである。

ちなみに、この面授相承への道元のこだわりを描く大岡は、その十数年後に『うたげと孤心』で、乙前からの今様面授にこだわる後白河法皇を描く大岡を、先取りしていると思わせずにおかない。後白河の面授へのこだわりについては第四章で触れたが、そこで道元を問題にしなかったのは、大岡自身、『うたげと孤心』では道元にほとんど言及していないからである。大岡は、自分がかつて道元に見出した思想の型を、まったく同じように後白河にも見出している、つまり反復しているとは、この段階ではおそらく気づきもしなかったのである。

気づきもしなかったのは、それが大岡自身の思想だったからである。

後白河の面授も道元の面授も、地球上の全人類がいまも脈々と行っている言語の面授と少しも違ってはいないのだ。面授は、釈迦牟尼以上に、始原の母を思わせるというべきである。大岡は要するに道元を詩人として扱っているのだ。ちなみに道元は、後白河、後鳥羽のもとで辣腕を奮った源通親の子あるいは孫とされる。

大岡は、「華開世界起」の五年後に書かれた「芭蕉私論」に、芭蕉の思想と道元の思想が深部において通底していることを強調するように、「現成公案」の同じ一節を引いている。興味深いことはしかし、「芭蕉私論」ではその「現成公案」の一節の前に、「唯仏与仏」の冒頭から次の一節を引いていることである。

仏法は、人のしるべきにはあらず。このゆゑに、むかしより凡夫として仏法をさとるなし、二乗として仏法をきはむるなし。ひとり仏にさとらるるゆゑに、唯仏与仏、乃能究尽といふ。それをきはめさとるとき、われながらも、かねてより、さとりとは、かくこそあらめと、おもはるることはなきなり。たとひおぼゆれども、そのおぼゆるにたがはぬさとりにてなきなり。

「唯仏与仏、乃能究尽」は『法華経』「方便品」の有名な言葉であり、道元はその言葉をめぐって思索を展開したということになる。大岡は、引用の後に現代語訳をかねた説明を付している。

言わんとするところは、人が仏法をさとるとき、さとる人間とさとられる仏法との相対的な区別があっての上で、さとるのではなく、人間が仏法をさとるということでさえなく、ただ仏によって仏がさとられるのが、人のさとりの実体なのだということであろう。さとりの瞬間、人は人ではなくてすでに仏なのであって、それ故に、人は、さとりとはきっとこんな状態であろうと予想していたようなさとりとは全く違う、次元を断絶した状態に突如として生きているのを知るのである。

ここでの肝心な言葉は、「ひとり仏にさとらるるゆゑに」というところにある。仏をさとるのではなくて、さとった瞬間、人は仏にさとられているのだ。ということは、その瞬間、人は仏によって全身を領有されてしまっているということである。（傍点は大岡）

独創的な解釈というほかない。

この一節はふつう、悟ろうとしても人智では悟れはしない、悟りとはほとんど恩寵のように訪れるものなのだ、と解釈されている。私の見るかぎり、悟ったと思った瞬間、人は仏によって悟られているのであり、「仏によって全身を領有されてしまっている」のだというような解釈は存在しない。能勢の「他を生かすことによってのみ自己が生き、自己が生きることは同時に他を生かすことである」という言葉に対応しているとも思えるが、大岡の訳は、はるかに激しく鋭い。

大岡の独創はこの一節を、能動と受動の問題に重点をおいて受け取ったところにある。

大岡によれば、面授相承の核心は、能動が受動になり、受動が能動になるという反転にあるのであり、いわば、悟りとは言語のこのような働きに身をゆだねることなのだという発見にあるのである。人は、俯瞰する眼のもと対面する者と入れ替え可能な存在になることで言語を獲得しえたわけだが、それは言語表現としては能動と受動の絶えざる転換として現われる。それによって釈迦牟尼ひいては始原の母にまでいたるのは、それが言語現象のひとつの極点に位置するからである。見るものは見られるものであり、見なすものは見なされるものである。

言語の機能そのものが人を思索へと誘うのは、思索そのものが言語に起因するからである。深淵を覗き込むものはいずれ深淵に覗き込まれるだろう、とはニーチェの有名な台詞だが、戦慄は能動と受動の反転そのものから生じている。事態は、母子の視点の転換という言語の始原にまで遡るといわなければならない。市川浩に、打つ、打たれる、という能動受動を理解するに幼児がどれだけの知恵を要求されるかを扱った論文があって、それが思い起こされる。能動受動は自他の区別と対になっているのである。

「さとった瞬間、人は仏にさとられているのだ」という、能動と受動のこの反転には、道元の思想、仏教の精髄が示されているだけではない、言語そのものの秘密が示されているといっていい。隠された受動こそ、自己という能動すなわち主体の出発点なのである。

「唯仏与仏」に記された道元の言葉は、大岡の解釈に導かれて読み直せば、出発点としての自己がじつはすでに媒介されているものなのだという認識を単刀直入に表わしていて、読むものを圧倒する。要するに、デカルトの出発点に対して疑義を呈しているのである。

大岡はこの感覚こそ芭蕉の連句の核心をなすと考えたのだ、と私は思う。大岡が、発句いわゆる俳句を棚上げにして、連句にのみ向かったのはなぜかという問いに対する、これが答えだと、私は思う。

能勢は同じ問題を去来の句「岩鼻やこゝにもひとり月の客」の解釈に見出している。先に引いた『連句芸術の性格』の一節である。

去来は、明月のもと散策しながら岩頭に猿を発見し、猿を月見の客と見立ててこの句を作ったのである。だが、芭蕉に「ここにもひとり月の客と、己《おのれ》と名乗り出でたらんこそ、幾何《いくばく》の風流ならめ」と一喝されたというのだ。『去来抄』の有名な挿話だが、自分が猿を見ているのではない、猿が自分を見ているのだ、そしてその猿に自分のほうが名乗り出ているのだという転倒にこそ、この句の味があるということである。去来は芭蕉の解釈に圧倒される。そしてその解釈をこの句の真意であるとして受け入れる。

能勢は、作品の解釈を他人に委ね、それをその作品の真意として平然としている俳諧の流儀に近代芸術の限界を超える意義を見出しているのだが、大岡の考え方に従えば、むしろ能動と受動の逆転——俯瞰する眼が能動と受動の逆転を可能にするという意味ではこれもまた眼の働きの本質である——にこそ意味があるのであり、それを絶えず意識するところに連句の特徴があるのだということになる。作者の真意などたいした問題ではない、能動と受動のこの反転にこそ言語の根源があり、人間の根源があるのだ、と。

大岡は、自分が悟るのではない、仏によって悟られるのである、と喝破するところにこそ道元の思想が端的に出ていると見るのだから、大岡のなかでは、道元と芭蕉は緊密に結びついているのである。

去来はこの挿話に「誠に作者その心を知らざりけり」という頭書を付しているが、これはいくらでも拡大解釈されうる。芭蕉は去来に、人は自分が何ものであり何をしているのかほんとうは知らないのだということを教えたのである。道元の所論に匹敵する。

連句とは解釈であり、解釈とは他者の生を生きることである。大岡は、そのことにおいて芭蕉は道元に通じると考えたのだ。

むろん、表面的な違いがないわけではない。

芭蕉は連衆にこだわったが、道元は自己なるものにこだわったように見える。

大岡はしかし、道元がこだわった自己がじつはひとりではないこと、いわば二人の関係としてあることを面授相承という語から引き出したのである。そこに言語の能動受動の絶えざる転換を見たのだ。芭蕉もまた、能動受動の絶えざる転換にこそ連句芸術の本質を見ていたといっていい。芭蕉は発句のみの世界に安住できなかった。

ここに道元、芭蕉ともに、いわゆる天台本覚思想を超える契機を含み持っていることが示唆されていると、私は思う。いわば命懸けの遊びの有無、仲間の有無である。

社交を考えるうえで芭蕉の連句はきわめて重要な手がかりになると述べたが、おそらく、この能動受動の絶えざる転換、すなわちつねに対面する相手の眼で自分を眺め直すという流儀にこそ、山崎のいう「社交する人間」の真骨頂があるというべきだろう。

大岡が連句にこだわった理由だが、しかし、それは発句を作ろうとしなかった理由にはならない。

なぜ大岡は発句にこだわらなかったのか。おそらく大岡にとっては、発句の役割は詩が十分に果たしていたからである。

現代詩はしかし連句の役割までは果たしえない。大岡はそう考えたのである。

簡単な理由だが、ここには考えるべき問題が山積している。たとえば、現代詩のみならず、現代小説も現代戯曲も、さらには現代音楽、現代美術、現代舞踊も、要するに現代の表現一般もまた、同じ問題に直面しているのではないかと疑うことができるからだ。

大岡にはおそらく、二十一世紀の現代においては、現代詩以上に連句のほうが注目されなければならないとする根拠があったのである。連句に匹敵するものとしての連詩が実践されなければならないとする根拠があったのだ。

「芭蕉私論」の後半にいたって大岡は書いている。

蕉風の連句が、中世の連歌とも、『犬つくば集』や貞門、談林の俳風とも、また蕪村以後の俳句ともきわめて異質な輝きを放っている理由のひとつに、おどろくべき豊富さをもって展開される世俗の人情風俗絵巻という性質がある。実際、芭蕉七部集を読んで、いやむしろ、眺めてみると、そこにくりひろげられる元禄期の世態の、微細をきわめた描写は、驚嘆に値する。芭蕉は西鶴の「浅ましく下れる姿」を言っているが、にもかかわらず、芭蕉がその門の連衆とともにあって生みだした文芸の世界は、勃興期の町人階級の美意識に映じた数々の新しい素材を、西鶴同様のリアリスティックな観点から活写しているのであって、芭蕉もまたその新奇さへの飽くことない熱情を、この時代の雰囲気から汲みとり、育てていったことはいうまでもないことだった。連句という独特な文芸形態は、そういう点では類例のない恰好の容れ物だったのである。

これを要するに、芭蕉は発句において詩を実践していたが、連句において小説を実践していたのだと述べているに等しい。さらにいえば、不易流行のその不易とは発句に収斂し、流行とは連句に収斂すると述べているに等しい。七部集をはじめとする芭蕉の連句はすなわち芭蕉の小説だったのであり、その小説においては連衆による完璧なポリフォニーこそが望ましいと芭蕉は考えていたのだ、ということになる。

むろん、連句において実践された小説が、現代の小説に対応するか否かはまた別の話である。

現代の表現行為の全体にどのように対応するのか、答えるのは難しい。考えなければならないこと、対比しなければならないことが多すぎて、簡単に答えることなどできそうにない。ただ、芭蕉が連句で狙っていたことの一斑を示唆することができるだけだが、ここではとりあえずそれで十分だ。

私は、それでも、現代詩は現代の発句であることによく応え、現代小説は現代の連句であることによく応えていると思う。ただ、芭蕉がその発句と連句によって示した作者と作品の望ましい関係のありようが、元禄当時とはかなり違っていることは明らかである。すなわち自己のありようが――自己というものへの思い込みのありようが――往年とははなはだしく違っているのである。そしてまたフィクションとノンフィクションのありようが、往年とはかなり違っている。

現代詩の自己も現代小説の自己も、みな同じように苦しげである。この問題は、文学のみならず、表現一般において見られるといっていい。これこそ大岡が、連詩を試みるべく世界の諸都市を行脚した理由であると思われる。そしてそこで大岡は、欧米のほうが、自己を維持することにおいていっそう苦しげであるという印象を持ったのである。

連詩の試みは、したがって、端緒についたばかりで道のりそのものさえなお不確定だといっていい。ただ、詩をはじめとする短詩型文学がじつは小説の富を奪わなければならないのだという発想の斬新は、いまようやく受け入れられはじめているという印象がないではない。それはまた小説の変革をも意図せざるをえないのである。

大岡自身が、不易流行を詩と小説に対応させようとしているわけではない。ただ、たとえば芭蕉が恋の句の達人でもあったことなどを示唆して、連句が明らかに小説的なものを狙っていたことをほとんど立証しているのである。連句も小説も流行の側に位置することは疑いない。流行は生を、不易は死を含意する。

芭蕉自身の句「きぬぐ〳〵やあまりかぼそくあてやかに」「手枕に細きかひなをさし入れて」を含む連句の数行を引いて、芭蕉の「恋の詩人としてのプロフィル」を紹介した後、大岡は「芭蕉私論」を次のように結んでいる。

正秀邸における去来の不始末を彼があれほどにも執拗に責めたてたのも、連衆というものの形造る、ほとんど真剣勝負に似た――しかしそこにこそ、創造と享受の同時的な成立ちという、類例のない喜びもある――詩的な「場」を、力を尽して護ってゆかねばならないことを、十分に自覚していたからにほかなるまい。その自覚において、彼はまったく孤独だった。しかし同時に、元禄に生きたということにおいて、彼は古人たちの知らなかった幸福を、明らかに知ってもいたのである。

『うたげと孤心』の要諦は、すでにこの「芭蕉私論」に尽くされているとさえ思われる。大岡は元禄に、露伴が見たものと同じ広がりを見ていたのである。

4

最後に道元における騙し騙される次元について触れる必要がある。

「華開世界起」は大岡三十歳の文章だが、詩人の直観のもたらす気迫が、若年を思わせない。大岡はそこで、騙し騙される次元がどのようなものとしてあったか、『正法眼蔵』の「画餅」の一節を引いて説明しようとしている。道元にとって「現実とは畢竟一軸の画」にすぎなかったというのである。むろん、眼をもつ動物にとって現実が絵として機能していることは指摘するまでもない。遠近法の探究は視覚の探究だが、それはつまるところ、騙し絵の探究にほかならない。

古仏言ク、道成《ハジテ》白雪千扁去《シリ》、画得《キテ》青山数軸来ル。

これ大悟語なり、弁道功夫の現成せし道底なり。しかあれば得道の正当恁麽《いんも》時は、青山白雪を数軸となづく、画図したれるなり。一動一静、しかしながら画図にあらざるなし。われらがいまの功夫、ただ画よりえたるなり。十号・三明、これ一軸の画なり。根・力・覚・道、これ一軸の画なり。

引用に続けて、大岡は次のように説明している。

ここにいう十号とは、仏十種の徳号であり、三明とは過去・現在・未来の三世の諸法に通達した無礙の智明を指しているが、道元は青山白雪を数軸の画と観じた古仏の言葉を説きながら、進んで諸仏の世界さえ、一軸の画であり、それ以外の何ものでもないと断言する。果してそうか。この、恐らく当然に生じてくるはずの疑念に対して、道元はまことに大胆かつ水も洩らさぬ緊密な論理の裏づけをもった次のような言葉を投げつける。彼は続けてこう書いているのだ。

大岡にしたがって、続く「画餅」の一節を引く。

もし画は実にあらずといはば、万法みな実にあらず。万法みな実にあらずば、仏法も実にあらず。仏法もし実なるには、画餅すなはち実なるべし。

大岡は「画餅」のこの一節の引用には訳も解説も付していない。ただ、「ぼくらが信じることを要求されるのは、こうした種類の言葉である」と添えているだけだ。

「絵に描いた餅」という言葉がある。『大辞泉』には「《どんなに巧みに描いてあっても食べられないところから》何の役にも立たないもの。また、実物・本物でなければ何の値打ちもないこと。画餅」とある。

便宜のために、増谷文雄の現代語訳を掲げる。

古仏はいった。

「道なって白雪は村里をおおいつくした。その時一切は青山数幅《ふく》の画図に入りきたった」

それは大悟の境地を語った句である。弁道工夫の成就を説いたことばである。だからして、道のなれるまさにその時を表現して、白雪といい、また青山数幅というのである。つまり画をえがいているのである。けだし、その境地においては、一動一静すべて画図ならざるはないのである。そして、いまわたしどものいとなむ修行もまた、その画図によって教えられたものである。あるいは、仏の十号といい三明《さんみょう》というも、一幅の画である。あるいはまた、五根《ごこん》といい、五力といい、七覚支《しちかくし》といい、八正道《はっしょうどう》というも、おなじく一幅の画にほかならない。もしも、画は実《じつ》ではないというならば、よろずの存在もまた実ではない。もしも、よろずの存在がすべて実でないならば、仏法もまた実ではあるまい。もし仏法が真実であるならば、画餅もまた真実であろう。


増谷は、解説してこれを概念論であるとしている。

井筒俊彦や丸山圭三郎ならば言語による分節化というだろう。言語による分節化によって人間は世界と繋がっている。言語による分節化なくして人間は生きられない。餅もまた言語である。餅を描く力すなわち言語による概念化能力を持つことによって人間は生きているのである。人間はしたがって画餅によって生きているのだ。これを要するに、人間は画餅を食っているに等しい、と。

だが、揶揄するような例を挙げることになるが、道元はさらに上を行っていると思える。すなわち、事実、餅を描いた絵はたいてい餅よりもはるかに高価であり、画餅を売ることで数千倍の餅を食うことができるではないか。ここで起こっていることがどういうことかよく考えてみよ、というのである。まるで曹洞宗の現在を予言しているようなものである。

餅という言葉ではなく、餅の絵をもってきたところに、井筒や丸山を凌ぐ道元の凄味がある、と私は思う。概念は言語以前にあって言語を浮かべている。餅の概念は鼠にとっては食うという行為そのものとしてあるが、人間にとっては観念としてある。観念としてあることによって、人間は食うことを我慢する。あるいは我慢することによって餅という観念、つまり概念を得たのである。それが人間をして鼠よりも優位に生きさせている当のものなのだ。ヘーゲルが『精神現象学』冒頭で述べていることである。

ヘーゲルによれば、人間はいわゆる「このもの性」を捨て去ることによって概念を事物から解き放ち、言語という新たな実在の世界へと突入したのである。言語が実在になり事物が影になった。概念による抽象的な演算のほうが実在として力を発揮するのが言語の世界なのだ。井筒も丸山も中世の概念論争にこだわることによって独特の哲学を提唱したといっていいが、ヘーゲルはいわば中世を断ち切ったのである。道元は、言葉ではなく絵をもってくることで、この論争の全体を対象化している、と私には思える。

概念の位置づけをめぐるいわゆる普遍論争の当事者、カンタベリーのアンセルムスが生きたのは十一世紀、オッカムのウィリアムが十四世紀である。道元、そしてついでにいえばトマス・アクィナスがその間の十三世紀に生きている。道元をアンセルムスの実在論の側に位置づけるか、オッカムのウィリアムの唯名論の側に位置づけるか、哲学史にも仏教史にも暗い私には判断がつきかねるが、そのこと自体はおそらくたいして重要ではない。重要なのは、「画餅」一篇が、観念の実在あるいは概念の実在をめぐって、ある意味では普遍論争を上回る独創的な思索を展開しているということである。

視覚革命に淵源する言語革命を体現することによって、人間は、騙し騙される次元、思い込み思い込まされる次元を対象化し、概念による抽象的な演算をもちいて具体的な世界へと働きかけることになった。視覚によって生じた距離の最大利用である。絵はその最大利用の外在化、対象化にほかならない。「画餅不充飢」という語をめぐる道元の「画餅」一篇は、そのことの全体に対応しているといっていい。

絵に描いた餅は、詐欺に似ている。

画餅は「何の役にも立たないもの」「何の値打ちもないもの」の代名詞である。強盗や殺人と違って、詐欺がきわめて矮小な犯罪として貶められていることに、画餅はいわば対応しているといっていい。

実際、画餅は餅を真実とすれば詐欺にほかならない。本物そっくりの餅が餅そのものよりも面白いのは、人間がいわば詐欺を楽しむ存在だからである。

道元は、したがって、画餅すなわち詐欺がなければ、餅すなわち国家や企業もないのだということに注意を促す。「いま現成するところの諸餅、ともに画餅なり」というのはそのことである。餅は炭水化物にすぎない。糊餅、菜餅、乳餅、焼餅、黍餅と列記し、すべて画餅から現成すると述べるとき、道元は、概念の働きに注意を促し、それらが人間においては言語によって成立することを述べているのだ。画餅すなわち詐欺に言語の本質が潜むと述べているに等しい。

さらに、「画仏と画餅と撿点すべし」と述べて、道元は続けている。画仏と画餅、聖なるものと矮小なるものを並べて点検するよう促しているのがまた鋭く眼を惹く。

いづれか石烏亀《せきうき》、いづれか鉄拄杖なる、いづれか色法、いづれか心法なると、審細に功夫《くふう》参究すべきなり。恁麼功夫するとき、生死去来《しょうじこらい》はことごとく画図なり、無上菩提すなはち画図なり。おほよそ法界虚空、いづれも画図にあらざるなし。

詩人として道元を語るにあたって「画餅」に着眼した大岡の眼力を思うほかないが、道元の口調をそのまま借りてここでの主張をいえば、「よくよく考えてみれば、生死去来はことごとく詐欺である。無上菩提すなわち詐欺である。おおよそ法界虚空、いずれも詐欺でないものはない」ということになる。死も画餅だということ、すなわち詐欺のようなものだという指摘には十分に注意すべきだろう。

その後に、「古仏言ク、道成白雪千扁去、画得青山数軸来ル」からはじまり、「もし画は実にあらずといはば、万法みな実にあらず。万法みな実にあらずば、仏法も実にあらず。仏法もし実なるには、画餅すなはち実なるべし」で終わる一節が来るわけだが、これも言い換えれば、「もし詐欺が真実ではないというならば、万法はすべて真実ではない、万法すべて真実でないとすれば、仏法も真実ではない。仏法がもし真実であるとするなら、詐欺もまた真実であるに違いない」となる。

不謹慎を咎められそうだが、ほんらい不可触、不可言なる神を論じ、仏を語る神学なり教学なりは、おしなべて不謹慎である。遠慮は不要。道元はここで家も国も天下もすべて詐欺だが、詐欺とはすなわち真実なのだと述べているに等しい。仏法など画餅つまり言語によって実在化された概念にすぎない、だが仏法も画餅つまるところ言語も実在するのであり、その実在によって生かされているのが人間なのだ、ということである。

大岡はその後に「信じることを要求されるのは、こうした種類の言葉である」と述べているわけだが、要するに、言語を信じる、言語芸術である詩を信じると表白しているのである。騙し騙される次元を含めて、いやその次元をこそ中心に、言語が途方もなく豊かな広がりをもっているその広がりを信じるというのである。

大岡は「華開世界起」の末尾を次のように結んでいる。

言葉がものを表現するのでなく、ものが言葉をして自己表現させるとしか言い様のない、絶対的な表現の世界がここにはある。それは、道元と同時代に生きていた定家をはじめとする新古今の詩人たちも、ついに知ることのなかった、まったく新しい、受けつぐ者がひとりもなかったという意味でさえ、今もってまったく新しい、日本語の開花であり、詩の誕生であった。

大岡は道元を、日本最大級の詩人であると述べている。五年後に「芭蕉私論」を書く大岡が、芭蕉を、道元を中心に置く座標に位置づけようとしていたことは先に述べた通りである。

ちなみに、大岡は『うたげと孤心』の岩波同時代ライブラリー版「あとがき」(一九九〇)に「この本が私を書いていた」という表題を付している。『うたげと孤心』を書くことによって「言葉がものを表現するのでなく、ものが言葉をして自己表現させるとしか言い様のない」体験をしたと告白しているようなものだが、むろん、自分自身がすでに「華開世界起」においてそういう事態こそあらまほしきものであると書いていることなど、およそ念頭になかっただろう。忘れていたに決まっている。私はそれが、いかにも大岡らしいと思う。

「この本が私を書いていた」が、道元の「唯仏与仏」中の言葉「ひとり仏にさとらるるゆゑに」に呼応していることは指摘するまでもない。能動と受動が絶えず反転する言語の世界への信頼が湧き出ているような表題である。

　飛翔する言葉が世界を広げている。

5

　言語と人間は互いに互いを育てあってきた、と述べたのはＣ・Ｓ・パースである。

　ＡＩ革命がいわれインターネット革命がいわれるいま、この言語と人間の付き合いは新しい段階、というより、本格的な段階に入っているように見える。状況がこれまでとはまったく違ってきているのである。

　むろん、言語の本質が変わったわけではない。むしろ、これまでよりいっそう顕わになって、いわば人は日々その本質、その途方もない力——とりわけ嘘をつく力、騙す力、扇動する力——に直面しなければならなくなってきたのである。人は自ら知らずに嘘をつき、たやすく騙されるが——すなわちイデオロギーを持ちパラダイムに浸されているが——、その事実に四六時中、直面させられるようになってきたといってもいい。言語の力はまさに恐るべきである。言葉は人を騙し扇動するが、同時に、人を励まし勇気づける。だが、それだけではない。

　言葉は人を傷つけ、ときには殺しさえする。

　インターネットは人間のひとりひとりを新聞社に変え、テレビ局に変えたとはよくいわれることだが、重要なのは、誰もが同じ資格で自由に発言できるようになったということではない。その結果、新聞やテレビがサブカルチャーすなわち下位文化に格下げされたということである。新聞やテレビの権威が失墜したわけではないが、大幅に縮小されたのである。それはいまや国家的メディア、国際的メディアではなくなりつつある。その結果、新聞やテレビがこれまで以上に主義主張を鮮明に出すようになり、たとえばあるものはいっそう右翼的になり、別のものはいっそう左翼的になってきた。簡単にいえば、熟慮することが少なくなってきたのである。ということはつまり、自らサブカルチャー化に拍車をかけ始めたということである。

失ってみてはじめて分かるが、権威の失墜は重大である。これまでいかに新聞やテレビの権威に頼ってきたかが分かるが、しかし、失われてゆく過程で、これまでの権威がいかに基盤の脆いものであったかも明らかになった。権威として登場してきたものの多くが、若く未熟な記者やディレクターによって恣意的に選ばれたにすぎなかったことが露呈してきたからである。インターネットの情報が飛躍的に増えて、容易に比較することができるようになったのみならず、記事も番組もたやすく批判されるようになった結果である。

マス・コミュニケーションの時代が終わった、あるいは、新たなマス・コミュニケーションの時代に入ったのである。コミュニケーションが過剰に発達して、新聞やテレビのなかった時代に再び戻ったと思えば分かりやすい。だが、情報だけは溢れかえっている。人々は膨大な情報に接しているのだが、その情報の多くは選別も整理もされていない生な情報なのだ。いわば膨大な情報の海の渚で遊んでいるようなものだ。人類はいま、巨大な波がいつ押し寄せるかもしれない波打ち際で戯れているのである。

山崎正和の『社交する人間』も、大岡信の『うたげと孤心』も、このような時代の指針としてきわめて重要であると私は思う。大岡の道元論、芭蕉論は、『うたげと孤心』の先鞭となったのみならず、山崎の社交論の例として核心を衝くものだと思う。社会が茫漠と広がる海として表象されるようになって、社会の実質である社交が重要性を増してきたといってもいい。

山崎も大岡も、顔の見える世間、すなわち仲間やサークルを、人間の社会の基礎単位として重視している。いわゆるサロンだが、指摘するまでもなく、文学史においても芸術史においても、主体となり潮流を決定してきたのはサロンであり仲間なのだ。広い意味でのサロンが人に文章を書かせ、雑誌を発行し、作品を育んできたのである。

近代文学でいえば、鷗外も漱石も芥川もその結果である。小林秀雄らの「文學界」にせよ、戦後批評における「近代文学」にせよ、あるいは戦後詩における「荒地」にせよ、サロンである。数人、せいぜい数十人の集まりの——ロビン・ダンバーによれば上限は百五十人である——、その熱気が人を感動させ、数千人、数万人、そして長い目で見れば数百万人の読者を獲得し、日本語を読む人々のあいだに浸透していったのだ。文学史はいわばそういう島宇宙を結ぶひとつの物語である。

同じことは、遡って人麻呂にも貫之にも俊成にも芭蕉にもいえるだろう。清少納言にも紫式部にもいえる。要するに、他にも少なからず存在しただろう文学的営為である島宇宙の、なかでもとりわけ輝くものの点綴された姿が文学史という物語なのだ。網羅しているわけでも、精選されているわけでもない。いわば恣意的なものにすぎないのだが、鑑賞や解釈の堆積が、作品の奥行を深めてきたのである。水村美苗はその過程で現地語が国語に変容したと述べているのである。

はじめは中国語が、後に西欧語が、普遍語として現地語を刺激し、国語に変容させてきたわけだが、その変容の場である島宇宙は、広い意味でのサロン文化にほかならなかった。

現代になって、文芸雑誌や芸術雑誌が刊行されるようになり、このサロン文化が変容したというべきだろうか。私はむしろそれらはその最終形態だったのだと思う。変容するのは、おそらくいまや完璧に普及したと思われるインターネットの時空においてということになるだろうと思う。この世のすべてがデジタル映像で記録されるようになって——私はいまや十年前のニュースを見ることも現在のパリやニューヨークの街角を見ることも同時にできるのである——から、歴史上のいつ地球上のどこで、という特異性、個別性が希薄になってきたのだ。

むろん、インターネットのもたらしつつある時空がこれからどうなるのか、いまなお判然としないのだから、私になど予測がつくはずもないが、いずれにせよそれはいま眼前で生成しつつあるのである。そのなかで、水村のいう現地語、国語、普遍語がその意味をどのように変容させるのか、これもまたまったく予測がつかない。

大岡の「うたげ」を支えるのも、山崎の「社交」を支えるのも、現実には母語すなわち現地語である。サロンもサークルも仲間の言語すなわち現地語によって育まれてきたことはいうまでもない。文学史も芸術史も、いわばそういった現地語の島宇宙を強引に年代順に並べたにすぎない。これは、日本語のみならず、中国語にも、欧米語にもすべて当てはまることである。並べられる作品はすべて、島宇宙の現地語によって形成されたものなのだ。

いまや英語は普遍語とされるが、この普遍語は、それを国語としない人々の使用によって、現在ただいま刻一刻と変容しているというべきだろう。英語でさえも、それぞれの地域の現地語であるほかないのであって、厳密には翻訳を要するようになるだろう。はじめから英語で育ったものは文芸において有利な位置にあるように思えるが、それはおそらく幻影にすぎない。現地語としての英語と普遍語としての英語のあいだには決定的な違いがあると見なさざるをえないからである。むしろ翻訳こそが文学の、今後もっとも重要な主題になってゆくだろう。そしてそれこそがチョムスキーのもっとも関心のあるところだったのだろうと、私は思う。

コンピュータは——単純な演算を除いては——決して解決にはならないが、考えるヒントはほとんど無限に与えるのである。

インターネットが文学表現においていまどのような働きをしているのか、私は詳らかにしない。詳らかにするには私の能力はあまりにも貧しい。たとえば舞踊においては、インターネットは膨大な情報をもたらしているが、作品創造そのものに影響を及ぼしているとは思えない。だが、音楽や映画、そのほかの映像表現においては、おそらくインターネットそのものがいまや重要な発表の場となっていると思われる。映画鑑賞はもはや映画館を必要としなくなりつつある。それが映画や音楽、そのほか映像表現一般をどのように変えてゆくのか、私には分からない。芸術という概念そのものが変容するかもしれない。

相互コミュニケーションを可能にする媒体、インターネットが、大岡や山崎の考えるサロンとなりうるかどうかについても、予測がつかない。活動を活性化するには違いないが、それがひとつの事件となるためには、特定の場所に特定の人間が集まることが不可欠であるかもしれない。少なくとも舞踊においては、人と人が身をもってじかに向き合う場、たとえば劇場が、絶対的に必要とされる。それは永遠に変わらないだろうと私は思う。おそらく演劇においても同じだろう。少なくとも身体芸は、おそらく最後までサロンを必要とする表現様式なのだ。そして精神は身体を基盤にしてしか成立しえないのである。

ここにはなお考えなければならないことが山積している。

インターネットという媒体そのものが、普遍語の問題、そして普遍文法の問題を提起していることは疑いない。そしてそれが、現生人類がアフリカに発生しておおよそ十六万年、世界に適応拡散してほぼ八万年という歴史とともにあることもまた疑いない。舞踊や音楽や映像がその問題を考えるうえで重要な手がかりになることは明らかである。舞踊も音楽も映像も言語表現にほかならないことは繰り返し述べた。

人類はいま、その起源の緊張と同じほどの緊張を強いられているのだと、私には思われる。人類が体験しつつあることは未曾有のことなのだ。

視覚革命に継ぐ言語革命を体現し体験しているのは、これまでのところ人類だけなのである。言語の始原に立ち返って考えなければならない時期が到来している。

あとがき

高校二年の冬だったと思う。

フェデリコ・フェリーニの映画『甘い生活』を見て、終演後、席から立ち上がれないほどの感動を覚え、深夜の街を歩き回ったことがある。弘前には当時、一般上映の後、深夜割引料金で名画を見せる映画館があったのである。客はまばらだった。冒頭、キリスト像を宙吊りにしたヘリコプターが頭上を過ぎってゆく。この場面にまず圧倒された。神の死が主題なのだ。同じ神の死を主題にしていても、その見せ方がいい、やるじゃないか、と思った。さすがローマ教皇庁のあるイタリアだ、と。

名画に粗筋は不要だろう。

自殺からはもっとも縁遠いと思われた登場人物が自殺した、その直後の部屋の場面にも感動した。マストロヤンニ演じる主人公は、そこに自殺すべき自分の姿を見たのである。だが、もっとも感銘を受けたのは最後の場面だった。パーティーでの乱痴気騒ぎが終わった後の早朝、寝惚け眼で河口の干潟を歩くマストロヤンニに、河向うから清純そのものの少女が手を振る場面である。寝惚け眼にはそれが誰であるか分からない。大きな声で叫ぶ少女と、とろんとした顔でいかにも眩しそうにそれを見て、しかし、誰であるかも、何を叫んでいるのかも分からないといったふうに、力なく手を振るマストロヤンニの疲れ切った顔が、素晴らしかった。
清純な少女も、いずれ河のこちら側に来ることになるのだ。
映画は疑いなくそう示唆している、と思った。

＊

半世紀以前の記憶である。正確を期すために調べ直すこともできるが、私にとっては記憶のほうが大切だ。間違っているかもしれないが、鮮明に記憶していると思っているその通りに書けば、以上のようになる。

当時、私は、人間には生きる根拠がない、理由がないという一種の強迫観念に捉われていて、そこから抜け出すことができなかった。これはどのような人間にも、いや、人類全体に妥当すると考えていたのである。人類は宇宙の、少なくとも地球の癌細胞にすぎない。もし、人間の尊厳を思うならば、全人類が自滅を選択すべきだと思っていた。神がもしも存在するとすれば許し難い。神の死後も平穏無事な顔をして生きている人間たちは、なお許し難いと思っていた。なぜかとにかく怒っていたのである。とはいえ、自分が芥子粒にすぎないことも思い知っていた。

自殺をとどめる論理はただひとつ、自殺は、自殺しようと思っている当の自分を殺すことだから、自殺の否定になるという自己言及の矛盾だけだった。

当事者には深刻であっても、第三者には笑い話である。その笑い話を書くのは、人間はどのようなことでも書き、どのようなことでも考えるという例を挙げたかったからである。

信念は書かなくとも記憶されるが、思考は書かなければ記憶されない。展開しない。

書きはじめるや否や、物語は独自に動きはじめる。私はこの主題で小説を書いた。国際会議で人類の自滅を満場一致で決議した後の最大の問題は、人類が存在した痕跡を完璧に消去するのがかなり難しいということであった。完璧に消去しなければ人間の尊厳にかかわる。その細部を書くのに熱中した。

学校など馬鹿らしくて行っていられなかった。親許を離れて下宿していたのでそれが可能だったのである。むろん、小説は焼却した。

＊

おそらく同じ笑い話でもこれはまだ健全なほうだろう。人はどのように陰惨なことも書くことができる。そして書くことができるということは実行することもできるということなのだ。刑罰の歴史がそれを証明している。バタイユの『エロティシズム』か何かに、中国の陰惨な刑罰の写真が掲載されていて、私は目をそむけたが、長く忘れることができず困った。だが、残酷こそ人類が言語を獲得したことの最大の帰結だったのである。

犬も猫も、自殺もしなければ、残酷行為もしない。猫は鼠を玩具にするが残酷を楽しんでいるわけではない。理由は別にある。人間だけが相手の身になってその苦痛を楽しむのだ。

自殺も残酷も、言語の帰結なのだ。

丸谷才一が『エホバの顔を避けて』に、登場人物ラメテの言葉として、自殺は人間の特権だ、と書いている。私はそれを長いあいだ疑ってきたが、本書を書き終えて納得した。自殺もまた、孤独と同じように、言語現象なのだ。人間が自分を殺すことができるのは、自己が一個の他者だからである。精神は身体を始末することができる。始末できてこそ人間なのだ。

苦痛は生命の特権だが、残酷は人間の特権である。自殺も同じ論理のうちにある。

視覚革命も言語革命も、ほんとうは苛酷な運命として、生命を訪れ、人類を訪れたのではないかという気がしてくる。

視覚革命は生命の爆発をもたらしたが、言語革命は人類の爆発をもたらした。この人類の爆発的繁殖はじつは生命からの逸脱ではないのかという疑いがある。国際会議で決議する必要もない、人類はいまなお簡単に自滅できるほどの――だが残酷なことに完璧にではない――核兵器を保有しているのであり、異常な精神がそれに触れることも不可能ではないのだ。インターネットという媒体がそれをさらに容易にしている。

だが、精神とはそれ自体、生命からの逸脱であり、生命の異常ではないのか。

生命からの逸脱が言語の仕業であるとすれば、それを解明する責任は言語の専門家である文学者にある。文学者の使命は声明を出したり署名活動をしたりすることではない。言語の仕業のその仕組を解明することにある。それが言語の政治学だ。

＊

本書は「群像」二〇一六年七月号から二〇一七年八月号まで「言語の政治学」という表題のもとに、十三回にわたって連載された。第十三章は全面的に書き直し、第十四章、第十五章は書き下ろした。他にも多少手を加えているが、書き直したというほどではない。第十三章は舞踊論だったが、それだけで一冊の本にするほかないと判断した。舞踊もまた言語の政治学のきわめて重要な対象なのだ。

連載も終わろうとしていた二〇一七年四月五日、大岡信が亡くなった。

倒れられてから自宅で療養されておられた期間が長かったので、覚悟しないわけではなかったが、いざ亡くなられてみると、その喪失感は測り知れなかった。連載の過程で、大岡さんの著作を読み直すことが多かった。読んでいたつもりだったが、読み込んではいなかった。改めて気づかされることが多かった。初期の著作は鋭く、後期の著作は豊かである。

大岡さんは、講演会でしばしば、ぼくは何も知らないから、とお話しになった。大岡さんにそう言われると、聞いているほうが赤面する。最初は無用な謙遜とも思えた。だが、大岡さんの身になってみると、実感であることがよく分かった。知れば知るほど、何も知らないことが分かってくる。知っていると思っている人間のほうが、じつは何も知らないのである。

一九八〇年代の半ば、私はニューヨークに二年近く滞在していた。大岡さんがパリからの帰路、ニューヨークに立ち寄られた。空港に出迎えたが、擦れ違った。蒼ざめて滞在予定のホテルに向かい、大慌てで部屋の扉をノックして開けると、真中にトランクを置き、そのうえにちょこんと、しかし憮然として坐っている大岡さんの姿があった。いまも鮮明に記憶している。

ニューヨークから帰った一九八八年五月、大岡さんを桜満開の弘前に案内する機会があった。思い出すと胸に迫ってくるものが多すぎて、ここにはこれ以上、書けない。

本書との関連でいえば、司馬遼太郎さんに一度だけお目にかかったのもニューヨークである。山崎正和さんに最初にお目にかかることができたのもニューヨークだ。司馬さんについても山崎さんについても、書くべきことがたくさんあるが、ここはその場ではない。ただ、そういう機会にめぐまれたことに深く感謝しているむね記しておきたい。

＊

表題を「孤独の発明　または言語の政治学」としたのには理由がある。

私は「群像」二〇一〇年一月号から翌二〇一一年六月号まで「孤独の発明」という表題のもとに評論を連載している。十八回である。

連載終了後、本にまとめるべく手を入れようとしたのだが、気が乗らずどうしても前に進めなかった。書くときは小生ごときといえども必死である。熱い渦巻きのようなもので、再び巻き込まれるには覚悟が要る。下手に入り込むと弾き飛ばされそうで、手をこまねいている日が続いた。月日が経ち、いっそう入り込めなくなってしまった。文章に愛着がないわけではない。だが、どうしても入り込めないのである。

そうこうするうちに二〇一五年になってしまい、当時の「群像」編集長・佐藤とし子さんが見かねて再連載を提案してくださった。正直に述べて救われる思いだった。私にとって「孤独の発明」という主題は重要なものだったからである。

二〇一〇年から始めた連載は、幽霊の問題を扱っている。死および死後の世界がなぜ現代文学の重要な主題になっているのか、である。たとえば小林秀雄が『本居宣長』のなかに描き出した浮舟が中原中也とまったく同じ姿をしていることの意味である。小林も中原も、この世がなかばあの世であることを知っていたのである。手を入れるのに難渋したのは、その主題に入る前に論じておくべきことがあるという思いが日増しに強くなっていたからである。

死および死後の世界が言語の所産であること、だからこそ人間の表現行為はほとんどつねに死および死後の世界にかかわらざるをえないその仕組を論じておく必要がある。そう考えるようになっていた。本書から見れば、二〇一〇年から始めた連載は、いわば「孤独の発明 または彼岸の論理」とでもいうべきもので、むしろ第二部のようなものだ。

佐藤さんが提案してくださったのはまさにそういうときだったのである。感謝しても感謝しきれない。だから、その佐藤さんが二〇一七年二月二日に亡くなられたという報せに接したときには衝撃を受けた。入院されたと伺ってから間もなかったので、茫然とした。佐藤さんの繊細な思いやりと快活な笑い声がいまも忘れられない。

書くということは、少なくとも私にとっては、自分が考えていることを見ることである。「言語の政治学」を連載しているあいだ、私は自分がいかに不勉強であり教養がないか、回を追うほどに強く感じられ、じつに苦痛だった。にもかかわらず書き継いだのは、自分なりに腑に落ちたかったからである。以前、『自分が死ぬということ』という本を出したことがある。その「序」に、自分が死ぬということの意味が分からないと書いている。本書を書き終えて、ようやく腑に落ちた。

むろん、いまなお腑に落ちないことばかりである。だが、少なくとも大まかな輪郭を得て、腑に落ちないことを整理することはできるようになった気がする。

＊

連載は北村文乃さん、原田博志さんが担当してくださった。北村さんには二〇一一年の連載時にもお世話になっている。単行本にするにあたっては、旧知の中島隆さんに担当していただき、十三章以下の書き直し、書き下ろしに半年以上もお付き合いいただくことになってしまい、たいへんご迷惑をおかけした。十三章以下、まったく違う文章を三度は書いている。書き終えても納得できないのである。困惑したが、その困惑にお付き合いいただくことになってしまった。心からお詫びし、深く感謝いたします。

私の本を読んでくださる読者はきわめて少ない。にもかかわらず、連載を許され、刊行までしてくださる講談社に感謝するとともに、私のことはおいて、深い敬意を覚えていることを書きしるしておきたい。日本文学を支えてきたのが一貫して民間の出版社であったことは誇るべきことだと思う。

三浦雅士

二〇一八年四月

三浦雅士（みうら・まさし）

1946年生まれ。1970年代、「ユリイカ」「現代思想」編集長として活動。1980年代に評論家に転じ、文学、芸術を中心に執筆活動を展開。その間、舞踊への関心を深め、1990年代には「ダンスマガジン」編集長となり、94年からは別冊として思想誌「大航海」を創刊。2010年、紫綬褒章を受章。12年、恩賜賞・日本芸術院賞を受賞。著書に、『私という現象』、『主体の変容』、『メランコリーの水脈』（サントリー学芸賞受賞）、『寺山修司――鏡のなかの言葉』、『小説という植民地』（藤村記念歴程賞受賞）、『身体の零度』（読売文学賞受賞）、『バレエの現代』、『考える身体』、『批評という鬱』、『青春の終焉』（伊藤整文学賞、芸術選奨文部科学大臣賞受賞）、『村上春樹と柴田元幸のもうひとつのアメリカ』、『出生の秘密』、『漱石　母に愛されなかった子』、『人生という作品』など多数。

孤独《こどく》の発明《はつめい》　または言語《げんご》の政治学《せいじがく》
２０１８年６月28日　第１刷発行
２０１９年４月24日　第３刷発行

著　者　三浦雅士《みうらまさし》
発行者　渡瀬昌彦
発行所　株式会社講談社
東京都文京区音羽二―一二―二一　郵便番号一一二―八〇〇一
電話　出版（〇三）五三九五―三五〇四
　　　販売（〇三）五三九五―五八一七
　　　業務（〇三）五三九五―三六一五
印刷所　凸版印刷株式会社
製本所　株式会社若林製本工場

ISBN 978-4-06-220880-2